그것
1

스티븐 킹

정진영 옮김

STEPHEN
KING
IT

황금가지

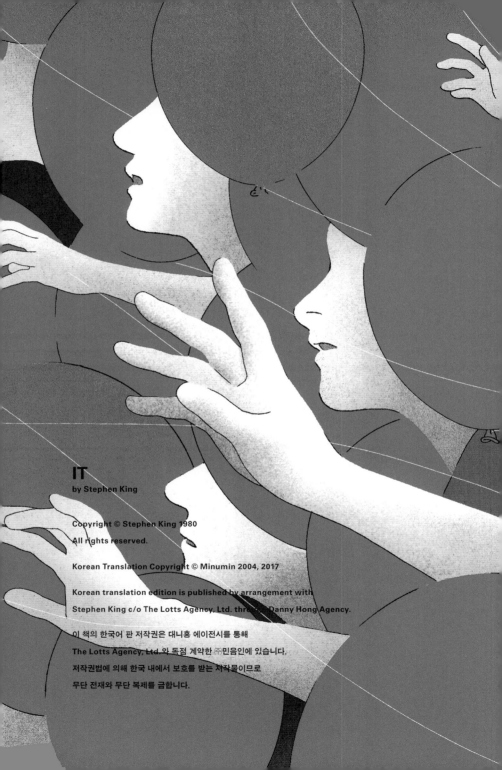

IT

by Stephen King

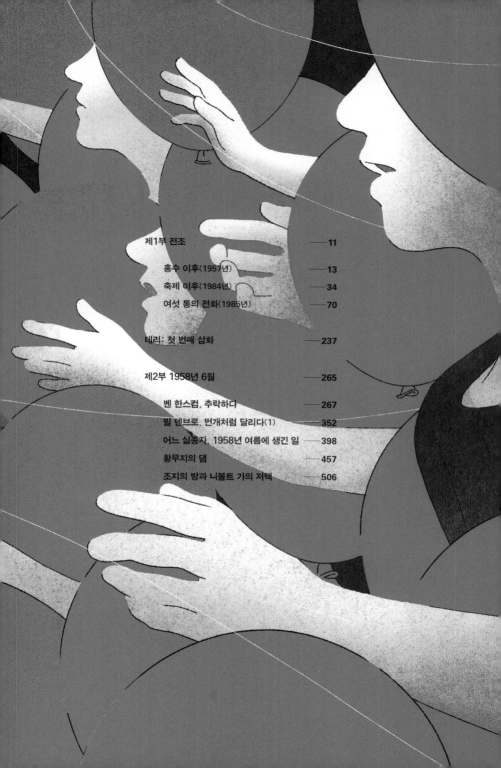

이 책을 기꺼이 내 아이들에게 바친다.
어머니와 아내는 내게 남자가 되는 법을 가르쳐 주었다.
아이들은 내게 자유로워지는 법을 가르쳐 주었다.
열네 살의 나오미 레이첼 킹
열두 살의 오웬 필립 킹.
아이들과 소설은 거짓 속의 진실이며,
이 소설의 진실은 극히 단순하다.
마법은 존재한다.

— 스티븐 킹

내 기억처럼 이곳은 오랜 고향,
나 죽은 후에도 오랫동안 여기에 남을 곳.
이쪽 저쪽 자세히 둘러봐도
영락하는 마을, 그래도 여전히 내 뼛속에 사무쳐.

　　― 마이클 스탠리 밴드

친구여, 무엇을 찾고 있나?
오랜 세월 뒤에 돌아온 자네는
고향과는 아주 먼
타향 하늘에 익숙한 모습이네.

　　― 조지 세페리스

홀연히 어둠 속으로

　　― 닐 영

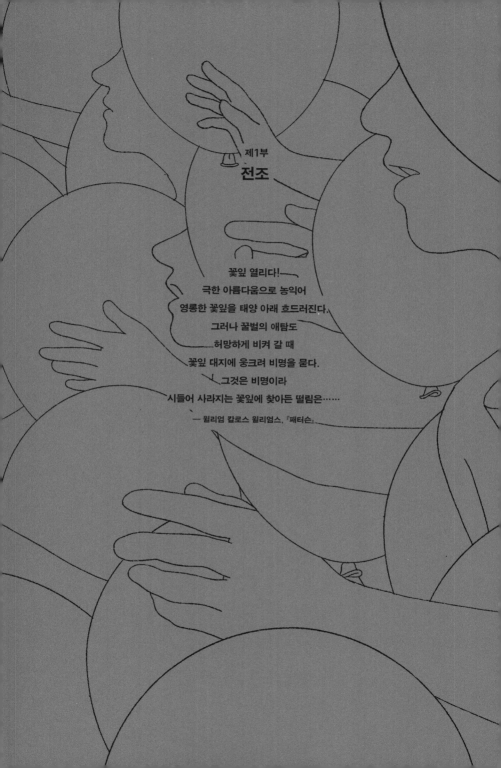

제1부
전조

꽃잎 열리다!
극한 아름다움으로 농익어
영롱한 꽃잎을 태양 아래 흐드러진다.
그러나 꿀벌의 애탐도
허망하게 비켜 갈 때
꽃잎 대지에 웅크려 비명을 묻다.
그것은 비명이라
시들어 사라지는 꽃잎에 찾아든 떨림은……

— 윌리엄 칼로스 윌리엄스, 『패터슨』

홍수 이후(1957년)

또 다른 28년이 흐른다 해도 끝나지 않을(과연 그 끝이 있을까?) 공포는, 신문지로 만들어져 빗물에 부은 도랑을 떠내려가던 어느 배로 시작되었다. 내가 알기로는 그렇다.

종이배는 뒤뚱뒤뚱 넘어질 듯하다 다시 일어서 매섭게 휘도는 물결을 헤치며 위쳄 가를 따라 거침없이 내려가다 위쳄 가와 잭슨 가가 만나는 교차로에 다다랐다. 1957년 가을 오후, 교통 신호등의 불빛은 모두 꺼져 있었으며 인근 저택들도 어둠에 빠져 있었다. 일주일째 퍼붓는 장대비의 기세는 여전했고 이틀 전부터는 바람까지 불기 시작했다. 그때부터 데리의 전 지역에 정전이 일어나 그 상황이 그대로 이어지고 있었다.

노란색 비옷에 붉은색 방수 장화를 신은 꼬마 아이가 신나서 신문지로 만든 종이배를 따라 달려갔다. 비는 그치지 않았지만 이윽고 그 기세가 조금씩 꺾이기 시작했다. 비옷의 모자 위로 떨어지는 빗방울 소리, 아이의 귓가에는 헛간 지붕을 두드리던 빗방울처럼……, 편하고 아늑하게 들려왔다. 노란색 비옷을 입고 있던 소년은 조지 덴브로였다. 여섯 살짜리 꼬마 아이. 아이의 형, 빌은 데리 초등학교에서 '버벅이 빌' 하면 모르는 사람이 없을 정도였는데 (물론 교사들도 빌 앞에서는 섣불리 별명을 부르지 않았지만) 당시 지독한 독감에 걸려 있었다. 공포의 실체가 모습을 드러내기 8개월 전, 최후의 대결이 있기 28년 전인 1957년 가을에 버벅이 빌은 열 살이었다.

조지가 따라 달려가던 종이배는 빌의 작품이었다. 빌이 침대에 앉아 베개를 잔뜩 등에 받친 채 배를 만들고 있을 즈음, 거실에서는 어머니가 연주하는 「엘리제를 위하여」가 흘러나왔고 창가엔 빗방울이 사정없이 부딪치고 있었다.

교차로와 불 꺼진 신호등 쪽으로 도로의 4분의 3가량이 막혀 있었고, 훈증 용기와 네 개의 작업대가 들어찬 위챔 가는 차량 통행이 불가능했다. 작업대마다 '데리 시청 치수 방재과'라는 글씨가 찍혀 있었다. 그 너머 나뭇가지와 돌멩이, 낙엽 더미로 막혀 버린 도랑에서 빗물이 흘러넘쳤다. 빗물은 먼저 포석 속에 보잘것없는 버팀물들을 들어 올리더니 그러고 나선 탐욕스럽게 한 움큼씩 모든 걸 잡아챘다. 이 모든 게 비가 내린 지 사흘째 일이었다. 나흘째 오후에는 도로 표면에서 떨어져 나온 잔해들이 흰색 뗏목처럼 잭슨 가와 위챔 가의 교차로를 지나 떠다니기 시작했다. 그쯤 되자 데리의 주민 상당수는 노아의 방주를 입에 올리며 성마른 농담을 주고받았다. 치수 방재과에서 가까스로 잭슨 가를 복구했지만, 위 챔 가는 여전히 사방에 작업대가 깔려 있어 도심으로 들어가는 길목이 차단된 상태였다.

그러나 모든 사람들이 최악의 사태만은 벗어났다고 생각했다. 켄더스키그 하천은 황무지 부근에서 수위가 제방 꼭대기까지 육박했고, 도심을 지나는 운하도 거친 조류에 휩싸여 콘크리트 벽면이 겨우 몇 센티미터 정도만 보일 듯 말 듯했다. 그쯤에서 남자들은(조지와 빌의 아버지 자크 덴브로도 그중 한 사람이었다.) 간밤에 너무놀라 정신없이 던져 쌓았던 모래주머니를 다시 치우고 있었다. 하루 전만 해도 하천이 넘치고 대홍수가 일어나는 것은 시간문제로보였다. 많은 사람들이 수백만 달러의 재산 피해와 스무 명이 넘는인명 피해를 가져온 1931년 수마를 기억하고 있었다. 이미 오래전일이지만 적지 않은 사람들이 당시의 재앙을 떠올리며 공포에 빠질 만큼 기억은 건재했다. 당시 수마에 희생당한 시신 한 구가 동쪽으로 40킬로미터 떨어진 벅스포트에서 발견된 일이 있다. 고기떼가 그 불운한 사내의 눈알과 손가락 세 개와 성기, 왼발 부위는거의 뜯어먹은 후였다. 일부만 남은 두 손이 포드 자동차의 운전대를 쥔 상태였다.

다행히 강물의 수위가 낮아지기 시작했는데, 앞으로 상류에 뱅고어 댐이 완성되면 강물에 더 이상 마음을 졸이지 않아도 될 터였다. 그런 얘기를 한 사람은 뱅고어 발전소에 근무하는 자크 덴브로였다. 다른 사람들도 홍수가 벌어지면 그때 가서 무슨 수가 있겠지 하는 마음이었다. 당장은 코앞에 닥친 홍수 위기에 대처하고 전기를 복구한 다음 그 상황을 깨끗이 잊어버리는 일이 급했다. 빌 덴브로도 나중에 몸소 깨달았듯이 데리 사람들은 비극과 참상을 망각하는 데 비범한 경지까지 도달해 있었다.

조지는 작업대 바로 뒤, 위챔 가의 아스팔트 노면이 깊게 팬 가장자리에서 멈추었다. 갈라진 틈새는 거의 대각선 모양으로 뻗어 있었다. 조지가 서 있는 곳에서 오른쪽으로 12미터쯤 떨어진 거리 끄트머리에 언덕이 있었는데, 틈새는 바로 그 아래에 멈추어 있었다. 조지는 한바탕 웃음을 터뜨리며(잿빛 오후를 눈부시게 질주했던 기쁨과 쓸쓸함이 스며든 음향처럼) 종이배가 물살의 변덕에 휩쓸려 아스팔트를 파헤치고 일부러 만든 것 같은 수로 속으로 뛰어드는 모습을 바라보았다. 대각선으로 난 물길을 따라 물살이 거세짐에 따라 종이배는 위챔 가에서 반대쪽으로 빠르게 움직여서 조지의 뜀박질도 더욱 속력을 높여야 했다. 장화 밑으로 흙탕물이 튀어 올랐다. 그렇게 조지 덴브로가 기이한 죽음을 향해 질주하는 동안, 장화에 달린 장식 고리가 맞부딪치며 유쾌한 소리가 들려왔다. 그 순간 조지의 온몸을 채운 것은 형을 향한 너무도 또렷하고 순박한 사랑……, 그곳에 형과 함께 있을 수 없다는 아쉬움과 연민이었다. 물론 집에 돌아가면 형에게 그날 일을 말해 줄 수 있겠지만, 아마 형처럼 눈앞에 펼쳐지듯 생생하게 설명하지는 못할 것 같았다. 빌은 독서와 작문에 능했는데, 조지는 어린 나이였지만 형의 성적표가 온통 A로 가득하고 선생님들이 형이 쓴 글을 좋아하는 이유가 단지 그 때문은 아니라고 짐작했다. 형이 뛰어난 이야기꾼이라는 사실은 그 일부에 불과했다. 빌은 사물을 제대로 볼 수 있었다.

쏜살처럼 대각선 물길을 따라 흘러가는 종이배는 데리 신문의 광고란을 찢어 만든 것일 뿐이었지만, 이제 조지에게는 그 종이배가 토요일 오후에 형과 함께 데리 극장에서 보곤 하는 전쟁 영화 속의 어뢰정이나 다름없었다. 존 웨인이 일본군과 맞서 싸우던 전쟁 영화에서처럼. 신문지로 만든 배는 연신 물살을 헤치며 달리더니 위챔 가의 왼쪽 도랑까지 다다랐다. 그때 틈새에서 솟구치는 물살이 더 거세져 거의 소용돌이처럼 휘도는 바람에 배가 휩쓸려 쓰러질 것 같았다. 실제로 눈에 띄게 기우뚱거렸지만, 이내 오뚝 바로 서는 모습에 조지는 환호성을 지르며 배를 따라 교차로 방향으로 접어들었다. 조지는 종이배를 따라잡기 위해 냅다 달려야 했다. 머리 위로 10월의 험상궂은 돌풍이 이미 태풍에 잎사귀를 거의 잃어버린 나무줄기를 흔들었으며, 그해 가장 잔인한 죽음의 그림자가 짙게 드리워져 있었다.

빌은 열이 올라 여전히 발그레한 뺨으로(그러나 켄더스키그 하천처럼 열도 마침 사그라지기 시작했다.) 침대에 앉아 종이배에 마지막 손질을 하고 있었다. 그러나 조지가 다가서자 종이배를 멀찌감치 치워 버렸다. "파, 파, 파라핀을 가져와."

"뭐에 쓰려고? 어디 있는데?"

"아, 아래층에 가면 지하실 서, 선반 위에 거, 거, 걸프라고 씌어 있는 상자. 그걸 가져와. 칼하고 저, 접시, 서, 서, 성냥도."

조지는 순순히 형이 시키는 대로 했다. 어머니가 연주하는 피아노 선율이 들려왔는데, 이번에는 「엘리제를 위하여」가 아니라 조지가 별로 좋아하지 않는, 어딘가 메마르고 신경에 거슬리는 곡이었다. 빗줄기도 연신 주방 창문을 두드리고 있었다. 빗방울 소리는 편안했지만 지하실은 전혀 그렇지 못했다. 원래부터 지하실이 싫었고, 그 어둠 속에 뭔가 웅크리고 있는 것 같아 지하실 계단을 내려가는 것이 영 내키지 않았다. 정말 바보 같은 생각이지. 아빠도, 엄마도, 무엇보다 형도 그렇게 말했으니까, 그래도…….

조지가 지하실 문을 열고 전등 스위치를 켜는 것조차 싫어한 이유는 (너무 우스워서 누구에게도 대놓고 말하기 힘들지만) 스위치를 찾아 더듬는 동안 소름 끼치는 갈고리 발톱이 손목을 낚아채……, 순식간에 오물과 야채 썩는 냄새가 스멀거리는 축축한 어둠 속으로 끌고 들어갈지 모른다는 생각 때문이었다.

멍청이! 갈고리 발톱의 털북숭이가 나를 죽이려고 기다린다니. 가끔씩 어느 미친 사람이 많은 사람들을 죽이고(저녁 뉴스에서 체트 헌틀리도 그렇게 말하잖아.) 무시무시한 빨갱이들도 있다지만 지하실에 사는 이상한 괴물은 말도 안 되지. 그러나 좀처럼 그런 생각은 조지의 머릿속에서 사라지지 않았다. 오른손으로 스위치를 더듬는 순간은 영영 끝나지 않을 듯 길게만 느껴졌고(왼손은 문설주를 우악스레 움켜쥔 상태로) 지하실 냄새가 점점 부풀어 세상 전체를 뒤덮는 것만 같았다. 오물과 습한 냄새에 야채 썩는 내까지 섞여 틀림없는 괴물의 냄새를 풍기는데 그 냄새만 맡으면 온갖 괴물이 다 모여 있는 느낌이었다. 조지로서는 딱히 설명하기 힘든 냄새였다. 그저 그것의 냄새라고 할까, 불쑥 튀어나올 태세로 잔뜩 웅크려 있다가 뭐든지 닥치는 대로 먹어 치우면서 유독 아이들이라면 환장하는 괴물.

조지는 그날 아침 지하실 문을 열고 한 손으론 평소처럼 문간을 움켜쥐고 두 눈을 질끈 감은 채, 사막에서 물을 찾는 뒤틀린 뿌리처럼 혀를 쭉 내밀면서 전등 스위치를 더듬거렸다. 어때 할 만해? 그럼! 야, 이 골통아! 인마, 조지! 조지는 어둠을 무서워한대요! 얼레리꼴레리!

아버지는 거실, 어머니는 응접실이라고 부르는 곳에서 피아노 소리가 들려오고 있었다. 아득히 먼 다른 세계에서 들려오는 소리 같았고, 역류에 점점 맥이 빠져 허우적대는 사람의 귓속을 파고드는 해변의 무심한 웃음소리와 와자지껄한 말소리처럼 느껴졌다.

이윽고 조지의 손가락에 스위치가 닿았다! 휴!

딸깍, 잽싸게 스위치를 누르는 소리.

그러나 여전히 어두웠고 불은 들어오지 않았다.

'아! 불이 나갔지!'

조지는 뱀이 득실대는 통에서 깜짝 놀라 물러나듯 손을 서둘러 잡아당겼다. 열린 지하실 문으로 주춤 물러서는 동안 심장은 악쓰듯 요동쳤다. 정전이 됐는데 그 사실을 까맣게 잊고 있었던 것이다. 이걸 어쩐다! 그대로 올라가서 형한테 불이 나가 어두운 데다 빨갱이나 연쇄 살인자는 아니어도 그보다 훨씬 더 무시무시한 뭔가가 달려들어서 파라핀을 가져오지 못했다고 말할까? 계단 발판 사이에서 썩은 몸뚱이가 슬며시 다가와 발목을 붙잡더라고? 크기는 또 얼마나 컸는지 알아? 다른 사람이라면 몰라도 형은 그런 말을 듣고 웃어 줄 리 없었다. 도리어 버럭 화를 낼 게 분명했다. 아마

이러겠지. '철 좀 들어라, 조지……, 이 배를 갖고 싶기는 한 거냐?'

조지의 속마음을 눈치 채기라도 했는지 빌의 고함소리가 들려왔다. "파, 파, 파라핀을 만들어 오냐, 조, 조지?"

"아냐, 형, 지금 찾고 있어." 조지는 급히 대답했다. 그러고는 소름이 돋은 것이 창피해 팔뚝을 문지르기 시작했다. "물 좀 마시느라고."

"어쨌든 빠, 빨리 가져와!"

조지는 네 개의 계단을 내려가 지하실 선반으로 향했다. 뜨끈해진 심장이 방망이질을 하고 목덜미 털이 쭈뼛 선 데다 눈가는 화끈거리고 두 손이 싸늘하게 얼어붙는 것이 금방이라도 지하실 문이 철커덕 닫히면 주방 창가를 통해 근근이 스며들던 창백한 빛마저 끊어지고, 꼼짝없이 빨갱이와 살인자보다 더 끔찍하고, 훈 족의 아틸라 왕보다 일본군보다 공포 영화를 백 편 합해 놓은 것보다 더 무서운 '그것'이 소리를 내며 다가올 것 같았다. '그것'이 으르렁대는 소리, 그 소리를 들으면 온몸이 갈가리 찢겨 창자가 흘러나올 터였다.

홍수 때문에 그날따라 지하실 냄새가 훨씬 지독했다. 덴브로의 집은 위챔 가의 고지대인 언덕 꼭대기 부근에 자리 잡은 터라 홍수로 인한 최악의 상황은 면했지만, 건물의 노후한 토대로 빗물이 스며드는 것까지 막을 수는 없었다. 낮게 깔린 냄새는 불쾌하기 짝이 없어서 숨을 최대한 얕게 들이마셔야 했다.

조지는 선반 위를 재빨리 더듬으며 낡은 키위제 구두약과 헝겊, 망가진 석유 램프, 거의 비어 있는 두 개의 세제 병, 납작한 터틀 왁스 통을 집었다. 그러다 잠시 뭔가에 홀린 듯 터틀 왁스 통의 거북 그림을 30초 동안 멍하니 바라보았다. 왁스 통을 다시 제자리에 놓고……, 마침내 걸프라는 글씨가 적혀 있는 정사각형 상자가 눈에 들어왔다.

조지는 파라핀 상자를 움켜쥐고 미친 듯이 계단을 뛰어올라 가다가 문득 셔츠 자락이 밖으로 삐죽 나와 있는 것을 발견했다. 순간적으로 불길한 암시처럼 느껴졌다. 지하실에 있는 뭔가가 조지가 거의 문가에 다다랐다고 생각하는 순간을 기다려 셔츠 자락을 잡아채…….

조지는 주방에 이르는 순간 지하실 문을 힘껏 닫아 버렸다. 문소리가 매우 컸다. 눈을 감고 문가에 기대어 서 있는 동안 한 손에 파라핀 상자를 움켜쥔 채 팔과 이마로 땀방울을 쏟았다.

피아노 소리가 멈추면서 어머니의 음성이 들려왔다. "조지, 문 좀 살살 닫지 못하겠어? 찬장에 있는 접시를 다 깨겠구나."

"죄송해요, 엄마."

"조지, 계속 꾸물거릴래." 이내 침실에서 빌의 음성도 날아들었다. 어머니가 들을까 봐 지그시 억누른 목소리였다.

조지의 입에서 키득키득 웃음이 새어 나왔다. 두려움은 벌써 사라지고 없었다. 잠이 깨면 싸늘한 냉기와 함께 깊은 숨을 토해 내며 그 손아귀에서 벗어나는 악몽처럼 쉽게 슬며시 달아나 버렸다. 공포는 어느새 꼬리를 감춘 후였다. 잠이 덜 깬 시선으로 주위를 두리번거리다 보면 아무 일도 일어나지 않았다는 사실을 깨닫게 되고 악몽은 곧 사라진다. 그렇게 침대에서 일어서는 순간 악몽의 반이 사라지고, 남아 있는 앙금의 4분의 3 정도가 샤워하는 동안 또 사라지고, 그 나머지는 아침 식사를 할 때면 분명 흔적도 없어지는 것이다. 그렇게 완전히 사라지고……, 다시 악몽에 사로잡혀 공포를 온전히 기억해 낼 때까지 기다리면 그뿐이다.

그런데 그 거북이 말이야. 조지는 서랍에서 성냥을 찾다가 문득 그런 생각을 떠올렸다. 그 거북이 모양을 어디선가 본 것 같은데 어디지?

그러나 마땅히 떠오르는 것이 없어서 이내 의문을 떨쳐 버렸다.

조지는 서랍에서 성냥을 찾아내고, 주방 선반에서 칼을 조심스럽게(아버지가 가르쳐 준 대로 칼날 부분을 몸과 반대편으로 향한 채) 꺼낸 후 작은 그릇이 담겨 있는 찬장 문을 열었다. 그리고 곧바로 빌의 방으로 돌아갔다.

"조, 조지, 이 느, 느림보 구, 궁둥이 같은 놈." 빌은 침대 옆 탁자를 치우면서 기분 좋게 말했다. 탁자에는 유리잔과 물병, 휴지, 책 몇 권, 어린이용 감기약 등 빌의 회복을 돕기 위한 물건들이 놓여 있었는데, 훗날 빌은 그 감기약 냄새만 맡아도 가슴에 그렁그렁 가래가 끓고 콧물이 흐르는 기분이었다. 라디오에서는 쇼팽도 바흐도 아닌 리틀 리처드의 노래가 흐르고……, 소리를 아주 낮추어 놓아서 리틀 리처드의 거칠고 생생한 힘이 느껴지지 않았다. 줄리어드 음대에서 고전 음악을 전공한 어머니는 로큰롤을 무척 싫어했다. 싫어하는 정도가 아니라 증오에 가깝다는 표현이 더 적절했다.

"나는 궁둥이가 아냐." 조지는 그렇게 말하며 침대 가장자리에 걸터앉아 가져온 것을 탁자에 늘어놓았다.

"궁둥이 맞아. 그것도 엄청 큰 갈색 궁둥이."

조지는 두 다리에 엄청나게 큰 엉덩이가 달린 아이를 떠올리며 키득거렸다.

"네 똥꼬는 오거스타 시보다도 커." 빌도 키득거리기 시작했다.

"형 똥꼬는 메인 주보다 커." 조지도 지지 않았다. 그렇게 두 아이는 2분 가까이 혈전 아닌 혈전을 벌였다.

이어서 어린 사내아이들에게나 의미 있을 법한 시답잖은 얘기들이 낮은 음성으로 오가기 시작했다. 누구 궁둥이가 가장 크고, 똥꼬는 누가 가장 크며, 또 가장 갈색 똥꼬를 지닌 게 누구인지 등등 얘기는 두런두런 이어졌다. 결국 빌이 욕에 가까운 말(조지는 엄청 큰 갈색에 뭐 같은 똥꼬를 지녔다.)을 내뱉자 두 아이는 웃음보가 터지고 말았다. 빌은 웃다가 기침을 하기 시작했다. 기침이 겨우 잦아들 즈음(이미 안색이 창백하게 질려 있어서 조지는 근심스럽게 형의 얼굴을 바라보았다.), 피아노 소리가 다시 멈추었다. 두 아이는 응접실 쪽으로 귀를 쫑긋 세워, 피아노 의자를 제자리에 밀어 넣고 어머니가 성큼성큼 걸어오는 소리가 들리는지 살폈다. 빌은 마지막 기침을 참느라 팔뚝으로 입을 틀어막으면서 물 주전자를 가리켰다. 조지는 곧바로 물 한 잔을 따라 형에게 건네주었다.

피아노 선율이 다시 들려오기 시작했다. 「엘리제를 위하여」. 버벅이 빌은 그 곡을 평생 잊을 수 없었고, 많은 시간이 흐른 후에도 그 소리만 들으면 팔과 등에 소름이 돋았다. 심장이 일순 멈추면서 선명한 기억이 떠오르곤 하는 것이다. 조지가 죽던 날 어머니가 저 곡을 연주하고 있었다는.

"형, 기침이 계속 나와?"

"아니."

빌은 휴지를 뽑아 가래를 뱉은 후, 돌돌 만 휴지를 침대 머리맡 휴지통에 던져 넣었다. 휴지통은 꼬깃꼬깃해진 휴지로 가득 차 있었다. 곧이어 상자를 열고 파라핀 덩어리를 손바닥에 떨어뜨렸다. 조지는 바투 다가앉아 지켜보았지만 별다른 말이나 질문 따위는 하지 않았다. 빌은 뭔가에 열중할 때 말을 걸면 싫어했지만, 잠자코 있으면 나중에 무슨 일을 하는지 설명해 주었다.

빌은 칼로 파라핀 덩어리를 잘게 잘라 접시에 담고 성냥에 불을 붙여 위쪽에 갖다 댔다. 두 소년이 조그만 노란색 불꽃을 바라보는 동안, 한결 잦아든 바람에 실린 빗줄기가 이따금 창문을 두드렸다.

"이렇게 방수 처리하지 않으면 물에 젖어서 가라앉고 말아." 빌이 설명했다.

빌은 조지와 있을 때는 말을 심하게 더듬지 않았고 때론 전혀 더듬지 않을 때도 있었다. 하지만 학교에서는 말더듬 증상이 너무 심해져서 아무 말도 못하기 일쑤였다. 그런 경우 대화와 의사 전달은 중단되고, 빌이 책상 모서리를 붙잡고 얼굴이며 머리카락까지 벌게진 채 잔뜩 미간을 찌푸리며 통나무 같은 목구멍에서 말을 쥐어짜는 동안 같은 반 학생들은 시선을 피해 다른 곳을 바라보았다. 그러면 대체로 빌의 입에서 말이 되살아났다. 물론 끝내 말문이 열리지 않는 경우도 있었다. 빌은 세 살 때 자동차에 받혀 건물 벽까지 튕겨 나간 후 일곱 시간을 혼수 상태에 빠진 적이 있다. 그 후 빌이 말더듬이가 되었다는 게 어머니의 말이었다. 그러나 조지는 종종 아버지와 형 자신도 실제 이유를 정확히 모른다는 느낌을 받곤 했다.

접시 속의 파라핀이 거의 녹아내렸다. 성냥 불은 가물가물하다 마분지로 만든 뱃머리 부분에 닿아 푸른빛을 내더니 곧 꺼져 버렸다. 빌은 끈적끈적해진 파라핀 속에 손가락을 담갔다가 급히 뺐다. "뜨거운데." 조지를 향해 무안한 듯 히죽 웃어 보였다. 잠시 후 다시 손가락으로 파라핀을 떠내 종이배의 옆면에 바르기 시작하자, 파라핀이 금세 식어 우윳빛 광택을 띠었다.

"나도 좀 거들까?"

"좋아. 하지만 담요엔 절대 묻히지 마. 엄마한테 혼나지 않으려면 말이야."

조지도 물컹물컹한 파라핀 속에 손가락을 담갔다. 그리고 아직 따뜻한 온기가 느껴지는 파라핀을 퍼내 배의 옆면을 따라 바르기 시작했다.

"너무 많이 바르지 마. 이 똥꼬 같은 놈아. 첫날부터 가라앉힐 작정이야?" 빌이 말했다.

"미안해."

"괜찮아. 처, 천천히 발라."

조지는 파라핀을 다 바른 후, 두 손으로 종이배를 들어 보았다. 조금 무거워진 듯했지만 걱정할 정도는 아니었다. "멋진데. 당장 나가서 띄워 볼래."

"하고 싶은 대로 해." 빌은 갑자기 피곤해 보였다. 그리고 아직까지 아주 건강해 뵈진 않았다.

"형하고 같이 가면 좋을 텐데." 조지는 진심으로 말했다. 빌은 이 따금 거드름을 피울 때도 있지만, 대체로 차분한 편이어서 동생에게 손찌검을 하는 일은 거의 없었다.

"이제 그 배는 네 거야. '계집애', 배 이름을 계, 계집애라고 불러."

"알았어, '계집애'."

"함께 가면 좋을 텐데." 빌이 침울하게 말했다.

"그러게……." 조지는 배를 손에 쥐고 금방이라도 뛰어나갈 태세였다.

"비옷을 입어. 나처럼 가, 감기 들지 않으려면. 어쩌면 벌써 나한 테 옮았을지도 몰라."

"고마워, 형. 정말 멋진 배야." 그리고 그 순간 조지는 오랫동안 하지 않았던, 그리고 빌이 결코 잊지 못한 행동을 해 보였다. 몸을 숙여 형의 뺨에 뽀뽀를 했던 것이다.

"너 이제 진짜로 감기 옮았다, 이 똥꼬야." 빌은 아무렇지 않게 말하면서도 내심 기분이 한결 좋아졌다. 그는 조지에게 상그레 웃어 보였다. "물건들을 모두 제자리에 갖다 둬. 엄마한테 자, 잔소리 듣지 않으려면."

"알았어." 조지는 종이배를 방수하는 데 썼던 물건들을 모아서 방을 빠져나갔다. 접시에 비스듬히 담겨 있는 파라핀 상자 위로 종이배가 소중하게 올려져 있었다.

"조, 조, 조지?"

조지는 뒤돌아서 형을 바라보았다.

"조, 조심해."

"그럼." 조지는 눈썹을 찡긋해 보였다. 이상한 일이었다. 그런 말은 엄마가 하는 것이지 형이 하기엔 좀 낯설었다. 조지가 형에게 뽀뽀를 한 것처럼 이상한 일이었다. "알았어, 조심할게."

조지는 밖으로 나갔다. 빌은 두 번 다시 동생을 보지 못했다.

조지는 위쳄 가의 왼편을 따라 종이배를 뒤쫓고 있었다. 있는 힘껏 달렸지만 물살이 더 빨라 종이배는 점점 앞으로 멀어져 갔다. 어디선가 요란한 물소리가 들리는 것 같아 멈추어 보니 언덕 쪽으로 40미터 남짓한 거리에서 도랑물이 입을 쩍 벌린 배수관으로 쏟아져 들어갔다. 배수관은 기다란 반원형으로 난 구멍이었는데, 바다표범처럼 검게 빛나는 나뭇가지 하나가 그때 막 구멍 속으로 빨려 들고 있었다. 나뭇가지는 중간에 걸린 듯이 보였다가, 이내 안쪽으로 미끄러져 들어갔다. 조지의 배도 그쪽으로 흘러가고 있었다.

"안 돼, 멍청아!" 조지는 허둥대며 고함을 질렀다.

조지는 속력을 냈고 한순간 배를 붙잡을 수 있을 것 같았다. 그러나 한쪽 발이 미끄러지는 바람에 무릎이 까졌고, 너무 아파 비명이 터져 나왔다. 그렇게 넘어진 채 바라보니, 종이배는 두 차례 빙그르르 원을 그리다가 눈 깜짝할 사이에 소용돌이 속으로 빨려 들고 말았다.

"안 돼, 이 멍청아!" 조지는 다시 울부짖으며 주먹으로 바닥돌을 내리쳤다. 또 한 번 고통이 달려들어 일그러진 입가에서 신음이 새어 나왔다. 배를 잃어버리다니 정말 나는 멍청한 놈이야!

조지는 일어나서 배수관 쪽으로 걸어갔다. 그리고 쪼그리고 앉아 안을 들여다보았다. 축축하고 음흉한 소리와 함께 물살이 어둠 속으로 떨어지고 있었다. 섬뜩한 소리였다. 뭔가를 떠올리게 하는……

"악!" 조지는 팽팽한 줄에 낚아채인 것처럼 비명을 지르고는 물러섰다.

그 안에 노란색 눈이 있었다. 지하실에 갈 때마다 늘 상상했을 뿐 실제로는 한번도 본 적 없는 눈동자였다. '짐승일 거야. 맞아, 고양이 같은 짐승이 빠진 거겠지.' 조지의 머릿속이 복잡해졌다.

조지는 여차하면 도망칠 준비를 하면서 일이 초 정도만 지나면 번들거리는 노란색 눈동자가 불러일으킨 충격이 가라앉을 테고 그때면 발길이 떨어지리라 생각했다. 손끝에 거친 도로 표면이 느껴졌고, 그 주위로 차가운 물이 얇은 막처럼 흘러갔다. 조지가 일어서서 조금씩 뒷걸음치기 시작하자마자 목소리가 들려왔다. 이상할 게 전혀 없고 유쾌하기까지 한 음성이 배수관 안에서 조지를 부르는 것이었다.

"안녕, 조지."

조지는 휘둥그레진 눈으로 다시 한 번 안쪽을 살펴보았다. 동물이 춤추고 노래하는 영화나 동화에서나 나올 법한 도저히 믿어지지 않는 광경이었다. 조지가 열 살만 더 먹었더라도 그때의 광경을 믿지 않았겠지만 그 아이는 고작 여섯 살이었다.

배수관 속에 있는 이는 어릿광대였다. 빛이 밝은 편은 아니었지만 조지 덴브로는 자신의 눈에 비친 모습을 믿어도 좋다고 생각했다. 분명 그 형체는 서커스나 텔레비전에 나오는 어릿광대의 모습 그대로였다. 촌놈과 정박아의 중간쯤 되고, 토요일 아침이면 뿔 나팔을 불며 말을 거는 광대. 배수관 속의 어릿광대가 남자인지 여자인지는 조지도 끝끝내 알아내지 못했지만. 사실 정박아라는 말을 아는 사람은 버펄로 보브가 유일했으며, 그 때문에 늘 조지를 놀리곤 했다. 배수관에 있는 광대의 얼굴은 새하얗고 대머리 양쪽으로 우스꽝스러운 붉은색 술을 달았으며 입술 주위에 큼지막한 광대의 웃음까지 그려져 있었다. 조지가 1년 만 더 살았다면 촌놈이나 정박아보다는 로널드 맥도널드를 먼저 떠올렸을 법한 얼굴이었다.

어릿광대는 잘 익은 과일 같은 형형색색의 풍선을 한 아름 한 손에 들고 있었다.

다른 손에 든 것은 바로 조지의 종이배였다.

"이 배를 갖고 싶니, 조지?" 어릿광대는 히죽 웃었다.

조지도 따라 웃었다. 그럴 수밖에 없었다. 그 미소를 보고 있으면 어떡하든 대꾸를 할 수밖에 없는 기분이라고 할까. "꼭이오."

어릿광대는 너털웃음을 터뜨렸다. "꼬오옥? 그거야! 아주 좋아! 이 풍선은 어때?"

"그…… 그것도 꼭이오!" 조지는 손을 내밀다가……, 이내 주저하듯 다시 거둬들였다. "모르는 사람한테 함부로 물건을 받지 말랬어요. 아빠가 그러셨어요."

"야, 참 똑똑한 분인걸." 배수관의 어릿광대는 또 한 번 싱긋 웃어 보였다. 왜 이 사람의 눈이 노란색이라고 생각했을까. 조지는 고개를 갸우뚱했다. 다시 보니 엄마나 형처럼 반짝거리는 파란 눈동자였기 때문이다. "정말 똑똑한 아이인걸. 그렇다면 나를 소개할 수밖에 없지. 조지, 나는 보브 그레이라고 하는데, 춤추는 광대, 페니와이스라고도 불리지. 자, 페니와이스가 조지에게 인사를 하고, 조지는 페니와이스에게 인사를 한 셈이네. 그럼 우린 벌써 아는 사이가 됐잖아. 내 말이 마아아앗지?"

조지는 킥킥거렸다. "맞는 거 같아요." 조지는 다시 손을 내밀다가……, 역시 또 한 번 움츠렸다. "어떡하다가 그 안에 빠졌죠?"

"휘이잉하고 바람에 실려 왔지." 춤추는 어릿광대 페니와이스가 말했다. "곡마단이 통째로 날아갔단다. 조지, 내 몸에서 곡마단 냄새가 나지 않니?"

조지는 상체를 앞으로 수그렸다. 순간 땅콩 냄새가 물칵 풍겨 왔다! 바짝 볶아 낸 땅콩! 그리고 달짝지근한 향료 냄새! 모자 구멍에 프렌치프라이를 하나 가득 담고 있는 하얀 얼굴! 어느새 솜사탕과 갓 구운 도넛 냄새에 야릇하고 지독한 야생 동물의 똥 냄새까지 풍겨 오기 시작했다. 게다가 톱밥 더미에 섞여 있는 나른한 향기까지. 게다가…….

게다가 홍수의 축축한 냄새와 썩은 낙엽과 하수관의 암흑이 짙게 스며든 냄새였다. 축축하게 썩어 가는 냄새. 지하실의 바로 그 냄새.

그러나 다른 냄새들이 더 강했다.

"맞아요, 냄새가 나요."

"배를 갖고 싶은 거니, 조지? 내키지 않은 거 같아서 물어보는 거야." 페니와이스는 히죽 웃으면서 종이배를 들어 보였다. 그가 입고 있는 헐렁한 비단옷엔 큼지막한 적황색 단추들이 달려 있었다. 앞쪽으로 밝은 색 넥타이와 야광 전구가 줄줄이 달렸고, 손에는 미키마우스와 도널드 덕처럼 커다란 흰색 장갑을 낀 모습이었다.

"꼭 갖고 싶어요." 조지는 배수관을 내려다보며 말했다.

"풍선도? 빨강, 초록, 노랑, 파랑……."

"하늘에 떠다니나요?"

"떠다니냐고?" 광대의 입가가 더 크게 벌어졌다. "그럼, 하늘을 날지. 떠다닌단 말이야! 자, 여기 솜사탕도 있고……."

조지는 손을 내밀었다.

광대는 그 팔을 붙잡았다.

그리고 조지는 광대의 얼굴이 변하는 모습을 보았다.

그때 조지가 본 것은 지하실 안에 있으리라 상상했던 최악의 것도 달콤한 꿈처럼 만들기에 충분할 만큼 끔찍한 것이었다. 아이가 본 그것은 단 한 번 낚아챔으로써 아이의 온전한 정신을 파괴해 버렸다.

"모두 떠다니네." 배수관 속의 광대는 낄낄거리며 낮게 노래하듯 중얼댔다. 그것은 두툼하고 끔찍하게 생긴 손아귀로 조지의 팔을 움켜잡았고, 태풍의 잔해를 바다로 운반하느라 물살이 휘돌고 으르렁대는 심연의 어둠 속으로 조지의 몸은 빨려 들기 시작했다. 마지막 순간 조지는 힘껏 고개를 젖혀 빗줄기를 향해, 1957년 가을 데리 시 상공을 짓누르던 무심한 하늘을 향해 비명을 질렀다. 위챔 가 곳곳을 꿰뚫고 지나간 날카로운 비명소리에 사람들은 창가를 살피거나 현관으로 우르르 몰려나왔다.

"모두 떠다니네." 그것은 포효하듯 으르렁댔다. "모두 떠다니지, 조지. 이리로 내려와 함께 날자꾸나……."

조지의 어깨가 시멘트 보도 위로 떨어지는 순간, 홍수 때문에 신발 가게를 닫고 종일 집에 있던 데이브 가드너에게 노란색 비옷을 입은 사내아이가 도랑 속에 처박힌 채 비명을 지르는 모습이 보이고 얼굴을 뒤덮는 흙탕물 사이로 점점 비명이 거품으로 잦아드는 소리가 들려왔다.

"이 밑에선 모두 떠다니네." 기분 나쁜 속삭임이 들려오다가 어느 순간 조지 덴브로는 뭔가 찢기는 음향과 함께 타 들어가는 듯한 극심한 통증을 느꼈고, 그것이 전부였다.

최초의 비명소리가 들린 지 45초 만에 제일 먼저 그곳에 달려온 사람은 데이브 가드너였는데, 조지 덴브로는 이미 싸늘한 시체로 변해 있었다. 가드너는 조지의 비옷을 쥐고 도로변으로 끌어냈다. 두 손으로 조지의 몸을 바로 눕히는 순간, 그의 입에서도 비명이 터져 나왔다. 비옷의 왼쪽이 시뻘건 피로 물들어 있었다. 잘려 너덜거리는 왼팔 부분에서 피가 쏟아져 배수관으로 흘러 들었다. 끔찍하리만큼 희디흰 뼈마디가 찢겨진 옷 사이로 드러나 있었다.

아이의 눈은 창백한 하늘을 향해 열려 있었고, 데이브가 그쪽으로 웅성대며 몰려오는 사람들을 향해 비틀비틀 걸음을 옮기는 순간에도 아이의 휑한 눈구멍 속으로 빗줄기가 쏟아졌다.

이미 제 기능을 상실한 배수관 밑 어딘가에서(담당 보안관은 데리 신문과의 인터뷰에서 절규에 가까운 절망적인 분노와 함께 그 깊숙한 곳엔 누구도 내려갈 수 없다고 말했다. 그는 헤라클레스라도 급류에 휩쓸리고 말았을 거라고 덧붙였다.), 조지의 종이배는 컴컴한 구멍을 지나 급류를 타고 기다란 콘크리트 통로를 헤쳐 나갔다. 한동안은 누런 파충류처럼 죽은 병아리의 발톱에 끼어 함께 흘러가다가 마을 동쪽 분기점에 이르러 병아리가 왼쪽으로 쓸려 간 후부터는 똑바로 항해를 계속했다.

한 시간 뒤 데리 시립 병원의 응급실에서 조지의 어머니가 진정제를 맞고 있는 동안, 버벅이 빌은 겁에 질린 창백한 얼굴로 침대에 앉아 어머니가 응접실이라는 부르는 곳에서 「엘리제를 위하여」를 대신해 아버지가 흐느끼는 소리를 묵묵히 듣고 있었다. 바로 그 순간, 종이배는 총알처럼 콘크리트 구멍을 빠져나가 빠른 속도로 이름 모를 하천으로 흘러 들었다. 종이배가 20분 후 부풀어 오른 페노브스콧 강에 접어들 무렵 하늘에 오랜만에 푸른 틈이 열리기 시작했다. 태풍이 지나간 것이다.

종이배는 물속을 오르내리다가 위태롭게 비틀대기도 하고 때론 물살에 휩쓸리기도 했지만 끝끝내 가라앉지는 않았다. 형과 아우가 배에 해 둔 방수 처리는 나무랄 데 없었다. 과연 그 배가 어디까지 흘러갔는지, 나는 알 수 없다. 어쩌면 바다로 흘러가 동화에 나오는 마법의 배처럼 끝없는 항해를 계속하고 있을지 모른다. 내가 아는 것은, 그 종이배가 여전히 떠 있으며 홍수를 헤치고 메인 주의 데리라는 경계를 벗어나는 순간, 이 이야기에서도 영원히 사라졌다는 것 뿐이다.

축제 이후(1984년)

에이드리언이 그 모자를 쓰고 있었던 이유는, 나중에 경찰서에서 남자 친구가 흐느끼며 진술한 바에 따르면 그가 죽기 엿새 전 배시 공원 박람회에서 고리 던지기 게임을 해서 받은 상품이었기 때문이다. 에이드리언은 모자를 매우 흡족해했다고 한다.

"그이가 모자를 쓰고 다닌 건 이 코딱지만 한 마을을 너무 좋아했기 때문이라고요!" 에이드리언의 남자 친구, 던 해거티는 경찰들에게 울부짖었다.

"그만, 그마안. 그런 얘기까지 할 필요는 없어요."

헤럴드 가드너 경관이 해거티에게 말했다. 헤럴드 가드너는 데이브 가드너의 4남 중 하나였다. 아버지가 한쪽 팔이 잘린 조지 덴브로의 시체를 발견했을 당시, 헤럴드 가드너는 다섯 살이었다. 그로부터 27년 가까이 흐른 지금, 서른두 살의 그는 머리가 벗어져 있었다. 헤럴드 가드너는 던 해거티가 당한 일을 심각하게 받아들였다. 그 남자(남자라고 부를 수 있다면)는 립스틱을 바른 데다 착 달라붙는 공단 바지를 입고 있어서 성기의 주름까지 알아볼 정도였다. 얼마나 애통하고 고통스러울지는 몰라도, 그가 동성연애자라는 사실은 분명했다. 그의 애인이었던 에이드리언 멜론도 마찬가지였다.

"처음부터 다시 시작합시다." 헤럴드의 동료, 제프리 리브스가 말문을 열었다. "두 사람이 펠컨에서 나와 운하 쪽으로 향했다 이거죠. 그 다음에는?"

"아, 정말 미쳐, 벌써 몇 번째예요?" 해거티는 여전히 울부짖었다. "놈들이 그이를 죽였다니까요! 옆으로 밀어 버렸다고요! 사내놈들이 잘난 체하는 이런 곳에서 늘 하는 짓거리잖아요!" 던 해거티는 울음을 터뜨리기 시작했다.

"한 번 더 묻죠." 리브스는 참을성 있게 다시 물었다. "두 사람이 펠컨에서 나온 다음에는?"

복도 바로 끝에 있는 조사실에서 두 명의 데리 시 경찰이 열일곱 살인 스티브 듀베이를 심문하고 있었다. 바로 위층 사무실에서는 두 명이 넘는 수사관들이 열여덟 살의 존 '웨비' 가튼을 조사 중이었고, 5층 서장실에서는 앤드루 레더마커 서장과 톰 부틸리어 지방 검사보가 열다섯 살인 크리스토퍼 언원을 상대하고 있었다. 언원은 색 바랜 청바지와 기름때 찌든 티셔츠 차림에 뭉툭한 정비화를 신고 훌쩍거리고 있었다. 레더마커와 부틸리어는 용의자들 중에서도 특히 언원을 이용하면 범죄 사실을 밝힐 수 있다고 계산했다.

"처음부터 다시 시작해 볼까." 부틸리어는 두 층 아래 있는 제프리 리브스와 똑같은 말을 했다.

"죽일 생각은 없었어요." 언원이 엉엉 울면서 대답했다. "모자 때문이었다고요. 그때까지도 모자를 쓰고 있을 거라고는 생각하지 못했어요. 그러니까 웨비가 쓰지 말라고 한 다음에 봤을 때 말이죠. 웨비가 그냥 겁을 주려나 보다 생각했을 뿐이에요."

"전에 말했는데도 듣지 않아서 말이지." 레더마커 서장이 불쑥 끼어들었다.

"예."

"존 가튼의 말을 거역했다 이거지, 17일 오후에 말이야."

"예, 웨비의 말을요." 언원의 눈가에서 또 눈물이 쏟아졌다. "그 사람이 위험에 빠진 거 같아 도와주려고 했던 건데……. 정말 죽일 생각은 없었다고요!"

"이봐, 크리스. 우릴 물로 보면 안 되지." 부틸리어가 말했다. "너희들이 그 조그만 호모를 운하 속에 던져 버렸잖아."

"예, 하지만……."

"너희 세 사람은 솔직히 털어놓을 생각으로 이곳에 왔지. 나도 그렇고 여기 레더마커 서장님도 너희들에게 감명을 받았다. 안 그렇습니까, 서장님?"

"그럼요. 자기가 한 일을 솔직히 털어놓는 건 진정한 남자가 아니면 하기 힘든 일이야, 크리스."

"그런데 이제 와서 거짓말로 자신을 더럽히면 쓰나. 그 호모하고 애인이 펠컨에서 나올 때 말을 걸었고, 그때부터 이미 집어던질 생각이었잖아, 안 그래?"

"아니에요!" 크리스 언원은 거칠게 항변했다.

부틸리어는 셔츠 주머니에서 말보로 담배를 한 개비 꺼내 입에 물었다. 그는 담뱃갑을 언원에게 내밀었다. "피울래?"

언원은 한 개비를 뽑아 들었다. 그의 입은 심하게 떨려서 부틸리어가 붙여 주려고 갖다 댄 성냥불도 이리저리 흔들렸다.

"계속 그 모자를 쓰고 있어서 말이지?" 레더마커가 물었다.

언원이 깊숙이 담배를 빨아들이며 고개를 숙이는 바람에 기름때 묻은 머리카락이 눈가까지 흘러내렸고, 여드름투성이의 코끝에서 연기가 뿜어져 나왔다.

"예." 들릴락 말락한 목소리였다.

부틸리어는 상체를 수그리며 갈색 눈동자를 번뜩였다. 먹이를 낚아챌 듯한 표정이었지만 목소리만은 부드러웠다. "뭐라고 했지, 크리스?"

"그렇다고 했어요. 그런 거 같아요. 그래서 집어던진 거예요. 그러나 죽일 생각은 없었어요." 그는 겁에 질려 비참한 표정으로 두 사람을 올려다보았지만, 전날 저녁 7시 30분 두 친구와 함께 운하 축제의 마지막 날을 즐기기 위해 집에서 나온 이후, 그의 인생에 얼마나 엄청난 변화가 일어났는지 여전히 깨닫지 못하는 눈치였다. "죽일 생각이 아니었다고요!" 그는 그 말을 되풀이했다. "그 남자, 다리 아래 있던 남자……, 그 사람이 누구인지 지금도 모르겠어요."

"그게 누굴까?" 레더마커가 반문했지만 별 관심 없는 말투였다. 그 남자 얘기는 이미 충분히 들었고, 누구도 믿지 않았다. 이제 얼마 안 있으면 세 명의 용의자는 언제부턴가 정해진 수순처럼 그 정체불명의 남자를 끌어들일 것이 뻔했다. 부틸리어는 아예 텔레비전 연속물 「도망자」를 본떠 '외팔이 신드롬'이라는 이름까지 붙여 놓은 상태였다.

"광대 옷을 입은 남자였어요." 크리스 언윈은 몸서리를 치며 말했다. "풍선을 든 남자."

운하 축제는 7월 15일부터 21일까지 줄곧 성황리에 개최됐으며, 데리 시민들도 고장의 사기 진작과 이미지 개선은 물론이고 경제적 효과도 만만찮았다고 입을 모았다. 도심 한복판을 관통하는 데리 운하 100주년을 축하하기 위한 행사였다. 1884년에서 1910년까지 데리에서 목재 산업이 번창한 것이나 수년간 이어진 경기 호황의 물꼬를 튼 것도 운하 덕분이었다.

도시 곳곳이 산뜻하게 단장을 끝냈다. 10년 넘게 방치됐다는 웅덩이도 콜타르로 메워 말끔하게 다져 놓았다. 건물 몇 동은 내부 실내 장식을 싹 바꾸고 외벽에 페인트까지 새로 칠했다. 배시 공원의 골치 아픈 낙서들이나('호모를 몽땅 죽여라', '지옥의 호모들에게 신이 내린 에이즈를!' 등등 대부분이 동성애자를 공격하는 내용이었다.) 운하 위의 키스 다리로 불리는 작은 보도를 둘러싼 목재 난간이며 벤치에 있던 낙서까지 사포로 싹싹 문질러 없앤 상태였다.

운하의 날 기념 전시관이 도심의 빈 점포 세 개를 빌려 마련됐고, 시립 도서관 사서이자 아마추어 역사가인 마이클 핸론이 전시물을 진열해 놓았다. 토박이 가문마다 값으로 따지기 힘든 가보들을 무료로 대여했고, 축제가 열린 일주일 동안 4만 명 가까운 방문객들이 25센트씩 입장료를 내고, 1890년대 식당 메뉴와 벌목꾼의 말뚝, 도끼, 1880년대 갈고리 장대며 1920년대 아이들 장난감을 비롯해 2000여 점의 사진과 지난 100년 동안 데리에서 상영된 9롤짜리 영화 필름 등을 관람했다.

데리 여성 협회가 박물관을 후원했는데, 협회는 핸론이 준비한 전시품 중 일부(1930년대 악명 높았던 고문 의자 같은)와 사진 몇 점(떠들썩했던 총격전 이후 나뒹굴던 브래들리 갱단의 시체 등등)을 거부했다. 그러나 누가 봐도 전시회는 대단한 성공을 거두었고, 솔직히 유혈이 낭자한 케케묵은 사진을 보고 싶어 안달하는 사람도 없었다. 좋은 점은 강조하고 나쁜 점은 없애는 편이 낫다는 옛 노래가 틀리지 않았다.

데리 공원에 커다란 공연 천막이 설치되어 그곳에서 매일 밤 밴드들이 돌아가며 연주회를 열었다. 배시 공원에는 스모키 흥행단이 이동식 놀이 기구를 설치했고, 지역 주민이 운영하는 각종 게임도 인기를 끌었다. 특별 시내 전차가 매시간 도시의 유적지를 누비고 다니다가 화려하고 매력적인 오락장 앞에 사람들을 내려놓고 지갑을 열게 했다.

에이드리언 멜론이 자신을 죽음으로 몰고 간 모자를 상품으로 탄 곳도 그런 오락장이었으며, 그것은 꽃과 '데리를 ♥해요.'라고 쓰인 띠가 달린 종이 중절모였다.

"피곤하다고요." 존 '웨비' 가튼이 말했다. 다른 두 친구처럼, 그도 딱히 따라한 것은 아니지만 브루스 스프링스틴 차림이었는데, 가튼이 그런 말을 들었다면 스프링스틴은 겁쟁이에 호모라고 일갈하며 자신은 데프 레파드, 트위스터드 시스터 또는 주다스 프리스트 같은 '죽여 주는(뻑 가게 만드는)' 헤비메탈 그룹을 좋아한다고 핏대를 올릴지 모를 일이었다. 평범한 파란색 티셔츠 소매가 뜯어져 있는 걸 보면 팔 근육이 꽤 우람한 모양이었다. 숱 많은 갈색 머리카락이 한쪽 눈을 덮고 있는데, 그 부분은 스프링스틴보다 존 쿠거 멜렌캠프 분위기에 가까웠다. 두 팔에 파란 문신은 아이가 그렸는지 쉽게 이해할 수 없는 암호 같았다. "더 이상 말하고 싶지 않아요."

"박람회장에서 화요일 오후에 뭘 했는지만 말해." 폴 휴즈는 지쳤을 뿐만 아니라 그 지저분한 사건이 놀랍고 황당할 따름이었다. 누구나 어느 정도는 알고 있지만 행사 일정표에는 감히 적어 놓진 못한 결정적인 이벤트와 더불어 데리의 운하 축제가 끝났다는 생각, 휴는 그 생각을 몇 번이나 곱씹고 있었다. 만약 그 사건까지 예상했다면, 축제 일정표는 이렇게 진행됐을 것이다.

토요일, 오후 9:00 데리 고등학교 밴드와 바버숍 멜로멘이 출현하는 마지막 연주회.

토요일, 오후 10:00 웅장한 불꽃놀이 쇼.

토요일, 오후 10:35 에이드리언 멜론을 제물로 한 운하 축제의 공식적 폐막.

"염병할 축제 같으니." 웨비가 툴툴댔다.

"멜론에게 뭐라고 했는지, 또 멜론이 너한테 뭐라고 했는지만 말하라니까."

"아, 정말 돌아 버리겠네." 웨비가 눈알을 굴렸다.

"말해 봐, 웨비." 휴즈의 동료가 옆에서 웨비를 다그쳤다. 웨비 가튼은 눈알을 굴리며 다시 이야기를 시작했다.

가튼은 멜론과 해거티가 서로 허리를 껴안고 여자 아이들처럼 까르르 웃는 모습을 바라보았다. 처음에는 실제로 두 사람이 모두 여자인 줄 알았다. 그런데 멜론이 앞에 있는 자신을 손가락으로 가리키는 동안 남자라는 사실을 알았다. 그가 지켜보는 가운데 멜론이 해거티에게 얼굴을 돌리더니……, 살짝 키스를 하는 것이었다.

"젠장, 속이 뒤집어지는 줄 알았어요." 웨비는 아주 역겹다는 표정으로 소리를 질렀다.

당시 웨비는 크리스 언원과 스티브 듀베이와 함께 있었다. 웨비가 멜론을 가리키자, 스티브 듀베이는 그 옆에 있는 돈 뭐라는 작자도 호모인데 언젠가 데리 고등학교 앞에서 아이를 차에 태워 성추행하려고 했다고 말했다.

멜론과 해거티는 고리 던지기 게임장에서 오락장 출입구 쪽으로 발길을 돌려 마침 그곳에 서 있던 웨비 일당을 향해 걸어왔다. 웨비 가튼은 휴즈와 콘레이 두 경관에게 말했듯이, 그 재수 없는 호모가 '데리를 ♥해요.'라고 쓴 모자를 쓰고 있는 모습을 보는 순간 "시민으로서의 자긍심"에 엄청난 상처를 받았다고 했다. 꼭대기에 달려 있던 커다란 꽃이 움직일 때마다 사방으로 까딱거렸는데, 정말이지 꼴 사나운 모자였다는 것이다. 그 꼴 사나운 모자 때문에 웨비의 시민으로서의 자긍심은 더욱 손상을 받았다.

멜론과 해거티가 서로 허리를 두르고 앞을 지나칠 때 웨비 가튼은 버럭 고함을 질렀다. "야, 이 호모 새끼, 모자를 통째로 씹어 먹게 해 주랴?"

멜론은 요란스레 두 눈을 깜박대면서 가튼에게 말했다. "자기야, 배가 고픈가 보구나, 그럼 내가 모자보다 훨얼씬 맛나는 거 줄 수 있는데."

이쯤 되자 웨비 가튼은 그 호모의 얼굴을 좀 손봐 줘야겠다고 마음먹었다. 나올 건 나오고 들어갈 건 들어가고, 그저 그런 얼굴이었다. 그러나 그 누구도 자신에게 남자의 거기를 빨아 보라고 할 수는 없었다. 그 누구도.

가튼은 멜론을 상대로 슬슬 작업을 시작했다. 멜론의 애인, 해거티는 겁에 질려 멜론을 잡아끌었지만 멜론은 그대로 서서 미소를 머금었다. 가튼은 나중에 휴와 콘레이 두 경관에게 말했듯, 멜론이 당시 제정신이 아니었다고 확신했다. 가드너와 리브스 경관이 해거티를 상대로 알아본 결과, 가튼의 말은 어느 정도 일리가 있어 보였다. 멜론은 그날 내내 벌꿀이 잔뜩 들어 있는 튀김 도넛 두 개와 축제 분위기에 흠뻑 취해 있었다. 그래서 웨비 가튼의 위협을 진지하게 받아들이지 못한 것이다.

"원래 에이드리언 멜론은 그런 사람이에요." 던이 그렇게 말하며 휴지로 눈가를 훔쳐 내자 눈 화장이 금방 얼룩졌다. "원체 자신을 방어할 줄 모르는 사람이거든요. 만사가 늘 제대로 돌아간다고 믿는 바보 같은 사람 말이에요."

뭔가 가튼의 팔꿈치를 두드리지 않았다면, 멜론은 그 자리에서 묵사발이 됐을지 모른다. 가튼의 팔꿈치를 두드린 것은 경찰봉이었다. 가튼이 그쪽으로 얼굴을 돌리자, 데리 경찰 중에서도 가장 체구가 건장한 프랭크 매켄이 서 있었다.

"꼬마 친구, 신경 꺼. 네 일이나 신경 쓰고 그 동성연애자 친구들은 그냥 놔두지그래. 인상 펴고 즐기란 말이야."

"나더러 뭐라고 했는지 아세요?" 매켄 경관의 말에 가튼이 발끈했다. 언원과 듀베이가 다가와 낌새가 심상찮다고 생각하고 가튼의 옷자락을 잡아끌었지만, 가튼은 참견하지 말라는 식으로 주먹을 들어 보였다. 남자로서 꼭 되갚아 주어야 하는 모욕이라도 당한 표정이었다. 누구도 그에게 남자의 거기를 빨라고 말할 수는 없었다. 그 누구도 말이다.

"저 사람이 자네한테 뭐라고 했을 거 같진 않은데. 네가 먼저 뭐라고 했겠지. 자, 착하지, 내 말 들어. 똑같은 말 되풀이하게 하지 말고."

"나더러 호모라고 했단 말이에요!"

"왜, 뭐 찔리는 게 있나?" 매켄은 정말 궁금하다는 표정이었고, 가튼은 얼굴이 벌겋게 달아올랐다.

두 사람이 말을 주고받는 동안, 해거티는 더 세차게 에이드리언 멜론을 잡아끌며 그곳을 빠져나가려고 애썼다.

"자기야, 바이바이!" 에이드리언이 어깨너머로 쾌활하게 외쳤다.

"닥치지 못해, 이 화상아. 어서 여기서 나가." 매켄이 소리쳤다.

가튼이 멜론 쪽으로 달려들자 매켄이 재빨리 가로막았다. "이봐 친구, 자꾸 이런 식으로 나오면 잡아넣을 수도 있어. 그런 편이 낫겠다는 생각이 든단 말이지."

"다음에 또 내 눈에 보이면, 가만 안 둬!" 가튼은 걸어가는 연인의 등 뒤로 냅다 소리를 지르며 멜론을 노려보았다. "또 한 번 그 모자를 쓰고 돌아다녔단 봐, 죽여 버릴 테니까! 여기는 너 같은 호모 새끼들이 놀 곳이 못 돼!"

멜론은 뒤도 돌아보지 않고 왼손을 들어 선홍색 매니큐어가 칠해진 손가락을 헤살 지으며 또 한 번 온몸을 떨었다. 가튼은 다시 달려들 태세였다.

"지금부터 입을 뻥긋하거나 한 발짝만 움직여도 잡아넣는다." 매켄이 조용한 음성으로 말했다. "이봐, 내 말이 거짓말인가 나중에 보라고. 말한 대로 할 테니까 말이야."

"그만 가자, 웨비. 걔들도 가고 없잖아." 크리스 언원이 주춤주춤 말을 건넸다.

"왜 저런 애들 편을 들죠?" 웨비는 크리스와 스티브를 무시해 버리고 매켄에게 물었다. "말해 봐요, 예?"

"말썽 피우는 애들은 누구나 똑같아. 누굴 편들고 할 게 없어. 내가 정말 좋아하는 건 말이지, 평화롭고 조용한 거야. 그런데 여드름, 네가 그걸 깨려고 하잖아. 왜, 나랑 한번 해 보고 싶어?"

"가자, 웨비, 가서 핫도그나 먹자고." 스티브 듀베이가 조용하게 말했다.

웨비는 헝클어진 셔츠를 신경질적으로 고쳐 입고 머리를 쓸어 넘기며 발걸음을 돌렸다. 매켄도 에이드리언 멜론이 죽은 다음 날 아침, 참고인 진술에 응했는데 그가 한 말은 이랬다. "멜론과 그 친구들이 떠나면서 마지막으로 한 말은 '다음에 또 눈에 띄면 가만 안 둬.'였습니다."

"엄마한테 꼭 얘기해야 해요." 스티브 듀베이는 벌써 세 번째 똑같은 말을 하고 있었다. "의붓아버지한테 잘 좀 말해 놓으라고요. 안 그러면 저 집에 가서 맞아 죽는단 말이에요."

"조금 이따가." 찰스 아바리노가 말했다. 아바리노와 그의 동료 바니 모리슨은 그날 밤 안으로 듀베이가 집으로 돌아가긴 틀렸으며, 며칠이 지나도 그렇게 되긴 힘들 거라고 생각했다. 아바리노가 보기에 듀베이는 사태의 심각성을 전혀 깨닫지 못했는데, 나중에 열여섯 살 때 학교를 그만뒀다는 소리를 듣고 그럴 만도 하겠거니 하는 생각이 들었다. 당시 듀베이는 여전히 워터 가 중학교에 다니고 있었다. 7학년을 세 번 유급하는 동안 한 차례 담임을 맡았다는 위슬러 교사에 따르면, 듀베이의 지능지수는 68이었다.

"멜론이 펠컨에서 나왔을 때 무슨 일이 벌어졌는지 말해 봐." 모리슨이 다독이듯 물었다.

"싫어요. 말을 안 하는 편이 낫겠어요."

"뭐, 무슨 소리야?" 아바리노가 물었다.

"벌써 몇 번이나 말했잖아요."

"이곳에 온 이유가 뭐지? 말하려고 왔잖아, 안 그래?"

"그, 그렇지만……, 맞아요……. 그렇지만……."

"잘 들어, 나와 여기 이 아저씨가 호모처럼 보이니?" 모리슨은 부드러운 표정으로 듀베이 곁에 앉아 담배 한 개비를 내밀었다.

"모르겠어요."

"우리가 호모를 좋아할 것 같아?"

"아니요, 그렇지만……."

"스티브, 우린 네 편이야." 모리슨의 말투는 아주 진지했다. "날 믿어라. 지금은 너나 크리스, 웨비 모두 아저씨 같은 친구가 필요해. 오늘이면 벌써 너희들한테 복수하려고 벼르는 놈들이 밖에 수두룩하게 깔려 있을 테니까."

스티브 듀베이는 약간 겁에 질린 표정이었다. 아바리노는 그 저능아의 조잡한 속마음을 꿰뚫어 보다시피 하며 또 한 번 그 아둔한 머릿속에 의붓아버지가 떠오를 때까지 기다리고 있었다. 데리의 소규모 호모 집단을 좋아하진 않았지만(다른 경찰들과 마찬가지로 펠컨이 영원히 문을 닫았으면 하는 게 솔직한 마음이었으니까) 듀베이를 직접 집에까지 데려다 주고 싶었다. 사실 아이의 의붓아버지가 초주검이 될 때까지 몽둥이찜질을 하는 동안 아이의 팔을 붙들고 있었으면 좋겠다는 기분이 들 정도였다. 아바리노는 동성애자를 좋아하지 않았지만 그렇다고 그들이 두들겨 맞거나 살해당해도 좋다는 의미는 아니었다. 멜론은 잔인하게 살해당했다. 운하 다리 아래쪽에서 건져 올린 시체는 공포로 불거져 나온 눈동자가 휑하니 열려 있었다. 게다가 듀베이는 아직도 자신이 무슨 짓을 했는지조차 알지 못했다.

"죽일 생각은 없었어요." 듀베이가 약간만 혼란스러워도 금방 뒤로 움츠러들어 그 말을 반복하기를 벌써 몇 차례였다.

"그래, 지금 그 얘기를 하자는 거잖아. 실제로 일어난 일만 말하면 되는 거야. 식은 죽 먹기잖아. 안 그래, 바니?"

"누워서 떡 먹기지." 모리슨이 고개를 끄덕였다.

"다시 한번 묻겠다, 무슨 일이 벌어졌지?" 아바리노가 다시 토닥이듯 물었다.

"그러니까……." 스티브는 천천히 말문을 열기 시작했다.

1973년 펠컨이 문을 열었을 때, 엘머 커티는 가게 바로 옆 버스 정류장에 트레일웨이와 그레이하운드, 아루스톡 군으로 향하는 세 노선이 있음을 떠올리며 손님들이 대부분 버스 승객일 거라고 예상했다. 그의 예상 중 빗나간 부분이 있다면 대부분의 버스 승객이 여자이거나 아이가 끼어 있는 가족 단위라는 점이었다. 그 밖에 상당수는 술병 몇 개가 담긴 갈색 가방을 들고 있었으며 가게 옆 정류장에서 내리는 일도 없었다. 그나마 가게에 들르는 사람은 대개 군인이나 선원으로 그저 한두 잔 간단히 들이켜는 정도였다. 이런 상황에 배차 시간이 10분 간격인 버스 정류장 옆에서 술집을 제대로 꾸려 가기란 쉬운 일이 아니었다.

커티가 그 불길한 상황을 눈치 챈 것은 1977년이었지만 그때는 이미 늦은 후였다. 들어오는 돈은 쥐꼬리만도 못 했고 적자에서 벗어날 방법도 전무해 보였다. 가게에 불을 질러 보험금을 타 볼까도 생각했지만 그것도 전문가를 고용하지 않으면 곧 들통 나고 말일……, 거기다 방화 전문가를 어디서 구해야 할지 대책이 서지 않기는 마찬가지였다.

그는 그해 2월 마음을 다잡기를, 7월 4일까지만 영업을 해 보고 그때까지 상황이 달라지지 않으면 옆문으로 걸어 나가 플로리다행 버스에 몸을 싣고 그곳의 물장사는 어떤지 알아볼 생각이었다.

그런데 그 후 다섯 달 동안, 검은색과 황금색으로 내부를 칠하고 각종 새 모양으로 장식한 그 술집에 놀랍도록 고요한 번영의 햇살이 비추기 시작했던 것이다.(엘머 커티의 형은 새를 전문으로 다루는 아마추어 박제사였는데, 그가 죽은 후 그 물건들을 고스란히 동생이 물려받았다.) 하루에 맥주 60잔과 기타 주류는 합해서 20잔이 전부였던 매상이 느닷없이 맥주 80잔에 주류 100잔이 되고……, 다시 120잔이 되는가 싶더니……, 어떤 날은 160잔까지 나가는 일이 벌어졌다.

손님은 대부분 얌전한 젊은이들로 거개가 남자였다. 상당수가 기괴한 옷차림을 하고 있기는 했지만, 그때까지만 해도 그런 옷차림이 유행으로 여겨지던 때라 엘머 커티는 1981년까지도 손님의 대부분이 호모라는 사실을 눈치 채지 못했다. 데리 주민들이 커티의 그런 얘기를 들을 때마다 웃음을 터뜨리며 누굴 바보로 아느냐고 눈을 흘겼지만 커티의 주장은 분명 사실이었다. 몰래 바람난 아내와 같이 사는 남자처럼, 그는 실제로 그 사실을 마지막으로 알았다……. 그도 한참 후에야 그런 사실을 알았지만 그렇다고 달라질 것은 없었다. 수입이 짭짤했고, 무엇보다 데리에서 흑자를 내는 술집이 네 군데 더 있었지만 정기적으로 난폭한 술꾼들에게 영업장이 한 번씩 뒤집어지지 않는 곳은 펠컨뿐이었다. 시비의 원인을 제

공할 만한 여자가 없어서 더없이 좋았고, 그곳에 오는 게이들은 보통 연인들이 모르는 비법이라도 어디서 터득했는지 누구든 만나면 사이좋게 지냈다.

단골 손님들의 성적 취향을 간파한 직후부터 커티는 마을 어디에나 펠컨을 두고 야릇한 얘기들이 나돈다는 사실도 깨달았다. 벌써 몇 년 전부터 나돈 소문이지만 물론 1981년까지 커티는 그런 소문이 있다는 것조차 알지 못했다. 특히 그런 소문을 열성적으로 퍼뜨리는 사람들은 손목이나 어디에서 근육이 다 사라질까 두려워 쇠사슬을 치렁치렁 매달고 다니면서도 펠컨에는 감히 얼씬도 못하는 자칭 쾌남아였다. 그러나 그들은 뒷구멍에서 펠컨에 관한 별의별 정보를 입수하는 모양이었다.

떠도는 소문에 따르면, 아무 때고 밤에 펠컨에 가 보면 남자들이 성기를 바닥에 비비며 뒤엉켜 흐느적거리거나 바에 앉아 진한 키스를 하고, 화장실에서는 구강 성교를 하는 광경이 펼쳐진다는 것이다. 그리고 뒤쪽에 밀실이 하나 있는데, 권능의 탑에서 잠시 시간을 보내고 싶으면 그곳에 들러 보라는 말도 있었다. 그 방에 가면 거구의 늙은이가 나치 제복을 입고 어깨까지 개기름을 줄줄 흘리며 뭐든 시키는 대로 하면서 달콤한 시간을 보장해 준다는 것이다.

소문은 어느 것이나 사실과 달랐다. 버스 정류장에서 맥주나 하이볼을 한잔하려고 펠컨에 불쑥 들어서도 이상한 광경은 눈에 띄지 않았다. 물론 남자들이 아주 많은 것은 사실이지만, 전국에 있는 공단의 인근 술집들과 크게 다를 바 없는 풍경이었다. 또한 손님 대부분이 동성애자라고 해도 '성불능'이란 말과 동의어는 아니

않은가. 그들은 약간 더 노골적인 것을 원하는 경우, 포틀랜드로 가곤 했다. 훨씬 더 노골적이고 싶을 때(거칠거나 복합적인 것 등)는 뉴욕이나 보스턴으로 자리를 옮겼다. 데리는 작은 도시에 시골인지라, 데리의 소규모 호모 집단은 눈에 띄지 않게 생존하는 방법을 잘 알고 있었다.

던 해거티는 이삼 년 정도 펠컨을 드나들었는데 1984년 3월 어느 날 밤, 처음으로 에이드리언 멜론과 함께 나타났다. 그전까지는 여러 명과 사귀었고 같은 상대와 다시 나타나는 일은 여섯 번이나 될까 말까 했다. 그러나 4월 말 즈음 그런 일에는 거의 둔감한 엘머 커티의 눈에도 해거티와 멜론이 보통 사이 이상으로 보였다.

해거티는 뱅고어의 기술사 사무소에서 설계사로 일하고 있었다. 에이드리언 멜론은 때와 장소를 가리지 않고, 예컨대 항공 잡지와 고백 잡지, 각 지방 잡지,《선데이》특별호, 성 체험 기고 잡지 등등에 글을 쓰는 자유 기고가였다. 꾸준히 소설도 써 왔고, 벌써 12년 전인 대학교 3학년 때부터 습작을 시작했지만 자신은 썩 진지하게 생각하지 않았다.

그는 운하에 관한 기사를 쓰려고 데리에 왔다. 콩코드에서 격월 간으로 발행되는 고급 잡지,《뉴잉글랜드 바이웨이스》의 원고 청탁을 받았던 것이다. 에이드리언 멜론이 그 제의를 수락한 것은 무엇보다 데리 타운 하우스의 일급 객실을 포함해 바이웨이스에서 3주간의 체류 경비를 받아 챙길 수 있었기 때문인데, 사실 기고에 필요한 자료는 닷새면 충분히 모을 수 있었다. 그래서 내친김에 나머지 2주 정도는 다른 잡지에 기고할 네 편 정도의 글을 쓰는 데

필요한 자료까지 입수할 요량이었다.

그러나 그는 3주로 예정된 여정에서 던 해거티를 만났고, 3주가 지났을 때도 포틀랜드로 돌아가는 대신 코서스 소로에다 작은 아파트를 구입해 버린 것이다. 그는 그곳에서 6주만 살았다. 그 후에는 던 해거티의 집으로 이사했으니까.

그해 여름, 해거티는 그해 여름이 인생에서 가장 행복했노라고 헤럴드 가드너와 제프 리브스에게 말했다. 좀더 조심했어야 했다고도 덧붙였다. 신이 행복의 양탄자를 자기와 같은 사람에게 깔아 준 이유가 어느 순간 확 잡아당겨 넘어뜨리기 위해서라는 사실을 깨달았어야 했다고.

딱 한 가지 어두운 그림자가 있었다면 에이드리언이 지나칠 정도로 데리에 애착을 보였다는 것이다. 그는 "데리가 없다면 메인 주는 황무지에 불과하다!"라고 쓰인 티셔츠를 입었다. 데리 타이거스 고등학교의 교복 재킷도 즐겨 입는 옷 중 하나였다. 물론 그 모자도 빼놓을 수 없었다. 그는 드디어 생동감 넘치고 창조적인 기운이 물씬 풍기는 장소를 발견한 셈이었다. 그렇게 생각하는 데는 이유가 있었다. 근 1년 만에 트렁크에서 시들해진 소설 원고를 다시 꺼내들게 만든 곳이 데리였기 때문이다.

"그래서 정말 소설을 쓰던가요?" 헤럴드가 그렇게 물은 이유는 딱히 궁금해서가 아니라 해거티를 진정시키기 위해서였다.

"그럼요, 몇 장을 단숨에 써 내려갔어요. 정말 대단한 작품이 나올지 모르겠다며 기대가 컸지만 끔찍한 미완성으로 남게 됐군요.

10월, 그이 생일까지는 소설을 완성하겠다고 했는데. 물론 그 사람은 데리의 실상을 제대로 알지 못한 거예요. 자신은 잘 알고 있다고 생각했지만 데리의 불길한 냄새를 맡기에는 너무 짧은 시간이었어요. 줄곧 그렇게 말해 주었는데도 그 사람은 들으려 하지 않았지요."

"던, 데리의 실상이라는 게 뭐죠?" 리브스가 물었다.

"여긴 사타구니에서 구더기가 꿈틀거리는 죽은 매춘부와 닮았잖아요."

두 명의 경관은 놀란 표정으로 서로를 바라보았다.

"정말 안 좋은 동네예요. 하수구나 다름없죠. 그럼 두 분은 여태그것도 몰랐다는 말인가요? 평생 이곳에서 살았다면서 어떻게 모를 수 있죠?"

아무도 대답하지 않았다. 잠시 후 해거티는 얘기를 계속했다.

에이드리언 멜론을 만나지 않았다면 던은 데리를 떠났을지 모른다. 데리에서 생활한 지 3년, 세상에서 가장 전망 좋은 아파트를 장기 임대했다는 이유 때문이었지만 계약 기간이 거의 끝나 가는 시점에서는 그 도시를 떠날 수 있어 다행이라고 여겼다. 더 이상 뱅고어까지 출퇴근하느라 오랜 시간을 시달리지 않아도 되었다. 더이상 데리의 이상한 울림, 에이드리언에게도 말했듯이 마치 시계 바늘이 열세 개인 시계에서 울리는 듯한 기이한 음향에 심란해하지 않아도 되었다. 에이드리언은 데리가 굉장한 도시라고 생각했지만 그 때문에 던은 불안해졌다. 배시 공원에 있는 낙서처럼 일부

입담꾼들이 공공연하게 떠들어 대는 극도의 호모 기피증이 도시 전체에 짙게 깔려 있기 때문이라기보단 언제 어디서 죽임을 당할지 모른다는 불안감 때문이었다. 에이드리언은 그 말을 듣고 웃음을 터뜨렸다.

"던, 미국 어디를 가도 정도의 차이일 뿐 호모를 싫어하는 분위기는 마찬가지야. 모른다는 표정 짓지 말라고. 어차피 아직은 얼간이 로니와 똥파리 필리스의 시대잖아."

"나랑 배시 공원에 가 보자." 던은 에이드리언이 진심으로 데리의 정서에 낙관적이며 여느 시골 마을보다 데리가 더 나쁠 것이 없다고 생각한다는 사실을 깨닫고, 그렇게 말문을 열었다. "자기한테 보여 줄 게 있거든."

그래서 그들은 배시 공원을 찾았고, 해거티가 경찰들에게 진술했듯 에이드리언이 살해되기 한 달 전쯤인 6월 중순이었다. 던은 에이드리언을 데리고 음침하고 어딘지 불쾌한 냄새가 느껴지는 키스 다리를 향해 갔다. 그곳에서 낙서 하나를 가리켜 보였다. 에이드리언은 성냥불을 켜고 낙서를 읽었다.

호모야, 거기를 보여 줘라, 싹둑 잘라 줄 테니까.

던은 차분한 음성으로 말했다. "사람들이 동성애자를 어떻게 생각하는지 나도 알아. 십 대였을 땐가, 데이튼의 한 기사 식당에서 몰매를 맞은 일이 있어. 포틀랜드에서는 몇몇 아이들이 샌드위치 가게 밖에서 내 신발을 불태웠는데, 마침 식당 안에 앉아 있던 돼지 같은 경찰이 껄껄대며 웃겨 죽으려고 하더라고. 별의별 일을 다 당해 봤지만……, 이런 곳은 처음이야. 잘 읽어 봐."

성냥불이 다시 켜졌다.

손가락으로 죽은 놈들의 눈알을 죄다 후벼 파라! (신이 축복하시리라!)

"이런 별 볼일 없는 설교를 적어 놓은 게 누구이든, 그놈은 아주 미친 놈이지. 단 한 사람이 이런 낙서를 했다면, 외톨이 정신병자 같은 사람 하나의 생각이라면 기분이 나을 거야. 하지만……." 던은 잠시 말을 멈추고 키스 다리를 따라 손을 움직였다. "하지만 이런 낙서는 한두 개가 아니야……. 그리고 한 사람이 한 짓이라고 보기도 힘들어. 그래서 데리를 떠나고 싶은 거야, 에이드리언. 너무 많은 곳에 너무 많은 사람들이 아주 미친 것 같다니까."

"흠, 소설을 끝낼 때까지만 기다려 주면 안 될까? 응? 10월까지만. 그때까지 끝내겠다고 약속할게. 공기는 이곳이 훨씬 좋은데."

"그러나 조심해야 하는 건 공기가 아니라 물이었다는 걸 그이는 몰랐던 거죠." 던 해거티의 음성에서 참담한 심정이 묻어 나왔다.

톰 부틸리어와 레더마커 서장은 아무 말 없이 상체를 수그렸다. 크리스 언윈은 고개를 떨군 채 바닥을 향해 단조로운 음성으로 말하고 있었다. 두 사람이 원하던 말이 이제 막 시작되는 찰나였다. 그 양아치들 중 적어도 두 명은 토머스턴 형무소로 보낼 수 있는 얘기였다.

"박람회는 시시했어요. 쌈박한 놀이 기구는 벌써 문을 닫았데요. 거 있잖아요, 데빌 디시, 패러슈트 드롭 같은 거 말이에요. 나, 참, 범퍼 카도 '끝났음'이라고 씌어 있더라니까요. 그나마 남아 있는 건 죄다 꼬맹이들이나 타는 거였죠. 그래서 게임장으로 갔는데, 가튼이 고리 던지기 게임을 보고는 그 호모 자식이 썼던 모자가 생각났는지 50센트를 내고 똑같은 모자를 겨냥해 고리를 던지기 시작했죠. 근데 고리는 계속 빗나가고 그때마다 가튼 얼굴이 똥 씹은 표정이 되는 거예요, 뭐 뻔한 거 아니에요. 근데 스티브가, 그 자식은 원래 깐죽대는 게 특기인데, 한다는 소리가 노상 이렇게 좀 해 봐라, 저렇게 좀 해 봐라, 거 잘 좀 못하냐, 거 있잖아요, 사람 열 받게 하는 스타일이오. 근데 그 자식이 약을 먹어서, 뭐 그런 거 있잖아요, 완전히 맛이 갔더라고요. 무슨 약인지는 모르겠어요. 빨간색이오. 아마 몰래 파는 약은 아니었을 거예요. 근데 웨비한테 계속 깐죽대는 꼴을 보아하니, 곧 얻어터지겠구나 하는 생각이 들더라고요. 어떻게 호모보다도 못 하냐, 그거 하나 못 따면 접시 물에 코 박아라, 계속 그러는 거예요. 근데 아줌마가 그냥 상품 하나를 주데요, 고리가 들어가지도 않았는데 말이죠. 우리가 꺼져 주었으면 하는 눈치였어요. 잘 모르겠어요. 아닐 수도 있으니까. 암튼 제 생각에는 그랬어요. 정말 골치 아픈 놈들이다, 뭐 그렇게 생각했겠죠, 뭔 소리인지 알죠? 아줌마가 준 게 뭐냐면 바람이 빠지면서 방귀 소리처럼 빽빽거리는, 뭐 그런 거 있잖아요. 저도 그런 게 하나 있었죠. 핼러윈이나 새해 연휴 같은 쌈박한 명절 때 가지고 놀았는데, 꽤 쓸 만했던 거 같아요. 잃어버려서 탈이지만. 아마 학교 운동장 같은 데서, 뭐랄까, 누가 주머니를 슬쩍했는지 모르죠. 그때 박람회가 끝난다고 해서 밖으로 나왔죠. 그때까지도 스티브는 계속 호모보다 못 하다며 가튼의 성질을 긁어 댔고, 웨비는 말을 않더라고요. 뭐랄까, 곧 뭔 일이 터질 거 같은 분위기 있죠? 그래서 다른 얘기를 좀 해야겠다 싶었는데, 뭐랄까, 좀 쌈박한 얘기가 떠오르지 않는 거예요. 그럭저럭 주차장까지 갔는데 스티브가 '어디로 갈 건데, 집?' 하고 묻더라고요. 그러니까 웨비가 '우선 펠컨 좀 돌아보고 그 호모 놈이 알짱대는지 보자.'고 하더군요."

부틸리어와 레더마커는 눈빛을 주고받았다. 부틸리어는 손가락으로 얼굴을 가볍게 두드리기 시작했다. 정비화를 신은 얼간이는 자신도 모르게 일급 살인에 대한 얘기를 주절대고 있었던 것이다.

"그때 저는 그냥 집으로 가자고 했는데, 웨비가 계속 '호모 술집이 무서워서 그러냐?' 하는 거예요. 그래서 제가 '무섭기는 개뿔이 무섭냐.'고 말해 줬죠. 스티브는 여전히 맛이 간 상태로 '그럼, 호모 고기 맛 좀 보자! 호모 고기 맛 좀 보는 거야! 호모 고기······.' 하면서 떠들었어요."

때가 절묘하게 맞아떨어지는 바람에 모든 사람이 화를 당하고 말았다. 에이드리언 멜론과 던 해거티는 맥주 두 잔을 마신 후 펠컨에서 나와 두 손을 꼭 붙잡고 버스 정거장을 지나갔다. 그들에겐 특별할 것 없는 자세였다. 그때 시간은 9시를 가리키고 있었다. 그들은 길모퉁이를 돌아 왼쪽으로 발길을 옮겼다.

그 지점에서 강 상류로 800미터가량 떨어진 곳에 키스 다리가 놓여 있었다. 그들이 택한 곳은 메인 스트리트 다리였는데, 경치는 키스 다리만 못했다. 켄더스키그 하천은 여름이면 수위가 낮아져 120센티미터 남짓 되는 깊이로 콘크리트 교각을 돌아 무심히 흘러갔다.

자동차가 두 사람 곁으로 바짝 따라 붙었는데(두 사람이 펠컨에서 나오는 모습을 발견하고 환호성을 지르며 손가락질한 사람은 스티브 듀베이였다.), 일이 미터밖에 안 되는 거리였다.

"앞질러 버려! 앞지르라니까!" 웨비 가튼은 울부짖다시피 했다. 두 남자가 가로등 밑을 지나갈 즈음, 서로 손을 꼭 붙잡고 있는 모습이 가튼의 눈에 들어왔다. 그는 피가 거꾸로 서는 기분이었지만 정작 그를 격분에 휩싸이게 한 건 바로 그 모자였다. 큼지막한 종이꽃이 이리저리 고갯방아를 찧고 있었다. "앞지르라니까, 씹할!"

듀베이는 가튼의 말대로 했다.

크리스 언윈은 그 후부터 자신은 적극적으로 가담하지 않았다고 말했지만 딘 해거티의 진술은 달랐다. 차가 미처 멈추기도 전에 가튼이 뛰어내렸고, 다른 두 사람도 곧바로 그 뒤를 따랐다는 것이다. 몇 마디 말이 오갔다. 좋은 얘기일 리 없었다. 그날 밤은 에이드리언도 경솔하게 굴거나 거짓 교태를 부리지 않았다. 그도 분위기가 심상찮다는 것을 깨달았던 것이다.

"그 모자 내놔. 내놔, 호모 새끼야." 가튼이 말했다.

"모자를 주면 우릴 놔줄 거지?" 에이드리언의 음성은 흐느낌에 가까웠고, 금방이라도 울 것처럼 언윈과 듀베이와 가튼을 잔뜩 겁에 질린 눈으로 번갈아 보았다.

"잔말 말고 내놔!"

에이드리언은 모자를 건네주었다. 가튼은 청바지 왼쪽 주머니에서 잭나이프를 꺼내 모자를 둘로 잘랐다. 그리고 발밑에 집어던지더니 마구 짓밟기 시작했다.

던 해거티는 세 명의 시선이 에이드리언과 모자를 오가는 틈을 타 뒷걸음치며 경찰에게 도움을 청할 생각이었다.

"이제 우리를 놔줄⋯⋯." 에이드리언이 미처 말을 끝내기도 전에 그의 얼굴로 가튼의 주먹이 날아들었고, 그는 허리춤 높이의 다리 난간 쪽으로 고꾸라졌다. 그는 비명을 지르며 두 손으로 입가를 감싸 쥐었다. 손가락 사이로 피가 흘러내렸다.

"에이드리언!" 해거티는 울부짖으며 다시 앞쪽으로 달려왔다. 그러나 이내 듀베이의 발에 걸려 넘어지고 말았다. 복부로 날아드는 가튼의 발길질에 해거티는 보도 밖 차도까지 나뒹굴었다. 차 한 대가 다가왔다. 해거티는 가까스로 엉거주춤 일어서 차를 향해 비명을 질렀다. 차는 속도를 늦추지 않았다. 해거티는 운전자가 주변에 눈길조차 주지 않았다고 가드너와 리브스에게 말했다.

"닥쳐, 호모 새끼야!" 듀베이가 해거티의 얼굴에 발길질하며 소리쳤다. 해거티는 차도와 인도가 갈라지는 부분에 그대로 쓰러져 반쯤 가물가물해졌다.

얼마쯤 지났을까, 해거티의 귓가로 목소리가 들려왔는데 크리스 언윈의 목소리였다. 애인처럼 두들겨 맞고 싶지 않으면 어서 꺼지라고 했다. 언윈 자신도 당시 도망가라고 경고했다고 진술했다.

해거티는 곧이어 퍽퍽 하는 주먹질과 사랑하는 이의 비명소리를 들었다. 그는 에이드리언이 올무에 걸린 토끼 같았다고 경찰에 진술했다. 해거티는 기다시피 교차로와 버스 정류장 쪽으로 갔고, 멀리 왔다는 생각이 들자 뒤를 돌아보았다.

165센티미터가 조금 넘는 단신에 흠뻑 젖어도 65킬로그램이 될까 말까 한 에이드리언의 여윈 몸뚱이가 가튼에서 듀베이로, 다시 언윈으로 제기 차듯 오갔다. 주먹과 칼자루 끝이 에이드리언을 난타했고 옷은 갈기갈기 찢어졌다. 이윽고 사타구니에도 발길질이 오갔다고, 그것을 두 눈으로 똑바로 봤다고 해거티는 진술했다. 에이드리언의 머리카락은 얼굴에 착 달라붙어 있었다. 입가에서 연신 피가 흘러 셔츠를 벌겋게 물들였다. 웨비 가튼은 오른손에 둔탁한 반지를 두 개나 끼고 있었다. 하나는 데리 고등학교 졸업 반지, 다른 하나는 상점에서 직접 맞춘 것으로 'DB'라는 머리글자가 새겨져 있었다. 그가 특별히 숭배한다는 메탈 밴드, 데드 벅스를 가리키는 글자였다. 그 반지 두 개가 에이드리언의 윗입술을 찢었고 윗니 세 개를 으깨 놓았다.

"사람 살려! 사람 살려! 사람이 죽어요! 도와주세요!" 해거티는 울부짖었다.

큰거리의 건물들은 음침하고 은밀하게 웅크린 모습이었다. 아무도 도와주지 않았다. 버스 정류장을 밝게 비추고 있던 가로등 불 아래에서도 도움의 손길은 느껴지지 않았다. 얼마 전 에이드리언과 함께 그곳을 지날 때만 해도 여러 사람이 있었다. 그중 아무도 도와줄 생각이 없단 말인가? 한 사람도?

"사람 살려! 도와주세요! 사람이 죽어요, 제발 도와주세요. 제발!"

"도와줄게." 던 해거티의 왼쪽에서 아주 작은 목소리가 속삭이듯 들려오는가 싶더니……, 이윽고 낄낄대는 웃음소리로 바뀌었다.

"쓰레기들! 쓰레기들! 쓰레기!" 듀베이가 노래하듯 소리치며 웃어 젖혔다.

"도와준다고." 다시 작은 목소리가 들려왔는데, 말투는 진지했지만 역시 낄낄대는 웃음소리가 이어졌다. 달리 그 말밖에 할 수 없는 어린아이의 목소리 같았다.

해거티는 그 목소리에 이끌려 아래쪽을 바라보았고, 그곳에 광대가 있었다고 말했다. 바로 이 시점부터 가드너와 리브스는 해거티의 진술 대부분을 의심하기 시작했는데, 그 후 진술 자체가 정신병자의 헛소리로밖에는 들리지 않았기 때문이다. 그러나 나중에 헤럴드 가드너는 혼란을 느꼈다. 나중에 언원도 광대를 봤다고 진술한(그렇게 꾸며 낸 말일지도 모르지만) 사실을 알고 다른 생각을 떠올렸던 것이다. 그러나 그의 동료 리브스는 달리 생각하지 않았고, 광대 이야기 자체를 믿으려 하지 않았다.

그 광대는 로널드 맥도널드와 예전에 텔레비전에 나오던 보조를 섞어 놓은 인상이었다고, 아무튼 처음 보는 순간 그런 생각이 들었다고 해거티는 진술했다. 헝클어진 적황색 머리카락 때문에 그런 인상을 받았다는 것이다. 그러나 나중에 곰곰이 생각해 보니 그 어느 쪽도 닮지 않은 것 같았다고 했다. 새하얀 얼굴에 그려진 미소는 적황색이 아니라 붉은색이었고, 두 눈동자는 기이할 정도로 은색으로 번뜩였다. 어쩌면 콘택트렌즈를 착용해서 그럴지도……. 그러나 당시에는 그 은색 눈동자가 실제 눈일지 모른다는 생각만 떠올랐다. 광대는 적황색 방울 단추가 달려 있는 헐렁한 옷차림에 양손에는 만화에나 나올 법한 장갑을 끼고 있었다.

"던, 도움이 필요하면 이 풍선을 받아." 광대는 그렇게 말하며 한 손에 들고 있던 풍선 다발을 내밀었다. "떠다니지. 이 밑으로 내려오면 우리 모두 떠오르지. 조금 있으면 네 친구도 떠다닐 거야."

"그 광대가 당신 이름을 불렀단 말입니까?" 제프 리브스의 음성에는 일말의 감정도 섞여 있지 않았다. 그는 헤럴드 가드너 쪽으로 고개 숙인 해거티의 뒤통수를 힐끔거리며 한쪽 눈을 찡긋해 보였다.

"그래요, 그 소리가 어떻게 들릴지 나도 알아요." 해거티는 고개를 들지 않고 말했다.

"그때 네가 집어던진 거구나. 쓰레기라고 하면서 말이지." 부틸리어가 말했다.

"제가 아니라니까요!" 언원은 발끈하며 고개를 들어 올렸다. 그는 눈가에 늘어진 머리카락을 쓸어 넘기며 절박한 표정으로 부틸리어와 레더마커를 바라보았다. "제가 봤을 때 그 친구들이 정말 집어던질 것 같아서 전 스티브를 떼어 놓으려고 했어요. 거기서 떨어졌다가는 그냥 골로 갈 것 같아서……. 물까지 3미터가 넘는 높이여서……."

정확히 7미터였다. 레더마커의 부하 경찰 하나가 이미 측정한 결과였다.

"근데 스티브는 미친 것 같았어요. 둘 다 '쓰레기! 쓰레기!' 하며 빽빽 소리를 지르면서 그 사람을 집어 올렸어요. 웨비가 팔로 붙잡고 스티브는 바지 자락을 들어 올려서는……, 그러고는……."

해거티는 사태를 짐작하고 죽을힘을 다해 "안 돼! 안 돼! 안 돼!" 소리치며 다시 그쪽으로 뛰어갔다.

크리스 언윈이 밀치는 바람에 해거티는 바닥에 고꾸라져 입술을 부들부들 떨었다.

"너도 당하고 싶어서 그래? 꼬마야, 도망가라니까!" 언윈이 지그시 억누른 음성으로 속삭였다.

그들은 에이드리언 멜론을 다리 너머로 집어던졌다. 해거티는 첨벙 하는 물소리를 들었다.

"여기서 빨리 뜨자." 스티브 듀베이가 말했다. 그와 웨비는 차로 돌아갔다.

크리스 언윈은 다리 난간으로 가서 아래를 바라보았다. 제일 먼저 눈에 띈 것은 비틀대며 잡초와 오물이 들어찬 제방을 미끄러져 물가로 향하는 해거티의 모습이었다. 그리고 광대의 모습이 보였다. 광대는 한 손으로 에이드리언을 움켜쥐고는 반대편 둑으로 끌고 갔다. 다른 한 손에는 풍선 다발이 들려 있었다. 에이드리언은 물에 잠겨 고통스럽게 기침과 신음을 뱉었다. 광대는 고개를 젖히더니 크리스를 향해 히죽 웃어 보였다. 은색 눈동자가 번뜩였고, 그 치아가, 아주 커다란 치아가 드러났다고 크리스는 진술했다.

"서커스단의 사자처럼 말이죠. 제 말은, 그 정도로 이빨이 컸다고요."

언윈은 이어 광대가 에이드리언 멜론의 한쪽 팔을 들어 자신의 머리 위에 올려놓더라고 말했다.

"그 다음에는, 크리스?" 부틸리어는 이제 신물이 날 지경이었다.

그는 여덟 살 이후 동화라면 지겨워서 넌더리가 난 사람이었다.

"몰라요. 그때 스티브가 저를 붙잡아 차까지 끌고 갔거든요. 하지만……, 제 생각에는 그것이 그 호모의 겨드랑이를 물어뜯는 것 같았어요." 언원은 자신 없는 표정으로 두 사람을 올려다보았다. "그런 거 같아요. 겨드랑이를 물어뜯었어요. 식인종처럼 사람의 심장을 먹어 치우기라도 할 듯이 말이죠."

그렇지 않다고, 해거티는 크리스 언원의 진술을 확인하는 과정에서 말했다. 물론 당시 완전히 얼이 빠져 있었으므로 무심한 방관자의 눈빛보다 상황을 정확히 보기 어려웠을 수도 있겠지만 적어도 그가 보기에는 광대가 에이드리언을 반대편 강둑 위까지 끌어내지는 않았다는 것이다.

광대는 반대편 강둑 가까운 지점에서 물이 뚝뚝 떨어지는 에이드리언의 몸을 두 팔로 움켜쥐고 있었다. 에이드리언의 오른팔이 광대의 머리 뒤로 삐죽 솟아 있고, 광대가 에이드리언의 오른쪽 겨드랑이 밑에 얼굴을 파묻고 있었지만 물어뜯으려는 것은 아니었다. 그는 웃고 있었다. 해거티는 에이드리언의 겨드랑이 밑에서 광대의 웃음을 똑똑히 보았다.

광대가 두 팔을 힘껏 조이는가 싶더니 해거티의 귓가로 갈비뼈 으스러지는 소리가 들려왔다.

에이드리언은 비명을 질렀다.

"던, 우리 함께 날자꾸나." 히죽거리는 광대의 붉은 입술 사이로 목소리가 흘러나왔고, 흰색 장갑을 낀 한쪽 손이 다리 아래를 가리키고 있었다.

풍선이 다리 아래쪽에서 떠오르기 시작했는데 열 개, 아니 수십 개, 아니 수천 개나 되는 빨강, 파랑, 초록, 노랑 풍선 하나하나에 '데리를 ♥해요.'라고 적혀 있었다.

"좋아요, 풍선이 많기는 많았나 보군요." 리브스는 그렇게 말하며 헤럴드 가드너에게 다시 한번 눈을 찡긋해 보였다.

"그 소리가 어떻게 들릴지 나도 안다고요." 해거티의 목소리는 침울했다.

"당신이 정말 그 풍선을 보았단 말이죠?" 가드너가 말했다.

던 해거티는 천천히 얼굴 위로 두 손을 들어 올렸다. "지금 이 손가락처럼 똑똑히 두 눈으로 보았어요. 수천 개의 풍선. 너무 많아서 다리 아래가 풍선으로 꽉 찰 정도였으니까요. 위로 아래로 살랑살랑 춤을 추었죠. 소리가 났어요. 조그맣게 찍찍거리듯 이상한 소리였죠. 풍선끼리 비벼 대며 내는 소리처럼 말이에요. 그리고 실이 보였어요. 무수한 흰색 실이 매달려 있었죠. 촘촘히 짜 놓은 흰색 거미줄처럼. 광대는 그 밑으로 에이드리언을 데려갔어요. 실 사이로 성큼성큼 걸어가는 광대의 옷이 보였으니까요. 에이드리언은 괴로운 듯 숨을 헐떡였어요. 나도 그 뒤를 쫓기 시작했는데……, 갑자기 광대가 뒤돌아보더군요. 그 눈동자를 보는 순간 정체를 알았지요."

"정체가 뭐였습니까?" 헤럴드 가드너는 조용하게 물었다.

"데리, 바로 이 도시였어요."

"그 다음에는 어쨌습니까?" 이번에는 리브스였다.

"도망쳤다고요, 이 멍청한 양반들아." 해거티는 말을 끝내고 울음을 터뜨렸다.

헤럴드 가드너는 11월 13일, 존 가튼과 스티브 듀베이가 에이드리언 멜론 살인 혐의로 데리 지방 법정에 출두하기 전날까지 애써 평온을 깨뜨리고 싶지 않았다. 그는 기다렸다는 듯이 톰 부틸리어를 찾아갔다. 광대에 대해 말하고 싶었던 것이다. 부틸리어는 그런 얘기를 할 마음이 없었지만, 몇 마디 해 두지 않으면 가드너가 멍청한 짓을 할지도 모른다는 생각에 마음을 바꾸었다.

"헤럴드, 광대는 없어. 그날 밤 광대 짓을 한 놈들은 바로 그 꼬맹이 셋이야. 자네도 잘 알잖나."

"목격자가 두 명이나……."

"헛소리 작작해. 언원은 외팔이를 끌어들인 거야, '우린 그 가엾은 호모를 죽이지 않았어요. 범인은 외팔이였어요.'라고 말이야. 자기도 말을 하다 보니 점점 그럴듯해진 거지. 해거티는 발작 증세야. 애인이 바로 코앞에서 살해당하는 모습을 봤으니 그럴 만하지. 비행접시를 봤다고 해도 놀랄 게 없어."

그러나 부틸리어는 그보다 더 많은 것을 알고 있었다. 가드너는 그 눈빛에서 그렇다고 직감했으며, 지방 검사보가 몸을 사리는 수작에 초조해지기 시작했다.

"아니, 지금 말씀드리려는 건 다른 목격자입니다. 헛소리가 아닙니다."

"그래, 헛소리를 계속하고 싶다 이건가? 자네, 지금 나더러 메인 스트리트 다리 아래 흡혈 광대가 있었다고 믿으라는 말인가? 그러니까 헛소리라는 거야."

"그런 말이 아닙니다……."

"아니면 해거티가 다리 밑에서 수십억 개 풍선을 봤는데, 풍선마다 애인의 모자에 쓰인 거랑 똑같은 글자가 적혀 있었다? 역시 헛소리에 불과해."

"그게 아니라……."

"그런데 왜 그 문제로 골치를 썩는 건가?"

"저를 심문하듯 하지 마십시오! 두 사람의 진술이 일치하고, 그들은 서로 무슨 말을 했는지도 몰랐단 말입니다!" 가드너의 목청이 높아졌다.

부틸리어는 줄곧 책상 앞에 앉아 손가락으로 연필을 만지작거리고 있었다. 그는 연필을 내려놓고 자리에서 일어서더니 헤럴드 가드너를 향해 곧장 걸어왔다. 부틸리어가 10센티미터 정도 작았지만, 가드너는 검사보가 감정을 폭발시키기에 앞서 한 발짝 물러섰다.

"자네 이 재판에서 지고 싶나, 헤럴드?"

"아닙니다. 물론 이기고……."

"그 양아치들이 다시 거리를 활보했으면 좋겠나?"

"아닙니다!"

"그럼 됐어. 기본적인 원칙엔 서로 동의한 셈이니, 내 생각을 정확히 알려 주지. 그날 밤 다리 밑에 남자가 있었을 수도 있어. 아마 광대 옷을 입었을지 모르지만 내가 목격자들을 상대해 온 경험으로 볼 때, 어디서 광대 옷을 주워 입은 부랑아나 노숙자일 확률이 커. 그가 누구든 떨어진 동전이나 햄버거 부스러기 같은 음식 찌꺼기를 찾고 있었을 걸세. 그 나머지는 목격자들도 자신의 눈에 속은 거야, 헤럴드. 그럴 가능성이 충분하지 않을까?"

"모르겠습니다." 헤럴드는 그렇게 확신하고 싶었지만 두 사람의 진술이 정확히 일치한다는 사실을 놓고 보면……, 그럴 가능성은 없었다.

"지금부터 결론을 말하지. 난 그게 곱슬머리든 광대든, 엉클 샘 옷을 입고 죽마를 탄 놈이든 행복한 호모 허버트든 상관없어. 만약 그 친구가 이 사건에 등장한다면 말이야, 자네가 '아무개'라고 말하기도 전에 이미 양아치들 변호사가 작업에 들어갈 걸세. 변호사는 머리도 단정하고 옷도 깨끗하게 차려입은 그 두 마리 어린양들이 멜론이라는 호모를 장난삼아 다리 옆쪽으로 밀었을 뿐이라고 말하겠지. 멜론이 다리 밑으로 떨어진 후에도 살아 있었다는 점을 강조할 거란 말이야. 언원뿐 아니라 죽은 호모의 애인인 해거티까지 그렇게 증언할 테니까. '제 의뢰인들은 살인을 저지르지 않았습니다, 천부당만부당한 소리입니다! 광대 복장을 한 정신병자의 짓입니다.' 우리가 그 말을 끄집어냈다가는 일이 완전히 꼬이고 말아, 자네도 그 정도는 알고 있잖아."

"하지만 언원이 어차피 그 얘기를 꺼낼 겁니다."

"하지만 해거티는 아냐. 해거티가 그 정도로 바보는 아니니까. 해거티의 증언이 없다면 누가 언원의 말을 믿겠나?"

"우리들이죠." 헤럴드 가드너의 말은 자신도 깜짝 놀랄 만큼 날카로운 일침이었다. "하지만 얘기하지 않는 편이 낫겠죠."

"자, 이제 나 좀 쉬게 해 주게!" 부틸리어는 손사래를 치며 버럭 고함을 질렀다. "놈들이 죽였어! 그냥 다리 난간으로 민 게 아니야, 가튼은 칼을 갖고 있었어. 멜론은 왼쪽 폐에 한 번, 고환에 두 번을 포함해 무려 일곱 군데나 칼에 찔렸단 말일세. 상처는 가튼의 칼과 일치해. 갈비뼈는 네 대가 부러졌고, 그건 듀베이 짓이지, 앞에서 꽉 끌어안고 말이야. 그래, 물린 자국도 있기는 해. 팔과 왼쪽 뺨, 목에 말이지. 그건 언원과 가튼의 짓이야. 치흔이 일치하는 사람이 한 놈밖에 없지만 그 정도면 충분해. 그래, 오른쪽 겨드랑이 살점이 뭉텅 떨어져 나갔더군, 그래서 어쨌다는 건가? 놈들 중 하나는 실제로 물어뜯는 걸 아주 좋아한다잖아. 물어뜯는 동안 발기가 잘 되거나 그럴지도 모르지. 입증하긴 어렵겠지만 난 가튼 쪽에 걸겠네. 멜론의 귓바퀴도 떨어져 나가고 없었으니까."

부틸리어는 말을 멈추고 헤럴드를 노려보았다.

"광대 얘기를 꺼냈다가는 배심원을 설득할 수 없어. 그렇게 되길 원하나?"

"아니라고 말씀드렸습니다."

"그 사내는 호모지만 누구한테 피해를 주진 않았어. 그런데도 정비화를 신고 다니는 세 양아치를 만나 목숨을 잃은 걸세. 난 그놈들을 집어넣어야겠네, 친구. 그리고 놈들이 토머스턴 교도소에서 항문이 찢기는 꼴을 당했다는 소식이라도 들려오면 누구든 에이즈에 걸리기 바란다는 카드를 보내 줄 걸세."

'단단히 화가 나셨군.' 가드너는 생각했다. '2년 후에 최고 자리에 오르려면 유죄 판결을 받아야 할 테고.'

그러나 가드너는 더 이상 말을 하지 않았다. 그도 그 도시에서 놈들을 치워 버리고 싶은 심정이었으니까.

존 웨비 가튼은 일급 살인죄로 유죄 판결을 받아 토머스턴 주립 교도소에서 최하 10년 최고 20년까지 징역형을 언도받았다.

스티브 비숍 듀베이는 일급 살인죄로 유죄 판결을 받아 쇼생크 주립 교도소에서 15년형을 언도받았다.

크리스토퍼 필립 언원은 청소년 신분으로 별도 재판을 받아 2급 살인죄로 유죄를 선고받았다. 그는 사우스윈드햄 소년원에서 징역 6월을 언도받았지만 곧 집행유예로 풀려났다.

글을 쓰고 있는 지금, 세 명 모두 항소 중이다. 가튼과 듀베이가 배시 공원에서 지나가는 여자들을 힐끔대거나 동전 치기를 하는 모습을 볼 날도 멀지 않았는지 모른다. 멜론의 찢겨진 시체가 발견된 메인 스트리트 다리의 한 교각에서 그리 멀지 않은 곳에서 말이다.

던 해거티와 크리스 언원은 이 도시를 떠났다.

가튼과 듀베이의 주요 재판 과정에서는 아무도 광대를 거론하지 않았다.

여섯 통의 전화(1985년)

스탠리 유리스, 목욕하다

퍼트리셔 유리스는 뭔가 이상한 낌새를 챘어야 했다고 나중에 친정 어머니에게 말했다. 왜 그때는 몰랐는지, 스탠리가 초저녁에는 한 번도 목욕하는 일이 없었으므로 분명 이상하게 여겨야 했다는 것이다. 아침 일찍 샤워를 하고 종종 밤늦게 욕조 깊숙이 몸을 담그지만(잡지와 차가운 맥주를 양손에 하나씩 들고) 저녁 7시에 목욕하는 일은 전에 없던 행동이었다.

그리고 그 책만 해도 석연치 않았다. 당연히 기뻐할 줄 알았는데, 정작 남편의 표정은 딱히 표현하기는 힘들어도 어딘지 불편하고 우울한 기색이었다. 그 끔찍한 밤이 오기 석 달 전쯤, 스탠리는 어릴 적 친구 중 한 명이 작가가 되었음을 알았다. 알아주는 작가는 아니고, 그만그만한 소설가라고 퍼트리셔는 친정 어머니에게도 말한 일이 있다. 책 표지에 실린 소설가의 이름은 빌 덴브로였지만, 스탠리는 종종 그를 가리켜 '버벅이 빌'이라고 불렀다. 그는 친구가 쓴 소설을 거의 독파했고, 목욕을 했던 1985년 5월 28일 저녁에도 소설의 마지막 부분을 읽고 있었다. 퍼트리셔도 호기심에 끌려 그중 한 권을 집어 들었다. 3장이 끝난 직후 그녀는 그 소설책을 덮어 버렸다.

그냥 소설이 아니라 공포 소설이더라고 그녀는 나중에 친정 어머니에게 말했다. 그녀는 포르노 소설을 한 단어로 표현할 때와 마찬가지 방식으로 덴브로의 소설을 그렇게 말했다. 퍼트리셔는 매력적이고 상냥한 여자였지만 표현력은 그리 뛰어난 편이 아니어서, 어머니에게 그 책이 얼마나 무시무시하고 불쾌했는지 생각처럼 제대로 전달할 수 없었다. "온통 괴물투성이예요. 그 많은 괴물들이 어린아이들을 뒤쫓는 얘기예요. 몇 명이 죽고……, 아무튼 잘 모르겠지만……, 기분이 나쁘고 꺼림칙해져요. 뭐 그런 얘기였어요." 포르노와 다름없다는 인상이 강했지만 그 단어가 쉽게 떠오르지 않았다면, 아마 그 의미를 알면서도 평생 입밖에 내 본 적이 없어서였는지 모른다. "그러나 그이는 잊혀졌던 어릴 적 단짝 친구를 다시 만났다고 생각했어요……. 편지라도 보내고 싶다고 말했는데 정말로 쓰진 않은 것 같아요……. 소설 내용 때문에 몹시 상심했고, 너무……, 그러니까……."

그러고 나서 퍼트리셔는 울음을 터뜨렸다.

그날 밤, 조지 덴브로가 춤추는 광대 페니와이스를 만난 1957년 어느 날부터 6개월만 보태면 꼭 27년이 되는 날 밤, 스탠리와 퍼트리셔는 애틀랜타 교외에 자리 잡은 자택에 앉아 있었다. 텔레비전이 켜져 있었다. 퍼트리셔는 2인용 소파에 앉아 바느질하며, 가장 좋아하는 텔레비전 퀴즈쇼 「우리 가족 만세」를 보고 있었다. 그녀는 원래부터 리처드 도슨의 열렬한 팬이었고 그가 항상 차고 있는 시곗줄이 정말 섹시하다고 생각했는데, 죽었다 깨어나도 그 생각이 바뀔 확률은 없었다. 게다가 그 퀴즈쇼의 가장 인기 있는 답을 거의 맞혔기 때문에 (「우리 가족 만세」에는 정답이 없었다. 정확히 말하자면 시청자들이 가장 많이 뽑은 답이 정답이었다.) 프로그램 자체도 마음에 쏙 들었던 것이다. 그녀는 언젠가 스탠리에게 저렇게 쉬운 문제를 못 맞히는 이유가 뭘까 하고 물어본 적이 있다.

"당신도 저렇게 조명을 받고 서 있으면 쉽다는 생각이 안 들걸." 스탠리가 그렇게 대답하는 순간, 그녀는 스탠리의 얼굴에 어두운 그림자가 스쳐 지나갔다고 생각했다. "뭐든 실제로 당해 보면 어려운 법이야. 숨도 제대로 쉬지 못할걸. 실제로 당해 보면 말이야."

정말 그럴지도 모른다고 그녀는 생각했다. 스탠리는 종종 인간의 본성에 대해 정말 뛰어난 통찰력을 보여 주곤 했다. 그녀는 남편의 죽마고우라는 빌 덴브로, 인간의 저급한 본성에 호소하는 공포 소설이나 한 보따리 써 내어 부자가 됐을 소설가보다 오히려 남편의 통찰력이 훨씬 뛰어나다고 생각했다.

물론 유리스 부부도 근근이 생활하는 형편은 아니었다! 살고 있는 지역의 주거 환경도 나무랄 데 없었고, 1979년 8만 7000달러에 구입한 저택을 당장 내놓아도 16만 5000달러 이상은 넉넉히 받을 수 있어서, 딱히 집을 팔 생각은 없어도 그런 사정을 떠올리면 마음이 든든해졌다. 그녀는 종종 볼보를 타고(스탠리의 차는 메르세데스였는데 그녀는 짓궂은 농담처럼 그 차를 세댄리라고 불렀다.) 폭스런 쇼핑센터를 다녀오다 야트막한 주목 울타리 너머 풍취 있는 저택을 바라볼 때면, 문득 '저 집에 누가 살까? 나잖아! 스탠리 유리스 부인 말이야!' 하는 상념에 잠기곤 했다. 그러나 그런 상념들을 무조건 행복이라고 말하기는 어려웠다. 그녀가 느끼는 행복감 속에는 날카로운 자존심이 뒤섞여 있어 마음 한편이 아리고 쓸쓸할 때가 많았다. 그 옛날 뉴욕의 글로인턴 마을, 고등학교 학년 말 파티가 한창인 컨트리클럽 밖에 쓸쓸히 서 있는 열여덟 살의 소녀, 그녀의 이름은 퍼트리셔 블럼이었다. 그녀는 유대인이라는 이유로 파티 입장을 거절당했다. 1967년 당시 법으로 금지됐음에도 유대인 차별에 늘 시달리던 그녀는 앙상하고 조그만 소녀였지만, 이제 그 모든 시련은 끝났다. 그러나 그녀의 기억은 끝날 수 없었다. 그녀의 기억은 마이클 로젠브랫과 함께 돌아서야 했던 자갈길로, 상점에서 빌린 두 사람의 무도화 밑으로 자갈이 부딪히며 내던 음향 속으로, 마이클이 그날 밤을 위해 아버지한테 빌려 놓고 오후 내내 광을 냈던 자동차로 언제고 뒷걸음칠 것이다. 그녀는 그 기억의 파편 속에서 언제나 빌려 입은 흰색 예복 차림의 마이클과 함께 걷고 있었다. 온화한 봄날 저녁, 마이클의 예복은 얼마나 하얗게 빛나던지! 연한 녹색의 야회복을 입은 그녀의 모습을 보고 어머니는 인어 같다고 탄성을 질렀지만, 하! 유대인 인어라니 얼마나 우스꽝스러운가. 그들은 고개를 똑바로 치켜들고 걸었고, 그녀는 울지 않았지만 그때만큼은 다시 파티장 앞으로 돌아갈 수 없다는 사실을 깨달아야 했다. 그들의 발걸음엔 분명 슬금슬금 도망가는 기색이 역력했고, 슬금슬금, 그 단어 끝에 불청객처럼 지독한 악취가 달려들 것 같다는 생각이 떠오르는 순간, 어느 때보다도 그들 자신이 유대인이라는 사실이 뼈저리게 느껴졌던 것이다. 사람들 말대로 전당포를 하거나 가축 사료 운반차를 운전하며, 개기름이 줄줄 흐르는 기다란 코에 노르스름한 피부를 지녀 마음껏 경멸해도 좋고, 분노를 느끼거나 그럴 능력도 없어 한참 뒤에야 분노하는 유대인, 그녀는 정말 자신이 그런 유대인이라고 생각했다. 당시 그녀가 가질 수 있던 감정은 수치와 고통이 전부였다. 그리고 누군가의 웃음소리가 들려왔다. 피아노의 고음처럼 허공을 찢듯 울리던 웃음소리, 그녀는 차 안에 들어가서야 울음을 터뜨릴 수 있었다. 유대인 인어 아가씨는 미친 듯이 울었다. 그녀를 위로하듯 마이클 로젠브랫의 어색한 손길이 그녀의 목덜미에 닿았을 때, 그녀는 고개를 틀어 그 수치스럽고 더러운 유대인의 손길을 외면해 버렸다.

주목 울타리 너머에는 정말로 아취 있는 저택이 서 있지만 완전하다고 말할 수는 없었다. 상처와 오욕이 여전히 그곳에 있었고, 그 조용하고 상냥한 주택가에 버젓한 이웃이 된 지금도 그녀의 귓가에는 발밑에서 부딪히는 자갈 소리가 멈추지 않았다. 컨트리클럽의 회원이 되고 그곳에서 "안녕하세요, 유리스 내외분." 하며 공손한 인사를 받는다 해도 자갈 소리는 여전했다. 1984년형 볼보에 앉아 널찍한 잔디밭 위에 서 있는 자신의 저택을 바라볼 때마다 가끔씩 (그녀에겐 너무도 자주) 그 날카로운 웃음소리가 떠오르곤 하는 것이다. 그렇게 웃어 댔던 여자 아이가 지금은 빈민촌에서 유대인 남편에게 두들겨 맞으며 하루하루를 연명하고 있기를, 아이를 가질 때마다 유산이 되기를, 남편이 추잡한 매춘부와 노상 난봉을 피우기를, 평평한 땅을 걷다가도 미끄러져 디스크에 걸리고 신음과 고통을 입에 달고 다니며, 웃음을 터뜨렸던 추잡한 혓바닥에 악성 종양이 들어앉았기를 그녀는 소망하고 또 소망했다.

물론 그런 잔인한 상상을 떠올릴 때마다 그녀 자신도 기분이 언짢았으며, 그 쓰디쓴 고뇌의 술잔을 다신 입에 대지 말고 마음을 다스리겠노라 결심도 해 보았다. '그래, 이미 지나간 일이야. 더 이상 열여덟 살의 내가 아니잖아. 나는 지금 서른여섯이야. 끝없이 부딪히던 자갈 소리를 들으며, 마이크 로젠브랫의 손길을 유대인의 손이라는 이유로 거절했던 소녀, 그 소녀는 이미 오래전에 사라지고 없는 거야. 그 우스꽝스러운 작은 인어는 죽었어. 나 자신을 위해서도 그 소녀를 잊어야 해.' 좋다. 괜찮다. 대단해. 그러나 그녀가 슈퍼마켓 같은 곳에 있을 때면 곧바로 어딘가에서, 어느 복도에서 갑작스레 흘러나오는 웃음소리가 있었고, 어느새 등에 날카로운 가시가 푹 박히고 젖꼭지가 고통스러울 정도로 단단해질 때면 쇼핑 수레의 손잡이를 꼭 움켜쥔 채 다시 생각을 고쳐먹곤 하는 것이다. '어디서나 사람들이 수군대고 있어. 저 코 큰 유대인 년을 봐, 남편도 코가 크기는 마찬가지라며, 회계사라지, 유대인들은 셈을 잘하니까 그 짓밖에 할 게 더 있나, 1981년인가 저 연놈들을 컨트리클럽에 발을 들여놓게 해 주었는데, 그 코 큰 유대인 산부인과 의사 놈이 재판에서 이겼으니 할 수 없는 일이잖아. 주제 파악도 못 하고 얼마나 우스워, 우린 맘껏 웃어 주자고, 마음껏.' 어느 때는 그저 공허한 자갈 소리만 들려올 때도 있었다. 마치 '인어야! 인어야!' 읊조리듯.

그렇게 증오와 수치심이 편두통처럼 다시 찾아오면, 그녀는 자신뿐만 아니라 모든 인간에 대해 절망감을 곱씹어야 했다. 이리가 된 인간. 그녀가 읽다가 내려놓은 덴브로의 소설은 이리가 된 인간에 대한 내용이었다. 이리가 된 인간, 젠장. 그런 작자가 뭘 안다고?

그러나 대부분의 시간은 나쁘지 않았다. 그녀는 남편을 사랑했고, 집을 사랑했으며, 대체로 자신의 삶과 자신을 사랑했으니까. 형편도 좋았다. 솔직히 그처럼 만사가 잘 풀렸던 때가 있었던가? 그녀가 스탠리의 결혼반지를 받아들였을 때, 그녀의 부모님은 격분하고 비참해했다. 스탠리를 만난 곳은 대학교 여학생회가 주최한 파티에서였다. 그는 뉴욕 주립 대학에서 그녀의 학교로 찾아왔는데, 당시 그는 장학생이었다. 각자의 친구를 통해 서로 알았고, 파티가 끝날 무렵 그녀는 그를 사랑하고 있다고 생각했다. 학기가 끝날 즈음에는 감정에 확신이 섰다. 어느 봄날 스탠리는 데이지가 박힌 작은 다이아몬드 반지를 건네주었고, 그녀는 그것을 받아들였다.

극구 반대하던 퍼트리셔의 부모님도 결국 그들의 결혼을 승낙했다. 곧 스탠리 유리스는 젊은 회계사가 득실대는 구인 시장에 씩씩하게 발을 들여놓았지만, 달리 생활의 방편이 마땅찮았다. 생존 경쟁의 한복판으로 들어가는 순간에도 스탠리는 딱히 경제적 뒷받

침을 받을 만한 환경이 아니었고, 퍼트리셔의 부모 입장에서는 외동딸을 운명의 인질로 내맡기는 심정이었다.

당시 스물두 살이었던 퍼트리셔도 이제 대학을 졸업하는 시점이었다.

"여생을 그 안경잡이 녀석 뒤치다꺼리나 하게 생겼군." 퍼트리셔는 어느 날 밤 아버지가 그렇게 말하는 소리를 들었다. 부모님이 외식을 다녀온 직후였는데, 아버지는 얼큰하게 취한 상태였다.

"쉬잇, 애가 듣겠어요." 어머니가 말했다.

퍼트리셔는 열기와 냉기를 오가는 핏발 선 눈으로 밤을 하얗게 지새우며 부모님을 원망했다. 그 후 2년 동안은 부모님에 대한 원망을 지우느라 애썼지만, 이미 그녀의 마음속엔 묵직한 앙금이 덧쌓여 있었다. 그리고 종종 거울을 들여다볼 때마다 그녀의 얼굴에 점차 변화의 곡선이 드러나고 있었다. 결국 그녀는 전쟁에서 승리한 것이다. 스탠리가 그녀의 승리를 도와주었다.

스탠리의 양친도 결혼에 회의적이기는 마찬가지였다. 그들의 아들이 비참하고 가난한 삶을 살지는 않으리라 믿었지만 '아직 애들인데 너무 성급하다'는 생각을 숨기지 않았다. 도널드 유리스와 안드레아 보르톨리도 이십대 초반에 결혼했지만, 그들은 그런 사실을 기억하려 하지 않았다.

스탠리만은 자신감이 넘쳤으며, 부모님이 '애들'이라는 말로 들이대는 온갖 위험의 구렁텅이를 무시할 수 있었다. 결국 양친의 걱정보다는 스탠리의 자신감이 힘을 얻었다. 1972년 7월 졸업장에 채 잉크가 마르기도 전에 퍼트리셔는 애틀랜타에서 65킬로미터쯤 떨어진 트레이너라는 작은 마을에서 강사 일을 시작했다. 그 일을 어떻게 시작하게 됐는지 떠올릴 때마다 그녀는 약간 으스스한 기분에 젖었다. 교사 저널에 실린 구인 광고 중 마흔 군데를 뽑아 닷새 동안 매일 저녁 여덟 시간씩 업무와 관련된 자세한 정보와 응시 원서를 보내 달라는 편지를 마흔 통씩 쓴 것이다. 그중 스물두 곳에서 이미 사람을 구했다는 답신이 날아들었다. 나머지는 대부분 그녀에겐 없는 능력을 요구하는 업무 관련 설명을 보내왔다. 결국 이력서를 내 봤자 그녀와 회사 모두 시간을 낭비하는 셈이었다. 그녀는 마지막으로 열두 군데를 더 알아보았다. 그중에서 특별히 나은 일자리는 없었다. 그녀가 열두 개의 교사직 원서를 다 작성하다가는 미쳐 버릴지 모른다는 생각에 한숨을 쉬고 있을 때, 스탠리가 들어왔다. 그는 탁자 위에 널린 신문지를 바라보더니 '트레이너 스쿨'이라는 글자를 톡톡 두드려 보였는데, 그녀가 보기에는 다른 일자리와 별반 다를 것이 없었다.

"여기 있네."

그녀는 확신에 찬 음성에 깜짝 놀라 그를 바라보았다. "조지아에 대해서 뭔가 알아?"

"아니. 영화에서 몇 번 본 게 전부야."

그녀는 눈썹을 꿈틀하며 그를 바라보았다.

"「바람과 함께 사라지다」. 비비안 리. 클라크 케이블. '그건 내일 생각해야지, 오늘만 날은 아니니까.' 어때, 내 말투가 좀 남부 출신 같아?"

"맞아. 사우스브롱스. 근데 조지아엔 한 번도 가 본 일이 없다면서, 왜……."

"일자리가 괜찮아."

"스탠리, 그걸 어떻게 알아?"

"알아. 안다고." 스탠리의 말은 아주 간단명료했다. 그를 바라보
니, 농담이 아님을 알 수 있었다. 진심으로 하는 말이었다. 그녀는
뭔가 불편한 잔물결이 등을 타고 오르는 느낌이 들었다.

"어떻게 안다는 거야?"

그는 약간 웃어 보였다. 미소가 약간 일그러지더니 그는 잠시 당
황하는 표정이었다. 마치 내부에서 작동하는 장치를 들여다보며
답을 구하는 사람처럼 눈가가 어두워졌지만, 정작 그는 손목시계
가 제대로 가고 있는지 정도만 확인할 수 있는 평범한 남자였다.

"거북이가 우리를 돕진 못해." 스탠리가 돌연 말했다. 너무도 또
렷한 발음이었다. 그녀는 분명히 들었다. 어딘가 내부를 바라보는
듯한 표정(갑작스레 깊은 생각에 빠진 듯한 표정)이 여전히 그의 얼굴
에 남아 있어서 그녀는 불안해졌다.

"스탠리? 무슨 소리를 하는 거야? 스탠리?"

그가 홱 몸을 뒤쳤다. 그녀는 응시 원서를 검토하는 동안 줄곧
복숭아를 먹고 있었는데, 그의 손길이 갑자기 복숭아 접시를 건드
렸던 것이다. 접시는 바닥에 떨어져 깨지고 말았다. 그제야 그의
눈동자가 또렷해졌다.

"어, 이런! 미안해."

"괜찮아. 스탠리, 그런데 무슨 말을 하려고 한 거야?"

"잊어버렸어. 하지만 조지아에 꼭 갔으면 좋겠는걸, 사랑스러운

요정 아가씨."

"하지만……."

"날 믿어."

그녀는 그의 말을 따랐다.

면접은 정말이지 대성공이었다. 그녀는 뉴욕으로 돌아오는 기차 안에서 이미 그 일자리를 얻었다고 확신했다. 사업 본부장은 곧바로 퍼트리셔에게 호감을 보였고, 그녀도 그랬다. 황금 열쇠가 찰칵하는 소리가 들려왔다. 일주일 뒤에 합격했다는 연락이 왔다. 트레이너 스쿨 부서에서는 그녀에게 수습 기간 동안 연봉 9200달러를 제시했다.

"굶어 죽기 딱 좋군. 굶다 보면 몸이 바싹 달아올라 정신을 못 차리겠지." 허버트 블럼은 외동딸이 그 일을 하겠다고 말하자, 부루퉁하게 대꾸했다.

"전혀 모르시는 말씀!" 스탠리는 장인의 말을 전해 듣고도 자신만만했다. 퍼트리셔는 분이 차서 눈물까지 나올 지경이었지만, 스탠리의 품에 안기는 순간 키득키득 웃음이 나왔다.

그들은 후끈 달아올랐지만 굶지는 않았다. 두 사람은 1972년 8월 19일 결혼식을 올렸다. 퍼트리셔 유리스는 처녀의 몸으로 신혼 첫날밤을 맞았다. 포코노스의 한 리조트 호텔에서 서늘한 시트로 벌거벗은 몸을 휘감은 그녀는, 욕정의 갈망과 애탐이 빚은 섬광과 공포의 먹구름 사이에서 격한 혼돈과 폭풍우에 휩쓸린 기분이었다. 스탠리의 축축한 육체가 그녀 곁으로 미끄러져 들어와, 느낌표처럼 불끈 일어선 음경을 앞세울 때 그녀는 속삭였다. "아프게 하지 마."

"당신을 아프게 하는 일은 없을 거야." 그는 그녀를 두 팔로 꼭 껴안았으며, 그때 한 약속은 그가 목욕을 했던 1985년 5월 28일 저녁까지 한 번도 깨지지 않았다.

퍼트리셔의 강사 일은 잘 풀려 나갔다. 스탠리는 빵집 트럭을 운전하며 주당 100달러 조금 넘는 돈을 받았다. 그해 11월 트레이너 플랫 쇼핑센터가 문을 열었을 때, 그는 H&R 블록 사무실에서 주당 150달러에 일자리를 얻었다. 두 사람이 벌어들이는 수입은 일 년에 1만 7000달러, 석유 1갤런에 35센트, 흰빵 한 덩어리에 5센트 남짓하던 시절임을 감안하면 적지 않은 액수였다. 1973년 3월 퍼트리셔는 담담한 분위기에서 피임약을 사용하지 않겠다고 선언했다.

1975년 스탠리는 H&R을 그만두고 독립했다. 양가 모두 스탠리가 우둔한 짓을 한다는 데 입을 모았다. 스탠리가 자신의 사업을 하지 말라는 법도 없으며 하늘에서 그것을 결사반대할 이유도 없었다! 다만 시기가 너무 이를 뿐 아니라 퍼트리셔에게 지나친 경제적 부담을 안겨 준다는 이유 때문이었다.("앞으로 덜커덕 애라도 들어서 봐." 허버트 블럼은 자신의 집 주방에서 거나하게 취한 목소리로 동생에게 말했다. "내가 그 식솔을 다 떠맡을 판이야.") 양가가 그 문제를 놓고 일치를 본 사항은, 스탠리가 사업할 생각을 하면 절대로 안 되고 정 하고 싶다면 좀더 성숙했을 때, 예를 들면 일흔여덟 정도가 됐을 때 해야 한다는 것이다.

또 한 번 스탠리는 이상할 정도로 자신감이 넘쳐 보였다. 그는 용모가 단정한 젊은이였으며 명석하고 재기가 넘쳤다. 블록에서 일하면서 거래처도 확보해 두었다. 그로서는 만반의 준비가 돼 있는 상황이었다. 그러나 그런 그도 당시 시작된 비디오테이프 사업에서 선도적 위치를 달리던 코리도 비디오 사가 유리스 부부가 1979년 이주한 교외에서 15킬로미터 떨어진 농가에 사옥을 지을 거라고는 예상치 못했고, 더구나 트레이너에 이주한 지 1년도 채안 돼 독립적인 마케팅 조사 담당자를 필요로 하리라곤 꿈도 꾸지 못했던 것이다. 설령 스탠리가 그런 정보를 비밀리에 입수했다고 해도, 코리도 사가 어쩌다가 미국인이 된 안경잡이 유대인 애송이에게, 그것도 늘 비굴한 웃음을 띠고 생각 없이 떠벌리며 퇴근 후엔 통 넓은 청바지를 입고 싸돌아 다닌다는 유대인에게, 아직 여드름 자국이 채 가시지 않은 스탠리에게 그 일을 맡기리라고는 예상하지 못했을 것이다. 그러나 그들은 스탠리에게 일을 맡겼다. 그래서 그 모든 상황을 스탠리가 빤히 내다보고 있었던 것은 아닐까 의심받을 정도였다.

마케팅 조사 건을 끝냈을 때 스탠리는 코리도 비디오 사에서 연봉 3만 달러의 정규직을 제의받았다.

"이건 시작일 뿐이야." 스탠리는 그날 밤 아내에게 말했다. "8월 달 옥수수처럼 사업이 번창할 거야. 앞으로 10년 동안 코리도 비디오는 승승장구하면서 코닥과 소니, RCA에 버금가는 대기업이 될 테니까."

"앞으로 당신은 어쩔 생각이야?" 그녀는 이미 알고 있는 말을 물었다.

"회사가 좋아할 만한 말들을 해 줘야겠지." 그는 너털웃음을 터뜨리며 그녀를 끌어안고 입맞추었다. 잠시 후 그는 그녀 위로 올라갔고 한 번, 두 번, 세 번, 밤하늘로 솟구치는 화려한 로켓처럼 몰려오는 절정……, 그러나 아이는 생기지 않았다.

코리도 비디오와 일하는 동안 스탠리는 애틀랜타 최고의 부호와 권력자들을 많이 만났는데, 스탠리 부부는 그런 사람들이 대부분 좋은 사람들이라는 점에 무척 놀라곤 했다. 그들에게는 북부에서 상상하기 힘든 관용과 개방적인 특징이 두드러졌다. 퍼트리셔는 당시 스탠리가 양친에게 보낸 편지를 기억하고 있다. "조지아주 애틀랜타에는 미국에서 내로라하는 부자들이 모여 삽니다. 저는 그들이 더 부자가 되도록 도와주고 그들은 저를 부자로 만들어주죠. 집사람을 제외하면 누구도 저를 소유하려고 하지 않는데, 저도 이미 집사람을 소유했으니 골치 아플 일이 없답니다."

그쯤에서 그들 부부는 트레이너를 떠났고, 스탠리는 법인 조직을 만들고 여섯 명의 직원을 고용했다. 1983년 그들의 수입은 상상할 수 없을 정도로 늘어났는데 퍼트리셔가 소문으로만 듣던 금액이었다. 0이 여덟 개, 그곳은 동화에 나오는 땅이었다. 그 막대한 돈은 토요일 아침 실내화를 갈아 신듯 편안한 일상처럼 찾아왔다. 그래서 그녀는 두려울 정도였다. 한번은 악마와 거래라도 하는 게 아니냐고 농담을 던질 정도로 불안했다. 스탠리는 나중에 숨까지 몰아쉬며 웃었지만 그녀는 전혀 우습지 않았고, 그런 행운이 다시오리란 생각도 하지 못했다.

'거북이는 우릴 도와줄 수 없어.'

그녀는 불현듯 잊어버린 꿈의 마지막 흔적처럼 마음에 그 말을 담아 둔 채 잠에서 깨어나곤 했고, 그런 때는 스탠리가 있는 곳을 더듬거리며 그의 몸을 만져 보고 그가 옆에 있다는 사실을 확인해야 마음이 놓였다.

행복한 삶이었다. 스탠리는 폭음하는 일도 없었고, 외도나 마약, 권태, 장래에 대한 격한 말싸움도 없었다. 그래도 딱 하나 어두운 그림자가 드리워져 있기는 했다. 그 그림자를 제일 먼저 입에 올린 사람은 친정 어머니였다. 어머니는 오랜 고민 끝에 퍼트리셔가 선천적 불임이라고 판단한 모양이었다. 그녀는 딸에게 보내는 편지 중에 은근히 물어보는 식으로 그 그림자를 끄집어냈다. 어머니의 편지는 일주일에 한 번 꼴로 퍼트리셔에게 도착했는데, 그 특별한 편지가 배달된 것은 1979년 초가을이었다. 이사 오기 전의 트레이너 주소로 배달됐다가 다시 새 주소를 찾아온 편지를 퍼트리셔는 거실에서 읽었다. 빳빳한 종이 위에 예의 쓸쓸함과 열정과 상실감이 빽빽히 적혀 있었다.

그 편지는 친정 어머니, 루스 블럼의 여느 편지와 크게 다르지 않았다. 빽빽하게 쓴 네 장의 종이하며, 종이 한 장 한 장마다 "루스가 보냄."이라고 적혀 있는 것하며……, 언젠가 스탠리가 장모님의 편지에서 알아볼 수 있는 내용은 "왜 그런다니?"뿐이라고 투덜댔듯이 알아보기 힘든 필체도 다르지 않았다. 퍼트리셔는 답장을 썼다.

그 편지는 늘 그러했듯 엄마들이 개발해 내는 발명 특허들로 가득했다. 어머니의 편지에 나오는 사람들은 대부분 낡은 앨범의 사진처럼 퍼트리셔의 기억에서 점점 사라지고 있었지만 루스 자신의 기억에서는 늘 새로웠다. 상대방의 건강을 묻고 이것저것 사는 모양을 궁금해하는 열의는 좀처럼 수그러지지 않았고, 그녀의 예감은 언제나 끔찍한 것뿐이었다. 퍼트리셔의 아버지는 여전히 복부 통증을 호소했다. 그는 단지 소화 불량이라고만 생각해 왔다. 그리고 루스가 편지에 썼듯, 피를 토한 날 암인 줄 알았을 수도 있으나 아직 모르고 있을지도 모른다는 것이다. "너도 알겠지만 아버지는 평생 억척스레 일만 하신 분이야. 때론 다른 남자들처럼 생각하기도 했지만 내가 이런 말을 하려면 주님께 용서를 구해야겠지." 한편 랜디 하렌젠은 난관을 묶인 채 난소에서 골프공만 한 종양을 떼어 냈는데, 스물일곱 개의 난소 종양을 떼어 내고도 살아남았다면 신에게 감사할 일이라고 했다. 그녀는 그것이 뉴욕 시의 식수 때문이라고 생각했고, 도시의 공기도 너무 더럽지만 정말 심각한 문제는 물이라고 했다. 사람 몸속에 더께를 쌓아 놓을 정도로 더러운 물이라고. 그 일 때문에 루스는 "어리기만 한 너희들"이 이 도시를 떠나 시골로 가서 얼마나 다행인 줄 모른다는 말을 덧붙였다. 공기도 좋고, 특히 물이 깨끗할 테니 건강할 거라며 (루스에게 애틀랜타와 버밍햄을 포함해 남부는 모두 시골에 속했다.), 마거릿 이모가 전기 회사에 다시 으름장을 놓기 시작했다는 내용도 있었다. 스텔라 플래너건은 재혼했지만, 그 사실을 모르는 사람들도 꽤 있다고 했다. 리처 허버는 또 해고를 당했다.

이 수다스러운 편지 중간에 "그건 그렇고" 하는 글로 시작하는 문단에 루스 블룸은 아무렇지 않은 말투로 그 끔찍한 질문을 했던 것이다. "언제쯤 손주를 볼 수 있겠니? 우린 벌써 회초리까지 준비해 놨는데 말이다. 얘야, 네가 아직 잘 모르는 것 같아 하는 말이지만 우린 오래 기다릴 만한 처지가 못 된단다."

트레이너에 있는 옛집을 향한 향수와 무력감을 느끼며, 앞으로 벌어질 일들에 약간의 두려움을 느끼며, 퍼트리셔는 침실로 들어가 매트리스를 깔았다.(그때만 해도 침대의 박스 스프링은 아직 차고에 있었고, 양탄자 대신 마룻바닥을 다 덮을 만큼 큼지막했던 매트리스는 기묘한 황금빛 해변에 드리워진 인공물 같았다.) 그러고는 두 팔로 얼굴을 감싸고 20분 정도 흐느꼈다. 어쨌든 울음은 터지고 말 거라고 생각했더랬다. 어머니의 편지는 단지 그것을 좀더 앞당겼을 뿐이다. 먼지 때문에 콧속의 간질간질함이 재채기로 갑자기 바뀐 것처럼.

스탠리는 아이를 원했다. 그녀도 마찬가지였다. 그들은 정기적으로 유대 집회에 참석하는 문제나 정치적 성향, 마리화나를 비롯해 크고 작은 선호도에서 약간 달랐으나, 우디 앨런의 영화를 보면서 그 문제에 의견의 일치를 보았다. 트레이너 시절, 집에 안 쓰는 방이 하나 있었는데 그들은 방 한가운데를 정확히 이등분해 놓았다. 왼쪽에는 업무용 책상과 독서 의자를 놓고, 오른쪽에는 재봉틀과 낱말 맞추기를 할 만한 탁자를 갖다 놓았다. 그 방에 대한 두 사람의 암묵은 아주 강한 것이어서 굳이 말할 필요도 없었으며, 코로 숨을 쉬고 왼손에 결혼반지가 끼워져 있듯 당연한 사실로 받아들여졌다. 언젠가 그 방이 앤디나 제니의 방이 되리라는 암묵 말이다. 그러나 그 아이들은 어디에 있는 걸까? 시간이 흘러도 재봉틀과 옷감 바구니와 탁자, 책상만이 여전히 그 방을 차지하고 있었다. 그래서 그녀는 포르노처럼 한마디로 표현하기는 힘들어도 아이 문제가 그녀의 능력을 벗어나 있다는 생각을 하기에 이르렀다. 그러나 그녀는 월경 주기를 따져 보고 욕실의 보관함을 열어 생리대를 찾던 기억을 떠올렸다. 너무도 깨끗하게 느껴지는 생리대 상자를 바라보고 있는데, 그 상자가 마치 이렇게 말하는 느낌이 들었다. '안녕, 퍼트리셔! 우리가 바로 네 자식이라고. 너의 유일한 자식, 우린 지금 배가 고파. 먹을 걸 좀 줘야지. 네 피를 배불리 먹게 해 달란 말이야.'

1976년, 피임을 멈춘 지 3년이 지났을 때 두 사람은 애틀랜타의 하카베이라는 의사를 찾아갔다.

"뭔가 잘못된 게 있는지 알고 싶어요. 만약 문제가 있다면 해결할 수 있는지도 알고 싶습니다."

스탠리는 그렇게 말했고 그들은 검사를 받았다. 스탠리의 정자는 아주 왕성한 활동력을 지녔고 퍼트리셔의 난자도 전혀 문제 없으며 열려 있을 곳은 다 열려 있다는 결과가 나왔다.

결혼반지를 끼지 않은 하카베이는 털털하고 쾌활한 사람 같았으며, 방학을 맞아 콜로라도 스키장에 다녀온 대학원생처럼 발그레한 얼굴로 그저 신경성 같다고 말했다. 그리고 그런 문제는 드문 경우가 아니라고 덧붙였다. 그리고 발기부전의 경우처럼 심리적인 관련도 있을 수 있다며, 아이를 원하는 마음이 간절할수록 임신 확률은 떨어진다고 설명했다. 마음을 편히 가지라는 것이 처방이었다. 부부 관계를 갖는 동안에 가급적 아이 생각을 하지 않아야 한다는 것이다.

스탠리는 돌아오는 길에 초조한 표정이었다. 퍼트리셔가 무슨 일이냐고 물었다.

"그런 적이 없거든."

"뭐 말이야?"

"당신과 사랑을 나누는 동안 아이를 생각한 일 말이야."

퍼트리셔는 약간 쓸쓸하고 두려웠지만 키득키득 웃기 시작했다. 그날 밤 잠든 지 한참 지났다고 생각했던 스탠리의 목소리가 어둠 속에서 불쑥 튀어나오는 바람에 그녀는 깜짝 놀라고 말았다. 억양 없는 목소리였지만 설움에 복받친 것 같았다.

"나 때문이야, 내 잘못 때문이야."

퍼트리셔는 몸을 돌려 더듬더듬 그를 끌어안았다.

"그런 말이 어디 있어?"

그러나 그녀의 심장 소리는 어느새 귓가를 빠르게 오르내리고 있었다. 불쑥 튀어나온 스탠리의 말에 놀랐기 때문만은 아니었다. 마치 그 순간까지 그녀 자신도 몰랐던 은밀한 확신을 스탠리에게 들켜 버린 느낌 때문이었다. 이유도 영문도 모른 채 그녀는 그가 한 말이 맞다는 생각이 들었다. 뭔가 문제가 있지만 자신은 아니었다. 그였다. 그에게 뭔가 문제가 있었던 것이다.

"바보처럼 굴지 마."

퍼트리셔는 그의 어깨에 대고 매섭게 속삭였다. 그의 몸은 땀에 젖어 있었고, 순간 그녀는 그가 두려워하고 있다고 생각했다. 공포는 냉랭한 물결이 되어 그의 몸을 따라 흘렀다. 열린 냉장고 앞에 누운 것처럼 문득 남편의 몸에서 냉기가 느껴졌다.

"나는 얼간이도 멍청이도 아냐." 여전히 억양 없는 목소리가 단조로우면서도 북받치는 감정에 짓눌려 있었다. "당신도 알고 있잖아. 나 때문이라는걸. 하지만 나도 그 이유는 모르겠어."

"당신이 그런 걸 어떻게 안다는 거야?"

싸늘하게 다그치는 목소리, 그녀의 어머니도 두려움에 사로잡힐 때면 그런 목소리를 냈다. 남편에게 화를 내는 순간에도 퍼트리셔는 진저리를 치며 채찍처럼 몸을 뒤틀었다. 스탠리가 그녀의 떨림을 느꼈는지 두 팔로 꼭 그녀를 껴안았다.

"이따금, 이따금은 말이야, 내가 그 이유를 알고 있다는 생각이 들곤 해. 때때로 꿈을 꿔, 나쁜 꿈. 그리고 잠에서 깨어나면 문득 이런 생각이 드는 거야. '알고 있었어. 뭐가 잘못됐는지 나는 알고 있어.' 당신이 아이를 갖지 못하는 이유, 아니 그 밖에 모든 것. 내 인생 전부가 잘못돼 있다는."

"여보, 당신 인생에서 잘못된 건 아무것도 없어."

"내적인 삶을 말하는 게 아냐. 그건 아무 문제가 없으니까. 문제는 바깥에 있어. 끝났어야 하는 것이 아직 끝나지 않았단 말이야. 꿈에서 깨어나면 이런 생각이 들어. '이 행복한 삶도 내가 모르는 태풍의 눈일 뿐이다.'라고. 일순 두려움이 밀려들지. 그러나 두려움도 곧 사라져……, 한갓 꿈처럼."

퍼트리셔도 남편이 종종 악몽에 시달린다는 것을 알았다. 가위에 눌려 몸부림치며 신음을 토해 내는 바람에 그녀가 잠을 깬 것도 몇 차례였다. 어쩌면 그가 숨차게 악몽을 오가는 사이, 그녀는 세상모르게 잠들었던 적이 많았을지 모른다. 흔들어 깨우면서 무슨 일이냐고 물으면 남편은 언제나 똑같은 대답을 했다. "기억이 안 나." 그리고 침대에 앉아 담배를 피우며 식은땀과 함께 꿈의 잔재가 빠져나가기를 기다렸다.

아이 소식은 없었다. 1985년 5월 28일 스탠리가 욕실에 들어갔던 날 초저녁에도 양가 부모들은 여전히 손주를 기다리고 있었다. 아기를 위해 마련한 방도 그대로였으며 대형, 소형 생리대는 여전히 욕실 보관함 한곳을 차지했고, 한 달에 한 번 생리도 어김없이 찾아왔다. 자질구레한 집안일만 해도 정신이 사나웠을 친정 어머니도 딸의 고통에 마음이 쓰였던지 편지에서 더 이상 손주 얘기를 꺼내지 않았고, 스탠리와 퍼트리셔가 1년에 두 차례 뉴욕으로 찾아올 때도 말을 아끼기 시작했다. 비타민 E를 제때 챙겨 먹는지 등등 임신과 관련된 재치 있는 농담도 자취를 감추었다. 스탠리 역시 아이 이야기를 일절 입밖에 내지 않았지만, 때때로 퍼트리셔가 보고 있는 줄 모르고 얼굴에 어두운 그림자를 드리울 때가 있었다. 무엇인가를 필사적으로 기억해 내려고 애쓰듯.

그 한 가지 음울한 그림자를 제외하면 그들의 삶은 분명 행복했고, 5월 28일 초저녁 「우리 가족 만세」가 한창일 무렵 전화 벨이 울리기까지 변함없이 행복했다. 퍼트리셔는 남편의 셔츠 여섯 장, 그녀의 블라우스 두 벌, 바느질 상자, 갖가지 단추가 들어 있는 상자를 늘어놓고 있었다. 스탠리는 아직 문고판이 나오기도 전인 빌 덴브로의 신간 소설을 들고 있었다. 앞표지에서 야수가 이빨을 드러냈다. 뒤표지는 안경을 쓰고 있는 대머리 남자의 차지였다.

전화기 가까이 앉아 있던 사람은 스탠리였다. 그는 수화기를 집어 들었다.

"여보세요, 유리스입니다." 그는 가만히 귀를 기울이다가 양미간을 잔뜩 찌푸렸다. "누구시죠?"

일순 퍼트리셔는 전율을 느꼈다. 무심했던 자신이 죄스러워서 나중에 전화벨이 울리는 순간 이상하다는 느낌이 들었다고 부모에게 거짓말을 했지만, 사실은 바느질을 하다 힐끔 그를 바라보았을 뿐이다. 하지만 그 정도로 충분했다. 어쩌면 두 사람은 전화벨이 울리기 훨씬 전부터 이미 무슨 일이 벌어지리라, 그 야트막한 주목 울타리 너머의 멋진 저택에 어울리지 않는 무언가, 너무도 분명해서 굳이 인정하고 말 것도 없는……, 얼음 꼬챙이처럼 날카로운 공포를 충분히 예감하고 있었는지 모른다.

'엄마?' 그녀는 입 모양으로 스탠리에게 물었는데, 문득 사십 대 초반부터 몸무게가 10킬로그램이나 늘어서 자칭 '복통'으로 진단한 고통에 시달려 온 아버지가 혹시 심장 발작이라도 일으킨 게 아닐까 하는 생각이 떠올랐다.

스탠리는 고개를 흔들어 보이며, 마침 수화기 너머에서 무슨 소리가 들려왔는지 약간 웃는 표정으로 대꾸했다. "어……, 정말 너야! 깜짝 놀랐잖아. 마이클! 그동안 어떻게……."

스탠리는 다시 조용히 수화기에 귀를 기울였다. 그의 얼굴에서 미소가 사라지는가 싶더니 누군가 문제를 털어놓거나 뭔가 설명할 때, 급변한 상황이나 기이하고 흥미로운 이야기를 들을 때 떠오르던 예의 분석적인 표정, 그녀는 그런 표정을 본 것 같았다. 그녀는 후자의 경우라고 생각했다. 새 고객, 아니면 옛 친구겠지. 그녀는 이내 텔레비전으로 시선을 돌렸고, 한 여자가 리처드 도슨을 끌어안고 미친 듯이 키스를 퍼붓는 모습이 보였다. 리처드 도슨이, 입을 맞추면 행운이 온다는 블라니 스톤(아일랜드의 블라니라는 곳에 있는 돌—옮긴이)보다 더 키스 세례를 많이 받을 거라는 생각이 들었다. 그리고 자신도 텔레비전 브라운관 속의 여자처럼 도슨에게 키스할지 모른다고.

스탠리의 파란색 데님 셔츠에 맞는 검은색 단추를 찾으며, 퍼트리셔는 막연하게 스탠리와 상대방이 한창 대화를 나누고 있다고 생각했다. 남편은 간헐적으로 얕은 신음소리를 내뱉다가 물었다. "확실해, 마이클?"

마지막으로 꽤 오랜 침묵이 흐른 후, 스탠리가 대꾸했다. "응, 알았어. 그래, 나는…… 그래, 전부 다. 그 사진 가지고 있어. 나는…… 뭐라고? 아니, 확실히 약속할 수는 없지만 생각해 볼게. 알잖아…… 엉……? 정말 그랬어……? 흠, 맞아! 물론 그렇게 하겠어. 그래…… 분명해…… 고마워…… 응, 그럼 들어가." 그는 전화를 끊었다.

퍼트리셔가 쳐다보니 남편은 텔레비전 위를 멍하니 응시하고 있었다. 텔레비전 브라운관에서는 방금 280점을 얻은 라이언 가족에게 방청객들이 박수를 보내고 있었다. "초등학생들이 가장 싫어하는 과목은 무엇일까요?"라는 질문에 시청자가 가장 많이 답변한 과목이 "수학"이었고, 라이언 가족이 그 정답을 맞히는 바람에 점수가 치솟은 상황이었다. 라이언 가족은 펄쩍펄쩍 뛰며 환호성을 질렀다. 그러나 스탠리는 눈썹을 잔뜩 찌푸리고 있었다. 퍼트리셔는 순간 남편의 얼굴에 핏기가 없는 것 같았다고 나중에 친정 부모에게 말했지만, 당시에는 녹색 유리 차양이 달린 스탠드 불빛 때문이라고 여겨 달리 심각해하지 않았다는 말까지는 하지 않았다.

"누구였어?"

"흠……?" 남편의 시선이 그녀를 향했다. 넋 나간 표정에 약간 성가신 기색이 섞인 얼굴이었다. 그러나 나중에 그때의 장면을 수없이 떠올리면서, 그녀는 그것이 현실과 연결된 전기 코드를 하나씩 빼내던 사람의 얼굴이었다고 생각하게 되었다. 푸른 불빛에서 나와 암흑을 향해 가는 사람의 얼굴.

"전화한 사람이 누구야?"

"아무도 아냐. 별것 아니거든. 정말이야. 목욕이나 해야겠군." 그는 자리에서 일어섰다.

"이제 7시밖에 안 됐는데?"

그는 묵묵히 방을 나갔다. 그때 어디가 불편하냐고, 뒤쫓아 가서 위가 아프냐고 물어볼 수도 있었을 텐데……. 그는 성적으로 보수적인 편은 아니었지만, 어떤 부분에 대해서는 유달리 깔끔해서 속이 거북해 토하러 갈 때조차 화장실에 간다며 대수롭지 않게 말하는 사람이었다. 하지만 그 순간 피스카포스 가족이 새로 무대에 출현하면서 리처드 도슨이 그 가족 이름을 놓고 한바탕 입담을 펼칠 찰나인 데다, 퍼트리셔는 단추가 수북한 상자에서 유독 검은색 단추를 찾지 못해 정신 없는 상황이었다. 그 단추만 꼭꼭 숨어 있었다고, 그렇게밖에 설명할 수 없는 노릇이었다.

그래서 남편이 방을 나가도 신경 쓰지 못했고, 광고 방송이 나온 후에야 고개를 들어 보니 남편의 의자가 비어 있었다. 그리고 위층 욕조에 물을 받는 소리가 들려왔는데, 5분이나 10분쯤 지나자 그 소리도 멈추었다. 그러나 냉장고 문이 열렸다 닫히는 소리를 듣지 못했으므로 남편이 캔 맥주도 없이 2층 욕실로 향했다는 생각이 문득 떠올랐다. 그렇다면 누군가의 전화를 받고 중대한 문제로 고민이 컸던 모양인데, 그런 그에게 한마디 위로의 말이라도 했던가? 아니, 하지 않았다. 그렇다면 무슨 일인지 물어보려고나 했던가? 그 역시 아니었다. 뭔가 이상하다는 생각은? 역시 하지 못했다. 그 모든 것이 멍텅구리 텔레비전 쇼 때문이었으며 검은색 단추까지는 차마 말하기도 어려웠다. 사실 이유가 무엇이건 변명에 지나지 않았으니까.

그래, 지금이라도 캔 맥주를 들고 올라가서 욕조 가장자리에 걸터앉아 일본 기생처럼 등도 밀어 주고, 그이가 원한다면 머리도 감겨 주고 문제가 뭔지……, 전화를 건 사람이 누구인지 알아보는 거야.

그녀는 냉장고에서 캔 맥주를 꺼내 2층으로 올라갔다. 그녀가 처음으로 동요를 느낀 것은 욕실 문이 닫혀 있다는 사실에서였다. 살짝 닫아 놓은 정도가 아니었다. 스탠리는 목욕할 때 그처럼 욕실 문을 꽉 닫아 놓는 일이 없었다. 스탠리가 욕실 문을 닫아 놓거나 열어 놓는다면, 두 경우 모두 그들끼리 즐거운 농담으로 웃어넘길 만한 특별한 의미가 있었다. 문이 닫혀 있다면 변기를 사용할 땐 남들에게 보이지 말라는 유년 시절 어머니의 충고를 따르고 있음이고, 열려 있다면 역시 어머니의 가르침대로 남에게 보여도 해가 안 되는 일을 하고 있다는 의미였다.

퍼트리셔는 손톱으로 문을 두드리다 불현듯 그 노크 소리가 마치 쉿쉿하며 내지르는 파충류의 음향과 똑같다고 생각했다. 그리고 손님처럼 욕실 문을 두드린 일이 결혼 후 처음이며 그 집의 어떤 문도 두드린 적이 없다는 사실을 깨달았다.

불안감이 더욱 가슴을 옥죄는 도중 어렸을 때 종종 헤엄 치던 카슨 호가 떠올랐다. 8월 초 호수는 욕조처럼 따뜻했지만……, 차가운 조류가 스칠 때면 온몸에 전율이 일어 놀랍기도 하고 즐거웠더랬다. 따뜻하다 싶으면 어느 순간 엉덩이 밑에서 온도가 뚝 떨어져 20도 이하로 내려가는 것 같았다. 차가운 조류가 스치는 기분, 그러나 지금의 그녀는 과거의 어느 날과 달리 즐거움을 느낄 수 없었다. 무엇보다 엉덩이를 휘감는 서늘한 조류는 십 대 소녀의 기다란 다리에 냉기를 전해 주던 카슨 호의 새카만 심연이 아니었다.

사늘한 기운은 지금 그녀의 심장을 지나고 있었다.

"스탠리? 여보?"

손톱 끝에 힘이 들어갔다. 손톱이 문을 찢어 댔다. 변함없는 침묵, 그녀의 손끝에서 쾅쾅 요란한 소리가 들려왔다.

"여보?"

심장. 그녀의 심장은 이제 가슴에 있지 않았다. 목구멍에서 쿵쿵 숨을 틀어막았다.

"여보!"

외침 끝에 달라붙는 고요 속에서 (매일 밤 머리를 뉘고 잠을 청하는 침실에서 10미터도 채 떨어지지 않은 곳에서 소리 지르고 있는 자신의 모습. 그녀는 더욱 두려워졌다.) 들려오는 어떤 소리, 그것이 그녀가 그곳의 불청객이라는 느낌과 공포를 일깨웠다. 몹시 희미한 소리였다. 물방울 소리. 똑…… 똑…… 똑…… 똑…… 똑…….

그녀의 눈에 수도꼭지에 물방울이 맺히고 점점 살이 올라 임산부의 배처럼 부풀어 오르다 떨어지는 모습이 떠올랐다. 또옥.

그뿐이었다. 다른 소리는 없었다. 끔찍하리만큼 강한 확신, 그날 밤 심장 발작을 일으킨 사람이 아버지가 아니라 남편이라는…….

그녀는 신음하며 유리로 세공된 손잡이를 잡고 돌려 보았다. 그러나 문은 꿈쩍도 하지 않았다. 잠겨 있었다. 그 순간 퍼트리셔 유리스의 뇌리로 섬광처럼 스쳐 지나가는 생각은, 지금까지 한 번도 없었던 일들이 세 가지나 한꺼번에 일어났다는 사실이었다. 스탠리는 초저녁엔 한 번도 욕조에 들어간 적이 없고, 변기를 사용할 때가 아니면 절대로 문을 잠그지 않으며, 그녀를 향해 문을 잠근 일이 없었다.

과연 있을 법한 일인가, 그녀는 아득한 정신으로 생각하려고, 심장 발작을 미리 준비하는 일이 과연 있을 법한 일인지 생각하려고 애썼다.

퍼트리셔는 팍팍한 입술에 침을 적시고(사포로 널빤지를 문질러 대는 소리가 머릿속에 메아리치고) 다시 남편의 이름을 불러 보았다. 역시 수도꼭지에서 떨어지는 미세한 물방울 소리뿐이었다. 그녀는 손에 든 캔 맥주를 멍하니 내려다보았다. 목구멍에서 심장이 토끼처럼 뛰어올랐다. 캔 맥주라는 것을 난생 처음으로 대하는 눈빛이었다. 실제로 본 적이 없다는 기분, 적어도 그때처럼 캔 맥주가 전화기로 변해 금방이라도 달려들 듯한 새카만 뱀처럼 느껴진 적은 없었다.

"도와드릴까요, 부인? 무슨 문제라도 있는지요?"

뱀이 능글맞게 말을 걸었다. 그녀는 그것을 멀리 내동댕이치고 뒷걸음치며 허전한 손을 문질렀다. 문득 정신을 차려 보니 거실이었고, 계단을 도둑고양이처럼 올라가던 순간의 오싹한 공포를 다시 마주하고 있었다. 그제야 욕실 앞에 캔 맥주를 떨어뜨리고 휘청휘청 계단을 내려왔으며, 그 순간 막연한 생각이 떠올랐다는 사실을 기억했다. '이건 모두 착각일 거야. 나중에 남편과 그 이야기를 하며 낄낄대겠지. 욕조에 물을 채우다 문득 담배가 없는 걸 깨닫고 사러 나갔을 거야.'

그래, 그녀는 이제 확신이 들었다. 좀 전에 잠가 놓은 욕실 문을 다시 열기가 귀찮아서 욕조 위의 창문을 열고 거미처럼 벽을 타고 내려갔을 거야. 그럼 그렇지, 분명히······.

공포가 다시 솟구쳤고, 이번에는 꽉 찬 찻잔에서 금방이라도 새카만 커피가 흘러넘칠 듯 위태로웠다. 그녀는 눈을 질끈 감고 커피 잔을 떨쳐 버리고 싶었다. 그녀는 꼼짝도 하지 않는 탓에 목구멍만 파닥이는 핏기 없는 조각상 같았다.

그녀는 간신히 기억을 더듬어 황망히 계단을 내려와 거실까지 달려온 까닭을······, '아, 그래, 전화를 하려고 했지? 맞아.'까지 떠올리다가 '그런데 누구한테 전화를 하지?' 하고 멈칫했다.

그녀는 자신이 미친 것 같았다. 거북이한테 전화를 해야 하는데, 아, 거북이는 우리를 도와줄 수 없잖아.

아무래도 상관없었다. 그녀는 0번을 돌렸고 교환이 무슨 문제라도 있냐고 묻자, 그녀 스스로 생각하기에도 너무 엉뚱한 말을 해야 한다는 사실을 깨달았다. 물론 그녀에겐 문제가 있었다. 하지만 생면부지의 목소리를 향해 스탠리가 욕실 문을 잠그고 아무리 불러도 대답이 없으며, 욕조에 떨어지는 물방울 소리가 심장을 갉는다고 말할 수 있을까? 누군가에게 도움을 청해야 했다. 누구…….

그녀는 손등을 입에 대고 일부러 꽉 깨물었다. 그리고 생각하려고, 생각해 보라고 스스로를 다그쳤다.

보조 열쇠. 주방 찬장에 있는 보조 열쇠.

그녀는 서둘러 주방으로 향하다 의자 옆에 놓인 단추 상자를 걸어차고 말았다. 단추가 쏟아져 스탠드 불빛 아래 눈동자처럼 반짝였다. 그렇게 찾아도 없던 검은색 단추가 여섯 개도 넘게 눈에 들어왔다.

두 개짜리 개수대 위 찬장을 열면 바로 문 안쪽에 열쇠 모양으로 만든 나무판자가 걸려 있다. 남편의 고객 중 한 사람이 손수 만들어 2년 전 크리스마스 선물로 준 것이었다. 나무판자에 작은 고리가 여러 개 달려 있고, 그 고리에 집 안의 보조 열쇠가 두 개씩 걸려 있었다. 그 고리마다 아래쪽에 스탠리의 작고 깔끔한 필체로 이렇게 적혀 있었다. '차고', '다락방', '1층 욕실', '2층 욕실', '현관', '뒷문', 그리고 판자 한쪽 가장자리에 메르세데스와 볼보라고 적힌 자동차 보조 키도 눈에 띄었다.

퍼트리셔는 2층 욕실 열쇠를 낚아채서 계단으로 달려가다 주춤하더니 걷기 시작했다. 달리다 보면 어느 순간 되살아날 만큼 공포는 코앞에 있었다. 천천히 걷다 보면 모든 일이 갑자기 잘 풀릴 것 같았다. 설령 안 좋은 일이 있더라도 신이 그녀를 내려다보며 이렇게 생각할지도 몰랐다. '휴, 다행일세. 하마터면 얼빠진 짓을 할 뻔했잖아. 아직은 원래대로 돌려놓을 만한 시간이 있겠는걸.'

그녀는 귀부인 독서 클럽 모임에 참석하듯 조신하게 계단을 올라가 닫힌 욕실 문 앞에 이르렀다.

"여보?"

손잡이를 돌리다 끔찍한 공포가 되살아났고, 보조 열쇠까지 사용해야 하는 최후의 순간만은 오지 않기를 간절히 소망했다. 신이 미처 손을 쓰기도 전에 열쇠로 열고 들어간다면, 신도 그대로 포기해 버릴지 몰랐다. 결국 기적은 옛날 이야기 속으로나 묻혀 버릴 것이다.

욕실 문은 여전히 꼼짝도 하지 않았다. 똑……. 떨어지는 물방울 소리가 유일한 대답이었다.

부들부들 떨리는 손 때문에 열쇠가 자꾸 미끄러졌지만, 일단 길을 찾자 제집 들어가듯 열쇠 구멍에 쏙 들어갔다. 열쇠를 돌리자 찰칵 하는 소리가 들렸다. 더듬거리며 손잡이를 잡았다. 손이 다시 미끄러졌는데, 이번에는 문이 잠겨 있어서가 아니라 손바닥에 흥건하게 밴 땀방울 때문이었다. 다시 한 번 손잡이를 움켜쥐고 힘껏 돌려 보았다. 문을 밀고 안으로 들어섰다.

"여보? 여보? 스탠……."

파란색 샤워 커튼이 스테인리스 철봉 끝까지 밀쳐져 있는 광경을 보는 순간, 그녀는 남편의 이름마저 잊어버린 느낌이었다. 물끄러미 욕조를 응시하다가, 등 떠밀려 초등학교 입학식에 참석한 아이처럼 그녀의 얼굴은 일순 굳어 버렸다. 그녀가 곧바로 비명을 질렀다면 이웃에 사는 애니타 매켄지가 그 소리를 듣고 괴한이 유리스 부부의 집에 침입해서 흉기를 들이대고 있다고 확신하고 다급히 경찰에 신고했을지 모른다.

그러나 지금 가슴을 감싸 쥐고 서 있는 퍼트리셔 유리스의 얼굴은 창백하게 굳었고 눈은 휘둥그레져 있었다. 엄숙하기까지 했던 얼굴 표정이 조금씩 변하기 시작했다. 동공이 부풀어 올랐다. 입이 헤 벌려져 끔찍한 공포의 미소가 떠올랐다. 비명을 지르고 싶었지만 그러지 못했다. 조그마한 입밖으로 나오기엔 너무 처절하고 커다란 비명이었다.

형광등 불빛. 매우 밝았다. 그늘진 곳은 없었다. 좋든 싫든 모든 것을 볼 수밖에 없었다. 욕조에 분홍색 물이 담겨 있었다. 스탠리는 욕조 끄트머리에 등을 기대고 있었다. 머리가 뒤로 젖혀져 검은색의 짧은 머리카락이 어깻죽지까지 닿은 상태였다. 퀭한 두 눈에 아직 시력이 남아 있다면 그녀의 모습은 거꾸로 보였을 것이다. 입은 훤히 열린 문과 비슷했다. 얼굴 표정은 형용할 수 없는 공포가 얼어붙어 있는 것 같았다. 면도날 상자가 욕조 가장자리에 놓여 있었다. 팔뚝 안쪽, 손목에서 팔꿈치까지 갈라지고 손목 아랫부분이 다시 가로로 잘려 T자 모양으로 피가 흘러내렸다. 무정한 불빛이 찢겨진 상처를 검붉게 비추었다. 그녀에게는 남편의 드러난 힘줄과 인대가 값싼 쇠고기 덩어리처럼 느껴졌다.

크롬 도금이 반짝이는 수도꼭지에 물방울이 맺혔다. 불룩해졌다. 임부의 배처럼. 물방울이 빛났다. 떨어졌다. 또옥.

스탠리는 오른쪽 집게손가락에 피를 묻혀 욕조 위 파란색 타일에다 흔들리는 두 개의 큼지막한 활자를 써 놓았다. 두 번째 문자가 끝나는 지점에서 손가락 자국이 갈지자로 나 있었다. 그녀는 글자를 쓰고 미끄러지듯 욕조로 떨어진 남편의 손이 수면에 떠 있는 모습을 바라보았다. 의식을 잃는 순간, 그가 이 세상에 남긴 최후의 유서였다. 글자 두 개가 그녀를 향해 울부짖는 것 같았다.

그것

물방울이 욕조로 떨어졌다.

똑.

그때였다. 퍼트리셔는 마침내 목소리를 되찾았다. 그녀는 남편의 시체와 번뜩이는 눈을 바라보면서 비명을 지르기 시작했다.

리처드 토저, 서둘러 떠나다

리처드는 속이 메스꺼워지기 시작할 때까지는 일이 제대로 풀리고 있다고 생각했다.

그는 마이클 핸론의 얘기에 주의를 기울였고, 문제없어라고 대답도 하고 궁금한 점도 물어보았다. 마이클이 목소리를 흉내 내고 있다는 사실을 어렴풋이 깨달았는데, 마치 라디오 방송에서 종종 선보이는 목소리 같았다.('변태 상자', 성 문제 상담이 그가 가장 좋아하는 일이었고, 적어도 당분간은 '변태 상자' 프로그램의 애청자들은 코널 버포드 키스드리벨의 열렬한 팬보다 못하진 않을 것이다.) 그러나 정감 있고 성량이 풍부한 목소리에는 자신감도 어려 있었다. 예의 '이보다 더 좋을 순 없어.' 식의 목소리였다. 멋진 목소리였지만 꾸며진 것이었다. 다른 목소리와 마찬가지로 거짓이었다.

"리처드, 얼마나 기억하고 있나?"

"아주 조금……, 그래도 충분할 정도로 기억하고 있어."

"올 건가?"

"가야지." 리처드는 전화를 끊었다.

그는 서재 의자에 깊숙이 몸을 기대고 잠시 태평양을 바라보았다. 왼쪽에서 나타난 아이들이 서핑보드 주위에 모여 있었지만, 실제로 파도타기를 하고 있지는 않았다. 파도타기를 하기엔 파고가 낮았다.

책상 위의 시계(레코드 회사 대표에게 선물로 받은 고가의 발광 다이오드식 석영 시계)는 1985년 5월 28일 오후 5시 9분을 가리키고 있었다. 마이클이 전화한 지 어느새 세 시간이 흐른 후였다. 사위는 이미 어둠에 물들어 있었다. 그는 어둠을 바라보다 문득 소름이 돋은 것을 느끼며 일에 착수했다. 물론 제일 먼저 레코드를 걸었다. 애써 선택한 것이 아니라 선반 위의 무수한 레코드 더미에서 아무거나 한 장 집어 들었다. 로큰롤은 목소리와 마찬가지로 그의 삶에서 중요한 부분을 차지해 왔으며, 무슨 일을 하든 음악이 있어야 했고 소리를 키울수록 일이 잘됐다. 아무렇게나 집은 레코드는 모타운의 회상집이었다. 그가 "끝내 주는 밴드"라고 부르던 록그룹의 새로운 멤버 중 하나였던 마빈 게이가 「포도 덩굴 사이로 그 목소리를 들었어요」라는 노래를 불렀다. "오오오, 당신은 궁금할 거예요, 내가 어떻게 알았는지……."

"괜찮군." 리처드는 혼잣말을 중얼거리며 약간 미소까지 지어 보였다. 사실은 좋지 않았고, 솔직히 가슴이 철렁 내려앉는 기분이었지만 어떻게든 해결할 수 있으리라 생각했다. '뭐, 그리 힘든 일은 아니야.'

그는 고향으로 돌아갈 준비를 시작했다. 그리고 이후 몇 시간 동안 자신이 이미 죽은 몸인데도 마지막 임무를 끝내려는 사람처럼 느껴졌다. 물론 장례식 준비도 그 임무 중 하나였다. 그리고 그가 일을 잘 진행하고 있다는 생각이 들었다. 단골 여행사에 전화를 거는 도중 여직원이 이미 퇴근해 버린 뒤라는 생각이 들었지만 해 봐서 나쁠 건 없었다. 뜻밖에 그녀의 목소리가 들려왔다. 그는 필요한 사항을 말했고, 그녀는 15분 정도 걸리겠다고 알려왔다.

"제가 신세 한번 지는군요, 캐럴."

그들은 토저 씨와 피니 부인에서 출발해 지금은 리처드와 캐럴이라고 부르며 3년 넘게, 그것도 얼굴 한 번 맞대지 않은 상황치고는 꽤 친한 사이로 지내왔다.

"좋아요, 공짜는 아니겠죠? '변태 상자' 한번 들려주실래요?"

캐럴의 말에 그는 조금도 머뭇거리지 않고(목소리를 흉내 내기 위해 멈칫한다면 이미 그건 자신의 목소리라고 할 수 없으니까) 라디오 방송을 하듯 멘트를 쏟아 냈다.

"여기는 '변태 상자', 성 문제 전문가입니다. 어느 날 친구 하나가 찾아와 에이즈에 걸렸을 때 최악의 사태는 뭐냐고 묻더군요."
그의 목소리가 약간 작아지는가 싶더니 다시 높아져서 유쾌한 박
자를 타는 것 같았다. 분명 미국인의 목소리였지만 어딘지 약간 어
리둥절해 오히려 매력적으로 느껴지는 식민지 시대의 영국 부유
층 꼬마 아이를 떠올리게 하는 음성이었다. 리처드는 솔직히 '변태
상자'가 정확히 누구인지 몰랐지만, 아마 흰색 양복을 즐겨 입고
《에스콰이어》를 읽으며 긴 유리병 속의 음료를 마시는가 하면 코
코넛 향 같은 샴푸 냄새를 풍길 거라고 상상하곤 했다. "그래서 저
는 곧바로 말해 주었죠. '아이티 섬의 아가씨한테 옮았다고 어머니
께 알려야 하는 상황이지.'라고 말입니다. 그럼 또 다음 시간에 뵙
죠. 저는 변태 상자였습니다. 뭐든지 어려운 일이 있다면 저를 찾
으세요."

캐럴 피니는 비명을 지르다시피 웃었다. "정말 멋져요! 죽인다
고요! 내 남자 친구는 당신이 실제 그 목소리를 낸다고 해도 전혀
믿지 않거든요. 음성 변조기를 사용하거나 뭔가 다른……."

"재능이라고 해 두죠." 변태 상자는 사라졌다. 여기 있는 것은
W.C. 필스처럼 중산모, 붉은 코에 골프 가방 따위를 든 이였다.
"재능으로 똘똘 뭉쳐 있는지라 그놈의 재능들이 줄줄 새지 않게
하려면 몸에 난 구멍을 열심히 틀어막아야 할 판이죠. 뭐라고 할
까, 그냥 새어 나오는 거예요."

그녀는 또 한 번 요란한 웃음을 터뜨렸고, 리처드는 두 눈을 감
았다. 두통이 시작되는 것 같았다.

"자, 이제 본격적으로 절 좀 도와주실까요?"

그는 여전히 W.C. 필스처럼 행세하며 청하고는 그녀의 웃음소리 위로 전화를 끊었다.

이제 본연의 자신으로 돌아갈 시간이었지만 쉽지 않았다. 시간이 지날수록 점점 더 어려워졌다. 다른 사람으로 살아갈 때 용감해질 수 있는 법이다.

가방에 좋은 비누 두 장을 집어넣고 운동화까지 쑤셔 넣으려고 생각하는 순간 전화벨이 다시 울렸다. 캐럴 피니였는데 어느 때보다도 빠르게 응답해 온 것이다. 그 순간 버포드 키스드리벨의 목소리를 내고 싶다는 생각이 간절했지만 겨우 그 충동을 잠재웠다. 그녀는 렉스에서 보스턴으로 직행하는 아메리카 항공 일등석을 예약해 놓았다. 그는 밤 9시 3분에 로스앤젤레스를 떠나 다음 날 새벽 5시쯤 로간에 도착할 것이다. 아침 7시 30분 보스턴에서 델타 항공편으로 메인 주의 뱅고어까지 날아가면 8시 20분이 될 것이다. 그녀는 아비스에서 대형 세단을 빌려 대기시켜 놓았고, 뱅고어 국제 공항의 아비스 카운터에서 데리까지는 40킬로미터밖에 되지 않았다.

'겨우 40킬로미터?' 리처드는 생각했다. '그것밖에 안 되나요, 캐럴? 흠, 그럴지도 모르죠. 킬로미터로 치면, 어쨌든 말입니다. 하지만 데리까지 '정말로' 얼마나 먼지 당신은 모를 겁니다, 나 역시 모르고. 신이여, 어쨌든 그곳이 얼마나 먼지 지금부터 알아볼 생각입니다.'

"얼마나 계실지 몰라 방은 예약하지 않았어요. 필요하면……."

"아니, 됐어요. 제가 알아보죠." 리처드는 그렇게 말하다가 버포드 키스드리벨의 음성으로 바꾸었다. "자기는 정말 달콤한 복숭아 속살 같아."

그는 조용히 수화기를 내려놓은 후(늘 그렇듯 수화기 너머는 웃음소리로 채워져 있지만) 메인 주의 전화번호 안내 207-555-1212를 눌렀다. 데리 타운 하우스의 전화번호를 알기 위해서였다. 맙소사, 과거에서 튀어나온 그 이름. 전에 한 번도 데리 타운 하우스라는 이름을, 10년 아니 20년, 아니 25년 동안이나 그 이름을 떠올린 적이 없단 말인가? 미친 소리 같지만 적어도 25년의 세월 속에 등장하지 않았던 이름이며, 마이클의 전화가 없었다면 평생 떠올리지 않았을 이름이다. 그러나 매일 그 큼지막한 붉은 벽돌 더미 옆을 지나치던 시절이 분명 있었다. 때론 헨리 바워스와 트림쟁이 허긴스와 거구의 빅터 아무개가 "잡히면 개박살 날 줄 알아!" 하고 내지르는 고함소리에 쫓겨 미친 듯이 그곳을 달려가던 때도 있었다. "잡혀 봐라, 얼간아! 잡혀 봐, 시건방진 녀석! 네눈박이 호모 새끼야, 잡혀 보라고!" 그래서 그들이 그를 붙잡았던가?

리처드가 미처 기억을 되살리기에 앞서 "어디를 안내해 드릴까요, 손님?" 하는 교환수의 음성이 들려왔다.

"데리에 있는……."

데리! 맙소사! 너무도 낯설어 입가에서 서걱거리는 이름, 고대의 유물에 입 맞추는 기분이라니.

"데리 타운 하우스의 전화번호를 알 수 있을까요?"

"잠시만 기다려 주십시오."

'아직 남아 있을 리 없어. 사라져 버렸을 거야. 도시 재개발 계획에 따라 흔적도 없이 사라졌을 테지. 애완견 센터나 나이트클럽 또는 비디오 게임장으로 변해 있을지 몰라. 아니면 구두 외판원이 잠자리에서 담배를 피우다 불이 나 하루아침에 불타 버렸을지도. 모두 사라지고 없을 거야, 리처드. 헨리 바워스가 그렇게 못 잡아먹어서 안달하던 안경 낀 네 모습이 사라졌듯이 말이야. 가만, 스프링스틴의 노래에서 뭐라고 했던가? 천국의 나날은……, 소녀의 윙크와 함께 사라져 버렸네. 그 소녀의 이름은 뭘까? 아, 물론 비……비…….'

타운 하우스가 어떤 식의 변화를 거쳤는지는 모르지만 완전히 사라진 것은 아니었다. 곧이어 수화기 너머에서 공허하고 기계적인 음성이 들려왔기 때문이다. "문의하신 전화번호는 9…… 4……1…… 8…… 2…… 2입니다. 문의하신 전화번호는 9……."

리처드는 단번에 전화번호를 알아들었다. 그 단조로운 음성을 끝까지 듣지 않아도 돼 다행이었다. 전화를 안내하는 거대한 괴물이 지하 곳곳에 웅크린 채, 수천 개의 크롬 촉수마다 전화기를 움켜쥐고 눈을 부라리고 있다는 상상, 스파이더맨의 천적인 옥터퍼스 박사가 전화국 판으로 바뀌었다고나 할까. 리처드는 시간이 지날수록 디지털 귀신과 겁에 질린 인간 군상들이 불편하게 동거하고 있는 거대한 발전소에 살고 있다는 생각을 자주하곤 했다.

'여전히 그곳에 있군그래. 폴 사이먼의 가사처럼 세월이 흐른 후에도 여전히 그곳에 서 있는 거야.'

그는 어린 시절 뿔테 안경 너머로 보았던 호텔에 전화를 걸었다. 1-207-941-8282. 위험할 정도로 쉬운 전화 번호였다. 그는 수화기를 귀에 대고 서재의 커다란 창문을 바라보았다. 파도타기를 하던 사람들도 모두 가고 없었다. 한 쌍의 연인이 손을 맞잡고 해변을 걷고 있었다. 캐럴 피니가 근무하는 여행사 벽에 걸린 포스터에도 저런 연인의 모습이 담겨 있을지 모르지만 누가 봐도 참 잘 어울리는 한 쌍이었다. 두 사람 모두 안경을 쓰고 있다는 점만 제외하면.

'잡혀 봐, 네눈박이! 안경을 박살내 줄 테다!'

크리스, 갑자기 떠오르는 이름이었다. 이름이 크리스, 빅터 크리스였다.

젠장, 이제 와서 이 한밤중에 고작 그 이름을 알아내려고 하고 있다니, 어쨌든 이름이 무엇이든 문제될 건 없었다. 저 아래 지하실에서, 리처드 토저가 추억의 음반을 수집하던 곳에서 무슨 일인가 벌어졌던 것이다. 기억의 문이 사방에서 한꺼번에 열리기 시작했다.

'그 아래 있던 것이 레코드만은 아니었어, 안 그래? 그곳에서 너는 *레코드 토저*도, 환상적인 디제이도, 천의 목소리를 지닌 사내도 아니었어. 뭔가 열리고 있어…… 그게 정확히 문이었던가?'

그는 머리를 흔들며 생각을 지우려고 애썼다.

'기억해 낸다 해도 괜찮아. 나는 괜찮아, 너 리처드 토저는 아무 문제 없는 거야. 담배 한 개비 입에 물면 그뿐이야.'

그는 담배를 끊은 지 4년이 됐지만 이제 한 개비를 피워도 좋을 것 같았다.

'레코드가 아니라 시체였어. 너는 아주 깊숙이 그 시체들을 묻었지만 이제 갑작스레 터진 광란의 지진 때문에 땅이 갈라지고 그것들이 훤히 드러날지 모르는 상황이야. 그때 그곳에서 너는 리처드 *레코드* 토저가 아니었어. 그 밑에서 너는 *네눈박이* 토저일 뿐이었고, 친구들과 함께 있으면서도 늘 트림쟁이가 네 불알을 잘근잘근 씹을까 봐 겁에 질려 있었지. 그건 문이 아니야, 그러니까 열리지 않아. 그곳은 지하실이었어, 리처드. 땅이 쩍 갈라지면서 죽었다고 믿었던 흡혈귀들이 다시 솟구쳐 나오는 거야.'

담배 한 개비, 딱 하나만. 제 아무리 칼튼(퓨전 밴드 '크루세이더'의 기타 주자 ─ 옮긴이)이라도 신을 위해서라면 담배를 피울 테니까.

'잡혀 봐, 네눈박이! 그놈의 책가방을 씹어 먹게 해 줄 테다!'

"타운 하우스입니다." 톡 쏘는 듯한 남자의 목소리였다. 중서부의 뉴잉글랜드를 지나, 라스베이거스의 숱한 카지노를 지나 그의 귓가에 도착한 음성이었다.

리처드는 내일부터 방을 예약할 수 있는지 물었다. 상대방은 가능하다며 며칠 동안 묵을지 물었다.

"아직 결정을 못했어요. 해야 할 일이……." 그는 갑자기 입을 다물어 버렸다.

그래, 정확히 무슨 일을 하려는 건가? 그는 마음 한편에서 체크무늬 가방을 멘 채 아이들에게 쫓겨 달아나는 한 소년을 바라보았다. 깡마른 체구에 창백한 얼굴을 뒤덮은 뿔테 안경, 그 얼굴은 어딘지 모르게 기이하게도 지나치는 싸움꾼들에게마다 '날 때려! 계속 때리라고!' 하고 비명을 지르는 듯했다. '입술이 여기 있어! 이빨이 다 으깨지도록 힘껏 갈겨! 여기 코도 있어! 피가 줄줄 흘러나게 재주껏 때려 봐! 내 귀 좀 두들겨서 양배추처럼 너덜너덜하게 만들어 달란 말이야! 눈썹도 찢어 주고! 여기 턱도 있으니까, 박살내! 반창고로 얽어맨 이 뿔테 안경, 정말 지겹고 끔찍하잖아, 그러니까 눈이 터지고 시퍼렇게 멍들 때까지 몇 번이고 주먹질을 해 달란 말이지! 안경을 짓이겨! 깨진 안경 조각이 눈 속에 푹 박혀 장님이 되게 만들라고! 어서!'

그는 눈을 감고 중얼거렸다. "데리에 출장 가는 길입니다. 계약이 언제쯤 성사될지 모르겠군요. 사흘쯤이 어떨까요, 연장 옵션을 넣어서?"

"연장 옵션요?" 상대방은 의뭉스럽게 반문했고 리처드는 결정이 내려질 때까지 참을성 있게 기다렸다. "아, 알겠습니다. 아주 좋아요!"

"고맙습니다. 그리고……, 11월 선거에서 저희를 밀어 주세요. 재키도 그걸 원하니까……. 아, 대통령 집무실에 그 모든 일을 처리할 수 있도록……, 아…… 내 동생 보비도……." 리처드의 입에서는 케네디 대통령의 음성이 흘러나왔다.

"여보세요, 토저 씨?"

"예."

"좋습니다……. 잠시 혼선이 된 것 같아서요."

'죽은 정치인이 사진에서 막 걸어 나온 것 같겠지. 고개를 갸우뚱할 필요 없어, 모두 죽었으니까. 걱정할 거 없다고.' 리처드는 전율을 느끼며 절박한 심정으로 자신에게 되뇌었다. '아무 문제없을 거야, 리처드.'

"저도 들었어요. 혼선이 됐나 봅니다. 그럼 예약이 가능한가요?"

"오, 아무 문제 없습니다. 데리에도 사업이 꽤 많지만 썩 경기가 좋은 편은 아니거든요."

"그런가요?"

"오, 그렇고말고요."

호텔 직원이 맞장구를 치자 리처드는 다시 진저리를 쳤다. 그는 뉴잉글랜드의 '오, 그렇고말고요.'도 까맣게 잊고 있었던 것이다.

'잡히기만 해, 골통 새끼!' 헨리 바워스의 유령 같은 고함이 다시 귓가를 파고들자, 몸속 깊숙이 묻혀진 지하실의 틈바구니가 더 넓게 벌어지는 느낌이었다. 스멀거리는 냄새는 시체의 썩은 내가 아니라 부패한 기억, 세월 속에서 더욱 일그러져 버린 기억의 냄새였다.

그는 수화기 너머로 아메리칸 익스프레스 카드의 번호를 알려 준 후 전화를 끊었다. 곧바로 KLAD 프로그램 책임자인 스티브 코벌에게 전화를 걸었다.

"리처드, 무슨 일인가?" 스티브가 물었다. 최근 청취율 조사에 따르면, KLAD는 치열하기로 이름난 로스앤젤레스 FM 방송 시장에서 청취율 1위에 올랐으며, 그 때문에 스티브의 기분이 고조돼 있을 시점이어서 리처드는 다행이다 싶었다.

"음, 물어본 걸 후회할 거예요. 지금 떠날 생각이거든요."

"떠난다니…… 내가 잘못 들었겠지, 리처드." 스티브의 목소리에 주름이 느껴졌다.

"이미 만반의 준비도 끝냈어요. 가야 해요."

"대체 무슨 소리야. 가다니, 어딜? 일정에 따르면, 나는 이곳에 있어야 하고, 자네도 내일 오후 2시부터 6시까지 방송을 해야 하는데, 평소와 다름없이 말이야. 사실은 4시에 스튜디오에서 클레런스 클레먼스와 인터뷰 일정까지 잡아 놨단 말이야. 리처드, 클레런스 클레먼스가 누군지는 알지? '빅맨' 말이야."(클레런스 클레먼스는 빅맨이라는 별명으로 잘 알려진 색소폰 연주자로 브루스 스프링스틴의 앨범 작업에 참여함—옮긴이)

"클레먼스 인터뷰는 마이크 오하라가 하면 되잖아요."

"클레먼스는 마이크와는 말하지 않겠대, 리처드. 보비 러셀도 마찬가지고, 나하고도 말하고 싶은 생각이 없다는군. 클레먼스는 버포드 키스드리벨과 와이어트 허머사이들 백보이의 거물 애청자야. 자네하고만 인터뷰하겠다는 거야. 그리고 미식축구 구단이 붙잡을 뻔했던 그 110킬로그램짜리 열받은 색소폰 연주자가 내 스튜디오에서 날뛰든 어쩌든 난 상관없다고."

"그가 날뛰었다는 얘기는 처음 듣는데요. 제 말은, 우리가 지금 키스 문(1960년대 활동한 영국의 록 밴드 '더 후(The Who)'의 드러머—옮긴이)이 아니라 클레런스 클레먼스 얘기를 하고 있다는 겁니다."

전화선 위로 침묵이 흘렀다. 리처드는 침착하게 기다렸다.

"진심은 아니겠지? 어머님이 돌아가셨다거나 자네 머리에 뇌종양이 발견됐다거나, 뭐 그런 경우가 아니라면 말이야." 스티브의 목소리는 약간 애걸하는 분위기로 바뀌었다.

"스티브, 가야 합니다."

"어머님이 아프신가? 임종 직전이냐고?"

"어머님은 10년 전에 돌아가셨어요."

"그럼 뇌종양이야?"

"회충 하나 없어요."

"나 지금 농담할 기분 아닐세."

"농담 아닙니다."

"자네는 아직도 아마추어처럼 군단 말이야. 그게 마음에 안 들어."

"저는 아마추어든 프로든 둘 다 마음에 안 들어요. 하지만 가야 합니다."

"어디로? 왜? 대체 이게 무슨 짓이야? 설명을 해 봐."

"전화를 받았어요. 아주 오래 전에 알았던 사람한테서 말입니다. 다른 곳에 살 때 말이죠. 뭔가 다시 일이 벌어졌대요. 전 오래전에 약속을 했어요. 다시 일이 벌어지면 우리 모두 돌아가겠다고 말입니다. 약속을 지켜야 할 시간이 온 거죠."

"지금 무슨 말을 하고 있는 건가? 응?"

"지금 당장 다 말씀드릴 순 없어요."

리처드는 사실을 말했다가는 미쳤다는 소리나 들을 거라고 생각했다. 무엇보다 그는 제대로 기억할 수 없었다.

"그 잘난 약속은 언제 한 건데?"

"아주 오래 전에요. 1958년 여름."

또 다른 침묵이 흘렀다. 리처드는 지금 스티브 코벨이 리처드 '레코드' 토저, 일명 버포드 키스드리벨, 일명 와이어트 허머사이들 백보이 등등으로 알려진 녀석이 시건방을 떠는 건지, 아니면 정신 이상이라도 된 건지 내심 복잡한 심정이리라 눈치 챘다.

"어렸을 때 한 약속이란 말이지."

"열한 살 때요. 막 열두 살이 되던 해."

또 한 번 긴 침묵이 흘렀다. 리처드는 기다렸다.

"좋아. 일정을 바꾸지. 마이크를 대신 투입할 거야. 척 포스터에게 전화를 걸어 일정을 바꿀 테니까. 그 사람이 지금 어느 중국 식당에 박혀 있는지 알아내는 게 문제겠지만, 아무튼 아주 오래전으로 돌아가야만 한다니 해 보는 수밖에. 그러나 스튜디오에 다시 출근할 땐 마음 단단히 먹고 와야 할 거야."

"염려 붙들어 매세요." 그러나 리처드는 두통이 심해짐을 느꼈다. 그는 자신이 무슨 짓을 하고 있는지 잘 알고 있었다. 그러나 스티브는 모르는 것 같았다. "단 며칠이면 됩니다. 계약을 위반하려는 게 아니에요."

"그래, 그 며칠 동안 뭘 하겠다는 거지? 예전에 일하던 다코타의 똥통 아니면 버지니아의 촌구석에서 회포라도 풀겠다는 얘긴가?"

"그 똥통은 다코타가 아니라 아칸서스에 있지요." 리처드는 텅 빈 울림 같은 버포드 키스드리벨의 음성을 흉내 냈지만 스티브의 마음은 풀릴 것 같지 않았다.

"열한 살 때 한 약속 때문에? 젠장! 애들이 무슨 심각한 약속을 한다는 거야? 리처드, 자네도 알겠지만 이건 웃기지도 않는 얘기야. 여기는 보험 회사도, 변호사 사무실도 아니란 말일세. 연예계란 말이야. 자네가 일주일 전에만 귀뜀했어도, 지금 내가 한 손에 전화기를 붙들고 다른 손에 미란타 위장약을 붙잡고 있진 않았을 거란 말이지. 자네가 지금 날 미치게 만들고 있는 건 알겠지? 그러니 나를 모욕하지는 말게!"

스티브는 거의 악을 쓰는 상황이었고 리처드는 두 눈을 질끈 감아 버렸다. "이번 일은 절대 그냥 넘어가지 않겠어." 스티브는 고함을 질렀지만 리처드는 과연 그럴 기회라도 있을지 의아했다. 스티브는 열한 살 먹은 아이들이 진지한 약속을 하지 않는다고 말했지만 그건 틀린 말이었다. 리처드는 무슨 약속이었는지 기억할 수 없지만(기억하고 싶지 않다는 편이 맞았다.) 진지한 약속이었음은 분명히 느낄 수 있었다.

"스티브, 이제 갈 시간입니다."

"좋아. 내가 뒤처리를 하겠다고 말했으니까, 어서 가라고. 어서 가, 초짜 같으니."

"스티브, 말도 안 되는 소리 같겠지만……."

스티브는 이미 전화를 끊어 버렸다. 리처드도 수화기를 내려놓았다. 그가 막 움직이려는 순간 전화벨이 다시 울렸다. 리처드는 스티브의 전화라고 직감했고 전화를 받지 않으면 그가 더 미친 듯이 화낼 거라고 느꼈다. 그러나 그 상황에서 스티브에게 말해 봤자 소용없는 일이었다. 상황만 악화될 뿐이다. 그는 전화기에서 코드를 뺐다.

그는 위층으로 올라가 옷장에서 두 개의 가방을 꺼낸 후 청바지와 셔츠, 내복, 양말 등 손에 집히는 대로 가방 속에 쑤셔 넣었다. 그가 아이들 옷만 잔뜩 집어넣었다는 사실은 나중에야 깨달은 일이었다. 그는 가방을 들고 아래층으로 내려왔다.

거실 벽면에 앤셀 애덤스의 흑백 사진이 걸려 있었다. 리처드가 사진을 들어 올리자 금고가 나타났다. 그는 금고를 열고 서류 뭉치(집문서와 아이다호에 있는 2만 5000여 평의 땅문서, 증권 등등)를 긁어모았다. 주식을 산 것은 충동적이었지만(그 증권사 직원은 리처드가 나타나기만 해도 안절부절못했다.) 수년 동안 주식은 꾸준히 올랐다. 그는 종종 자신이 (정확하진 않지만 대충 말해서) 갑부나 다름없다는 사실을 떠올리고 깜짝 놀라곤 했다. 로큰롤과……, 천의 목소리 덕분이었다.

집과 땅문서, 주식 증서, 보험 증서뿐 아니라 유언장도 있었다. '내 삶에 단단히 연결된 끈.' 그는 생각했다.

순간 라이터에 불을 붙이고 그 모든 것을 태워 버리고 싶다는 강렬한 충동이 밀려왔다. 그렇게 할 수 있었다. 금고 안의 서류 뭉치는 돌연 모든 의미를 잃고 말았다.

이때 처음으로 리처드에게 달려든 공포는 초자연적인 것과 전혀 상관 없었다. 삶을 포기하는 일이 이토록 쉬운가 하는 자각에서 비롯된 공포였다. 그 공포감은 너무도 무시무시했다. 수년 동안 긁어모은 것을 한순간에 날려 버리고 개 같은 인생으로 전락할 수 있었다. 태우든 날려 버리든 이제 떠날 때였다.

이차적인 통화 가치에 불과한 서류 뭉치 뒤엔 현찰도 있었다. 10달러, 20달러, 50달러짜리 지폐 뭉치로 전부 4000달러 정도였다.

그는 현금 뭉치를 청바지 주머니에 쑤셔 넣다가 문득 열 달 전부터 첫 달엔 50달러, 다음엔 120달러 하는 식으로 그 금고에 돈을 넣으면서도 정작 그 이유를 몰랐다는 생각을 했다. 쥐구멍에 숨겨 둔 돈이라, 여행을 위한 노자 돈이었을까.

"으스스해지는군." 그는 자신이 말을 했다는 것도 가까스로 알았다. 해변으로 난 커다란 창문을 바라보았다. 텅 빈 해변, 파도 타던 사람들도, 그 신혼부부(실제로 신혼부부인지는 알 수 없지만)도 모두 사라지고 없었다.

'아, 그래, 이제 생각나는군. 스탠리 유리스도 있었지, 아마? 가만있자…… 뭐라고 했더라, 아주 기막힌 말이었는데 말이야. 오줌싸개 스탠리, 맞아, 학교 덩치들이 그렇게 불렀어. 야, 오줌싸개! 야, 이 기독교도 암살범 새끼야! 어딜 그렇게 가시나? 호모 친구들이 빨아 준다던?'

그는 금고 문을 닫고 사진을 제자리에 갖다 놓았다. 스탠리 유리스를 마지막으로 떠올린 게 언제지? 5년 전? 10년 전? 20년 전? 리처드 가족은 1960년 봄에 데리를 떠났고, 황무지라는 지역의 아지트에 쫓겨 왔던 가엾은 친구들, 그 패배자 무리의 얼굴은 점차 희미해졌다. 그처럼 수풀이 무성한 곳을 황무지라고 했으니 좀 우스운 이름이기는 했다. 그들은 그곳에 모이면 밀림 탐험가가 되었고, 태평양 산호섬에서 일본군의 포로로 잡혀 있다가 해안선을 따라 탈출에 성공하는 해군 특공대가 되었고, 댐 건설자가 되었으며 카우보이, 밀림에 떨어진 우주인 등등 뭐든 될 수 있었지만 현실을 잊지 않는다는 조건 아래서만 가능했다. 그곳이 도피처라는 사실. 덩치들에게서 도망쳐 온 이들의 도피처. 헨리 바워스와 빅터 크리스와 트림쟁이 히긴스, 그 밖에 망나니들의 손길이 닿지 않는 곳. 코가 유난히 컸던 유대인 소년 스탠리 유리스, "이려, 실버."라는 말 말고는 심하게 말을 더듬었던 빌 덴브로, 항상 퍼런 멍이 든 채 블라우스 소매에 담배를 숨겨 왔던 비벌리 마시, 모비딕처럼 거구의 벤 한스컴, 두꺼운 뿔테 안경에 늘 점수는 수만 받았지만 누구라도 두들겨 패 주고 싶어 안달이던 리처드 토저. 그들을 한마디로 표현했던 말이 뭐였지? 그래, 한결 같은 말이었지. 왕따 겁보들이라고 했던가.

어떻게 그 모든 것이 되돌아왔는지, 그 기억이 다시 살아났는지⋯⋯. 그는 서재에 서서 집 잃은 강아지가 천둥에 놀라듯 무력하게 몸을 떨었다. 그 친구들의 모습이 기억의 전부는 아니었기 때문이다. 수년 동안 떠올리지 않았던, 그저 의식의 수면 아래서 흔들리고 있었을 뿐인 다른 일들도 있었다.

핏빛으로 가득한 일.

암흑. 어떤 암흑.

니볼트 가의 집에서 빌은 비명을 지르고 있었다. '네가 내 동생을 주, 죽였어, 이 개, 개새끼!'

그도 기억하고 있을까? 원치 않는다고 해서 더 이상 막을 수 있는 기억이 아니었다.

오물과 똥 냄새, 그리고 또 다른 냄새. 오물과 똥보다 훨씬 지독한 냄새. 기계 소리가 끊임없이 되풀이되던 데리의 지하, 그 어둠 속에서 솟구치는 짐승의 악취, 그것의 악취였다. 그는 기억해 냈다. 조지 덴브로가⋯⋯.

그러나 이미 너무 많은 기억이 달려들었던지, 리처드는 욕실을 향해 뛰어가다 의자에 걸려 넘어질 뻔했다. 급히 화장지를 뜯어 기묘한 아침상을 차리듯 타일 바닥에 깔고 그 위에 무릎을 댄 후, 변기 가장자리를 붙잡고 배 속에 든 것을 전부 토하기 시작했다. 여전히 토하면서, 문득 바로 전날 만났던 모습처럼 조지 덴브로, 그 모든 것의 출발점이자 1957년 가을에 살해당한 아이가 떠올랐다. 조지는 홍수 직후 죽었고, 한쪽 팔이 뭉텅 잘려 나간 상태였지만 리처드는 줄곧 그 기억을 막아 왔던 것이다. 그러나 그 모든 일이 다시 살아나 현실로 돌아왔다.

구토와 기억이 지나가자 리처드는 미친 듯이 변기 손잡이를 더듬었다. 물이 으르렁댔다. 초저녁에 먹었던 음식이 뜨거운 음식 덩어리가 되어 휩쓸려서 배수관을 따라 사라졌다.

하수구 속으로.

하수구의 어둠과 악취 속으로.

그는 변기 뚜껑을 내리고 그 위에 이마를 갖다 대고 울기 시작했다. 1975년 어머니가 돌아가신 후 처음으로 내놓는 울음이었다. 그는 무의식적으로 손가락을 오므려 눈앞에 대고 콘택트렌즈를 뺐다. 손바닥 위에서 렌즈가 반짝였다.

40분 후, 그는 다시 태어난 기분으로 여행 가방을 자동차의 짐칸에 싣고 차고에서 빠져나왔다. 날이 저물고 있었다. 그는 최근에 나무를 심어 놓은 자신의 집과 해변과 수면을 바라보았다. 옅은 초록빛 바다는 가느다란 금색 띠로 갈라져 있었다. 다시는 그 광경을 보지 못하겠지. 그는 사형장으로 향하는 사형수가 된 느낌이었다.

"이제 고향으로 가는 거야. 집으로. 신이시여, 제게 은총을." 리처드 토저는 그렇게 되뇌었다.

변속 기어를 넣으면서, 그는 그토록 견고하다고 확신해 왔던 삶이 순식간에 예기치 않은 샛길로 빠진다는 사실을, 순식간에 뒤집히면 반대편에 어둠이 있음을, 푸른빛에서 암흑으로 빠지기가 얼마나 쉬운가를 새삼 깨달을 수밖에 없었다.

푸른빛에서 암흑으로, 무언가 그를 기다리고 있을 곳으로.

벤 한스컴, 술을 마시다

1985년 5월 28일 밤, 80번 주간 고속도로에서 오마하 서쪽으로 차를 몰았다면 《타임》이 선정한 "미국 건축계의 기린아"("도시의 에너지 보존 정책과 젊은 이상주의자", 1984년 10월 15일자)를 만날 수 있었을 것이다. 스웨드홈 통행료 징수소를 지나면 81번 고속도로를 타고 별로 볼 만한 것은 없지만 스웨드홈 도심으로 진입하게 된다. 그리고 버키의 하이 해트 이튼업('치킨 프라이드 전문점')에서 92번 고속도로로 방향을 틀면, 들어왔던 고장을 다시 빠져나가는 지점에서 오른쪽으로 63번 고속도로가 나타나는데, 게틀린이라는 작고 황량한 마을을 관통하는 이 길을 타고 달리다 보면 마침내 헤밍포드 홈에 이른다. 헤밍포드 홈에 비하면 스웨드홈은 뉴욕이나 마찬가지였다. 한쪽에 다섯 채, 맞은편에 세 채, 도합 여덟 채의 건물만이 상업 지구를 형성하고 있었다. 거기엔 클린 컷 이발소(15년이나 된 누런 간판 한곳에 "히피 사절"이라고 손으로 쓴 활자가 겨우 읽혔다.)와 재상영 영화관, 할인 매장이 있었다. 네브래스카 홈오너 은행의 지점, 76 주유소, 렉스올 약국, 국립 농기구 판매사(그나마 마을에서 유일하게 사람의 왕래가 잦은 곳)도 있었다.

그리고 중심가가 끝나는 지점, 부랑자처럼 다른 건물과 동떨어져 널찍한 공터 가장자리에 걸터앉은 형상으로 레드 휠이라는 선술집이 있었다. 눈썰미 있는 사람이라면 울퉁불퉁하고 지저분한 주차장에 1968년형 캐딜락이 이중 안테나 두 개를 꽁무니에 매달고 있는 모습을 볼 수 있을 터였다. 앞쪽 베니터 플레이트(차 소유주가 원하는 글자를 써 넣은 번호판—옮긴이)에 "벤의 심부름꾼"이라고 적혀 있었다. 술집 안으로 들어가 바 쪽으로 걷다 보면, 드디어 《타임》에 실린 남자, 호리호리한 체구에 구릿빛 피부, 샴브레이 셔츠와 물 빠진 청바지를 입고 다 떨어진 정비화를 신고 있는 그를 발견할 터였다. 눈가에 보일락 말락 잔주름이 있을 뿐 피부는 탱탱했다. 그는 아마도 서른여덟이라는 실제 나이보다 10년은 젊게 보일 터였다.

"안녕하세요, 한스컴 씨." 리키 리는 벤이 자리에 앉자마자 바 위에 냅킨을 올려놓았다. 리키 리의 음성에는 약간 놀란 빛이 묻어 있었는데, 실제로도 그는 놀랐다. 그전까지 한스컴이 평일에 그 술집에 찾아온 일은 한번도 없었기 때문이다. 그는 항상 금요일 밤에 맥주 두 잔, 토요일 밤에 넉 잔이나 다섯 잔을 마셨다. 그리고 언제나 리키 리의 세 아들이 잘 지내는지 묻고, 떠날 때는 어김없이 맥주 잔 밑에 5달러의 팁을 놓고 갔다. 대화에서 느껴지는 전문적인 지식과 인격, 어느 모로 보나 리키 리가 가장 좋아할 수밖에 없는 손님이었다. 일주일에 팁 10달러(지난 5년간 크리스마스 때는 50달러를 맥주 잔 밑에 놓고 갔다.)도 좋았지만 그가 운영하는 회사를 생각하면 팁이 문제가 아니었다. 그 회사 자체만 해도 보기 드물 정도로 훌륭했지만 시답잖은 얘기나 오가는 싸구려 술집이고 보면, 좀처럼 접하기 힘든 손님임에 틀림없었다.

뉴잉글랜드 출신이며 캘리포니아에서 대학을 나온 점을 감안하더라도, 한스컴은 텍사스 특유의 허풍으로는 설명할 수 없는 독특한 분위기를 풍겼다. 리키 리는 벤 한스컴의 금요일, 토요일 방문을 중요하게 생각했는데, 몇 년 동안 그를 소중하게 여길 수밖에 없는 여러 가지 사실을 알아냈기 때문이다. 한스컴 씨는 뉴욕에 초고층 빌딩을 건축하고(이미 세간에서 가장 떠들썩한 건물 세 채를 뉴욕에 지은 후였다.), 레돈도 해변에 새로운 화랑을 짓거나 솔트레이크시에 비즈니스 빌딩을 세우는 등 바쁜 일상을 보내면서도 금요일밤 8시에서 9시 30분 사이에는 주차장으로 연결된 문을 열고 어김없이 모습을 드러내는데, 가까운 이웃에 살면서 집에 괜찮은 텔레비전이 없다 보니 겸사겸사 술집에 들르는 사람의 표정이었다. 자가용 비행기와 정킨스 목장에 착륙장까지 갖추고 있는 거물이 말이다.

2년 전 그는 런던에 건너가 BBC 커뮤니케이션 센터의 신축 건물을 설계하고 감독한 일이 있는데, 이 건물은 지금까지도 영국 신문지상에서 찬반 양론이 뜨겁게 전개되고 있었다.(예를 들어 《가디언》의 경우 "지난 20년간 런던에 세워진 건축물 중에서 가장 아름답다." 《미러》의 경우 "술에 찌든 시어머니 꼴, 역사상 가장 추악한 건물.") 당시 한스컴 씨가 그 일을 맡았을 때, 리키 리는 '음, 한동안 그분을 보긴 힘들겠어. 아니, 이런 촌동네 술집은 완전히 잊어버리겠지.'라고 생각했다. 실제로 그가 영국으로 떠난 주 금요일이 돌아왔을 때, 리키 리는 8시에서 9시 30분 사이 주차장 사잇문이 열릴 때마다 그쪽을 힐끔거렸지만 결국 그의 모습은 보이지 않았다. '뭐, 언젠가 다시 보겠지. 아마도.' 그 언젠가는 다음 날 밤으로 판명났다. 다음 날 밤, 9시 15분에 문이 열리더니 그가 청바지와 "앨라배마로 가자."라는 글자가 씌어진 티셔츠와 정비화 차림으로 천천히 술집으로 걸어 들어왔으며, 바로 옆 마을에서 지나가다 들른 표정도 여느 때와 똑같았다. 리키 리는 몹시 반가운 나머지 "아니, 한스컴 씨! 이런 세상에! 여긴 어쩐 일이세요?"라고 소리를 질렀다. 한스컴 씨는 술집에 온 것이 무슨 큰일이냐는 듯 오히려 놀란 표정이었다. 한스컴의 방문은 그 한 번으로 끝나지 않았다. BBC 일에 의욕적으로 몰두하던 2년 동안, 그는 매주 토요일마다 리키 리의 술집을 찾았다. 매주 토요일 오전 11시에 콩코드로 영국을 출발해 10시 15분에 뉴욕의 케네디 공항에 도착하는데, 시간을 따져 보면 런던을 떠난 시간보다 45분이나 빠르다고, 그는 넋 나간 표정의 리키 리에게 말해 주었다.("맙소사, 타임머신을 타고 시간 여행을 하는 셈이군요, 그렇죠?" 리키 리는 여전히 뭐에 홀린 표정으로 그렇게 반문했다.) 그리고 대기 중인 리무진에 오르면 토요일 아침의 경우 한 시간도 채 걸리지 않아 뉴저지의 테테보로에 도착한다는 것이다. 별일이 없는 한, 12시 전까지 자가용 비행기에 탑승하면 2시 30분쯤에 정킨스의 착륙장에 내려선다. 그는 만약 서쪽으로 계속 빠르게 날아간다면 낮이 끊임없이 이어진다고 리키 리에게 말했다. 그는 두 시간 정도 낮잠을 자기도 했고, 한 시간가량 공사 현장 책임자를 만나거나 비서에게 30분간 업무를 지시하곤 했다. 그리고 저녁 식사를 한 다음 레드 휠에 들러 한 시간 반 정도 시간을 보냈다. 늘 혼자였으며, 늘 같은 자리에 앉아 올 때와 똑같은 모습으로 돌아갔다. 물론 네브래스카의 그 지역에만 그와 잠자리를 같이하려고 안달하는 여자들이 수두룩했지만 말이다. 농장 뒤편에 마련된 침실에서 여섯 시간 정도 잠을 청한 뒤 지금까지의 과정을 거꾸로 밟아 런던으로 돌아가는 것이다. 리키는 그런 말을 듣고도 눈이 휘둥그레지지 않는 손님은 한 사람도 보지 못했다. 언젠가 한 여자가 그에게 어쩌면 호모일지도 모른다고 속삭인 적도 있었다. 리키 리는 그녀를 쏘아보았는데, 정성 들여 매만진 머리 모양하며 한눈에도 디자이너가 직접 만든 것이 분명해 보이는 의상, 다이아몬드 귀고리까지 아마 뉴욕 같은 동부에서 잠시 친척이나 동창을 보러 왔다가 그새를 못 참고 돌아갈 궁리를 하는 여자임에 틀림없었다. "그렇지 않아요." 그는 여자에게 말했다. 한스컴 씨는 절대 여자 같은 남자가 아니라고 말이다. 그녀는 핸드백에서 도랄 담뱃갑을 꺼내더니, 붉은 입술 사이에 담배를 물고 리키가 불을 붙여 줄 때까지 기다렸다. "사장님이 어떻게 알아요?" 그녀는 약간 웃어 보이며 다시 물었다. "그냥 알아요." 그는 대꾸했다. 실제로 한스컴은 그가 아는 그대로였다. 그는 여자에게 이렇게 말해 줄까 하는 생각도 들었다. 내 평생 그분처럼 고독한 사람은 보지 못했다고요. 그러나 자신을 세상에 새로 나온 별종처럼 바라보고 있던 뉴욕 여자에게 그런 말까지 하고 싶지 않았다.

그날 밤, 한스컴 씨는 낯빛이 약간 창백하고 산만해 보였다.

"안녕하세요, 리키 리." 그는 자리에 앉더니 물끄러미 자신의 손을 내려다보았다.

리키 리는 앞으로 여섯 달이나 여덟 달 동안, 한스컴 씨가 콜로라도 스프링스에서 마운틴 주립 문화 센터의 건축을 총괄하며 또 한 번 분주하게 생활하리라 알고 있었는데, 그 공사는 산허리를 자르고 6동짜리 복합 건물을 세우는 일이었다. "건물이 완성되면, 거인 아이가 계단 층층대에 장난감 블록을 놓아둔 것 같다고 사람들이 수군댈 겁니다." 벤은 전에 그런 말을 한 적이 있었다. "그렇게 말해도 반은 맞는 셈이죠. 그러나 저는 괜찮은 건물이 탄생하리라 믿어요. 아마 내가 지은 건물 중 가장 규모가 크고, 공사 자체가 아찔할 정도로 두려운 게 사실이지만 저는 분명 괜찮을 거라는 확신이 섭니다."

리키 리는 한스컴 씨에게 약간의 무대 공포증이 있을지 모른다고 생각했다. 그렇다고 놀랄 일도, 문제라고 할 것도 아니었다. 사람들의 주목을 받을 정도로 거물이 된다면 늘 질시를 받게 마련이니까. 아니면 감기에 걸렸는지도 모른다. 그 일대에서 독감이 유행하고 있었다.

리키 리는 선반에서 맥주 잔을 하나 꺼내 맥주 통 꼭지에 갖다 댔다.

"그럴 필요 없어요, 리키 리."

리키 리는 뒤돌아보다 깜짝 놀라고 말았다. 손을 내려다보다 들어 올린 한스컴의 얼굴이 너무도 섬뜩했기 때문이다. 한스컴 씨의 얼굴은 무대 공포증도, 독감도, 그 어떤 것과도 상관 없어 보였다.

방금 엄청난 일격을 당한 후 자신에게 일격을 가한 정체가 무엇이 었는지 알아내려고 애쓰는 얼굴이라고 할까.

'누군가 죽은 거야. 결혼은 안 했지만 누구나 가족은 있게 마련 이니까. 가족 중 누군가가 세상을 떠난 게야. 세상 사는 이치가 다 그렇지.'

누가 주크박스에 동전을 집어넣었는지, 술 취한 남자와 외로운 여자를 노래한 바바라 맨드렐의 목소리가 흘러나왔다.

"한스컴 씨, 괜찮으세요?"

벤 한스컴은 갑자기 10년이나 20년은 늙어 보이는 눈길로 리키 리를 바라보았고, 리키 리는 한스컴 씨의 머리카락이 희끗희끗해 진 사실에 소스라치게 놀라고 말았다. 전에는 그의 머리에서 새치 하나 발견하지 못했던 것이다.

한스컴은 웃어 보였다. 그 웃음은 유령처럼 괴괴했다. 마치 시체 의 미소를 보고 있는 느낌이었다.

"리키 리, 예전의 내가 아닌 것 같아요. 오늘 밤은 도대체 내가 딴사람 같으니 말입니다."

리키 리는 맥주 잔을 내려놓고 한스컴을 향해 걸어갔다. 미식축 구 철이 끝난 지 한참 지난 월요일 밤처럼 술집은 한산했다. 손님 이라고는 스무 명도 채 안 되었다. 애니는 주방 출입구 옆에서 즉 석 요리 담당자와 카드놀이를 하고 있었다.

"무슨 나쁜 소식이라도?"

"나쁜 소식, 바로 그겁니다. 고향에서 안 좋은 전갈이 왔어요." 그는 리키 리를 바라보았다. 리키 리의 온몸을 꿰뚫어 보는 듯한 눈빛이었다.

"뭐라고 위로의 말씀을 드려야 할지……."

"고맙습니다, 리키 리."

침묵에 빠진 한스컴에게 리키 리는 뭔가 도울 일이 없겠냐고 묻고 싶었다. 그러나 그 순간 한스컴이 먼저 말문을 열었다.

"이곳에서 파는 위스키는 뭐가 있습니까?"

"이런 싸구려 술집에 오는 사람들은 모두 포 로즈를 마십니다만 한스컴 씨는 와일드 터키가 좋을 듯합니다."

그 말에 한스컴은 슬며시 웃었다. "늘 친절하군요, 리키 리. 아무튼 맥주 잔이 필요할 것 같군요. 맥주 잔에 와일드 터키를 하나 가득 채워다 주세요."

"하나 가득을요? 어이쿠, 그걸 다 마셨다가는 여기서 걸어 나갈 수 없을 겁니다!" '아니면 구급차를 부르든가요.' 그는 내심 경악을 금치 못했다.

"오늘 밤은 아닙니다. 괜찮을 겁니다."

리키 리는 한스컴 씨의 눈을 찬찬히 들여다보며, 그가 농담을 하는 게 아닐까 의구심이 들었지만 전혀 그런 기색은 없었다. 그래서 그는 선반에서 맥주 잔과 와일드 터키 한 병을 꺼냈다. 와일드 터키가 경쾌한 소리를 내며 맥주 잔 속으로 쏟아졌다. 한스컴은 술잔이 채워지는 광경을 넋 빠진 사람처럼 바라보고 있었다. 리키 리는 한스컴을 텍사스 특유의 기질로만 설명할 수 없다는 종전의 생각을 굳혔다. 아마 리키 리가 그 독한 위스키를 그처럼 쏟아 붓기는 처음이며 앞으로도 그런 일은 없을 것 같았다.

'구급차를 부르게 됐으니 이거 정말 한심한 일일세. 이 사람이 술을 들이켜는 순간, 스웨드홈의 파커와 워터에게 장례식 준비를 하라고 알려야 할 판이야.'

리키 리는 내심 걱정이 태산이었지만 술잔을 가져다 한스컴 앞에 내려놓았다. "제정신인 사람이 값을 치르겠다면 오줌이든 독약이든 달라는 대로 갖다 줘." 언젠가 리키 리의 부친이 한 말이었다. 리키 리는 그 말이 그럴듯한 충고인지 종잡을 수 없었지만, 술장사로 먹고사는 사람이 양심의 가책을 더는 데는 꽤 유용한 조언이었다.

한스컴은 그 괴물 같은 술잔을 묵묵히 응시하더니 물었다. "술값은 얼마입니까?"

리키 리는 서늘하고 횅한 한스컴의 시선을 피해 위스키가 채워진 맥주 잔을 바라보며 천천히 고개를 가로저었다. "공짜입니다. 제가 한 잔 대접하는 거예요."

한스컴은 다시 웃었는데, 이번에는 한결 자연스러워 보였다.

"이런, 고맙군요, 리키 리. 지금부터 내가 1978년 페루에서 배운 걸 보여 드리죠. 당시 프랭크 빌링스라는 사람과 일을 했는데, 뭐 일이라기보다는 속된 말로 땜질이었지만. 아무튼 내 생각에 그 친구는 세상에서 가장 뛰어난 건축가였죠. 그 친구가 어느 날부터 심한 고열에 시달렸고, 의사가 온갖 항생제를 그 친구 몸에 주사했는데 전혀 차도가 없더란 말이에요. 결국 2주일 동안 타 들어가다 죽고 말았죠. 내가 보여 주겠다고 한 건 그때 공사에 투입됐던 인디언들한테 배운 겁니다. 그 지역 밀주는 정말 독하더군요. 한 잔 들이켜면 부드럽게 넘어가다가 곧 바로 횃불을 입과 목에 쑤셔 넣은 것처럼 얼얼해집니다. 그런데 인디언들은 그 독한 술을 콜라 마시듯이 하는데, 한잔으로 끝나는 적도 없을 뿐더러 취한 예도 거의 보지 못했지요. 그 사람들처럼 마셔 볼 생각을 한 적은 한 번도 없었습니다. 그러나 오늘 밤은 한번 해 보고 싶군요. 저쪽에 있는 레몬 좀 갖다 주겠습니까?"

리키 리는 레몬 네 조각을 위스키 술잔 옆 깨끗한 냅킨 위에 가지런히 올려놓았다. 한스컴은 레몬 하나를 집어 들고 고개를 뒤로 획 젖히더니 안약을 넣듯 콧구멍에 레몬 즙을 짜 넣었다.

"어이구, 맙소사!"

리키 리는 얼굴이 사색이 된 채 소리를 질렀다.

벤 한스컴의 목구멍이 실룩거렸다. 얼굴은 벌겋게 달아오르고……, 눈물이 주르륵 뺨을 타고 귓가로 흘러내렸다. 주크박스에서는 스피너스의 노래가 흘러나오고 있었다. "오, 내가 얼마나 더 참을 수 있을지 모르겠네……."

한스컴은 탁자를 움켜쥐더니 다시 레몬 조각을 집어 들어 이번에는 다른 콧구멍 속에 짜 넣었다.

"그러다 큰일 납니다." 리키 리는 조용히 속삭였다.

한스컴은 짓이겨진 레몬 두 조각을 탁자 위에 내던졌다. 눈에 핏발이 섰고 숨을 헐떡였다. 투명한 레몬 즙이 양쪽 콧구멍에서 입가로 흘러내렸다. 이윽고 그는 맥주 잔을 들어 올리더니 3분의 1가량을 단숨에 마셔 버렸다. 리키 리는 그 자리에 못 박힌 채 한스컴의 목젖이 오르락내리락하는 모양을 바라보았다.

한스컴은 맥주 잔을 내려놓고 두 번 진저리를 치더니 고개를 끄덕였다. 그는 리키 리를 바라보면서 희미한 미소를 지었다. 눈가의 핏기는 사라지고 없었다.

"인디언들이 말한 대로군. 코가 너무 아프니까 목구멍으로 뭐가 넘어가는지 느끼지 못한다고 했거든요."

"이러다 정말 큰일 납니다, 한스컴 씨."

"하늘땅 별땅, 기억나요, 리키 리? 어렸을 때 '하늘땅 별땅'이라는 말로 맹세하곤 했지요. 내가 뚱보였다고 말한 적 있나요?"

"아니요, 그런 말씀 한 적 없어요." 리키 리는 한스컴 씨가 끔찍한 소식을 전해 듣는 바람에 미쳤거나……, 아니면 적어도 잠시 동안 제정신이 아니라고 생각했다.

"뚱보 중에서도 뚱보였지요. 농구나 야구는 아예 꿈도 꾸지 못했고, 술래잡기를 해도 숨을 곳이 없으니 늘 제일 먼저 잡힐 수밖에요. 맞아요, 나는 뚱보였습니다. 그리고 고향에서 줄기차게 나를 쫓아다니던 패거리가 있었죠. 레지널드 허긴스라는 아이도 그중 하나였는데 별명이 트림쟁이였어요. 빅터 크리스라는 아이도 있고 그 밖에 몇 명이 더 있었지요. 하지만 그 패거리의 우두머리는 헨리 바워스였죠. 정말 타고난 악동이었지, 그 헨리 바워스 말입니다. 놈들이 나만 쫓아다닌 건 아니에요. 그런데 문제는 다른 아이들처럼 나는 빨리 도망칠 수 없었다는 거죠."

한스컴은 셔츠 단추를 풀어헤쳤다. 리키는 한스컴의 복부, 배꼽 바로 윗부분에 묘하게 뒤틀린 흉터를 발견했다. 흰색으로 오그라든 모습이 꽤 오래 전에 생긴 흉터 같았다. 가만히 보니 글자였다.

성인이 채 되기 전이었을 텐데, 누군가 한스컴 씨의 배에 'H'라는 글자를 새겨 넣은 것이다.

"헨리 바워스의 짓입니다. 옛날 옛적 얘기지요. 자기 이름을 전부 새기지 않은 것만도 다행이죠."

"한스컴 씨……."

한스컴은 나머지 두 개의 레몬을 양손에 하나씩 집어 들고, 고개를 젖히더니 점비제(點鼻劑)처럼 콧구멍 속에 집어넣었다. 그러고는 몸서리를 치면서 레몬 찌꺼기를 옆으로 내려놓은 후 맥주 잔을 연거푸 두 번 들이켰다. 다시 몸을 떨고 또 한 모금, 그리고 두 눈을 질끈 감은 채 탁자 모서리를 더듬었다. 한동안 그는 거센 파도에 흔들리는 돛단배에서 난간을 움켜쥐고 있는 사람처럼 보였다. 그리고 눈을 뜨고 리키 리를 향해 웃었다.

"밤새도록 이렇게 황소의 등에 올라타 있을 겁니다."

"한스컴 씨, 이제 그만해요." 리키 리는 불안한 표정이었다.

애니가 쟁반을 들고 다가와 밀러 두 잔을 주문했다. 리키 리는 맥주를 따라 쟁반에 올려 주었다. 두 발이 휘청거렸다.

"사장님, 한스컴 씨 괜찮은 건가요?" 애니가 한스컴을 빠르게 훑어보는 동안, 리키 리의 눈동자도 그녀의 시선을 따라 움직였다. 한스컴은 바에 몸을 기댄 채, 리키 리가 안주를 담아 두는 상자에서 레몬 조각을 조심스럽게 집어 올리고 있었다.

"모르겠어. 괜찮을 리 없지."

"그럼 가만 있지만 말고 어떻게든 해 봐요." 애니는 대부분의 여자들처럼 벤 한스컴을 유달리 좋아했다.

"몰라. 아버님 말씀이 제정신인 사람이 값을…….."

"사장님 아버님은 다람쥐 머리만큼도 생각이 없으셨나 봐요. 아버님 얘기는 잊어버리세요. 말리셔야죠. 저러다 죽겠어요."

리키 리는 결심한 듯 벤 한스컴을 향해 걸어갔다. "한스컴 씨, 약주가 너무 과하…….."

한스컴은 머리를 뒤로 젖히고 레몬 즙을 짜 넣었다. 그러나 이번에는 코카인 가루처럼 레몬 즙을 코로 들이마시는 것이었다. 그리고 물을 먹듯 위스키를 집어삼켰다. 그러고는 심각한 얼굴로 리키리를 바라보았다. "쾅쾅, 패거리들이 죄다 우리 집에 모여들어 거실에서 춤을 추더군요." 그는 갑자기 웃음을 터뜨렸다. 맥주 잔에는 위스키가 거의 바닥을 보이고 있었다.

"이미 많이 드셨어요." 리키 리가 맥주 잔으로 손을 뻗었다.

한스컴은 부드럽게 리키 리의 손길을 막았다. "취하게 내버려 둬요. 취하고 싶어요."

"한스컴 씨, 제발…….."

"아, 참 아이들 주려고 선물을 가져왔어요. 여태 깜박하고 있었네!" 그는 빛바랜 데님 조끼를 입고 있었는데, 호주머니를 뒤적여 뭔가를 꺼냈다. 희미하게 땡그랑 하는 소리가 들려왔다.

"내가 네 살 때 아버님이 돌아가셨죠." 한스컴의 음성은 전혀 취한 기색이 없었다. "아버님이 남겨 준 건 빚 더미뿐이었어요. 리키, 아이들에게 갖다 주세요." 그가 탁자 위에 올려놓은 은화 세 개가 은은한 불빛을 받아 빛났다. 리키 리는 숨을 죽였다.

"한스컴 씨, 정말 감사합니다만, 받을 수 없…….."

"원래는 네 개였는데, 그중 하나를 버벅이 빌에게 줬답니다. 빌 덴브로가 원래 이름인데 우리는 버벅이 빌이라고 불렀지……. '하늘땅 별땅', 뭐 그런 식으로. 내겐 정말 절친한 친구였는데, 아시겠지만 나 같은 뚱보는 원래 친구가 없는 법이거든요. 그 버벅이 빌은 지금 작가랍니다."

리키 리의 귓가엔 한스컴의 말이 제대로 들어오지 않았다. 그는 얼빠진 표정으로 은화를 바라보고 있었다. 1921, 1923, 1924년도 발행. 그 은화에 함유된 순은만 따져도 엄청난 가치였다.

"이건 받을 수 없습니다." 그가 다시 한 번 말했다.

"나는 받았으면 좋겠는걸요." 한스컴 씨는 맥주 잔을 깨끗이 비워 버렸다. 물먹은 솜처럼 축 처져 보였지만 눈길만은 여전히 리키 리를 응시하고 있었다. 축축하게 핏발 선 눈, 그러나 리키 리는 그 눈동자가 말짱한 사람의 것이었다고 성경에 손을 얹고 맹세할 수도 있었다.

"한스컴 씨, 솔직히 약간 두렵군요."

2년 전, 그레샴 아널드라고 머리가 약간 이상한 사람이 어느 날 한 손에 동전을 한 움큼 들고 모자에 20달러짜리 지폐를 쑤셔 넣은 채 레드 휠에 나타난 적이 있었다. 그는 애니에게 동전을 건네며 주크박스에 넣어 달라고 말했다. 그리고 리키 리에게 20달러를 내놓으며 손님 전부에게 술 한 잔씩 돌리라고 말했다. 그 지역에서 모르는 사람이 없었던 그레샴 아널드는 한때 헤밍포드 램스 농구 팀을 고등학교 챔피언으로 이끌 정도로 (반대로 꼴찌를 만들기도 할 정도로) 유명한 농구 스타였다. 아마 그때가 1961년이었을 것이다.

당시 이 젊은 친구의 앞날은 탄탄대로나 마찬가지였다. 그러나 루이지애나 주립대학교에 입학한 직후, 한 학기도 마치지 못하고 술과 마약, 줄기찬 파티 덕분에 학교에서 쫓겨나고 말았다. 그는 부모님이 고등학교 졸업 선물로 사 준 노란색 자동차를 타고 고향으로 돌아와 부친이 운영하던 존 디어 대리점에서 영업 과장으로 새 출발을 하였다. 그렇게 5년이 흘렀다. 그의 부친은 차마 아들을 해고시킬 수 없었던지, 대리점 운영권을 넘기고 애리조나로 이주해 노후 생활을 계획했는데, 아들의 타락에 충격이 커서 몇 십 년은 더 늙어 보일 정도로 쇠약해진 모습이었다. 한편 대리점은 여전히 부친 명의로 되어 있던 터라, 아널드는 일하는 흉내만 내면서 흥청거리는 생활을 지속했다. 얼마 후 그는 완전히 파산 상태에 몰렸다. 몰골이 말이 아니었지만, 당시 레드 휠에 나타나 주크박스에 동전을 넣고 손님 전부에게 술을 돌렸던 날 밤은 박하사탕만큼이나 달콤한 표정이었다. 사람들은 그에게 고맙다는 말을 건네며 술잔을 들었고, 애니는 그레샴 아널드가 좋아하는 모 밴드의 음악을 연거푸 틀었다. 그는 자리(한스컴 씨가 앉아 있던 자리, 리키 리가 까닭 모를 불편함으로 떠올렸던 바로 그 자리)에 앉아 서너 잔의 술을 마시며 주크박스에서 흘러나오는 노래를 따라 불렀다. 그리고 리키 리가 가게 문을 닫을 때, 그도 조용히 집으로 돌아가 이층 벽장에 허리띠로 목을 매고 자살한 것이다. 그날 밤 바로 그 자리에 앉아 있던 그레샴 아널드의 눈빛은 지금의 벤 한스컴과 약간 비슷했다.

"내가 조금 두렵게 했군요, 그렇지요?" 한스컴은 리키 리를 똑바로 쳐다보며 물었다. 그는 맥주 잔을 밀치고 세 개의 은화를 매만지기 시작했다. "그럴지도 모르지요. 그러나 나만큼 두렵지는 않을 겁니다, 리키 리. 맹세컨대 나만큼은 말입니다."

"대체 무슨 일입니까? 혹시, 혹시 제가 도울 일이라도."

"일? 일이야 많죠. 오늘 밤 친구한테 전화를 받았습니다. 마이클 핸론이라는 친군데, 리키 리, 지금까지 까마득히 잊고 지냈던 사람이에요. 그렇다고 겁이 난 건 아니고요. 그 친구와 알고 지낸 게 어렸을 때니까, 그리고 아이들은 원래 잘 까먹지 않나요? 맞아요, 잘 까먹지요. 하늘땅 별땅 맹세해도 좋아요. 내가 무서웠던 건 말입니다, 그러니까 내가 마이클을 잊고 지냈기 때문이 아니라 어린 시절 전부를 잊었다는 사실 때문이었어요."

리키 리는 한스컴을 바라볼 뿐 달리 할 수 있는 일이 없었다. 한스컴 씨가 무슨 말을 하는지 알 길이 없었지만 두렵다는 말은 맞는 것 같았다. 의심의 여지가 없었다. 벤 한스컴이 두려워한다니 엉뚱해 보였지만, 분명 사실이었다.

"내 말은 모든 걸 잊어버렸다는 말입니다." 그는 자신의 말을 강조하듯 주먹으로 가볍게 탁자를 두드렸다. "리키 리, 기억 상실증에 걸렸다는 사실조차 완전히 잊어버리는 그런 기억 상실증 얘기를 들어 봤어요?"

리키 리는 고개를 가로저었다.

"나도 못 들어봤어요. 그런데 오늘 밤 차를 몰고 이곳으로 오는데, 문득 그 기억 상실증 환자가 바로 나라는 생각이 들더군요. 마이클 핸론이 전화를 해 왔기 때문에 그를 기억해 낸 겁니다. 데리를 기억해 낸 것도, 그가 바로 그곳에서 전화를 했기 때문이었고요."

"데리?"

"그러나 그게 전부예요. 내게 어린 시절이 있었다는 사실조차 잊고 지냈다니……. 언제, 어디서부터 잊고 지냈는지조차 모르다가 느닷없이 모든 것이 되살아나기 시작한 거지요. 나머지 은화 한 개로 무엇을 했는지까지 또렷하게 말이죠."

"무엇을 하셨는데요?"

한스컴은 시계를 바라보더니 불쑥 자리에서 일어섰다. 아주 약간 비틀거렸다. 그뿐이었다.

"시간이 별로 없군요. 오늘 밤 비행기를 타야 합니다."

리키 리는 순간 경계하는 표정이었고 한스컴은 웃음을 터뜨렸다.

"비행기에 탄다는 얘기지, 직접 조종한다는 얘기는 아니에요. 이번에는 말이죠. 유나이티드 항공을 이용할 생각이라고요, 리키 리."

"아, 예." 리키 리는 안도의 표정이 뻔히 얼굴에 드러나는 것조차 개의치 않았다. "어디로 가십니까?"

한스컴의 셔츠는 그때까지 풀어헤쳐진 상태였다. 그는 자신의 복부에 새겨진 흰색 흉터를 내려다보다가 단추를 하나씩 잠그기 시작했다.

"말했잖아요, 리키 리, 고향에 간다고. 그 은화는 아이들에게 갖다 줘요." 그는 문 쪽으로 발걸음을 떼었는데, 바지춤을 추스르며 걸어가는 뒷모습이 리키 리의 눈에 너무도 섬뜩하게 다가왔다. 그레샴 아널드의 뒷모습이 갑자기 날카로운 비수처럼 그의 머릿속을 헤집었기 때문이다.

"한스컴 씨!" 그는 자신도 모르게 큰 소리로 한스컴을 불렀다.

한스컴이 뒤돌아서는 순간, 리키 리는 움찔 뒤로 물러섰다. 그 바람에 엉덩이가 선반에 부딪혀 유리잔과 술병이 흔들렸다. 그가 뒤로 물러선 것은 한스컴이 죽은 사람처럼 보였기 때문이다. 분명히 그랬다. 벤 한스컴은 어딘가, 도랑이나 다락 아니면 벽장에 목을 맨 채 400달러짜리 카우보이 장화를 바닥에서 삼사 센티미터 떨어진 허공에 늘어뜨린 자세로 죽어 있으며, 지금 주크박스 옆에서 뒤돌아서 있는 이는 유령이었다. 그러나 잠시 시간이 지나자 리키 리는 싸늘하게 얼어붙은 심장 소리가 다시 돌아오는 것을 느꼈고, 우두커니 서 있는 한스컴 옆으로 길게 늘어선 탁자와 의자를 똑똑히 바라볼 수 있었다.

"리키 리, 무슨 일인가요?"

"아, 아무것도 아닙니다."

벤 한스컴은 검붉은 동공으로 리키 리를 바라보았다. 두 뺨은 술기운에 벌겋게 상기돼 있었고, 벌게진 코도 살갗이 벗겨진 것 같았다.

"아무것도 아닙니다." 리키 리는 중얼거리듯 다시 말했지만, 원죄의 심연 속에서 죽었다가 지옥의 연기가 자욱한 문가에 다시 버티고 서 있는 듯한 사내의 얼굴에서 눈을 뗄 수 없었다.

"나는 뚱보였고 가난했답니다. 지금에야 기억이 납니다. 비벌리라는 소녀와 버벅이 빌이 그 은화로 내 목숨을 구해 줬다는 사실도 말이죠. 이 밤이 끝나기 전에 또 다른 기억이 떠오를까 봐 정말 두렵지만 내가 얼마나 두려운가는 문제가 아닙니다. 언젠가는 다시 사라질 테니까 말이에요. 마음 한편에서 점점 부풀어 오르는 거품처럼 지금 기억이 맴돌고 있는 겁니다. 하지만 가야 해요. 지금까지 내가 쌓아 온 모든 것들이 바로 그 시절 우리가 한 일 덕분에 가능했기 때문이에요. 이 세상에서 대가를 지불하지 않고는 아무것도 얻을 수 없으니까. 그래서 아마 신께서 인간을 만들었을 때 처음엔 아이의 작은 키로 대지에 가까이 있도록 하셨는지 모릅니다. 단순한 교훈을 얻기까지 넘어지고 다쳐 피를 많이 흘려야 한다는 사실을 미리 알고 계셨으니까. 뭔가를 얻으려면 대가를 지불해야 하고, 대가를 지불한 것을 취하는 법……. 조만간 소유한 만큼 돌려받게 마련이지요."

"이번 주말엔 돌아오시겠죠?" 리키 리는 얼어붙은 입술을 겨우 떼어 놓았다. 그가 낭패감 속에서 그나마 붙잡을 수 있는 유일한 말이었다. "평소처럼 주말에는 돌아오실 테죠?"

"모르겠군요. 이번에는 런던보다 더 멀리 가야 할 것 같아서요, 리키 리." 한스컴은 섬뜩한 미소로 말했다.

"한스컴 씨……!"

"그 은화를 아이들에게 갖다 주세요." 한스컴은 다시 그 말을 되뇌고 어둠 속으로 사라져 갔다.

"대체 무슨 일이에요?" 애니가 다그치듯 물었지만 리키 리는 묵묵부답이었다. 그는 재빨리 바의 칸막이 문을 통과해 주차장이 보이는 창문가로 달려갔다. 한스컴 씨의 캐디에 전조등이 켜지고 엔진 소리가 들려왔다. 자동차는 지저분한 주차장을 빠져나가 수탉 꼬리처럼 먼지를 일으키며 달려가기 시작했다. 자동차 미등이 점점 작아져 63번 고속도로에서 붉은 점으로 바뀌었고, 네브래스카의 밤바람이 먼지 바람을 일으키기 시작했다.

"저렇게 취했는데 차를 몰게 그냥 내버려 둔 거예요? 정말 장하네요."

"그냥 내버려 둬."

"저러다 죽는다고요."

리키 리는 바로 5분 전까지만 해도 똑같은 생각을 했지만, 점처럼 작아진 자동차 불빛에서 눈길을 돌려 애니를 향해 고개를 흔들어 보였다.

"그렇지 않아. 잘은 모르겠지만 어쩌면 죽는 편이 차라리 그분한테 나을지도 모르지."

"대체 한스컴 씨가 뭐라고 했는데요?"

리키 리는 고개를 가로저었다. 그는 여전히 혼란스러웠고, 한스컴 씨가 한 말을 전부 합해도 의미를 찾을 수 없었다. "그건 중요치 않아. 다만 저분을 다시는 보지 못할 것 같아."

에디 카스브랙, 약을 챙기다

세기말에 접어든 미국 중산층의 모습을 보고 싶다면 그 집에 있는 의료함을 들여다보는 것으로 충분하다. 그렇지만 지금 희디흰 얼굴과 큼지막한 눈에 바짝 힘을 준 채 의료함을 열고 있는 에디 카스브랙의 경우는 심하다는 생각이 든다.

제일 위 칸에는 아나신, 엑세드린, 엑세드린 피엠, 콘택, 타이레놀 등의 진통제와 목 아플 때 먹는 파란색 빅스 통이 놓여 있다. 여기에 비바린 한 병, 시러탄 한 병, 메그네샤 필립스 밀크 두 병(걸쭉한 액체 분말 맛이 나는 일반용과 박하 향이 나는 신제품이 하나씩)도 눈에 띈다. 그리고 큼지막한 롤레이드 병과 텀스 병이 사이좋게 어깨를 나란히하고 있다. 그 텀스 병 옆으로 오렌지 맛이 나는 디겔 알약병이 놓여 있다. 나란히 서 있는 세 개의 약병은 돼지 저금통 삼형제처럼 보이지만 동전 대신 알약을 하나 가득 담고 있다.

둘째 칸은 비타민 박물관이다. 비타민 E, 비타민 C, 특히 비타민 C는 장미에서 추출한 성분이다. 비타민 B와 비타민 B 복합 영양제 및 B12까지 완벽하게 갖춰져 있으며, 피부병 치료제인 L라이신과 콜레스테롤 억제에 효과가 있다는 레시틴, 철분 및 칼슘 영양제, 간유 등도 빼놓을 수 없다. 하루에 한 번 먹는 영양제에서 척추에 좋다는 복합 영양제까지 확인하고 나면, 의료함 바로 위에 제리톨 강장제가 거인처럼 버티고 서 있다.

에디의 의료함 세 번째 칸으로 넘어가면 특허를 기다리는 임상 약품의 전진 기지가 나타난다. 엑스렉스, 카터의 작은 알약. 이 두 가지 약품 때문에 에디 카스브랙은 꾸준히 관장을 해 오고 있다. 그 옆에 있는 지사제와 변비약, 조제 약품 등은 관장이 너무 빠르거나 고통스러울 때를 위한 대비책이다. 관장이 끝난 후 원기를 보강하기 위해 정력제가 병 속에 종류별로 들어 있다. 그리고 기침 감기를 위한 포뮬러 44, 오한이 날 때를 대비한 물약, 커다란 피마자 기름 병, 목이 쉴 때를 대비한 슈크렛 통, 열다섯 종류에 이르는 구강 세정제(물론 리스테린도 포함돼 있다.), 눈약, 코테이드와 네오스포린 같은 피부 치료제(L라이신이 기대만큼 효과를 발휘하지 못할 때를 대비한 2차 방어선이라고 할까.), 옥시워시 플라스틱 병, 이뇨제가 전시 체제를 방불케 한다.

그리고 한쪽 구석에 역적모의를 하듯 모여 있는 세 개의 콜타르 샴푸 용기.

제일 아래 선반은 지금까지 지나온 윗부분에 비교하면 횅한 느낌마저 들지만, 이곳에 있는 물건이야말로 쾌속 인생에 필요한 필수품이라고 할 만했다. 벤 한스컴의 자가용 비행기보다 높이 날며 서면 먼슨(뉴욕 양키스의 포수 ─ 옮긴이)보다 강력한 힘을 발휘하게 하는 비밀이 여기에 있다. 벨륨, 퍼코덴, 엘라빌, 다번 복합제가 그것인데 우리가 향정신성 의약품이라고 부르기도 하는 약품들이다. 그리고 또 한 개의 슈크렛 통이 놓여 있지만 이 통 안에는 슈크렛 대신 퀘일루드(향정신성 의약품의 일종 ─ 옮긴이)가 들어 있다.

에디 카스브랙은 보이스카우트의 강령을 믿었다.

그는 파란색의 대형 가방을 들고 욕실로 들어섰다. 가방을 세면대 위에 올려놓고 지퍼를 열고, 떨리는 손으로 약병과 통, 연고, 스프레이 약병 등을 가방에 집어넣었다. 여느 때 같으면 조심스럽게 하나씩 집어넣었을 테지만 지금은 정확도를 추구할 만큼 여유가 없었다. 그 선택은 간단하면서도 잔인했다. 계속 몸을 움직이지 않는다면, 한곳에 멈추어 서서 그 의미를 떠올릴 것이고, 곧바로 죽음 같은 공포를 느낄 터였다.

"에디? 여보, 대체 뭐하는 거야?" 마이라의 음성이 아래층에서 들려왔다.

에디는 퀘일루드가 들어 있는 슈크렛 통을 가방에 던져 넣었다.

이제 의료함은 마이라의 미돌과 거의 다 써 버린 무좀 연고를 제외하곤 비다시피 했다. 그는 잠시 머뭇거리다가 무좀약까지 낚아챘다. 가방의 지퍼를 닫다 멈칫하더니 미돌을 집어 반쯤 입을 열고 있는 가방에 넣었다. 마이라는 필요 이상으로 사들이기 때문에 걱정할 일은 아니었다.

"에디?" 마이라의 목소리가 이층 계단 중간까지 다가와 있었다.

에디는 지퍼를 완전히 채운 후 욕실을 나왔다. 그는 단신에 토끼처럼 겁 많은 얼굴의 소유자였다. 머리카락은 거의 빠진 상태였고, 그나마 얼마 남지 않은 머리카락도 거적처럼 맥없이 누워 있었다. 가방의 무게 때문에 그는 한쪽으로 완전히 기울어 걸어갔다.

거구의 여자가 이층 계단을 느릿느릿 올라오고 있었다. 에디는 그녀가 움직일 때마다 삐걱거리는 소리를 들었다.

"대체 뭐하는 거냐고오오오?"

에디는 정신과 의사를 찾아가지 않아도, 자신이 어머니와 결혼한 셈이라는 점을 깨닫고 있었다. 마이라 카스브랙은 거대했다. 5년 전 에디와 결혼할 당시에는 몸집이 꽤 큰 정도였지만, 그는 때때로 아내의 몸이 한없이 비대해질 수 있다는 사실을 떠올리곤 했다. 그의 모친이 얼마나 대단한 거구였는지 아는 사람은 다 알았다. 이제 2층에 올라선 마이라의 몸은 평소보다 훨씬 더 커 보였다. 그녀는 흰색 잠옷을 입고 있었는데 가슴과 엉덩이 부분이 파도처럼 출렁거렸다. 화장기 없는 희멀건한 얼굴이 땀에 번들거렸다. 몹시 겁에 질린 표정.

"잠깐 어디 좀 다녀와야겠어."

"다녀와야 한다? 무슨 전화였는데?"

"아무것도 아니야." 에디는 도망치듯 복도를 달려가 벽장 앞에 멈추어 섰다. 가방을 내려놓고 벽장문을 열어젖힌 후, 밝은 색 옷 중에서 유독 짙은 암운처럼 도드라진 검은색 양복 여섯 벌을 옆으로 밀쳐 놓았다. 일할 때면 언제나 그 검은색 양복 중 하나를 골라 입었다. 좀약과 옷감 냄새가 뒤섞인 벽장 안쪽으로 몸을 구부리자 뒤쪽에 여행용 가방이 나타났다. 그는 여행용 가방을 끄집어낸 후, 그 속에 양복 여섯 벌을 쓸어 담았다.

마이라의 그림자가 그 위로 드리워졌다.

"에디, 이게 다 뭐야? 대체 무슨 일이냐고? 말해 봐!"

"말할 수 없어."

그녀는 우두커니 서서 무슨 말을 해야 할지, 어떻게 해야 할지 고민하는 표정이었다. 에디를 벽장 속에 밀어 넣고 문을 막아선 후, 그 난폭하고 불안한 감정이 사라질 때까지 기다려야 한다는 생각뿐이었다. 그러나 마음만 먹으면 쉽게 할 수 있는 일을 그녀는 실행에 옮길 수 없었다. 그녀는 에디보다 키가 7센티미터 컸고, 몸무게는 50킬로그램이 더 나갔다. 하지만 에디가 평소와 전혀 다른 모습이어서 그녀는 아무 말도, 행동도 할 수 없었다. 얼마 전에 구입한 대형 텔레비전이 거실 허공을 둥실둥실 떠다닌다고 해도 그처럼 놀라지 않았을 것이다.

"못 가. 알 파치노의 사인을 받아다 준다고 했잖아." 그녀의 말은 아주 엉뚱했지만, 그 상황에서 침묵을 견디는 것보다는 나았다.

"받으면 되잖아. 당신이 직접 알 파치노를 마중 나가면 돼."

이미 혼란에 빠져 있던 그녀의 머릿속으로 또 다른 공포가 치고 들어왔다. 그녀는 작은 비명을 토해 내듯 중얼거렸다.

"난 못 해애, 죽어도 모옷……."

"해야 해. 당신밖에 할 사람이 없어." 에디는 구두를 이리저리 살펴보며 말했다.

"이젠 몸에 맞는 제복도 없단 말이야! 젖가슴이 너무 꽉 낀다고!"

"들로레스에게 한 벌 갖다 달라고 하면 되잖아." 그는 신발 두 켤레를 가방에 넣은 후, 빈 구두 상자를 발견하고는 그 속에 구두 한 켤레를 더 집어넣었다. 그 검은색 구두는 일할 때 신기에는 낡아 보이지만 아직 쓸모가 많았다. 생계를 위해 이름난 부자들을 데리고 뉴욕을 관광시키려면 머리에서 발끝까지 깔끔하게 차려입어야 했다. 그런 면에서는 더 이상 쓸모 없는 구두였지만……, 그곳에서는 꽤 유용할지 몰랐다. 그곳에 도착해 무슨 일을 하게 될지는 몰랐지만. 아마 리처드 토저라면…….

순간 눈앞이 캄캄해지더니 숨까지 막혀 왔다. 약국을 차릴 만큼 온갖 약을 가방에 집어넣었지만 정작 가장 중요한 흡입기는 아래층 오디오 장식장 위에 그대로 있다는 생각이 떠오른 것이다.

그는 재빨리 여행용 가방을 닫고 열쇠를 잠갔다. 그가 눈길을 돌렸을 때 마이라는 복도 그 자리에 서서 천식 환자처럼 땅딸막한 목을 두 손으로 움켜쥐고 있었다. 혼란과 공포가 뒤범벅이 된 표정으로 쏘아보듯 버티고 있는 그녀의 시선을 대했을 때, 그 자신이 공포에 사로잡혀 있지 않았다면 에디는 사과의 말을 건넸을지도 몰랐다.

"에디, 대체 무슨 일이야? 누가 전화한 건데? 무슨 문제라도 생긴 거야? 맞지? 무슨 문제야?"

그는 지퍼 달린 가방과 여행용 가방을 양손에 들고, 전보다는 균형 잡힌 걸음으로 그녀를 향해 갔다. 그녀는 계단 앞에서 막아선 채 절대 길을 내줄 것 같지 않았다. 그러나 그의 얼굴이 그녀의 가슴팍에 부딪힐 정도로 다가서자 옆으로 비켜서서……, 온몸을 떨었다. 그가 계단을 향해 발을 내딛는 순간 그녀는 서럽게 울음을 터뜨렸다.

"알 파치노를 태우고는 운전 못 해! 정지 표지판 따위를 들이받고 말 거야. 틀림없어, 에디, 무섭단 말이야!"

그는 계단 옆 탁자에 올려진 세스 토머스 시계를 바라보았다. 9시 20분. 라과디아 공항에서 출발하는 메인 주 행 마지막 비행기 시간이 8시 25분, 이미 비행기는 놓쳤다. 그는 미리 철도 공사에 전화해서 펜 역에서 출발하는 보스턴행 기차 시간이 11시 30분이라는 사실을 확인해 두었다. 그 기차를 타고 가다 사우스 역에서 내린 다음 택시를 타면 앨링턴 가에 있는 케이프코드 리무진 회사로 갈 것이다. 케이프코드와 에디의 회사인 로열 크레스트는 수년 동안 사업상 우호적인 협력 관계를 맺어 왔다. 보스턴의 부치 캐링턴은 에디를 위해 연료를 듬뿍 채운 캐딜락을 대령해 놓겠다고 전화로 알려 왔다. 뒷자리에 앉아 거들먹거리며 시가를 뿜어 대고, 동냥하듯 몇 가지 시시껄렁한 말을 묻곤 하는 고객도 없으니 에디에겐 정말 편안한 여행일지 몰랐다.

'그래 폼 나게 가는 거야. 제일 폼 나는 건 영구차를 타는 일이겠지만, 걱정 마, 에디. 돌아올 때 더 멋들어지게 오면 되니까. 뭔가 나중을 위해 그럴듯한 걸 남겨 두어야 제 맛이지.'

"여보?"

9시 20분. 아내를 다독이고 살갑게 굴 만한 시간은 충분했다. 그러나 아내가 이미 잠들어 있었다면, 그래서 냉장고 문에 메모를 남겨 두고(평소에도 마이라에게 일러둘 말들을 냉장고 앞에 메모로 붙여 두므로 나중에 분명히 확인할 수 있을 터였다.) 살짝 빠져나갈 수 있었다면 훨씬 좋았을지 모른다. 도망자처럼 집을 나서는 일은 썩 바람직하지 않지만 지금 상황보다는 나았을 테니까. 그처럼 어렵게 집을 나선 일이 세 번이던가, 똑같이 괴로운 상황이었다.

'집은 마음의 안식처, 그래 그 말을 믿어 왔지. 보비 프로스트도 그랬잖아, 어디에 있건 언제라도 돌아가면 반겨 주는 건 집뿐이라고. 그러나 불행히도 내겐 한 번 들어가면 좀처럼 꼼짝달싹 못 하게 만든 곳도 바로 집이었지.'

그는 겁에 질린 채 계단 앞에 우두커니 못 박혀 흐느끼는 아내를 바라보며 점점 힘겹게 부서지는 호흡을 가다듬었다.

"아래층으로 내려가자. 해 줄 수 있는 말은 다 해 줄 테니."

에디는 가방 두 개(하나는 옷 가방, 다른 하나는 약 가방)를 현관 앞에 내려놓았다. 그 순간, 돌아가신 지 몇 년이 흘렀지만 여전히 그의 마음속에서 문득문득 고개를 쳐드는 어머니의 혼령이 다시 또 뭔가를 각인시키려고 하는 것 같았다.

'발이 젖으면 넌 늘 감기에 걸린단다, 에디. 너는 다른 사람과 달라, 아주 약한 아이야. 그러니 항상 조심해야 해. 비가 올 때 꼭 장

화를 신어야 하는 것도 그 때문이야.'

데리에는 비가 많이 내렸다.

에디는 현관 신발장을 열고 비닐 주머니에 가지런히 담겨 있던 장화를 꺼내 옷 가방에 쑤셔 넣었다.

'우리 강아지, 말도 잘 듣지.'

느닷없이 전화 한 통이 걸려 오기 전까지 에디와 마이라는 텔레비전을 보고 있었다. 텔레비전이 여전히 켜져 있는 상태라, 에디는 대형 화면을 바라보며 리모컨을 눌러 소리를 줄였다. 화면이 너무 커서 프리맨 맥닐은 일요일 오후 거인국에서 찾아온 방문객처럼 보일 정도였다. 그는 수화기를 들어 택시 회사에 전화를 걸었다. 접수원은 택시가 도착하려면 15분쯤 걸린다고 알려 왔다. 그는 좋다고 말한 후 전화를 끊었다.

그는 값비싼 소니 콤팩트디스크 플레이어 위에 놓여 있는 흡입기를 집어 들었다. '최첨단 사운드 장비를 갖추느라 1500달러를 들였으니, 마이라도 그 좋아하는 배리 매닐로의 노래와 「최고 베스트 앨범」의 주옥같은 가사 하나 놓치지 않을 거야.' 그러나 문득 죄책감이 들었다. 그것이 옳지 않은 일임을 그도 잘 알고 있었다. 마이라는 평생 그와 함께하는 한, 레코드판이 사정없이 긁는 소리를 낸다 해도 최신형 레이저디스크를 가졌을 때와 다름없이 행복해하고, 퀸스의 허름하고 비좁은 방에서 근근이 입에 풀칠이나 하며 살아도 역시 행복하다고 여길 여자였다. 그가 고가의 사운드 장비를 새로 들여놓은 것은 롱아일랜드의 자연석 저택을 사들인 이유와 다르지 않았다. 그리고 그들 내외가 아무리 뒹굴어도 빈 깡통

속에서 댕그랑대는 콩알 두 개처럼 느껴질 정도로 으리으리한 저택을 산 이유는 부드럽지만 위협적이고 늘 성마른 어머니의 목소리를 잠재울 수 있으리라는 기대 때문이었다. 그는 이렇게 말하고 싶었다. '엄마, 저 성공했어요! 이걸 보세요! 제가 드디어 해냈단 말이에요! 그러니까 제발 당분간 입 좀 다물고 계세요, 예?'

에디는 자살하려는 사람처럼 흡입기를 입에 갖다 대고 작동 장치를 잡아당겼다. 목구멍을 타고 흐르는 끔찍한 감초 맛을 느끼면서 에디는 숨을 깊숙이 들이마셨다. 거의 막힌 것 같던 기도가 다시 열리면서 호흡이 정상으로 돌아오는 느낌이었다. 가슴을 죄어오던 압박감도 사라지는 순간, 돌연 그는 마음 한편에서 떠오르는 유령의 목소리를 들었다.

'제가 보낸 편지 받으셨나요?'

'받았습니다, 카스브랙 부인, 하지만……'

'혹시 글을 읽지 못하신다면, 블랙 선생님, 제가 직접 말씀드릴게요. 준비됐나요?'

'그게 아니고, 카스브랙 부인……'

'좋아요, 지금부터 선생님 귀에 대고 똑똑히 말씀드리지요. 준비되셨죠? 내 아들 에디는 체육 수업을 받을 수 없습니다. 다시 말씀드리죠. 내 아들은 체육 수업을 받, 을, 수, 없, 습니다. 에디는 조금만 잘못해도 깨지기 쉬운 유리그릇이나 다름없어요. 그런 아이가 뜀박질을 하거나……, 펄쩍 뛰어오르거나 하다가는……'

'카스브랙 부인, 에디의 최근 신체검사 기록에도 전문 소견이 적혀 있습니다. 그 기록에 따르면 에디는 나이에 비해 체격이 작지만

지극히 정상입니다. 주치의한테 검사를 받아 보시면 제 말이 사실이라는……'

'블랙 선생님, 제가 그럼 거짓말을 하고 있다는 말씀인가요? 그런 말씀이세요? 자, 여기 제 아이를 보세요! 여기 제 옆에 서 있는 아이를 보시라고요! 저 숨소리 들리세요? 들리세요?'

'엄마……, 그만하세요……. 저는 괜찮단 말이에요……'

'에디, 너도 잘 알고 있잖니? 엄마가 더 잘 가르쳐 주마. 어른들 말씀에 끼어들지 마.'

'예, 숨소리가 들립니다, 카스브랙 부인. 하지만……'

'들린다고요? 다행이군요! 저는 선생님이 귀머거리인 줄 알고 걱정했거든요! 트럭이 저속 기어로 언덕을 낑낑대며 올라가는 것 같지 않으세요, 예? 천식이 아니라면……'

'엄마, 저는 괜……'

'조용히 해라, 에디. 다신 엄마 말을 막지 마라. 만약 이 아이가 천식에 걸린 게 아니라면 말이에요, 블랙 선생님, 저는 엘리자베스 여왕입니다!'

'카스브랙 부인, 에디는 체육 수업을 잘 따라올 뿐 아니라 아이 본인도 만족하고 있습니다. 여러 가지 종목을 좋아하고 달리기는 아주 빠른 편입니다. 베이니 박사님과 상의해 봤는데 단지 문제가 있다면 정신적 요인이랍니다. 그런 점을 감안하신다면……'

'그럼 제 아들이 미쳤단 말씀인가요? 지금 그렇게 말씀하시는 건가요? 내 아들이 미쳤다고 말씀하시는 겁니까?'

'아니, 그런 말씀이 아닙니다, 다만……'

'내 아들은 아주 약한 아이예요.'

'카스브랙 부인……'

'내 아들은 아주아주 약한 아이예요.'

'카스브랙 부인, 베이니 박사님도 인정하신 일입니다, 에디에게 그 어떤……'

"육체적 문제는 없다고 말입니다." 에디는 뒷걸음치는 기억의 끝자락에 마지막 말을 직접 덧붙였다. 데리 초등학교 체육관에서 어머니가 블랙 선생을 향해 고함지르는 동안, 그는 어머니의 옷자락을 붙잡고 어쩔 줄 몰라했고 다른 아이들은 농구를 하며 그들을 힐끔거리던 광경, 그 수치스러운 기억이 몇 년 만에 그날 밤 되살아난 것이다. 마이클 핸론의 전화가 일깨워 준 기억은 그것만이 아니었다. 백화점 출입구, 할인 매장으로 물밀듯이 쇄도하는 사람들이 서로 몸을 부대끼듯 훨씬 끔찍한 기억들이 먼저 나오겠노라 악을 쓰며 달려들 태세였다. 이제 곧 둑이 무너지고 기억의 거센 물결이 쏟아질 것이다. 그는 그 사실을 분명히 알고 있었다. 그렇다면 할인 매장에서 무엇을 발견할 수 있을까? 그의 온전한 정신? 그럴지도 모른다. 그것도 반값에. 담배 연기와 물에 손상된 정신. 전부 다 사 가기를.

"육체적인 문제는 없습니다." 그는 깊숙이 숨을 들이마신 후 흡입기를 주머니에 집어넣었다.

"에디, 제발 얘기 좀 해 봐!"

마이라의 토실토실한 뺨은 온통 눈물로 번들거렸다. 분홍빛 털 없는 동물 한 쌍이 서로 장난치듯 그녀의 두 손은 엇갈린 채 끊임없이 꼼지락거렸다. 그녀에게 청혼하기 직전, 에디는 그녀의 사진을 찍어 둔 일이 있는데 그 사진은 예순네 살의 나이에 심장마비로 숨진 어머니의 사진 옆에 나란히 놓여 있었다. 임종 당시 에디의 모친은 몸무게가 200킬로그램에 육박할 정도였다. 유방과 엉덩이, 배 이렇게 세 부분으로 이루어진 괴물에 가까웠으며, 그 위로 언제나 놀란 표정의 밀가루 반죽 같은 얼굴이 얹힌 형상이었다. 그러나 마이라의 사진과 나란히 놓여 있는 어머니의 모습은 1944년, 그러니까 에디가 태어나기 2년 전에 찍은 것이었다.('네가 갓난쟁이였을 때 정말 병치레하기 바빴단다.' 어느새 유령이 된 모친의 음성이 에디에게 속삭이기 시작했다. '네가 어떻게 살아갈지 아빠, 엄마는 가슴이 찢어지는 것 같았지.') 1944년, 에디의 모친은 90킬로그램 정도로 비교적 날씬한 편이었다.

그는 두 장의 사진을 비교함으로써 자신이 정신적인 근친상간을 저지르고 있다는 죄책감에서 벗어나고 싶었다. 어머니에서 마이라로, 다시 어머니로 그의 시선은 두 장의 사진 사이를 부지런히 오갔다.

두 사람은 자매에 가까웠다. 그 정도로 닮은 점이 많았다.

에디는 일란성 쌍둥이에 가까운 두 여자를 바라보며 다시는 그런 미친 생각을 하지 않겠다고 결심했다. 직장 동료들은 이미 잭 스프래트와 아내 이야기(잭과 질이 나오는 동화 — 옮긴이)에 빗대어 시시덕거렸지만 그 내막을 반도 몰랐다. 얼마든지 그런 농담과 비열한 놀림을 감수할 수 있지만 프로이트가 만든 심리학 서커스에서 광대 노릇까지 하겠다는 말인가? 아니, 결코 아니었다. 마이라와 헤어질 생각이었다. 그녀는 정말 착한 사람이었고, 에디 자신보다 이성 교제에 경험이 적었으므로, 그는 그녀에게 상처를 덜 줄 수 있는 방법이 있으리라 생각했다. 그리고 그녀가 마침내 에디의 삶과 무관한 곳으로 흘러간 후에 그는 오랫동안 마음에 두었던 테니스 교습도 받을 생각이었다.

(에디는 체육을 아주 잘하고 본인도 즐거워하고 있습니다.)

아니면 유엔 플라자 호텔에서 판매하고 있는 수영장 회원권도 괜찮을지 몰랐다.

(에디가 좋아하는 종목도 있습니다.)

차고 맞은편에 문을 연 헬스 클럽에도 나갈 것이다.

(에디는 달리기를 아주 잘합니다. 어머님이 여기 없으면 아주 빨리 달릴 수 있답니다. 누군가 옆에 지켜 서서 저 아이가 얼마나 연약한지 상기시켜 주지만 않는다면 아주 빨리 달릴 수 있습니다. 지금 저 아이 얼굴에도 분명히 드러나 있어요. 고작 아홉 살밖에 안 됐지만 충분히 혼자 힘으로 세상과 맞설 수 있고 어디든지 힘차게 달려갈 수 있다고 말입니다. 카스브랙 부인, 저 아이를 뛰지 못하게 만드는 건 바로 부인 자신입니다. 이제 아이를 놔주세요.)

그러나 결국 그는 마이라와 결혼했다. 결국 떨쳐 버리기에는 오랜 방식과 습관이 너무 강했다. 가정은 언제 어디서든 돌아가야 할 곳이지만, 결국 그 안에 속박당하게 된다. 그는 어머니의 유령에게 달려들어 결판을 낼 수도 있었다. 쉽지 않은 일이지만 꼭 필요한 일이라면 못 할 것도 없었다. 그러나 그가 어머니에게서 벗어날 수 있는 발판을 냅다 차 버린 것은 마이라였다. 그녀는 세상 걱정을 혼자 짊어졌냐며 그를 힐난하면서도 결국 온갖 걱정을 떠안게 만들었으며, 사랑의 달콤함으로 그에게 족쇄를 채워 놓았다. 어머니와 닮은 마이라, 그녀는 끝내 결정적이고 치명적인 통찰력으로 그의 내면을 간파한 것이다. 에디는 자신이 결코 허약하지 않다고 생각함으로써 더욱 허약해지는 사람이라는 사실 말이다. 에디는 스스로 용기를 내려는 순간 그것이 얼마나 무모한 짓인가를 깨닫게 해 주어야 하는 사람이라는 사실 말이다.

비 오는 날이면 마이라는 신발장에 있는 비닐 주머니에서 장화를 꺼내 문가 옷걸이 옆에 가지런히 내려놓았다. 뿐만 아니라 매일 아침 식탁에 올라오는 버터 없는 밀빵 토스트는 언뜻 형형색색의 어린이용 시리얼처럼 보이지만 실상 온갖 비타민이 다 들어 있었다.(그 대부분이 지금 에디의 약가방 안에 들어 있듯이.) 어머니와 닮은 마이라, 그녀는 에디에게 자유로워질 기회가 없음을 제대로 간파했다. 결혼하기 전까지는 세 차례에 걸쳐 어머니로부터 벗어나려고 몸부림쳤고, 세 번 모두 어머니의 품으로 돌아와야 했다. 어머니는 퀸스 아파트의 현관 앞에서 돌아가셨는데 그때 어머니는 당신의 거대한 몸으로 현관문을 막아 버린 상태여서 구급차 의료진(카스브랙 부인이 정신을 잃고 쓰러진 직후 들려온 엄청난 소음에 놀란 아래층 사람들이 구급차를 불렀다.)은 아파트 주방과 계단 사이를 부수고 들어가야 했다. 그리고 4년이 흐른 후 에디는 네 번째로 그리고 마지막으로 고향을 찾았다. 어쨌든 그때는 그게 마지막이라고 생각했다. 다시 집으로, 다시 집으로, 빙글빙글, 다시 집으로, 다시 집으로, 그리고 이젠 암퇘지 마이라의 품으로. 그녀가 돼지처럼 뚱뚱하기는 했어도 사랑스러운 돼지였으며, 그는 그런 그녀를 사랑했고 그에겐 이제 어떤 기회도 남아 있지 않았다. 그녀는 뭐든 꿰뚫어 보며 최면을 걸듯 위험한 뱀눈으로 그를 끌어당겼다.

다시 집으로, 영원히. 그는 그때 그렇게 생각했다.

'그러나 내 생각이 틀렸을지 몰라. 이곳은 집이 아니야, 영원하지도 않고……. 아마도 오늘 밤 내가 가야 하는 곳이 집일걸. 집은 내가 거기로 갔을 때 어둠 속에서 마지막으로 그것을 직면해야 하는 그곳이야.'

그는 장화를 신지 않고 밖에 나갔다가 차디찬 냉기에 깜짝 놀란 것처럼 온몸을 부르르 떨었다.

"여보, 제발 무슨 말이라도 해 봐!" 마이라는 다시 울기 시작했다. 어머니에게 그러했듯 마이라에게도 최후의 방어 수단은 눈물이었다. 에디의 두꺼운 갑옷을 무력화시키고, 온화하고 부드럽게 갑옷의 틈새를 파고드는 끔찍한 눈물.

게다가 에디는 그럴듯한 갑옷을 입어 본 일이 없었다. 그가 자신에게 맞게 선택할 수 있는 갑옷도 드물었다.

눈물은 어머니에게 방어 수단 이상의 의미를 지녔다. 그것은 무기였다. 마이라는 그처럼 노골적으로 눈물을 활용하지는 않았지만 노골적이든 아니든, 그 순간에도 눈물 전략을 구사하고 있는 것은 분명했고……, 성공할 확률이 커 보였다.

그는 마이라를 계속 울게 놔둘 수 없었다. 어둠 속을 달리는 보스턴행 기차에서 얼마나 외롭고 쓸쓸할지 뻔해서 실감이 나지 않았다. 여행용 가방을 짐칸에, 약 가방을 다리 사이에 놓고 앉아 있으면, 톡 쏘는 목 캔디처럼 가슴 한편에 공포가 달라붙을 터였다. 2층으로 올라가 아스피린을 먹고 마이라에게 알코올 마사지를 해 달라고 하는 것은 아주 쉬웠다. 그리고 진실한 사랑인지 아닌지 따져 볼 필요도 없이 그녀와 함께 침대에 눕는 것도.

그러나 그는 이미 약속을 했다. 약속을.

"여보, 지금부터 하는 말 잘 들어." 그는 일부러 냉랭하고 건조한 음성으로 말문을 열었다.

그녀는 축축하고 휑한 눈으로 그를 바라보았다.

그는 최선을 다해 설명해 줄 생각이었다. 마이클 핸론이 전화했고 그 일이 다시 시작됐다고 알려 왔으며, 나머지 친구들도 이미 출발했을 거라고.

그러나 막상 그의 입에서 흘러나온 말들은 훨씬 이성적인 내용이었다.

"아침에 일어나면 바로 사무실로 가. 필에게 전해. 내가 일이 있어 자리를 비웠으니, 당신이 알 파치노를 태울 거라고……."

"여보, 난 못 해! 알 파치노는 최고 스타란 말야! 내가 길을 헤매기라도 하면 소리를 질러 댈걸, 분명해, 소리를 지를 거라고. 운전사가 길을 잃으면 누구나 그러잖아……. 그리고 난 울어 버릴 거야……. 사고가 날지도 몰라……. 분명 사고가 날 거야……. 여보……, 여보, 제발 떠나지 마……."

"맙소사! 그만하라고!"

그녀는 그의 목소리에 움츠러들고 상처받았다. 에디는 흡입기를 움켜잡았지만 사용하지는 않았다. 그녀는 그것을 약점으로, 그에게 맞서 사용할 수 있는 것으로 볼 터였다. 신이여, 거기 계시다면, 제발 제가 마이라를 다치게 하고 싶지 않다는 걸 믿어 주세요. 이 사람을 때리거나 다치게 할 생각은 없어. 하지만 약속했잖아, 우리 모두 약속을 했단 말이야. 제발 신이시여, 저 좀 도와주세요, 꼭 해야 하는 일입니다……

"여보, 당신이 나한테 소리칠 때가 정말 싫어." 그녀가 속삭이듯 말했다.

"여보, 나도 싫어." 에디의 말에 마이라는 주춤했다. '거봐, 에디, 어차피 상처를 주잖아. 차라리 마이라를 두들겨 패는 게 어때? 그 편이 상처를 적게 줄지 모르잖아. 무엇보다 빠른 해결 방법이야.'

불현듯 마이라에게 주먹질하는 모습이 떠오르는 순간, 에디는 헨리 바워스의 얼굴을 떠올렸다. 오랜 세월 만에 처음으로 떠오른 헨리 바워스의 얼굴, 그러나 그의 마음에 동요를 일으키지는 못했다. 전혀.

그는 눈을 감았다 뜨며 다시 말했다. "당신은 길을 잃지 않아. 알 파치노도 당신에게 소리 지르지 않을 거고. 아주 친절하고 이해심 많은 사람이야." 지금까지 알 파치노를 차에 태운 일은 한 번도 없지만 경험으로 볼 때 새빨간 거짓말은 아니었다. 유명 인사들은 대부분 성깔이 보통이 아니라고 여기기 십상이지만 에디는 그렇지 않다는 사실을 그동안 몸소 확인해 왔다.

물론 법칙에도 예외가 있게 마련이고 그런 예외적인 인물들은 정말이지 끔찍했다. 그는 마이라를 위해 알 파치노가 그런 예외적인 인물이 아니기를 바랄 뿐이었다.

"정말?" 마이라는 머뭇거리며 물었다.

"그럼, 정말이지."

"어떻게 알아?"

"디미트리오가 맨해튼 리무진 회사에서 일할 때 몇 번 알 파치노를 태운 일이 있대. 그때마다 못 해도 50달러 정도의 팁을 주곤 했다는 거야." 에디는 정말 그럴듯하게 거짓말을 했다.

"소리만 지르지 않는다면 50센트를 줘도 상관없어."

"여보, 식은 죽 먹기야, 세 가지 일만 하면 돼. 우선 내일 저녁 7시에 세인트리저스에서 알 파치노를 태워 ABC 건물 앞에 데려다 주면 끝나는 일이야. 아메리칸 버펄로, 뭐 그런 제목인 거 같은데 아무튼 파치노가 나오는 마지막 장면을 재촬영한다는 거야. 두 번째, 11시경 알 파치노를 다시 세인트리저스에 데려다 주는 거야. 세 번째, 차고지로 돌아가 차를 반납하고 업무 카드에 사인하면 끝이야."

"그게 다야?"

"그게 다야. 눈감고도 할 수 있는 일이잖아, 마티."

그녀는 마티라는 애칭만 나오면 평소에 키득키득 웃었지만 지금은 심각한 고민에 빠진 아이처럼 에디를 바라볼 뿐이었다.

"호텔로 돌아가지 않고 저녁 식사를 하겠다면 어쩌지? 술이라도 한잔하겠다면? 아니면 나이트클럽에 가자고 할지도 모르잖아?"

"그럴 리 없어, 뭐, 그렇게 하자고 하면 원하는 곳에 내려 주면 돼. 밤새 파티장에 눌러 앉을 거 같으면 자정이 넘을 때까지 기다리다 필 토머스한테 무전기로 연락하라고. 그럼 필이 당신과 교대해 줄 테니까. 사정이 워낙 급하지 않았다면 이런 일을 당신한테 부탁하지 않았을 거야. 그러나 디미트리오는 휴가 중이고, 다른 사람들은 모두 예약된 상태거든. 마티, 새벽 1시쯤이면 침대에 편히 누워 있을 거야, 늦어도 새벽 1시에는 말이야. 내가 장담하지."

그녀는 이번에도 마티라는 말에 웃지 않았다.

그는 목청을 가다듬고 상체를 수그린 후, 팔꿈치를 무릎 위에 올려놓았다. 곧바로 어머니의 유령이 속삭이기 시작했다. '똑바로 앉지 못하겠니, 에디. 자세가 바르지 않으면 폐가 짓눌린단 말이야. 네 폐가 얼마나 약한데.'

그는 곧바로 자세를 바르게 고쳐 앉았지만 자신은 그런 행동을 깨닫지 못했다.

"이번이 마지막이야. 2년 동안 살만 피둥피둥 찌는 바람에 제복을 제대로 입지도 못한단 말이야." 그녀는 거의 신음을 토해 내는 것 같았다.

"이번이 마지막이야, 맹세하지."

"그런데 누가 전화를 했어?"

그 말을 기다렸다는 듯이 벽면에 불빛이 스쳐 지나갔다. 곧이어 택시의 경적 소리가 들려왔다. 에디는 안도감을 느꼈다. 15분 동안 데리와 마이클 핸론, 헨리 바워스가 아니라 알 파치노에 대해 말할 수 있었으니 천만다행이었다. 마이라에게나 자신에게도 다행한 일이었다. 꼭 필요한 경우가 아니라면 그런 일들을 떠올리거나 입에 올리고 싶지 않았기 때문이다.

에디는 자리에서 일어섰다. "택시가 왔군."

그녀는 너무 갑작스레 일어나는 바람에 잠옷 자락에 걸려 휘청거렸다. 에디가 그녀를 부축했지만 꽤 위태로운 순간이었다. 그녀가 그보다 50킬로그램은 더 무거웠으니까.

그런데 마이라가 다시 엉엉 울음을 터뜨렸다.

"여보, 말해 줘!"

"안 돼, 시간이 없어."

"전에는 아무것도 숨기지 않았잖아."

"지금도 마찬가지야. 숨기는 거 없어. 기억나지 않을 뿐이야. 당장은 말이야. 전화한 사람은……, 그러니까 오랜 친구였어. 그러니까……."

"당신은 병에 걸릴 거야." 그녀는 현관으로 향하는 에디를 뒤따라오며 필사적으로 울부짖었다. "몹시 아플 거라고. 제발, 나도 같이 가, 여보. 내가 돌봐 줄게. 파치노는 택시를 타도 되잖아, 그런다고 당신이 죽진 않아. 어때, 응?" 고음으로 치닫는 그녀의 음성은 극도로 흥분한 상태였고, 에디는 임종 직전의 어머니를 보는 것 같아 소름이 끼쳤다. 늙고 뚱뚱한 여인의 광증. "등을 문질러 주고 약도 챙겨 줄게……. 내가……, 내가 당신을 보살필게……. 당신이 싫다면 잠자코 있을 거고, 당신이 원하면 무슨 얘기라도 들어줄게……. 여보……. 여보, 제발 가지 마! 제에발!"

에디는 성큼성큼 복도를 지나 현관까지 이르러, 세찬 바람을 앞에 둔 사람처럼 고개를 움츠렸다. 다시 호흡이 거칠어졌다. 가방 두 개를 들어 올리자, 손에 잡히는 무게가 각각 40킬로그램은 됨 직했다. 포동포동 살 오른 마이라의 손이 그를 더듬으며 그녀의 눈물과 품으로 다시 돌아오기를 애원했지만 이미 부질없는 소망이었고 그를 되돌리기에는 힘이 없었다.

'돌아서면 안 돼!'

에디도 필사적이었다. 천식은 어느 때보다 심해졌다. 그가 현관 손잡이를 잡으려는 순간 현관문은 그를 피해 달아나듯, 외부의 어둠 속으로 뒷걸음치듯 멀어져 있었다.

"집에 있으면 사워크림(생크림을 발효시킨 것 — 옮긴이)으로 커피 케이크를 만들어 줄게. 팝콘도 만들게……. 당신이 좋아하는 칠면조 요리도 만들고……, 내일 아침에는 당신이 먹고 싶어하는……, 지금부터 당장 만들게……. 고깃국물도 우려 내고……. 여보, 제발 가지 마, 무섭단 말이야. 당신 때문에 무서워 죽겠어."

그녀는 뚱뚱한 경찰이 도망치려는 용의자를 낚아채듯, 에디의 어깨를 붙잡고 뒤로 잡아끌었다. 에디는 필사적으로 현관문에 다가갔다. 그가 마지막 저항으로 몸부림치는 순간, 마이라의 손길이 스르르 미끄러졌다.

그녀는 마지막 통곡처럼 울음을 토해 냈다.

에디의 손가락이 손잡이를 더듬었다. 촉감이 시원했다. 문을 열자, 온전한 정신 세계에서 달려온 사자처럼 택시가 기다리고 있었다. 밤하늘은 청명했다. 별빛이 밝고 맑았다.

그는 천식으로 숨을 씨근거리며 마이라를 향해 돌아섰다.

"나도 이러고 싶지 않아. 내게 선택의 여지만 있어도 가지 않을 거야. 마티, 제발 나를 이해해 줘. 곧 돌아올게."

그러나 그 말은 거짓이었다.

"언제? 얼마나 걸리는데?"

"일주일. 아니면 열흘 정도. 그 이상 오래 걸리진 않을 거야."

"일주일!" 그녀는 비극적인 오페라의 프리마 돈나처럼 가슴을 움켜쥐며 비명을 질렀다. "일주일! 열흘! 여보, 가지 마. 제에발!"

"마티, 그만해. 응? 이제 그만."

이상할 정도로 그녀는 조용해졌다. 그녀는 퉁퉁 부어오른 축축한 눈으로 조용히 그를 바라보았으며, 그 눈빛은 분노가 아니라 그와 그녀 자신을 향한 공포를 담고 있었다. 그 순간 에디는 처음으로 그녀를 진심으로 사랑하고 있다고 생각했다. 이별의 순간에 찾아든 감상인가? 그럴지도 몰랐다. 아니……, 분명했다. 그의 삶은 일그러지고 왜곡돼 왔다는 느낌이 들었다.

그러나 어쨌든 나쁘지 않았다. 사실 그런 감정을 원했는지 모른다. 마지막으로 확인한 감정이 그녀를 향한 사랑이라면 나쁘지 않았다. 설령 그녀가 어머니의 젊은 시절과 닮았다고 해도, 텔레비전을 보며 먹어 치운 과자 부스러기를 그의 곁에 쌓아 놓는다고 해도, 그녀가 똑똑하지 않다고 해도, 의료함을 약품으로 가득 채우는 그를 이해하고 묵인해 주는 것이 그저 그녀 자신이 냉장고에 먹을 것을 쌓아 두기 때문이라고 해도, 그녀를 사랑한다는 감정은 나쁘지 않았다.

아니면 나쁠 수도…….

나빠질 수도…….

아들과 연인과 남편으로 기이하게 뒤엉킨 자신의 삶을 반추하는 동안 온갖 상념이 달려들었지만, 이제 그는 마지막 운명이라 직감하는 곳을 향해 집을 떠나려고 하고 있었다. 문득 커다란 새의 날갯깃처럼 온몸을 훑고 지나가는 또 하나의 예감과 의혹…….

마이라가 그 자신보다 더 두려워하고 있는 것은 아닐까 하는.

자신의 어머니도 그랬던 것은 아닐까 하는.

데리에 얽힌 또 하나의 기억이 사악하게 타 들어가는 불꽃처럼 그의 잠재의식을 뚫고 솟아올랐다. 센터 가 도심에 신발 가게가 하나 있었다. 슈보트. 어느 날 어머니는 그를 데리고 그 가게에 들렀는데(아마 대여섯 살 때였을 것이다.), 결혼식에 신고 갈 하얀색 구두를 고르는 동안, 그에게 얌전히 앉아 있으라고 말했다. 그래서 그는 점원인 가드너와 어머니가 이야기를 나누는 동안 얌전하게 앉아 있었지만 그는 고작 다섯 살(또는 여섯 살)이었고, 가드너가 보여 준 세 번째 구두까지 어머니가 거절할 즈음에는 그만 지루해져서 가게 구석에 뭐가 있나 두리번거리기 시작했다. 처음에는 구석 끝에 큼지막한 상자가 있는 것 같았다. 가까이 다가가 보니 책상이라는 생각이 들었다. 그러나 에디가 본 책상 중에서 가장 이상하게 생긴 물건이었다. 폭이 너무 좁았다! 밝게 광택이 나는 나무에 무수한 곡선과 자질구레한 형체가 새겨져 있었다. 게다가 위로 올라설 수 있게 계단이 세 개 붙어 있었는데, 계단 달린 책상은 난생 처음이었다. 곧바로 계단에 올라서자, 책상 같은 것 아래쪽에 가늘고 긴 홈이 나 있고, 한쪽엔 단추가, 그리고 그 꼭대기에(멋진걸!) 캡틴 비디오 사의 반사경과 똑같이 생긴 뭔가가 있었다.

그 책상 같은 물체 반대편으로 돌아가 보니 글자가 눈에 띄었다. 글자를 읽을 수 있었으니까 아마 여섯 살 이상은 됐을 때일까, 어쨌든 작은 소리로 글자를 읽은 기억이 있다.

신발이 잘 맞나요?

확인해 보세요!

에디는 다시 앞쪽으로 가서 계단 세 개를 올라 작은 발판 위에 섰고, 신발 검사기 아래 홈 속으로 발을 집어넣었다. '신발이 잘 맞나요?' 에디는 정말 확인해 보고 싶어 죽을 지경이었다. 그는 얼굴 가리개 속으로 얼굴을 집어넣고 버튼을 눌렀다. 녹색 불빛이 나타났다. 에디는 마른침을 삼켰다. 녹색 연기로 채워진 신발 속에 자신의 발이 붕 떠 있는 모습이었다. 발가락을 꼼지락대자, 곧바로 그 모습이 눈에 들어왔고 뼈까지 훤히 보였다! 발가락뼈 말이다. 엄지발가락을 두 번째 발가락 위에 겹치고 (마치 거짓말 탐지기에 검사를 받듯) X자형으로 겹쳐진 발가락뼈가 흰색이 아니라 도깨비불처럼 녹색으로 나타나는 모습을 숨죽이고 지켜보았다. 에디는 분명히 볼 수 있었다. 그…….

그때 칼날이나 화재경보기처럼 신발 가게의 정적을 찢는 어머니의 고함소리가 들려왔다. 에디는 화면에서 깜짝 놀란 자신의 얼굴을 발견했고, 양말 차림으로 치맛자락을 휘날리며 이쪽으로 다가오는 어머니의 모습을 보았다. 어머니의 저돌적인 기세에 의자가 엎어지고 신발 크기를 재는 도구들이 날아다녔다. 어머니의 가슴이 고무풍선처럼 부풀어 올랐다. 입술은 동그랗게 붉은 곡선으로 공포를 그렸다. 사람들은 모두 어머니를 바라보았다.

"에디, 당장 내려오지 못해! 내려와! 그런 기계에 가까이 있다가는 암에 걸린단 말이야! 내려와 당장! 에디! 에디이이……."

에디는 갑자기 기계가 뜨거워지는 것 같아 화들짝 뒤로 물러섰다. 깜짝 놀란 나머지 발밑에 작은 계단 세 개가 있다는 사실도 깜박하고 말았다. 그래서 무심코 발을 내려놓다 계단에 걸려 균형을 잃고 버둥대기 시작했다. 그 순간 에디의 머릿속을 사로잡은 것은 추락에 대한 맹목적인 환희였다. 떨어질 것 같아! 이렇게 곤두박질쳐 바닥에 머리를 부딪히는 기분을 곧 알게 될 거야! 기가 막히잖아……! 그는 그렇게 생각했던 것 같다. 아니면 어른이 된 후 늘 혼란스럽고 어렴풋하기만 했던 이미지(아주 밝은 빛에서 오히려 흔적이 사라지고 마는 그런 이미지)가 유년 시절의 기억에 덧칠된 것일까……, 아니면 그렇게 생각하고 싶은 걸까?

어차피 답할 수 없는 질문이었다. 그는 떨어지지 않았으니까. 어머니가 때마침 그를 받아 낸 것이다. 에디는 울음보를 터뜨렸지만 떨어지지는 않았다.

모든 사람이 그들을 바라보고 있었다. 그는 기억할 수 있었다. 가드너 씨는 내동댕이쳐진 측정 도구를 집어 들어 고장 나지 않았는지 살펴보았고, 다른 직원 한 명은 쓰러진 의자를 바로 세운 후 팔짱을 끼고 괴로운 표정을 짓다가 이내 유쾌하고 상냥한 판매원의 얼굴을 되찾았다. 어머니의 젖은 뺨과 시큼하고 뜨거운 숨결은 그의 기억 속에 더욱 생생하게 남아 있었다. 귓가를 파고드는 어머니의 속삭임도 그랬다.

"다시는 그런 짓 하지 마라, 다시는 그런 짓 하면 못써, 다시는."

그 말은 어머니가 문제를 해결하는 주문이나 다름없었다. 그녀는 1년 전 무더운 여름 어느 날, 보모가 에디를 데리고 데리 공원

수영장에 갔다는 사실을 알았을 때도 똑같은 주문을 외었다. 수영장에서 에디를 질질 끌어내며 "다시는 그런 짓을 하면 안 된다, 다시는, 다시는." 하고 말할 때 신발 가게의 직원과 손님들처럼 수영장에 모여든 아이들이 그들을 바라보았고, 그녀의 숨결 역시 시큼했다.

그녀는 에디를 슈보트에서 끌고 나오며, 만약 아이에게 조금이라도 문제가 생기면 직원 모두를 고발해 버리겠다고 으름장을 놓았다. 여전히 겁에 질려 눈물을 흘리던 에디는 하루 내내 심해진 천식으로 고생해야 했다. 그날 밤 에디는 늦은 시간까지 잠들지 못한 채 암이 무엇인지, 소아마비보다 무서운 병인지, 죽을 수도 있는지, 그렇다면 죽기까지 얼마나 시간이 걸리는지, 얼마나 아플지 몇 시간이고 의문을 곱씹었다. 그리고 암에 걸려 죽으면 지옥에 가는지도.

에디는 위기감에 사로잡혔다.

마이라는 극도의 공포에 사로잡혀 있었다. 그는 알 수 있었다.

너무도 무섭다는 사실.

"마티, 키스해 줄래?" 에디는 오랜 세월을 한꺼번에 뛰어넘으며 마이라에게 말했다.

그녀는 에디에게 키스했고, 너무도 꼭 껴안아서 그의 등뼈가 신음할 정도였다. '우리가 함께 물속에 들어간다면 둘 다 익사하고 말 거야.' 그는 그 와중에도 그런 생각을 했다.

"무서워할 거 없어."

"무서워!"

"나도 알아." 그는 문득 그녀가 으스러지도록 껴안고 있어도 천식이 가라앉았다는 사실을 떠올렸다. 씨근대던 숨결도 사라졌다. "나도 알아, 마티."

택시 운전사가 다시 경적을 울렸다.

"전화할 거지?" 그녀는 떨리는 음성으로 물었다.

"할 수 있으면."

"여보, 제발 무슨 일인지 말해 주면 안 돼?"

그럴 수 있을까? 그래서 그녀의 마음이 조금이라도 안정될까?

'마티, 아까 마이클 핸론에게 전화를 받았어. 많은 얘기를 하지 않았지만, 두 가지 사실만은 분명해졌어. 다시 시작됐어. 올 *건가?* 마이클이 한 말은 그것으로 충분해. 마티, 지금 온몸에 신열이 나는 것 같아. 하지만 당신이 아스피린으로 해결해 줄 수 있는 열이 아니야. 숨이 턱턱 막혀도 그 흡입기로는 해결할 수 없어. 막히고 옥죄는 곳이 목구멍과 폐가 아니라 바로 여기 심장이기 때문이야. 마티, 가능하면 돌아오겠어. 하지만 낡은 탄광촌 입구에 서서 앞으로 무슨 일이 벌어질 듯한 무수한 갱도를 바라보고 있는 느낌이야. 그곳에서 햇빛과 영원히 이별하는 느낌.'

그래! 마이라의 마음을 편안하게 해 줄지 몰라!

"안 돼, 무슨 일인지 말해 줄 수 없을 것 같아."

마이라가 무슨 말을 하려는 순간(에디, 택시에서 당장 내려! 암에 걸릴지도 몰라!), 그는 빠른 걸음으로 그녀에게서 돌아섰다. 택시에 가까워질 즈음 그는 뛰다시피 했다.

마이라는 여전히 문간에 서서 택시가 다시 도로로 들어서는 순간에도, 도심을 향해 출발하는 순간에도, 그곳에 못 박혀 서서 집에서 흘러나오는 불빛을 한 무더기 가로막고 있었다. 그는 손을 흔들어 보였고, 그녀 역시 손을 흔들어 주었다고 생각했다.

"어디로 갈까요, 손님?"

"펜 역으로 가 주세요."

에디는 흡입기를 움켜쥔 손에서 천천히 힘을 뺐다. 천식은 이제 뒤로 물러나 언제고 다시 그의 기관지를 공격할 때까지 휴식이라도 취하는 모양이었다. 그는 아주 기분이 좋아졌다.

그러나 그로부터 네 시간 후, 맞은편에 앉아 있던 양복쟁이 신사가 신문지를 내리고 걱정스러운 눈빛으로 에디를 바라볼 정도로 발작적인 천식이 찾아왔을 때는 그 어느 때보다도 절실하게 흡입기가 필요했다.

'나야, 에디! 다시 돌아왔다고, 오, 이런, 이번에는 아예 자네를 골로 보낼지 모르겠는걸! 안 될 것도 없지. 언젠가는 다 죽는 법! 너랑 영원히 노닥거릴 수는 없으니까!' 그렇게 천식이란 놈은 득의만면해 있었다.

에디의 가슴이 위아래로 요동쳤다. 그는 흡입기를 찾아 목구멍에 대고 방아쇠처럼 작동 장치를 잡아당겼다. 그러고는 다시 등받이가 긴 좌석에 몸을 묻고 안정이 될 때까지 온몸을 떨며 방금 깨어난 꿈을 떠올렸다. 꿈? 젠장, 꿈이라면 얼마나 좋을까. 그는 꿈이 아니라 기억이라는 예감 때문에 두려움을 느꼈다. 꿈속에 신발 가게의 엑스선 장치에서 빛나던 녹색 불빛이 보였다. 그리고 지하 터널을 따라 썩어문드러진 문둥이가 에디 카스브랙의 이름을 울부짖으며 쫓아오고 있었다. 에디는 달리고 또 달렸다.

(블랙 선생님이 어머니에게 말했듯이 그는 빨리 달릴 수 있었으며, 그 썩은 괴물과 함께라면 더 빨리 달릴 수 있었다. 하늘땅 별땅 맹세하건대 그건 사실이었다.)

그렇게 질주를 거듭하던 꿈속에서 그는 열한 살 소년이었고, 열한 살 때의 꿈속에서 문득 시간의 시체 같은 냄새가 나는 순간, 누군가 성냥불을 켰다. 불빛 아래 나타난 것은 1958년 7월에 실종된 패트릭 헉스테터의 부패한 얼굴과 그 위에서 우글대는 구더기였고, 시체에서는 역겨운 악취가 풍겼다. 꿈보다는 기억에 가까운 이 꿈속의 세계에서 그는 한구석에 습기와 푸른곰팡이로 뒤덮여 있던 두 권의 교과서를 보았다. 『세계로 통하는 길』, 『미국의 이해』라는 두 권의 교과서. 물에 젖어 지저분하게 부풀어 올랐으니, 그건 일정 시간이 흐른 현재를 의미했다.(『여름 방학 생활』, 패트릭 헉스테터 지음. 나는 터널에서 죽은 채로 지냈다! 교과서마다 이끼가 끼고 물에 불어서 광고 책자처럼 두툼해지고 말았다!) 에디가 비명을 지르려고 입을 벌리는 순간, 울퉁불퉁 옹이진 손가락이 그의 뺨을 스치고 곧장 입속으로 들어왔다. 발작적인 충격과 함께 의식을 불러내자, 그는 메인 주의 데리 지하 하수구가 아니라 달빛 아래 롱아일랜드로 전력질주하는 기차 앞칸의 어느 좌석에 앉아 있었다.

맞은편에 있던 사내는 머뭇거리다 말을 거는 편이 낫겠다 싶은 모양이었다. "괜찮으시오, 선생?"

"아, 예. 깜박 잠이 들었는데 꿈자리가 사나워서. 천식이 좀 있거든요."

"아, 그러신가." 신문지가 다시 사내의 얼굴을 덮었다. 에디는 그 신문이 때때로 어머니가 "주욕 타임스"(《뉴욕 타임스》의 '뉴(New)를 유대인을 의미하는'주(Jew)'로 바꿔서 부름 — 옮긴이)라고 부르던 신문임을 알았다.

에디는 우아한 달빛 하나로만 빛나고 있는 창 밖의 잠든 풍경을 바라보았다. 여기저기 집들이 흩어져 있고, 때로는 무리 지어 있었으며, 대부분은 컴컴했지만 몇몇 집은 불빛을 내보였다. 그러나 괴괴한 달빛에 비해 그 불빛들은 아주 작아서 꾸며 낸 환영처럼 보였다.

'그는 달이 자기에게 말을 건다고 생각했지.' 그는 갑자기 생각했다. 헨리 바워스. 놈은 미친 게 분명했다. 에디는 헨리 바워스가 현재 어디에 있을지 궁금했다. 죽었을까? 아니면 감옥에? 퇴치할 수 없는 바이러스처럼 전국을 떠돌아다니며 음침한 새벽 시간을 틈타 편의점을 습격하거나 엄지손가락 하나로 차를 세우는 멍청한 사람들의 지갑을 털고 그중 몇몇을 죽이고 있지는 않을까?

그럴 수 있다, 그럴 수 있다.

혹시 주립 정신 병원에? 달을 보아하니 보름달이 얼마 남지 않았잖은가? 저 달에 말을 걸고 유일하게 그만 알아들을 수 있는 얘기에 정신이 팔려 있을지도 모른다.

에디는 정신 병원 쪽이 훨씬 그럴듯하다고 생각했다. 몸서리가 쳐졌다. '마침내 어린 시절의 기억이 살아나고 있어. 1958년 그 희미한 시간, 여름 방학을 어떻게 보냈는지 기억난단 말이야.' 이제 마음만 먹으면 그해 여름을 완전히 기억해 낼 수 있을 듯했지만

그러고 싶지 않았다. '아, 겨우 잊었는데 이제 다시 시작된 거야.'

그는 지저분한 차창에 이마를 대고 종교적 상징물처럼 한 손으로 흡입기를 느슨하게 붙잡고는 기차에서 멀어지는 밤의 얼굴을 바라보았다.

'북쪽으로 가는 거야.' 그러나 그 생각은 틀렸다.

'북쪽으로 가는 게 아냐. 기차가 아니니까. 이건 타임 머신이지. 북쪽이 아니라, 과거의 시간으로 돌아가는 거야.'

그는 달의 중얼거림을 들었다고 생각했다.

에디 카스브랙은 흡입기를 꽉 붙들었고, 갑자기 달려드는 현기증에 두 눈을 질끈 감았다.

비벌리 로건, 한판 승부를 걸다

톰이 막 잠들려는데 전화벨이 울렸다. 비몽사몽간에 두 손을 뻗다가 비벌리의 가슴을 건드렸지만, 전화기를 먼저 집어든 이는 비벌리였다. 그는 전화번호 안내에도 등록하지 않았는데 누가 전화했을까 의아해하면서도 잠에 취해 다시 베개를 끌어당겼다. 어느새 단잠에 빠져 "여보세요." 하는 비벌리의 음성도 꿈결처럼 들렸다. 그는 야구 경기를 관전하며 여섯 개들이 맥주 상자를 세 상자나 마신 통에 거의 녹초가 된 상태였다.

그는 "예에엣?" 하며 갑자기 잔뜩 긴장된 비벌리의 음성이 얼음송곳처럼 귓가를 파고들자 다시 눈을 떴다. 자리에서 일어나려는데 전화선이 두툼한 그의 목에 걸렸다.

"이것 좀 치우지 못해, 비벌리."

비벌리는 재빨리 자리에서 일어나 침대 주위를 돌며 전화선을 들어 올렸다. 타들어 갈듯 붉은 머리카락이 잠옷을 스쳐 자연스럽게 허리춤까지 늘어져 있었다. 창녀의 머리카락. 평소와 달리 그의 눈치를 살피지 않는 모습에 톰은 기분이 좋지 않았다. 그는 일어나 앉았다. 머리가 지끈거리기 시작했다. 젠장, 그냥 내리 잤으면 몰랐을 두통이 다시 고개를 치민 모양이었다.

그는 화장실 변기 앞에서 세 시간은 족히 걸릴듯 오줌을 싸다가, 잠이 깬 이상 맥주 한 잔을 더 마셔 숙취를 미연에 막아야겠다고 생각했다.

화장실에서 나와 계단을 내려서는 톰의 불룩한 아랫배 아래 흰색 사각 팬티가 펄럭였고 두 팔은 석판처럼 단단해 보였다. 비벌리 패션의 사장이자 총지배인보다는 부두 막노동자에 가까운 모습이었다. 그는 어깨 너머로 버럭 고함을 질렀다.

"그 레슬리인가 뭔가 돼지 같은 레즈비언이면, 다른 모델이나 집적거리고 잠 좀 자게 냅두라고 해!"

비벌리는 고개를 살짝 흔들며 레슬리가 아니라고 알린 후 다시 수화기를 갖다 댔다. 톰은 목덜미가 뻣뻣해지는 것 같았다. 손사래만 치지 않았지 참견 말라는 얘기처럼 들렸다. 귀부인이 하인에게 물렀거라 명하는 격이었다. 육시할. 분명 가만히 보고 넘길 수 없는 상황이었다. 그 집에서 누가 명령을 내리는 사람인지 다시 한번 알려 줄 때가 온 것이다. 시간이 되기는 했다. 종종 그래 왔으니까. 열을 알려 주면 하나밖에 모르는 여자이지 않은가.

그는 계단을 내려가 주방으로 걸어가며 엉덩이에 낀 팬티를 잡아 빼고 냉장고 문을 열었다. 먹다 남은 로마노프 국수 용기 외에 술은 보이지 않았다. 맥주 하나 없었다.(운전면허증 뒤에 접어 놓은 20달러짜리 비상금처럼) 냉장고 깊숙이 넣어 두던 캔 맥주마저 보이지 않았다. 야구 경기는 14회 연장까지 갔지만 그때까지 기다린 보람이 없었다. 화이트 삭스가 졌다. 어디서 머저리 같은 놈들만 데려왔는지 분통이 터졌다.

그는 주방 간이 바의 유리 선반에서 독주 몇 병을 발견하고, 유리 잔에 얼음 하나와 술을 따라 붓는 상상을 해 보았다. 그러나 생각만 해도 두통이 더 심해질 것 같아 그대로 계단 쪽으로 돌아섰다. 계단 벽면에 있는 고풍스러운 벽시계는 이미 자정을 넘어 있었다. 이쯤 되면 가장 유쾌한 분위기에서도 더럽기로 알아 주는 그의 성질머리가 폭발하리라는 것은 당연했다.

그는 일부러 천천히 계단을 올라서며 격해지는 심장 소리를 확인하고 또 확인했다. 쿵쿵, 쿵쿵, 쿵쿵, 쿵쿵. 귓가와 손목, 가슴에서 격하게 맥동하는 심장 소리를 들으면 초조해졌다. 그럴 때면 심장이 수축과 이완 운동을 하는 신체 기관이 아니라 계기반의 위험 지대까지 접근해 가는 계기 바늘 같았다. 그는 그런 느낌이 싫었다. 그럴 필요가 없었다. 그에게 필요한 것은 하룻밤의 달콤한 수면이었다.

그러나 그가 어쩌다 결혼까지 하게 된 멍청한 여자는 여전히 전화질이었다.

"알았어, 마이클……. 응……, 그래, 물론이지. 알아, 그러나……."

꽤 오랫동안 침묵이 흘렀다.

"빌 덴브로?" 갑자기 높아진 그녀의 음성은 이번에도 얼음 송곳처럼 톰의 귓가를 후벼 팠다.

그는 심호흡을 하며 침실 문 밖에 서 있었다. 쿵, 쿵, 쿵. 여전히 심장 소리가 격했지만 전보다 많이 가라앉았다. 계기 바늘이 위험 수위에서 점차 내려가기 시작했고, 그런 생각도 떨쳐 버릴 수 있는 단계였다. 그는 남자였으며, 그것도 기가 막히게 멋진 남자였으므로 온도 조절이 고장난 용광로와 비교할 수 없는 노릇 아닌가. 그는 체구가 건장했다. 강철처럼 단단한 몸매였다. 아내가 굳이 원한다면 기꺼이 다시 가르쳐 줄 생각이었다.

그는 이내 행동에 돌입하려다 문득 문가에 그렇게 서서 아내의 억양에 우선 귀 기울여 보는 편이 낫겠다 싶었는데, 그녀에게 전화를 건 사람이 누구인지, 그녀가 무슨 말을 하는지는 관심 밖이었다. 예상대로 그는 아내의 억양에서 예의 익숙하고 묵직한 분노를 낚아챌 수 있었다.

톰은 4년 전 시카고의 한 독신자 전용 술집에서 비벌리를 만났다. 둘 다 스탠더드 브랜즈 빌딩에서 근무했고, 서로 안면 있는 사람들도 몇 명 있던 터라 출발은 순조로웠다. 톰은 42층에 있는 킹 앤드 랜드리라는 광고 회사에서 근무했다. 비벌리 마시(당시에는 그렇게 불렸다.)는 12층에 있는 델리아 의류 회사에서 보조 디자이너로 일하고 있었다. 델리아에서 만든 제품은 얼마 후 중서부의 청소년 사이에서 상당한 인기를 끌었고, 사장인 델리아 캐슬맨의 말처럼 "젊은이의 요람"이라는 가게에서 델리아 스커트, 블라우스, 숄,

운동복 등이 날개 돋친 듯 팔려 나갔지만 톰은 그곳을 "마약상"이라고 일축해 버렸다. 그는 비벌리를 만나는 순간 그녀의 두 가지 특징을 곧바로 간파했다. 매력적이며 상처받기 쉬운 여자. 한 달도 안 돼 그는 세 번째 특징을 포착했다. 재능 있는 여자. 게다가 아주 뛰어난 재능이었다. 그녀가 구상한 드레스와 블라우스의 도안을 보는 순간 그는 잠재력이 무궁무진한 돈벌이 기계를 떠올렸다.

'하지만 마약상 같은 곳에선 제구실을 못하겠어.' 톰은 내심 그렇게 생각했지만 비벌리에게 직접 말하지는 못했다.(적어도 그때는 그랬다.) '조명도 형편없고 싸구려 옷이나 만드는 곳에서 그만 나와. 마약과 록 그룹 티셔츠나 파는 얼치기 같은 상점에 꼴 사나운 옷들이나 진열할 생각이야? 그런 싸구려 짓은 싸구려 인간들에게나 맡겨 두라고.'

톰은 자신의 호감을 비벌리에게 드러내기 전에 그녀에 대해 많은 것을 알았는데, 그게 바로 톰이 원하는 바였다. 비벌리야말로 그가 평생 꿈꿔 오던 이상적인 여자였고, 그는 사자가 영양에게 접근하듯 비벌리에게 돌진했다. 비벌리의 연약함은 겉으로 드러나지 않아, 겉모습만 보면 늘씬하면서도 풍만한 여성적 매력이 물씬 풍겼다. 엉덩이는 그리 풍만하다고 할 수 없지만, 그가 경험한 그 누구보다 성감이 뛰어났고 젖가슴 또한 최고였다. 톰 로건은 여자의 젖가슴부터 만져 보는 인물이었는데, 키 큰 여자들은 대체로 그에게 별다른 인상을 주지 못했다. 그런 여자들이 얇은 옷을 입어 젖꼭지가 도드라져 보일 때면 톰의 정신을 쏙 빼놓지만, 정작 옷을 벗기고 보면 가슴에 젖꼭지만 달랑 달려 있을 때가 대부분이었다.

젖가슴이 책상 서랍의 손잡이 같을 때가 많았다. '손에 쏙 들어올 정도가 가장 적당하지.' 대학 시절 친구가 그런 말을 하곤 했지만 톰에게는 미친 소리로밖에 들리지 않았다.

오, 비벌리는 빼어난 미모에 역동적인 육체하며 기막히게 찰랑이는 붉은 머리칼을 지닌 여자였다. 물론 그녀에게도……, 결점이 있기는 했다. 그녀의 결점은 톰에게만 감지되는 주파수 같은 것이었다. 예를 들어 그만이 감지한 주파수를 열거하자면 담배를 너무 많이 피우고(그는 이 결점을 바로잡았다.), 시선이 늘 불안해 상대방의 눈을 똑바로 바라보지 못하고 이따금 힐끔거렸다. 그 밖에도 초조할 때마다 팔꿈치를 비빈다든가 말끔하기는 해도 지나치게 손톱을 짧게 자르는 것도 그에겐 결점이었다. 그녀를 처음 만나는 자리에서 그는 그녀의 손톱과 관련된 한 가지 사실을 쉽게 알아차렸다. 백포도주 잔을 들어 올릴 때 그녀의 손톱을 보고, 곧바로 '저 정도로 짧게 자르는 걸 보면 손톱을 물어뜯나 보군.' 하고 감이 온 것이다.

사자는 생각하지 못한다. 적어도 사람과 같은 방식으로는……. 그러나 사자도 볼 수는 있다. 영양의 무리가 소리 없이 다가오는 고약한 죽음의 냄새에 깜짝 놀라 물가에서 도망치기 시작할 때, 사자는 무리 중에 뒤처지는 놈을 살펴본다. 다리를 절룩거리거나 원래 동작이 굼뜨거나……, 그도 아니면 위기에 둔감한 영양이 있게 마련이니까. 그리고 영양이나 여자나 스스로 잡히기를 바라는 부류가 있는 것이다.

갑자기 어떤 소리가 들려오는 바람에 톰은 회상에서 깨어났다.

라이터 소리였다.

묵직한 분노가 밀려들었다. 위장에 불쾌한 것 이상의 열기가 느껴졌다. 담배. 비벌리가 담배를 피우고 있는 것이다. 톰 로건은 이미 특별 강연을 통해 그 문제를 충분히 설명한 바 있었다. 그런데 지금 비벌리가 담배를 다시 입에 문 것이다. 분명히 그녀는 학습능력이 떨어지는 학생이었다. 그러나 훌륭한 선생이란 지진아를 상대할 때 최고의 능력을 발휘하는 법이다.

"그래." 그녀가 말하고 있었다. "아, 알았어. 그래……." 비벌리는 귀 기울이다가 곧이어 전에 없던 웃음소리를 토했다. "그럼, 두 개, 네가 그렇게 하자니까. 내 방을 예약하고 나를 위해 기도해 줘. 그래, 알았어……. 응……, 나도. 그럼 잘 자."

톰이 안으로 들어갔을 때 아내는 수화기를 내려놓고 있었다. 그는 방 안으로 쳐들어가 "담배 꺼! 당장 꺼! 당장!" 하고 고함지를 작정이었지만 아내를 보는 순간 목구멍이 막히고 말았다. 아내의 그런 모습을 본 것은 그때까지 두세 번 정도였다. 한 번은 처음으로 대규모 패션쇼를 열기 직전이었고, 또 한 번은 국내 상품화를 위한 첫 번째 개인 패션쇼를 열기 전이었으며, 세 번째는 국제 디자인상 수상식에 참가하기 위해 뉴욕으로 갔을 때였다.

비벌리는 흰색 레이스가 달린 잠옷을 걸친 채 담배를 물고(이런, 담배를 꼬나물고 있는 저 모습을 얼마나 톰이 증오했던가.) 증기기관차처럼 연기를 내뿜으며 침대 주변을 서성이고 있었다.

그러나 정말로 톰이 멈칫하고 말문을 닫게 만든 건 그녀의 표정이었다. 심장이 터질 듯 두근거렸고 쿵, 쿠웅! 안색은 창백하게 질린 채 그는 아내의 얼굴이 두려운 것이 아니라 단순히 놀랐을 뿐이라고 되뇌고 싶었다.

아내는 어떤 일이든 절정을 향해 치닫는 순간에 가장 생기 넘치는 여자였다. 그가 특별한 기억으로 간직한 경우도 모두 일과 관련된 것이었다. 그러나 지금의 그녀는 그가 익히 알고 있는 여자가 아니었다. 그녀는 지금 아주 정적인 동작 하나하나로 그의 민감한 공포 감지 장치를 교란시키고 있었다. 한순간에 억압에서 벗어나 극도로 날카로우면서도 용감하며 예측 불허의 강인함까지 발산하고 있는 여자.

그녀의 뺨은 붉게 물들어 있었다. 휘둥그레져 번뜩이는 두 눈가에 잠에서 막 깨어난 흔적은 찾아볼 수 없었다. 머리카락이 출렁거렸다. 오, 동네 사람들, 이것 좀 봐요! 오, 저 꼴을 좀 보란 말입니다! 저년이 지금 장롱에서 가방을 꺼내고 있지 않느냐고! 여행 가방? 젠장, 틀림없네!

'방 하나를 예약해 주고……, 나를 위해 기도해 줘.'

글쎄, 호텔 방 따위는 잡지 않아도 될 것이다, 앞으로 한참 동안은. 요 앙증맞은 비벌리 로건은 오늘 이 집에 그대로 있을 것이고, 방까지 잡아 주느라 수고해서 고맙기는 하지만 사나흘 동안은 오줌도 서서 싸야 할 판이니까.

그러나 톰이 그녀와 일을 끝내기 전에 한두 명 정도 기도해 줄 사람은 꼭 필요할 터이다.

비벌리는 여행 가방을 침대 발치에 던져 놓고 옷장으로 갔다. 맨 위 서랍을 열더니 청바지 두 벌과 코르덴 바지 한 벌을 꺼냈다. 옷

가지를 여행 가방에 집어넣었다. 다시 옷장으로 향하는 뒷모습에서 담배 연기가 솟아올랐다. 스웨터 한 벌, 티셔츠 두 벌, 입어 봤자 멍청해 보이는데도 고집스레 모셔 둔 블라우스 한 벌을 또 꺼냈다. 누가 전화했는지는 모르지만 전용 비행기를 타고 다닐 만한 친구는 아닌 게 분명했다. 골라잡는 옷가지들이 하나같이 싸구려뿐이었으니까.

톰은 전화한 사람이 누구인지, 아내가 어디로 가려는지는 관심 없었다. 아내는 아무 데도 갈 수 없을 테니까. 지금 머리가 지끈거리고 마음이 벌겋게 일어서는 것은 과음이나 수면 부족 때문이 아니었다.

담배 때문이었다.

담배를 죄다 버렸거니 생각했더랬다. 하지만 그녀는 그의 말을 듣지 않았다. 그 증거가 지금 바로 그녀의 이빨 사이에 꽉 물려 있었다. 그리고 그녀가 여전히 방문 앞에 그가 서 있는 줄 모르는 까닭에, 톰은 문득 그녀를 완전히 굴복시키고 통제할 수 있다고 확신하게 된 두 밤을 유리하게 떠올렸다.

레이크 포리스트의 파티장에서 집으로 향하며, 그는 "더 이상 당신이 담배를 피우지 않았으면 좋겠어."라고 말했다. 10월의 어느 날이었다. "파티나 사무실에서야 담배 연기에 숨 막히는 것쯤 참을 수 있지만 당신과 둘만 있을 때는 제대로 숨쉬고 싶어. 내가 어떤 기분인 줄 알아? 불쾌할지 모르지만 솔직히 말할게. 다른 사람의 코딱지를 먹는 기분이야."

그쯤 되면 뭐라고 한마디할 만도 한데 그녀는 수줍은 표정으로 무슨 일이라도 달게 받겠다는 듯 그를 바라보았다. 그녀의 목소리는 나지막하고 유순하고 순종적이었다.

"알았어, 톰."

"그럼 꺼."

그녀는 담배를 껐다. 톰은 그날 밤 내내 기분이 무척 좋았다.

며칠 뒤 영화관에서 나오며 그녀는 무의식적으로 담배를 꺼내 물고 로비를 지나 주차장까지 걸어가는 동안 담배 연기를 뿜었다. 몹시 추운 11월, 바람이 매섭게 옷깃을 파고드는 날이었다. 톰은 차가운 대기 속을 서성이는, 비리고 공허한 호수 냄새가 나는 것 같았다. 그는 비벌리가 담배를 피우도록 놔두었다. 자동차 문을 직접 열어 주기까지 했다. 그는 운전석에 앉아 차 문을 닫은 다음에야 말문을 열었다. "비벌리?"

그녀는 입에서 담배를 떼어 내며 무슨 일이냐는 듯 그에게 고개를 돌렸고, 그는 그녀의 머리가 등받이에 부딪힐 정도로 있는 힘껏 따귀를 올려붙였다. 놀람과 통증……, 뭐라 형용할 수 없는 묘한 표정과 함께 그녀의 눈이 휘둥그레졌다. 그녀는 얼얼하고 화끈거리는 얼굴을 확인이라도 하듯 어루만지기 시작했다. 그리고 울부짖었다. "아야얏! 톰!"

그는 실눈을 뜨고 입가에 슬쩍, 완벽하게 살아 있는 미소를 머금은 채 그녀를 바라보고, 다음에 무슨 일이 일어날지, 그녀가 어떻게 반응할지 볼 준비를 했다. 팬티 속에서 성기가 빳빳해졌지만 그는 개의치 않았다. 그것은 나중에 처리할 문제였다. 지금은 수업 시간이었다. 그는 그때 일어났던 일을 하나씩 다시 떠올렸다. 그녀의 얼굴. 그 얼굴에 살짝 스쳐 지나갔던 세 번째 표정의 정체는 무엇이었을까? 첫 번째는 놀람. 그 다음은 통증. 그 다음은

(향수)

기억……, 어떤 기억을 되살려 내는 표정. 그것은 아주 잠시뿐이었다. 그는 그녀의 얼굴 또는 마음에 그런 표정이 떠올랐다는 것조차도 스스로 모를 것이라 생각했다.

지금은 지금이다. 무엇보다 그녀가 아무 말도 못한다는 게 가장 중요할 터였다. 그는 자기 이름만큼이나 그 사실을 잘 알았다.

'개자식!'도 아니었다.

'더러운 사내 놈들 세상, 잘 가라고!'도 아니었다.

'이것으로 끝이야, 톰.'도 아니었다.

그녀는 그저 부은 눈으로 멍하니 그를 바라보다 겨우 말을 내놓았을 뿐이다. "왜 이러는 거야?" 그리고 뭔가 더 이야기하고 싶은 듯했지만 이내 어쩌지 못하고 울음을 쏟았다.

"버려."

"뭘! 뭘 버리라고, 톰?" 화장이 얼룩져 흘러내렸다. 그는 개의치 않았다. 오히려 그런 모습을 보니 기분이 좋았다. 얼굴은 엉망이었지만 뭐라고 할까, 관능적인 분위기가 느껴졌다. 창녀. 그는 흥분감을 맛보았다.

"담배. 밖으로 버리라고."

아, 그제야 알겠다는 표정이 떠올랐다. 그것도 죄책감과 함께.

"깜박했어! 정말 깜박했을 뿐이야!" 그녀는 울면서 말했다.

"버리라고, 비벌리. 아니면 한 대 더 맞든가."

그녀는 차창을 내리고 담배를 집어던졌다.

그녀는 창백하고 겁에 질린 표정으로, 전보다 훨씬 침착해진 눈길로 그를 바라보았다.

"당신은 그럴 수 없어……, 나를 때릴 줄은 몰랐어. 그런 행동은 지…… 지…… 지속적인 관계에 좋지 않아." 그녀는 어른스럽게 말하려고 애썼지만 뜻대로 되지 않았다. 그는 그녀를 먼 과거로 되돌려 놓은 것이다. 그가 차 안에 함께 있는 이는 아이였다. 엄청나게 육감적이고 관능적이면서도 여전히 어린아이인 여자.

"할 수 없는 것과 하지 않는 것은 다른 거야, 꼬마 아가씨." 그는 여전히 냉정한 목소리로 말했지만 내심 초조하고 걱정스러운 기분을 완전히 덜어 내지는 못했다. "그리고 지속적인 관계에 무엇이 필요하고 필요하지 않은지는 내가 결정해. 내 말에 따르면 문제없어. 그럴 수 없다면 지금 당장 여기서 걸어 나가면 돼. 말리지 않을 테니까. 이별 선물로 엉덩이를 한번 갈겨 줄지는 모르지만, 못 가게 붙잡지는 않을 거야. 이곳은 자유 국가니까. 설명이 더 필요한가?"

"당신은 충분히 설명했다고 생각할 수 있겠지만……." 그녀가 속삭이듯 말하는 순간 전보다 더 강한 일격이 그녀의 얼굴에 날아들었다. 톰 로건은 어떤 창녀가 한다고 해도 자신의 말을 조롱하는 듯한 말투는 참을 수 없었기 때문이다. 자신의 말에 토를 단다면 영국 여왕이라고 해도 한 방 먹을 각오를 하라는 것이 그의 신조였다.

그녀의 얼굴이 계기반에 부딪혔다. 차 문 손잡이를 더듬던 손이 축 늘어졌다. 그녀는 토끼처럼 구석에 옹송그린 채 한 손으로 입을 틀어막았고, 겁에 질려 휑하니 열린 두 눈은 축축한 물기로 가득했다. 톰은 잠시 그녀를 바라보다 차에서 내려 조수석 쪽으로 돌아갔다. 그는 조수석 문을 열었다. 차디찬 11월의 공기 속으로 허연 입김이 토해졌고 호수 냄새가 더욱 또렷해졌다.

"나오고 싶나? 손잡이를 찾는 걸 보니 차에서 내리고 싶나 보군. 좋아. 아주 좋아. 내가 당신한테 뭔가를 요구했고, 당신은 그렇게 하겠다고 말했어. 그리고 약속을 어겼지. 그래서 나오고 싶은 건가? 나와, 어서 나오라고. 지금 당장 나오라니까. 나오고 싶은 거잖아?"

"아니."

"뭐라고? 안 들리는데."

"아니야. 차에서 내리고 싶지 않아."

"뭐라고? 담배 때문에 허파에 구멍이라도 났나? 제대로 말할 수 없다면 확성기라도 갖다 주지. 비벌리, 이게 마지막 기회야. 내가 들을 수 있게 크게 말하라고. 차에서 내릴 건가, 아니면 나와 함께 돌아갈 건가?"

"당신과 함께 돌아갈게."

그녀는 어린 소녀처럼 치마 위에 두 손을 가지런히 올려놓고 말했다. 시선을 떨구고 있었다. 눈물이 뺨을 타고 흘러내렸다.

"좋아, 아주 좋아. 하지만 먼저 나한테 이렇게 말해, 비벌리. 이렇게 말하라고. '당신 앞에서 담배를 피우지 말아야 하는데 깜박했어, 톰.' 하고 말이야."

이제 그녀는 그를 바라보았다. 상처입은 그녀의 두 눈은 하소연과 망설임을 담고 있었다. 당신은 내가 그렇게 하도록 할 수 있어. 그녀의 두 눈이 말했다. 하지만 그러지 마. 그러지 마, 당신을 사랑해, 그걸로 끝날 수 없어?

아니……, 그럴 수 없었다. 그녀가 진심으로 원하는 것이 그것이 아니었기 때문이고, 두 사람 다 그것을 알았다.

"말해."

"당신 앞에서 담배를 피우지 말아야 하는데 깜박했어, 톰."

"좋아. 이제 이렇게 말하는 거야. '미안해.'"

"미안해."

보도에 떨어진 담배꽁초가 폭탄의 신관처럼 연기를 내고 있었다. 극장을 나서던 사람들이 연한 색의 목재로 세공된, 최신형 베가 자동차의 차문 옆에 서 있는 남자와 그 안에 앉아 고개를 숙인 채 무릎 위에 두 손을 가지런히 올려놓고 실내등에 비춰 부드럽게 금발을 늘어뜨린 여자를 힐끔거렸다.

그는 담배꽁초를 짓밟아 꺼 버렸다. 그 정도로 성이 차지 않는지 짓이기듯 담배꽁초를 보도 위에 문질렀다.

"이번에는 이렇게 말하는 거야. '당신의 허락 없이 다신 담배를 피우지 않겠어.'"

"당신의 허락 없이는……."

그녀의 목소리가 메기 시작했다.

"당신의 허락 없이는 다신……, 다아, 다, 시는……."

"제대로 말해야지, 비벌리."

"담배를 피우지 않겠어. 당신의 허, 허락 없이는."

그는 차 문을 닫고 운전석으로 돌아왔다. 그들은 도심에 있는 톰의 아파트로 돌아왔다. 돌아오는 내내 아무도 말을 하지 않았다. 관계의 반은 주차장에서 결정된 셈이었다. 나머지 반은 40분 후 톰의 침대에서 결정됐다.

그녀는 그와 자고 싶지 않다고 말했다. 그러나 그는 그녀의 눈에서 말과 다른 진실을, 사타구니에서 점잔 빼는 성욕을 포착해 냈고, 블라우스를 벗길 때는 유두가 단단해져 있음을 감지했다. 유두를 부드럽게 애무하는 순간 흘러나온 그녀의 신음소리는 그가 하나씩 유두를 빨 때 탄성으로 바뀌었으며, 자신의 손으로 젖가슴을 어루만지기 시작했다. 그녀는 그의 손을 붙잡아 자신의 사타구니 속으로 집어넣었다.

"하고 싶지 않다면서." 그가 그렇게 말하자 그녀는 얼굴을 돌려 버렸다. 하지만 여전히 사타구니 속에 있는 그의 손을 놓지 않았고 엉덩이의 움직임이 빨라졌다.

그는 그녀를 침대 위로 밀쳤다. 이제 그의 움직임은 부드러워져서, 그녀의 속옷을 거칠게 찢어 버리는 대신 까탈스러울 정도로 신중하게 벗기기 시작했다.

그녀의 몸속으로 미끄러져 들어가는 순간, 그는 독특한 기름 속에 빠진 듯한 기분이 들었다.

그는 그녀의 요동치는 엉덩이와 함께 움직이기 시작했고, 그녀는 거의 곧바로 처음 절정에 올라 교성을 지르며 손톱으로 그의 등을 파고들었다. 그러고 나서 길고 완만한 움직임으로 그들은 함께 움직였고, 그는 그쯤에서 그녀가 다시 절정에 도달하리라 생각했다. 그는 좀더 깊숙이 파고들었고, 화이트 삭스의 팀 타율과 체슬리와의 계약을 가로채려는 놈이 누구인지 떠올리면서 전열을 가다듬었다. 그녀의 호흡이 격렬해지면서 둔부의 움직임도 현란해졌다. 너구리처럼 마스카라와 립스틱이 번져 있는 얼굴, 그는 그녀의 얼굴을 바라보며 사정 직전의 황홀감에 빠져 들었다.

그녀는 더욱 격렬하게 엉덩이를 들어 올렸고, 당시만 해도 군살하나 없던 두 사람의 복부가 숨가쁜 리듬에 맞춰 철썩철썩 맞부딪쳤다.

절정에 가까워지자 그녀는 교성을 내지르며 작고 가지런한 치아로 그의 어깨를 깨물었다.

"몇 번이나 느꼈지?" 샤워를 끝내고 나서 그가 물었다.

그녀는 고개를 돌렸고, 말을 꺼냈을 땐 목소리가 몹시도 작아 간신히 알아들을 정도였다. "그런 건 묻지 않는 거래."

"그래? 누가 그런 말을 했지? 로저스 씨던가?"

그는 한 손으로 그녀의 턱을 움켜쥐고 조금씩 손아귀에 힘을 주었다.

"톰한테 말해. 내 말 들리지, 비벌리? 아빠한테 말해 보라고."

"세 번." 그녀가 꺼려하며 말했다.

"좋아. 담배 한 대 피우라고."

그녀는 의심스러운 눈길로 톰을 바라보았는데, 붉은 머리카락을 베개 위에 늘어뜨리고 팬티 하나만 달랑 입은 채였다. 그런 눈길을 접하자 톰의 사타구니에서 다시 엔진 소리가 들려오는 것 같았다. 그는 고개를 끄덕여 보였다.

"어서 피워. 괜찮다니까."

석 달 후 그들은 결혼했다. 톰의 친구 중 두 명이 참석했고, 비벌리의 친구 중에는 톰이 "젖퉁이 여성 운동가"라고 부르던 케이 매콜이 유일했다.

톰이 문가에 서서 아내를 바라보는 동안, 옛일이 주마등처럼 뇌리를 스쳐 지나갔다. 그녀는 "주말용 서랍"이라고 부르는 서랍장 아래 칸을 뒤지면서 속옷을 꺼내 가방에 집어넣었다. 그가 좋아하는 반들반들한 공단 속옷과 부드러운 실크 제품이 아니라, 대부분 어린아이들이나 입을 법한 면제품인 데다 고무줄 부분에 보풀이 일고 색이 바래 있었다. 「초원의 집」에 나오는 침침한 잠옷 같은 속옷도 보였다. 그녀는 숨겨 둔 중요한 물건을 찾듯 서랍 뒤쪽을 부산스레 뒤적였다.

한편 톰 로건은 푹신푹신한 양탄자를 지나 옷장으로 다가갔다. 맨발에다 바닥이 푹신해 미풍처럼 소리 없는 움직임이었다. 담배. 그가 피가 거꾸로 흐를 정도로 격분한 이유는 담배 때문이었다. 그녀가 옛날의 첫 번째 수업을 깜박한 것은 정말 오랜만의 일이었다. 그 밖에도 무더운 날에 소매가 긴 블라우스를 입는다든가, 스웨터 단추를 목까지 잠근다든가 가르쳐야 할 부분이 많았다. 잔뜩 찌푸린 날에 선글라스를 낄 때도 마찬가지였다. 그러나 그 첫 번째 수업은 돌발적이었던 것만큼 아주 중대한……

톰은 단잠을 깨뜨렸던 전화에 대해서는 까맣게 잊고 있었다. 문제는 담배였다. 만약 아내가 지금 담배를 피우고 있다면 그건 톰 로건의 존재를 잊었다는 얘기다. 물론 잠깐, 아주 잠깐 동안은 그럴 수 있겠지만 그에겐 그 잠깐의 시간도 참을 수 없었다. 무슨 이유 때문에 그녀가 첫 번째 수업을 망각했는지는 중요하지 않았다. 어떠한 이유든 그의 집 안에서 그런 일은 벌어질 수 없었다.

옷장 문 안쪽 고리에는 널찍한 검은색 가죽 허리띠가 걸려 있었다. 띠쇠는 달려 있지 않았다. 그가 오래전에 떼어 놓았으니까. 띠쇠가 달려 있던 자리는 두 겹으로 두툼했는데, 이제부터 톰 로건이 손잡이로 사용할 부분이 바로 그 지점이었다.

"톰, 이 못된 녀석 같으니!" 어머니는 종종 그렇게 말했지만 '종종'이란 표현은 썩 적절해 보이지 않았다. '자주'라는 표현이 더 나을 터이다. "톰, 이리 못 와! 혼쭐내 줄 테다." 톰의 유년 시절은 혼쭐난 기억으로 채워져 있었다. 결국 위치타 주립 대학교로 도망갔지만, 언제나 꿈속에서 들려오는 어머니의 음성 때문에 완벽한 탈출이란 애초부터 불가능해 보였다. '톰, 이리 못 와! 혼쭐내 줄 테다, 이 녀석 혼 좀 나 봐……'

톰은 네 형제 중 장남이었다. 막내가 태어난 지 몇 달 만에 랠프 로건이 죽었는데, 글쎄, '죽었다'는 표현은 적절해 보이지 않고 '자살'이 더 나을 터이다. 칵테일에 양잿물을 쏟아 붓고 변기 위에서 단숨에 들이켠 것이 사인이었다. 당시 로건 부인은 포드 자동차 공장에서 일하고 있었다. 톰은 아버지의 죽음 이후 열한 살의 나이에 가장이 되었다. 만약 톰이 가장으로서의 본분을 제대로 지키지 못할 때, 예를 들어 보모가 돌아간 후 아기가 똥을 쌌는데도 그대로 놔둔다거나, 브로드 가 유치원에서 메간을 제때 데려오지 않다가 수다쟁이 갠트 부인의 눈에 띈다거나, 조이가 주방을 난장판으로 만들어 놓는데도 텔레비전만 보고 있다거나, 일단 어떤 일이든 벌어지는 날이면 동생들이 모두 잠든 후에 회초리와 함께 어머니의 음성이 들려오게 마련이었다. "톰, 이리 못 와. 혼쭐나야 정신 차리지."

혼쭐나는 것보다는 혼쭐내는 편이 훨씬 낫다.

인생이라는 유료 도로에서 그가 배운 것이 있다면 바로 그 점이었다.

그래서 그는 축 늘어진 허리띠 끝을 살며시 흔들어 본 다음 두툼한 손잡이 부분을 집어 들었다. 손아귀에 힘이 들어갔다. 기분이 좋았다. 그때마다 늘 어른이 된 기분이었다. 손아귀에서 늘어진 허리띠는 죽어 있는 검은색 뱀처럼 보였다. 두통도 사라졌다.

그녀도 마침내 뭔가를 찾아낸 모양이었다. 탄피가 박혀 있듯 여기저기 해어진 면제 브래지어였다. 새벽부터 전화질을 해댄 놈팡이가 바람난 정부라는 생각이 문득 톰의 머릿속에 떠올랐다가 이내 사라져 버렸다. 우스꽝스럽기 짝이 없었다. 연인을 만나러 가는 여자가 색 바랜 블라우스와 싸구려 면 속옷을 챙겨 갈 리 없었다. 게다가 그런 짓을 태연하게 할 수 있는 여자가 아니었다.

"비벌리." 톰이 부드럽게 부르니 그녀는 즉각 돌아다보았고, 놀라서 눈이 커다래지고 긴 머리카락은 출렁거렸다.

허리띠를 쥔 손이 멈칫하더니 약간 아래쪽으로 내려갔다. 그는 그녀를 노려보았지만, 어딘가 불편하고 어색한 기분이 다시 솟구쳤다. 그래, 대형 패션쇼가 있기 전날이면 저런 표정을 짓곤 했지. 머릿속에 인화성 가스가 꽉 차 있는 것처럼 두려움과 전투욕이 뒤엉켜서 조금만 건드려도 폭발할 듯한 표정…… 그도 그런 상황에서는 이해하는 마음으로 그녀를 내버려 두곤 했다. 그녀는 패션쇼를 델리아 패션에서 독립할 절호의 기회로 여기지도 않았고, 그렇다고 생계 수단이나 돈 좀 벌어 들일 기회로 생각하지도 않았다. 그런 목적에 매달렸다면 어느 정도 성공했을 것이다. 그러나 그런 목적이 전부였다면 그처럼 천부적인 재능을 선보일 수 없었을 것이다. 그녀는 늘 패션쇼를 매서운 스승들의 평가를 받는 최고 관문이라고 생각했다. 그때마다 그녀는 얼굴 없는 형체를 보곤 했다. 얼굴은 없지만 이름은 분명했다. 권위라는 이름 말이다.

비벌리의 두 눈엔 초조감이 가득했다. 단지 두 눈뿐 아니라 몸 전체에서 거의 보일 정도로 광휘의 형태로 떠도는 것 같았으며, 팽팽한 긴장감 때문에 그 어느 때보다 관능적이고 위험해 보였다. 그는 그녀가 있다는 사실, 톰 로건이 원하는 모습이 아니라 그녀 본연의 모습으로 존재한다는 사실에 두려움을 느꼈다.

비벌리는 충격을 받고 겁에 질린 표정이었다. 언뜻 광기의 쾌활함마저 느껴질 정도였다. 얼굴에 발그레한 홍조가 짙어졌지만 눈 밑에 또 다른 눈동자가 있는 것처럼 희디흰 색채가 번뜩였다. 이마는 담황색 반사로 번들거렸다.

여전히 그녀의 입가에 담배가 삐쭉이 물려 있었는데, 프랭클린 델라노 루스벨트를 흉내 내듯 약간 위로 향해 있었다. 담배! 그 모습을 보고 있는 것만으로 둔중한 분노가 녹색 파장처럼 그의 온몸을 훑고 지나갔다. 그는 어느 날 밤인가, 어둠 속에서 들려왔던 불안한 목소리를 떠올렸다. "톰, 당신은 언젠가 저를 죽이고 말 거예요. 당신도 알죠? 언젠가는 갈 데까지 간 다음 끝장이 날 거라고요. 순식간에 제정신을 잃고 말 거예요."

그때 그는 이렇게 대답했다. "내 말만 잘 들어, 비벌리. 그럼 그런 일은 없을 테니까."

그는 분노를 쥐어짜기도 전에 이미 그런 날이 오고야 말았다는 생각을 하게 되었다.

담배. 누가 전화했건, 짐을 싸건, 기이한 표정을 짓고 있건 아무래도 상관 없었다. 그들은 우선 담배 문제를 해결해야 할 것이다. 그런 다음 그녀를 범할 터이다. 그런 다음에야 나머지 문제들에 신경을 쓸 수 있었다. 그때쯤이면 그 밖에 문제들도 상당히 중요해져 있을지 모른다.

"톰, 나가 봐야 해."

"담배를 피우고 있군." 아주 멀리 떨어져 있는 라디오에서 들려오는 목소리 같았다. "자기, 또 깜박했나 보네. 대체 담배를 어디다 꼬불쳐 두었지?"

"알았어, 끌게." 그녀는 욕실 쪽으로 걸어갔다. 그녀는 입에서 담배를 빼내(이때 톰은 필터에 깊게 팬 치아 자국까지 또렷이 볼 수 있었다.) 변기 속에 집어던졌다. 쉬이익. 그녀는 욕실 밖으로 나왔다. "톰, 오랜 친구였어. 오랜 친구 말이야. 그래서 나가 봐야 해……."

"닥쳐, 그게 바로 네가 해야 할 일이야! 입 다물라고 했지!"

그러나 그가 원했던 공포(그에 대한 공포)는 보이지 않았다. 물론 공포의 그림자가 있었지만, 그것은 전화에서 비롯한 것이고 비벌리다운 공포는 결코 아니었다. 허리띠뿐만 아니라 톰 로건이라는 존재를 전혀 볼 수 없다는 식의 표정에서 그는 불편함을 느꼈다. 과연 내가 여기 있는 건가? 멍청한 질문이지만 진짜 내가 여기에 있는가?

그 너무도 끔찍하고 근원적인 물음에 그는 정체성 전체가 뿌리 뽑히는 것처럼 위기감을 맛보았고, 강풍에 휩쓸린 홀씨처럼 섬뜩해졌다. 그는 마음을 다잡았다. 그는 분명 굳건히 그곳에 서 있었고, 이 하룻밤은 알아듣기 어려운 심리학 용어로 설명하면 그뿐이었다. 톰 로건, 신으로 군림하는 톰 로건은 분명 그곳에 있고 갑자기 환장한 아내가 30분 안에 제정신을 찾지 못한다면 지저분한 철도 짐칸에 팽개쳐지는 기분이 어떤 건지 톡톡히 알려 줄 심산이었다.

"혼 좀 나야겠어. 미안하지만 할 수 없지."

그는 두려움과 전투욕이 뒤엉킨 표정을 전에도 마주한 적이 있었다. 그러나 번뜩이는 섬광처럼 그를 똑바로 겨냥한 적은 그때 말고 없었다.

"그거 내려놔. 속히 오헤어로 떠나야 해."

톰, 정말 여기 있는 건가? 맞아?

그는 그런 생각을 떨쳐 냈다. 앞에 든 허리띠가 진자처럼 흔들렸다. 불똥이 튄 눈은 재빨리 비벌리의 얼굴을 겨냥했다.

"톰, 내 말 들어. 고향에 문제가 생겼어. 아주 심각한 문제야. 어렸을 때 친구가 있었지. 어렸다는 점만 빼면 남자 친구나 마찬가지였어. 열한 살의 나이에 당시에는 말을 아주 심하게 더듬는 남자아이였어. 지금은 소설가가 됐어. 당신도 아마 그 사람이 쓴 소설을 하나 읽어 봤을 텐데…….『암흑의 소용돌이』, 읽어 봤지?"

그녀는 톰의 얼굴을 살폈지만 여전히 무표정했다. 앞뒤로 흔들리는 허리띠 진자의 움직임만 있을 뿐이었다. 그는 머리를 약간 수그린 채 두 발을 벌려 버티고 선 상태였다. 그녀는 정신없이 머리를 쓸어 올리며 생각해야 할 중요한 문제가 산적해 있는 표정이었고, 끝내 허리띠가 흔들리고 있다는 사실은 모르는 것 같았다. 결국 톰은 집요한 물음을 떠올릴 수밖에 없었다. 여기에 있는 건가? 내가 여기 분명히 있는 건가?

"그 책이 몇 주 동안 집 안에 굴러다니긴 했어도 그 친구와 직접 연락한 일은 없었어. 한번쯤 연락을 했어야 했는데 이미 서로 나이를 많이 먹은 데다 오랫동안 데리에 대해서는 생각조차 못 하고 지내 왔거든. 어쨌든 빌에게 조지라는 동생이 있었어. 조지는 내가 빌을 알기도 전에 살해당했어. 그리고 그 다음 여름엔가……."

그러나 톰은 그 미친 소리를 언제까지나 듣고 있을 수 없었다. 그는 재빨리 비벌리를 향해 투창을 던지려는 사람처럼 팔을 뒤로 들어 올렸다. 가죽 허리띠가 날카롭게 허공을 갈랐다. 비벌리는 허리띠가 날아오는 것을 보고 몸을 피하려다 오른쪽 어깨를 욕실 문에 부딪혔고, 가죽을 때리듯 허리띠가 왼팔을 치고 지나가자 붉은 채찍 자국이 남았다.

"이년, 혼 좀 나 봐라." 톰이 말했다. 그의 목소리는 말짱했고 뉘우치기조차 하는 듯했지만 허옇게 얼어붙은 미소 속에 치아가 내보였다. 그는 비벌리의 눈을 들여다보며, 그 속에 공포와 수치심에 떨면서 맞아, 당신이 맞아, 당신의 존재를 느낄 수 있어라는 절규가 있기를 바랐다. 그렇게만 되면 다시 애정이 솟구치고 만사가 편안해질 것이다. 그가 그녀를 사랑한다면 그것으로 충분하기 때문이다. 그리고 그녀가 원한다면 누가 전화를 했는지, 대체 무슨 일이 벌어졌는지 대화할 수도 있을 것이다. 그러나 그것은 나중 문제였다. 우선은 수업 시간이었다. 해묵은 2단계 학습. 먼저 때리고, 그 다음 육체를 범한다.

"미안하게 됐군."

"톰, 그러지 마……."

그가 사이드암 투수처럼 옆으로 휘두른 허리띠는 비벌리의 엉덩이로 날아들었다. 가죽과 살갗이 부딪치는 소리가 마음에 들었다. 그런데……

'얼씨구, 이년이 허리띠를 잡았어! 이것이 허리띠를 붙잡아!'

순간 톰 로건은 뜻밖의 행동에 얼이 빠진 상태였다. 손잡이 부분을 꼭 붙들고 있지 않았다면 허리띠를 빼앗겼을지 몰랐다.

그는 허리띠를 다시 낚아챘다.

"또 한 번 붙잡았단 봐라. 알아들어? 또 한 번 그랬다가는 일주일 내내 피똥을 질질거리게 만들어 줄 테니까."

"톰, 그만둬." 그녀의 말투에 톰은 더욱 격분했다. 놀이터 관리인이 여섯 살 먹은 개구쟁이에게 하는 말투였다. "가 봐야 해. 농담이 아니야. 사람들이 죽었고 오래전에 약속한 일이라……."

톰의 귀에는 아무 소리도 들리지 않았다. 상체를 수그린 채 비벌리를 향해 돌진하며 미친 듯이 허리띠를 휘둘렀다. 비벌리는 허리띠에 쫓겨 욕실 벽을 따라 방문 쪽으로 뒷걸음쳤다. 톰이 뒤로 팔을 젖혔다가 그녀에게 내리쳤다. 팔을 젖히고, 내리치고, 젖히고, 내리치고. 아침에 일어나 진통제라도 먹지 않으면 팔을 들어 올릴 수조차 없을 테지만 당장은 아내가 반항하고 있다는 사실에 피가 거꾸로 흐르는 기분이었다. 담배를 피웠을 뿐 아니라 허리띠를 붙잡고, 그것도 모자라 세상에 그만두라는 요구까지 하다니 이제 전능하신 신 앞에서 그녀가 매 맞아도 싸다는 사실을 입증해 보여야 했다.

그는 고함을 지르고 허리띠를 휘두르며 비벌리를 계속 밀어붙였다. 그녀는 손으로 얼굴을 가리고 있었지만 다른 부위에는 사정없이 허리띠가 날아들었다. 고요한 방 안은 둔탁한 채찍 소리로 채워졌다. 그러나 비벌리의 입에서는 이따금 지르던 비명도, 열에 아홉은 용서를 구하던 애원 소리도 나오지 않았다. 무엇보다 항상 터져 나왔던 울음소리도 없었다. 허리띠의 채찍 소리, 두 사람의 숨결, 거칠고 무거운 쪽은 톰, 얇고 빠른 쪽은 비벌리, 그것이 유일한 음향이었다.

비벌리는 침대와 그 옆의 화장대 쪽으로 뛰어들었다. 허리띠에 난타당한 어깨 부위가 붉게 물들어 있었다. 머리카락이 불꽃처럼 출렁였다. 그녀를 향해 다가오는 톰의 그림자는 느렸지만 매우 거대했다. 그는 2년 전 아킬레스건을 다치기 전까지 스쿼시를 즐겼는데, 그 후 체중 조절에 약간('매우'라는 표현이 더 적절할지 모른다.) 어려움을 겪었지만 근육은 아직 쓸 만했고 비곗덩어리 속에 파묻힌 힘줄도 튼튼한 편이었다. 그러나 자신이 몹시 숨을 몰아쉰다는 사실에 약간 걱정스러워졌다.

그녀는 화장대 밑으로 웅크리거나 그 속으로 들어갈 모양이었다. 그러나 뭔가를 집더니……, 뒤돌아섰고……, 방 안엔 갑자기 온갖 미사일이 날아다니기 시작했다. 그녀는 갖가지 화장품을 톰에게 집어던지기 시작했다. 챈틸리 향수 병이 톰의 가슴패기에 부딪혔다가 바닥으로 떨어져 산산조각 났다. 코끝으로 달려드는 향수 냄새에 숨이 막힐 정도였다.

"그만두지 못해! 그만두라니까, 이 쌍년아!"

그녀는 그만두지 않았다. 그녀의 손은 화장대 위를 분주히 더듬었고, 손에 잡히는 대로 집어던졌다. 톰은 향수 병에 맞은 가슴을 움켜쥐었지만, 비벌리가 그를 향해 뭔가를 집어던지고 있다는 사실을 좀처럼 믿을 수 없었다. 깨진 향수 병에 발이 찔렸다. 그리 큰 상처는 아니었지만 저 빨강머리 여편네가 병원 신세를 지고 싶어 그토록 안달하고 있으니 기가 막힐 노릇이 아닌가? 오, 그래, 정 그러고 싶다면야 할 수 없지.

갑자기 오른쪽 눈썹 윗부분에 크림 단지가 날아들었다. 그는 머릿속에서 울리는 둔탁한 소리를 들었다. 흰색 불빛이 번쩍하는 느낌에 입을 쩍 벌린 채 뒤로 물러섰다. 이번에는 니베아 크림이 복부로 돌진했다가 툭 하는 소리를 내고 떨어졌지만 비벌리의 입에서는 고막이 찢어져라 울리는 고함소리가 터져 나오고 있었다.

"공항에 가야 한다니까, 이 개자식아! 알겠어? 일이 있어서 가야 한다고! 가야 하니까 비키란 말이야!"

오른쪽 눈자위로 피가 파고들어 쓰리고 뜨거웠다. 그는 손등으로 눈가를 훔쳤다.

그는 처음 보는 사람처럼 비벌리를 한동안 노려보았다. 전에는 한 번도 그렇게 그녀를 본 적이 없었다. 가슴이 한껏 부풀어 올랐다. 벌겋게 달아올라 흙빛으로 질린 그녀의 얼굴. 이글거리는 눈. 꼭 다문 입술. 그러나 화장대는 비무장 지대처럼 이미 비어 있는 상태였다. 미사일 격납고도 비어 있었다. 두 눈에 공포가 자리 잡고 있었지만 여전히 그를 두려워하는 공포는 아니었다.

"가방에 든 옷들 제자리에 갖다 놔." 그는 말을 하면서 숨을 헐떡이지 않으려고 애썼다. 그러나 원하는 목소리는 나오지 않았다. 움츠러든 목소리였다. "그 다음에 가방을 갖다 두고 침대에 누워. 내 말대로만 하면 심하게 때리지는 않을게. 2주 동안 꼼짝못할 걸 이틀이면 걸어다니게 해 줄 테니까."

"톰, 내 말 잘 들어. 나한테 가까이 오면, 그땐 죽여 버리겠어. 무슨 말인지 알겠지, 비곗덩어리? 죽여 버린다고."

그때 불현듯 그녀의 얼굴에 떠오른 극도의 혐오감 때문이거나, 그녀가 그를 비곗덩어리라고 불렀다는 사실 아니면 가슴을 헐떡이며 대드는 기세 때문이었을지 모르지만 톰은 질식할 것 같은 공포감을 느꼈다. 꽃밭에 있는 새싹이나 꽃봉오리처럼 부분적인 문제가 아니라 꽃밭 전체, 그 자신이 존재하지 않는다는 극렬하고 가공할 만한 공포였다.

톰 로건은 또다시 아내를 향해 돌진했지만 이번에는 고함지르지 않았다. 수중에서 발사된 어뢰처럼 고요한 움직임이었다. 그는 이제 아내를 때리고 굴복시키는 데 만족하지 않고, 방금 전 그녀가 경솔하게 내뱉은 말을 그녀 자신을 상대로 실행에 옮길 태세였다.

그는 아내가 도망갈 것이라고 생각했다. 침대나 계단 방향일지 몰랐다. 그러나 그녀는 그 자리에 그대로 서 있었다. 그녀는 벽에 몸을 기대고 체중을 실어 화장대를 톰 쪽으로 밀어붙였는데, 땀방울 때문에 손바닥이 미끄러지면서 손톱 두 개가 속살이 보일 정도로 잘리고 말았다.

잠시 화장대가 한쪽 방향으로 비틀거렸고 그러고 나서 그녀는 다시 앞쪽으로 힘껏 밀어붙였다. 한 발로 기우뚱 선 화장대의 거울에 전등이 스치더니, 곧바로 화장대가 앞으로 넘어졌다. 화장대 끄트머리가 톰의 허벅지 위쪽을 그대로 가격하는 바람에 그는 뒤로 벌러덩 나자빠졌다. 화장대 안에 들어 있던 유리 병들이 음악 소리를 내며 깨져 버렸다. 톰은 거울이 왼쪽으로 떨어지는 모습을 보다 냉큼 손을 들어 눈을 가렸지만 그 바람에 허리띠를 놓치고 말았다. 깨진 거울은 은색 도금을 보인 채 조각조각 널려 있었다. 어딘가 따끔하고 피가 흐르는 기분이 들었다.

비벌리는 이제 가쁜 숨을 몰아쉬며 비명처럼 흐느끼기 시작했다. 그 어느 날 밤, 몰래 짐을 싸들고 아버지 곁을 떠났을 때처럼 남편이자 폭군인 톰의 횡포에서 벗어나자고 몇 번을 곱씹었던가. 그녀는 그 아비규환 같은 현장에 서 있는 지금도 여전히 톰을 사랑한 적이 없다고 말할 만큼 우둔한 여자가 아니었다. 그러나 그렇다고 공포심을……, 남편에 대한 증오를……, 그리고 과거에 묻어두어도 좋을 이유로 그런 남자를 선택한 자신에 대한 환멸을 덜 수는 없었다. 여전히 심장 소리가 들려왔지만, 가슴속에서 타 들어가다 녹아내리는 것 같았다. 그러다가 미치지는 않을까 두려웠다.

그러나 무엇보다 마음 한편에서 끊임없이 재촉하듯 울리는 마이클 핸론의 건조하고 억양 없는 목소리가 있었다. 다시 돌아왔어, 비벌리……. 다시 돌아온 거야……. 약속한 거 기억하지…….

화장대가 위아래로 요동쳤다. 한 번, 두 번. 또 한 번. 마치 숨쉬는 것처럼.

비벌리는 경련의 전조처럼 입 언저리를 씰룩이면서도 신중하고 민첩하게 움직이기 시작했다. 그녀가 까치발로 깨진 유리 파편을 피해 허리띠를 집는 동안 톰은 짓누르고 있는 화장대를 들어 올리느라 낑낑댔다. 그녀는 똑바로 일어서서 허리띠의 손잡이 부분을 움켜쥐었다. 눈가에서 머리를 쓸어 넘긴 후, 톰이 어떻게 나오는지 똑바로 지켜보았다.

톰이 일어섰다. 거울 파편 몇 개가 한쪽 뺨에 박혀 있었다. 이마에 대각선으로 베인 상처가 실처럼 선명하게 드러났다. 그가 비벌리를 흘깃거리며 천천히 일어서는 사이, 그녀는 사각 팬티에 묻어 있는 핏방울을 바라보았다.

"허리띠 내놔."

그러나 비벌리는 허리띠를 손에 두 번 감아쥔 후 도전적인 시선으로 그를 바라보았다.

"당장 내놓지 못해, 비벌리."

"가까이 오면 이걸로 똥줄을 갈겨 주겠어."

그녀는 자신이 그런 말을 하고 있다는 사실조차 믿어지지 않았다. 피 범벅이 된 팬티 차림에 여자한테만 난폭하게 구는 저 남자는 또 누구인가? 남편? 아니면 아버지? 대학교 때 그녀의 코를 박살냈던 풋사랑? 하느님, 제발 저 좀 도와주세요, 지금 좀 도와주세요. 그녀의 입가는 여전히 떨렸다.

"나도 똑같이 해 줄 수 있어. 넌 뚱보에다 느려 터졌으니까, 톰. 나는 여기서 나갈 생각이고 아마 영원히 그럴 거야. 우린 끝났어."

"덴브로가 어떤 놈이지?"

"신경 쓸 거 없어. 나는······."

톰의 질문이 자신의 주의를 끌기 위한 술수라는 사실을 그녀는 너무 늦게 깨달았다. 말을 채 끝맺기도 전에 이미 톰은 가까이 다가와 있었다. 그녀는 활처럼 허리띠를 휘둘렀고, 톰의 입가에서 코르크 마개가 열리는 소리가 들려왔다.

그는 비명을 지르며 손으로 입을 틀어막았는데, 휘둥그레진 두 눈에 상처와 충격을 고스란히 담고 있었다. 손가락 사이로 피가 흘러나와 손등을 타고 떨어졌다.

"입을 때리다니, 이 망할 년! 감히 내 입을 찢다니!" 그는 억눌린 비명을 질렀다.

그는 입가에 피 범벅을 한 채 손을 내뻗으며 다시 비벌리를 향해 뛰어들었다. 입술이 갈라진 모양이었다. 앞니에 덧씌운 치관 중 하나가 떨어져 나오자, 그는 한쪽으로 뱉어 냈다. 그녀는 뒤로 물러서며 이 메스껍고 고통스러운 혼란에서 차라리 눈을 감아 버리고 싶었다. 그러나 갑작스러운 지진 때문에 사형장에서 탈출한 죄수처럼 환희가 몰려들었다. 비벌리는 어떤 감정이든 기분 좋게 받아들일 수 있었다. 치관을 삼켜 버렸다면 좋았을걸. 그런 생각도 들었다. 치관을 삼키고 질식해 버렸다면!

최후의 순간에 허리띠를 휘두른 사람은 후자의 비벌리였다. 톰이 그녀의 엉덩이와 다리, 가슴을 향해 사정없이 휘두르던 무기였다. 그는 지난 4년 동안 허리띠로 그녀의 몸 구석구석을 수도 없이 유린했다. 허리띠가 날아드는 횟수는 실수가 어느 정도인가에 달렸다. 톰이 집에 왔는데 저녁 식사가 식어 있다? 허리띠는 두 번 날아든다. 비벌리가 작업실에서 늦게까지 일하면서 집에 전화하지 않았다? 세 번. 어럽쇼, 이 정신 나간 여자가 주차 위반 딱지를 또 떼었구먼. 한 번……, 단 가슴 부위를. 톰의 솜씨는 절묘했다. 거의 상처를 입히는 일이 없었다. 물리적 고통마저 심하지 않았다. 그가 노리는 바는 굴욕감이었다. 그것이 바로 고통이라는 사실을 그는 잘 알고 있었다. 그녀 스스로 고통 받기를 갈망한다는 사실이 더한 고통이 되었다. 굴욕당하기를 갈망했으므로 통증은 더 깊었다.

　'마지막으로 모든 것을 되돌려주겠어.' 비벌리는 그 생각과 함께 허리띠를 휘둘렀다.

　비벌리가 허리띠를 낮추어 잡고 수평으로 휘두르자, 둔탁하면서도 상쾌한 소리와 함께 톰의 고환에 일격이 가해졌다. 막대기로 양탄자를 두들겨 털 때 나는 소리. 순식간에 벌어진 일이었다. 톰 로건은 전의를 완전히 상실했다.

　톰은 맥빠진 비명소리를 가늘게 토하며 기도하듯 무릎을 꿇었다. 두 손은 사타구니에 가 있었다. 목은 뒤로 젖혀 있었다. 목에 힘줄이 돋았다. 입은 참담한 고통으로 일그러졌다. 게다가 깨진 향수 병 조각이 왼쪽 무릎을 쿡 찌르는 바람에 그는 고래처럼 옆으로 굴렀다. 고환에서 한 손을 들어 피 맺힌 무릎을 움켜잡았다.

'저 피 좀 봐.' 그녀는 생각했다. '이걸 어째! 사방에다 피를 흘리고 있잖아.'

'죽을 정도는 아니군.' 새로운 비벌리(마이클 핸론의 전화로 표출된 비벌리)는 냉정했다. '저런 놈은 끝까지 살아남으니까. 놈이 기력을 찾아 또 발작이라도 하기 전에 어서 이 지긋지긋한 곳을 빠져나가는 거야. 꾸물대다가는 놈이 지하실에서 엽총을 가져올지도 몰라.'

비벌리가 뒷걸음치다 화장대의 깨진 거울을 밟는 바람에 뒤꿈치에 날카로운 통증이 달려들었다. 여행 가방을 집어들었다. 그러나 한 순간도 톰에게서 눈을 떼지 않았다. 뒷걸음으로 방문을 열고, 역시 복도를 지날 때도 문가를 주시하느라 또 뒷걸음쳤다. 앞에 든 여행 가방이 뒷걸음 칠 때마다 허벅지에 부딪혔다. 상처 난 뒤꿈치가 바닥에 피 도장을 찍었다. 층계에 와서는 곧바로 돌아서서 생각할 겨를도 없이 재빨리 내려가기 시작했다. 어차피 당분간은 노력해 봤자 생각이 제대로 될 리 없었다.

다리에 뭔가가 스치는 것 같아 그녀는 비명을 질렀다.

허리띠였다. 그것은 그때까지도 손에 감겨 있었다. 어둠침침한 불빛에서 보니 영락없이 죽은 뱀 같았다. 그녀는 진저리를 치며 층계 난간 너머로 허리띠를 집어던졌고, 아래층 양탄자에 떨어진 허리띠는 S자 모양으로 똬리를 틀었다.

그녀는 계단을 다 내려와 잠옷을 머리 위로 벗어 버렸다. 피가 묻은 것도 그렇지만 어떤 이유에서건 다시는 그 잠옷을 입고 싶지 않았다. 잠옷을 휙 집어던지자 거실 문 옆에 놓인 고무 나무 위로 레이스 달린 낙하산처럼 내려앉았다. 그녀는 벌거숭이로 여행 가방을 향해 몸을 숙였다. 젖꼭지가 차가웠고 총알처럼 딱딱했다.

"비벌리, 당장 이리로 돌아오지 못해!"

비벌리는 화들짝 놀라 숨을 삼키고는 다시 여행 가방으로 몸을 구부렸다. 노발대발 소리 지를 정도인 걸 보니 여유 부릴 상황이 아니었다. 가방을 열고 팬티와 블라우스, 낡아 빠진 리바이스 청바지를 끄집어냈다. 현관 문가에 서서 후다닥 옷가지를 꿰어 입으면서도 계단에서 눈을 떼지 않았다. 그러나 톰은 계단 머리에 나타나지 않았다. 으르렁대며 그녀의 이름을 두 번 소리쳤고, 그때마다 그녀는 몸을 부르르 떨며 휘둥그레진 눈으로 입술을 꼭 깨물었다.

황급히 블라우스 단추를 채웠다. 위쪽 단추 두 개가 떨어져 나가 (명색이 디자이너인데 자신의 옷은 손보지 않다니 모순이었다.), 자신의 모습이 밤이 끝나기 전 마지막 손님을 유혹하려는 시간제 매춘부처럼 보인다고 생각했다. 그러나 달리 방법이 없었다.

"죽여 버리겠어, 쌍년! 개 같은 년!"

여행 가방을 서둘러 닫아 잠갔다. 가방 밖으로 블라우스 소매가 혀처럼 비어져 나왔다. 주변을 재빨리 둘러보며 그녀는 이제 다시는 이 집을 못 보리라 생각했다.

그러나 그녀에겐 안도감이 밀려들었고, 그 기분 그대로 문을 열고 밖으로 나갔다.

그녀는 정처 없이 세 블록 정도를 걷고서야 여전히 맨발이라는 사실을 깨달았다. 유리에 다친 왼발이 욱신거렸다. 신발이 필요했지만 이미 새벽 2시였다. 지갑과 신용 카드를 집에 두고 왔다. 바지 주머니를 뒤졌지만 솜 부스러기만 나왔다. 10센트, 아니 1센트조차 없었다. 그녀는 그동안 자신이 살아온 이웃의 좋은 저택과 말끔한 잔디와 관목, 불 꺼진 창문을 바라보았다.

별안간 우스워 견딜 수 없었다.

비벌리 로건은 야트막한 돌담에 앉아 지저분한 두 발 사이에 가방을 놓고 흐느껴 울었다. 별빛이 유난히 밝았다. 별을 향해 웃는 순간, 환희의 파도가 오르락내리락하며 그녀의 몸속을 깨끗이 휩쓸었고, 그 강렬함 앞에서 어떤 의식적인 사고도 종적을 감추어 버렸다. 오직 냉정한 목소리만이 그녀의 귓가에 욕망을 속삭였지만 그녀는 그 욕망의 정체를 알지 못했고, 굳이 알고 싶지도 않았다. 집요하게 그녀의 온몸을 채워 오는 뜨거움을 느끼는 것만으로 족했다. 그녀는 그것이 욕망이라고 생각했다. 그리고 그녀의 내부에서 광희의 파도가 속도를 높이며 그녀를 피할 수 없는 파국으로 밀어붙이는 듯했다.

비벌리는 별을 향해 웃었고, 두려우면서도 자유롭고, 10월의 농익은 사과처럼 달콤하면서도 고통처럼 예리한 공포를 느꼈다. 돌담 너머 저택 2층 침실에 불이 켜지자, 그녀는 여행 가방을 집어들고 여전한 웃음과 함께 밤의 대기 속으로 빠져 들어갔다.

빌 덴브로, 휴식을 갖다

"떠난다고?"

오드라는 똑같은 말을 되풀이했다. 어리둥절하고 어딘지 두려운 표정으로 그를 바라보다 무릎을 끌어안았다. 바닥이 차가웠다. 오두막 전체가 싸늘했다. 영국의 남부, 예년에 없이 습한 봄 날씨를 벗 삼아 아침저녁으로 산책할 때면 빌 덴브로는 메인에 대해……, 어렴풋하게나마 데리 생각을 떠올리곤 했다.

광고에 씌어 있는 대로라면 그 오두막집은 중앙난방이었고, 실제로 조붓한 지하실에 낡은 석탄 아궁이를 대신해 보일러가 놓여 있기는 했다. 그러나 빌과 오드라는 영화 촬영을 시작하자마자 중앙난방에 대한 영국인의 개념이 미국인과 사뭇 다르다는 사실을 깨달았다. 영국인들은 아침마다 화장실 변기에 서린 엷은 얼음을 소변으로 녹일 필요만 없다면 그것이 바로 중앙난방이라고 생각하는 모양이었다. 아침 8시 15분이었다. 빌이 전화를 끊은 것은 5분 전이었다.

"여보, 이대로 떠날 수는 없어. 당신도 알잖아."

"아니, 떠나야 해."

빌은 방 한쪽에 있는 장식장 쪽으로 걸어갔다. 맨 위 선반에서 글렌피딕(위스키의 한 종류—옮긴이)을 꺼내 술잔에 따랐다. 술이 약간 넘쳐흘렀다.

"젠장." 빌은 지그시 억누른 음성으로 중얼거렸다.

"누가 전화했어? 왜 그렇게 불안한 거야, 여보?"

"불안하지 않아."

"그래? 그런데 왜 그렇게 손은 떨어? 당신, 언제부터 아침 식사 전에 술을 마시기 시작한 거야?"

빌은 발목까지 늘어진 가운을 펄럭이며 의자로 돌아와 앉았다. 웃으려고 했지만 뜻대로 잘 안 되자 이내 포기해 버렸다.

텔레비전에서 BBC 아나운서가 프로 축구 소식을 알리기에 앞서, 몇 가지 좋지 않은 조간 뉴스를 요약해서 보도하고 있었다. 촬영이 시작되기 한 달 전, 플리트라는 교외의 작은 마을에 도착했을 때 두 사람은 영국의 텔레비전 기술 수준에 깜짝 놀랐는데, 고화질 컬러 텔레비전을 보고 있으면 사람이 실제로 그 안에 들어가 있는 것처럼 생생한 느낌이 들었다. 그때 빌은 "주사선 같은 것들이 더 많이 들어 있어서 그럴 거야."라고 말했다. 그러자 오드라는 "뭔지는 몰라도 정말 대단하네."라고 대답했다. 그러나 얼마 후 프로그램 대부분이 「댈러스」 같은 미국 연속극과 난해하고 따분한 스포츠 행사(스모 선수나 고혈압 환자처럼 생긴 참가자들이 나오는 다트 챔피언 전 따위)를 비롯해 무조건 지루할 뿐인 축구(그나마 크리켓보다는 나은 편이지만) 경기로 채워져 있다는 사실을 알았다.

"요즘 들어 부쩍 고향 생각이 나." 빌은 술잔을 들이켜며 말했다.

"고향이라니?" 오드라의 표정이 너무 얼빠져 보인 터라 빌은 껄껄 웃음을 터뜨렸다.

"가엾은 오드라! 결혼한 지 11년이 다 돼 가는데도 남편이란 작자에 대해 아는 게 거의 없다니 말이야. 당신, 나에 대해 아는 게 있긴 한 거야?" 빌은 다시 웃으면서 남은 술을 단숨에 들이켰다. 오드라는 남편의 웃음도 그렇고, 아침부터 술잔을 들고 있는 모습에 신경이 거슬렸다. 웃음소리는 고통스러운 신음처럼 들렸다. "다른 사람들도 결혼한 후에 서로에 대해 거의 모른 채 살아간다는 사실을 알까 싶네. 아마 알 거야."

"빌, 내가 당신을 사랑한다는 사실은 분명해. 11년 동안 변함 없었고, 그것으로 충분했어."

"알아." 빌은 부드러우면서도 지치고 불안한 미소를 지어 보였다.

"빌, 무슨 일인지 말해 줘, 제발."

오드라는 초라한 오두막집 의자에 앉아 잠옷으로 두 다리를 감싼 채 아름다운 잿빛 눈동자로 그를 바라보았다. 빌이 사랑해서 결혼했고 여전히 사랑하는 여자. 그는 아내의 눈빛에서 그녀가 알고 있는 것을 헤아려 보려고 애썼다. 그 눈빛 속에서 한 편의 소설이라도 찾아낼 수 있을지 몰랐다. 하지만 팔 수 없는 소설이리라.

메인 주 출신으로 장학금을 받고 대학에 진학한 가난한 젊은이가 있었다. 청년의 평생 소원은 소설가가 되는 것이었지만, 창작 수업을 들으면서 낯설고 두려운 땅에서 나침반도 없이 길을 잃었다는 사실을 깨달았다. 존 업다이크가 되고자 하는 학생이 있었다. 뉴잉글랜드 판 윌리엄 포크너가 되기를 갈망하며, 가난한 사람들의 비참한 삶을 소설로 옮기려고 노력하는 학생도 있었다. 어떤 여학생은 조이스 캐럴 오츠를 숭배하면서도 오츠가 성 차별의 그늘에서 자랐기 때문에 "문학적으로 방사능에 오염돼 있다."고 말하기도 했다. 그 여학생은, 오츠는 오염을 씻어 내지 못했지만 자신이 해내겠다고 자신했다. 땅딸막한 대학원생 한 명은 몇 마디 투덜대는 것 외에 말이 거의 없었는데, 말을 하지 못하거나 그러고 싶지 않았을 것이다. 그가 쓴 희곡에는 아홉 명의 등장인물이 나왔다. 그들은 각각 한마디씩밖에 대사를 하지 않았다. 극이 전개되는 과정에서 관객들은 등장인물이 내뱉는 한마디씩의 대화가 차차 '전쟁은 죽음을 파는 성 차별주의자들의 도구이다.'라는 의미로 환원된다는 사실을 깨닫는다. 이 희곡은 Eh141(고급 창작 과정―옮긴이)을 담당한 교수에게서 A 학점을 받았다. 그 교수는 네 권의 시집과 창작 이론을 출간했는데, 모두 대학 출판부에서 나왔다. 그는 마리화나를 피웠고 큼지막한 반전 메달을 걸고 다녔다. 그 땅딸막한 불평꾼의 희곡은 1970년 5월 반전 시위로 학교가 휴교에 들어가 있는 동안 줄곧 게릴라 극단에 의해 상연되었다. 교수는 배역 하나를 맡아 연극에 직접 출연했다.

한편 빌 덴브로는 두문불출하며 미스터리 소설 한 편과 과학 소설 세 편, 에드거 앨런 포와 러브크래프트, 리처드 매드슨의 영향이 짙게 묻어나는 공포 소설 여러 편을 써 냈다. 빌은 여러 해가 지나 그 소설들을 가리켜 과급기가 장착되고 붉은 형광 안료가 칠해진 1800년대 중반의 영구차를 닮았다고 평할 터이다.

과학 소설 한 편은 B를 받았다.

교수는 소설 표지에 이렇게 써 넣었다. "이 작품이 가장 좋다. 외계인의 역습 과정에서 폭력이 폭력을 낳는 악순환을 적절히 표현해 냈다. 특히 뾰족한 우주선을 사회적, 성적 침략의 상징으로 활용한 부분이 마음에 든다. 주제 의식과 구성 면에서 다소 산만한 것이 흠이지만 흥미로운 작품이다."

다른 작품들은 모두 C 이하를 받았다.

어느 날 초췌한 여학생 한 명이 쓴 작품에서 소 한 마리가 황량한 들판(핵전쟁 직후이거나 아니거나)에 버려진 기계 부품을 바라보는 장면 하나를 놓고 70분간 열띤 논쟁이 벌어진 직후, 빌이 마침내 자리에서 일어난 일이 있었다. 그 여학생은 줄담배를 피우고 이따금 여드름을 짜곤 했는데, 토론 과정에서 그 장면이 초기 오웰 풍의 사회적, 정치적 주장을 담고 있다고 항변했다. 교수를 포함해 대부분의 학생들이 여학생의 주장에 수긍했지만 논쟁은 좀처럼 수그러들지 않았다.

빌이 일어서자 학생들의 시선이 일제히 그에게 쏠렸다. 키가 큰 풍채에서 어딘지 상대방을 압도하는 분위기가 느껴졌다.

그는 신중하게, 발음을 정확하게 전달하느라(5년 전부터 더 이상 말을 더듬지 않았지만) 애썼다. "저는 이 소설을 도저히 이해할 수 없습니다. 단 한 가지도 말입니다. 소설에 사회성 같은 의식이 왜 필요한 거죠? 이야기를 제대로 전달하면 그만이지 정치……, 문화……, 역사……, 이런 요소들이 소설의 필수 조건이 돼야 하는 이유가 어디 있나요? 제 말은……." 빌은 주위를 둘러보다 적의에 찬 시선들을 보고 그들이 자신의 이야기를 공격으로 간주하고 있다는 사실을 깨달았다. 그럴 수도 있었다. 아마 그들은 죽음을 파는 성 차별주의자가 바로 저 녀석이구나 생각했을지도 몰랐다. "제 말은……, 소설을 소설 자체로만 받아들일 수는 없나요?"

아무도 대답하지 않았다. 침묵이 소용돌이쳤다. 빌은 자리에 그대로 서서 동료들의 싸늘한 시선을 하나씩 마주했다. 초췌한 여학생이 담배 연기를 내뿜고는 가방 속에서 재떨이를 꺼내 담배를 비벼 껐다.

마침내 교수가 까닭 없이 몽니를 부리는 아이를 달래듯 나긋나긋한 목소리로 말했다. "자네는 윌리엄 포크너가 단지 이야기만 전달하려고 소설을 썼다고 생각하나? 셰익스피어가 돈벌이에만 열을 올렸다고 생각하는가 말일세. 어디, 자네의 솔직한 의견을 말해 보게."

"저는 그게 진실에 가깝다고 생각합니다." 빌은 진지하게 그 질문을 생각해 보다가 한참 후에 대답했는데, 그 와중에도 동료들의 눈빛에서 욕설 비슷한 걸 읽었다.

"내가 충고 하나 하지." 교수는 펜을 만지작거리며 반쯤 감긴 눈으로 빌에게 미소 지었다. "자네는 아직 많이 배워야겠네."

강의실 뒤에서 박수가 터졌다.

빌은 강의실을 나섰지만……, 다음 주에 다시 나타났을 때에는 그 문제를 결판낼 생각이었다. 일주일 동안, 빌은 「암흑」이라는 단편을 썼는데, 한 소년이 자기 집 지하실에서 괴물을 발견한다는 내용이었다. 그 소년은 맞서 싸워 마침내 괴물을 물리친다. 그는 그 소설을 쓰는 과정에서 종교적인 고양감을 느꼈다. 이야기가 몸 안에서 줄줄 흘러나오는 느낌마저 들었다. 펜을 내려놓은 후 얼얼하고 욱신거리는 손을 12월의 추위 속으로 내미는 순간, 기온 차이로 손가락에서 김이 올라오는 것 같았다. 눈 쌓인 바깥을 잠시 산책하는 동안 눈 위를 밟을 때마다 초록색 부츠가 빡빡한 경첩처럼 삐거덕 소리를 냈고, 머릿속은 소설 생각으로 부풀어 올랐다. 머릿속에서 꿈틀대던 이야기는 활자로 뽑아 내는 빌의 손길이 더디게만 느껴지는지, 여차하면 눈 밖으로라도 튀어나올 태세로 안달이 나 있었다. "알았어, 써 줄 테니까 기다려라, 이놈들아." 그는 바람 부는 겨울밤을 향해 속내를 털어놓고 작은 목소리로 웃었다. 그는 드디어 글 쓰는 방법을 터득한 셈인데, 10년 동안 아무리 노력해도 꿈쩍도 않고 머릿속에서 자리만 차지하고 있던 거대한 불도저의 시동 단추를 드디어 찾아낸 느낌이었다. 불도저가 움직이기 시작했다. 엔진이 점점 힘차게 돌아갔다. 불도저는 덩치만 컸지 영 볼품은 없었다. 아름다운 여자를 무도회장으로 데려가는 데 쓰지는 못할 일이다. 그걸 가지고 있다고 해서 지위가 높아지는 것도 아니다. 사업일 뿐이다. 깔아뭉개고 다지는 일을 한다. 자칫 섣불리 다루었다가는 주인까지 덮칠지 몰랐다.

빌은 집으로 달려가 창백한 불빛 아래서 일필휘지로 써 내려가 새벽 4시쯤에 「암흑」을 완성하고, 그대로 원고 위에 엎드려 잠들었다. 그 작품이 동생 조지에 대한 글이라고 누군가 말해 주었다면 그는 깜짝 놀랐을 것이다. 몇 년 동안 조지에 대해 까맣게 잊고 살았던 것이다. 적어도 그는 그렇다고 믿었다.

되돌아온 「암흑」의 표지에 교수가 휘갈겨 쓴 F자가 또렷했다. 그 밑에 두 개의 단어가 비명을 지르듯 큼지막하게 휘갈겨져 있었다. "싸구려, 쓰레기".

빌은 15쪽 분량의 소설을 불태워 버리려고 난로 문을 열었다. 원고를 집어넣으려는 순간, 터무니없는 행동을 하고 있다는 생각이 퍼뜩 뇌리를 스쳤다. 그는 흔들의자에 앉아 그레이트풀 데드(몽환적인 즉흥 연주로 유명한 록 밴드—옮긴이)의 공연 포스터를 보고 웃기 시작했다. 싸구려? 괜찮다! 싸구려면 어떤가! 숲에 널린 게 펄프(종이 등의 원료로서 싸구려 잡지, 글 따위를 뜻하기도 함—옮긴이)인데!

"열심히 나무나 베어 오시지!" 고래고래 고함지르고 웃느라 어느새 눈물이 흘러 얼굴을 적시는지도 몰랐다.

빌은 교수의 평이 휘갈겨진 표지를 새로 써서 소설 원고를 《나비넥타이》(빌이 보기엔 '마약을 복용하는 벌거숭이 여자들'이라는 제목이 더 어울릴 듯했다.)라는 남성 잡지에 보냈다. 그가 오랫동안 봐서 낡은 《작가 세계》라는 잡지를 읽다가 《나비넥타이》에서 공포 소설을 모집한다는 사실을 알고, 마을 상점에서 《나비넥타이》 두 권을 사왔는데, 실제로 여자 나체 사진과 성인 영화, 정력제 광고 사이사이마다 공포 소설 네 편이 실려 있었다. 그중에서 데니스 에치슨이라는 남자의 작품은 상당히 수준작이었다.

빌은 「암흑」을 기고하면서 별다른 기대를 하지 않았다. 전에도 여러 잡지사에 수없이 작품을 응모했지만 반려되거나 깜깜 무소식이었다. 그래서 《나비넥타이》의 편집자가 「암흑」을 채택하기로 했으며 잡지에 수록하는 시점에서 원고료 200달러를 주겠다고 알려 오자, 빌은 놀라고 기뻐 어쩔 줄 몰랐다. 편집자는 「암흑」이 화성 연대기로 유명한 레이 브래드버리의 「단지」이래 가장 뛰어난 공포 소설이라는 짤막한 서평과 함께 "이 작품을 읽을 수 있는 사람이 전국에서 70명 정도밖에 없다는 점이 유감이다."라고 덧붙였지만 빌은 개의치 않았다. 200달러면 얼마인데 유감이라니!

빌은 고급 창작 과목의 수강을 취소한다는 서류를 작성해서 지도 교수를 찾아갔다. 지도 교수는 서류에 서명했다. 그는 고급 창작 담당 교수의 연구실 게시판에 《나비넥타이》의 편집자가 보낸 축하 전문과 수강 취소 서류를 함께 압정으로 꽂아 두었다. 그런데 게시판 구석에는 반전 만화가 붙어 있었다. 그는 갑자기 펜을 꺼내 만화 위에 적었다. "실제로 정치가 소설을 대신할 수 있다면 나는 자살하겠다. 내가 할 수 있는 일이 없기 때문이다. 누구나 알듯 정치는 항상 변한다. 그러나 소설은 한결같다." 그리고 잠깐 멈췄다가 약간 죄책감을 느끼며 (하지만 어쩔 수 없이) 덧붙여 썼다. "자네들은 아직 많이 배워야겠어."

취소 서류가 사흘 후에 학내 우편으로 되돌아왔다. 담당 교수의 서명이 있었다. 수강 취소 시점의 성적란을 보니, 그때까지 빌이 예상한 C 마이너스도 아니고 그렇다고 불완전 이수도 아니라 F라고 적혀 있었다. 성적 밑에 교수는 이렇게 덧붙여 놓았다. "자네는 돈이 전부라고 생각하나, 덴브로?"

"그럼, 당연하고말고." 빌은 자기의 텅 빈 방에다 대고 말하고 나서 다시 한번 미친 듯이 웃었다.

그는 졸업반이 되자 딱히 무엇을 해야 할지 몰라 장편 소설을 써보기로 결심했다. 빌은 장편 소설을 통해 상처받고 두려웠던 시간에서 벗어나고자 했지만……, 500쪽에 가까운 소설을 쓰는 동안 오히려 벗어나고 싶었던 시간 속에 생생히 갇히고 말았다. 그는 그 작품을 바이킹 출판사에 보냈는데, 유령을 주제로 한 소설이니 앞으로 수도 없이 퇴짜 맞을 각오는 되어 있었고, 단순히 로고가 마음에 들어 바이킹 출판사를 첫 번째 실패로 선택한 것이다. 그런데 뜻밖에도 바이킹 출판사는 실패의 출발점이 아니라 종착역이었다. 출판사는 그의 소설을 사들이기로 결정했고……, 빌 덴브로에게 동화 속 이야기는 현실로 드러났다. 버벅이 빌로 불렸던 아이가 스물세 살의 나이로 성공한 것이다. 그로부터 3년 후, 이 사내는 뉴잉글랜드 북부에서 4800킬로미터쯤 떨어진 파인스의 할리우드 교회에서 다섯 살 연상인 은막의 스타와 결혼함으로써 또 한 번의 유명세를 탔다.

연예계 안팎에서 그들의 결혼이 길어야 7개월이면 끝날 거라고 입방아를 찧었다. 문제는 그 형식상 절차가 이혼이 될 것인가, 아니면 혼인 무효가 될 것인가일 뿐이라고 장담하는 분위기였다. 적을 포함해 양쪽 친구나 측근들도 같은 의견이었다. 나이 차이 말고도 두 사람은 어울리는 구석이 없었다. 빌은 키가 크고, 벌써 머리가 벗겨지고 배까지 나오기 시작했다. 어눌한 말투 때문에 사람들은 종종 무슨 말인지 알아듣지 못하는 경우가 많았다. 반면에 오드라는 적갈색 머리카락과 균형 잡힌 몸매에 매력적인 여성으로, 이 세상 사람이 아니라 별천지에서 날아왔다는 느낌마저 들었다.

빌은 오드라를 만나기 전에 그의 두 번째 장편 소설인 『검은 급류』의 시나리오 작업을 맡아 하는 중이었는데(보통은 시나리오의 초고 작업에 참여하는 게 그의 작품을 팔 때 불변의 조건이었기 때문인데, 그의 대리인은 그걸 두고 정신 나간 짓이라고 투덜거렸다.), 그의 초고는 실제로 아주 뛰어난 걸로 입증됐다. 그 후 그는 유니버셜 시티(유니버셜 영화사가 조성해 놓은 엔터테인먼트 도시 ─ 옮긴이)로 초빙돼 시나리오 작업과 각종 제작 회의에 참석하게 되었다.

빌의 대리인은 수전 브라운이라는 아담한 체구의 여성이었다. 키가 정확히 1미터 53센티미터였다. 그녀는 지나치게 열정적이고 무서우리만큼 단호했다. "그 일 그만둬요, 빌. 없던 걸로 하란 말이에요. 이번 영화에 제작사에서 엄청난 예산을 투자했으니, 시나리오 작업을 할 만한 인재는 얼마든지 구할 수 있어요. 골드먼도 싫다고 안 할걸요."

"누구?"

"윌리엄 골드먼. 전 세계에서 가장 훌륭한 시나리오 작가죠."

"대체 무슨 소리죠, 수전?"

"그 사람한테 맡겨 놓으면 안심이란 말이에요. 양쪽에서 들쑤
시면 덧나기 십상이에요. 무엇 때문에 그런 위험을 자청하려고 해
요? 섹스와 온갖 술판에서 필력이 다 말라 버릴 거예요. 게다가 신
종 마약까지." 수전은 기막힐 정도로 매력적인 갈색 눈을 반짝이
며 계속 빌을 다그쳤다. "그러니까 골드먼 같은 사람이 작업을 맡
으면 안심이라니까요. 책도 버젓이 나와 있잖아요. 누구도 당신의
원작을 함부로 고치지 못할 거예요."

"수전……."

"내 말 들어요, 빌! 고맙게 받아들이라고요. 당신은 나이도 젊고
혈기도 왕성해요. 그래서 그 사람들이 좋아하는 거죠. 영화판에 뛰
어들었다가는 우선 자존심부터 잃어버리고 똑바로 글 쓰는 능력
도 떨어지고 말아요. 마지막으로 말하지만, 그들은 당신을 이용해
먹을 대로 이용할 거예요. 어른처럼 글을 쓰지만 당신은 단지 머리
가 벗어진 꼬마일 뿐이라고요."

"가야 해요."

"누가 당신을 꼬드겼나요? 구린내가 나는 걸 보면 분명 누군가
의 농간이 분명해."

"하지만 할 생각이에요. 해야 해요."

"맙소사!"

"나는 뉴잉글랜드에서 벗어나야 해요." 빌은 다음 순간 떠오른 말을 하기가 겁났다. "메인에서 벗어나야 해."

"대체 왜 그래야 하죠?"

"모르겠네요. 그냥 그래야 한다는 생각밖에는."

"지금 솔직한 심정을 말하는 건가요, 아니면 작가처럼 꾸며 내는 건가요?"

"솔직한 심정입니다."

대화가 그쯤 이르렀을 때 그들은 함께 침대에 누워 있었다. 그녀의 젖가슴은 복숭아처럼 아담했고 달콤했다. 두 사람 모두 그것이 진정한 사랑의 방식은 아닌 줄 알고 있었지만 어쨌든 빌은 그녀를 많이 사랑했다. 그녀는 종이 뭉치를 무릎에 놓고 일어나 앉아 담배에 불을 붙였다. 그녀는 울고 있었지만 과연 그녀가 빌의 마음을 알고 있는지는 분명치 않았다. 그녀의 눈가가 촉촉이 빛났다. 빌은 그녀를 진정 썩 괜찮은 방식으로 사랑하지 않았지만 많이 신경 쓰고 관심을 가졌다.

"그러면 가요." 수전은 사무적인 어조로 말하며 그에게 몸을 돌렸다. "준비가 되고, 여전히 글쓸 힘이 있다면 그때 전화해요. 내가 곧장 달려가 상황을 정리할 테니. 정리할 상황이라도 남아 있다면 말이죠."

『검은 급류』를 원작으로 한 영화 제목은 「악마의 함정」이었고, 오드라 필립스가 주연으로 나왔다. 제목은 다소 섬뜩했지만 영화 자체는 호평을 받았다. 빌이 할리우드에서 유일하게 잃어버린 것이 있다면 따뜻한 가슴이었다.

"빌." 오드라가 다시 부르는 소리에 빌은 회상에서 깨어났다. 그녀는 텔레비전을 껐다. 창가에 안개가 밀려와 있었다.

"설명해 볼게. 당신도 들을 권리가 있으니까. 그전에 부탁 두 가지만 들어줄래?"

"좋아."

"차 한 잔만 더 주고, 당신이 나에 대해 알고 있는 걸 말해 줘. 당신이 안다고 생각하는 것들 말이야."

오드라는 의아한 눈길로 빌을 바라본 후 찬장을 향해 걸어갔다.

"당신이 메인 출신이라는 것." 오드라는 차를 타며 말했다. 그녀는 영국인은 아니었지만 말투에 영국식 억양이 약간 스며 있었다. 영화 「다락방」에서 맡은 역할 때문에 생긴 버릇인데, 아직도 그 흔적이 남아 있었다. 「다락방」은 원작을 각색한 작품을 제외하고, 빌이 처음으로 쓴 시나리오였다. 내친김에 감독까지 해 보라는 권유도 받았다. 고마운 일이지만 감독만은 사양했다. 그가 그곳을 떠나는 순간부터 한바탕 소란이 일 터였다. 스태프들이 뭐라고 수군거릴지 벌써부터 귓가가 간지러웠다. 빌 덴브로가 마침내 본색을 드러냈어. 다른 미친 작가들이랑 똑같다고, 단단히 돌았어.

신도 지금쯤은 그가 미쳤다고 느끼는 것을 알리라.

"당신이 무척 아끼던 동생이 그만 죽고 말았지. 당신은 데리라는 곳에서 자랐고, 동생이 죽은 지 2년쯤 지나 뱅고어로 이사했고, 열네 살 되던 해 다시 포틀랜드로 옮겼어. 열일곱 살 때 아버님이 폐암으로 돌아가셨고. 당신은 장학금과 직물 공장에서 아르바이트해서 번 돈으로 생활하며 대학생 시절에 이미 베스트셀러를 썼지.

당신에겐 그때부터 큰 변화가 일어났을 테고……, 돈과 창창한 미래." 오드라는 그의 곁으로 돌아왔고, 빌은 그녀의 얼굴을 똑바로 바라보았다. 그들 사이에 숨겨졌던 공간이 새삼 모습을 드러내는 것 같았다. "그로부터 1년 후 당신은 『검은 급류』를 썼고, 그때 할리우드에 진출했어. 그리고 영화 촬영이 시작되기 일주일 전 당신에 대해 거의 아는 게 없던 오드라 필립스라는 복잡한 여자를 만났지. 5년 전만 해도 평범하고 보잘것없는 오드리 필포트라는 이름으로 통했던 여자. 그리고 술과 마약에 절어……."

"여보, 그만둬."

오드라의 시선은 끈기 있게 그에게 달라붙어 있었다. "왜 그만두라는 거지? 부끄러운 과거지만 우리 둘 다 솔직해졌으면 해. 나는 그야말로 푹 절어 있었어. 당신을 만나기 2년 전에 각성제에 손을 댔고, 1년 후에는 그보다 괜찮은 코카인에 맛을 들였으니까. 아침에는 각성제, 오후에는 코카인, 밤에는 술, 잠들기 위해서 신경 안정제를 먹었어. 내게는 비타민이나 마찬가지였어. 중요한 인터뷰가 줄을 이었고 좋은 배역도 계속 굴러들어 왔지. 멋진 재클린 수전의 소설에 나오는 인물과 아주 비슷했어. 당신, 그때 내 기분이 어땠는지 알아?"

"몰라."

오드라는 차 한 모금을 마신 후 여전히 그의 눈을 바라보며 빙그레 웃었다. "로스앤젤레스 국제 공항의 워크웨이를 달리는 느낌이었어. 알겠어?"

"아니, 정확히는 모르겠어."

"그건 움직이는 통로야. 길이가 400미터쯤 될까."

"워크웨이는 알아. 하지만 당신이 무슨 말을 하는지……"

"그 위에 서 있으면 스르르 수화물 구역에 도착하지. 서 있기 싫으면 그 위를 걸어갈 수도 있어. 물론 달려도 돼. 걸으면 걷는 대로, 조깅하면 조깅하는 대로, 뛰면 뛰는 대로, 전력 질주하면 또 그런 대로 모두 자연스럽거든. 내 몸과 움직이는 통로의 속도 차이가 없고 한 몸이 되는 느낌이 들기 때문이지. 그래서 통로가 끝나는 지점에 '속도를 낮추시오. 움직이는 경사로입니다.'라는 표지까지 붙어 있거든. 당신을 처음 만났을 때, 움직이는 통로를 따라오다 이제 더 이상 움직이지 않는 바닥에 내려선 느낌이었어. 발은 여기 있는데, 몸은 그보다 15미터쯤 앞에 있는 느낌이라고 할까. 당신이었다면 균형을 잃고 쓰러졌을 거야. 하지만 나는 괜찮았어. 당신이 나를 잡아 주었으니까."

오드라는 찻잔을 치우고 담배에 불을 붙이면서도 시선만은 빌에게서 떼지 않았다. 빌은 라이터 불빛의 움직임 아래 파르르 떨리는 그녀의 손을 바라보았다. 그래서 라이터 불빛이 약간 옆으로 빗나갔다가 다시 담배 끝에 닿았다.

오드라는 깊숙이 담배 연기를 빨아들였다가 내뿜었다.

"당신에 대해 내가 뭘 알고 있을까? 당신은 자제력이 강해. 그래, 맞아. 술을 마셔도, 사람을 만나도, 파티에 갈 때도 서두르는 법이 없으니까. 무엇이든……, 당신이 원하기만 하면 다 얻을 수 있다고 자신하는 것 같아. 말투는 또 얼마나 느린지. 메인 지역의 지방색이 묻어 있긴 하지만, 대부분 당신만의 독특한 말투거든. 할리우드에서 그렇게 말을 느리게 할 만큼 배짱 있는 사람은 솔직히 처음 봤어. 상대방도 마음을 느긋하게 먹어야 하니까. 당신을 봤을 때, 저 사람은 움직이는 통로에서 한 번도 달려 보지 않았겠구나 싶었지. 가만히 서 있어도 목적지에 닿을 테니까. 마약이나 발작 증세와는 전혀 어울리지 않는 사람. 토요일 오후면 허름한 렌터카로 로데오 거리를 달리면 되는데 뭐하러 롤스로이스를 빌려 타느냐고 묻는 듯한 사람이었어. 《버라이어티》나 《할리우드 리포터》에 기사를 싣기 위한 언론사 대리인도 없었지. 카슨 쇼라고 해도 시큰둥해할 사람 말이야."

"카드 마술도 할 줄 모르고 숟가락도 구부리지 못하는 작가들은 그런 데 못 나가. 그건 법이라고." 빌이 웃으며 말했다.

그는 오드라가 웃을 줄 알았지만 그녀는 웃지 않았다.

"난 내가 필요할 때 당신이 바로 그 자리에 있었던 걸 알아. 옛날 허츠 렌터카 광고에 나오는 O. J. 심슨처럼 내가 통로 끝에서 떨어지려는 순간에 말이야. 아마도 술에 잔뜩 취해 나쁜 약까지 먹는 나를 구해 준 것은 당신일 거야. 아니면 극적으로 나 혼자 힘으로 수렁에서 빠져나왔는지도 모르지. 하지만……, 그런 것 같지는 않아. 마음속으론 아냐."

오드라는 두 모금밖에 빨지 않은 담배를 꺼 버렸다.

"그때부터 당신은 늘 내 곁에 있어 주었지. 나도 늘 당신 곁에 있었고. 속 궁합도 잘 맞지. 그건 내게 아주 중요해 보였어. 그 밖에도 잘 어울리는 부분이 많았는데 지금은 그런 부분들이 더 중요하다는 생각이 들어. 당신과 함께 있으면 늙어 가는 것도 두렵지 않

아. 당신은 맥주를 많이 마시고 운동에는 별 취미가 없지. 그리고 가끔 악몽을 꾸는데…….”

빌은 소스라치게 놀랐다. 소름이 끼칠 정도였다.

“나는 꿈을 안 꾸는데.”

오드라는 미소를 지었다. “인터뷰 기자들이 작품의 소재를 꿈에서 얻느냐고 물을 때도 당신은 꿈을 꾸지 않는다고 말하곤 했지. 하지만 사실이 아니야. 한밤중에 당신이 내지르는 신음소리가 소화 불량 때문이 아니라면 말이지. 나는 그게 소화 불량 때문이라고 생각하진 않아.”

“내가 잠꼬대를 한다고?” 빌은 조심스럽게 물었다. 꿈을 꾼 기억이 전혀 없었다. 길몽이든 악몽이든 꿈 자체를 꾼 적이 없었다.

오드라는 고개를 끄덕였다. “가끔. 하지만 무슨 소린지 알아들은 적은 없어. 한두 번인가는 울기까지 했는걸.”

빌은 멍하니 아내를 바라보았다. 입속이 썼다. 아스피린처럼 녹아 혓바닥을 미끄러져 목구멍으로 파고드는 느낌이었다. ‘이제 나도 공포의 맛을 알았군. 늘 공포를 주제로 써 왔으면서 이제야 깨닫다니.’ 그는 이제부터 공포의 맛에 익숙해질 거라고 생각했다. 물론 그 정도로 오래 살 수만 있다면.

기억이 한꺼번에 쇄도했다. 마음속에서 검은 자루가 불룩해지며 음울한

(꿈들)

이미지를 잠재 의식에서 빨아내 이성적인 정신이 지배하는 영역에다 쏟아 부을 것만 같았다. 만약 이런 일이 한꺼번에 벌어진다면

그는 미칠지도 몰랐다. 빌은 밀려드는 기억을 밀어내는 데 성공했지만, 그전에 어떤 목소리를 들었다. 생매장당하는 사람이 절규하는 듯한 에디 카스브랙의 목소리였다.

'네가 내 목숨을 구해 주었어, 빌. 그 못된 놈들 때문에 미칠 것 같아. 놈들이 정말로 나를 죽일지 모른다는 생각도 들 때가 많아……'

"당신 팔 좀 봐."

오드라의 말에 빌은 팔을 내려다보았다. 소름이 돋아 있었다. 곤충의 알처럼 큼지막한 흰색 소름이었다. 두 사람은 박물관의 진기한 전시물을 바라보듯 빌의 팔뚝에 난 소름을 지켜보았다. 소름은 천천히 사라졌다.

침묵이 흐른 후 오드라가 말했다. "또 한 가지, 오늘 아침에 미국에서 누군가가 당신한테 전화해 나를 떠나라고 말했다는 것도 내가 아는 사실이야."

빌은 자리에서 일어나 술병을 바라보다가 주방으로 들어가 오렌지 주스 한 잔을 들고 돌아왔다. "당신은 내게 동생이 하나 있었는데 죽었다는 사실을 알고 있다고 했지. 하지만 그 아이가 살해당했다는 사실은 몰랐을 거야."

오드라는 깜짝 놀라는 기색이었다.

"살해당했다고! 오, 빌, 왜 그런 말을 한 번도……"

"하지 않았느냐고?" 빌은 발작적인 기침을 토하듯 웃어 댔다. "나도 모르겠어."

"어떻게 된 일이지?"

"우리는 그때 데리에 살고 있었어. 물난리가 났는데, 거의 끝나 갈 즈음 동생은 따분해서 몸이 근질근질해 죽을 지경이었지. 나는 독감에 걸려 꼼짝도 하지 못했고. 동생이 신문지로 배를 만들어 달라더군. 나는 그 전해에 수련회에 갔다가 배 만드는 방법을 배웠거든. 동생은 위챔 가와 잭슨 가의 도랑에 배를 띄워 보겠다며 밖으로 나갔어. 그때까지는 도랑에 물이 꽉 차 있어서 배를 띄우기에 좋을 테니까. 그래서 내가 배를 만들어 주었고, 동생은 고맙다고 말한 후 밖으로 나갔는데, 그게 살아 있는 동생을 마지막으로 본 순간이었어. 내가 독감에 걸리지만 않았어도 걔를 구해 줄 수 있었을 텐데."

빌은 잠시 말을 멈추고, 수염이 제대로 깎였는지 확인하듯 얼굴을 매만졌다. 안경 너머 그의 두 눈은 생각에 골몰해 크게 부풀어 올랐지만……, 오드라를 바라보고 있지는 않았다.

"그 일은 잭슨 교차로에서 그리 멀지 않은 위챔 가에서 일어났지. 아이들이 파리 날개를 잡아뜯듯 살인마는 동생의 왼쪽 팔을 잘라 냈어. 검시관은 쇼크나 과다 출혈이 동생의 사인이라고 말했지. 동생의 사망 원인이 무엇이든 내겐 달라질 게 없었어."

"어쩜 좋아, 빌!"

"왜 한 번도 그런 말을 하지 않았는지 의구심이 들 거야. 솔직히 나 자신도 이상한 일이다 싶어. 결혼한 지 11년째지만, 오늘에서야 당신은 조지에게 무슨 일이 있었는지 알게 됐지. 나는 당신의 친척을 포함해 가족 모두를 잘 알고 있는데 말이야. 당신 조부께서 아이오와의 차고에서 만취한 상태로 전기톱을 만지다가 돌아가셨다는 사실도 알고 있으니까. 부부 사이에 아무리 바빠도 얼마 후면 속속들이 알게 되는 법이잖아. 어느 순간부터 서로 지치고 대화를 원치 않아도, 어쨌든 웬만한 것들은 저절로 알게 되거든. 내가 틀린 말을 하고 있는 건가?"

"아니. 틀린 말은 아니야." 오드라는 들릴락 말락 한 소리로 말했다.

"특히 우리들은 늘 터놓고 대화를 해 왔어. 서로 권태를 느낄 만큼 지치지도 않았고, 안 그래?"

"그래, 오늘까지는 나도 그렇게 생각했어, 빌."

"좋아, 당신은 지난 11년 동안 내게 무슨 일이 벌어졌는지 잘 알고 있어. 크고 작은 계약에서부터 내가 무슨 생각을 하는지, 누가 적이고 누가 친구인지, 나를 모함하려는 자들은 또 어떤 작자들인지, 그런 모든 것들을 말이야. 또 내가 수전 브라운과 잠자리를 같이한 일도 알고 있지. 내가 술을 먹으면 지나치게 감상적이 되고, 음악을 요란하게 틀어 놓는다는 것도."

"특히 그레이트풀 데드의 음악은 못 말리지." 오드라의 말에 빌은 빙그레 웃어 보였다. 이번에는 그녀도 따라 웃었다.

"가장 중요한 것도 알고 있어. 내가 무엇을 바라는지."

"그래, 그런 것 같아. 하지만 빌, 이건……." 오드라는 말꼬리를 흐리고 머리를 흔들더니 잠시 생각에 잠겼다. "그 전화가 당신 동생과 얼마나 관련 있는 거지, 빌?"

"그냥 내 식대로 말할게. 얘기의 핵심으로 나를 다그치지 마. 그러면 난 꼼짝못하게 될 테니까. 너무도 엄청나고……, 너무도 끔찍해서……, 천천히 접근하려고 애쓰는 중이야. 당신도 알겠지만……, 당신에게 조지에 대해 말한다는 생각이 떠오른 적은 한 번도 없었어."

오드라는 빌을 바라보며 미간을 찌푸린 채 아는 듯 마는 듯 고개를 흔들고 있었다. '무슨 말인지 대체 이해할 수 없어.'라고 말하는 것 같았다.

"그러니까 내 말은 20년 넘게 동생을 까맣게 잊고 지냈다는 거야."

"하지만 전에도 당신은 동생이 있었다고 했잖아, 이름도……."

"사실만을 말했을 뿐이야. 그게 다였어. 동생의 이름은 하나의 단어일 뿐이었어. 내 마음에 어떤 의미나 그림자도 드리우지 못하는 하나의 명칭에 지나지 않았던 거야."

"하지만 빌, 당신의 꿈속에서만큼은 그 이름이 그림자를 드리웠을 거야." 오드라의 목소리는 몹시 담담하고 차분했다.

"내가 잠꼬대를 해서? 울어서?"

그녀는 고개를 끄덕였다.

"당신 말이 맞을지도 모르지. 그래, 분명히 맞을 거야. 그러나 기억하지도 못하는 꿈이 무슨 의미가 있을까?"

"빌, 정말 당신은 진심으로 동생을 잊고 살았다고 말하는 거야?"

"그래."

오드라는 믿어지지 않는다는 표정으로 고개를 절레절레 흔들었다. "동생이 그토록 참혹하게 죽었다는 사실까지?"

"그래, 오늘까지는."

오드라는 빌을 바라보며 다시 고개를 저었다.

"우리가 결혼하기 전, 당신은 내게 형제자매가 몇이나 있는지 물었고, 나는 동생이 하나 있었는데 어렸을 때 죽었다고 말했지. 내 부모님이 모두 돌아가셨다는 얘기도 했어. 당신은 가족이 많은 편이라 자연스럽게 내 가족에 관심이 많았을 거야. 하지만 당시 내가 말한 게 전부는 아니었어."

"대체 무슨 말을 하고 싶은 거야?"

"기억의 블랙홀에 빠져 있던 건 조지뿐이 아니었어. 20년 동안 데리에 대해서도 까맣게 잊고 지내왔으니까. 어렸을 때의 친구들, 에디 카스브랙과 리처드 주접 대왕, 스탠리 유리스, 비벌리 마시……." 빌은 두 손으로 머리카락을 움켜쥐며 공허한 웃음을 터뜨렸다. "지독한 기억 상실증에 걸렸는데, 정작 자기 자신은 그런 사실조차 모르고 있는 꼴이야. 그래서 마이클 핸론의 전화를 받았을 때……."

"마이클 핸론이 누구지?"

"어렸을 때 친구. 조지가 죽은 후 알게 된 친구들 중 하나야. 물론 지금은 어린애가 아니지. 그때의 친구들 모두 어른이 된 지 오래야. 전화한 사람이 마이클이었어. 그가 말하더군. '여보세요, 덴브로 씨가 묵고 있는 곳이죠?' 내가 그렇다고 했더니 '빌이야? 빌이지?' 하더라고. 그래서 또 그렇다고 했지. 그러자 수화기 너머에서 '나, 마이클 핸론이야.' 하는 거야. 하지만 누구인지 도통 모르겠더군. 백과사전이나 레코드를 팔려는 사람인가 했을 정도였으니까. 그때 그가 말하더군. '데리에 사는 마이클 핸론.' 그 순간 있지도 않았던 문이 활짝 열리면서 무시무시한 빛이 밀려드는 느낌이었어. 그가 누구인지 기억난 거야. 조지를 기억해 낸 것도 그 순간이었어. 그리고 다른 사람들과 결국 이런 일이……." 빌은 불끈 주먹을 쥐었다. "벌어지리라 알고 있었다는 사실까지 말이야. 그리고 마이클이 내게 돌아오라고 말하리라는 것도."

"데리로 돌아오라고?"

"그래." 빌은 안경을 벗고 눈을 비비며 아내를 바라보았다. 오드라는 평생 그처럼 공포에 떠는 남자를 본 적이 없었다. "데리로 돌아오라고, 우리가 약속한 대로. 그래, 우린 실제로 약속을 했지. 우리 모두. 모두 어렸을 때 말이야. 우리는 황무지의 개울 속에 둥그렇게 모여 서서 유리 조각으로 손바닥을 가르고 의형제를 맺는 아이들처럼 약속했어. 사실이야."

그는 그녀를 향해 손바닥을 펴 보였는데, 두 쪽 모두 한가운데에 사다리 모양의 희끄무레한 상처가 보였다. 그녀는 남편의 두 손을 맞잡은 일이 수없이 많았지만 전에는 한 번도 그런 상처가 있음을 눈치 채지 못했다. 기억이 가물가물했지만, 아마도…….

파티! 그 파티였을 것이다!

두 사람이 두 번째로 만난 파티였지만 「악마의 함정」이라는 영화 촬영이 끝나고 뒤풀이 행사가 무르익을 무렵이었으므로 분위기가 한껏 고조돼 있었다. 떠들썩한 여흥이 벌어지는 가운데 토팽가 캐니언에서 만끽할 수 있는 모든 일이 연출되었다. 그러면서도 로스앤젤레스에서 벌어지는 다른 파티와 달리 난잡하지 않았다면, 영화 촬영이 기대 이상으로 순조롭게 끝났다는 만족감이 제작진 전체에 스며들었기 때문일지 모른다. 특히 빌 덴브로와 사랑에 빠진 오드라 필립스에겐 더없이 달콤한 파티였다.

자칭 손금을 잘 본다던 여자 이름이 뭐였더라? 두 명의 보조 분장사 중 하나였다는 사실 외에는 달리 기억나는 부분이 없었다. 그녀는 어느 순간부터 (브래지어가 훤히 드러날 정도로) 옷을 벗어 집시 스카프처럼 머리를 감쌌다. 파티 분위기는 점점 무르익었고, 그녀는 그 후 파티가 끝날 때까지 사람들의 손금을 봐 주었다.

오드라는 그녀가 손금을 잘 보았는지, 재치가 있었는지 기억할 수 없었다. 오드라 자신도 그날 밤은 몹시 흥분한 상태였다. 그러나 자칭 손금쟁이 아가씨가 빌과 오드라의 손을 잡고 찰떡궁합이라고 말한 부분은 기억에 또렷했다. 전생에 쌍둥이였다는 말도. 오드라는 약간 질투 어린 시선으로 손금쟁이 아가씨가 화려하게 매니큐어를 칠한 손으로 빌의 손금을 더듬는 모습을 바라보았다. 뉴욕 남자들이 여자의 뺨에 가볍게 입 맞추듯 로스앤젤레스 영화판에서 남자들이 여자의 엉덩이를 슬쩍 쓰다듬고 다니는 것은 일상적이었으므로 오드라는 자신의 질투심이 우스꽝스럽게 느껴졌다. 그러나 손금을 따라가던 여인의 손길에는 분명 독특한 친밀감과 망설임이 스며 있었다.

당시 빌의 손바닥에서 하얀색 흉터는 보이지 않았다.

시기 어린 연인의 눈빛으로 꼼꼼히 살펴본 터라 그것만은 분명히 기억할 수 있었다.

그래서 오드라는 흉터 얘기를 빌에게 꺼냈다.

빌은 고개를 끄덕였다. "당신 말이 맞아. 그때는 흉터가 없었지.

어떻게 말해야 할지 모르겠지만 솔직히 어젯밤까지만 해도 없었어. 술집에서 랠프와 맥주 내기 팔씨름을 했으니까 흉터가 있었다면 어제 알았을 거야."

그는 히죽 웃어 보였다. 메마르고 밋밋하고 겁에 질린 웃음이었다.

"마이클 핸론의 전화를 받았을 때 다시 나타난 것 같아. 그렇게밖에는 생각이 안 들어."

"빌, 그건 말도 안 돼." 그러나 그녀는 담배를 찾았다.

빌은 자신의 손을 들여다보았다. "스탠리가 그런 거야. 콜라 병뚜껑으로 손바닥을 그었지. 이제 뚜렷하게 기억이 나는걸." 그는 오드라를 바라보았는데, 안경 너머로 그의 눈빛은 상처 받고 곤혹스러웠다. "유리 병이 햇빛 아래 번쩍였어. 그래, 그 역시 정확하게 기억에 떠올라. 왜, 콜라 병이 녹색으로 변하기 전의 색깔, 당신도 알지?" 그녀는 고개를 가로저었지만 그는 보고 있지 않았다. 그는 여전히 손바닥을 내려다보고 있었다. "스탠리가 제일 마지막에 손바닥을 그었어. 손바닥이 아니라 손목이라도 그을 태세였지. 나는 왜 저렇게 바보 같은 짓을 할까 생각하면서 스탠리를 말리려고 다가갔지. 한순간이었지만 그 애 얼굴에 나타난 표정이 정말 심각했거든."

"빌, 그만, 그만해." 오드라의 음성은 낮게 깔렸다. 라이터를 켠 오른손이 부들부들 떨리는 바람에 경찰이 사격 자세를 취하듯 왼손으로 오른 손목을 붙잡아야 했다. "없어진 흉터가 다시 나타나지는 않아. 원래 있었거나 없었거나 둘 중 하나일 테지."

"그럼 당신은 그전에 이 흉터를 본 일 있어? 그 얘기야?"

"흉터가 아주 희미해서 잘 안 보이잖아." 오드라는 자신도 모르게 날카롭게 말했다.

"모두들 손바닥에서 피가 흘렀어. 에디 카스브랙과 벤 한스컴, 나, 그렇게 세 명이 그 당시에 만든 댐에서 가까운 물속에 모두 서 있었지."

"설마 그 건축가를 말하는 건 아니겠지?"

"왜, 비슷한 이름의 건축가라도 있어?"

"맙소사, 빌. BBC 커뮤니케이션 센터를 건축한 사람 몰라? 환상적인 작품이냐 실패작이냐를 놓고 지금까지 말들이 많잖아!"

"글쎄, 동명이인일지도 모르지. 그럴 법하지는 않지만 내 생각엔 가능할 것도 같아. 내가 아는 벤도 건축에 일가견이 있었거든. 우리 모두 그렇게 서 있었고, 나는 오른손에 비벌리 마시의 왼손을 왼손엔 리처드 토저의 오른손을 잡고 있었지. 텐트 집회를 열고 난 뒤의 남부 침례교도처럼 물속에 말이야. 멀리 지평선에 데리 급수탑이 보였고, 대천사의 옷처럼 희디흰 색깔이었지. 아무튼 우리는 맹세했어. 만약 그것이 끝나지 않았다면, 그것이 다시 시작된다면……, 모두 다시 돌아오기로. 그래서 돌아가야 할 시간이 온 거야. 막아야 해. 영원히."

"막다니, 뭘? 뭘 막아? 대체 무슨 소리야, 빌?" 그녀는 갑작스레 격분한 나머지 고함을 질렀다.

"부탁이야, 무, 무, 묻지 않았으면 좋겠어……." 빌은 말을 하다 이내 멈추었다. 오드라는 남편의 얼굴에 어리둥절한 공포감이 반점처럼 퍼지는 것을 지켜보았다. "담배 좀 줘."

오드라는 담뱃갑을 건네주었다. 그는 담배에 불을 붙였다. 오드라는 한 번도 그가 담배 피우는 모습을 본 적이 없었다.

"나는 말을 더듬었지."

"말을 더듬어?"

"그래. 그땐 그랬어. 내가 로스앤젤레스에서 가장 말을 느리게 하는 남자라고 당신이 그랬던가. 실은 말을 빨리 하질 못해. 생각에 골몰해서도, 의도적인 것도 아니야. 신중함이나 지혜와도 아무 상관 없어. 말더듬증을 앓은 사람들은 모두 말을 천천히 해."

"아, 말을 더듬었다고." 그녀는 희미하게 웃었지만, 빌이 농담을 하는 것으로 생각해서인지 제대로 못 알아들은 듯했다.

"조지가 죽을 때까지는 말더듬 증상이 그리 심한 편은 아니었어." 빌은 이미 마음 한편에서 시간에 미세한 간극이 생기듯 언어가 겹치는 것 같았다. 그의 언어들은 평소처럼 느리게 운율을 타듯 흘러나왔지만, 마음속에서는 '조지'와 '심한'이라는 단어에 잔상이 생기듯 겹쳐 '조, 조, 조지'와 '시, 심한'처럼 들려왔던 것이다. "증상이 아주 심해질 때가 있었어. 수업 중에 지목을 당한다든가, 특히 답을 알고 있어서 말하고 싶을 때처럼 말이지, 아무튼 대부분은 잘 넘기곤 했어. 그런데 조지가 죽은 다음에는 훨씬 심해진 거야. 그러다 열네 살인가 열다섯 살이 되면서 다시 나아졌어. 포틀랜드에 있는 체브러스 고등학교에 입학했을 때 토머스 부인이라는 정말 뛰어난 언어 치료사를 만났지. 그분은 여러 가지 좋은 방법을 알려 주셨어. '안녕, 나는 빌 덴브로라고 해.'라고 크게 말하기 전에 중간 이름을 생각하라는 것도 그 방법 중 하나였지. 불어 수업을 받을 때는 말이 심하게 막힐 때 불어로 단어를 바꿔 보는 방법도 알려 주셨어. 그래서 아주 난감한 상태에 몰려 '이, 이, 이 채, 채, 책' 하듯이 말이 되풀이되면 불어로 바구어 생각하라고. 그럼, '세 리브르'라는 불어가 자연스럽게 발음되니까. 그 방법은 언제나 효과가 있었지. 불어로 발음하자마자 영어로 돌아와 '이 책'이라고 전혀 문제 없이 발음할 수 있지. 그리고 십(배), 스케이트, 슬럼(빈민가) 같은 s자 발음이 떨어지지 않거들랑 's' 대신 'th'로 발음할 수 있지. 그러면 전혀 더듬지 않아.

정말 많은 도움이 됐지만, 그건 데리와 그곳에서 벌어진 일들을 까맣게 잊어 가는 과정이었던 거야. 기억이 사라지기 시작한 것도 그때쯤이었으니까. 포틀랜드에서 체브러스 고등학교에 다닐 때 말이지. 한순간에 모든 기억을 잃어버리지는 않았지만 지금 생각해 보니 아주 짧은 시간에 망각이 일어난 것 같아. 4개월 정도 걸렸을까. 말더듬 증세도 기억도 함께 사라져 버린 셈이지. 누군가 칠판을 지우는 바람에 빼곡이 씌어 있던 수학 방정식이 모두 사라져 버린 것처럼."

빌은 남은 주스를 마저 들이켰다. "방금 전 묻지 말라는 얘기를 더듬거렸는데, 아마 21년 만에 다시 나타난 증상인 것 같아."

빌은 아내를 바라보았다.

"흉터가 처음이고 다음엔 말, 말더듬이 나타난 거야. 무, 무슨 말인지 알겠어?"

"지금 나한테 일부러 그러는 거지!" 오드라는 완전히 겁에 질린 표정이었다.

"아냐. 어떻게 설명해야 할지 모르겠지만, 전부 사실이야. 말더듬 증상은 어찌 보면 재미있는 현상이지. 도깨비에 홀린 기분 말이야. 어느 순간부터는 자신이 말을 더듬고 있다는 사실도 잊어버려. 하지만……, 마음속에서는 늘 그 소리가 들려오곤 해. 두뇌의 일부분이 간발의 차로 먼저 움직인다고 할까. 50년대 아이들이 장난감 자동차 뒤에다 붙이곤 하던 공명 장치처럼 앞에 있는 스, 스피커가 울린 다음 1초 정도 후, 후에 뒤의 것이 소리를 내는 것과 비슷하지."

빌은 자리에서 일어나 불안한 기색으로 방 안을 맴돌았다. 몹시 지쳐 있는 표정을 바라보다, 문득 오드라는 지난 13년간 그가 얼마나 열심히 일해 왔던가를, 자신의 재능을 증명하기 위해 거의 쉬지 않고 글을 써 왔다는 사실을 떠올렸다. 그녀는 어지러운 생각에 빠지는 것 같아 애써 머리를 흔들어 보았지만 혼란은 좀처럼 가라앉지 않았다. 사실은 전화를 한 사람이 단골 술집에서 술내기 팔씨름이나 주사위 놀이를 하자는 랠프 포스터, 또는 곤란한 문제가 생겼다며 알려 온 「다락방」의 제작자 프레디 파이어스턴은 아니었을까? 그도 아니면 아랫동네에 사는 영국 의사의 부인이 잘못 건 전화는 아니었을까?

그런 생각을 해 봤자 무슨 소용이 있겠는가?

데리니 마이클 핸론의 일이니 하는 것들은 모두 환각일지 모른다. 환각은 정신병 초기 증상이라는데.

'그러나 저 흉터, 오드라, 그 흉터를 어떻게 설명할 생각이지? 그

이의 말이 맞아. 전에 없었는데……, 지금은 있잖아. 분명한 사실이니 아니라고 한다고 될 일이 아니야.'

"나머지 이야기도 해 줘. 당신의 동생을 누가 죽였지? 당신과 친구들은 무슨 일을 한 거지? 그 약속이라는 건 또 뭐야?"

빌은 오드라에게 다가와 고전적으로 구혼하듯 무릎을 꿇고 두 손을 잡았다.

"당신한테 말할 수 있을 것 같아. 내가 진심으로 원하면, 그럴 수 있을 듯해. 아직까지도 기억이 생생하지 않지만 일단 이야기를 시작하면 머릿속에 떠오를 것 같아. 마치……, 기억들이 재생의 순간을 기다리고 있는 것 같아. 잔뜩 찌푸린 먹구름처럼. 여차하면 아주 지저분한 빗방울이 떨어질지 모르지. 그 비를 머금고 자라는 식물들은 죄다 괴물이 될 테고. 다른 친구들과 함께라면 맞서 싸울 수 있을지도……."

"그 사람들도 알고 있어?"

"마이클이 다른 친구들에게도 전화를 했다는군. 모두 올 것 같다며……. 다만 스탠리가 어쩔지 모르겠다고 했어. 스탠리의 목소리가 이상했대."

"나한테는 죄다 이상한 소리뿐이야. 당신 때문에 너무 무섭단 말이야, 빌."

"미안해." 빌은 아내에게 키스했다. 오드라는 전혀 모르는 사람과 입을 맞추는 기분이었다. 그녀는 어느새 마이클 핸론이라는 남자를 증오하고 있었다. "당신한테 가능한 자세하게 설명해야 한다고 생각했어. 야밤에 몰래 줄행랑을 놓는 것보다는 나을 테니까.

그렇게 도망치듯 데리로 오는 친구들도 있을 거야. 하지만 반드시 가야 해. 목소리가 이상했다지만 스탠리도 데리로 갈 거야. 가지 않는다는 생각 자체를 도저히 할 수 없거든."

"동생 때문이야?"

빌은 천천히 고개를 저었다. "그렇다고 하면 간단할지 모르지만 사실이 아냐. 녀석을 사랑했지. 20년 동안이나 잊고 지냈다면서 어떻게 그런 말이 술술 나오는지 의아하겠지만 정말이지 동생을 끔찍이 사랑했어." 빌은 희미하게 웃었다. "변덕이 심한 편이기는 했어도 난 정말 그 녀석을 좋아했어, 내 맘 알지?"

오드라는 자신의 여동생을 떠올리며 고개를 끄덕였다. "알아."

"하지만 조지 때문이 아냐. 다만 뭐라고 설명할 수가 없어. 그러니까⋯⋯." 그는 창문 너머 아침 안개를 바라보았다. "가을이 오면 새들은 고향으로 돌아갈 준비를 한다지⋯⋯. 내 지금 심정도 똑같아. 본능이지, 여보, 본능이란 자유의지를 떠받치는 단단한 버팀목이라는 생각이 들어. 동맥을 끊거나 입에 총을 쑤셔 넣거나 바다로 몸을 던지지 않는 한 거역할 수 없는 것들이 있게 마련이지. 달리 선택의 여지가 없기 때문에 선택할 수밖에 없는 상황처럼 말이야. 투수가 던지는 속구에 맞을지 모른다고 타자 석에 들어가지 않고 도망칠 수는 없잖아. 꼭 가야만 해. 그 약속은⋯⋯, 내 마음속에 미늘처럼 푹 박혀 있으니까."

오드라는 조심스럽게 그에게 다가갔다. 금방이라도 온몸이 산산이 부서질 것처럼 위태로웠다. 그녀는 한 손을 남편의 어깨 위에 올려놓으며 그의 얼굴을 자신을 향해 돌려세웠다.

"그러면 나랑 함께 가."

그 순간 빌의 얼굴에 떠오른 공포, 그녀가 무서워서가 아니라 그녀를 위한 마음 때문에 떠오른 표정이 너무도 적나라해서 그녀는 뒷걸음쳤고, 처음으로 진정한 두려움을 느꼈다.

"안 돼. 그런 생각은 마, 오드라. 그런 생각은 아예 하지 말라고. 데리에서 5000킬로미터 이내로는 접근도 하지 마. 앞으로 2주 정도 데리는 아주 끔찍한 곳이 될 테니까. 당신은 여기에 남아 평소대로 생활하면서 필요한 경우 나를 대신해 해명해 주었으면 해. 그러겠다고 지금 약속해 줘!"

"약속이라니? 꼭 그렇게까지 해야 하는 거야, 빌?" 오드라는 빌을 뚫어지게 응시하며 물었다.

"오드라……."

"약속을 해야 한다니? 당신의 그 잘난 약속 때문에 지금 당신이 어떤 상황에 내몰렸는지 보란 말이야. 당신뿐 아니라 당신을 사랑하는 아내까지도 말이야."

빌이 큼지막한 손으로 고통스럽게 오드라의 어깨를 움켜잡았다. "약속해! 약속! 야, 야, 약, 약……."

작살에 찔려 버둥대는 고기처럼 남편의 입속에서 부서지는 말들을 오드라는 견딜 수 없었다.

"약속할게. 그럼 됐지? 약속한다고!" 오드라는 울음을 터뜨렸다. "이제 마음에 차? 맙소사! 빌, 당신은 미쳤어. 모든 게 미쳐 돌아가고 있지만, 그래, 약속할게!"

빌은 아내를 한쪽 팔로 감싸안고 소파로 데려갔다. 그리고 브랜디 한 잔을 갖다 주었다. 오드라는 한 모금 들이켜면서 차차 냉정을 되찾았다.

"언제쯤 갈 건데?"

"오늘. 콩코드를 타고. 히스로 공항까지 기차 대신 차로 가면 비행기 시간 안에 닿을 거야. 점심 식사 후에 세트장을 보러 가겠다고 프레디와 약속했어. 당신이 9시 정도에 미리 가 봐, 별일 없는 것처럼. 알았지?"

오드라는 마지못해 고개를 끄덕였다.

"뭐든 이상한 낌새가 나타날 때쯤이면 나는 뉴욕에 도착해 있을 거야. 그리고 고, 곧바로 이동하면 아마 해 질 무렵엔 데리에 당도하겠지."

"그리고 언제 돌아올 거야?" 오드라의 음성은 고요했다.

빌은 그녀에게 팔을 둘러 힘껏 껴안았지만, 아무 대답도 하지 않았다.

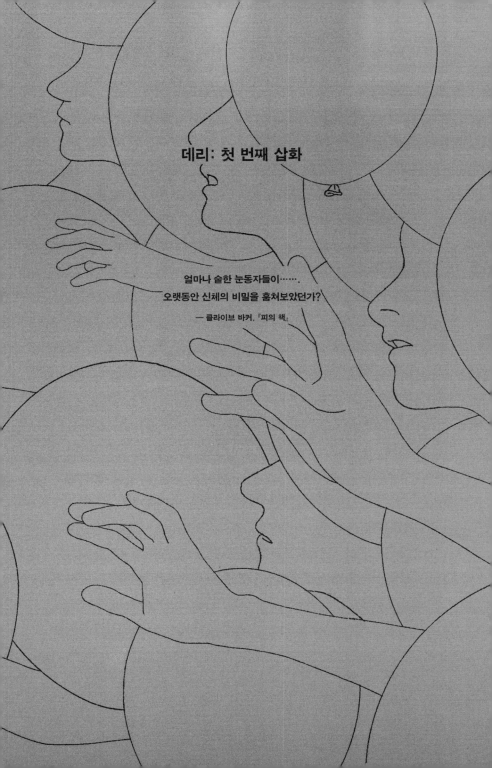

데리: 첫 번째 삽화

얼마나 숱한 눈동자들이……,
오랫동안 신체의 비밀을 훔쳐보았던가?

— 클라이브 바커, 『피의 책』

이 글을 포함해 이야기 중간중간 등장하는 모든 일화는 마이클 핸론이 쓴 『데리: 알려지지 않은 역사』에서 발췌했음을 밝혀 둔다. 마이클 핸론의 글은 출간되지 않는 공책 몇 권과 일기에 가까운 미완성 육필 원고로 이루어져 있으며, 데리 시립 도서관의 지하실에서 발견되었다. 제목은 공책들을 철한 파일 표지에 원래부터 적혀 있던 대로 여기에 표기해 놓았다. 한편, 공책 몇 군데에서 '데리: 지옥의 뒷문으로 본 광경'이라는 표현이 눈에 띄는데, 아마 본 저작물에 대해 다른 제목도 고려한 것 같다.

이런 정황을 놓고 보면 마이클 핸론은 공책과 원고의 출간에 단순한 바람 이상의 생각을 품었을지 모른다. ― 1985년 1월 2일

한 도시 전체가 빙의 또는 귀신 들리는 일이 가능할까?
몇몇 저택에 귀신이 씌었다는 것은 또 어떤가?

이 도시에 있는 건물 한 채가 아니라, 어느 거리의 한 모퉁이가 아니라, 작은 공원의 농구 코트, 소름 끼치는 옛날의 고문 도구처럼 그물이 떨어져 앙상하게 철제 링만 남아 있는 농구 골대가 아니라, 이처럼 어느 한 지점이 아닌 도시 전체에 귀신이 들리는 일 말이다. 도시 전체가 일거에 그런 현상에 빠진다면.

그럴 수 있을까?

다음을 들어 보라.

> **헌티드**(haunted) "귀신이나 혼령이 자주 출몰하는." 『펑크 앤 와그널스』
>
> **헌팅**(haunting) "집요하게 마음에 떠오름, 잊기 힘듦." 『디토 펑크 앤 프렌드』
>
> **투 헌트**(to haunt) "귀신 같은 것이 자주 *나타나거나* 마음에 떠오르는 것." 그러나(주목!) "*자주 출몰하는 곳: 유원지, 동굴, 소굴 등등.*"

기울임체는 내가 따로 표기한 부분이다.

한 가지 더. 위의 항목 중 마지막처럼 역시 명사로서 '헌트'의 정의이자 내가 진정 두려워하는 뜻이 있다. "동물 서식지."

에이드리언 멜론을 습격한 후 다리 밑으로 내던져 버린 동물 말인가?

다리 밑에 매복하고 있었다는 동물?

동물 서식지.

데리에서 무언가를 먹는 것? 데리를 먹이로 삼는 것?

어떤 사람에게는 흥미로운 이야기일지 모른다. 그러나 에이드리언 멜론 사건 이후 나처럼 가슴이 콩알만 해져 일상을 살아가는 사람에게도 그럴 수 있을지는 의문이다. 어쩌면 나는 이번 이야기와 긴밀히 관련돼 있는 반면, 그렇지 않은 사람이라면 이야기가 다 끝나고 어둠 속을 배회하는 무엇인가가 홀연히 나타나 먹잇감을 찾아다닐 때까지 별다른 두려움을 느끼지 못할 것이다, 물론 당신을 먹잇감으로.

당신을 먹잇감으로.

이 글은 이야기를 바탕으로 하지만 러브크래프트나 브래드버리, 에드거 앨런 포의 고전적인 공포 소설은 아니다. 짐작하신 분도 있겠지만 나는 내막의 전부가 아니라 상당 부분을 알고 있을 뿐이다. 나는 작년 9월 어느 날인가 데리 뉴스에서 언원의 예심 재판 소식을 읽고, 조지 덴브로를 죽인 광대가 다시 돌아왔을지 모른다고 생각했다는 식으로 이야기를 시작하지는 않겠다. 출발점은 1980년 무렵 잠들어 있던 내 안의 일부가 깨어나……, 무엇인가 다시 시작되고 있다고 직감한 시점일지 모른다.

어떤 부분이 깨어났는가? 감시를 담당하는 부분이라고 해 두면 무방할 것이다.

어쩌면 거북이의 목소리였는지 모른다. 그래……, 나에게는 그편이 더 그럴듯하다. 빌 덴브로 역시 거북이의 목소리를 들었을 거라는 생각이 든다.

나는 고서에서 오래전의 괴담을 찾아내고, 해묵은 잡지에서 잔혹한 사건 기사를 읽었다. 언제나 마음 한편에서 나날이 조금씩 커지며 웅웅대는 조개껍데기 소리가 한꺼번에 밀려들었다. 폭풍 전야의 시큼한 오존 냄새를 맡은 것 같다. 나는 생전에 완성하지 못할 집필 작업을 시작했다. 그리고 동시에 내게 주어진 일상의 삶도 지속했다. 내 머리 한쪽엔 가장 섬뜩하고 포악한 공포가 자리 잡고 있으며, 다른 부분엔 소도시의 도서관 사서라는 현실적인 삶도 변함없이 함께하고 있다. 나는 서가에 책을 꽂는다. 신규 이용자를 위해 대여 카드도 작성한다. 사람들이 켜 두고 간 마이크로필름 판독기를 끄는 것도 내 일이다. 캐럴 다너에게 함께 자고 싶어 미칠 지경이라고 농담을 건네면 그녀 역시 마찬가지라고 농담을 되돌려주지만, 그녀는 말 그대로 농담이며 나는 약간의 진담이 섞여 있다는 것을 우리 두 사람 모두 잘 알고 있다. 그녀는 데리 같은 작은 도시에 오래 머물지 않을 것이고, 나는 죽을 때까지 이곳에서 《비즈니스 위크》의 찢어진 쪽에 테이프를 붙이거나 매달 도서 구입 회의에 담배 한 갑과 도서관 소식지를 나눠 들고 참석하고……, 한밤중에 깨어날 때면 비명을 막느라 입속에 주먹을 처넣으리라는 것 역시 우리 두 사람이 잘 알고 있듯이.

옛날 풍습 중에서 제대로 맞는 것은 하나도 없다. 내 머리카락은 허옇게 변하지 않았으니 말이다. 몽유병자처럼 배회하지도 않는다. 주문을 외우거나 외투 주머니 속에 부적을 넣어 다니지도 않는다. 변화라면 약간 웃음이 많아졌다는 것 정도인데, 웃을 때면 사람들의 눈빛이 종종 이상하게 느껴지는 것으로 보아 아마 내 웃음소리가 다소 날카롭고 으스스한가 보다.

나의 일부분(빌은 거북이 목소리라고 부를지 모르는 부분)이 오늘 밤 모두에게 전화를 걸라고 말하고 있다. 그러나 나는 과연 그 목소리를 들었다고 확신할 수 있는가? 단지 그렇다고 믿고 싶은 것은 아닐까? 아니, 그럴 리가 없다. 그러나 신이여, 에이드리언 멜론에게 벌어진 일은 1957년 가을에 버벅이 빌의 동생, 조지에게 벌어진 일과 매우 비슷하다.

만일 그것이 다시 시작되었다면 모두에게 전화해야 한다. 반드시 해야 한다. 그러나 아직은 이른 감이 있다. 지난번에도 천천히 시작되어 1958년 여름에 분명한 형체를 드러내기까지 무척이나 더딘 행보를 보였다. 그래서……, 나는 기다리고 있다. 그동안 이 공책을 부지런히 채우고, 예전의 소년을 대신해 생경한 남자의 얼굴이 담겨 있는 거울 속을 오래도록 들여다볼 생각이다.

그 소년은 책을 좋아하고 숫기 없는 얼굴을 하고 있었다. 반면 거울 속의 남자는 서부 영화에서 스쳐 지나가는 은행원처럼 대사 한마디 없이 강도가 들이닥치면 번쩍 손을 들어 올리고 벌벌 떠는 얼굴을 하고 있다. 극본에서 악당의 총에 죽어 줘야 할 인물이 필요할 때면 두말없이 적격인 얼굴 말이다.

나이 든 마이클은 늘 똑같다. 눈빛에 드러나는 약간의 집중감, 선잠에서 막 깨어난 흔적, 하지만 입을 맞출 때처럼 가까이서 바라보지 않는다면 알아챌 수 없을 터이고, 그 정도로 누군가와 얼굴을 가까이 마주한 일도 까마득하다. 평소 나와 마주치더라도 책을 너무 많이 읽나 보구먼 하는 정도의 인상밖에는 느끼지 못할 것이다. 이처럼 온순한 은행원 같은 얼굴에서 정신을 잃지 않으려고, 정신을 놓지 않으려고 필사적으로 애쓰는 흔적을 눈치 챌 만한 사람이 있을지…….

그들에게 전화한다면 그들 중 누군가를 죽음으로 내몰지도 모른다.

그래서 기나긴 밤을 하얗게 지새우며 번민하고, 변함없이 파란색 잠옷을 입고 안경을 고이 접어 탁자 위 물 잔 옆에 올려놓은 채 누워 있다 타는 갈증으로 깨어나곤 한다. 어둠 속에 누워 목을 축이며 그들이 얼마나 많이(또는 얼마나 적게) 기억하고 있을까 궁금해한다. 전혀 기억하지 못하리란 쪽에 확신이 드는 이유는 그들이 애써 기억할 필요가 없기 때문이다. 거북이의 목소리를 듣고 기억하는 사람은 내가 유일하다. 이곳 데리에 머물고 있는 사람이 나밖에 없듯이. 그들은 네 개의 바람으로 흩어졌으므로 그들의 삶이 동일한 패턴으로 형성돼 있음을 알지 못한다. 그들을 다시 불러들인다면, 그들에게 그 패턴을 보여 준다면……. 그렇다, 그들 중 누군가 죽을 것이다. 그들 전부가 죽을지도 모른다.

그래서 나는 곱씹고 생각한다. 과거 그들의 모습을 떠올리며 누가 가장 약했는지 생각하려고 애쓰는 것이다. 리처드 '주접 대왕' 토저, 그는 뚱뚱한 벤보다 크리스와 허긴스, 바워스 일당에게 가장 먼저 붙잡히곤 했다. 리처드는 바워스를 가장 두려워했지만 (우리 모두가 그를 무서워했다.), 신에 대한 두려움도 만만치 않았다. 캘리포니아에 있는 리처드에게 전화한다면 그는 무덤에서 두 명, 주피터 언덕의 정신 병원에서 한 명, 그렇게 희대의 악당들이 부활했다고 벌벌 떨지는 않을까? 한편으로는 어머니에 대한 강박관념과 지독한 천식이라는 점 때문에 에디가 가장 약했다는 생각도 든다. 비벌리는 늘 말로는 강한 척했지만 우리와 마찬가지로 겁이 많았다.

버벅이 빌은 활자를 찍어 내는 동안 여전히 공포에 직면하고 있을까? 스탠리 유리스는 어떨까?

그들의 삶 위로 교수대의 시퍼런 칼날이 매달려 있지만, 그 점을 떠올릴수록 오히려 그들은 정작 그런 사실을 모르고 있다는 생각이 든다. 장막의 끈을 붙잡고 있는 사람은 나다. 전화번호부를 펼쳐 들고 그들에게 차례차례 전화함으로써 내 손으로 막을 올려야 한다.

어쩌면 전화하지 않아도 될지 모른다. 나 자신의 소심함에서 나온 토끼의 비명소리를 그보다는 훨씬 깊고 분명한 거북이의 목소리로 착각했다는 실낱같은 희망 때문이다. 언제까지 그 희망에 의지할 수 있을까? 멜론은 7월에 죽었다. 지난 10월에는 니볼트 가에서 아이 한 명의 시신이, 12월 초 첫눈이 오기 직전에는 메모리얼 공원에서 또 다른 아이의 시신이 발견됐다. 신문 기사처럼 떠돌이 외지인의 소행일 가능성도 있다. 아니면 데리에서 도주해 죄책감과 자기 환멸 속에서 자살했을 미치광이일지도 모른다. 몇몇 책에서 연쇄 살인범 잭(19세기 영국의 전설적인 살인마 — 옮긴이)이 아마도 그랬으리라고 말하듯.

아마도.

그러나 앨브렛은 니볼트 가의 폐가 맞은편에서 발견됐으며, 시간적으로 27년 전 바로 그날에 조지 덴브로가 살해당했다. 그리고 얼마 후 메모리얼 공원에서 발견된 존슨의 시체는 한쪽 무릎 아래가 잘린 상태였다. 메모리얼 공원은 데리 급수탑의 본관이 있는 곳이며, 소년의 시체가 발견된 곳도 급수탑 바로 아래였다. 그 급수탑은 황무지에서 소리쳐 부르면 들릴 만한 거리였고, 스탠리 유리 스가 그 악동들을 발견한 곳도 급수탑이었다.

죽은 악동들 말이다.

그러나 한갓 망상일지도 모른다. 그럴지도 모른다. 아니면 우연 의 일치든가. 그도 아니면 두 사건에 악마의 메아리처럼 어떤 관련 이 있을 것이다. 그럴까? 내 생각에는 가능한 이야기다. 데리에서 는 무슨 일이든 가능하니까.

과거에 여기 있던 것이 여전히 존재한다는 생각이 든다. 1957년 과 1958년에 여기 있던 것, 1929년과 '백인의 질서'라는 비밀 단 체의 메인 지부가 블랙 스폿을 불태웠던 1930년에 여기 있던 것, 1904년과 1905년, 1906년 초(적어도 키치너 철공소가 폭발하기 직전까 지)에 여기 있던 것, 1876년과 1877년에 여기 있던 것, 그것은 27년 정도의 주기마다 여기에 존재했다. 조금 앞당겨지거나 늦춰지기는 해도……, 언제나 돌아온다. 틀린 기록들을 거슬러 올라갈 때면 발 견하기가 더 힘들어진다. 기록들은 점점 더 빈약해지고 그 시대 구 전 역사 속의 좀먹은 결함들은 더 커지기 때문이다. 그러나 봐야 할 곳을, 그리고 봐야 할 때를 알면 문제 해결을 위해 아주 먼 길까 지 거슬러 올라간다. 보다시피, 그것은 늘 돌아온다.

그것.

그렇다면 나는 전화해야 한다. 우리 모두에게 예정된 일이다. 어 떤 면에서 우리는 그것을 영원히 끝장내도록 선택받은 사람들인 지 모른다. 숙명? 불운? 아니면 또다시 그 저주받은 거북이 이야 기? 말처럼 너무도 당연한 것인가? 모르겠다. 그런 것이 중요한 문제인지도 의문이다. 그때 빌은 '거북이는 우리를 도울 수 없어.'라고 말했던가. 과거에 그 말이 사실이었다면 현재라고 다르지 않다.

우리는 물속에 서서 손을 마주잡고 그것이 다시 시작되면 데리로 돌아오겠다고 약속했다. 드루이드 교도처럼 원형으로 둘러서서 피 흐르는 손바닥을 맞대고 한 피의 서약이었다. 그 의식은 인류의 기원만큼이나 오래됐으며, 전능의 나무로 들어가는 비밀의 통로였다. 우리가 알고 있는 세계와 상상하는 세계의 접경 부근에만 자란다는 나무 말이다.

그 유사성 때문에…….

나는 이곳에서 빌 덴브로처럼 똑같은 근원을 더듬거리며 사실보다는 불쾌한(또한 신뢰하기도 어려운) 추측에 의지해, 갈수록 활자 하나하나에 집착하고 있다. 부질없는 짓이다. 소용없다. 심지어, 위험하기까지도. 그러나 무작정 사건을 기다리고 있기란 얼마나 힘든 일인지.

나는 글을 쓰면서 스스로 갇혀 있는 시야에서 벗어나 집착을 떨쳐 버리고 싶은 것인지 모른다. 나는 이 글을 빌려 여섯 명의 소년과 한 명의 소녀, 불행하고 늘 주위에서 따돌림당했던 그들이 어느 뜨거웠던 여름, 아직 아이젠하워 대통령이 재임 중이던 그때 악몽 속으로 빠져 들어갔다는 이야기 이상을 말할 것 같다. 카메라를 약간 뒤쪽으로 잡아당겨 3만 5000명의 사람들이 매일 일하고 먹고 잠자며 그짓과 쇼핑, 드라이브를 즐기며 학교나 감옥에 가기도 하고 이따금 어둠 속으로 실종되는 이 도시를 좀더 전체적으로 조망하려는 시도로 생각해도 좋다.

어느 장소의 현재 모습을 제대로 알기 위해서는 과거를 먼저 알아야 한다는 것이 내 지론이다. 개인적으로 이 모든 사건이 시작된 날을 꼭 짚어 말하라고 한다면, 내가 작년 여름에 숨진 앨버트 카슨을 만나러 간 1980년 이른 봄날일 것이다. 그가 살다 간 아흔한 해의 삶은 명예롭고 보람찼다. 그는 1914년에서 1960년까지 엄청난 기간 동안(그러나 그 자신도 엄청난 사람이었다.) 도서관장으로 재직했는데, 이 고장의 내력에 가장 밝은 사람을 꼽으라면 나는 주저 없이 앨버트 카슨의 이름을 댈 것이다. 그의 저택 베란다에 앉아 나는 질문했고 그는 그렁그렁한 음성으로 대답해 주었다. 얼마 후 그의 목숨을 앗아갈 후두암이 당시에도 꽤 진행된 상태였다.

"쓸 만한 건 하나도 없군. 자네도 잘 알겠지만."

"그럼 어디서부터 시작해야 합니까?"

"뭘 시작한다는 건가, 정말?"

"데리의 역사 말입니다."

"아, 거 좋지. 프리케와 미쇼의 책부터 시작하게. 가장 뛰어난 편이지."

"그 책들을 읽은 다음에는……."

"그걸 읽겠다고? 제길, 아닐세! 내 말은 쓰레기통에 버리라는 얘기야. 그게 첫 단계니까. 그런 다음에 버딘거를 읽게. 물론 내가 어렸을 때 들은 얘기의 반만 맞아도 말일세, 브랜소스 버딘거는 속 빈 강정에 끝에 가서는 꼭 샛길로 빠지는 연구가지만, 어쨌거나 데리에 관해서만은 제정신으로 쓴 것 같으니까. 사실을 대부분 왜곡해 놓기는 했지만 틀려도 사람 냄새는 나거든."

내가 조용히 소리내서 웃자, 그도 잿빛 입술에 슬쩍 미소를 떠올렸는데 실제로는 상대방을 약간 위협하는 표정이 부드럽게 포장된 것이었다. 순간 그 표정에서 방금 죽은 동물 위를 선회하며 맛있게 부패하기를 기다리는 독수리가 떠올랐다.

"버딘거가 끝나면 아이브스를 읽게. 특히 그 사람이 말하는 인물들을 눈여겨볼 필요가 있지. 샌디 아이브스는 지금도 메인 대학교 교수로 있어. 민속학자야. 책을 다 읽으면 직접 만나 보게나. 저녁 식사를 한 끼 대접하라고. 나는 오리노카에서 그와 식사를 했는데, 그곳에 있는 식당은 음식이 끊임없이 나온다네. 잘 구슬려 보란 말일세. 공책에다 이름이나 주소 따위를 빠짐없이 받아 적게. 아직은 그럴듯한 옛날 말투, 그러니까 '오, 이런, 허허.' 같은 말들을 자주 사용하면 좀더 많은 사람들에 대해 들을 수 있을 걸세. 그렇게 어느 정도 시간이 지나면, 그리고 내가 생각하는 것만큼 자네가 영리한 친구라면 말일세, 데리에 관해 필요한 부분은 모두 얻을 거야. 사람들을 제대로 추적해 들어가면 역사책에 없는 몇 가지 사실들까지 알아낼 수 있거든. 물론 그 때문에 잠자리가 뒤숭숭해질지 모르지만."

"데리……."

"데리가 뭐?"

"데리에 무슨 문제가 있습니까?"

"문제?" 쉰 목소리가 착 가라앉았다. "문제라니? 그게 무슨 뜻인가? 코닥크롭이니 조리개가 F 스톱 방식이니 어쩌니 하는 것으로 켄더스키그의 일몰 광경을 촬영하면 문제가 없겠느냐 그런 뜻인가? 그런 뜻이라면 데리는 문제 없네. 어떻게 찍든 아주 아름다운 사진이 열 점 이상은 나올 테니까. 급수탑 아래 기념 명판을 설치한 것이 문제라고 묻는 건가? 그런 식의 문제라면 데리는 전혀 문제 없네. 시립 문화 센터 앞에 폴 버니언(미국 전래 이야기에 나오는 벌목꾼―옮긴이)의 흉측한 플라스틱 동상이 서 있어도 좋으냐는 의미인가? 물론 그 염병할 동상에 숭숭 뚫린 구멍을 땜질하느라 지포 라이터를 숱하게 버려야 했지만, 사람들의 미적 감정이 플라스틱 동상을 딱히 거부하지 않는다면 데리는 아무 문제가 없네. 핸론, 자네가 말하는 문제가 있다, 없다는 대체 무슨 뜻인가? 좀더 정확히 말해서 문제가 있다면 어떤 문제를 말하는 건가?"

나는 그저 고개를 절레절레 흔들 수밖에 없었다. 그는 알고 있거나 전혀 모르고 있거나 둘 중 하나였다. 그렇다고 말할지, 아닐지에 달려 있었다.

"혹시 앞으로 알게 될 불쾌한 이야기나 이미 알고 있는 괴담을 말하는 건가? 불쾌한 이야기들은 언제나 있게 마련이야. 한 고장의 내력은 음침하고 낡은 저택처럼 온갖 방과 벽장과 세탁실과 다락방으로 채워져 있고 기이하고 비밀스러운 장소도 숨겨져 있게 마련이야……, 비밀 통로 한두 개는 기본이지. 자네가 데리라는 저택을 탐험하다 보면 온갖 비밀들과 마주칠 걸세. 물론 나중에 후회도 하겠지만 자네가 발견한 것은 그전까지 드러나지 않은 부분일 거란 말일세, 안 그런가? 몇몇 방에는 자물쇠가 채워져 있을지 모르지만 열쇠도 어딘가 놓여 있겠지……. 분명 열쇠가 있을 거야."

그의 눈동자가 노인 특유의 예리함으로 나를 향해 반짝거렸다.

"데리의 비밀 중에서도 가장 끔찍한 부분을 건드렸다고 생각할지도 몰라……. 하나 거기엔 항상 한 가지가 더 있지. 그리고 하나 더 또 하나 더."

"그럼 선생님은……."

"이제 좀 쉬어야겠네. 오늘따라 목이 아주 좋지 않구먼. 약을 먹고 한숨 자야 할 시간이야."

그 말은 나이프와 포크를 쥐어 줬으니 이제 가서 그것으로 뭘 자를 수 있을지 알아보라는 의미로 들렸다.

나는 프리케와 미쇼의 역사서부터 시작했다. 카슨의 충고대로 그 책들을 휴지통에 버리기는 했지만 처음으로 읽었다. 카슨의 말처럼 버려도 될 만큼 가치가 없었다. 나는 버딘거의 책을 읽었고, 주석을 복사해 하나씩 추적해 들어갔다. 전보다는 만족스러웠지만 원래 주석이라는 것이 혼란에 빠진 땅 한가운데를 구불구불한 길을 따라 걷는 느낌이 드는 법이다. 어느 순간 끊어졌다가 다시 이어지는 길. 그래서 한순간에 길을 잃고 가시덤불이나 진흙 구덩이에 빠져 버릴지 모른다. 언젠가 문헌 정보학과 교수 한 분이 이런 말을 한 적 있다. "만약 책을 읽다 주석이 나오면, 새끼를 치지 못하게 짓밟아 버리는 게 상책이지요."

주석이 새끼를 친다, 물론 그 새끼들이 도움이 되는 경우도 있지만 그렇지 못한 경우가 훨씬 많다는 게 내 경험담이다. 빽빽하게 씌어진 버딘거의 『데리의 고대 역사』(오로노: 메인 대학 출판부, 1950)에 등장하는 주석들은 100년 전에 잊혀진 책들과 역사학 및 민담 분야 전문가들의 논문을 죄다 쓸어 모은 데다, 폐간된 잡지 기사와 황당한 마을 기록물이며 영수증까지 동원하고 있었다.

샌디 아이브스와 직접 만나 이야기를 나눈 일은 좀더 흥미로웠다. 버딘거의 책과 겹치는 부분도 있었지만 아주 새로운 사실들도 많았다. 아이브스는 평생을 구술 역사(다른 말로 허풍을 연구하는 일)에 바쳤는데, 실용주의자인 브랜슨 버딘거가 꽁무니를 뺄 정도로 입심이 보통이 아니었다.

아이브스는 1963년부터 1966년까지 데리에 관한 일련의 논문을 발표했다. 그가 거론하는 사람들은 내가 혼자 연구를 시작했을 당시 이미 대부분 고인이 된 상태였지만 그들의 자녀와 사촌들은 아직 생존해 있었다. 물론 세상에서 가장 위대한 진리는 바로 이것인지 모른다. 노인은 죽지만 또 다른 노인이 등장한다. 그리고 괜찮은 이야기는 사라지지 않고 대대로 전승된다는 점도 그렇다. 나는 무수한 주택가 문지방과 뒷문을 들락거리며 엄청난 양의 차와 맥주, 집에서 직접 만든 맥주, 청량음료, 맹물, 광천수를 마셨다. 그만큼 들은 이야기도 엄청났으며 매번 녹음기를 돌려 댔다.

버딘거와 아이브스가 완벽하게 일치를 보이는 부분은 데리의 백인 정착자 수가 300명가량이었다는 점이다. 그들은 모두 영국인이었다. 특허장을 소지했고, 형식적으로는 데리 주식회사라는 이름으로 알려진 집단이었다. 그들은 오늘날의 데리 지역과 뉴포트의 대부분 지역, 그 밖에 이웃 마을 근방까지 권리를 양도받았다. 그리고 1741년 데리 지구의 모든 사람들이 감쪽같이 사라졌다. 그들은 그해 6월에 모습을 드러냈지만 (그때는 340명으로 늘어난 상태였다.) 10월에 다시 어디론가 종적을 감추었다. 통나무집으로 이루어진 작은 마을은 완전히 적막에 휩싸였다. 그 중에서 오늘날 위챔 가와 잭슨 가 교차로 부근에 아무렇게나 지어져 있던 집 한 채가 불타 버렸다. 미쇼의 책은 당시 마을 주민 전부가 인디언에게 살육 당했다고 단언하고 있는데, 불탔다는 집 한 채를 제외하고 별다른 근거는 없었다. 난로가 과열돼 불이 났다는 의견이 훨씬 현실적일 지 모른다.

인디언의 대학살? 미심쩍다. 유골이나 시체도 남아 있지 않았으 니까. 그렇다면 홍수? 그러나 그해에는 홍수가 없었다. 전염병? 그 러나 당시 인근 마을에 전염병이 돌았다는 말은 없다.

그들은 그저 사라졌다. 전부 말이다. 340명 전부. 감쪽같이.

내가 아는 한 미국 역사상 이와 조금이라도 유사한 사건은 버지 니아 주 로아노크 섬에서 이주민이 실종된 사건이다. 그 지역에 사 는 사람들은 초등학생들까지도 그 사건을 알고 있지만, 데리의 실 종 사건에 대해서는 누가 알기나 할까? 이곳에 사는 사람들조차 겉보기에 전혀 모르는 것이 분명하다. 나는 메인 주 역사 과목을 공부하고 있다는 몇몇 중학생을 상대로 질문해 봤지만 한 사람도 실종 사건에 대해 알지 못했다. 그래서 『메인의 어제와 오늘』이라 는 교과서를 확인해 보았다. 데리에 관련해 마흔 개 이상의 색인이 있었지만 대부분이 목재 산업이 부흥했던 시기를 다루고 있었다. 초기 이주민들의 실종과 관련한 언급은 보이지 않았고……, 그래 도 나는 뭐라고 할까, 일정하게 맞아떨어지는 형태가 있다는 생각 이 든다.

이곳에서 벌어진 일들의 상당 부분을 은폐하고 있는 침묵의 장막 같은 것이 느껴진다. 그러나 사람들은 줄기차게 말한다. 사람들이 지껄이지 못하도록 할 방법은 아무것도 없을 테니까. 반대로 묵묵히 듣는 쪽은 비범한 기술이 필요하다. 자화자찬일지는 몰라도 나는 지난 4년 동안 그 비법을 연마해 왔다. 그렇지 않았다면 이미 들을 만한 내용은 충분히 입수한 상태여서 이번 일이 몹시 힘겨웠을지 모른다. 한 노인은 딸자식이 죽기 3주 전에 아내가 개수대의 배수구에서 목소리를 들었다고 말했다. 1957년에서 1958년의 초겨울에 일어난 일이다. 노인의 딸은 조지 덴브로를 시작으로 이듬해 여름까지 벌어진 연쇄 살인의 초기 희생자인 셈이다.

"수많은 목소리들이, 그것들이 몽땅 한꺼번에 재잘거렸어." 캔자스 가의 걸프 주유소를 운영하고 있는 그 노인은 맥빠진 발걸음으로 주유기가 있는 곳으로 걸어가 기름을 넣고 연료계를 확인한 후 자동차 앞유리를 닦았다. "마누라는 벌벌 떨면서도 한 번인가 대꾸한 적이 있대. 배수구로 허리를 굽히고 구멍에 대고 고함을 지른 거야. '대체 뉘시오? 이름은 뭐요?' 하고 말이지. 그랬더니 목소리들이 한꺼번에 대답해 왔는데, 투덜대기도 하고 재잘대는가 하면 낑낑대고 악다구니를 쓰고 웃어 대는 등등, 별의별 소리가 들려왔다는 걸세. 물론 자네야 감이 잡힐 리 없겠지만. 마누라는 그게 악령에 홀린 사람이 예수에게 하듯 말했다고 생각하지. '우리의 이름은 레기온(군단이라는 뜻으로 「마가복음」에서 인용 —옮긴이)이다.'라고 말했다는 거야. 그 다음부터 마누라는 2년 동안 개수대 주변에 얼씬도 하지 않았다네. 그 2년 동안 나는 여기서 하루에 열두 시간씩 뼈빠지게 일하고, 천근만근 피곤한 몸을 이끌고 집에 돌아가 지랄 맞은 설거지까지 해야 했지."

사무실 밖에 있는 자동판매기에서 펩시콜라를 빼내 홀짝이는 노인의 모습은 일흔두셋 정도로 보였으며, 색 바랜 작업복 차림에 눈과 입가로 강줄기처럼 무수한 주름살이 흘러내렸다.

"자네, 지금 뭐 이런 미친 늙은이가 있나 생각하겠지. 그 웅웅대는 기계 좀 꺼 주면 다른 얘기도 해 줌세."

나는 녹음기를 끄고 히죽 웃어 보였다. "지난 이삼 년 동안 제가 들어 온 얘기들을 놓고 볼 때, 어르신이 미쳤다고 하려면 저승에 갔다 오셨다는 말씀 정도는 하셔야 합니다."

그도 따라 웃었지만 그 안에 웃음기는 없었다. "58년 가을, 그러니까 집안이 그럭저럭 충격에서 벗어날 쯤이었지, 아마. 그날 저녁도 나는 평소처럼 설거지를 하고, 마누라는 위층에서 자고 있었지. 하늘이 점지해 주신 외동딸, 베티가 죽은 후부터 마누라는 거의 잠만 잤어. 어쨌거나 배수구 마개를 뽑자 개수대에서 물이 빠져나가기 시작했지. 배수구로 내려갈 때 비눗물이 내는 소리 알지? 쑤욱 빨아들이는 소리 말일세. 그러나 그런 시답잖은 소리나 듣고 있을 시간이 없었어. 밖에 나가 땔감을 만들어야 한다는 생각뿐이었으니까. 그런데 물 빠지는 소리가 잠잠해지더니 갑자기 딸아이의 목소리가 들려오지 않겠나. 나는 그 빌어먹을 배수관 어디쯤에서 베티가 내는 소리를 들었네. 웃고 있었지. 그 어둠 속 어딘가에서 그 애가 웃고 있더란 말일세. 약간만 자네가 들어 보았더라도 비명을 지르는 것처럼 들렸겠지만. 비명 지르고 웃어 대는 소리가 배수관에서 들려오더란 말일세. 그 소리를 들은 게 아마 그때가 처음이었을 거야. 환청이었을지 몰라. 하나……, 정말이지 귓가에 또렷했어."

우리 두 사람은 서로의 얼굴을 똑바로 바라보았다. 햇살이 지저분한 판 유리창을 스며들어 노인의 얼굴에 과거의 흔적을 채워 놓아서, 노인은 900년도 넘게 살았다는 무드셀라보다도 나이 들어 보였다. 순간 나는 온몸을 훑고 지나가는 차디찬 기운을 느꼈다. 소름 끼치는 차가움.

"내가 지어낸 이야기를 지껄인다고 생각하고 있지?"

1957년 당시 마흔다섯이었으며, 하늘이 베티 립슨이라는 외동딸을 점지해 주었다고 믿었던 사내가 어느덧 노인의 얼굴로 내게 묻고 있었다. 베티는 그해 크리스마스 직후 잭슨 가 외곽 지역에서 발견됐고, 토막난 시체의 잔해는 얼어붙은 채 여기저기 널려 있었다.

"아닙니다. 꾸며 낸 이야기라고 생각하지 않아요, 립슨 씨."

"자네도 거짓말은 아닌 것 같구먼. 자네 얼굴에 그렇게 씌어 있으니까." 노인은 약간 놀라는 기색으로 말했다.

그는 좀더 많은 이야기를 할 생각이었지만 마침 날카로운 벨 소리와 함께 차 한 대가 주유소 진입로로 들어와 주유기 쪽으로 향하는 모습이 보였다. 벨이 울리자 우리 두 사람은 깜짝 놀라 용수철처럼 자리에서 튀어 올랐고, 나는 가벼운 비명마저 질렀다. 립슨은 절룩거리며 밖으로 나가면서 휴지로 손을 닦았다. 이윽고 그는 사무실로 돌아와, 마치 거리를 쏘다니다 불쑥 뛰어든 불청객인 양 나를 바라보는 것이다. 나는 인사를 하고 자리에서 일어섰다.

버딘거와 아이브스는 다른 부분에서도 의견이 일치했다. 데리에 뭔가 문제가 있다는 점, 데리에서 일어난 일들이 이치에 맞지 않는다는 점에서 그랬다.

내가 앨버트 카슨을 마지막으로 본 것은 그가 죽기 한 달 전쯤이었다. 후두암은 훨씬 악화된 상태였다. 그는 쉭쉭 하는 쇳소리만 연신 내뱉었다.

"지금도 데리 역사를 쓸 생각인가, 핸론?"

"아직도 생각뿐입니다." 물론 나는 그 고장의 역사를 쓰겠다고 마음먹은 적이 한번도 없었고, 카슨 역시 그런 속내를 모르진 않을 거라고 생각했다.

"20년은 족히 걸리지. 게다가 아무도 읽지 않을 걸세. 누가 그런 걸 읽고 싶겠나? 그만두게나, 핸론." 그는 잠시 말을 멈추더니 이렇게 덧붙였다. "버딘거는 자살했네, 자네도 알겠지만."

물론 나도 그 일을 알고 있었지만 사람들은 언제나 지껄이고, 나는 그 이야기를 묵묵히 들어 왔을 뿐이다. 《데리 뉴스》에서 말한 대로 버딘거는 추락사했다. 신문 기사에 실리지 않은 사실이 있다면 그가 떨어진 곳이 벽장 속 의자였고 목에 밧줄이 걸려 있었다는 점이다.

"순환 주기에 대해 알고 있나?"

나는 깜짝 놀라 카슨을 바라보았다.

"아, 그럼." 카슨이 속삭이듯 말했다. "나는 알고 있지. 26년이나 27년마다 되풀이되니까. 버딘거도 알고 있었네. 늙은이들 중에 꽤 많은 이가 알고 있지만 누구도 말을 안 하지. 술을 진탕 먹여도 그 일만은 입을 꼭 다물걸. 그러니 이젠 그만두게나, 핸론."

그는 새의 발톱처럼 앙상한 손을 내밀었다. 그는 한동안 내 손을 꼭 마주잡았는데, 그의 몸속에서 무엇이건 먹어 치우면서도 여전히 굶주려 난리를 치고 있는 잔인한 암세포의 숨결이 느껴지는 것 같았다. 그러나 이제는 먹을 만한 것이 거의 남아 있지 않았다. 이 때 이미 앨버트 카슨의 육체는 텅 빈 찬장 같았기 때문이다.

"마이클, 애써 난장판에 뛰어들 필요 없어. 이곳 데리에서 일어나는 일은 위험천만하거든. 그냥 놔두게."

"그럴 수 없습니다."

"그럼 조심하게나." 임종을 앞둔 노인의 얼굴에 돌연 겁에 질린 아이의 큼지막한 눈망울이 나타났다. "조심하게."

데리.

나의 고향. 아일랜드에 있는 마을 이름과 똑같은 곳.

데리.

나는 이곳 데리 홈 병원에서 태어나 데리 초등학교를 나왔고, 나인스 가 중학교와 데리 고등학교를 다녔다. 그리고 노인들의 말처럼 데리는 아니지만 그 꿍지나 마찬가지인 메인 주립 대학교를 졸업한 후 다시 이곳으로 돌아왔다. 데리 시립 도서관으로. 그렇게 소도시에서 삶을 꾸려 가는 수많은 사람들 중 하나가 된 것이다.

그러나.

그러나.

1879년 일단의 벌목 인부들이 겨우내 눈 덮인 켄더스키그 상류의 한 공사장에 숨진 다른 인부들의 시체를 발견했다. 아이들이 지금도 황무지라고 부르는 지역 바로 위쪽이었다. 시체는 모두 아홉

구였고 하나같이 토막토막 찢겨 있었다. 머리가 굴러다니고 사지는 말할 것도 없었으며……, 오두막 벽에는 성기 하나가 못 박혀 매달려 있었다.

그러나,

1851년 존 막슨은 자신의 일가족 전부를 독살한 후, 시체를 원처럼 모아 놓고 그 한가운데 앉아서 백야처럼 희디흰 독버섯을 통째로 집어삼켰다. 죽는 순간까지 무척이나 고통스러웠을 것이다. 경찰관은 막슨의 시체가 환히 웃고 있었다며 현장 기록을 이렇게 적어 놓았다. "막슨의 끔찍한 하얀 웃음." 하얀 웃음이란 독버섯을 한 움큼 입 안에 물고 있었기 때문이다. 죽어 가는 육체에 전신 경련과 근육 발작이 일어나는 순간에도 막슨은 독버섯을 먹고 있었다.

그러나,

1906년 부활절, 지금의 데리 쇼핑 센터 자리에서 키치너 철공소의 운영주가 '데리의 착한 어린이들'이라는 기치를 내걸고 부활절 달걀 찾기 대회를 개최했다. 이 대회는 거대한 철공소 건물 안에서 열렸다. 위험 구역을 폐쇄했고, 자원 봉사에 나선 종업원들이 곳곳에 바리케이드를 쳐 놓고 아이들의 모험심이 조금이라도 위험한 곳으로 향하지 않도록 만반의 준비를 했다. 초콜릿으로 만든 500개의 부활절 달걀은 하나하나 화려한 리본으로 치장된 채 안전한 공장 내부 곳곳에 숨겨졌다. 버딘거의 기록에 따르면 아이 한 명당 적어도 하나씩 가져갈 만큼 많은 달걀이 준비되었다. 아이들은 재잘대다가 환호성과 함성을 지르며 안식일의 침묵에 잠겨 있던 공장 내부를 돌아다니면서 큼지막한 통이나 공장장의 서랍 속에 든 달걀을 찾아냈고, 거대한 녹슨 톱니바퀴 사이나 3층에 있는 주형 틀(낡은 사진 속에 담겨 있는 이런 주형 틀은 거인의 부엌에나 있을 법한 컵 모양의 깡통처럼 생겼다.)에도 고사리 손을 휘저었다. 한편 삼대에 이르는 키치너 집안 사람들은 그 즐거운 소란을 지켜보며, 달걀을 다 찾든 못 찾든 4시로 예정된 시상식에서 아이들에게 상품을 나눠 주려고 기다렸다. 달걀 찾기 대회는 예정보다 45분이나 이른 3시 15분에 끝나고 말았다. 그 시각 철공소가 폭발한 것이다. 해가 지기 전까지 일흔두 구의 사체가 폐허 더미 속에서 발굴되었다. 최종적으로 집계된 사망자 수는 102명이었다. 그 가운데 88명이 어린이였다. 다음 날인 수요일, 도시 전체가 참담한 비극의 충격과 함께 정적에 휩싸여 있는 시각, 한 여성은 자기 집 뒤뜰 사과나무 가지에 끼어 있는 아홉 살짜리 로버트 도헤이의 머리를 발견했다. 소년의 치아 사이에는 초콜릿이 묻어 있고 머리카락 사이에는 혈흔이 남아 있었다. 그 소년이 마지막으로 발견된 시체였다. 아이 여덟 명과 어른 한 명의 시체는 끝내 찾지 못했다. 이 사건은 데리 역사상 최악의 참사로 1930년 발생한 블랙 스폿 방화 사건보다 참담했고 그 원인도 밝혀지지 않았다. 당시 철공소 내 네 개의 용광로는 모두 가동을 멈춘 상태였다. 불씨를 덮어 둔 상태가 아니라 말 그대로 가동을 중단한 상태였다.

그러나,

데리의 살인 사건 발생률은 뉴잉글랜드 지역에서 규모가 비슷한 타 도시에 비해 여섯 배나 수치가 높다. 나는 그 수치가 믿어지지 않아서 시간만 나면 도서관의 코모도어(초기 컴퓨터 기종 중 하나—옮긴이) 앞에 죽치고 앉아 있던 고등학생 해커에게 통계 자료를 보여 주었다. 그는 꽤 복잡해 보이는 작업을 하더니(해커를 잘 구슬리면 뜻밖의 결과를 얻곤 한다.) 십여 개의 다른 도시까지 자료에 덧붙여 "데이터 뱅크"라며 컴퓨터 작업으로 탄생한 막대 그래프를 보여 주었다. 데리라고 표시된 막대 그래프가 퉁퉁 부은 엄지손가락처럼 불쑥 솟아 있었다.

"이곳에 사는 사람들은 성질이 무척 더럽나 봐요, 핸론 씨."

그는 그저 지나치듯 말했을 뿐이고, 나는 아무런 대꾸도 하지 않았다. 성질이 정말 더러운 '그 무엇'이 데리에 있다고 말하려다 그만두었다.

데리에서 해마다 마흔 명에서 예순 명에 이르는 아이들이 실종되고 있다. 대부분이 십 대 청소년들이다. 사람들은 가출했다고 말한다. 몇몇은 그랬을지 모른다.

앨버트 카슨이 단도직입적으로 순환 주기라고 칭했던 기간 동안 실종률은 눈에 띄게 증가한다. 예를 들어 블랙 스폿 화재 사건이 벌어진 1930년, 데리에서 170명 이상의 어린아이들이 실종됐다. 물론 이것은 경찰에 신고되어 기록에 남아 있는 수치라는 점을 감안해야 한다.

"별로 놀랄 일도 아닌데, 뭐." 내가 통계 수치를 들이밀자 경찰서장이 말했다. "그때는 불경기였어. 애들 대부분이 감자죽에 신물이 났을 거고, 좀더 괜찮은 곳을 찾아 가출한 거지."

1958년에는 127명의 어린이가 실종됐는데, 세 살에서 열아홉 살에 이르는 연령대로, 모두 공식적인 실종자로 기록돼 있다.

"1958년에도 불경기였나요?" 나는 레더마커 서장에게 물었다.

"아니, 그러나 어디 사람들이 가만히 앉아만 있나. 특히 애들은 발바닥에 땀나도록 싸돌아다니잖아. 그러다 집에 늦게 들어오면 한바탕 잔소리를 듣게 마련이고, 그날로 집을 나가 버리는 게 부지기수였거든."

나는 1958년 4월 자 《데리 뉴스》에 나온 채드 로의 사진을 서장 앞에 내밀었다. "서장님, 그럼 이 아이도 늦게 들어왔다고 부모님과 한바탕하다가 집을 나가 버렸다는 말인가요? 실종 당시 3년 6개월밖에 안 된 어린아이가 말입니다."

레더마커 서장은 불쾌한 눈빛으로 나를 쏘아보더니, 나와 대화를 나누는 건 유쾌한 일이지만 더 이상 상대하기에 너무 바쁘다고 말했다. 나는 자리에서 일어섰다.

헌티드, 헌팅, 헌트.

개수대의 배수관처럼 귀신이나 혼령이 자주 나타나는 곳, 25년이나 26년, 아니면 27년마다 집요하게 나타나고 조지 덴브로, 에이드리언 멜론, 베티 립슨, 앨브렛 소녀, 존슨 소년의 사건처럼 짐승들을 위한 서식지.

'동물 서식지.' 그래, 그것이 나를 사로잡는 말이다.

이제 어떤 일이든 뭔가 벌어진다면 전화를 할 생각이다. 그렇게 해야 한다. 그동안 휴식을 빼앗긴 채 나만의 추측과 기억, 그 염병할 기억과 함께, 또 하나 여기 공책과 함께 시간을 보내야겠지? 나의 탄식과 한숨이 부딪히는 벽. 여기 이렇게 앉아 몹시도 부들거리는 손으로 힘겹게 써내려 가고, 여기 이렇게 문 닫은 황량한 도서관에 앉아 어둠 속의 희미한 음향에 귀기울이고, 희붐한 노란색 전구가 던지는 그림자를 바라보며, 그것들이 꼼짝하지 않음을……, 달라진 게 없음을 확인한다.

나는 지금 전화기 옆에 앉아 있다.

전화기 위로 빈 손을 올렸다가……, 미끄러지고……, 그 오랜 친구들을 불러낼 다이얼 구멍 속으로 손가락이 들어간다.

우리는 심연 속으로 함께 갔다.

우리는 어둠 속으로 함께 들어갔다.

또 한 번 함께 가야 한다면 과연 그 어둠 속에서 다시 돌아올 수 있을까?

그럴 것 같지 않다.

제발, 신이여, 전화를 걸지 않게 해 주십시오.

제발, 신이여.

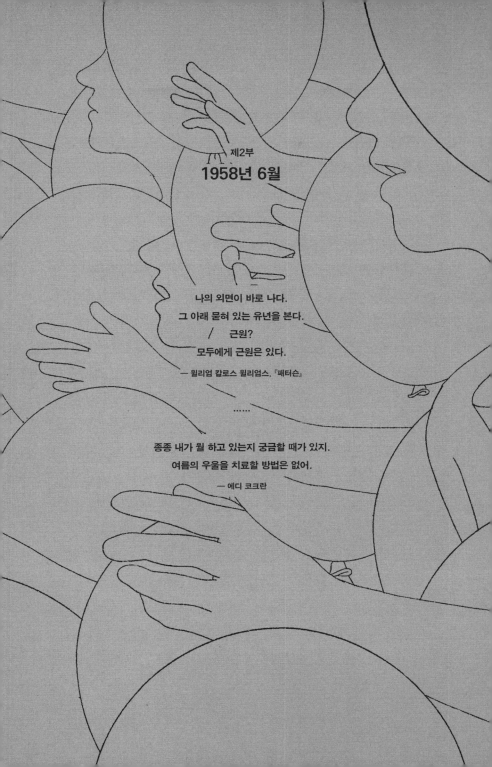

제2부

1958년 6월

나의 외면이 바로 나다.
그 아래 묻혀 있는 유년을 본다.
근원?
모두에게 근원은 있다.

— 윌리엄 칼로스 윌리엄스, 『패터슨』

……

종종 내가 뭘 하고 있는지 궁금할 때가 있지.
여름의 우울을 치료할 방법은 없어.

— 에디 코크란

벤 한스컴, 추락하다

밤 11시 45분경 오마하에서 시카고로 향하는 유나이티드 항공 41편의 여승무원 한 명이 경악에 빠진다. 그녀는 순간적으로 일등석 1A 좌석에 앉아 있는 남자 승객이 죽었다고 생각한다.

그가 오마하에서 탑승할 때부터 그녀는 내심 이런 생각이 들었다. '어머나, 웬 골칫거리람. 코가 비뚤어지게 걸쳤잖아.' 사내의 머리에서 위스키 냄새가 몰칵 풍기는 순간, 그녀는 만화 스누피의 피그 펜이라는 지저분한 꼬맹이가 항상 몰고 다니는 먼지 구름을 떠올릴 정도였다. 그녀는 벌써부터 일등석의 주류 서비스가 걱정이다. 그 사내가 술 한 잔, 그것도 더블로 요구할 것이기 때문이다. 그때가 되면 술을 갖다 줄지 말아야 할지 결정해야 한다. 게다가 재밌게도 그날 밤은 비행 내내 천둥 번개가 몰아칠 태세여서 어느 순간 청바지에 샴브레이 셔츠를 입은 그 호리호리한 사내가 토악

질을 할지 모른다.

그러나 기내 서비스가 시작되자, 그 키 큰 사내는 아주 정중하게 클럽 소다 한 병만 청했을 뿐이다. 그 후 그 승객의 서비스 등은 줄곧 꺼져 있고, 워낙 분주한 비행이므로 승무원도 그에 대해서 까맣게 잊었다. 솔직히 그날의 비행은 비행기에서 내리자마자 다시는 생각하고 싶지 않을 정도로, 조금이라도 여유가 있다면 과연 살아남을지 의구심을 품을 정도로 사납기 짝이 없었다.

유나이티드 41은 능숙한 스키 선수가 활강하듯 천둥과 번개 사이를 미끄러져 나아갔다. 기류도 몹시 불안정하다. 승객들은 고함을 지르며, 비행기 주변으로 몰려든 짙은 구름 기둥 속에서 번뜩이는 번개를 바라보며 불편한 농담을 주고받는다.

"엄마, 지금 하느님이 천사 사진을 찍어 주고 있는 거야?"

꼬마 아이가 묻는 소리에 애 엄마는 파랗게 질린 얼굴로 부들부들 떨며 웃는다. 1차 기내 서비스는 그날 밤 41편에서 이루어진 처음이자 마지막 서비스였다. 이륙 후 20분쯤 지난 후 안전벨트 경고등이 켜지더니 줄곧 불이 들어와 있는 상태이다. 여승무원들은 한결같이 복도에 서서 점잖은 사교계의 불꽃놀이처럼 연신 점멸하는 호출 버튼에 답변한다.

"랠프 씨가 오늘은 무척 바쁘겠어." 복도를 지나치는데 주임 여승무원이 그녀에게 말한다. 주임 여승무원은 비닐 주머니를 새것으로 바꿔 승객에게 돌아가는 중이다. 랠프(사람 이름이자 구토라는 뜻이 있음―옮긴이) 씨는 흔들리는 비행기 안에서 늘 바쁘다. 암호처럼 반 농담으로 여승무원들끼리 주고받는 말이다. 기체가 갑자기 기우뚱거리자, 누군가 나지막이 비명을 토하고, 그 일등석 담당 여승무원은 팔을 쭉 내뻗으며 균형을 잡다가 그만 1A석에 앉아 있는 남자 승객의 초점 없는 시선과 정면으로 맞닥뜨린다.

'맙소사, 저 사람 죽었잖아.' 퍼뜩 그녀의 머리에 떠오른 생각이다. '비행기에 탈 때부터 술에 절어 있던……, 비행기가 심하게 흔들리는 바람에…… 심장…… 극도의 공포 때문에 결국 심장마비에 걸린 거야.'

그 호리호리한 남자의 시선은 그녀를 향해 있지만 눈동자는 공허하다. 눈동자의 움직임이 전혀 없다. 완전히 흐릿한 두 개의 눈동자. 분명 죽은 사람의 눈동자이다.

여승무원은 터질 듯한 심장을 억누르며 그 끔찍한 눈길을 피해 버린다. 그녀는 어떻게 해야 할지 갈피를 못 잡은 채, 남자의 옆자리에 다른 승객이 없어서 큰 소동이 일어나지 않는 것만 해도 다행이라 여긴다. 그녀는 주임 여승무원에게 보고하고 남자 승무원을 불러야 할지 고민한다. 시체를 담요로 감싸고 부릅뜬 눈을 감겨 주어야 한다. 조종사는 기류가 안정권에 들어간 후에도 계속 안전벨트 경고등을 켜 놓을 테고, 승객들은 누구도 화장실을 가겠다고 앞쪽으로 나오지 못할 테니까 시체가 그저 잠들어 있는 것처럼 보일 수 있을 테지.

그런 생각이 재빠르게 뇌리를 스쳐 가서 그녀는 시체를 확인하기 위해 다시 한번 그쪽을 바라본다. 죽은 사내의 초점 없는 시선은 여전히 그녀를 향해 못 박혀 있는데……, 그러다가 시체가 클럽 소다를 집어 올리더니 입가에 갖다 대는 것이다.

비행기가 다시 휘청거리는 때를 맞춰 여승무원의 입에서 흘러나온 단말마의 비명소리는 다른 사람들의 울부짖음에 묻혀 버린다. 그때 남자의 눈동자가 움직인다. 눈에 띌 정도는 아니지만, 그 남자가 살아 있고 분명히 그녀를 응시하고 있다는 확신이 들기에 충분하다. 그녀는 문득 생각한다. '비행기에 탈 때 왜 저 남자가 오십 대 중반이라고 생각했을까, 지금 보니 머리카락이 희끗한 것을 제외하면 어디에도 나이 든 흔적이 없잖아.'

등 뒤에서 호출 버튼의 다급한 차임벨 소리가 아우성을 치지만 그녀는 사내를 향해 걸어간다.(랠프 씨가 정말 바쁘게 생긴 밤이다. 앞으로 30분 후 오헤어에 안전하게 착륙한다면, 승무원들은 일흔 개가 넘는 구토용 비닐 주머니를 처리해야 할 처지이다.)

"선생님, 괜찮으세요?" 그녀가 웃으며 묻는다. 그러나 그 미소는 가짜 같고 비현실적이다.

"괜찮아요." 호리호리한 사내가 대꾸한다. 여승무원은 일등석 좌석 뒤에 난 작은 홈을 흘끗 보고 나서 그의 이름이 한스컴임을 안다. "아주 좋아요. 다만 오늘 밤은 좀 흔들리는군요. 다른 할 일이 많으실 듯합니다. 나한테는 신경 쓸 필요 없어요. 나는……." 그는 유령 같은 미소를 머금었는데, 여승무원은 황량한 11월의 들녘에서 흔들리는 허수아비를 떠올릴 수밖에 없다. "괜찮습니다."

"안색이 약간 창백해 보여서요."

'시체처럼 보여서요.'

"아, 옛날 일을 떠올리고 있었거든요. 오늘 초저녁에야 내게도 그런 옛날이 있었다는 걸 깨달았으니까."

호출 버튼의 차임벨 소리가 더 요란해진다. "이봐요, 승무원?" 누군가가 초조하게 부른다.

"음, 정말 괜찮으시다면……."

"친구들과 함께 직접 만든 댐을 생각하고 있었어요. 아마 난생처음으로 사귄 친구들이었을 거예요. 모두 댐을 만들고 있었고, 그때 나는……." 한스컴은 갑자기 말을 멈추더니 놀란 표정으로 갑자기 웃음을 터뜨린다. 꾸밈없는 웃음, 천진난만한 아이의 웃음 그대로다. "그때 나는 그 친구들을 우연히 만났어요. 말 그대로 우연히 말이죠. 어쨌든 그들은 그 둑을 만들고 환호성을 질렀어요. 정말이지 눈앞에 선하군요."

"여기, 승무원?"

"실례합니다, 선생님. 다른 일 때문에 가 봐야겠어요."

"물론 그래야지요."

그녀는 그 무시무시하고 빨아들일 듯한 눈빛에서 벗어나는 것이 기뻐 서둘러 뒤돌아선다.

벤 한스컴은 창가로 고개를 돌려 우측 날개에서 15킬로미터쯤 떨어진 곳에서 명멸하는 거대한 번개를 바라본다.

명멸하는 섬광 속에서 구름은 흉계를 품고 있는 투명한 두뇌처럼 보인다.

그는 조끼 주머니를 뒤적이지만 은화는 없다. 이미 리키 리에게 주었다. 하나라도 남겨 둘걸 하는 후회가 든다. 쓸모가 있을지 몰랐다. 물론 8300미터 상공에서 무사히 착륙할 수만 있다면 곧장 아무 은행에나 가서 은화를 한 줌 가져올 수 있지만, 최근 정부에서 발행하는 은도금만 요란한 구리 동전은 아무짝에도 도움이 될 수 없다. 늑대 인간과 흡혈귀를 비롯해 별빛 아래서 꿈틀대는 온갖 괴물에 맞서려면 은, 순은이 필요한 법이다. 괴물을 처치하기 위해서는 은이 있어야 한다. 그리고…….

그는 눈을 감는다. 기내는 차임벨 소리로 요란하다. 비행기는 흔들리다 빙빙 돌고 고꾸라지듯 급강하하기를 되풀이하고, 기내는 차임벨 소리가 가득하다. 차임벨 소리?

아니……, 종소리다.

새 학기의 설렘도 이내 사라지면 언제나 기다려지는 종소리, 특히 학기가 시작되고 첫 주가 끝갈 때쯤이면 기다림은 이미 깊어졌다. 다시 자유를 선포하는 종소리였으며, 학교에서 울리는 종소리 중에서 가장 뜻깊은 것이었다.

벤 한스컴은 일등석 좌석에 앉아 천둥이 작열하는 8300미터 상공에 부유한 채, 창가를 바라보며 시간의 장벽이 돌연 얇어지는 것을 느낀다. 무시무시하고 경이로운 기운이 파도처럼 꿈틀대기 시작한다. '이런, 과거의 시간에서 소화액이 흘러나오는 것 같아. 그래서 내 온몸이 소화되는 기분이군.'

섬광이 발작적으로 한스컴의 얼굴을 스쳐 지나가는 동안 하루의 날짜가 바뀌었다는 사실을 자신은 알지 못한다. 칠흑 같은 어둠과 폭풍에 휩싸인 일리노이 주 서부 상공에서 1985년 5월 28일은 5월 29일로 바뀐다. 농사일에 천근만근 무거운 몸을 뉘고 세상모르게 잠들어 있을 농부는 뒤숭숭한 꿈자리에 빠져 있을 뿐, 번개가 종종걸음치고 천둥이 으르렁대는 가운데 그들의 헛간과 지하실과 들녘에서 은밀히 움직이고 있는 존재가 있음을 과연 알기나 할까? 아무도 그런 존재가 있음을 알지 못할 것이다. 아는 것이 있다면 그날 밤 정전이 잦고 폭풍이 사납게 날뛴다는 것 정도일 것이다.

그러나 비행기가 다시 안전한 궤도에 오르고, 기체의 흔들림도 사라질 즈음 8300미터 상공에서 벤 한스컴의 귓가로 들려온 것은 종소리다. 그가 잠이 드는 와중에도 종소리는 여전하고 과거와 현재 사이에 놓인 장벽도 완전히 사라져, 그는 깊은 우물 속으로 추락하듯 세월을 꿰뚫고 과거 속으로 빠져 든다. 웰스의 시간 여행자인 양, 한 손에 부서진 철제 난간을 붙든 채 아래로 아래로 몰록의 땅으로 떨어져 내리고, 기계들은 밤의 터널 속에 요동친다. 1981년, 1977년, 1969년. 그리고 갑자기 그는 여기에, 1958년 6월의 이곳에 있다. 눈부신 여름의 태양이 사위에 가득하고, 잠든 벤 한스컴의 눈꺼풀 너머 꿈에 취한 두뇌의 명령에 한껏 움츠러든 동공은 일리노이 주 서부의 시커먼 상공이 아니라 27년 전 메인 주 데리에 가득했던 화창한 6월의 햇살을 보고 있다.

종소리.

그 종소리.

학교.

학교는.

학교는

끝났다!

데리 초등학교, 잭슨 가에 있는 커다란 벽돌 건물에서 종소리가 높아졌다 낮아졌고, 벤 한스컴의 5학년 교실은 아이들이 일제히 내지르는 환호성으로 떠들썩해졌다. 가장 엄하기로 유명한 더글러스 선생도 아이들을 제지하려고 하지 않았다. 그럴 수 있는 상황이 아니었다.

"주목! 마지막으로 잠깐만 선생님한테 주목하세요." 그녀는 환호성이 잦아들기를 기다려 아이들에게 말했다.

흥에 겨워 재잘대는 소리와 약간의 투덜거림으로 여전히 교실 안은 시끄러웠다. 더글러스 선생의 손에 통지표가 들려 있었다.

"낙제는 아닐 거야!" 샐리 뮬러가 뒷자리에 앉아 있는 비벌리 마시에게 유쾌하게 말했다. 샐리는 화려하고 예뻤으며 언제나 명랑했다. 비벌리 역시 예뻤지만 학교가 방학을 하든 말든, 이 오후에 활달한 구석이라고는 없었다. 그녀는 시무룩한 표정으로 싸구려 운동화를 내려다보았다. 얼굴 한쪽에는 희미한 멍 자국이 드러나 있었다.

"그러든 말든 제길 상관없어."

샐리는 콧방귀를 뀌었다. 숙녀는 그런 상스러운 말을 안 하는 법이야, 그렇게 말하는 것 같았다. 샐리는 이내 그레타 보위에게 고개를 돌렸다. 학년의 끝을 알리는 종소리에 흥분했기 때문에 샐리가 비벌리에게 말을 건넸을 거라고, 벤은 생각했다. 샐리 뮬러와 그레타 보위는 웨스트 브로드웨이의 부자 동네에 살았으며, 비벌리의 집은 로어 메인 가의 초라한 아파트였다. 로어 메인 가와 웨스트 브로드웨이는 2킬로미터가 조금 넘는 거리였지만, 벤처럼 어린 아이들도 두 지역이 지구와 명왕성만큼이나 멀리 떨어져 있음을 잘 알았다. 그 현실 속의 거리감을 확인하려면 구세군 상자에서 나왔을 비벌리의 치마와 싸구려 운동화를 흘끗 바라보는 것만으로 충분했다. 그러나 벤은 여전히 비벌리를 훨씬 좋아했다. 샐리와 그레타는 좋은 옷만 입었고, 한 달에 한 번 정도는 미장원에서 머리를 손질하는 것 같았지만 벤은 사람의 근본만은 바뀌지 않는다고 생각했다. 매일 파마를 할 수는 있어도 젠체하는 멍청이 기질이 사라지지는 못할 테니까.

벤은 비벌리가 훨씬 예쁘다고……, 훨씬 아름답다고 생각했지만 100년이 지나도 그런 말을 감히 비벌리에게 직접 할 자신은 없었다. 그러나 고양이처럼 소파에 웅크리고 창가에 나른하게 부딪히는 한겨울의 햇살을 바라볼 때면, 더글러스 선생님이 수학 공식을 설명할 때면(복잡한 나눗셈이나 분수 사이의 공통 분모를 어떻게 찾아내는가 등등), 교과서의 심화 학습 문제를 읽을 때면, 파라과이의 주석 매장량을 설명할 때면, 학교 수업이 영원히 끝날 것 같지 않지만 어차피 바깥은 눈이 내려 진흙탕으로 변했을 테니 상관없다고 한숨 쉴 때면……, 그런 날이면 벤은 가끔씩 곁눈질로 비벌리의 얼굴을 훔쳐보았고, 그때마다 상처를 받거나 설레는 것처럼 심장이 두근 반 세근 반 마구 뛰놀았다. 벤은 비벌리에게 홀딱 반했다고, 그녀와 사랑에 빠졌다고 생각했다. 그래서 라디오에서 펭귄스의 「지상의 천사」만 흘러나와도, "사랑하는 사람아, 당신을 언제나 사랑하네……." 하는 가사만 들어도 언제나 비벌리가 떠오르는 거라고 생각했다. 정말 바보 같은 소리지만, 쓰고 버린 클리넥스 휴지처럼 너절한 얘기지만 그래도 벤은 좋았다. 속마음을 끝끝내 내보이지 않을 테니까. 뚱뚱한 아이는 누군가를 좋아해도 마음속에만 담아 두는 법이라고 그는 생각했다. 만약 다른 사람에게 마음속 감정을 얘기한다면(실제로 그럴 수 있는 친구가 하나도 없었지만), 그 사람은 심장마비가 일어날 때까지 미친 듯이 웃을지 몰랐다. 게다가 비벌리에게 그런 말을 한다면 그녀 역시 웃을 것이고(꽤 나쁜 상황), 아니면 메스껍다는 듯이 토하는 흉내를 낼지도(좀더 나쁜 상황) 모른다.

"자, 지금부터 이름을 부르면 곧바로 앞으로 나오세요. 폴 앤더슨……, 카라 보렉스……, 그레타 보위……, 캘빈 클라크……, 시시 클라크……."

이름이 불리자, 5학년 학급 아이들은 하나씩 앞으로 나아가(늘 붙어 다니는 클라크 쌍둥이 남매는 이번에도 두 손을 꼭 붙잡고 앞으로 나갔는데 금발의 길이가 다르고, 여자 애는 드레스, 남자 애는 청바지를 입었다는 점 외에는 도저히 분간하기 어려웠다.), 앞장에 미국 국기와 국기에 대한 맹세가 찍혀 있고 뒷장에 주기도문이 적힌 황갈색 통지표를 저마다 받아 들고 침착하게 교실을 빠져나갔지만……, 일단 복도에 접어드는 순간 우당탕 하는 발소리가 뒤섞이며 현관문 여닫는 소리가 울렸다. 그리고 아이들은 여름 속으로 뛰어들어 하나둘 어디론가 사라졌다. 자전거를 타고 가는 아이, 펄쩍펄쩍 뛰어가는 아이, 말탄 시늉을 하며 허벅지를 두들기며 말발굽 소리를 내는 아이, 두 팔을 힘차게 휘두르며 「공화국 찬가」의 리듬에 가사를 바꿔 "학교가 불타는 영광의 순간을 보고 있도다."를 부르는 아이…….

"마르시아 패던……, 프랭크 프릭……, 벤 한스컴……."

벤은 자리에서 일어나 그해 여름의 마지막 시선(그때는 마지막이라는 생각이 들었다.)인 양 비벌리 마시를 훔쳐본 후 교탁 앞으로 걸어갔는데, 그 열한 살짜리 소년의 뉴멕시코만 한 엉덩이에는 아직도 새로 산 청바지의 구리 상표가 반짝였고 걸을 때마다 허벅지가 부딪혀 쉬익쉬익 소리를 냈다. 엉덩이가 흔들리는 모양이 여자 아이들 같았다. 뱃살은 양쪽으로 출렁출렁했다. 벤은 더운 날씨임에도 헐렁한 운동복을 입고 있었다. 그는 언제나 헐렁한 운동복을 입었다. 크리스마스 방학이 끝나고 학교에 등교한 첫날 가슴이 축 늘어졌다며 놀림을 당한 후부터 그랬다. 그때 어머니가 사 준 아이비리그 셔츠를 입고 왔다가 하필 6학년이었던 트림쟁이 허긴스의 눈에 띈 것이다. "얘들아! 산타클로스가 벤 한스컴한테 무슨 선물을 주고 갔는지 봐라! 젖통 두 개를 달아 줬어!" 트림쟁이는 자신이 한 말이 웃겨 죽겠다는 듯 데굴데굴 구를 정도였다. 다른 아이들도 따라 웃었고, 그중에는 여학생들도 있었다. 정말이지 쥐구멍이라도 있다면 찍소리 없이, 아니 감사의 기도라도 올리며 숨고 싶은 심정이었다.

그날 이후 벤은 운동복을 입었다. 헐렁한 갈색, 헐렁한 녹색, 두 벌의 헐렁한 남색, 그렇게 네 벌의 운동복을 돌려 입었다. 대부분 온순하기만 했던 어린 시절, 벤이 어머니에게 대든 몇 안 되는 사건 중에 운동복도 한몫했다. 만약 그날 비벌리도 다른 아이들과 함께 웃었다면 그는 죽었을 거라 생각했다.

"벤, 너 같은 학생을 가르칠 수 있어서 선생님은 정말 기뻤단다." 더글러스 선생님은 벤에게 통지표를 건네며 말했다.

"고맙습니다. 선생님."

교실 뒤쪽에서 누군가 벤의 목소리를 꾸며 야유를 보냈다. "고마워유우, 새앤님."

당연히 헨리 바워스였다. 단짝 친구인 트림쟁이 허긴스와 빅터 크리스는 6학년이었지만, 전해 낙제하는 바람에 벤과 5학년 교실에 있었던 것이다. 벤은 바워스가 또 낙제했을지 모른다고 생각했다. 그때까지도 바워스의 이름이 불리지 않았고, 만약 그가 또 낙제한다면 벤에게는 심각한 문제였다. 벤 자신에게도 어느 정도 책임이 있는 데다……, 바워스도 그렇게 생각할 터였다.

일주일 전 학년 말 시험 때, 더글러스 선생님은 탁자 위에 모자를 올려놓고, 그 속에서 아이들 이름이 적혀 있는 쪽지를 무작위로 뽑아 자리를 다시 배치했다. 벤은 맨 뒷자리였고 바로 옆에 헨리 바워스가 앉았다. 여느 때처럼 벤은 시험지를 두 팔로 감싸 안고 바짝 웅크린 채, 책상에 맞닿은 복부에서 안정감을 느끼며 연필에 침을 발라 가면서 문제를 풀기 시작했다.

화요일 시험의 반이 지나가고 수학 시험이 시작되자, 옆쪽에서 속삭이는 소리가 들려왔다. 죄수가 운동장에서 중요한 말을 주고받듯, 온갖 부정 행위에 능숙한 바워스의 조용하고 노련한 목소리였다. "보여 줘."

벤은 왼쪽을 힐끔거리다 헨리 바워스의 시커멓고 난폭한 눈동자와 마주쳤다. 헨리는 열두 살이란 나이에 비해 체구가 매우 건장했다. 농장 일을 하느라 팔과 허벅지가 두툼했다. 미쳤다는 소문이 파다한 그의 아버지는 뉴포트 인근의 캔자스 가 끝에 작은 농장을 하나 가지고 있었다. 헨리는 일주일에 적어도 서른 시간은 괭이질을 하고 잡초를 뽑거나, 돌을 고르고 나무를 베며 수확할 것이 있을 때마다 거두는 등 농장 일을 해야 했다.

헨리는 머리 가죽이 허옇게 드러날 정도로 짧은 스포츠형 머리를 하고 있어서, 그 모양만 봐도 언제나 화가 머리끝까지 나 있는 분위기였다. 게다가 청바지 뒷주머니에 항상 왁스를 넣어가지고 다니며 앞머리를 이마 위로 바짝 세워 놓는 바람에 걸어다니는 톱날처럼 보였다. 그는 언제나 땀내와 겸 냄새를 풍겼다. 학교에 올 때면 등에 독수리가 그려진 분홍색 오토바이 재킷 차림이었다. 언젠가 4학년 학생이 멋모르고 그 재킷을 보고 웃은 적이 있었다. 헨리는 족제비처럼 유연하고, 살무사처럼 민첩하게 농장 일로 다져진 우락부락한 주먹으로 그 아이를 흠씬 두들겨 주었다. 아이는 앞니 세 개가 부러졌다. 헨리는 2주간의 정학 처분을 받았다. 벤은 그때 내색하지 않았지만 두려움에 벌벌 떨면서도 헨리가 정학 대신 퇴학당하기를 간절히 빌고 또 빌었다. 그런 행운은 찾아오지 않았다. 그리고 악운은 언제든 고개를 치밀었다. 징계가 끝나자 헨리는 기세등등하게 학교로 돌아왔고, 예의 음흉하게 반짝이는 분홍색 재킷과 머리 위에서 비명을 지르는 듯한 왁스 머리는 더욱 위협적으로 느껴졌다. 눈두덩에 퍼런 멍자국이 아직 남아 있는 것을 보면, 미쳤다는 아버지한테 학교에서 말썽을 피운 대가를 톡톡히 치른 모양이었다. 구타의 흔적은 언젠가 사라지는 법이지만 데리에서 헨리와 함께 생활해야 하는 아이들로서는 뼈아픈 교훈으로 남을 일이었다. 벤이 기억하는 한, 그날 이후 누구도 독수리 그림이 그려진 헨리의 분홍색 오토바이 재킷을 놀리지 않았다.

그가 히죽거리며 시험지 답안을 보여 달라고 했을 때 벤의 머릿속으로 로켓(벤은 뚱뚱한 체구에 비해 날렵하고 민첩한 두뇌 회전의 소유자였다.)처럼 세 가지 생각이 솟구쳤다. 우선 헨리의 부정 행위가 더글러스 선생님에게 발각되면 벤과 헨리 모두 시험에서 0점을 받을 터였다. 둘째로 그가 만약 헨리의 요구를 들어주지 않는다면, 방과 후 허긴스와 크리스에게 양쪽 팔을 붙잡힌 채 가공할 만한 헨리의 주먹 세례를 받아야 할 터였다.

여기까지는 어린아이다운 생각이고, 벤은 어린아이였으므로 그리 놀랄 만한 일은 아니다. 그러나 마지막 세 번째 생각은 상당히 세련되고 계산적이어서 거의 어른의 머리에서 나온 느낌이 들 정도였다.

'나를 죽이고 싶어 안달하겠지. 그러나 마지막 한 주만 잘 피해 다니면 돼. 그 정도는 할 수 있잖아. 그러다 여름이 지나면 잊어버릴 거야. 녀석은 그 정도로 멍청하니까. 만약 이번 시험에서 낙제하면 또 한 번 5학년이야. 그리고 나는 한 학년 높은 6학년이 되지. 더 이상 놈과 같은 교실에 있지 않아도 되고……, 놈이 6학년으로 올라갈 때 나는 중학교에 진학할 테지. 그럼 나는 자유야.'

"보여 달라니까." 헨리의 지그시 눌린 속삭임이 다시 들려왔다. 시커먼 눈동자에 절박한 눈빛이 번뜩였다.

벤은 머리를 흔들며 더 깊숙이 시험지 위로 웅크렸다.

"돼지 새끼, 죽여 버린다." 헨리는 약간 사나워진 음성으로 속삭였다. 그때까지 시험지엔 이름만 덜렁 적혀 있고 문제는 하나도 풀지 않은 상태였다. 만약 또 낙제한다면 아버지한테 맞아 죽을 것이 분명했다.

"보여 주지 않으면, 정말 죽는다."

벤은 다시 고개를 세차게 가로저었는데 아래턱에 경련이 일었다. 그는 두려웠지만 단호하게 마음먹었다. 난생 처음으로 자신의 의지에 따라 행동했지만 그것이 오히려 두려움을 주었고 당시에는 그 이유를 알지 못했다. 오랜 세월이 흘러 성인기로 돌진할 즈음에야 벤은 차갑게 이해득실을 따지고, 신중하고 실용주의적으로 비용 계산을 하는 자신이 헨리의 위협보다 그를 더 겁먹게 했음을 깨달았다. 헨리는 피할 수 있었다. 성인이 되면 그는 거의 늘 그런 식으로 생각할 터이고 영원히 그 안에 갇힐 터였다.

"거기 뒤에서 누가 떠드는 거지?" 더글러스 선생의 카랑카랑한 목소리가 들려왔다. "지금부터라도 조용히 해야 할 거야."

10분 남짓, 무거운 침묵이 흘렀다. 아이들은 등사기 잉크 냄새가 밴 시험지에 고개를 파묻고 답을 쥐어짜는 동안, 들릴락 말락하니 침착해서 훨씬 섬뜩한 목소리가 벤의 귓가로 파고들었다.

"넌 이제 죽었어, 돼지 새끼야."

벤은 통지표를 들고 교실을 빠져나오면서 열한 살짜리 아이에겐 불가해한 신의 이름을 들먹이며 알파벳 순으로 이름이 불리지 않아 그가 헨리보다 먼저 나올 수 있었다는 사실에 감사의 기도를 올렸다.

벤은 다른 아이들처럼 복도를 달려가지 않았다. 뚱뚱하기는 해도 누구 못지않게 빠르게 달릴 수 있었지만, 무엇보다 그런 자신의 모습이 얼마나 우스꽝스러운지 잘 알기 때문이었다. 걸음을 서둘러 서늘한 책 냄새가 풍기는 복도를 지나자 이윽고 눈부신 6월의 태양이 쏟아졌다. 그는 잠시 걸음을 멈추고 태양을 올려다보았고, 그 따스함과 자유로움에 가슴이 벅차올랐다. 9월이 되려면 족히 100년은 남아 있는 느낌이었다. 물론 달력에 남아 있는 숫자는 다르겠지만 달력은 어차피 거짓말쟁이였다. 달력에 표시된 날을 전부 합친 것보다 여름은 길었으며, 그 여름이 모두 벤의 것이었다. 벤은 문득 급수탑처럼 키가 커지고 마을만큼 덩치가 부풀어 오르는 느낌이었다.

누군가와 세게 부딪쳤다. 벤이 돌계단 가장자리로 쓰러지지 않으려고 버둥대는 순간 여름날의 행복한 상상은 이내 사라져 버렸다. 벤은 가까스로 철제 난간을 붙잡았다.

"비곗덩어리, 저리 비키지 못해."

엘비스 프레슬리처럼 빗어 넘긴 빅터 크리스의 머리엔 기름이 번들거렸다. 그는 계단을 내려가 정문 쪽으로 걸어갔는데, 청바지 주머니에 두 손을 쑤셔 넣고 옷깃을 바싹 치켜세운 뒷모습에 걸음을 옮길 때마다 작업화에 박아 넣은 징이 땅에 끌리고 부딪히며 소리를 냈다.

겁에 질린 벤의 귓가로 심장 소리가 거칠게 오르내리는 가운데, 트림쟁이 허긴스가 학교 앞 맞은편 길가에서 담배를 피우고 있는 모습이 보였다. 그는 다가오는 빅터에게 손을 흔들어 보이며 피우던 담배를 건넸다. 빅터가 담배를 한 모금 빨아들인 후, 다시 허긴스에게 돌려줄 때까지도 벤은 계단 중간에 못박혀 있었다. 빅터가 뭐라고 하자 두 사람은 이내 헤어졌다. 벤의 얼굴이 어두워졌다. 그들에게서 벗어날 수 없었다. 피할 수 없는 숙명처럼.

"여기가 그렇게 좋아? 하루 종일 서 있겠다, 얘." 갑자기 벤의 옆에서 들려오는 목소리.

벤은 그쪽을 바라보다 얼굴이 발갛게 달아올랐다. 비벌리 마시, 어깨까지 탐스럽게 늘어진 붉은색 머리카락에 아름다운 연한 초록빛 눈동자, 그녀가 그곳에 서 있었다. 팔꿈치에 이르는 스웨터는 목 부분이 해어져 있었고 벤의 운동복처럼 헐거워 보였다. 너무 헐거워서 그녀의 가슴 윤곽이 어떤지 알 수 없었지만 벤은 아무래도 좋았다. 사춘기 전에 찾아온 사랑, 너무도 선명하고 강한 물결처럼 다가와 피할 수 없는 설익은 절절함……, 벤은 애써 거부하지 않았다. 그저 그 물결에 몸을 실었다. 그처럼 비참하고 곤란한 상황은 처음인 듯, 얼뜨고 한편으론 설레고……, 그러나 분명 벤에게는 축복의 순간이었다. 무력감이 몽롱한 머릿속에 얽혀 기분이 나쁜지 즐거운지조차 분간할 수 없었다.

"아니." 목이 잠겼다. "아닐 거야." 얼굴엔 함박웃음이 피어올랐다. 얼마나 어리숙해 보일까마는 웃음을 거둘 수 없었다.

"좋아, 뭐. 이제 방학이잖아. 정말 너무 기뻐."

"저, 여름……." 또 목이 잠기고 갈라졌다. 목청을 가다듬어야 하는데 얼굴만 확 달아올랐다. "여름 방학 잘 보내, 비벌리."

"벤, 너도. 그럼 다음 학년에 보자."

비벌리는 재빨리 계단을 내려갔고, 벤은 사랑에 빠진 눈길로 그녀의 행동 하나하나를 남김없이 바라보았다. 밝은 색 체크무늬치

마, 스웨터 위로 나풀거리는 붉은색 머리카락, 우윳빛 피부, 아물어 가는 종아리의 작은 생채기(무슨 까닭인지 종아리의 상처를 보자 벤은 갑자기 밀려드는 감정의 파도에 휩쓸려 철제 난간을 꽉 움켜쥐었다. 거대하지만 설명할 길 없고, 다행히 순식간에 사라져 버린 감정. 성의 전조였을까, 내분비선이 아직 깊은 잠에 빠져 있던 벤의 육체에는 무의미할 수도 있지만 분명 여름날의 열기처럼 현란한 물결이었다.), 그리고 오른쪽 운동화 바로 위에 매단 금색의 발목 장식에서 반사되는 눈부신 햇살 한 조각.

벤의 귓가에서 모든 음향이 사라졌다. 나이 든 노인처럼 계단을 내려가 그때 막 왼쪽으로 방향을 틀어 학교 울타리 너머 사라지는 비벌리의 모습을 바라보았다.

아이들이 환호성을 지르며 삼삼오오 교실을 빠져나오는 동안, 벤은 그렇게 꼼짝없이 서 있다가 문득 헨리 바워스가 생각나 서둘러 건물을 돌아 발길을 재촉했다. 저학년용 운동장을 가로지르다 그네 줄을 흔들어 놓고는 시소를 뛰어넘었다. 차터 가로 나 있는 조그만 후문, 그곳을 나오자마자 왼쪽으로 꺾어 곧장 걸어가면서 지난 9개월 동안 대부분의 시간을 보냈던 학교에 눈길 한번 주지 않았다. 뒷주머니에 통지표를 쑤셔 넣고 휘파람을 불기 시작했다. 신발은 허름했지만 땅 위를 날아 여덟 블록쯤 지나친 느낌이었다.

학교가 방학에 들어간 시간은 정오가 조금 지나서였다. 금요일 저녁이면 일이 끝난 후 할인 판매점에 들르기 때문에, 벤의 어머니는 6시가 넘어야 집에 돌아올 것이다. 이제부터 그날의 남은 시간은 벤의 것이었다.

벤은 매캐론 공원의 나무 그늘에 앉아 "나는 비벌리 마시를 사랑해."라고 혼잣말을 중얼거렸는데, 그때마다 마음이 홀가분해지고 낭만적인 감정이 스쳐 지나갔다. 얼마쯤 지났을까, 남자 아이들이 우르르 몰려와 야구 편을 가르느라 재잘대는 순간에도, 벤은 '비벌리 한스컴'이라는 말을 두 번 속삭이다 화끈 달아오른 얼굴을 잔디밭에 묻었다.

이윽고 벤은 공원을 가로질러 코스텔로 대로 쪽으로 걸어갔다. 다섯 블록만 가면 늘 들르곤 하던 시립 도서관이 나타날 터였다. 6시까지 거기에서 보낼 생각이었다. 공원에서 막 벗어나는 순간 6학년인 피터 고든이 벤을 향해 소리 질렀다. "야, 젖통! 놀다 갈래? 우익수가 한 명 필요한데 말이야."

갑자기 여기저기서 웃음소리가 터져 나왔다. 벤은 자라목처럼 잔뜩 움츠리고 있는 힘껏 달려갔다.

그래도 다행이었다. 다른 날 같으면 애들한테 쫓기다 결국 땅바닥에 내팽개쳐져 울음을 터뜨릴 때까지 모진 시련을 겪어야 했을 것이다. 오늘은 아이들이 선제 공격을 정할 때 가위 바위 보를 할지, 야구 방망이를 던져 결정할지, 콜드 게임은 몇 회에 점수 차는 얼마로 할지 등등, 시합에 정신이 팔려 있었다. 벤은 여름을 알리는 첫 번째 소프트볼 게임이 진행되는 동안 유유히 그곳을 빠져나올 수 있었다.

코스텔로 대로를 세 블록 정도 지났을까, 벤은 어느 집 울타리 밑에서 꽤 괜찮은 물건을 발견했다. 찢어진 낡은 종이 봉지에서 유리병이 반짝였다. 벤은 발끝으로 긁듯 봉지를 보도 위로 끌어냈다. 뜻밖의 횡재였다. 봉지에는 맥주병 네 개와 커다란 소다수 병 네 개가 담겨 있었다. 맥주병은 하나에 5센트, 소다수병은 2센트이다. 28센트가 나무 울타리 밑에서 운좋은 아이라면 누구나 가져가 달라는 듯 놓여 있었던 것이다.

"그게 나라고." 벤은 그 시간 이후 무슨 일이 기다리고 있을지 모르고 마냥 즐거웠다. 종이 봉지의 밑 부분을 조심스럽게 받들고 다시 걸어가기 시작했다. 코스텔로 상가를 향해 한 블록 정도를 더 걸어가서 상점 안으로 들어갔다. 종이에 든 병들을 모두 돈으로 바꾸고, 그 돈을 거의 다 사탕을 사는 데 쓸 생각이었다.

벤은 사탕 진열장 앞에 서서 가게 주인이 바퀴 달린 유리문을 열 때마다 드르륵드르륵 하는 소리에 즐거워하며 이것저것 사탕을 가리켰다. 붉은색 감초 사탕 다섯 개, 검은색 다섯 개, 루트 비어 막대사탕 열 개(두 개에 1센트), 리큄 꿀사탕 한 통, 집에 있는 장난감 총 페즈 건에 맞는 사탕 한 상자. 벤은 사탕이 가득 담긴 갈색 종이 봉지를 바라보다 문득 생각에 골몰했다.

'이런 식으로 먹다가는 비벌리 마시가 도망가 버리고 말 거야.'

그러나 달갑지 않은 생각이었으므로 이내 머리에서 지워 버렸다. 그런 것쯤은 간단했다. 늘 떠올랐다가 사라져 버리는 생각 중 하나였기 때문이다.

누군가 "벤, 외롭지 않니?" 하고 묻는다면, 정작 벤 자신은 화들짝 놀란 눈으로 그 사람을 쳐다볼지 모른다. 그런 생각은 한 번도 해 본 일이 없었다. 친구는 없어도 책과 꿈이 있었다. 플라스틱 장난감 자동차도 있었다. 링컨 로그 같은 커다란 블록 세트도 있어서 무엇이든 만들어 냈다. 벤이 링컨 로그 블록으로 집을 만들면, 어머니는 설계도로 지은 집보다 멋지다며 연신 탄성을 자아내곤 했다. 아주 괜찮은 전자 부품 세트도 있었다. 10월 생일이 돌아오면 좀더 멋들어진 슈퍼 세트를 선물로 사 달라고 할 작정이었다. 그것만 있으면 실제로 움직이는 시계도 만들고, 기어가 달린 자동차까지 만들 수 있을 것이다. 외롭다뇨? 벤은 어리둥절한 표정으로 반문할지 모른다. 어어? 뭐가요?

선천적으로 앞을 못 보는 아이는 누군가 그것을 알려 주기 전까지 자신이 장님이라는 사실조차 모른다. 설령 알게 되도 장님이라는 현상을 학술적인 개념으로 받아들이지만, 후천적으로 장님이 되면 그 의미를 분명히 깨닫는다. 벤 한스컴은 외롭지 않은 상태가 어떤 것인지 몰랐으므로, 외로움을 느낄 수 없었다. 외로움이 좀더 새롭고, 일부에 집중됐다면 이해할 수도 있겠지만, 어쨌든 외로움은 벤의 일상을 겹겹이 에워싸고 구석구석 녹아 든 상태였다. 엄지손가락의 관절을 움직이듯, 앞니 안쪽이 약간 울퉁불퉁하게 느껴지듯, 초조해질 때마다 혓바늘이 약간 돋듯 벤에게 외로움은 아주 단순했다.

비벌리는 달콤한 꿈이었고, 사탕은 달콤한 현실이었다. 사탕이 그의 친구였다. 그래서 잠시 떠올랐던 불편한 생각을 쫓아내 버리면 아무 흔적 없이 조용히 사라져 버린다. 코스텔로 상가와 도서관 중간쯤까지 왔을 때, 벤은 봉지에 든 사탕을 전부 먹어 치운 상태였다. 처음에는 밤에 텔레비전을 볼 때를 대비해 페즈 사탕을 남길 생각이었다. 페즈 권총 손잡이 부분에 사탕을 하나씩 집어넣으면 마치 총알을 장전하듯 용수철 소리가 들렸고, 사탕으로 자살하려는 아이처럼 벤은 그 소리를 무척 좋아했다. 그날 밤은 케네스 토비가 용맹한 헬리콥터 조종사로 나오는 「헬리콥터」를 시작으로, 실제 사건을 재구성한 「수사 본부」, 브로데릭 크로포드가 고속도로 순찰대원으로 나와서 즐겨 보는 「고속도로 순찰대」가 방영될 것이다. 브로데릭 크로포드는 벤의 영웅이었다. 브로데릭 크로포드는 빠르고, 브로데릭 크로포드는 비열하고, 브로데릭 크로포드는 누구한테도 무시당하지 않았다…….무엇보다 브로데릭 크로포드는 뚱뚱했다.

코스텔로와 캔자스 가의 모퉁이, 길을 건너면 바로 시립 도서관이었다. 도서관은 두 개의 건물로 이루어져, 1890년에 부자 목재상의 기부로 지었다는 낡은 석조 건물이 앞에, 아동 도서관이 들어 있는 신축 건물이 뒤에 있었다. 앞쪽의 성인 도서관과 뒤쪽의 아동 도서관은 유리 통로로 연결되어 있었다.

도심으로 향하는 캔자스 가는 길이 일방통행이었고, 벤은 오른쪽만 살피며 길을 건넜다. 만일 왼쪽까지 살폈다면 발작적인 충격에 휩싸였을지 모른다. 한 블록가량 떨어진 데리 시민 회관의 잔디밭, 그곳의 큼지막한 떡갈나무 그늘 아래 트림쟁이 허긴스와 빅터 크리스, 헨리 바워스가 서 있었던 것이다.

"잡아 족치자고." 빅터는 벌써부터 숨을 헐떡였다.

헨리의 눈에는 돼지 새끼 한 마리가 허둥지둥 도로를 건너가고 있었다. 배가 출렁출렁, 뒤통수에 삐죽 나온 머리카락 꽁지는 남의 눈을 피하듯 앞뒤로 까닥까닥, 새로 산 청바지에 싸여 뒤룩뒤룩한 엉덩이는 오두방정을 떨었다. 그는 시민 회관의 잔디밭과 한스컴 사이의 거리, 한스컴과 도서관 정문 사이의 거리를 가늠해 보았다. 잘만 하면 한스컴이 도서관 안으로 들어가기 전에 붙잡을 수 있겠지만, 문제는 돼지 멱따듯 비명을 지를지 모른다는 데 있었다. 한스컴이 끽소리 없이 몰매를 달게 받을 리 없었다. 비명소리에 필시 어른이 끼어들 텐데, 헨리는 아무 방해도 받고 싶지 않았다. 더글러스 년이 말하기를 영어와 수학에서 낙제를 했단다. 6학년으로 진급은 시켜 주겠지만 여름 방학 동안 한 달간 보충 수업을 받아야 한다는 것이다. 헨리는 차라리 낙제하는 편이 낫다고 생각했다. 또 낙제한다면 아버지한테 한 번은 죽도록 두들겨 맞을 뿐이었다. 그러나 농장 일이 한창 바쁜 시기에 한 달 간 하루 네 시간씩 학교에 가야 한다면, 아버지는 적어도 여섯 번 이상은 주먹질을 해 댈게 분명했다. 헨리는 어느 모로 보나 암담한 여름의 운명을 일단 감수하기로 했지만, 우선은 그날 오후 돼지 새끼에게 모든 책임을 전가하고 응분의 대가를 치르게 할 생각이었다.

물론 그만 한 재미도 있을 터였다.

"그래, 어서 가자." 트림쟁이가 말했다.

"도서관에서 나올 때까지 기다려."

벤은 큼지막한 이중문을 열고 도서관 안으로 들어갔고, 그들은 잔디밭에 앉아 담배를 피우고 떠돌이 외판원 같은 농담을 주고받으며 벤이 나올 때까지 기다리기로 했다.

'죽치고 기다리다 보면 언젠가는 나오겠지.' 헨리는 그때를 기다려 태어난 게 후회스러울 정도로 벤을 박살내 줄 생각이었다.

벤은 도서관을 좋아했다.

아무리 무더운 여름날에도 도서관은 시원해서 좋았다. 이따금 소곤대는 소리, 사서가 책이나 열람 카드에 도장 찍는 소리, 주로 노인들이 기다란 막대에 묶인 신문을 읽곤 하는 정기 간행물실에서 잔물결처럼 책장 넘어가는 소리, 그런 소리에 흔들리는 도서관의 정적이 좋았다. 높고 좁다란 창문으로 비스듬히 흘러드는 오후의 햇살이 좋았고, 찬바람이 흐느끼는 겨울 저녁이면 사슬에 매달린 전등에서 드리운 나른한 빛 그림자가 좋았다. 향긋하고 아련한 세월이 깃들어 있는 책 냄새도 좋았다. 종종 성인용 서가를 거닐 때면 수천 권의 책을 바라보며 그 하나하나에 담겨 있을 세상이 어떤 것일까 상상하는 것도 좋았고, 10월 말 어느 오후, 연기 자욱한 황혼 속에서 집으로 돌아올 때 지평선에 적황빛 줄무늬로 스러지는 태양을 바라보고 집집마다 창문 너머 어떤 일들이 벌어지고 있을까, 웃고 다투고 꽃병에 꽃을 꽂거나 아이들과 애완동물에게 먹을 것을 주고 텔레비전 앞에 옹기종기 앉아 있지는 않을까 하고 생각하는 일도 좋았다. 구관 건물과 어린이 도서관을 연결하는 유리 통로가 구름이 잔뜩 낀 날들을 제외하면 언제나 따뜻하다는 것도 좋았다. 어린이 도서관장인 스타렛 부인이 온실 효과 때문에 유리 통로는 항상 따뜻하다고 얘기해 준 일이 있는데, 그 온실 효과라는 것도 아주 마음에 들었다. 훗날, 벤은 뜨거운 논란에 휩싸였던 BBC 커뮤니케이션 센터를 짓고, 앞으로도 천 년간은 갑론을박이 끊이지 않을 테지만, 벤을 제외한 그 누구도 커뮤니케이션 센터가 데리 시립 도서관의 유리 통로를 그대로 옮겨 놓았다는 사실은 알지 못할 것이다.

벤은 구관 건물에서 느껴지는 음침한 매력이 없고, 곡선형 철제 계단이 너무 비좁아 한 사람씩 줄지어 움직일 수밖에 없는 원형 건물의 아동 도서관도 좋았다. 아동 도서관은 밝고 햇볕이 잘 들었으며, "우리 모두 조용히 책을 읽기로 해요."라고 쓴 표지가 벽면에 붙어 있는데도 약간은 소란스러웠다. 대부분의 소음은 꼬맹이들이 그림책을 읽는 '병아리 열람실'에서 들려왔다. 벤은 그곳에서 여느 때처럼 한 시간씩 하던 독서를 시작할 참이었다. 사서 중에서도 젊고 예쁜 데이비스가 『염소 삼형제』를 읽고 있었다.

"누가 내 다리 위를 종종걸음으로 건너고 있지?"

데이비스는 동화 속에 나오는 괴물의 목소리를 흉내 내어 낮게 으르렁대며 말했다. 몇몇 아이들은 손으로 입을 가리고 키득거렸지만, 대부분의 아이들은 꿈속에서 들려오던 목소리를 실제로 대한 것처럼 데이비스를 심각하게 바라보았는데, 하나같이 동화의 영원한 매력에 빠져 있는 눈빛이었다. 주인공이 괴물을 무찔렀을까……, 아니면 괴물에게 잡아먹혔을까?

벽면에는 화려한 포스터들이 즐비했다. 미친개처럼 입가에 하얀 거품을 가득 물고 열심히 이를 닦고 있는 착한 어린이가 그려진 포스터도 눈에 띄었다. 담배를 피우는 나쁜 어린이(그 밑에 '나는 어른이 되면 아빠처럼 무서운 병에 걸릴 거야.'라고 쓰인) 포스터도 있었다.

어둠 속에서 수많은 불빛이 반짝이는 멋진 사진도 보였다. 그 밑에는 이렇게 적혀 있었다.

훌륭한 사고 하나가 천 개의 촛불을 밝힌다.

— 랠프 왈도 에머슨

보이스카우트에 가입하라는 안내장도 있었다. "오늘의 소녀 모임이 내일의 여성을 만든다."라는 다소 진보적인 생각을 전하는 포스터도 보였다. 소프트볼 참가 신청서와 시민 회관 어린이 극장의 정기 이용 등록서도 있었다. 물론 여름 독서 프로그램 신청서도 빠질 리 없었다. 벤은 지금까지 여름 독서 프로그램에 열성적으로 참가해 왔다. 가입할 때 선물로 미국 지도를 받는다. 책을 읽고 독후감을 쓸 때마다 미국의 각 주가 나타난 스티커를 나눠 주는데, 이것을 지도에 갖다 붙인다. 스티커에는 각 주를 대표하는 새와 꽃, 미국 연방에 편입한 날짜, 각 주에서 배출한 대통령 등의 정보가 정리돼 있다. 지도에 마흔여덟 개의 스티커를 모두 붙이면 책한 권을 부상으로 받는다. 정말 해 볼 만한 일이었다. "망설이지 말고 오늘 당장 신청하세요." 벤은 포스터에 써진 대로 즉시 신청서를 낼 생각이었다.

형형색색의 아기자기한 포스터 중에서 유독 눈에 띄는 포스터한 장이 대출 담당 책상 위에 테이프로 붙여져 있었다. 만화나 멋진 사진도 없었으며, 그저 흰 바탕에 검은색 글자가 찍혀 있었다.

포스터를 보는 것만으로도 벤은 소름이 끼쳤다. 통지표를 받은 기쁨, 헨리 바워스에 대한 불안감, 뜻밖에 돌계단에서 이루어진 비벌리와의 대화, 여름 방학이 드디어 시작됐다는 홍분 때문에 야간 외출 금지와 살인 사건은 까맣게 잊고 있었던 것이다.

전부 더해서 몇 건의 살인 사건이 일어났는지에 대해서는 의견이 분분했지만, 적어도 지난겨울 이후에만 네 건이라는 점에는 모두들 수긍하는 분위기였다. 물론 조지 덴브로를 치면 다섯 건이었다.(많은 사람들은 조지 덴브로의 죽음이 기이한 돌발 사건이라고 수군거렸다.) 모두가 생각하는 첫 번째 희생자는 베티 립슨으로, 그 시체는 크리스마스 다음 날 아우터 잭슨 가의 유료 도로 건설 현장에서 발견되었다. 그 열세 살짜리 소녀의 시체는 토막난 채 진흙 구덩이에 얼어붙은 상태였다. 그 사건은 신문에 보도되지 않았으며 어른들이 벤에게 직접 알려 준 일도 없었다. 벤은 여기저기서 수군대는 소문 속에서 그 사건을 알았다.

그로부터 석 달 반이 지나고 송어 낚시 철이 막 시작됐을 때, 데리 동부에서 30여 킬로미터 떨어진 강둑에서 낚시하던 어부가 막대기 같은 물체를 끌어올렸다. 그러나 그것은 막대가 아니라 손과 손목, 그 위로 10센티미터 정도만 남아 있는 소녀의 팔뚝이었다. 엄지와 검지 사이의 살갗에 낚싯바늘이 걸리는 바람에 그 끔찍한 전리품이 물위로 올라온 것이다.

그곳에서 60여 미터 떨어진 하류에서 메인 주 경찰은 셰릴 라모니카의 나머지 시신을 찾아냈는데, 지난겨울 강물을 막아서듯 쓰러진 나무에 시신의 잔해가 걸려 있었다. 시신이 페노브스콧 강까지 떠내려가 봄철 해빙과 함께 바다로 흘러가지 않은 것만 해도 다행이었다.

셰릴 라모니카는 열여섯 살이었다. 데리에서 태어났지만 학교에 다니지 않았다. 3년 전 안드레아라는 딸아이를 출산한 것이다. 그녀는 사생아로 태어난 딸과 함께 부모의 집에서 생활했다.

"셰릴은 좀 드세기는 했어도 천성이 아주 착한 아이였어요." 셰릴의 아버지는 흐느끼며 경찰서에서 진술했다. "손주 딸년이 엄마를 찾을 때마다 어떻게 해야 할지 난감할 뿐입니다."

셰릴 라모니카는 시신이 발견되기 5주 전에 실종 신고가 된 상태였다. 경찰 수사는 충분히 타당한 추론에서 출발했다. 즉 셰릴의 남자 친구 중 한 명을 범인으로 지목한 것이다. 셰릴은 남자 친구가 많았다. 상당수는 뱅고어 공군 기지에 근무하는 군인들이었다.

셰릴의 어머니는 그들 대부분이 괜찮은 젊은이였다고 말했다. 그 괜찮은 젊은이들 중에는 뉴멕시코에 아내와 세 자녀를 둔 마흔 살의 공군 대령도 포함돼 있었다. 또 무장 강도 혐의로 현재 쇼생크 교도소에서 복역 중인 사람도 있었다.

경찰은 셰릴의 남자 친구 중 하나를 주요 용의 선상에 올려놓고, 그 밖에 면식이 전혀 없는 외지인이나 정신 나간 색마의 소행일 가능성도 배제하지 않았다.

색마일 경우 남자 아이들까지 범죄 대상으로 삼았을 가능성이 농후했다. 4월 말 중학교 교사 한 명이 2학년 학생들을 데리고 야외 수업을 하다 메리트 가 배수구에서 빠져나온 빨간색 운동화 한 짝과 파란색 아동복을 발견했다. 메리트 가 끝은 작업대에 가로막혀 출입이 금지된 상태였다. 지난가을부터 아스팔트 보수 공사를 하고 있었기 때문이다. 유료 도로가 그곳을 지나 북쪽으로 뱅고어까지 놓일 예정이었다.

시체의 신원은 매튜 클레멘츠라는 세 살짜리 어린이로 밝혀졌는데, 아이 부모는 시체가 발견되기 바로 전날 실종 신고를 한 상태였다.(레드 삭스 야구 모자를 쓰고 카메라를 향해 환하게 웃고 있는 검은 머리카락의 아이 사진이 《데리 뉴스》 1면에 나왔다.) 클레멘츠 가족은 번화가 맞은편 끝의 캔자스 가에서 살고 있었다. 아이 어머니는 너무 충격을 받아서인지 오히려 극도로 침착한 표정으로 아이가 캔자스 가와 코서스 가 모퉁이에 위치한 집 옆 보도에서 세발자전거를 타고 있었다고 경찰에 증언했다. 세탁물을 건조기에 넣고 살펴보니 사라지고 없더라는 것이다. 보도와 길 사이 잔디밭에 세발자전거가 뒤집혀 있을 뿐이었다. 뒷바퀴 중 하나가 천천히 돌고 있다가, 그녀가 지켜보는 사이에 멈추었다.

그 정도면 보턴 서장이 결정을 내리는 데 충분했다. 그는 다음 날 임시 시의회에서 7시 외출 금지령을 제안했고, 만장일치로 통과돼 그 다음 날부터 시행에 들어갔다. 그러한 소식을 다룬 《데리 뉴스》에 따르면, 모든 아동은 항상 '법률적 성인'에게 보호받아야 했다. 벤의 학교에서도 한 달 전 특별 조회가 열렸다. 보턴 서장은 연단에 올라 엄지손가락을 권총집에 찔러 넣고, 몇 가지 간단한 규칙만 따르면 아무 문제 없을 거라고 말했다. 즉 낯선 사람과 함부로 말하지 말고, 잘 모르는 사람이 차를 태워 주겠다고 해도 거절하며, 경찰이 어린이 여러분의 친구라는 사실을 잊지 말라……, 그리고 외출 금지령을 잘 지키기 바란다는 게 요지였다.

2주 전, 벤이 얼굴만 아는 아이 하나가(데리 초등학교의 같은 5학년이지만 반은 달랐다.) 니볼트 가 근처의 배수구 안에서 머리카락이 한 움큼 떠 있는 것을 발견했다. 프랭키 로스인지, 프레디 로스(아니면 로드)인지 하는 그 아이는 자신이 발명하고 "기막힌 껌봉"이라고 명명한 장비를 들고 괜찮은 물건들을 발굴하러 다녔다. 자신의 발명품이라고 강조할 때 들어 보면 껌이 원주율에 나오는 네온 같은 화학 기호라도 되는 듯 지껄이곤 했다. 그리고 그 기막힌 껌봉이라는 것도 나뭇가지 끝에 풍선껌 덩어리를 붙인 것에 지나지 않았다. 프레디(또는 프랭키)는 시간만 나면 데리 시내의 하수구와 배수구를 뒤지고 다녔다. 이따금 10센트짜리 동전을 발견할 때도 있지만, 대부분은 5센트짜리나 1센트짜리 동전(이 아이는 왜 그런지는 몰라도 1센트짜리 동전을 "수종 괴물"이라고 불렀다.)을 건져도 횡재하는 날이었다. 일단 동전이 발견되면 프랭키 또는 프레디와 기막힌 껌봉은 즉각 작전에 돌입한다. 배수구 쇠살대 사이로 껌봉을 쑤시면 호주머니에 동전을 집어넣는 일은 시간문제였다.

프랭키 또는 프레디와 껌봉이 베로니카 그로건의 시체를 발견한 사건으로 일약 유명세를 타기 오래전부터 벤은 그 지저분한 아이의 행각을 익히 알고 있었다. "엄청 지저분한 애야." 어느 날 특별

활동 시간에 리처드 토저라는 아이가 말해 준 일이 있었다. 토저는 왜소한 체구에 안경을 낀 아이였다. 벤은 토저가 안경 없이는 앞을 거의 못 볼 거라고 생각했다. 두꺼운 안경알 너머 부풀어 오른 눈동자는 언제나 깜짝 놀란 표정이었다. 게다가 앞니가 유난히 커서 버키 비버라는 별명까지 붙은 모양이었다. 토저도 프레디 또는 프랭키와 마찬가지로 5학년이었다. "하루 종일 껌봉으로 하수구를 쑤시고 다니다가 저녁때 그 껌을 떼어 내 씹는대."

"우욱, 정말 심하다!" 벤은 큰 소리로 대꾸했다.

"걔는 사람이 아니라 괴물이야." 토저는 그렇게 내뱉고 가 버렸다.

아무튼 프랭키 또는 프레디는 가발을 손에 넣을지 모른다는 생각에 배수구 쇠살대 사이로 기막힌 껌봉을 넣고 이리저리 들쑤셨다. 가발을 잘 말려서 어머니 생신이나 특별한 날에 선물할 생각이었다. 몇 분을 들쑤시다 포기하려는 순간, 배수구의 흙탕물 위로 사람 얼굴이 떠올랐다. 하얀 뺨 위에 낙엽이 달라붙었고, 휑하니 열린 두 눈 속에는 오물이 들어차 있었다.

프레디 또는 프랭키는 비명을 지르며 집으로 도망쳤다.

베로니카 그로건은 니볼트 가 미션 스쿨에 다니는 4학년 학생이었는데, 벤의 어머니는 그곳을 줄곧 예수쟁이들이 운영하는 학교라고 부르곤 했다. 베로니카는 열 번째 생일날 무덤에 묻혔다.

그 섬뜩한 사건이 일어난 후, 알린 한스컴은 어느 날 저녁 벤을 거실로 불러 곁에 앉혔다. 그녀는 벤의 손을 잡고 뚫어져라 바라보았다. 벤은 어색한 기분에 약간 뒤로 물러났다.

"벤, 너 바보니?" 그녀가 이윽고 말했다.

"아냐, 엄마." 벤은 그 어느 때보다 불안한 느낌이 들었다. 어머니가 무슨 생각에 그러는지 도저히 갈피를 잡을 수 없었다. 게다가 그처럼 심각한 어머니의 표정은 처음 보았다.

"아니지. 나도 아니라고 생각해."

그녀는 벤이 아니라 창문 밖을 응시하면서 오랫동안 침묵했다. 벤은 어머니가 자신이 앞에 있는 사실조차 잊어버린 것은 아닐까 의아했다. 아직 서른두 살의 젊은 나이였지만, 홀로 아이를 키우는 여자의 번민이 그대로 얼굴에 드러나 있었다. 그녀는 뉴포트에 있는 스타크 제조 공장에서 주당 40시간을 일했으며, 특히 먼지와 섬유 가루가 심한 날에는 퇴근 후에도 한참 동안 심한 기침을 해서 벤이 겁에 질리곤 했다. 그런 날 밤이면, 벤은 밤늦도록 잠들지 못한 채 창문 밖 어둠 속을 바라보며 어머니가 죽으면 어떻게 살아갈까 불안에 떨었다. 아마 고아가 될 터였다. 주립 어린이집에 보내지거나(벤은 그곳에 가면 새벽부터 밤늦게까지 농장 일을 해야 한다고 생각했다.) 뱅고어 고아원에 가야 할지도 몰랐다. 별별 걱정을 다한다며 혼잣말로 타일러 보았지만, 타이른다고 문제가 해결될 것 같지는 않았다. 벤 자신뿐만 아니라 어머니도 걱정이었다. 어머니는 완고한 성격에 어느 정도 독선적이었지만, 그래도 좋은 어머니였다. 벤은 어머니를 무척이나 사랑했다.

"너도 요즘 시끄러운 살인 사건들을 알고 있을 거야." 이윽고 어머니가 벤을 바라보며 말했다.

벤은 고개를 끄덕였다.

"사람들은 처음에 그 사건을……." 그녀는 아들 앞에서 한 번도 입에 올린 적이 없는 단어 때문에 망설였지만, 상황이 상황이니만큼 마음을 다잡았다. "성범죄라고 생각했단다. 실제로 그럴지도 모르고 아닐 수도 있어. 그 사건이 완전히 끝났을지도 모르지만 아닐지도 모르지. 누구도 장담할 수 있는 게 아무것도 없어. 어린아이들만 노리는 미친 사람이 집 밖 어딘가를 돌아다닌다는 사실 빼고는 말이야. 내 말 알아듣겠니, 벤?"

벤은 고개를 끄덕였다.

"그리고 내가 말한 성범죄라는 뜻이 무엇인지도 알겠지?"

솔직히 정확히는 몰랐지만, 벤은 또 한 번 고개를 끄덕였다. 혹시 어머니가 새와 벌 따위를 예로 들어 성교육을 하려고 들면 얼마나 쑥스러울까 싶어 벤은 마음이 조마조마했다.

"엄마는 네가 걱정이다. 다른 엄마들처럼 해 주지 못하는 게 마음에 걸려."

벤은 우물쭈물하며 아무 말도 안 했다.

"너는 혼자 힘으로 지낼 때가 많아. 너무 많을 거야. 너는……."

"엄마……."

"엄마가 말할 땐 잠자코 들어. 항상 조심해야 해. 곧 여름 방학이 시작될 텐데, 엄마는 즐거운 방학을 망치고 싶지 않아. 그러나 항상 조심해야 해. 저녁밥을 먹기 전에는 꼭 집에 돌아와야 한다. 몇 시에 저녁을 먹는지 알고 있지?"

"6시요."

"그래, 정확히 6시! 내 말 잘 들어. 저녁 식탁을 차려 놓고, 네게 줄 우유를 따라 놓을 때까지 네가 집에 와서 손을 씻고 있지 않으면, 엄마는 곧장 경찰서에 전화를 걸어 네가 실종됐다고 신고할 거야. 무슨 말인지 알지?"

"예, 엄마."

"내가 무슨 말을 하는지 정확히 알아듣는 거지?"

"예."

"이런 말을 해도 별 소용은 없을지 몰라. 엄마도 남자 아이들이 무엇을 하고 다니는지 조금은 안다. 여름 방학 동안에 자기들만 아는 놀이에 빠져 지낼 거고 거창한 계획도 세우겠지. 벌집쑤시기나 공놀이나 깡통차기 같은 거 말이야. 너와 친구들이 무엇을 하고 노는지 엄마도 알 건 다 안다."

벤은 진지하게 고개를 끄덕이면서도, 자신에게 친구가 없다는 사실을 엄마가 모르는 걸 보면 엄마 생각만큼 잘 알고 있는 것은 아니라고 생각했다. 그러나 아주 오랜 시간이 흐른 뒤에도 엄마에게 그런 말을 할 생각은 눈곱만큼도 없었다.

어머니는 주머니에서 무엇인가를 꺼내 벤에게 내밀었다. 조그마한 플라스틱 상자였다. 벤은 뚜껑을 열었다. 그리고 안에 든 것을 보는 순간, 입이 쩍 벌어졌다.

"와! 엄마, 고마워요!" 벤의 환호성에 꾸밈이라곤 전혀 없었다.

은색 숫자에다 모조 가죽 줄이 달린 타이맥스 손목시계였다. 어머니는 시간을 맞추고 태엽을 감았다. 째깍째깍 시계 소리가 들려왔다.

"와, 정말 멋지다!" 벤은 어머니를 끌어안고 뽀뽀를 해 댔다.

어머니는 아들이 기뻐하는 모습에 흡족해하며 고개를 끄덕였다.

그러고 나서 다시 얼굴이 굳어졌다. "어서 차 봐. 밥 주고. 항상 차고 다니고 밥 주고 신경 써야 해. 잃어버리면 못쓴다."

"알았어요."

"이제 집에 늦게 돌아와도 핑계를 댈 수 없겠지. 내 말 꼭 명심해야 한다. 제시간에 돌아오지 않으면, 엄마뿐만 아니라 경찰이 너를 찾아 나설 거야. 아이들을 죽인 미친 녀석이 잡히기 전까지는 1분도 집에 늦게 돌아와서는 안 돼. 엄마가 곧장 경찰서에 전화할 테니까."

"알았어요, 엄마."

"한 가지 더. 혼자서 돌아다니지 마라. 아무나 주는 사탕을 받아도 안 되고, 모르는 사람 차에 타도 안 돼. 너는 분명 바보가 아니야. 그리고 다른 애들에 비해서 덩치도 큰 편이지. 그러나 어른이라면, 특히 미친 사람은 마음만 먹으면 아이 한 명쯤은 쉽게 해칠 수 있거든. 공원이나 도서관에 갈 때 꼭 친구들과 함께 가거라."

"그럴게요, 엄마."

어머니는 다시 창 밖을 바라보다 무거운 한숨을 뱉었다. "이런 일이 계속될 수 있는 건 진짜 무슨 일인가가 벌어지고 있다는 거야. 어쨌든 이 마을에 못된 것이 있는 거야. 오래전부터 그런 생각이 들었지." 어머니는 다시 벤을 바라보며 눈썹을 찌푸렸다. "벤, 너는 여기저기 잘 돌아다니잖아. 그러니까 데리 구석구석 모르는 곳이 없을 거야, 그렇지? 적어도 우리가 사는 동네 주변은 말이야."

벤은 데리 구석구석을 전부 알지는 못해도 많은 곳을 알고 있다고 생각했다. 게다가 타이맥스 시계라는 뜻밖의 선물에 기분이 몹시 좋은 터라 어머니가 2차 세계 대전을 다룬 뮤지컬 코미디에 존 웨인이 아돌프 히틀러 역으로 나와야 한다고 해도 맞장구를 쳤을 것이다. 그래서 벤은 고개를 끄덕였다.

"뭐 이상한 거 보지 못했니, 응? 이상한 물체라든가 사람……, 그러니까 어딘가 미심쩍은 것 말이다. 평범하지 않거나 무서웠던 것 말이야." 어머니가 물었다.

시계를 받은 기쁨과 엄마에 대한 사랑, 엄마가 걱정해 주면 은근히 기분이 좋아지는 어린아이다운 기질(동시에 엄마의 걱정이 지나치게 노골적이고 거칠어서 약간 겁나기도 했지만)이 뒤섞인 탓에 벤은 지난 1월에 있었던 일을 말할 생각이었다.

벤은 그 일을 막 말하려다가, 뭔가 강렬한 직감에 서둘러 입을 다물었다.

대체 무엇 때문이었을까? 직감. 그 이상도……, 이하도 아니었다. 어린아이라도 때때로 사랑에 깃든 복잡한 책임감을 직감하며, 종종 입밖에 내지 않는 편이 좋은 일임을 깨닫는다. 그러나 그런 거창한 명분이 아니더라도 벤을 가로막는 다른 이유가 있었다. 어느 순간 어머니가 완고하고 엄해질지도 몰랐고, 벤을 무조건 통제하려고 들 수도 있었다. 어머니는 벤더러 '뚱뚱하다'고 하는 대신 '덩치가 크다'고 말했으며(나이에 비해 덩치가 크다고), 벤이 텔레비전을 보거나 숙제할 때면 저녁을 먹고 남은 음식을 갖다 주곤 했다. 벤은 음식을 먹다 문득문득 그런 자신이 싫어질 때가 있었다.(그러나 음식을 갖다 준다고 어머니를 원망해 본 일은 없었다. 한순간이라도 그런 배은망덕한 생각을 했다면 천벌 받을 일이었다.) 그러나 티베트만큼이나 멀고 어렴풋한 마음 한구석에서 어머니가 끊임없이 음식을 가져다 주는 동기가 무엇인지 의심스러울 때도 있었다. 단순히 사랑하기 때문일까? 아니면 다른 이유라도 있을까? 아니, 별다른 이유가 있을 것 같지 않았다. 그러나……, 벤은 궁금했다. 무엇보다 어머니는 벤에게 친구가 없다는 사실을 몰랐다. 그래서 어머니를 완전히 믿을 수 없었고, 지난 1월에 벌어진 일을 말하면 어떤 반응을 보일지 자신이 없었다. 물론 어떤 일이 일어났다고 말할 수 있다면 말이다. 6시에 집에 돌아오는 일은 그리 나쁘지 않았다. 책을 읽거나 텔레비전을 보고 (먹을 수도 있다.) 링컨 로그 블록과 전자 세트로 여러 가지 작품도 만들 수 있을 테니까. 그러나 온종일 집에 있어야 한다면 그건 고역이다. 만약 어머니에게 지난 1월에 본 것을, 아니면 봤다고 생각한 것을 말하면 어머니는 벤이 집에서 한 발짝도 나가지 못하도록 만들지 몰랐다.

이런저런 이유 때문에 벤은 망설였다.

"아뇨. 매키본 씨가 남의 집 쓰레기통을 뒤졌다는 것 말고는."

어머니의 얼굴에 웃음이 떠올랐다. 어머니는 예수쟁이이자 공화당원인 매키본을 좋아하지 않았는데, 어쨌든 한바탕 웃음으로 그 문제는 일단락되었다. 그날 밤 벤은 늦도록 잠을 이루지 못했지만, 험난한 세상에 혼자 버려져 고아가 된다는 걱정 따위는 하지 않았다. 창가에 스며든 달빛이 침대를 지나 바닥까지 드리워진 모습을 보고 있자니, 애정을 듬뿍 받고 있으며 안전하다는 기분이 들었다. 이따금 시계를 귀에 대고 째깍거리는 소리를 듣기도 하고, 눈앞까지 갖다대고 기묘한 라듐 시침판을 들여다보며 황홀감에 빠져 들었다.

이윽고 잠든 벤은 트래커 형제의 트럭 차고지 뒤편 빈 터에서 아이들과 야구 시합을 하는 꿈을 꾸었다. 있는 힘껏 방망이를 휘두르는 순간 만루 홈런이 되었고, 같은 팀 친구들이 홈플레이트로 몰려나와 환호했다. 일일이 주먹을 맞닥뜨리며 등을 두드렸다. 친구들은 벤을 목말 태워 야구 용품들이 널려 있는 곳으로 데려갔다. 가슴 벅차게 밀려드는 만족감과 행복감……, 그리고 중견수 쪽, 잿빛 토지와 황무지 바로 직전의 잡초지를 구획하는 철조망을 바라보았다. 잡초와 덤불 속에 보일 듯 말 듯 누군가 서 있었다. 흰 장갑을 낀 한쪽 손에 빨강, 노랑, 파랑, 초록 풍선을 한 아름 안고 있었다. 다른 한 손으로는 계속 이리 오라는 손짓을 하면서. 벤은 그 얼굴을 볼 수 없었지만, 헐렁한 옷 앞쪽으로 큼지막한 적황색 단추와 축 늘어진 넥타이가 보였다.

광대였다.

'이상한 녀석, 괴물이야.' 어떤 유령 목소리가 맞장구쳤다.

다음 날 아침 일어났을 때 벤은 꿈을 기억하지 못했지만, 베개가 축축이 젖어 마치 밤새 흐느껴 운 것 같았다.

벤은 아동 도서관의 대출 창구 쪽으로 걸어가면서 헤엄치고 나온 개가 물기를 털듯 야간 외출 금지 표지에서 떠오른 생각들을 머릿속에서 떨쳤다.

"안녕, 벤." 스타렛 부인이었다. 더글러스 선생처럼 그녀도 벤을 진심으로 좋아했다. 특히 직업상 아이들을 통제해야 할 때가 많은 어른들의 경우, 예의 바르고 상냥하며 사려 깊은 데다 눈살 찌푸리지 않게 농담까지 건네는 벤을 좋아했다. 그 때문에 벤은 다른 아이들에게 따돌림을 당했다.

"벌써 여름 방학이 지겨워졌나 보구나?"

벤은 웃었다. 그와 스타렛 부인끼리 통하는 익살맞은 말투였다.

"아직은요. 이제 막 시작됐는걸요." 벤은 짐짓 시계를 바라보며 말을 이었다. "한 시간 17분 지났네요. 한 시간쯤 더 지나면 지겨워질지도 모르죠."

스타렛 부인은 입까지 틀어막으며 웃음을 참았다. 곧이어 여름 방학 독서 프로그램에 등록하지 않겠냐고 물었고, 벤은 그러마 대답했다. 그녀가 미국 지도를 건네주자 벤은 정중하게 고맙다고 인사했다.

벤은 서가를 오가며 여기저기에서 책을 빼내 살펴보고 제자리에 꽂았다. 책을 함부로 고르면 안 되었다. 신중해야 했다. 어른이라면 얼마든지 빌릴 수 있지만 아동은 한 번에 세 권밖에 빌릴 수 없었다. 쓸모없는 책을 골라도 다시 바꿀 수 없는 노릇이었다.

벤은『불도저』와『흑마』, 헨리 그레고르 펠센이 쓴『고물 자동차』를 마지막까지 고민하다, 마침내 그 세 권의 책을 집어들었다.

스타렛 부인이『고물 자동차』에 도장을 찍으며 말했다.

"이 책은 네가 좋아할 것 같지 않은데. 아주 잔인한 이야기거든. 운전면허를 딴 지 얼마 안 되는 십 대 아이들에게 추천하기는 한다만. 이 책을 읽고 일주일만이라도 속도를 줄이는 사람이 있을지 모른다는 생각에서 말이야."

"저도 한번 읽어 볼게요."

벤은 책을 들고서 병아리 열람실에서 멀찍이 떨어진 책상으로 갔는데, 염소 삼형제 이야기는 한창 다리 아래서 괴물과 일대 접전을 벌이는 부분인 모양이었다.

벤은 한동안 『고물 자동차』를 읽었는데, 그렇게 시시한 책은 아니었다. 오히려 괜찮았다. 주인공은 운전을 매우 잘하는 아이였지만 경찰관 한 명이 속도를 줄이라고 계속 쫓아다니며 귀찮게 군다는 이야기였다. 벤은 소설의 배경인 아이오와 주에 속도 제한이 없다는 사실을 처음으로 알았다. 속도 제한이 없다니, 정말 근사해 보였다.

3장까지 읽었을까, 문득 새로 갖다 붙인 포스터들이 벤의 눈길을 잡아끌었다. 그 도서관은 포스터 붙이는 데 정말 열심이었다. 제일 위에 있는 포스터에는 행복한 표정의 우체부 아저씨가 역시 행복한 표정의 어린이한테 편지를 전해 주는 모습이 담겨 있었다. 그리고 이렇게 적혀 있었다. "도서관에서 읽는 것뿐 아니라 쓸 수도 있답니다. 오늘 친구에게 편지를 써 보세요. 친구와 미소를 나누세요!"

포스터 밑에는 우편 엽서와 우표가 붙여진 봉투, 데리 시립 도서관 건물이 파란 잉크로 새겨진 편지지가 놓여 있었다. 우표가 붙은 봉투는 5센트, 우편 엽서는 3센트였다. 편지지는 두 장에 1센트였다.

벤은 주머니를 뒤졌다. 병을 팔아 받은 돈 4센트가 아직 남아 있었다. 그는 『고물 자동차』의 읽고 있던 쪽을 접어 놓고 창구로 갔다. "엽서 한 장 살 수 있을까요?"

"그럼." 스타렛 부인은 언제나 벤의 예의 바른 됨됨이를 아꼈지만, 뚱뚱한 외모를 보고 있으면 어딘지 가슴이 아팠다. 그녀의 어머니가 벤을 보았다면 나이프와 포크로 제 무덤을 파고 있는 아이라고 말했을 것이다. 그녀는 엽서를 건네주고 자리로 돌아가는 벤의 뒷모습을 물끄러미 바라보았다. 6인용 탁자에 벤은 혼자 앉아 있었다. 벤은 다른 아이와 함께 온 적이 한 번도 없었다. 그녀는 벤 한스컴의 내면에 보물이 하나 가득 쌓여 있다고 생각했으므로, 더더욱 안타까운 심정이었다. 친절하고 인내심 있는 광부가 벤의 내면을 캐낸다면 찬란한 보물을 얻을 수 있으련만……, 과연 그런 광부가 있을지 의문이었다.

벤은 엽서에 간략히 주소를 적었다. 메인 주 데리 시 로어 메인 가, 비벌리 마시 앞, 우편 지구 2. 비벌리가 몇 번지에 사는지 알 수 없었지만, 우편 배달부는 담당 구역을 잘 알고 있다는 어머니의 말이 떠올랐다. 로어 메인 가를 담당하는 우편 배달부가 비벌리에게 엽서를 건넬 수 있다면 정말 좋겠다는 생각이 들었다. 그렇지 않을 경우, 엽서는 갈 곳을 잃고 3센트만 손해 본다. 벤은 발신인 이름과 주소를 적지 않았으므로 수취인 불명이라고 엽서가 돌아올 리 없었다.

벤은 주소가 적힌 부분을 안쪽으로 들고(도서관에 아는 얼굴은 없었지만 혹시 누가 눈치라도 챌까 봐), 도서 목록 카드 옆 나무 상자에서 종이 쪽지를 여러 장 가져왔다. 그러고는 자리에 앉아 종이 위에 뭔가를 썼다가 지웠다 하기 시작했다.

학년 말 시험이 있기 일주일 전, 국어 시간에 하이쿠를 배웠다. 하이쿠는 간결하면서도 절제된 형식의 일본 시였다. 더글러스 선생님은 하이쿠의 길이가 17음절 안팎으로 정해져 있다고 말했다. 대개 하나의 특별한 감정과 연결시켜 명확한 이미지를 시로 표현해 내는데, 그 감정이란 슬픔, 기쁨 향수, 행복……, 사랑이 될 터였다.

벤은 하이쿠에 푹 빠졌다. 그때까지는 국어 시간이 재미있기는 해도 싫지 않은 정도였다. 수업 시간에 열심이었지만 단숨에 빠질 만한 흥미는 없었던 것이다. 반면 하이쿠는 벤의 상상력을 자극하는 어떤 매력이 있었다. 하이쿠를 떠올리면 스타렛 부인이 알려 준 온실 효과처럼 마음이 행복해졌다. 하이쿠는 일정한 구조를 지니고 있는 훌륭한 시 형식이라고 생각했다. 복잡 미묘한 규칙도 없었다. 17음절, 하나의 이미지와 하나의 감정, 그것으로 족했다. 벤이 원하는 바였다. 깨끗하면서도 실용적이고, 규칙이나 내용 모두 완전히 내재된 형식이었다. 마치 입속에 그려진 점선을 따라 가장 깊숙한 곳에서 '크' 하는 발음이 파열하듯 미끄러지는 기분이 좋아 명칭 자체도 마음에 들었다. 하이쿠.

벤은 비벌리의 머릿결을 떠올리다, 돌계단을 내려설 때 어깨 위로 튀어 올랐던 출렁임을 눈앞에 그려 보았다. 햇살이 머릿결 위로 반짝이는 것이 아니라 그 속에서 타올랐다.

20분 동안 부지런히 펜을 놀리며(한 번은 종이를 몇 장 더 가져와야 했다.) 긴 단어를 빼 버리고 고치기를 수차례, 마침내 시 한 편이 완성되었다.

너의 머릿결은 겨울의 불꽃

1월의 불씨

내 마음도 함께 타올라.

기막힐 정도는 아니어도 최선을 다한 시였다. 너무 길면 어떡하
나, 너무 지나치면 또 어쩌지, 그처럼 안달하며 걱정했다면 결과는
더 안 좋았을지 모른다. 아니, 아예 끝내지도 못했을 것이다. 비벌
리가 말을 걸어 온 순간은 벤에게 너무도 강렬한 인상으로 남아 있
었다. 그 순간을 기억 속에 온전히 새겨 두고 싶었다. 비벌리는 6학
년이나 중학교 1학년처럼 약간 나이 든 아이들에게 관심을 보여
왔으므로, 그 하이쿠 역시 그들 중 한 명이 보냈으리라 여길 것이
다. 행복해하며, 그 시를 받은 날을 벤처럼 기억 속에 새겨 둘 것이
다. 시를 보낸 이가 벤 한스컴이라고는 생각지 못한다 해도 상관없
었다. 벤 자신만은 알고 있으니.

벤은 (연서라기보다는 아무 내용이나 베껴 쓴 것처럼 멋부리지 않은 글씨
로) 시를 엽서 뒷면에 옮겨 적고 펜을 주머니에 꽂은 다음 엽서를
『고물 자동차』 뒤에 꽂았다.

벤은 자리에서 일어서 스타렛 부인에게 인사를 건넸다.

"잘 가라, 벤. 여름 방학 즐겁게 보내렴. 하지만 외출 금지 시간
은 꼭 지켜야 한다."

"예, 그럴게요."

두 건물을 연결하는 유리 통로를 지나면서 후끈한 열기에 기분
이 좋아졌고(온실 효과라고 했겠다.), 곧이어 성인 도서관의 시원한

공기가 밀려왔다. 정기 간행물실 한쪽 구석에서 나이 든 사람이 푹신푹신한 의자에 앉아 철 지난 신문을 읽고 있었다. 발행인 난 바로 아래 "덜레스 국무 장관, 유사시 레바논에 미군 파병 약속!"이라는 머리기사가 눈에 띄었다. 아이젠하워가 백악관 로즈 가든에서 아랍인과 악수하는 사진도 실려 있었다. 1960년 대통령 선거에서 허버트 험프리가 대통령이 되면 세상이 좋아질 거라는 어머니의 말이 떠올랐다. 벤은 어렴풋이나마 불경기라는 상황이 계속되고 있으며, 그래서 어머니가 해고당할까 봐 걱정하고 있다는 사실을 알고 있었다.

노인은 신문 하단에 있는 "경찰, 정신 질환자 수사에 박차."라는 작은 표제 기사를 읽고 있었다.

벤은 도서관의 커다란 현관 문을 열고 밖으로 나왔다.

도서관 진입로 끝에 우체통이 보였다. 벤은 책에서 엽서를 꺼내 우체통에 넣었다. 엽서가 손끝에서 미끄러지는 순간, 요란한 심장 소리가 귓가를 오르내렸다. '혹시 내가 보낸 걸 알면 어쩌지?'

'바보 같은 생각 좀 그만해.' 그는 그런 생각에 너무 흥분한 듯한 자신에게 약간의 경고를 보냈다.

벤은 딱히 어디로 간다는 생각 없이 무심코 캔자스 가를 따라 올라갔다. 머릿속에서 공상의 날갯짓이 퍼덕이기 시작했다. 그 날갯짓 사이로 비벌리 마시가 다가왔는데, 커다란 회청색의 눈을 반짝이며 붉은색 머리카락을 뒤로 질끈 동여맨 모습이었다. 벤, 네게 물어볼 말이 있어. 공상 속의 비벌리가 말을 걸어 왔다. 솔직히 말해 주었으면 해. 비벌리는 엽서를 내밀었다. 네가 이 엽서를 보냈니?

끔찍한 공상이었다. 한편으로는 달콤한 공상이기도 했다. 공상을 떨쳐 내고 싶었다. 그러나 영원히 떨쳐 내고 싶지 않다는 마음도 들었다. 얼굴이 다시 화끈 달아올랐다.

벤은 꿈을 꾸듯 걸음을 옮기며, 도서관에서 빌린 책을 다른 손에 바꿔 들고는 휘파람까지 불기 시작했다. 네가 어떻게 생각할지 모르지만……, 어느새 비벌리의 음성이 들려왔다. 너와 입 맞추고 싶어. 비벌리의 입술이 살짝 열려 있었다.

벤은 입술이 바싹 타 들어가 휘파람도 제대로 불 수 없었다.

"나도 하고 싶어." 그가 속삭였다. 그리고 약에 취한 듯한, 어지러운 듯한, 절대적으로 아름다운 미소를 지었다.

그 순간 벤이 길가를 내려다보았다면, 점점 다가오는 세 개의 그림자를 확인했을지 모른다. 귓가에 비벌리의 음성이 없었다면, 빅터와 트림쟁이와 헨리의 발밑에서 부서지는 작업화 징 소리를 들었을지 모른다. 그러나 그 순간 벤은 눈멀고 귀먹었다. 벤은 그저 비벌리의 부드러운 입술을 느끼며, 아련한 불꽃처럼 타오르는 붉은 머릿결을 향해 조심스레 손을 들어 올렸을 뿐이다.

크든 작든 상당수의 다른 도시와 마찬가지로, 데리 시도 장기적인 계획에 따라 성장하진 않았다. 도시 계획 전문가라면 무엇보다 지금의 자리에 도시를 건설하지는 않을 터였다. 데리 도심은 켄더스키그 하천이 형성해 놓은 계곡에 자리 잡고 있으며, 이 하천은 북서에서 남동 방향으로 비스듬히 걸쳐 있는 상업 지구를 관통한다. 도심지 외 지역은 주변을 에워싸고 있는 구릉 경사면에 몰린

형국이었다.

　최초의 이주민이 찾아든 계곡은 늪이 많고 풀이 무성한 곳이었다. 켄더스키그 하천이 닿지 않는 곳에는 무수한 실개천과 페노브스콧 강이 대신 들어와 있었고, 이러한 지세는 무역상에게는 유리했지만, 농작물을 일구고 집을 짓고 사는 사람들에겐 좋지 않았다. 특히 켄더스키그 하천은 삼사 년에 한 번씩 범람해 큰 골칫거리였다. 이 문제를 해결하기 위해 지난 50년 동안 막대한 시 예산이 투입됐지만 홍수 위험은 조금도 사그라지지 않았다. 하천 자체의 문제 때문이라면 댐을 세우면 효험을 볼 수 있었다. 그러나 원인은 한 가지만이 아니었다. 켄더스키그 하천의 강변이 낮다는 것도 그하나였다. 그 인근 지역 전체의 배수 상태가 원활치 못하다는 사실은 또 다른 이유였다. 20세기로 접어들면서 데리는 심각한 홍수를 자주 겪었고, 그중에서도 1931년의 홍수는 참담한 결과를 가져왔다. 설상가상으로 데리의 많은 지역이 들어서 있는 구릉 지대에 작은 실개천들이 그물처럼 얽혀 있었다. 셰릴 라모니카의 시신이 발견된 트롤트 천도 그중 하나였다. 장마철이면 그 실개천들이 모두 흘러넘치곤 했다. "2주만 비가 내리면 데리 전체가 비염(鼻炎)에 걸릴 거야." 버벅이 빌의 아버지는 그렇게 말할 정도였다.

　켄더스키그 하천은 데리 도심을 관통할 때 3킬로미터 길이의 콘크리트 운하에 몸을 싣는다. 이 운하는 메인 가와 커넬 가가 만나는 큰거리에서 지하로 들어가 800여 미터를 지하 강물처럼 흐르다 배시 공원에서 지상으로 모습을 드러낸다. 도심을 빠져나온 운하를 따라 커넬 가에 데리의 술집들이 밀집해 수배자 명단의 흉악범처럼 늘어서 있으며, 한 달에 몇 번씩은 하수와 공장 폐수로 시커 멓게 오염된 물속에서 경찰이 음주 차량을 건지곤 했다. 이따금 운하에서 고기가 잡힐 때도 있지만 식용이 불가능한 기형적인 모습이었다.

도시의 북서쪽(운하 방면)에서는 어느 정도 강물을 관리할 수 있었다. 홍수가 불쑥불쑥 들이닥침에도 이 지역의 상업은 날로 번창했다. 사람들은 운하를 따라 걸으며, 때로는 연인끼리 낭만을 즐기기도 하고(풍향이 적당할 때는 좋지만 그렇지 않을 경우, 지독한 악취를 무릅쓸 만큼 낭만적인 산책로는 아니었다.), 운하 맞은편의 고등학교와 면해 있는 배시 공원에 보이스카우트 캠프가 차려질 때도 있었다. 그래서 이곳 주민들이 1969년 난데없이 나타난 히피족이 대마초를 피우며 알약을 거래하는 모습에 경악을 금치 못했는지 모른다. 그중에는 엉덩이에 미국 국기를 그려 넣은 사람도 있었는데, 이 빨갱이 동성애자는 매카시 선풍의 망령이라는 말이 채 나오기도 전에 경찰에 즉각 체포되기도 했다. 주민들은 수군거렸다. 두고 봐, 저것들을 몰아내기 전에 큰일을 치르고 말 테니까. 실제로 그랬다. 운하 부근에서 열일곱 살 소년의 시체가 발견되었고, 혈액에서 헤로인 성분이 다량으로 검출됐다. 당시 아이들은 헤로인을 "뿅 가는 백색 열차"라고 불렀다. 그 사건 후 아편쟁이들이 배시 공원에서 쫓겨나기 시작했고, 죽은 소년의 귀신이 인근 지역에 나타난다는 소문까지 나돌았다. 근거 없는 뜬소문이었지만, 그 때문에 히로뽕 중독자들이 얼씬도 하지 못한 걸 보면 꽤 효험이 있었던 것 같다.

한편 도시의 남서쪽 방면에서 강물은 문제 이상의 위협적인 존재였다. 이곳의 구릉 지대는 거대한 빙하에 곳곳이 패고, 끝없이 스며드는 켄더스키그 하천과 그 촘촘한 지류 때문에 더욱 피해가 깊어졌다. 여기저기 공룡의 뼈처럼 암반이 모습을 드러내기도 했다. 데리 도시 계획과에서 이골이 난 직원이라면 가을 첫서리가 내린 직후 마을 남서쪽 보도의 상당 부분을 보수해야 한다는 사실을 눈감고도 알 수 있었다. 콘크리트가 수축돼 점점 부서져 내리다가 그 사이로 지반이 불쑥 솟구치는 것이 땅속에서 뭔가 알을 깨고 나오는 것 같았다.

토양이 깊지 않으니 자라는 식물들도 뿌리를 얕게 내리고 생명력이 강한 잡초와 잡목 따위가 전부였다. 지저분한 나무 모양이며 무성한 덤불, 독이 있는 담쟁이덩굴과 떡갈나무가 뿌리를 내릴 수 있는 곳이면 어디든지 침범했다. 특히 남서쪽은 급경사를 이루며 황무지로 불리는 지역으로 연결돼 있었다. 황무지는 말 그대로 완전히 황무지라고 볼 수는 없지만 길이 2킬로미터, 폭 5킬로미터 정도로 잡초가 무성한 지역이었다. 황무지의 한쪽은 캔자스 가, 다른 쪽은 올드케이프와 면해 있다. 올드케이프는 저소득층 주거 지역인데, 배수 시설이 워낙 형편없어서 정화조와 하수관이 줄줄 샌다는 말이 나돌 지경이었다.

켄더스키그 하천은 황무지의 한복판을 가로질렀다. 데리는 황무지의 북동쪽과 양측 면까지 포진해 있었지만, 황무지에서 찾아볼 수 있는 도시의 흔적은 시립 하수 처리장 3호와 쓰레기 매립장뿐이었다. 하늘에서 내려다보면 황무지는 데리 도심을 겨누고 있는 거대한 녹색 단도처럼 보였듯.

지리적 특징이 그렇다 보니, 여전히 상념에 젖어 있던 벤도 어렴풋이나마 오른쪽 시야가 텅 비어 있다는 느낌을 받았다. 어느 틈엔가 땅이 급경사를 이루기 시작했다. 허리 높이의 무너질 듯한 흰색 난간이 보도 옆으로 이어져 있었지만 사람들을 보호하기엔 턱없이 위험해 보였다. 배경 음악처럼 공상에 잠긴 벤의 귓가에 물소리가 들려왔다.

벤은 발걸음을 멈추고 황무지를 바라보았지만 눈앞에 나타난 것은 비벌리의 잔영이었고 머릿결의 향기도 여전했다.

그 지점부터 켄더스키그 하천은 무성한 잎사귀 사이로 언뜻언뜻 스쳐 가며 반짝이는 조각이 되었다. 그맘때면 황무지에 참새만 한 모기가 들끓는다고 떠드는 아이도 있었고, 강가 가까운 곳에 사람이 빨려 들어가는 모래 수렁이 있다는 말도 있었다. 벤은 모기 이야기는 믿지 않았지만, 모래 수렁을 생각하면 덜컥 겁이 났다.

왼쪽을 바라보니 갈매기들이 뿌연 구름처럼 모여들어 쓰레기 매립장을 향해 곤두박질치고 있었다. 갈매기 울음소리가 희미하게 들려왔다. 쓰레기 매립장 너머, 데리 하이츠와 올드케이프 주택 단지의 낮은 지붕들이 보였다. 올드케이프 오른쪽으로 웅크린 흰색 손가락처럼 하늘을 향해 서 있는 것은 데리 급수탑이었다. 바로 앞쪽에 녹슨 송수관이 땅속에서 삐죽이 모습을 드러냈고, 송수관을 따라 탁한 물줄기가 언덕을 내려가 나무와 덤불에 가려 보이지 않는 개천으로 흘러들었다.

벤의 유쾌한 공상은 불현듯 떠오른 불길한 생각에 발목을 잡혔다. 그렇게 송수관을 바라보고 있는 사이, 그 속에서 시체의 손이라도 불쑥 튀어나오면 어쩌나? 게다가 경찰에 신고하려고 공중 전화를 찾는 순간 광대가 나타나지는 않을까? 큼지막한 적황색 단추가 달린 헐렁한 옷차림의 우스꽝스러운 광대 말이다. 그리고…….

누군가 벤의 어깨를 붙잡았고, 벤은 비명을 질렀다.

웃음소리가 진동했다. 벤은 안전하고 온전한 캔자스 가와 거칠고 무질서한 황무지를 구획하는 흰색 울타리에 몸을 기대며(이때 삐거덕 하는 소리가 들렸다.), 헨리 바워스와 트림쟁이 허긴스와 빅터 크리스가 앞에 버티고 서 있다는 사실을 깨달았다.

"어이구, 이거 젖퉁이 아닌가." 헨리의 말이었다.

"무슨 일이지?" 벤은 짐짓 아무렇지 않은 듯 물었다.

"좀 두들겨 줄까 해서." 헨리는 일부러 진지한, 심지어 엄숙하기까지 한 말투를 택했다. 그러나 맙소사, 멍든 두 눈에서는 불꽃이 일었다. "젖퉁이, 너한테 가르쳐 줄 게 있거든. 너도 좋아할 거야. 배우는 일이라면 아주 좋아하잖아, 안 그래?"

그는 벤에게 손을 뻗었다. 벤은 뒷걸음질 쳤다.

"얘들아, 저 새끼 붙잡아."

트림쟁이와 빅터가 벤의 양팔을 붙잡았다. 벤의 입에서 불완전한 비명소리가 새어 나왔다. 토끼처럼 겁에 질린 소리였지만 벤도 어쩔 수 없었다. 끝까지 울지 않았으면 좋겠는데, 저 애들이 시계를 망가뜨리지 않았으면 좋겠는데. 벤은 정신을 잃을 것 같았다. 그들이 시계를 부숴 버릴지 아닐지는 알 수 없었지만, 자신이 울음을 터뜨릴 거라는 점은 분명했다. 해코지를 당하기도 전에 울음을 터뜨릴 게 분명했다.

"어이구, 이게 뭐야, 무슨 돼지 멱따는 소리가 나네." 빅터는 벤의 손목을 비틀며 말했다. "정말 돼지 소리 같지 않아?"

"딱이야." 트림쟁이가 낄낄거렸다.

벤은 이쪽저쪽 몸을 비틀기 시작했다. 그러나 트림쟁이와 빅터는 벤이 하는 대로 내버려 두면서도 쉽게 양팔을 놓지 않았다. 헨리는 벤의 운동복을 움켜잡더니 위쪽으로, 배가 훤히 드러날 정도로 끌어올렸다. 허리띠 위로 뱃살이 축 늘어졌다.

"햐, 이 뱃살 좀 봐라! 환장하겠구먼." 헨리는 아주 역겹다는 표정으로 소리를 질렀다.

빅터와 트림쟁이는 더 큰 소리로 웃어 댔다. 벤은 사람이 없나 주위를 애타게 두리번거렸다. 아무도 없었다. 황무지 쪽에서 잠에 취한 귀뚜라미 소리와 갈매기의 울부짖음이 들려올 뿐이었다.

"그만두는 게 좋아! 그만두라고 했어!" 벤은 금방이라도 울 것처럼 말했다.

"뭘?" 헨리는 정말 모르겠다는 표정으로 으르렁댔다. "말해 봐, 젖퉁이. 뭘 그만둬, 엉?"

벤은 불현듯 자기가 「고속도로 순찰대」에서 댄 매튜로 나오는 브로데릭 크로포드라고 생각하고 있음을 알았다. 그 악당은 거칠었고, 비열했고, 누구도 함부로 건드리지 못했다. 그러고 나서 돌연 눈물이 터져 나왔다. 댄 매튜라면 놈들을 난간 너머 강둑까지 한 방에 날려 버렸을 텐데. 배치기 한 방으로.

"애걔, 저 갓난쟁이 좀 봐라!" 빅터가 깔깔 웃자 트림쟁이도 따라 웃었다. 헨리는 약간 웃음을 띠었을 뿐, 여전히 심각하게 뭔가를 생각하느라 어딘지 슬퍼 보이기까지 하는 표정을 짓고 있었다. 그래서 벤은 더욱 무서웠다. 단순히 매를 맞고 말 일이 아닌 것 같았다.

그 생각을 확인해 주듯 헨리는 청바지 주머니에서 칼을 꺼내 들었다.

벤의 공포가 터져 나왔다. 그는 부질없이 양쪽으로 몸을 비틀고 있었는데 갑자기 앞으로 돌진했다. 도망갈 수 있을 듯한 순간이었다. 온몸에 땀이 비 오듯 흘러내려 양쪽에서 팔을 붙잡고 있는 아이들의 손아귀가 자꾸 미끄러졌다. 트림쟁이는 벤의 오른손목을 가까스로 잡고 있었다. 순간 빅터의 손아귀가 훌쩍 미끄러졌다. 다시 한번 돌진.

그러나 성공하기 전에 헨리가 앞으로 나서더니 그를 힘껏 떠밀어 버렸다. 벤은 뒤로 내동댕이쳐졌다. 난간에서 더 요란한 소리가 들려오는 것이 자칫 벤의 몸무게에 무너져 버릴 것 같았고, 이내 트림쟁이과 빅터가 다시 벤의 양팔을 움켜잡았다.

"이번에는 놓치지 마. 알아들어?"

"알았어, 헨리. 제까짓 게 발버둥쳐도 도망 못 가. 걱정 말라고." 트림쟁이가 약간 불편한 기색으로 말했다.

헨리는 한 발 더 앞으로 다가왔고, 그의 군살 하나 없는 복부와 벤의 축 늘어진 비곗살이 맞닿았다. 벤은 하염없이 눈물을 쏟아내며 헨리를 바라보았다. '붙잡혔어! 잡히고 말았어!' 마음 한편에서 울부짖음이 들려왔다. 벤은 그 비명을 멈추고 싶었지만 머릿속을

헤집는 소리는 더 요란해졌다. '잡혔어! 넌 붙잡힌 거야! 꼼짝없이 잡혔단 말이야!'

헨리가 잭나이프의 칼날을 빼내자, 길고 넓은 칼날에 새겨진 이름까지 선명하게 드러났다. 오후의 햇살이 칼끝에서 번뜩였다.

"지금부터 문제를 내지. 시험 시간이라고, 젖퉁이. 각오를 단단히 해야 할 거야." 헨리는 변함없이 생각에 잠긴 음성으로 말했다.

벤은 흐느꼈다. 심장이 밖으로 튀어나올 것 같았다. 콧물이 흘러 입술 위에 고였다. 도서관에서 빌린 책들은 발밑에 흩어져 있었다. 헨리는 『불도저』에 한쪽 발을 올려놓더니 검은색 작업화로 짓이기기 시작했다.

"자, 헨리의 첫 번째 시험 문제다, 젖퉁이. 학년 말 시험을 보는데 누군가 '보여 줘.'라고 말하면 뭐라고 대답하겠나?"

"보여 줄게! 보여 준다고, 뭐든 다 보고 쓰라고 말할 거야!"

칼끝이 5센티미터 정도 허공을 미끄러지더니 벤의 복부에 착 달라붙었다. 냉동실에서 꺼낸 얼음처럼 차디찼다. 벤은 숨을 들이마시며 배를 잡아당겼다. 일순 세상이 잿빛으로 변해 버렸다. 헨리의 입이 연신 움직이고 있었지만 벤은 무슨 소리인지 알아들을 수 없었다. 묵음 버튼이 눌러진 텔레비전 화면 속의 주인공처럼 헨리는 입만 뻥긋거렸고, 세상은 빙글빙글 소용돌이치고……, 빙글빙글…….

'정신을 잃으면 안 돼!' 벤은 마음속 깊숙한 곳에서 솟구치는 비명소리를 들었다. '기절이라도 하면 헨리가 완전히 미쳐 죽이려 들지도 몰라!'

벤의 시야는 다시 조금씩 초점을 찾아 갔다. 트림쟁이와 빅터는 더 이상 웃지 않았다. 그들은 초조해 보이고……, 겁에 질려 있다는 느낌마저 들었다. 그 모습을 바라보다 벤은 갑자기 머릿속이 하얗게 비는 느낌이 들었다. '녀석들도 헨리가 무슨 짓을 하려는지, 어느 정도까지 할 것인지 전혀 몰라. 그저 상황이 안 좋다는 생각만 들 뿐 그게 어느 정도일지 모른다면……, 문제는 더 심각해져. 생각해야 해. 전에도 앞으로도 할 수 없다고 해도 지금은 생각해야 해. 헨리의 눈빛을 봐. 빅터와 트림쟁이가 모르는 것도 당연하다는 눈빛이잖아. 녀석은 제정신이 아니야.'

"삐이익, 틀렸어, 젖퉁이. 다른 사람이 시험지를 보여 달라고 할 때, 네가 어떻게 나오든 나는 신경 쓰지 않아. 알아듣겠나?"

"알아. 그래, 알아." 흐느낄 때마다 뱃살이 흔들렸다.

"음, 좋아. 벌써 한 문제 틀렸군. 걱정 마, 중요한 문제가 또 남아 있으니까. 돼지 새끼, 준비됐나?"

"그…… 그래."

그때 자동차 한 대가 그쪽으로 다가왔다. 먼지를 뒤집어쓴 51년형 포드 차 앞좌석에 노인과 노파가 버려진 백화점의 마네킹처럼 앉아 있었다. 노인이 천천히 그들을 향해 고개를 돌렸다. 헨리는 칼을 숨기면서 벤에게 바짝 다가섰다. 배꼽 바로 윗부분에 칼끝이 느껴졌다. 여전히 차가웠다. 그때까지도 칼날에서 전해지는 냉랭한 느낌을 설명할 길이 없었다.

"왜, 소리치고 싶지? 해 봐. 뱃속에 든 창자를 끄집어내 줄 테니까." 그들은 입을 맞출 만큼 가까웠다. 벤은 헨리의 숨결에서 달착

지근한 과일껌 냄새까지 맡을 수 있었다.

자동차는 그대로 지나쳐 장미 축제 퍼레이드의 선도차처럼 천천히 캔자스 가를 내려갔다.

"좋아, 젖퉁이. 두 번째 문제다. 학년 말 시험을 볼 때 '내'가 '보여 줘.'라고 말하면 뭐라고 대답하겠나?"

"그래, 당장 보여 줄게, 그, 그렇게 말할 거야."

헨리는 씩 웃었다. "좋아. 한 문제 맞혔군, 젖퉁이. 자, 이번에는 세 번째 문제다. 네놈이 지금 한 말을 잊어먹지 않도록 하려면, 내가 어떻게 해야 할까?"

"모…… 모르겠어." 벤이 속삭이듯 말했다.

헨리는 다시 웃었다. 얼굴이 갑자기 환해져서 한순간 잘생겼다는 생각이 들었다. "나는 알지!" 그는 위대한 진리를 발견한 사람처럼 말했다. "나는 알고 있다, 젖퉁이! 너의 큼지막한 비곗살에다내 이름을 새겨 두는 거야!"

빅터와 트림쟁이가 갑자기 웃음을 터뜨렸다. 그 순간 벤은 헨리의 말이 허풍이라고, 자신을 마지막으로 겁주기 위한 공갈과 협박이라고 생각하며 기묘한 안도감을 느꼈다. 그러나 헨리 바워스는 웃지 않았다. 벤은 빅터와 트림쟁이가 웃는 까닭이 그들 역시 안도감을 느꼈기 때문은 아닐까 생각했다. 두 아이도 헨리가 장난을 치는 거라고 생각하는 게 분명해 보였다. 하지만 헨리는 아니었다.

칼날이 위로 버터처럼 부드럽게 미끄러졌다. 핏기 없는 벤의 살갗에 붉은 선이 그어졌고 피가 고였다.

"야!" 빅터가 소리쳤다. 깜짝 놀라 숨을 들이켜는 바람에 그 말은 눌린 소리로 나왔다.

"붙잡고 있어!" 헨리가 으르릉거렸다. "너희들은 붙잡고 있기만 하면 돼, 알아들어?" 이제 헨리의 얼굴에 진지함이나 생각에 빠진 듯한 표정은 없었다. 악마의 일그러진 표정 자체였다.

"야야, 헨리, 정말로 찌르면 안 돼!" 트림쟁이의 목소리가 여자아이의 비명처럼 높게 갈라졌다.

모든 것이 순식간에 벌어진 일이지만 벤 한스컴에게는 아주 느리게 느껴졌다. 《라이프》의 사건 에세이에 나오는 스틸 사진처럼 셔터가 찰칵할 때마다 하나씩 찍혀 나오는 장면 같았다. 공포는 사라졌다. 몸속 어딘가에서 무엇인가 공포를 집어삼키는 바람에 공포 자체를 느낄 수도 없었던 것이다.

첫 번째 찰칵 소리, 헨리는 벤의 옷을 젖꼭지까지 끌어올린다. 배꼽 바로 위 수직으로 얕게 그어진 상처에서 피가 쏟아진다.

두 번째 찰칵 소리, 헨리는 적기의 공습을 받는 가운데 수술을 집도하는 군의관처럼 빠르게 칼날을 다시 아래쪽으로 가져간다. 새로운 상처에 다시 피가 고이고 흘러내린다.

뒤로 도망쳐. 벤은 흘러내린 피가 허리띠와 뱃살 사이에 고여 차디찬 피웅덩이를 만들고 있음을 느꼈다. 뒤로 도망쳐. 그 방법뿐이야. 도망칠 수 있다니까. 트림쟁이와 빅터는 이미 벤에게서 손을 뗀 상태였다. 헨리가 명령했음에도 그들은 슬금슬금 물러났다. 그들은 겁에 질려 움츠러들었다. 그러나 벤이 도망치려 한다면 헨리가 막아설 터였다.

세 번째 찰칵 소리, 헨리는 두 개의 수직선 사이에 짧게 수평선을 긋는다. 벤은 팬티까지 피가 흘러들고, 끈적끈적한 뱀처럼 왼쪽 허벅지를 기어 내려가고 있음을 느낀다.

헨리는 약간 뒤쪽으로 물러서더니, 양미간을 잔뜩 찌푸린 채 예술 작품을 감상하는 표정이었다. 'H'를 새겼으니 다음은 'E'겠지. 생각이 거기에 미치자 벤의 몸은 용수철처럼 앞으로 튕겨졌다. 헨리는 기다렸다는 듯이 벤의 가슴팍을 강하게 밀쳐 냈다. 벤은 떠밀리지 않으려고 두 발에 바짝 힘을 주었지만 캔자스 가와 황무지를 경계 짓는 흰색 난간에 부딪히고 말았다. 그 순간 벤은 오른쪽 다리를 뻗어 헨리의 복부를 걷어찼다. 반격하려는 행동이 아니었다. 그저 뒤로 밀리는 과정에서 생긴 반발력 때문이었다. 그러나 헨리의 얼굴에 깜짝 놀란 표정이 스치자, 벤은 너무도 통쾌한 나머지 머리 꼭대기가 날아간 느낌마저 들었다.

곧바로 난간에서 우지끈 하는 소리가 들려왔다. 벤의 발길질에 『불도저』 옆으로 주저앉는 헨리를 빅터와 트림쟁이가 뒤에서 부축했고, 벤은 뒤쪽의 공허한 공간 속으로 추락하기 시작했다. 벤은 비명을 질렀지만 반은 웃음이었다.

벤은 좀 전에 보았던 송수관 바로 아래쪽에 떨어졌다. 등과 엉덩이가 얼얼했지만, 송수관 바로 위에 떨어졌다면 척추가 부러졌을지 모른다. 다행히 무성한 잡초가 푹신푹신한 쿠션처럼 떠받쳐 충격이 그리 크지 않았다. 벤은 계속해서 데굴데굴 밑으로 굴러 떨어졌다. 커다란 녹색의 컨베이어에 실려 미끄러지는 형상이었고 운동복의 목 부분이 엉켰으며, 손을 뻗었지만 고사리며 잡초만이 잡혔다 이내 사라졌다.

벤은 만화에나 나오는 속도로 떨어지면서도 언덕 위를 바라보았는데, 그 까마득히 높은 곳에 사람이 서 있다는 사실이 믿어지지 않았다. 아래쪽을 내려다보고 있는 빅터와 트림쟁이의 얼굴도 보였다. 도서관 책들도 생각났다. 곧이어 느껴진 둔탁한 충격 때문에 혀를 약간 깨물고 말았다.

벤은 쓰러진 나무 덕에 추락을 멈추긴 했지만 하마터면 왼쪽 다리가 부러질 뻔했다. 벤은 약간 위쪽으로 기어 올라가 신음을 토하며 나무에 낀 다리를 빼냈다. 언덕 중간 지점이었다. 아래쪽으로 무성한 숲이 펼쳐져 있었다. 송수관에서 흘러나온 물이 작은 실개천처럼 벤의 손바닥 위로 흘러내렸다.

위에서 날카로운 비명소리가 들려왔다. 헨리 바워스가 칼을 입에 문 채 무서운 속도로 내려오고 있었다. 몸을 뒤로 휙 제친 상태라 급경사를 뛰어 내려오면서도 균형을 잃지 않았다. 브레이크에 걸려 타이어가 미끄러지는 것 같았고, 키 큰 캥거루가 도약하는 것 같기도 했다.

"주거버리거억, 투이!" 입에 문 칼 때문에 발음이 새어 나왔지만, 유엔 통역사의 도움을 받지 않더라도 벤이 '죽여 버릴 거야, 젖퉁이.'라는 말을 모를 리 없었다.

"주거버리거억!"

시시각각 접근해 오는 섬뜩한 시선을 바라보며 벤은 어떻게 해야 할지 생각했다. 어느새 칼을 손에 바꿔 쥐고 총검처럼 앞으로 쭉 내민 채 달려오는 헨리가 그곳에 도착하기 전에 어떻게든 일어서야 했다. 벤은 그제야 청바지 왼쪽이 갈가리 찢겨 있으며, 복부보다 발목에서 더 많은 피가 흐르고 있다는 사실을 깨달았다. 가까스로 일어서 보니 발목이 부러진 것 같지는 않았다. 제발 발목이라도 성했으면 싶은 것이 절박한 심정이었다.

벤은 약간 웅크린 자세로 균형을 잡고, 헨리가 한 손에 든 칼을 휘두르며 동시에 다른 손으로 벤을 붙잡으려고 달려드는 찰나 옆으로 급히 몸을 피했다. 그 순간 균형을 잃고 쓰러지는 바람에 왼쪽 다리가 허공을 차듯 솟구쳤다. 그 다리에 헨리의 정강이 부분이 부딪히면서 뜻밖의 효과를 가져왔다. 벤은 놀라움과 감탄으로 공포도 잊은 채 입을 쩍 벌렸다. 헨리 바우어스는 슈퍼맨처럼 쓰러진 나무 위로 날아올랐다. 조지 리브스가 텔레비전에서 했던 동작과 똑같이 앞으로 두 손을 쭉 내뻗은 모습이었다. 조지 리브스는 밥을 먹는 것처럼 아주 자연스러운 자세로 하늘을 날았다. 반면 헨리는 엉덩이에 시뻘건 불쏘시개를 갖다 댄 듯한 자세였다. 입이 벌어졌다 닫혔다. 입가에서 흘러나온 침이 귓가에 철퍼덕 달라붙는 모습까지 벤은 생생이 지켜보았다.

공중으로 솟구쳤던 헨리의 몸은 곧 땅바닥에 떨어졌다. 손에서 잭나이프가 빠져나갔다. 한 바퀴 구르는가 싶더니, 덤불 속으로 미끄러져 두 발을 V자 모양으로 벌린 채 벌렁 나자빠졌다. 단말마의 비명, 쿵 하는 충격음, 그리고 침묵.

벤은 멍하니 앉아서 헨리가 곡예를 연출하며 사라져 버린 덤불가를 내려다보았다. 갑자기 옆에서 돌과 자갈이 튀어 올랐다. 올려다보니, 빅터와 트림쟁이가 언덕을 내려오고 있었다. 두 사람은 헨리보다 훨씬 신중하고 느리게 내려오는 모습이었지만, 가만히 있다가는 30초 만에 붙잡힐 상황이었다.

벤은 신음했다. 이 미친 짓거리가 언제까지 되풀이될 거지?

벤은 두 사람을 지켜보며 천천히 나무 위를 건넌 후, 숨을 헐떡이며 언덕을 마저 내려가기 시작했다. 혓바닥이 몹시 쓰렸다. 울창한 덤불은 벤의 키 높이만큼이나 솟아 있었다. 풀 냄새가 몰칵 코로 달려들었다. 근처에서 시냇물 흐르는 소리가 들렸다.

그러나 발이 또 미끄러지는 바람에 벤은 균형을 잃고 굴러 떨어졌고, 튀어나온 돌에 손등이 부딪히고 운동복은 가시에 찢기는 등 손과 얼굴이 상처투성이였다.

갑자기 멈추어 보니 물속에 떨어져 있었다. 구불구불한 실개천이 오른쪽으로 나타난 또 다른 나무숲으로 흘러갔다. 왼쪽, 개울 한가운데 헨리 바워스가 대자로 누워 있었다. 반쯤 열린 두 눈은 흰자위만 가득했다. 한쪽 귀에서 흘러내린 핏방울이 가느다란 실처럼 벤 쪽으로 흘러왔다.

'이런 세상에, 내가 저 애를 죽였잖아! 내가 살인자라니! 아, 이걸 어쩐담!'

등 뒤에 트림쟁이와 빅터가 다가오고 있다는 사실도 잊은 채(아니면 그들도 용맹한 우두머리가 죽은 광경을 발견한다면 벤이 눈에 들어올 리 없었으므로), 벤은 첨벙첨벙 물방울을 튀기며 헨리가 누워 있는 곳으로 걸어갔다. 헨리의 셔츠는 다 찢어져 있었고, 청바지는 시커멓게 물들고, 한쪽 신발도 벗겨진 상태였다. 벤은 자신의 옷도 찢겼으며 좀 전까지 온몸이 욱신욱신 쑤셨다는 사실을 어렴풋이 떠올렸다. 왼쪽 발목은 특히 물기 먹은 운동화 속에서 이미 퉁퉁 부어 있었다. 그래서 오랜 항해 끝에 처음으로 해안에 도착한 선원처럼 벤은 걷는 것이 아니라 차라리 비틀대는 모습이었다.

벤은 바워스를 향해 상체를 구부렸다. 헨리의 눈이 갑자기 크게 열렸다. 그는 피 묻은 손으로 벤의 허벅지를 움켜잡았다. 입에서 휘파람처럼 불분명한 말들이 새어 나왔지만, 벤은 그 의미를 정확히 알아들을 수 있었다. '죽여 버리겠어, 돼지 새끼.'

헨리는 벤의 허벅지를 붙잡고 일어서려고 버둥거렸다. 벤은 소스라치게 놀라 급히 물러섰다. 허벅지를 붙잡고 있던 헨리의 손이 미끄러졌다. 벤은 두 손을 휘저으며 뒤로 물러나다 세 번째 엉덩방아를 찧고 말았다. 물방울이 튀어 올랐다. 벤은 순식간에 무지개가 나타났다 사라지는 것을 보았다. 그러나 지금 무지개 타령을 하고 있을 때가 아니었다. 금맥을 찾고 있는 건 더더욱 아니었다. 비참한 뚱보의 삶을 견디고 있는 것이다.

헨리가 다시 버둥대며 일어서려고 기를 썼다. 그러나 다시 쓰러졌다가 가까스로 손과 무릎을 짚고 반쯤 일어나 앉았다. 그러고는 비틀거리며 두 발로 일어섰다. 그는 악의에 찬 눈빛으로 벤을 노려보았다. 바람이 지나간 후의 옥수수 껍질처럼 빳빳하게 세운 앞머리가 축 늘어져 있었다.

벤은 갑자기 분노를 느꼈다. 아니, 분노 이상이었다. 벤은 격분해 있었다. 도서관에서 빌린 책들을 옆구리에 끼고, 비벌리 마시와 입 맞추는 단꿈에 젖어 걷고 있었을 뿐 누구에게도 해를 끼친 일이 없었다. 그런데 왜 이런 일을 당해야 하는가. 대체 무슨 일이 벌어졌는지 보라. 바지는 너덜너덜 찢겨 있다. 발목은 부러졌거나 최소한 심하게 접질렸다. 다리는 온통 상처투성이고, 혀는 쓰리고 아프며, 헨리 바워스 저 개자식은 배에다 글자까지 새겨 놓았다. 그러나 무엇보다 도서관에서 빌린 책들을 생각하면 분통이 터졌다. 책을 모두 잃어버렸다고 말하면 스타렛 부인은 책망하는 눈길로 쳐다볼 것이다. 온몸에 난 상처, 부러진 발목, 도서관 책, 물에 젖어 알아볼 수도 없을 호주머니 속의 통지표, 그 어떤 것을 떠올려도 이제 벤은 분노를 느꼈다. 그는 물보라를 튀기며 곧장 앞으로 걸어가 헨리의 사타구니를 있는 힘껏 걸어찼다.

헨리가 발작적으로 내지른 비명소리에 나무에 앉아 있던 새들이 놀라 하늘로 날아올랐다. 헨리는 사타구니를 감싸쥐고는 도저히 믿을 수 없다는 표정으로 벤을 쏘아보았다. "윽⋯⋯." 그는 조그만 소리를 토해 냈다.

"그렇지." 벤이 말했다.

"윽." 헨리가 더 기어 들어가는 소리로 말했다.

"그렇지." 벤이 되풀이했다.

헨리는 천천히 무너지듯 엉거주춤 무릎을 꿇었다. 그 믿지 못하겠다는 멍든 눈으로 여전히 벤을 쳐다보고 있었다.

"윽."

"망할, 그렇다니까."

헨리는 사타구니를 움켜쥔 채 옆으로 쓰러져 이리저리 몸을 뒤척이기 시작했다.

"윽!" 헨리가 낑낑댔다. "불알. 윽! 불알이 터졌잖아. 윽윽!" 그러나 그는 조금씩 회복되는 모양이었고, 벤은 곧바로 물러섰다. 벤은 자신이 한 행동이 싫었지만, 한편으로는 정당한 일을 했다는 만족감이 느껴졌다. "윽! 내 불알, 윽, 씹할! 내 불알!"

벤은 헨리가 고통에서 벗어날 때까지 꽤 오랫동안 그곳에 서 있다가, 이내 오른쪽 귓가에 돌멩이를 맞았는데 묵직한 통증과 함께 뜨끈한 피가 흘러내리는 순간까지 말벌에 쏘인 줄 알았다.

그러나 고개를 돌려 보니, 빅터와 트림쟁이가 개울을 거슬러 벤 쪽으로 다가오고 있었다. 양손엔 조약돌이 한 움큼씩 들려 있었다. 빅터가 던진 조약돌이 벤의 귓가를 스쳤다. 벤은 몸을 웅크렸지만, 오른쪽 무릎에 곧바로 돌멩이를 맞자 격렬한 통증을 이기지 못하고 비명을 질렀다. 세 번째 돌이 오른쪽 광대뼈에 부딪히면서 눈앞에 물방울이 튀어 올랐다.

벤은 다급히 그루터기와 잡초를 닥치는 대로 붙잡으며 둑을 기어올랐다. 둑 위로 올라서서(막 일어설 때 엉덩이에 마지막 돌멩이가 날아들었다.) 뒤를 바라보았다.

트림쟁이가 헨리 곁에 쭈그려 앉아 있고, 빅터는 몇 발자국 떨어진 곳에서 연신 돌멩이를 집어던지고 있었다. 야구공만 한 돌멩이가 벤을 빗나가 바로 옆 덤불 속으로 떨어졌다. 더 지켜보고 있을 시간이 없었다. 무엇보다 헨리 바워스가 원기를 되찾은 것 같아 문제였다. 벤이 차고 있는 타이맥스 시계처럼 헨리 바워스는 지칠 줄 모르는 인간이었다. 벤은 방향을 틀어 덤불 속으로 뛰어들며 방향을 가늠할 수 없는 상태에서 운 좋게 서쪽으로 갈 수 있기만을 바랐다. 황무지 한쪽에 인접한 올드케이프로 빠져나갈 수 있다면, 어떻게든 버스 비를 동냥해 집에 돌아갈 수 있을 것이다. 집에 돌아가 문을 걸어 잠그고 피 범벅이 된 옷가지를 벗어 던지면 그 끔직한 악몽도 끝이었다. 벤은 목욕을 한 후 보송보송한 붉은색 목욕가운을 입고 거실에 앉아 미친 오리 만화를 보며 우유를 먹는 상상을 해 보았다. '그래, 그 생각만 하면서 걷자.' 벤은 다시 굳게 마음을 먹고 발길을 재촉했다.

나뭇가지들이 계속해서 얼굴로 달려들고, 가시가 날카로운 발톱처럼 덤볐다. 얼마를 갔을까, 오물로 뒤덮인 시커먼 평지가 나타났다. 대나무 같은 식물이 자라 있고 땅에서 구린내가 진동했다. 불길한 생각이

(모래 수렁이)

떠올랐고, 대나무 모양의 식물 숲으로 흘러드는 시냇물을 바라보고 있자니 더욱 으스스해졌다. 그 숲으로 들어가고 싶지 않았다. 모래 수렁은 아닐지라도 진흙이 운동화를 온통 더럽힐 것이다. 벤은 오른쪽으로 방향을 틀어 대나무밭 가장자리를 따라 뛰어가다 갑자기 나타난 관목 숲으로 빠져 들었다.

숲의 대부분은 줄기가 굵은 전나무였으며, 햇볕과 공간을 조금이라도 더 차지하기 위해 뒤엉켜 싸우듯 사방에 빼곡히 들어차 있었다. 그러나 나무 아래 덤불은 거의 없는 편이라 빠르게 움직일 수 있었다. 방향은 알 수 없지만 헨리 일당을 약간 앞지르고 있는 것 같았다. 황무지는 삼면이 데리와 접했고, 나머지 한쪽은 유료 도로로 이어져 있었다. 조만간 어느 쪽으로 왔는지 알 수 있을 터였다.

배에서 갑자기 통증이 느껴지자 벤은 상처를 보기 위해 운동복

을 들춰 올렸다. 순간 주춤하며 입술을 꼭 깨물었다. 배에 온통 피가 엉겨 붙은 데다 언덕을 미끄러지면서 녹색 풀물이 들어 기괴한 크리스마스 장식처럼 보였다. 마치 부푼 도시락을 바라보고 있는 기분이 들었다.

갑자기 앞쪽에서 윙윙 하는 소리가 들려왔다. 어른이라면 그 지옥 같은 곳에서 빠져나가기 위해(참새만큼 큰 놈은 아니어도 굉장히 커다란 모기 떼가 벤을 발견한 것 같았다.) 그런 소리쯤은 무시해 버리거나 아예 듣지 않으려고 할지 모른다. 그러나 벤은 어린아이였고, 이미 그 소리 때문에 겁에 질려 있었다. 벤은 왼쪽으로 돌아 키 낮은 만병초 덤불을 헤쳐 나갔다. 덤불 뒤편에는 높이가 1미터, 폭이 1미터 20센티미터쯤 되는 시멘트 원기둥이 솟아 있었다. 기둥 위에는 통풍구가 달린 원반형 철제 뚜껑이 덮여 있었다. 그 위에 "데리 상하수도과"라는 글씨가 보였다. 그 안쪽에서 들려오는 소리는 벌들이 윙윙거리는 소리 같았다.

벤은 뚜껑 아래쪽을 바라보았지만 아무것도 보이지 않았다. 벌이 윙윙대는 소리와 물소리가 전부였다. 숨을 몰아쉬는 순간 습한 구린내가 확 솟구치는 바람에 뒤로 풀쩍 물러섰다. 하수구 같았다. 아니면 하수구와 배수구가 만나는 지점, 홍수가 빈번한 데리에는 그런 곳이 많았다. 별것도 아니었다. 하지만 왠지 수꿀했다. 한편으로는 그처럼 황량한 오지 같은 곳에서 인간이 만든 건축물을 보고 있다는 게 이상했고, 또 한편으로는 땅에서 솟구친 시멘트 기둥의 생김새 자체가 으스스한 분위기를 자아냈다. 벤은 1년 전 H. G. 웰스의 『타임 머신』을, 처음에는 고전 만화 시리즈로 읽다가 나중에 책으로 보았다. 통풍구가 달린 원반형 철제 뚜껑이 소설 속에서 '몰록'이라는 무시무시한 마을로 향하는 우물과 비슷했다.

벤은 재빨리 시멘트 기둥에서 떨어져 다시 서쪽이라고 생각되는 방향으로 움직였다. 작은 빈 터에 이르러, 그림자가 곧장 뒤쪽에 오는 지점을 찾아 방향을 가늠했다. 그러고는 정해진 방향으로 곧장 달려갔다.

5분 후 앞에서 물소리가 훨씬 또렷해졌고 사람 목소리도 들려왔다. 아이들의 음성이었다.

벤은 멈추어 서서 귀를 기울이다가 뒤에서 나뭇가지 부러지는 소리와 함께 다른 소리를 들었다. 익숙한 목소리였다. 빅터와 트림쟁이, 헨리 바워스.

악몽은 여전히 끝나지 않았다.

벤은 숨을 곳을 찾아 주위를 두리번거렸다.

두 시간 후 숨어 있던 곳에서 나온 벤은 전보다 훨씬 지저분한 몰골이었지만 기분은 좀 개운했다. 솔직히 그런 상황에서 꾸벅꾸벅 졸았다니 믿어지지 않았다.

그러나 아까 여전히 그의 뒤를 쫓으며 들려오는 세 사람의 소리를 들었을 때, 벤은 트럭의 전조등에 갇힌 동물처럼 꼼짝도 못한 채 그 자리에 못 박혔다. 정신을 마비시키듯 참을 수 없는 졸음이 밀려들었다. 나중에 어떻게 되든, 당장은 고슴도치처럼 자리에 누워 잠깐 몸을 웅크리고 싶다는 생각이 간절했다. 위험천만한 생각이었지만 그렇게 나쁠 것 같지는 않았다.

벤은 자는 대신 물소리와 함께 아이들이 웅성대는 곳으로 향했다. 귀를 쫑긋 세우고 아이들이 무슨 말을 하는지, 어떤 말이든 공포로 얼어붙은 정신을 깨워 줄 만한 내용이 있는지 알아보고 싶었다. 무슨 계획 이야기를 하는 것 같았다. 한두 명의 목소리는 어딘지 귀에 익었다. 천진난만한 웃음소리와 함께 물방울 소리가 들려왔다. 벤은 그들과 함께 웃고 싶다는 욕구가 치밀었지만 이내 그러면 어느 때보다도 위험해진다는 생각이 들었다.

벤이 붙잡히면 헨리 일당이 그 아이들을 놔주면서 벤에게 줄 약이나 가져오라고 할 리 만무했다. 다시 오른쪽으로 방향을 틀었다. 벤은 발걸음이 상당히 빠른 편이었다. 냇가 가까이 숨어서 아이들의 그림자가 이리저리 움직이는 모습을 지켜보았지만, 모습이나 목소리를 정확히 포착하기는 어려웠다. 목소리마저 점점 작아졌다.

벤은 헐벗은 맨땅으로 파헤쳐진 비좁은 길에 들어섰다. 잠시 그 길을 택할까 생각하다 이내 머리를 흔들었다. 그는 길을 건너 다시 덤불 속으로 들어갔다. 덤불을 하나하나 치우듯 아주 느릿느릿 걸어갔다. 하지만 여전히 아이들이 놀고 있는 개울가를 따라 걷고 있었다. 그곳은 벤과 헨리가 굴러 떨어진 덤불보다 훨씬 지대가 넓어 보였다.

검은 딸기 덤불 한가운데 시멘트 기둥이 또 하나 나타났는데, 역시 그 내부에서도 웅웅거리는 조용한 소음이 들려왔다. 그 너머 경사진 둑이 개천으로 내려섰고, 옹이투성이의 늙은 느릅나무가 물 위로 구부정히 기울어 있었다. 둑가에 뿌리가 반쯤 드러나 있어서 지저분한 머리칼이 뒤엉켜 있는 것처럼 보였다.

　벌레나 뱀이 없었으면 하는 마음이었지만, 지치고 겁에 질린 나머지 주변을 제대로 살필 겨를도 없이 벤은 느릅나무 뿌리 사이에 움푹 팬 공간으로 들어갔다. 그 안에서 등을 대고 앉았다. 뿌리가 성난 손가락처럼 벤을 찔러 댔다. 위치를 조금 바꾸자 한결 나았다.

　헨리, 트림쟁이, 빅터가 나타났다. 그들이 혹시 길을 따라갈지 모른다고 생각했지만 그런 행운은 따르지 않았다. 그들은 주변에 서 있었는데, 손을 뻗으면 닿을 만큼 가까운 거리였다.

　"돌아가서 저기 꼬맹이들한테 그 새끼를 봤는지 알아보자고." 트림쟁이가 말했다.

　"좋아, 가 보자." 헨리가 대답했고, 그들은 왔던 길을 돌아갔다. 잠시 후 벤은 헨리가 으르렁대는 소리를 들었다. "야, 꼬맹이들! 여기서 뭔 짓이지?"

　누군가 대답하는 것 같았지만 무슨 소리인지 제대로 들리지 않았다. 아이들은 좀 멀리 떨어져 있었고, 바로 옆 켄더스키그 강물 소리가 워낙 요란했다. 그러나 벤의 귀에는 아이들의 목소리가 겁에 질려 있는 것 같았다. 벤은 아이들을 이해할 수 있었다.

　빅터 크리스가 뭐라고 소리를 질렀지만, 벤은 무슨 뜻인지 알 수 없었다. "망할, 꼬맹이 댐이라고!"

　꼬맹이 댐? 꼬맹이 댐이 뭘까? 아니면 빅터가 꼬맹이들이라고 한 말을 벤이 잘못 알아들었는지도 몰랐다.

　"부숴 버리자고." 트림쟁이가 꾀를 냈다.

　곧바로 아이들이 안 된다며 애원하는 소리가 들려왔다. 누군가 흐느껴 우는 것도 같았다. 벤은 다시 한번 측은한 생각이 들었다. 헨리 일당은 벤을 붙잡지 못했지만(아직까지는 그랬다.) 그들의 광기를 풀 만한 다른 희생양들이 걸려든 셈이었다.

"좋아, 부숴 버려." 헨리가 말했다.

물방울이 시끄럽게 튀어 올랐다. 울부짖음이 높아졌다. 트림쟁이와 빅터의 백치 같은 웃음소리가 쩌렁쩌렁 울렸다. 아이들 중 누군가 격분해서 마구 울부짖었다.

"아서라, 조용히 해, 이 말더듬이 병신아! 웬만하면 오늘은 더 이상 피를 보고 싶지 않으니까."

헨리 바워스의 음성에 이어 곧바로 무엇인가 부서지는 소리가 들렸다. 갑자기 물 흐르는 소리가 요란해지더니 이내 전처럼 잠잠해졌다. 벤은 그제야 상황을 이해할 수 있었다. 꼬맹이 댐, 빅터는 분명히 그렇게 말했다. 벤이 지나쳐 왔던 두세 명의 아이들은 댐을 짓고 있었던 것이다. 그리고 헨리 일당이 그 댐을 무너뜨렸다. 벤은 아이들 중 한 명이 누구인지 알 것 같았다. 헨리의 말 중에 '말더듬이'라는 부분이 있었는데, 벤이 알고 있는 사람 중에 데리 초등학교에서 말을 더듬는 아이는 5학년인 빌 덴브로뿐이었다.

"그럴 것까진 없잖아!" 겁에 질린 가느다란 목소리가 외쳤다. "대체 왜들 그러는 거야?" 벤은 그 목소리의 주인공도 알 것 같았지만 바로 얼굴이 떠오르지 않았다.

"그러고 싶으니까 그런다, 이 새끼들아!" 헨리가 되받아서 으름장을 놓았다. 그리고 쿵 하는 소리가 들렸다. 고통스러워하는 비명이 뒤따랐다. 그리고 울음소리.

"닥치라고, 꼬맹아, 안 그러면 귀를 잡아뜯어서 턱 밑에 묶어 놓을 테다." 빅터가 말했다.

울음소리는 간헐적인 흐느낌으로 바뀌었다.

"우리가 가기 전에 한 가지 알아야 할 게 있어. 10분 정도 전에 뚱보 새끼 하나가 지나가는 거 못 봤냐? 피투성이에 뒤룩뒤룩 살찐 놈 말이야, 엉?" 헨리가 말했다.

못 봤다는 간단한 대답이 흘러나왔다.

"확실해? 야, 버벅이, 확실하게 말해 보라니까."

"화, 확실해."

"이만 가자. 저 뒤로 돌아갔나 보다."

"바이바이, 꼬맹이들. 그런 꼬맹이 댐은 없는 편이 낫겠어."

빅터의 목소리를 마지막으로 다시 물방울이 튀어 올랐다. 트림쟁이의 목소리가 다시 들려왔지만 이미 꽤 멀리 간 후였다. 벤은 무슨 소리인지 알 수 없었고 알고 싶지도 않았다. 어느새 흐느낌이 울음으로 다시 바뀌었다. 다른 아이가 옆에서 위로하고 달래는 것 같았다. 벤은 그쪽에 있는 아이들이 버벅이 빌과 우는 아이, 둘이라고 생각했다.

벤은 반쯤 누운 자세로 강가의 두 아이와 황무지 반대편으로 멀어지는 헨리 일당의 움직임에 귀를 기울였다. 뿌리 사이로 햇살이 파고들어 벤의 주변에 작은 점처럼 흩어졌다. 지저분한 공간이었지만 아늑하고……, 안전했다. 흐르는 물소리도 듣기 좋았다. 여기저기 쑤시던 통증도 잦아들었고 약탈자들의 목소리는 완전히 사라졌다. 잠시 더 기다리면서 놈들이 다시 돌아오는지 살핀 후 길을 찾아가면 될 터였다.

땅속에서 배수 펌프 장치의 소음이 들려왔는데, 몸으로 느낄 수 있을 정도였다. 땅속에서 뿌리로 전해져 등을 타고 오르는 낮고 일정한 진동. 벤은 몰록을 다시 떠올리며, 그곳도 역시 시멘트 기둥의 뚜껑 사이에서 풍기던 습기와 구린내가 날 것이라고 생각했다. 지하 깊숙이 파고든 우물과 그 속에 양쪽으로 매달린 녹슨 사다리도 떠올렸다. 조금씩 졸음이 밀려들었고, 이따금 떠오르던 생각들은 꿈으로 바뀌었다.

벤이 꾼 꿈은 몰록이 아니었다. 1월에 벌어진 일, 어머니에게는 감히 말할 수 없던 일이 꿈속에 나타났다.

크리스마스 휴일이 끝나고 학교에 등교한 첫날이었다. 더글러스 선생은 방과 후 남아서 휴일 직전에 반납된 도서 정리를 도와줄 사람이 있는지 물었다. 그때 벤이 손을 번쩍 들었다.

"고맙구나, 벤." 더글러스 선생의 환한 미소에 벤은 발끝까지 따뜻해지는 기분이었다.

"역겨운 새끼." 헨리 바워스가 지그시 억눌린 음성을 토해 냈다.

최고이자 최악의 날씨, 그날은 메인 주 특유의 겨울 날씨였다. 구름 한 점 없는 맑은 하늘에 촉촉한 눈동자처럼 햇살이 빛났지만 겁날 만큼 추웠다. 특히 살을 에는 듯한 강풍이 불어 닥쳐 체감 온도는 10도나 더 내려갔다.

벤이 책을 셈해 그 숫자를 말하면 더글러스 선생님이 받아 적은 후(벤은 아주 꼼꼼한 편이라 나중에 다시 확인할 필요가 없었다.), 방열기

소리가 들려오는 복도를 지나 보관실에 책을 옮겨 놓았다. 일을 시작할 즈음에는 학교 안이 시끌벅적했다. 문을 쾅쾅 여닫는 소리며, 교무실에서 들려오는 탁탁탁 하는 토머스 선생의 타자기 소리, 남자 합창단이 위층에서 내는 불협화음, 통통통 체육관을 울리는 농구공 소리와 선수들이 매끈매끈한 나무 바닥을 달려 골대로 돌진하거나 방향을 틀 때 미끄러지는 소리가 가득했다.

하지만 소음도 차차 잦아들더니, 마지막 책 묶음의 확인 작업이 끝났을 때(한 권이 모자랐지만 그리 큰 문제는 아니었고, 더글러스 선생은 아까워하며 그것들을 '날개와 기도'라는 주제로 모아 두었다.), 학교 안은 방열기 소리와 스으윽스으윽 하는 파지오 씨의 빗자루질 소리, 거친 바람 소리뿐이었다.

벤은 서가의 작은 창문을 통해 재빨리 빛이 사위어 가는 하늘 가를 바라보았다. 오후 4시, 벌써 어스름이 깔리기 시작했다. 메마른 눈발이 철골 놀이 기구 주변에 날아들다가, 얼어붙어 땅속에 처박힌 시소 사이에서 소용돌이쳤다. 단단하고 시린 겨울의 손아귀를 풀 수 있는 것은 다가올 4월의 햇살뿐이었다. 잭슨 가에는 사람의 그림자가 하나도 보이지 않았다. 벤은 한동안 그대로 서서 잭슨 가와 위챔 가의 교차로를 향해 다가오는 자동차를 기다려 보았지만 거리는 텅 비어 있었다. 벤과 더글러스 선생님을 뺀 데리의 모든 사람들이 죽었거나 어쨌든 그들의 시야에서는 사라져 버린 것 같았다.

벤은 더글러스 선생을 바라보았는데, 그녀 역시 벤처럼 겁에 질린 모양이었다. 눈빛에 두려움이 가득했다. 그 사려 깊은 눈동자는 사십 대 교사의 눈빛이 아니라 어린아이의 눈빛에 가까웠다. 가슴께에 두 손을 모아 쥔 모습이 기도하는 것 같았다.

'겁이 나는걸. 선생님도 마찬가지야. 그런데 우리는 정말 뭐가 무서운 거지?'

벤은 알 수 없었다. 그러고 나서 선생은 그를 쳐다보고 거의 무안해하는 웃음을 지으며 짧게 말했다. "너무 늦게까지 붙잡고 있었구나. 미안하다, 벤."

"괜찮아요." 벤은 신발을 내려다보았다. 벤은 1학년 때 담임이었던 시보두 선생님에게 느낀 무조건적인 사랑은 아니라 하더라도 더글러스 선생님을 진심으로 사랑했다.

"운전을 할 수 있으면 널 태워다 주련만 어떡한다. 남편이 오기로 돼 있지만 5시 15분 정도에나 올 텐데 말이야. 네가 그때까지 기다려도 좋으면 함께……."

"괜찮아요, 선생님. 그전에 집에 가 봐야 하거든요." 그 말은 사실이 아니었지만 더글러스 선생님의 남편을 직접 만나고 싶지 않았다.

"혹시 어머니께서……."

"엄마는 운전을 못 하세요. 저는 괜찮아요. 집까지 2킬로미터도 안 되는걸요."

"날씨가 좋다면야 멀지 않은 거리지만, 오늘 같은 날은 위험할지 몰라. 가다가 너무 추우면 잠시 어디 들를 곳이라도 있니?"

"음, 그럼요. 코스텔로 상가에 들러 난로를 쬐면 돼요. 제드루 아저씨도 괜찮다고 할 거예요. 게다가 방한복까지 준비해 왔는걸요.

크리스마스 선물로 받은 이 목도리도 얼마나 따뜻하다고요."

더글러스 선생님은 약간 안심한 표정이었지만……, 이내 창가를 다시 흘끗 바라보았다. "밖은 너무 추울 거야. 너무……, 너무 적대적이거든."

벤은 적대적이라는 말의 뜻을 몰랐지만 대충 짐작했다. 뭔가 안 좋은 느낌인 것 같은데, 과연 그게 뭘까?

벤은 선생님을 바라보다 문득 교사가 아닌 한 사람으로서 마주하고 있다는 생각이 들었다. 뭔가 이상한 느낌이었다. 갑자기 선생님의 얼굴이 딴 사람처럼 느껴졌는데, 피로에 지친 시인의 얼굴이라고 할까, 아무튼 전혀 새로운 모습으로 보였다. 남편의 자동차에 앉아 난방기에 손을 비비며 두런두런 하루의 일을 이야기하며 집으로 돌아가는 선생님의 모습이 눈에 선했다. 그리고 집에서 저녁 준비를 하는 모습까지. 그렇게 이상한 기분에 사로잡히다, 문득 칵테일 파티에나 어울릴 법한 질문이 떠올랐다. 선생님, 혹시 아이들은 있으신가요?

"이맘때면 적도에서 북쪽으로 멀리 떨어진 지방에서는 사람들이 어떻게 살까 하는 생각이 들곤 한단다. 적어도 이런 곳에서는 못 살 거라는 생각까지 들거든."

선생님이 미소 짓는 순간, 한동안 낯설고 기묘했던 분위기가 사라졌다. 다시는 선생님 얼굴에서 그런 모습을 볼 수 없겠지. 벤은 아릿한 절망감을 맛보았다.

"한겨울엔 많이 늙어 버린 느낌이 들어. 그리고 다시 봄이 오면 젊어지는 기분이지. 해마다 꼭 그런 기분이 들곤 해. 벤, 괜찮니?"

"그럼요."

"그럼, 그래야지. 벤, 너는 정말 착한 아이구나."

그는 다시 고개를 떨구고 얼굴이 화끈거렸지만 어느 때보다도 선생님을 사랑하고 있음을 깨달았다.

복도에서 파지오 씨가 말했다. "얘야, 동상에 걸리지 않게 조심해라." 그는 빨간 빗자루에서 눈도 떼지 않았다.

"예."

벤은 사물함을 열고 방한복을 꺼냈다. 어머니는 특히 추운 겨울 날에는 꼭 방한복을 입어야 한다고 고집했고, 그때마다 벤은 어린 애들이나 입는 옷이라고 생각해 마뜩찮았지만 그날 오후만은 다행이라 여겼다. 벤은 문가로 천천히 걸어가면서 방한복 지퍼를 끝까지 올리고, 모자를 쓰고 벙어리 장갑을 끼웠다. 눈 쌓인 돌계단에 잠시 서 있는데, 슬며시 닫힌 문에서 찰칵 하는 소리가 들려왔다.

데리 초등학교 건물은 파란 하늘 아래 시무룩하게 누워 있었다. 바람은 여전히 거셌다. 국기 게양대 밧줄에 매달린 쇠고리가 깃대에 부딪혀 탕탕 소리를 냈다. 바람에 부딪힌 벤의 얼굴도 순식간에 온기를 빼앗기고 얼어 버렸다.

'얘야, 동상에 걸리지 않게 조심해라.'

벤이 그 말을 떠올리다 재빨리 목도리를 여미자, 작고 땅딸막한 레드 라이더라는 영화 주인공처럼 보였다. 어둠에 물든 하늘은 몽환적인 아름다움을 자아냈지만 벤은 경치를 감상할 만큼 여유롭지 못했다. 그러기엔 너무 추운 날씨였다. 벤은 발길을 재촉했다.

처음에는 바람을 등진 상태라 발걸음이 가벼웠다. 그러나 커넬가에 이르러 방향을 돌리자, 그때부터 바람이 정면에서 불어왔다. 이제 바람은 벤의 앞길을 가로막고……, 뭔가 할 말이라도 있는 것 같았다. 목도리는 별 도움이 되지 않았다. 눈이 파르르 떨리고 콧물이 단숨에 얼어붙었다. 두 다리는 뻣뻣하다 못해 감각이 없어졌다. 꽁꽁 얼어붙은 손을 겨드랑이에 넣기를 여러 차례, 바람은 여전히 맹렬한 기세로 비명을 질렀고, 때론 사람의 함성처럼 들렸다.

벤은 무서웠지만 마음 한편에서는 상쾌한 기분을 느꼈다. 무서운 건, 잭 런던의 소설 『불을 찾아서』처럼 벤이 읽은 이야기들을 이제는 이해할 수 있기 때문이었다. 그 이야기들에서 사람들은 실제로 얼어죽었다. 그날 저녁처럼 영하 15도의 날씨에서는 사람이 얼어죽을 수도 있을 것 같았다.

상쾌함은 까닭 모를 기분이었다. 고독감이라고 할까, 아무튼 좀 우울한 느낌에서 오히려 상쾌함을 맛보았다. 홀로 밖에 있다는 생각, 바람을 안고 거리를 지나는 동안 불빛 비추는 창가에 사람의 그림자는 하나도 없었다. 사람들은 모두 빛과 온기가 가득한 집 안 어딘가에 있을 터였다. 그들은 벤이 그곳을 지나가고 있다는 사실을 몰랐다. 벤만 알고 있었다. 그것은 하나의 비밀이었다.

대기는 송곳처럼 날카로웠지만 청량하고 깨끗했다. 벤의 입에서는 연신 허연 입김이 뿜어져 나왔다. 스러지는 하루, 서쪽 지평선에 차가운 적황빛 석양이 걸치고, 하늘가에 어느덧 냉랭한 다이아몬드 조각처럼 첫 별이 얼굴을 내밀었을 때, 벤은 운하에 도착해 있었다. 이제 집까지는 세 블록, 어서 가서 얼어붙은 얼굴이며 발을 녹이면 몸 구석구석 따뜻한 피가 돌 터였다.

운하는 콘크리트 수로 안에 얼어붙은 우윳빛 강물처럼 보였고, 여기저기 금 간 빙판은 울퉁불퉁하고 탁한 색깔이었다. 전혀 움직임이 없었지만 몹시 냉랭한 겨울의 햇살 속에서 분명 살아 있는 느낌마저 들었다. 운하 자체에서 독특하면서도 설명하기 힘든 아름다움이 느껴졌다.

벤은 남서쪽으로 방향을 잡았다. 황무지 방향이었다. 그때부터 바람은 다시 등 뒤로 돌아왔다. 방한복이 잔물결처럼 떨며 펄럭거렸다. 운하는 800미터 정도까지 이어지다 콘크리트 수로에서 벗어나 황무지로 흘러드는데, 일 년 중 그맘때면 황무지는 얼어붙은 가시나무와 헐벗은 나무로 황량한 풍경을 자아냈다.

황무지 방면 빙판 위에 누군가 서 있었다.

벤은 그 형체를 물끄러미 바라보다 고개를 갸웃거렸다. '남자 같은데, 어떻게 저런 옷을 입고 있지? 도저히 믿어지지 않아.'

그 사내는 은백색 광대 옷 같은 것을 입고 있었다. 그 주위로 매서운 바람에 쫓겨 옷가지가 펄럭였다. 지나치게 커다란 적황색 구두. 양복 앞에 달려 있는 큼지막한 적황색 단추와 색깔을 맞춘 것인지 몰랐다. 한 손에는 형형색색의 풍선이 매달린 끈을 붙잡고 있었는데, 그 풍선들이 벤을 향해 떠 있는 상태라 벤은 아주 이상하다는 느낌에 사로잡혔다. 눈을 질끈 감았다가 눈가를 비빈 후 다시 떠 보았다. 풍선은 여전히 벤을 향해 떠 있었다.

파지오 씨의 말이 머릿속에 맴돌았다. '애야, 동상에 걸리지 않게 조심해라.'

날씨 탓에 생긴 허깨비나 신기루임에 틀림없었다. 한 남자가 빙판에 서 있다고 해서 이상할 것까지는 없었다. 광대 옷을 입고 있다 해도 말은 됐다. 그러나 바람과 반대 방향으로 벤을 향해 풍선이 떠 있을 수는 없었다. 그러니 그렇게 보인다고밖에는 설명할 길이 없는 셈이다.

'벤!' 광대가 빙판 위에서 소리쳤다. 벤은 분명 그 소리를 두 귀로 들었지만 마음속에서 일어난 환청이라고 생각했다. '풍선 갖고 싶지 않니, 벤?'

그 목소리는 너무도 불길하고 끔찍해서 벤은 곧바로 도망치고 싶었지만, 운동장 땅바닥에 박혀 있던 시소처럼 발길이 못 박혀 떨어지지 않았다.

'풍선이 날아다닌단다, 벤! 모두 떠다닌단 말이야! 어서 와서 하나 가져가!'

광대는 벤이 서 있던 운하 다리를 향해 빙판을 걷기 시작했다. 벤은 꼼짝도 못한 채 그가 다가오는 모습을 지켜보았다. 뱀이 다가오는 모습을 지켜보는 한 마리 새처럼. 그처럼 혹독한 날씨에서도 풍선들은 터지지 않았다. 풍선은 광대의 뒤를 따르는 것이 아니라 오히려 앞장서서 마치 황무지를 한시라도 빨리 벗어나려는 듯 둥실둥실 다가왔다. 벤은 그 사내가 아주 오래전부터 황무지에 살고 있었다고 생각했다.

어느 순간부터 벤의 시야에 다른 것들이 눈에 띄었다.

마지막 햇살이 빙판 위로 장밋빛 광선을 떨구고 있었지만 광대는 그림자가 없었다. 전혀 없었다.

'벤, 너는 이곳을 좋아할 거야.' 광대는 점점 거리를 좁혀와, 말소리뿐만 아니라 우스꽝스러운 구두가 울퉁불퉁한 빙판에 맞닿아 저벅저벅하는 소리까지 들려왔다. '내가 만난 아이들처럼 너도 이곳을 좋아할걸. 이곳은 피노키오에 나오는 유쾌한 섬이며, 피터팬에 나오는 네버랜드니까 말이야. 모든 아이들이 바라는 것처럼 이곳에서는 어른이 되지 않아! 자, 어서 오라니까! 구경도 하고, 풍선도 갖고, 코끼리한테 먹이도 주고, 낙하산도 타 보는 거야. 야, 벤이 얼마나 좋아할까, 게다가 하늘을 부우붕.'

벤은 무서웠지만 마음 한구석에선 풍선을 갖고 싶다는 생각이 간절했다. 이 세상에서 바람에 맞서 떠다니는 풍선을 갖고 있는 사람이 있을까? 아니, 그런 비슷한 말이라도 들어 본 사람이 있을까? 그래……, 풍선이 갖고 싶었고, 그때까지 삭풍을 피해 고개를 숙이고 걸어오던 광대의 얼굴을 보고 싶었다.

바로 그 순간 데리 시 청사의 시계에서 5시를 알리는 사이렌 소리가 들려오지 않았다면 어떻게 됐을지 벤은 상상조차 할 수 없었다. 아니 알고 싶지도 않았다. 중요한 것은 바로 그때 얼음 송곳처럼 날카로운 사이렌 소리가 싸늘한 겨울의 대기를 파고들었다는 점이다. 광대는 화들짝 놀라듯 고개를 들어 올렸고, 벤은 그 얼굴을 보았다.

'미라! 이런 세상에, 그 미라야!' 무시무시한 공포와 함께 처음 떠오른 생각에 그는 졸도할까 봐 다리 난간을 꽉 움켜쥐었다. 당연히, 바로 그 미라는 아니었다, 그럴 수가 없었다. 아, 물론 이집트 미라들은 많다. 벤도 그건 알았다. 하지만 벤의 첫 번째 생각은 그게 '바로 그' 미라라는 것이었다. 바로 그전 달에 「공포 극장」에서 하는 영화를 보려고 밤늦게까지 깨어 있다가 본 옛날 영화에서 보리스 칼로프(「프랑켄슈타인」으로 명성을 얻은 영국 배우—옮긴이)가 연기한 더러운 괴물.

아니, 그 미라가 아니야, 그럴 리 없다, 영화 속의 괴물은 진짜가 아니야. 누구나 그것을 안다, 꼬마 애들조차도. 그러나…….

광대의 얼굴은 분장한 것이 아니었다. 붕대로 얼굴을 친친 감고 있지도 않았다. 붕대가 있기는 했지만 대부분 목과 손목 부근에서 바람에 휘날리고 있을 뿐이라서, 벤은 광대의 얼굴을 똑똑히 볼 수 있었다. 온통 주름투성이에 골이 깊게 패고 너덜너덜 찢긴 뺨과 메마른 피부. 이마의 살갗이 째져 있었지만 피는 묻어 있지 않았다. 히죽 치켜 올라간 입술 사이로 비석처럼 비스듬히 드러난 큼지막한 치아. 움푹 들어간 잇몸은 새까맸다. 눈이 없는 것 같았지만 그을려 오그라든 눈두덩 깊은 곳에서 뭔가 번쩍였는데, 이집트 갑충석의 눈처럼 차가운 보석이 연상됐다. 게다가 기괴한 약품과 모래, 피가 뒤범벅된 수의가 오랫동안 썩은 듯한 냄새와 함께 계피와 향료 같은 냄새가 풍겨 왔다.

"여기서는 우리 모두 떠다녀." 미라 광대는 까마귀처럼 쉰 목소리로 말했다. 그리고 벤은 그것이 무슨 수인가로 다리에 이르렀고, 지금은 바로 자기 밑에서, 마르고 뒤틀린 손을 뻗고 있는 걸 보고 새로운 공포를 깨달았다. 손이 뻗어 나온 너덜너덜한 피부는 창대 깃처럼 스치는 소리를 냈고, 그 사이로 노란 상아 같은 뼈가 내보였다.

뼈만 앙상한 손가락 하나가 벤의 장화 끝에 닿을락 말락 했다. 벤은 마비 상태에서 깨어났다. 다리 위를 냅다 달려가는 동안 5시를 알리는 날카로운 사이렌 소리가 귓가에 되살아났다. 다리 건너편까지 달려간 후에야 사이렌 소리가 멈추었다. 분명 신기루, 신기루여야 했다. 사이렌이 울리는 10초 또는 15초 동안 광대가 단숨에 벤이 있는 곳까지 다가오는 것은 도저히 불가능했다.

그러나 벤의 공포는 신기루가 아니었다. 뜨거운 눈물이 뺨에서 순식간에 얼어붙은 것도 착각이 아니었다. 허겁지겁 보도를 걸어가는 동안에도, 광대 차림의 미라가 운하를 기어오르면서 돌처럼 굳은 손톱으로 철제 난간을 긁으며 메마른 돌쩌귀 소리를 내고 있었다. 거대한 피라미드의 지하 굴처럼 물기 하나 없이 메마른 숨결 소리까지 또렷하게 들려왔다. 어느 순간 푸석푸석한 향료 냄새가 몰칵 솟구치고, 전자 세트로 지은 건축물처럼 살점 없는 손아귀가 벤의 어깨에 슬쩍 올라올지 몰랐다. 그 순간 벤은 뒤돌아서서 히죽 웃고 있는 주름투성이 얼굴을 똑바로 쳐다볼지 몰랐다. 죽은 강물 냄새가 스며든 숨결이 벤의 온몸을 훑고 지날 것이다. 검은 눈두덩 속 깊디깊은 곳에서 번쩍이는 눈빛이 벤을 덮칠 것이다. 이빨 없는 입이 쩍 벌어지면 풍선을 하나 얻을 수 있을지 모른다. 맞아, 풍선을 전부 갖고 싶어.

그러나 벤이 가까스로 집이 있는 거리 모퉁이를 돌아 흐느끼면서 발작적인 심장의 고동 소리에 괴로워하며 뒤돌아보았을 때 거리는 텅 비어 있었다. 양쪽이 낮은 콘크리트 구조물로 이루어진 무지개다리와 구식 자갈길에도 인적은 없었다. 운하의 모습을 볼 수 없는 위치였지만 지금쯤은 그곳에 아무도 없을 거라는 생각이 들었다. 아니, 그 미라가 허깨비나 신기루가 아니었다면, 실제로 살아 움직이는 것이었다면, 『염소 삼형제』에 나오는 괴물처럼 다리 밑에 숨어 기다리고 있을 것이다.

다리 밑에, 그곳에 숨어서.

벤은 집의 현관문에 도착할 동안 줄곧 주위를 힐끔거리며 발길을 재촉했고, 이내 집으로 들어가 문을 걸어 잠갔다. 그리고 어머니(그날따라 공장 일이 너무 고단해 아들 생각도 제대로 하지 못하던 어머니)에게 더글러스 선생님이 책 정리하는 일을 도와주고 왔다고 자초지종을 설명했다. 그들은 저녁으로 국수와 크리스마스 휴일 때 먹다 남은 칠면조 고기를 먹었다. 벤은 세 그릇을 먹었는데, 매번 빈 접시에 음식을 담을 때마다 미라가 더 멀어지고 꿈결처럼 느껴졌다. 그것은 진짜가 아니다, 그런 것들은 결코 진짜가 아니다, 그것들은 텔레비전 심야 영화의 상업 광고 사이에서나, 토요일 오후 극장에서나 사실이 된다. 거기선 운 좋으면 25센트에 두 마리 괴물도 볼 수 있고……, 여분의 25센트가 있다면 질리게 먹을 만큼 팝콘도 살 수 있다.

아니, 그것들은 진짜가 아니다. 텔레비전과 극장과 만화책에 나오는 괴물들은 진짜가 아니다. 잠자리에 들어 뒤척일 때, 마지막 사탕까지 다 먹고 사악한 밤 그늘에 쫓겨 베개에 얼굴을 묻을 때에만 잠깐 으스스해지는 법이다. 침대가 축축한 악몽의 바다로 변하고, 밖에서 바람이 사납게 울부짖을 때, 혹시 기분 나쁘게 히죽거리며 오래된 낙엽처럼 파삭파삭하게 메마른 얼굴과 검은 눈두덩에 깊숙이 박힌 다이아몬드 빛 눈동자를 볼까 봐 창가를 바라보지 못할 때, 그 창가에 곧이어 주름진 갈고리 손이 풍선 다발을 움켜쥐고 나타나 '구경도 하고 풍선도 갖고 코끼리한테 먹이도 주고 낙하산도 타는 거야! 야, 벤, 너는 하늘을 날 수도…….' 하는 목소리가 들려올 때만 조금 섬뜩해지는 법이다.

벤은 미라 꿈에서 깜짝 놀라 깨어났고, 겁에 질려 사위에 웅크린 어둠을 두리번거렸다. 갑자기 몸을 일으키는 순간, 나무 뿌리가 벌컥 화를 내듯 달려들었다.

벤은 빛이 들어오는 쪽을 더듬거리기 시작했다. 오후 햇살 속으로 기어나가 재잘대는 개울물 소리를 듣는 순간, 모든 것이 제자리로 돌아와 있었다. 겨울이 아니라 여름이었다. 미라에 쫓겨 황량한 토굴 속에 갇혀 있었던 게 아니었다. 못된 덩치들을 피하느라 반쯤 뽑힌 느릅나무 뿌리 속 모래 웅덩이에 들어가 있었던 것이다. 그곳은 황무지였다. 헨리와 그 일당은 꼬맹이들이 놀던 냇가를 지나 벤을 찾아다니다 이미 마을로 돌아갔을 것이다. '바이바이, 꼬맹이들, 정말 꼬맹이 댐이네. 차라리 없는 게 낫겠어.'

벤은 시무룩한 표정으로 엉망이 돼 버린 옷가지를 내려다보았다. 어머니는 지옥의 불구덩이를 비롯해 별의별 말을 끄집어내며 적어도 열여섯 번 이상은 잔소리를 할 터였다.

온몸이 뻣뻣한 걸 보니, 꽤 오랫동안 잠들었던 모양이다. 벤은 조심스레 주위를 살피며 둑을 내려가 시냇가를 따라 걷기 시작했다. 온몸이 욱신욱신했다. 능숙한 드럼 연주가가 근육 속에 박힌 유리 조각들을 빠르게 두들기는 것 같았다. 살갗마다 피가 엉겨 붙어 있었다. 댐을 만들던 아이들도 모두 가고 없겠거니 싶었다. 얼마 동안이나 잠을 잤는지 알 수 없지만 단 30분밖에 지나지 않았다 해도, 헨리 일당과 만난 덴브로와 그 친구는 아프리카의 팀북투처럼 아주 먼 곳으로 도망쳤을 것이 뻔했다.

벤은 그 순간 헨리 일당이 다시 나타난다면 도망칠 기운도 없다는 사실을 떠올리며 침울하게 발걸음을 옮겼다. 붙잡혀도 상관없다는 생각마저 들었다.

벤은 개울 모퉁이 하나를 돌고, 그 자리에 멈추어 섰다. 댐을 만들던 아이들이 아직 그곳에 있었던 것이다. 그중 한 명은 실제로 버벅이 빌 덴브로였다. 버벅이 빌은 어떤 아이 옆에 웅크리고 앉아 있었는데, 그 아이는 개울 둑에 몸을 기대고 축 늘어진 상태였다. 그리고 목을 있는 대로 뒤로 젖히고 있던 터라 목젖이 삼각형 플러그처럼 도드라져 보였다. 코와 턱 주변에 피가 말라붙었고, 목에 두세 줄의 핏줄기가 흘러 있었다. 한쪽 손에는 흰색 물체를 움켜쥐고 있었다.

버벅이 빌은 초조한 기색으로 주위를 둘러보다 벤을 발견했다. 벤은 둑에 기대어 있는 아이에게 심각한 문제가 생겼다는 것을 직감했다. 덴브로의 얼굴은 사색이 되다시피 했다. 이 하루는 영원히 끝나지 않는 걸까?

"조, 좀 도, 도, 와줘. 이, 이 애는 처, 천식이 시, 심해. 주, 죽……." 빌 덴브로가 말했다.

그의 얼굴은 얼어붙었다가 벌게졌다. 기관총처럼 더듬으며 말을 찾아 헤맸다. 입에서는 침이 흘렀고, '주, 죽'까지 말하는 데만 30초가 걸렸지만, 벤은 옆의 아이가 죽을지도 모른다고 말하려는 것임을 깨달았다.

빌 덴브로는 생각한다. 우주 여행이나 다름없군. 총알 속에 들어 있는 기분이야.

딱 맞는 말이기는 해도, 그렇다고 특별히 편안해지지는 않는다. 히스로에서 콩코드가 이륙한 지(발사됐다는 표현이 더 적절하겠지만) 한 시간 동안은 약간의 밀실 공포증과 싸우느라 힘겨웠다. 비행기 내부는 불안하리만큼 비좁다. 기내 음식은 그리 나쁘지 않았지만, 승무원들은 서커스 곡예를 방불케 할 만큼 사지를 뒤틀며 식사를 준비했다. 옆 좌석 승객은 전혀 개의치 않는 눈치였지만 빌은 승무원들의 격렬한 동작을 지켜보다가 그만 입맛을 싹 잃고 말았다.

옆 승객은 또 다른 골칫거리다. 뚱뚱한 체구에 매우 지저분한데, 온몸에 테드 라피더스 향수를 쏟아 부었지만 땀과 시큼한 냄새까지 숨기지는 못했다. 특히 그 사람의 왼쪽 팔꿈치가 말썽이다. 매번 슬그머니 빌의 옆구리를 찌르는 것이다.

빌은 줄곧 객실 앞에 달린 디지털 시계판을 바라봤다. 시계판 숫자는 그 영국 총알이 얼마나 빨리 날아가고 있는지 알려 주고 있다. 그때 콩코드는 초속 700미터를 넘어 현란한 속도에 육박한다. 그는 호주머니에서 펜을 꺼내 끝 부분으로 지난 크리스마스 때 오드라에게 선물로 받은 전자 시계의 버튼을 누른다. 시계의 계산기 기능이 맞다면(틀리다고 할 만한 이유가 없다.) 콩코드는 1분에 29킬로미터를 날고 있는 셈이다. 그는 엄청난 속도 때문에 진심으로 이 비행기를 타고 싶었는지 의심이 들 정도다.

한낮이었지만 빌이 머큐리 우주선처럼 작고 두꺼운 창문을 통해 바라본 하늘은 푸른빛이 아니라 어스름한 자줏빛 황혼이었다. 하늘과 바다가 만나는 지점, 수평선이 약간씩 구부러져 있다. 빌은 그곳에 앉아 블러디 메리 칵테일 한 잔을 들고 지저분한 뚱보의 팔꿈치 공격을 받으며 지구가 둥글다는 사실을 관찰하고 있는 자신의 모습이 좀처럼 믿어지지 않는다.

빌은 그런 상황을 마주하고 있으니 두려울 게 아무것도 없다는 생각이 들고, 피식 웃음이 나온다. 그러나 그는 두려웠으며, 그 두려움은 비좁은 비행기 안에 앉아 분당 29킬로미터를 날아가고 있다는 사실 때문이 아니었다. 데리가 그처럼 빠른 속도로 돌진해 오는 느낌 때문이다. 돌진해 온다, 그것이 적절한 표현이다. 1분에 29킬로미터든 아니든, 오랫동안 갇혀 있던 거대한 육식 동물이 쇠사슬을 끊고 달려들듯 데리는 그를 향해 돌진하고 있다. 데리, 아, 데리! 데리를 위한 찬가라도 지어야 하지 않을까? 직물 공장과 강물의 악취에 대해? 엄숙하리만큼 고즈넉한 3차선 도로를 위해? 도서관은 어때? 급수탑? 배시 공원은? 데리 초등학교도 있잖아?

황무지?

머릿속에 불이 밝혀진다. 커다란 아크등. 마치 27년 동안 줄곧 어두운 극장에 앉아 무엇인가 일어나기를 기다리다가, 마침내 그 일이 시작된 것처럼 말이다. 그러나 「비소와 낡은 레이스」같이 무해한 코미디처럼 불빛이 하나씩 들어올 때마다 무대 배경이 조금씩 더 드러나는 것은 아니다. 빌 덴브로에게는 그게 좀더 「칼리가리 박사의 밀실」처럼 보인다.

'내가 써 온 글 전부가 어처구니없는 재미로 채워져 있어. 그 소설들 전부. 데리에서 태어난 거야. 데리가 원천이지. 그 모든 소설이 그해 여름과 전해 가을 조지에게 벌어진 일을 담고 있으니까. 인터뷰하러 온 사람들은 한결같이 그 질문을 했고……, 나는 늘 틀린 답변을 해 왔어.'

옆 사람의 팔꿈치가 다시 찌르는 통에 빌은 들고 있던 칵테일을 약간 엎지르고 만다. 빌은 뭐라고 한마디하고 싶었지만 하던 생각에 빠지는 편이 낫겠다고 생각한다.

그 질문은 물론 '소설의 소재를 어디에서 얻는가?'였다. 빌은 소설가라면 누구든 일주일에 두 번 정도는 그 질문에 답해야(아니면 그런 척해야) 한다고 여겼지만, 특히 자신처럼 도저히 일어나기 힘든 허구를 창작해 먹고사는 작가라면 그보다 훨씬 더 자주 그런 질문을 접하고 대답해야(아니면 그런 척해야) 할 거라고 생각했다.

"모든 작가들은 잠재의식으로 향하는 통로 하나쯤은 가지고 있지요." 그는 시간이 지날수록 과연 잠재의식이라는 것이 있을까 의심이 깊어졌지만 인터뷰할 때는 늘 그렇게 말했다. "그러나 공포 소설을 쓰는 작가들의 경우에는 좀더 깊은, 뭐라고 할까……, 잠재된 잠재의식으로 향하는 통로가 있게 마련입니다."

우아한 답변일 수는 있지만, 진정으로 잠재의식을 믿은 적이 있기는 할까? 물론 내면 깊숙한 곳을 흐르는 어떤 것이 있을지는 몰라도, 먼지가 눈에 들어오면 눈물이 나고 거하게 식사한 뒤 한 시간쯤 지나 방귀가 나오는 것과 비슷한 정신 기능을 사람들이 지나치게 과장하는 것은 아닐까 하는 생각이 들곤 했다. 특히 후자의 비유가 마음에 들지만, 일종의 현시처럼 느껴지는 몽환과 모호한 갈망과 감성 따위가 사실은 정신적 방귀 덩어리에 지나지 않는다는 얘기를 인터뷰 석상에서 하기는 쉽지 않다. 그러나 특히 노트와 일제 소형 녹음기로 무장하고 다니는 기자들은 늘 필요한 바가 있으며, 빌은 최선을 다해 그들의 필요한 부분을 채워 주고 싶었다. 글 쓰는 일이 어렵다는, 악에 바칠 만큼 고단하다는 사실을 자신이 모를 리 없었다. 그러니 기자들에게 이렇게 말해서 일을 더 어렵고 고단하게 만들 필요는 없는 것이다. "친구분들, 나한테는 말입니다, '누가 방귀를 뀌었나?', 그래서 어떻게 됐냐고 묻는 편이 좋을 걸요."

빌에게 지금 문득 떠오르는 것은, 마이클이 전화하기 전부터 이미 사람들의 질문이 잘못됐음과 이제는 올바른 질문이 무엇인지 깨달았다는 점이다. 즉 어디서 소재를 얻는가가 아니라, 왜 그 소재를 선택했는가라고 물어야 한다. 물론 통로가 있지만 그것은 프로이트나 융의 잠재의식은 아니다. 그의 내면에 배수관 같은 통로나 몰록처럼 사건을 기다리는 잠재된 터널은 존재하지 않는다. 그 통로 끝에는 오직 데리 하나만 있다. 데리. 그리고…….

'그리고 내 다리 위를 살금살금 건너는 게 누구지?'

빌은 갑자기 자세를 똑바로 고쳐 앉다가 갈 길을 잃은 팔꿈치가 뚱뚱한 옆 사람의 옆구리를 깊숙이 찌르고 만다.

"친구분, 조심 좀 하쇼. 좀 떨어져 앉으란 말이오." 뚱뚱한 남자가 말한다.

"댁이 먼저 팔꿈치로 안 치면, 나, 나도 치지 않겠습니다."

뚱보는 무슨 귀신 씻나락 까먹는 소리냐는 식으로 멍하니 빌을 바라본다. 빌은 그 사람이 투덜거리며 시선을 외면할 때까지 고지식하게 쳐다본다.

'누구지?'

'내 다리 위를 살금살금 건너는 게 누구지?'

그는 다시 창 밖을 바라보며 생각한다. '우리는 번개처럼 달리고 있어.'

팔과 목덜미가 따끔거린다. 남아 있는 칵테일을 단번에 집어 들어 삼킨다. 또 한 번 머릿속에서 불빛이 번뜩인다.

실버. 빌의 자전거. 서부 영화에 나오는 말 이름을 따서 붙인 이름이었다. 커다란 스윈(자전거 상표명 — 옮긴이) 자전거로 높이가 70센티미터가 넘었다. "얘야, 그걸 타다간 제명에 못 죽을 거야." 빌의 아버지는 그렇게 말했지만 썩 걱정하는 기색은 아니었다. 아버지는 조지가 죽은 후 만사에 관심을 잃고 말았다. 그전에는 좋은 아버지이긴 해도 무척 완고한 편이었다. 그러나 조지가 죽은 후로 어지간한 일은 반대하지 않았다. 아버지다운 표정과 시늉을 하긴 했어도 전과는 분명 달랐다. 늘 조지가 다시 집으로 돌아올 거라고 믿고 발자국 소리에 귀를 기울이고 있는 사람 같았다.

빌은 센터 가에 있는 자전거 상점 유리창을 들여다보았다. 그 자전거는 진열 중인 다른 자전거들보다 훨씬 컸으며, 광택이 있어야 할 부분은 없고, 구부러져야 할 부분은 직선이고, 직선이어야 할 부분은 구부러진 채 옆으로 널브러져 있었다. 자전거 앞바퀴 부분에 이런 표지가 눈에 띄었다.

중고, 가격 절충 가능

곧바로 빌은 가게 안으로 들어가 주인이 제시하는 가격을 받아들였다. 빌이 그 자전거 덕분에 장차 목숨을 건지게 될 줄 알았다면, 가게 주인과 제대로 흥정하지 못했을 것이다. 그러나 주인이 제시한 24달러는 아주 공정해 보였고 심지어 많이 깎아 줬다는 생각까지 들었다. 빌은 지난 칠팔 개월 동안 생일날과 크리스마스 때 받은 용돈에 이런저런 심부름 값을 모아 둔 돈으로 실버를 샀다. 추수 감사절부터 눈여겨본 자전거였다. 값을 치르고 자전거를 끌고 오는 길목엔 눈이 녹기 시작해 몹시 질퍽했다. 작년까지만 해도 자전거를 탈 생각은 꿈에도 없었으므로 아주 이상했다. 조지가 죽은 후 문득 자전거 생각이 났던 것이다. 그 아이가 살해되고 강물처럼 끝없이 흘러갈 것만 같던 그 어느 날엔가.

처음에는 아버지 말대로 명을 재촉하는 고비가 많았다. 처음 자전거에 올라탔을 때, 충돌을 피하는 데 급급하다 코서스 소로 끝에 있는 울타리에 들이박고 말았다.(울타리를 지나 황무지까지 180미터를 추락하는 것보다는 들이박는 편이 덜 무서웠다.) 그때 사고로 손목에서 팔꿈치까지 10센티미터 넘게 찢어지는 부상을 당했다. 그로부터 일주일도 채 안 되어 빌은 브레이크를 제대로 밟지 못해, 시속 60킬로미터 속도로 노기 띤 코뿔소에 올라탄 아이처럼 위챔 가와 잭슨 가가 만나는 교차로로 돌진했다.(예측을 불허한다는 점에서 실버라는 이름 값을 톡톡히 한 셈이다.) 앞바퀴와 뒷바퀴에서 연신 기관총 소리처럼 요란한 소음이 들려왔고, 그때 만약 자동차 한 대만 지나갔어도 빌은 뼈도 못 추리고 황천길에 올랐을 것이다. 조지처럼.

봄이 다가올 무렵, 빌은 조금씩 실버 다루는 방법을 터득했다. 물론 당시 빌의 부모님은 하나 남은 아들이 목숨을 건 자전거 교습에 몰두하고 있는지 까맣게 모르고 있었다. 빌은 자전거를 사온 후 며칠 만에 부모님의 눈에는 아예 자전거가 보이지 않는 것 같다고 생각했을 정도였다. 부모님 눈에는 자전거가 비 오는 날 차고 옆에 주워다 놓은 그림처럼 보인 모양이었다.

그러나 실버는 주워 온 전리품 이상의 가치가 있었다. 하도 빠르게 달리는 바람에 자전거 모습이 제대로 보이지 않았다. 에디 카스브랙이라는 빌의 친구(하나뿐인 진실한 친구)는 기계를 잘 다루었다. 에디는 정기적으로 확인해야 할 부분과 어디에 기름을 치고 체인은 어떻게 조이고 타이어가 구멍 나면 어떻게 땜질하는지 따위를 자세히 알려 주었다.

"페인트를 칠해야 해." 빌은 어느 날 에디가 한 말을 기억했다. 하지만 그는 실버에 페인트를 칠하기 싫었다. 자신도 이유는 알 수 없었지만 스윈을 원래 그대로 놔두고 싶었다. 실버는 부주의한 아이가 종종 빗속에 방치하고, 늘 삐그덕대는 소음과 흔들림이 심하고 브레이크도 잘 듣지 않는 낡은 모습 그대로였다. 낡았지만 바람처럼 빠르게 달렸다. 어느 정도인가 하면……

"번개처럼 달리지."

빌은 갑자기 큰 소리로 너털웃음을 터뜨렸다. 뚱보의 시선이 곱지 않다. 오드라를 갑자기 섬뜩하게 만든 그 웃음소리였다.

그래, 정말 볼품없이 낡아 빠진 자전거였어. 칠은 벗겨지고 뒷바퀴 위에 설치된 짐받이도 구닥다리였으니까. 검은색 고무가 달려 옛날 옛적에나 쓸 만한 경적도 아이들 주먹만 한 녹슨 볼트로 핸들 부분에 꽉 물려 있었지. 누가 봐도 싸구려였어.

그런데 실버가 어땠지? 굴러가기는 했냐고? 그게 무슨 망발인가! 실버는 정말 대단한 물건이었다. 1958년 6월 넷째 주, 빌 덴브로의 생명을 구해 준 것이 바로 실버였다. 그날은 벤 한스컴을 처음으로 만난 지 일주일 후였으며, 벤과 에디와 빌 셋이서 댐을 만든 지 일주일 후였으며, 벤과 리처드 '주접 대왕' 토저와 비벌리 마시가 토요일 오후 황무지에 나타난 지 일주일 후였다. 리처드는 실버의 짐칸에 함께 탔고, 실버는 빌의 목숨을 구해 주었다. 그의 목숨을 구했으니 리처드의 목숨도 구한 셈이었다. 빌은 어느 집에서 출발했는지도 기억할 수 있었다. 그 기억은 또렷했다. 니볼트 가에 있는 그 염병할 집 말이다.

그날 빌은 말 그대로 번개처럼 달렸다. 구릿빛 동전처럼 눈을 번뜩이던 괴물과 한판 승부를 벌인 셈이다. 입속 가득 핏빛 이빨을 쩍 벌리고 있던 괴물이었다. 그러나 그것은 나중에 벌어진 일이다. 그날 실버가 빌과 리처드의 생명을 구했다면, 황무지의 무너진 댐에서 벤 한스컴을 처음으로 만난 날 에디의 생명도 실버가 구했다고 봐야 한다. 헨리 바워스(어딘가 음식물 쓰레기 분쇄기를 통과해 온 사람 같아 보였다.)가 에디의 코를 박살내자 갑자기 천식이 심해졌지만 흡입기는 이미 다 쓴 상태라 있으나 마나였다. 그래서 실버가 해낸 것이다.

거의 17년 동안 자전거를 타지 않았던 빌 덴브로는 1958년에는 꿈도 꾸지 못했을, 과학 소설 잡지 외에는 상상조차 하기 힘들었을 초음속 비행기 속에서 창을 내다보고 있었다. '이려, 실버, 가자!' 빌은 불현듯 바늘처럼 예리하게 파고드는 눈물 때문에 두 눈을 질끈 감았다.

실버는 어떻게 됐지? 빌은 기억할 수 없다. 그 부분만큼은 여전히 기억의 어둠 너머에 놓여 있다. 아크등은 여전히 빛을 발하고 있다. 그 정도면 충분할 것이다. 자비로울 정도의 기억이다.

이려.

이려, 실버.

이려, 실버……

"가자!" 빌은 소리쳤다. 삭풍 속의 갈대처럼 빌의 음성은 순식간에 허공에서 갈라지고 부서졌다. 승리감에 취한 도도하고 호탕한 한마디였다. 그 어느 때보다도 힘찼던.

빌은 캔자스 가를 따라 도심으로 들어갔지만, 처음에는 속도가 빠르지 않았다. 처음에는 힘들어도 일단 바퀴가 굴러가기 시작하면 훨씬 수월했다. 그 회색 자전거에 속도가 붙는 광경은 비행기가 활주로를 따라 달려가는 모습과 비슷했다. 처음에는 그 커다란 고물 자전거가 과연 굴러가기나 할까 의심이 든다. 그러나 이내 대지에 착 달라붙은 그림자를 보게 되고, 혹시나 해서 눈을 비비기도 전에 그림자를 길게 드리운 채 비행기가 이륙하듯 공기를 가르고 꿈결처럼 미끄러진다.

실버는 그런 자전거였다.

빌이 내리막길에 접어들었을 때 실버는 이미 속도를 높였고, 빌의 두 발은 아주 빠르게 수직으로 페달을 오르내렸다. 빌은 이미 몇 번의 위험한 교훈을 통해 실버에 올라타기 전에 반드시 속옷을 최대한 위로 치켜야 한다는 것을 배웠다. 나중에 리처드는 빌이 자전거 타는 모습을 두고 이렇게 말했다. "빌은 말이야, 나중에 태어날 자식 걱정을 미리 하는 것 같아. 내게는 아주 고약해 보이는데, 야, 솔직히 애들은 엄마를 닮는다고, 안 그래?"

빌과 에디는 되도록 의자를 낮추었는데, 그래서 이제는 페달을 움직일 때마다 뒤에서 덜커덕거리고 끼익대는 소리가 들렸다. 자기 집 텃밭에서 잡초를 뽑던 동네 아주머니는 한참이나 이마에 손을 대고 그가 지나가는 모습을 바라보았다. 그녀의 얼굴에 옅은 미소가 떠올랐다. 커다란 자전거를 탄 아이를 보고 있자니, 언젠가 서커스 공연에서 외발 자전거를 타던 원숭이가 떠올랐던 것이다.

"쯧쯧, 저러다 큰일 나지." 그녀는 혀를 차며 다시 잡초를 향해 허리를 수그렸다. "아이가 타기엔 너무 커." 그러나 그녀가 상관할 문제는 아니었다.

동료에게 상처를 입히고 달아난 짐승을 악에 받쳐 뒤쫓고 있는 사냥꾼들처럼 헨리 일당이 숲 속에서 불쑥 튀어나왔을 때, 빌은 그들의 기분을 건드리지 않고 조용히 넘어갈 생각이었다. 그러나 에디가 성급하게 입을 놀리다 헨리 바워스에게 주먹질을 당한 것이다.

빌은 헨리, 트림쟁이, 빅터가 데리 초등학교에서도 둘째가라면 서러워하는 악동들이라는 사실을 잘 알고 있었다. 빌과 자주 어울리는 리처드 토저도 헨리 패거리에게 두어 번인가 혼쭐난 적이 있다. 빌이 보기엔 리처드의 잘못도 컸다. '주접 대왕'이라는 리처드의 별명이 괜히 생긴 게 아니었다.

4월 어느 날, 헨리 패거리가 학교 운동장을 지나갈 때 리처드가 그들의 옷차림이 어쨌다는 말을 한 적이 있다. 그들은 영화 「폭력 교실」에 나온 빅 모로처럼 모두 옷깃을 세우고 있었다. 근처 건물 옆에 앉아 내키지 않는 구슬치기를 하고 있던 빌은 리처드가 무슨 말을 했는지 정확히 듣지 못했다. 헨리 패거리도 마찬가지였지만……, 리처드를 향해 돌아설 만큼은 충분히 들었다. 빌이 생각하기에 리처드는 나지막이 말할 생각이었던 것 같았다. 그러나 문제는, 리처드가 기차 화통 삶아 먹은 듯 목소리가 크다는 것이었다.

"야, 네눈박이, 지금 뭐라고 했어?" 빅터 크리스가 다그쳐 물었다.

"아무 말도 안 했는데……." 리처드는 말끝을 흐리다 급기야 당황하고 겁에 질린 표정이 되었다. 그러나 표정과 달리 리처드의 입은 제대로 길들지 않아 느닷없이 이리 뛰고 저리 뛰는 야생마나 다름없었다. 리처드의 입에서 갑자기 이런 말이 튀어나왔다. "야, 덩치들, 귓밥 좀 파고 다녀야겠어. 펑 뚫리게 폭약이라도 줄까?"

헨리 패거리는 한동안 멍한 표정으로 리처드를 바라보다, 정신을 수습한 후 곧바로 작업에 들어갔다. 버벅이 빌은 건물 옆에 그대로 앉아 처음부터 일방적일 수밖에 없는 싸움과 예정된 결과를 지켜보았다. 아무도 말리는 사람이 없었다. 그랬다가는 한 명 패줄 거 두 명이나 걸려들었다며 좋아할 놈들이었다.

리처드는 저학용 놀이터를 가로질러 시소를 건너뛰고 그네 사이를 잽싸게 빠져나갔지만, 놀이터와 그 옆의 공원 사이에 버티고 있는 철망에 이르러서는 더 이상 도망칠 곳이 없었다. 리처드는 손가락과 운동화 끝을 철망에 쑤셔 넣으며 미친 듯 기어오르다가 3분의 2쯤 올라갔을 때 헨리의 손아귀에 윗옷자락을, 빅터에게는 청바지 엉덩이 부분을 붙잡혀 그대로 내동댕이쳐졌다. 리처드는 철망에서 미끄러지면서 비명을 질렀다. 그리고 아스팔트 위에 그대로 등을 찧고 말았다. 안경이 벗겨졌다. 안경을 잡으려고 했지만 트림쟁이 허긴스가 냅다 차 버렸고, 그것이 그날 이후 여름 내내 리처드의 안경 한쪽에 접착 테이프가 붙여진 사연이었다.

빌은 눈살을 찌푸리며 건물 앞으로 걸어갔다. 때마침 4학년 교사였던 모랜 부인이 철망을 향해 허겁지겁 달려가고 있었지만, 리처드는 이미 초주검이 된 상태였다. 그녀가 도착했을 때 리처드는 울고 있었다. "코홀리개가 우네, 어이쿠, 저, 징징대는 꼴 좀 봐라."

헨리 패거리의 야유하는 소리도 이미 멀어진 후였다.

빌은 헨리 패거리에게 괴롭힘을 심하게 당하지는 않았다. 물론 말을 더듬거린다며 놀림을 당하기는 했다. 어느 비 오는 날엔가는 체육관에서 점심을 먹으려는데, 트림쟁이 허긴스가 빌의 도시락 통을 빼앗아 작업화로 짓이기는 봉변을 당하기도 했다.

"오, 저, 저, 저, 런!" 트림쟁이는 비웃으며 놀란 소리를 지르고, 손을 들어 빌의 얼굴 앞에다 흔들어 댔다. "미, 미, 미, 안, 도, 도시락을 바, 바, 밟아서!" 트림쟁이는 미친 듯 웃음을 터뜨리며 급수대에 기대어 물을 마시고 있던 빅터 쪽으로 걸어가 버렸다. 그 정도는 견딜 만했다. 어쨌든, 빌은 에디의 도시락을 나눠 먹을 수 있었고, 리처드도 어머니가 이틀 걸러 싸 주는 통에 진절머리가 난 계란을 기꺼이 빌에게 양보했으니까.

그러나 별 문제가 없더라도 헨리 패거리의 눈에 띄지 않는 게 상책이었고, 그럴 수 없다면 앞에 있어도 없는 듯 행동해야 했다.

에디는 그 묵계를 깨뜨렸고 그만 한 대가를 치른 셈이다.

에디는 코피를 줄줄 쏟기는 했지만, 악동들이 물방울을 첨벙첨벙 튀기며 아래쪽 개울로 사라질 때까지만 해도 그리 심각하지 않았다. 에디의 손수건에 피가 홍건히 젖는 바람에 빌은 자기 것을 건네주고 에디의 목덜미에 손을 받치고 고개를 뒤로 젖혔다. 빌은 어머니가 조지에게 그렇게 해 주던 일을 기억했는데, 조지도 종종 코피를 쏟곤…….

아, 조지를 떠올리면 안 된다.

들소 떼처럼 떠들썩한 헨리 일당의 발자취가 황무지 너머로 완전히 사라졌을 때, 에디는 코피가 멈추는 대신 천식이 심해졌다. 에디는 숨을 몰아쉬며 물 밖에 나온 금붕어처럼 입을 뻐끔거렸고, 목구멍에서 연신 힘없는 피리 소리가 새어 나왔다.

"젠장! 지긋지긋한 천식 같으니!" 에디가 숨을 몰아쉬었다.

그는 허겁지겁 흡입기를 찾았고, 마침내 주머니 속에서 끄집어냈다. 흡입기는 분무기 모양으로 위쪽에 흡입 부분이 달려 있었다. 에디는 그것을 입속에 집어넣고 방아쇠를 움켜잡았다.

"괜찮아졌어?" 빌은 걱정스러운 얼굴로 물었다.

"아니, 비었어." 에디는 마치 '이젠 끝장이야, 빌. 끝장이야!' 하고 외치는 듯한 겁에 질린 눈빛으로 빌을 바라보았다.

텅 빈 흡입기가 에디의 손에서 스르르 굴러떨어졌다. 에디 카스브랙이 숨이 막혀 드는 순간에도 개울물은 변함없이 재잘대며 흘러갔다. 빌은 문득 헨리 일당이 한 가지만은 제대로 봤다는 생각이 들었다. 정말이지 꼬맹이 댐에 지나지 않았다. 그러나 장난삼아 댐을 만들고 있었을 뿐인데 그런 상황까지 벌어지다니, 빌은 불쑥 치밀어 오르는 분노를 느꼈다.

"괘, 괜, 괜찮을 거야, 에, 에디."

그로부터 40분 동안 빌은 에디 곁에 앉아 천식이 조금씩 가라앉기만을 바라고 있었다. 빌의 불안감이 두려움으로 돌변했을 때 벤 한스컴이 나타난 것이다. 천식이 가라앉기는커녕 훨씬 악화되었다. 게다가 흡입기를 채울 수 있는 센터 가의 약국까지는 거의 5킬로미터나 되었다. 약국에 갔다 오는 사이 에디가 의식을 잃어버리면 어쩌지? 의식을 잃거나

(제발 그 생각만은 하지 말아야 하는데)

죽어 있으면…….

빌의 머릿속으로 금단의 기억들이 줄기차고 파고들었다.

(조지처럼, 조지가 죽은 것처럼)

'제발 멍청한 생각 좀 집어치워! 에디는 죽지 않아!'

그래, 죽을 리 없다. 그러나 약국에 갔다 온 사이 에디가 혼수 상태에 빠지기라도 한다면? 빌은 혼수 상태가 무엇을 의미하는지 알고 있었다. 사람들이 파도타기를 즐긴다는 하와이의 큰 파도처럼 사람의 뇌를 익사시킬 수 있다는 사실도 알았다. 의학 드라마 「벤 캐시」에 나오는 사람들도 언제나 혼수 상태에 빠져, 벤 캐시가 불같이 화를 내는 동안에도 꼼짝하지 않았다.

빌은 속히 약국으로 가야 한다고 생각했지만 에디를 혼자 남겨 놓을 수도 없었다. 빌의 내부의 불합리하고 미신적인 목소리가 뒤돌아서는 순간 에디가 혼수 상태에 빠질 거라고 속삭였다. 빌이 답답한 마음에 개울 위쪽을 바라보자, 그곳에 벤 한스컴이 서 있었다. 빌은 한눈에 벤을 알아보았다. 불행하게도 어느 학교에서든 가장 뚱뚱한 아이는 악명을 얻게 마련이었다. 벤은 5학년 다른 반 아이였다. 빌은, 종종 후미진 곳(건물 구석 같은 곳)에 혼자 서서 책을 보거나 세탁물 주머니 같은 자루에서 도시락을 꺼내 먹는 벤의 모습을 본 적이 있었다.

빌은 벤이 헨리 바워스보다 더 끔찍한 모습이라고 생각했다. 믿기 어려웠지만 사실이었다. 빌은 헨리와 벤이 대혈투를 벌였다고는 상상조차 할 수 없었다. 벤의 머리는 산발이 된 채 지저분한 오물 따위가 말라붙어 있었다. 스웨터인지 운동복인지 원래 옷이 어떤 모양이었는지 분간할 수도 없었지만(사실 그런 게 문제는 아니었다.) 피와 풀이 엉겨 붙어 몰골이 말이 아니었다. 게다가 바지는 무릎 부근에서 갈기갈기 찢겨 있었다.

빌이 빤히 쳐다보자, 벤은 약간 뒤로 물러서며 걱정스러운 표정을 지었다.

"가, 가, 가, 지, 마, 마!" 빌이 소리쳤다. 그는 손바닥이 보이게 양손을 허공에 흔들며 벤에게 해코지할 마음이 없다는 뜻을 전했다. "도, 도와줘."

벤이 가까이 다가왔지만 눈빛은 여전히 불안했다. 발 한쪽이 불편한 기색이었다. "모두 갔어? 바워스하고 그 애들?"

"으, 응. 야, 약을 가져오는 동안 이 아, 아이하고 조, 좀 같이 있어 즈, 주, 줄래? 처, 처, 천, 천⋯⋯."

"천식?"

빌은 고개를 끄덕였다.

벤은 무너진 댐의 잔해를 바라보다 에디 곁에 힘겹게 자리를 잡았다. 등을 기대고 누워 있던 에디의 눈은 거의 감긴 채였고 가슴이 위아래로 심하게 오르내렸다.

"누가 때린 거니?" 벤이 망설이다 물었다. 올려다보니, 빌의 얼굴에도 분노와 함께 무기력한 자신에 대한 절망감이 묻어 있었다. "헨리 바워스?"

빌은 고개를 끄덕였다.

"그랬겠지. 알았어, 어서 갔다 와. 내가 여기 있을게."

"고, 고, 고마워."

"아냐, 고맙기는, 나 때문에 생긴 일인걸. 어서 갔다 와. 서둘러. 저녁 때까지는 집에 돌아가야 하거든."

빌은 아무 말 없이 뒤돌아섰다. 벤의 잘못 때문이 아니라 에디가 경솔하게 입을 놀리는 바람에 그렇게 된 것이니, 마음 쓰지 말라고 말해 줄걸 하는 후회가 들었다. 헨리 일당은 언제나 무슨 건수가 없는지 안달이 나 있고 홍수나 태풍, 돌풍 같은 재난이라도 일어나기만 기다리는 녀석들이었다. 마음 쓰지 말라고 말해 줄걸. 그러나 갈 길이 바빴으며, 그런 아쉬움이 든 것은 20분 정도 지난 후였고, 그때는 이미 에디가 혼수 상태일지 모를 일이었다.(빌이 의학 드라마의 캐시 박사에게 배운 게 또 있다면 혼수 상태는 갑자기 나타나는 것이 아니라, 슬며시 빠지듯 다가온다는 점이다.)

빌은 개울을 달려 내려가다 뒤를 한 번 돌아보았다. 벤 한스컴이 물가에서 돌멩이를 주워 모으는 모습이 보였다. 처음에는 의아했지만 곧 이해가 되었다. 무기고인 셈이다. 놈들이 다시 돌아올 때를 대비한.

빌은 황무지에 익숙했다. 그해 봄에도 줄곧 황무지에서 놀았고, 리처드와 에디가 없을 때는 혼자 그곳에서 시간을 보낸 적도 많았다. 구석구석 탐험하지는 못했지만, 켄더스키그에서 캔자스 가까지 쉽게 가는 길목을 알고 있었다. 빌이 모습을 드러낸 곳은 캔자스 가에서 이름 모를 실개천으로 이어진 나무다리였다. 그 개천을 따라 데리의 배수구에서 쏟아진 폐수가 켄더스키그 하천 하류로 흘러갔다. 실버는 이 다리 아래 감춰져 있었다. 밧줄로 바퀴가 물에 빠지지 않도록 해 두고, 다리 지지대 중 하나에 손잡이를 묶어 둔 것이다.

빌은 실버를 묶은 밧줄을 풀어 호주머니에 찔러 넣고 있는 힘껏 보도 위로 끌어올렸다. 숨을 헐떡이며 두어 차례 넘어진 후에야 겨우 실버를 끌어내는 데 성공했다.

이제 달리는 일만 남았다. 빌은 높다란 안장 위로 몸을 날렸다.

그리고 정해진 수순처럼 빌은 실버에 올라타자마자 딴사람이 되었다.

"이려, 실버, 가자!" 빌은 평소보다 더 깊고 굵은 울림으로 어른 목소리처럼 들리게 외쳤다. 타닥타닥 타다닥, 속력을 가늠하기 위해 바퀴 창살에 매달아 놓은 카드의 회전음이 점점 빨라졌다. 빌은 자전거 핸들을 아래에서 위로 감아쥐고 페달 위에 똑바로 일어섰다. 엄청나게 큰 역기를 들어 올리려는 사람 같았다. 목에 힘줄이 돋고 관자놀이가 빠르게 뛰어올랐다. 머릿속은 온통 실버를 조정하는 데 집중됐고, 중력과 관성을 이용해 힘겹게 속도를 높여 가는 동안 입술을 악물었다.

언제나 그랬듯 빌의 노력은 곧 효과를 보았다.

실버는 힘차게 바람을 가르기 시작했다. 집들이 옆으로 미끄러지듯 지나갔다. 자유롭게 흘러온 켄더스키그 하천이 왼쪽으로 캔자스 가와 잭슨 가가 만나는 지점에서 운하의 콘크리트 수로에 갇히기 시작했다. 이제 실버는 캔자스 가의 교차로를 지나 데리의 상업 지구인 센터 가와 메인 가를 향해 내리막길을 거침없이 내달렸다.

교차로와 신호등이 많았지만 다행히 모두 정지 신호등에 걸린 상태였다. 어느 순간 정지 신호등을 무시한 차량에 부딪혀 보도 위로 피를 흘리며 내동댕이쳐질지 몰랐지만 빌은 그런 생각조차 하지 않았다. 설령 차량이 불쑥 뛰어든다고 해도 방향을 바꿔 피할 생각도 없는 모양이었다. 그 시간 전이나 후였다면 당연히 그렇게 했겠지만, 그해 봄과 초여름 동안 빌은 기이할 정도로 불길한 힘에 사로잡혀 있었다. 누군가 벤에게 외롭지 않냐고 물었다면, 벤은 깜짝 놀라 어리둥절한 표정을 지었을 것이다. 누군가 빌에게 죽고 싶어 환장했느냐고 물었다면, 빌 역시 똑같은 표정을 지었을지 모른다. 주, 죽긴 왜, 왜 주, 죽어욧! 빌은 곧바로 그렇게 대답하겠지만 (발끈한 표정으로), 자폭을 결행하는 가미가제 특공대처럼 캔자스 가를 따라 도심으로 향하던 그날의 질주가 잘못됐다고는 생각하지 못할 것이다.

캔자스 가의 그 지점은 업마일 언덕이라고 따로 불리는 곳이었다. 실버는 최고 속력으로 맹렬하게 바람을 갈랐고, 빌은 여차하면 누를 태세로 한쪽 손을 경적 위에 올려놓고 붉은 머리카락을 휘날리며 질주를 거듭했다. 따끔하게 혼내주려고 했던 사람도 얼빠진 웃음이나 지을 상황이었다. 대부분 도매점과 정육점으로 이루어진 상가로 이어질 오른쪽 주거 지역이 무서우리만큼 만족스러운 속도로 빌의 뒤편으로 사라졌다. 왼쪽 눈가로 스쳐 지나가는 운하는 작은 불꽃처럼 보였다.

"이려, 실버, 가자아!"

빌은 의기양양하게 소리쳤다. 실버가 연석 위를 뛰어넘는 순간, 페달에서 발이 미끄러졌다. 그러나 페달을 밟지 않고도 실버는 가속도가 붙어 달려갔고, 이제 아이들의 운명은 신의 뜻에 맡겨진 셈이었다. 실버의 속도는 시속 30킬로미터, 그 구간의 차량 제한 속도는 시속 40킬로미터였다.

말더듬 증상, 차고의 작업장을 배회하는 아버지의 상처 받은 텅 빈 시선, 피아노 뚜껑에 시커멓게 내려앉은 먼지(어머니는 더 이상 피아노를 치지 않았다.), 그 모든 것이 빌의 뒤편으로 뒷걸음치고 있었다. 피아노에서 마지막 선율이 들려온 것은 조지의 장례식 날, 세 곡의 찬송가였다. 조지는 노란색 비옷을 입고, 신문지로 만들어 파라핀을 입힌 종이배를 들고 빗속으로 나갔다. 그리고 20분 후, 가드너 씨가 피 범벅이 된 이불에 감싸인 조지의 시신을 안고 돌아왔다. 어머니는 비명을 질렀다. 그 모든 것이 뒤로 사라졌다. 빌은 황야의 무법자였고, 존 웨인이었고, 보 디들리였고, 그가 되고 싶은 그 무엇이었으며, 비명과 공포와 절망 없는 무(無) 자체였다.

실버는 허공을 날았고, 버벅이 빌은 실버와 한몸이었다. 로켓처럼 생긴 그림자가 그 뒤를 따랐다. 쇠살에 달린 카드에서 나는 요란한 소리를 들으며 그들은 함께 업마일 언덕을 내려갔다. 빌은 다시 페달에 발을 올려놓았고, 더 힘차게 페달을 밟아 가상의 최고 속도(음속이 아니라 기억으로 측정된 속도)에서 고통의 장벽을 무너뜨리고 싶었다.

빌은 핸들 위로 상체를 푹 수그린 채 번개처럼 달려갔다.

캔자스와 센터, 메인 가가 만나는 삼거리 부근에서 실버의 속력은 더욱 빨라졌다. 일방 통행로인 데다 충돌 경고 표지판과 경고등이 있어야 할 곳이지만 실제로는 없었다. 그래서 《데리 뉴스》의 편집장은 1년 전 그곳을 지옥의 교차로라고 힐난했다.

빌의 눈동자는 좌우를 재빨리 훑어보며 교통 상황을 살피고 빈자리를 찾았다. 만약 조금만 판단을 잘못해도(빌의 경우, 조금만 더 듬거려도라고 표현해도 무리가 없을 것이다.) 중상을 입거나 죽을지 몰랐다.

빌은 교차로 부근에서 거북이걸음을 하고 있는 차량 틈으로 파고들었고, 정지 신호를 무시하고 달리다 목재가 가득 실린 트럭을 피하기 위해 오른쪽 차선으로 들어섰다. 그러고는 총알처럼 어깨너머로 시선을 던지고 가운데 차선이 빈 걸 확인했다. 다시 앞쪽을 바라보니 5초만 지나도 픽업 트럭 꽁무니에 충돌할 상황이었다. 픽업 트럭 운전사는 대놓고 교차로 한복판에 차를 세운 채, 꼬치꼬치 캐물어 마이애미 해변을 찾는 사람처럼 차창 밖으로 몸을 길게 빼고 표지판을 일일이 확인하고 있었다.

빌의 오른쪽에는 데리와 뱅고어를 오가는 버스가 버티고 있었다. 빌은 약간 오른쪽으로 방향을 틀고 픽업 트럭과 버스 사이로 돌진했는데, 그때의 속력은 시속 65킬로미터였다. 마지막 순간 픽업 트럭의 사이드 미러가 빌의 머리 쪽으로 달려들자, 빌은 민첩한 정찰병처럼 머리를 오른쪽으로 제쳤다. 버스의 뜨거운 디젤 연료가 독한 술처럼 목구멍에 걸렸다. 자전거 핸들 가장자리가 버스 운전석 쪽 차체에 살짝 긁히는 소리가 들려왔다. 운전사 얼굴을 슬쩍 바라보니, 허드슨 버스 회사 모자 밑에 하얗게 질린 얼굴이 스쳐 지나갔다. 곧바로 운전사가 빌을 향해 주먹을 휘두르며 뭐라고 고함을 질러 댔다. 빌은 즐거운 생일날이라는 착각마저 들 정도였다.

뉴잉글랜드 은행에서 슈보트 신발 가게 쪽으로 길을 건너는 세 명의 노파가 나타났다. 그들은 실버에서 들리는 요란한 카드 소리에 고개를 돌렸다. 순간 아이가 올라탄 커다란 자전거 한 대가 신기루처럼 그들의 코앞을 스쳤고, 그들은 모두 입을 쩍 벌리고 말았다.

그쯤에서 최악이자 최고의 경주 구간은 모두 지나온 셈이었다. 실제로 목숨을 잃었을지 모르는 아찔한 순간들, 그러나 빌은 그 고비를 무사히 지나왔다. 버스와 충돌하지도 않았고, 프리즈 백화점 쇼핑백을 들고 사회 보장 연금을 수령하고 지나치던 세 명의 노파를 들이박지도 않았으며, 픽업 트럭 꽁무니에 부딪혀 공중에 솟구쳤다 나뒹굴지도 않았다. 빌은 다시 오르막길을 올랐고 속력은 점점 떨어졌다. 빌과 실버를 움직였던 욕망이라고 해도 좋을 그 무엇도 점점 꼬리를 감추기 시작했다. 뒤처졌던 모든 생각과 기억들이 다시 빌을 따라잡고(안녕, 빌, 잠깐 동안 얼굴을 못 봤는데 걱정 마, 이렇게 왔으니까.), 미끄럼을 타는 아이처럼 빌의 피부와 귀와 머릿속으로 슬그머니 미끄러져 들어왔다. 빌은 익숙했던 생각과 기억이 온몸 구석구석 제자리를 찾아가는 것을 느꼈다. 이크! 와! 다시 빌의 머릿속으로 들어왔어! 자, 이제 조지에 대해 생각해 보자! 그거 좋지! 누가 먼저 시작할래?

'빌, 너는 생각이 너무 많아.'

아니, 그건 문제가 아니었다. 문제는 너무 많이 상상한다는 데 있었다.

빌은 리처드 골목으로 방향을 틀고, 몇 분 후에 센터 가로 나와 천천히 등과 머리카락에 흐르는 땀방울을 느끼며 페달을 밟았다. 센터 가 약국, 빌은 실버에서 내려 안으로 들어갔다.

조지가 현장에서 즉사하지 않았다면 빌은 지금처럼 킨 씨에게 다급한 상황을 전해야 했을지 모른다. 그 약사는 친절한 사람이라고 할 수는 없어도(빌이 보기엔 그랬다.) 참을성이 많고 사람을 놀리지 않았다. 그러나 빌의 말더듬 증상은 더욱 심해진 상태라 꾸물거리다가 에디에게 무슨 일이 벌어지면 어쩌나 두려웠다.

이윽고 킨 씨가 물었다. "오랜만이구나, 빌 덴브로. 무슨 일이니?"

빌은 곧바로 비타민 광고 전단을 집어들고 뒷면에 썼다. "에디 카스브랙과 황무지에서 놀고 있었어요. 에디가 갑자기 천식이 심해졌어요. 숨을 제대로 쉬지 못해요. 흡입기를 채워 주세요."

빌이 전단지를 내밀자, 킨 씨는 빌의 초조한 눈빛과 전단지를 번갈아 보았다. "알았다. 잠깐 기다려. 다른 물건에 손대지 말고."

킨 씨가 뒤쪽 조제실에 있는 동안, 빌은 발을 동동 굴렀다. 5분도 채 지나지 않았지만, 킨 씨가 에디의 플라스틱 흡입기를 들고 돌아왔을 때 천 년은 흐른 기분이었다. 킨 씨는 흡입기를 빌에게 건네주며 온화한 표정으로 말했다. "이걸로 회복될 거다."

"고, 고맙습니다. 도, 돈, 돈이 없어서……."

"걱정 마라. 카스브랙 어머니의 장부에다 적어 놓으면 되니까.

그분도 네게 고마워할 거야."

빌은 안도하며 킨 씨에게 다시 고맙다는 말을 전하고 재빨리 약국을 빠져나갔다. 킨 씨는 묵묵히 빌의 뒷모습을 지켜보았다. 빌은 자전거 짐바구니에 흡입기를 집어넣고 어색한 동작으로 자전거에 올라탔다. '저 애가 타기엔 너무 큰데. 제대로 탈 수나 있을지 모르겠네.' 킨 씨의 걱정과 달리, 덴브로는 한번도 넘어지지 않고 자전거에 올라타 천천히 페달을 밟기 시작했다. 양쪽으로 요란스레 흔들리는 자전거를 보고 있자니, 킨 씨는 누군가 장난삼아 만든 자전거 같다는 생각이 들었다. 짐바구니에 들어 있는 흡입기도 이리저리 굴러다녔다.

킨 씨의 얼굴에 희미한 미소가 떠올랐다. 빌이 그 미소를 봤다면 킨 씨가 세상에서 가장 친절한 약사는 아니라는 생각을 다시 한번 확인했을지 모른다. 그 미소엔 인간사에서 많은 의문점을 발견했지만 굳이 문제 삼을 가치는 없다고 자위하는 씁쓸함이 배어 있었다. 그는 에디의 천식 약을 카스브랙 부인의 장부에 달아 놓을 것이고, 그녀는 언제나처럼 고마움보다는 의혹의 눈초리로 왜 약값이 그렇게 싼지 깜짝 놀랄 것이다. "다른 약은 비싼 데 말이에요." 그녀는 그렇게 말하곤 했다. 킨 씨가 생각하기에 카스브랙 부인은 값싼 물건은 사람에게 아무짝에도 도움이 안 된다고 여기는 사람이었다. 그래서 에디의 수산화물을 더 비싸게 속여 팔고 싶은 유혹도 있었지만……, 그녀의 어리석음에 동조하고 싶지 않았다. 게다가 그는 목구멍에 풀칠할 정도로 구차하지 않았다.

싸다고? 당연하지. 그 수산화물은(흡입기마다 적당량을 채워 놓곤 했지만) 놀랄 만큼 값이 쌌고, 카스브랙 부인도 그 싸구려 약품이 아들의 천식을 다스리는 데 그만이라는 사실만은 인정할 수밖에 없었다. 수소와 산소의 혼합물에 사향을 첨가해 약 맛이 나게 만들었으니 쌀 수밖에 없었다.

다시 말해 에디의 천식 약은 수돗물이었다.

돌아오는 길목은 대부분 오르막길이었으므로 시간이 더 걸렸다. 몇 번은 실버에서 내려 끌고 올라가야 했다. 약간의 경사지를 빼면 자전거를 타고 올라가기에 빌은 근력이 아직 부족한 어린아이였다.

자전거를 숨겨 두고 개울로 접어들었을 때가 4시 10분이었다. 온갖 불길한 생각이 빌의 뇌리를 스쳤다. 한스컴이 에디를 죽게 놔둔 채 혼자 가 버렸을지 몰랐다. 아니면 헨리 패거리가 다시 나타나 두 아이를 묵사발로 만들었을지도 모른다. 조지처럼 두 아이 모두 죽어 있다면…….

조지의 죽음을 둘러싸고 무수한 억측이 나돌았다. 빌은 말을 더듬었지만 귀머거리는 아니었다. 빌이 말수가 유난히 적은 편이라 사람들은 그가 귀머거리일 거라고 단정짓곤 했다. 조지를 죽인 살인자와 다른 아이들, 베티 립슨과 셰릴 라모니카, 매튜 클레멘츠와 베로니카 그로건의 살인자가 동일인이 아니라고 말하는 사람들도 있었다. 또 어떤 이들은 조지와 립슨, 라모니카가 동일 인물에게 살해됐고, 다른 두 아이는 모방 범죄로 희생됐을 가능성이 크다고 말했다. 세 번째 의견은 남자 아이들과 여자 아이들 성별 별로 범인이 둘이라는 추측이었다.

빌은 모두 동일범의 짓이라고 생각했는데……, 만일 범인이 사람이라는 가정 아래에서 말이다. 빌은 종종 그런 의문을 품곤 했다. 그해 여름, 유독 데리에 대해 느끼는 묘한 기분을 떠올릴 때처럼. 빌의 부모님이 막내를 잃은 슬픔 때문에 빌이 아직 살아 있고 홀로 상처 받고 있다는 명백한 사실마저 모르고 있듯이, 조지의 죽음이 불러온 여파가 여전히 데리 어딘가를 서성이고 있는 것일까? 다른 살인 사건들도 조지의 죽음과 관련 있는 것은 아닐까? 빌의 내부에서 종종 말을 걸며(더듬거리지 않는 걸 보면 자신의 목소리가 아니었고 차분하면서도 확신에 차 있었다.) 빌에게만 이런저런 충고를 해주는 목소리의 정체는 또 무엇일까? 데리에 예전과 다른 일들이 벌어지고 있는 걸까? 사람의 발길을 거부한 채, 불길한 침묵처럼 입만 쩍 벌리고 있는 이름 모를 거리처럼 위협적인 무엇이 존재하는 걸까? 그래서 종종 사람들의 얼굴에 쉬쉬 하면서도 겁에 질린 표정들이 떠오르는 걸까?

빌은 그 의문에 정확히 답할 수 없었지만 그 살인 사건들이 동일인의 소행임을 믿듯, 데리 역시 전과 달라졌고 그 변화의 출발점이 바로 동생 조지의 죽음이었다고 믿었다. 온갖 안 좋은 생각이 드는 것도 지금 데리에서는 어떤 일이든 벌어질 수 있다는 불안감 때문이었다. 어떤 일이든.

그러나 빌이 마지막 모퉁이를 돌았을 때 불길한 잡념은 이내 꼬리를 감추었다. 벤 한스컴은 여전히 에디의 곁에 앉아 있었다. 에디는 상체를 일으키고 앉아 있었으며, 무릎 사이에 두 손을 축 늘어뜨리고 고개를 숙인 채 여전히 씩씩대고 있었다. 개울 위로 기다란 녹색 그림자가 드리울 만큼 해가 낮아졌다.

"야, 굉장히 빠른걸. 30분은 더 기다려야 할 줄 알았거든." 벤이 자리에서 벌떡 일어섰다.

"빠, 빠른 자, 자전거가 있어서." 빌은 약간 자랑스럽게 말했다. 두 아이는 조심스럽게 서로를 바라보았다. 벤이 주저하듯 웃음을 띠자, 빌도 따라 웃었다. 빌은 벤이 뚱보지만 괜찮은 아이라고 생각했다. 게다가 약속대로 에디와 함께 있어 주었다. 주변에서 헨리 패거리가 서성이고 있을지 모르는데 웬만큼 용기가 없으면 힘든 일이었다.

빌은 말없이 고마운 표정을 보내던 에디에게 눈짓을 해 보였다. "여, 여기 있어, 에, 에, 에디." 빌은 흡입기를 에디에게 건넸다. 에디는 흡입기를 입속에 집어넣고 방아쇠를 당기더니 갑자기 경련을 일으키듯 숨을 헐떡였다. 그러고는 천천히 등을 기대고 눈을 감았다. 벤은 걱정스러운 표정으로 에디를 바라보고 말했다.

"맙소사! 정말 나빴어, 그지?"

빌은 고개를 끄덕였다.

"정말 깜짝 놀랐어." 벤이 나지막한 목소리로 말했다. "혹시 경기를 일으키면 어쩌나 했어. 4월에 적십자 활동에서 배운 응급 처치를 기억해 보려고 애썼지. 하지만, 할 수 있는 거라곤 혀를 깨물지 않도록 입에 막대기 같은 걸 물리는 거밖에 없더라고."

"그건 가, 가, 간질 바, 바, 발작일 때 하는 것 같은데."

"아, 그렇지."

"겨, 겨, 경기는 어, 없을 거야, 어쨌든. 야, 약이 이, 있으니까 괜,

괜찮아질 거야. 봐, 봐."

에디의 거친 숨결이 조금씩 가라앉고 있었다. 에디는 눈을 뜨고 두 아이를 올려다보았다.

"고마워, 빌. 정말 죽다 살아났어."

"그놈들이 코를 때려서 이렇게 된 거지, 응?" 벤이 물었다.

에디는 서글픈 미소를 띠며 자리에서 일어나 흡입기를 주머니에 찔러 넣었다. "코는 문제가 아냐. 엄마가 문제지."

"엉? 정말이니?" 벤은 어리둥절한 표정이었지만 손이 땀에 젖어 너절한 자기 운동복으로 갔다가 초조하게 만지작거리기 시작했다.

"옷에 피가 묻어 있는 걸 보시면 곧바로 데리 홈 병원의 응급실로 데려갈 거야."

"왜? 이제 괜찮잖아, 아니야? 유치원에 다닐 때, 스쿠터 모건이라는 애가 있었는데, 어느 날 철봉에서 떨어져 코피가 났어. 그런데 피가 멈추지 않아, 사람들이 그 아이를 응급실로 데려갔더니 그때서야 코피가 멈추었대."

"그래? 그래서 주, 죽었어?" 빌이 눈을 동그랗게 뜨고 물었다.

"아니, 일주일 동안 유치원에 나오지 못했어."

"코피는 문제가 아니라니까. 엄마는 어쨌든 나를 응급실로 데려갈 거야. 코뼈가 부러져서 뇌를 찔렀을지 모를까 봐 걱정하실 테니까." 에디가 침울한 음성으로 말했다.

"코, 코, 코뼈가 네, 뇌, 뇌를 찌른다고?" 빌은 몇 주 만에 정말 재미있는 소리를 들었는지 흥미가 동한 표정이었다.

"몰라. 엄마가 하는 말을 듣고 있으면 별의별 일이 다 생기니까.

한 달에 한두 번은 꼭 응급실에 따라가야 해. 정말 끔찍한 곳이야. 엄마한테 월세라도 받아야겠다는 말까지 하니까. 우리 엄마는 정말 못 말려.”

“와아.” 벤은 얼른 탄성을 내질렀다. 에디의 어머니가 정말 괴팍하다는 생각이 들었다. 벤은 자기도 모르게 운동복 여기저기를 매만지고 있었다. “괜찮다고 말하면 되잖아? ‘엄마, 괜찮아요. 그냥 집에서 텔레비전이나 보고 싶어요.’ 뭐, 그런 식으로 말하면 될 것 같은데.”

“후.” 에디는 한숨만 폭 쉴 뿐 더 이상 아무 말도 하지 않았다.

“너, 벤 하, 하, 한스컴, 마, 맞지?” 빌이 물었다.

“응. 너는 빌 덴브로지?”

“마, 맞아. 그리고 이쪽은 에, 에, 에, 에…….”

“에디 카스브랙이야. 빌, 내 이름은 제발 더듬지 마. 엘머 퍼드라고 하는 거 같단 말이야.”

“미, 미안.”

“흠, 둘 다 만나서 반갑구나.”

벤이 말했다. 그 말은 좀 좀스럽고 약간 부족한 듯이 들렸다. 세 아이 사이에 침묵이 흘렀다. 그러나 불편하기만 한 침묵은 아니었다. 그 순간 그들은 친구가 되어 있었다.

“그런데 왜 그놈들이 널 쫓아왔어?” 에디가 이윽고 침묵을 깨뜨렸다.

“그놈들은 어, 언제나 애, 애들을 괴롭히잖아. 그 새끼들 저, 정말 바, 밥맛이야.”

어머니가 늘 못된 욕이라며 쓰지 말라는 말이 빌의 입에서 나오
자, 벤은 한동안 빌이 대단하다는 생각에 아무 말도 하지 않았다.
벤은 그 못된 말을 한번도 입밖에 내 본 일이 없었고, 고작 핼러윈
날 전봇대에, 그것도 아주 작은 글씨로 낙서했던 게 고작이었다.

"바워스가 시험 때 옆에 앉은 게 문제였어. 시험지를 보여 달래
잖아. 안 보여 줬어."

"야, 정말 목숨을 걸었구나."

에디가 존경스럽다는 듯 벤을 바라보았다. 그때 버벅이 빌이 갑
자기 웃음을 터뜨렸다. 벤은 매섭게 빌을 쏘아보았지만 자신을 비
웃는 웃음이 아니라는 걸 깨닫고(어떻게 알았는지 설명하기는 힘들지
만, 마음이 통했다고 할까.) 미소를 지었다.

"정말 목숨을 건 셈이지. 아무튼 바워스는 방학 때 보충 수업을
들어야 하는데, 그 때문에 그 애들이 내게 보복하려고 한 거야."

"그, 그놈들한테 주, 죽도록 마, 맞은 거 같은데."

"캔자스 가에서 여기까지 도망쳤어. 언덕 아래로 굴러떨어졌거
든." 벤은 에디 쪽을 바라보며 말을 이었다. "생각해 보니 너랑 응
급실에서 만날지도 모르겠다. 우리 엄마도 내 옷을 보면 응급실에
데려가실 것 같거든."

빌과 에디가 너털웃음을 터뜨렸고, 벤도 따라 웃었다. 칼자국이
난 배가 몹시 아팠지만 벤은 발작적으로 웃었다. 하지만 결국 배가
아파 바닥에 주저앉았는데, 엉덩이가 진흙땅에 부딪히면서 철퍼덕
하는 소리가 들렸다. 벤은 아이들과 함께 울리는 자신의 웃음소리
가 좋았다. 다른 사람들 속에서 함께 나오는 웃음, 주변에서 많이

듣기는 했지만 벤 자신의 웃음이 그 속에 있는 경우는 처음이었다.

벤은 빌 덴브로를 바라보았고, 두 아이의 눈길이 만나는 순간 다시 웃음이 터졌다.

빌은 바지를 질끈 잡아 올리고 옷깃을 세운 후, 한껏 거드름을 피우듯 왔다 갔다 하기 시작했다. 그러고는 목소리를 쫙 깔면서 말했다. "꼬맹이들, 죽여 버리겠어. 나한테 까불지 마. 내가 골통이긴 하지만 덩치 하나는 죽이거든. 마빡으로 호두도 깰 수 있단 말씀이야. 내 오줌발엔 염산과 시멘트가 들어 있지. 내 이름은 귀염둥이 바워스, 데리라는 황야의 무법자."

에디는 아예 배꼽을 잡고 바닥을 데굴데굴 굴렀다. 벤은 무릎에 얼굴을 묻고 하이에나처럼 웃다가 눈물과 콧물까지 쏟았다.

빌도 두 아이 사이에 주저앉았고 조금씩 웃음소리가 잦아들었다.

"생각해 보니 정말 잘된 일이야. 바워스가 방학 동안 보충 수업을 들으면 그 자식과 마주칠 일도 거의 없을 테니까." 에디가 웃다가 말했다.

"너희들, 황무지에 자주 놀러 오니?" 벤이 물었다. 황무지에서 시간을 보낸다는 생각은 해 본 적이 없었는데(황무지를 둘러싼 소문 때문만은 아니었다.), 그곳에 있다 보니 전혀 문제될 게 없었다. 천천히 어스름이 깔리기 시작하는 낮은 둑가에서 오히려 유쾌한 기분이 들었다.

"으응. 조, 조용하거든. 여, 여기에는 괴, 괴롭히는 노, 놈들도 없으니까. 자, 자주 놀러 오는 편이야. 바, 바, 바워스와 또, 똘마니들은 여, 여기엔 오지 않아."

"너랑 에디랑?"

"리, 리, 리······." 빌은 고개를 가로저었다. 빌은 말을 더듬을 때 행주처럼 주름지고 찡그린 표정이었다. 그러나 벤은 방금 전 빌이 헨리 바워스를 흉내 낼 때는 말을 더듬지 않았다는 사실을 깨달았다. "리처드!" 빌은 가까스로 말을 끝내고, 한동안 숨을 몰아쉬다 다시 말을 이었다. "리처드 토, 토저도 대개는 가, 같이 와. 하지만 그 아이는 아, 아빠와 다, 다, 다······."

"다락방을 청소해야 한대서 오늘 함께 못 왔어." 에디가 빌의 말을 대신 옮기며 돌멩이 하나를 개울에 던졌다. 퐁!

"아, 나도 그 애 알아. 여기 자주 오는 모양이구나." 벤은 이곳에 놀러 온다는 생각이 아주 좋았고, 한편으로는 까닭 모를 부러움을 느꼈다.

"저, 저, 정말 자, 자주 와. 내, 내일 너도 오, 올래? 나, 나와 에, 에, 에디는 대, 대, 댐을 만들고 있었거든."

벤은 아무 말도 못했다. 그 제의뿐만 아니라, 그렇게 간단하게 스스럼없이 우연히 제의를 받은 게 놀라웠다.

"다른 것도 할 거야. 댐을 제대로 만들기는 글렀으니까." 에디가 거들듯 말했다.

벤은 자리에서 일어나 개울 속으로 걸어가더니 통통한 종아리를 씻었다. 개울 양쪽 가장자리에 잔가지들이 아직 남아 있었지만 댐의 흔적은 말끔히 사라지고 없었다.

"나무 판자를 쓰면 돼. 판자를 마주 보게 일렬로 세워 놓고······,

샌드위치처럼 말이야." 벤이 말했다.

빌과 에디는 어리둥절한 표정으로 벤을 바라보았다. 벤은 한 무릎을 꿇고 앉았다. "여길 봐. 판자를 여기와 여기에 세우는 거야. 마주 보게 바닥에 박아 넣는 거지. 무슨 말인지 알지? 그 다음에 물결에 휩쓸려 넘어지기 전에 너희가 판자 사이에다 돌과 모래를 채워 넣으면······."

"우, 우, 우리."

"뭐?"

"우, 우리가 모두 하, 함께."

"아······." 벤은 갑자기 자신이 무척 바보 같다는(적어도 그렇게 보였을 거라는) 생각이 들었다. 그러나 그 순간 너무 행복했기 때문에 어떻게 보이든 상관없었다. "알았어. 우리가 하는 거야. 어쨌든 너희 아니, 우리가 돌멩이 같은 걸 판자 사이에 집어넣으면, 판자는 떠내려가지 않아. 위쪽에 있는 판자가 물살에 떠밀려 중간에 채워진 돌멩이에 압력을 가하게 되지. 아래쪽에 있는 판자는 뒤로 기울었다가 곧 떠내려갈 거야. 그러나 우리가 세 번째 판자를 여기에······, 그래, 이걸 봐."

벤은 아이들 곁으로 돌아와 바닥에 그림을 그리기 시작했다. 빌과 에디는 머리를 맞대고 아주 진지한 표정으로 벤의 그림을 내려다보았다.

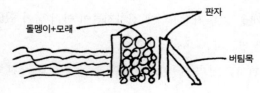

"전에도 댐을 만들어 봤어?" 에디는 몹시 놀랍다는 표정으로 벤에게 물었다.

"아니."

"그럼 어, 어떻게 이게 효, 효, 효과가 있는지 알 수 있지?"

벤은 오히려 어리둥절한 표정으로 빌을 바라보았다. "확실해. 왜, 너희들은 안 될 거 같아?"

"하지만 어, 어떻게 아, 아, 알지?"

벤은 빌의 말투에서 빈정거리는 의심이 아니라 순수한 호기심을 느꼈다.

"그냥 알아." 벤은 그렇게 말하면서도 자신이 그려 놓은 그림을 바라보며 스스로 맞을 거라고 되뇌어 보았다. 벤은 한 번도 수중물막이 따위는 본 적이 없었고, 그 그림이 제대로 됐는지조차 확신할 수 없었다.

"조, 좋아. 내, 내일 보, 보자." 빌은 벤의 등을 두드렸다.

"몇 시에?"

"나, 나하고 에, 에디는 8, 8시 30분까지 와, 와 있을 거야."

"내가 그때까지 응급실에 없으면 말이지." 에디는 옅은 한숨을 내쉬었다.

"내가 판자를 가져올게. 이웃집에 판자가 많거든. 몇 장 가져와도 괜찮을 거야." 벤이 말했다.

"또 가져올 게 있어. 먹을 거 말이야. 샌드위치, 뭐 그런 거." 에디가 말했다.

"알았어."

"초, 초, 총은 이, 있어?" 빌이 말했다.

"데이지 공기총이 있어. 크리스마스 선물로 엄마가 사 주신 건데, 집 안에서 가지고 놀면 무척 싫어하셔." 벤이 말했다.

"그, 그것도 가, 가져와. 초, 총 싸움도 하게."

"그거 좋지." 벤이 유쾌하게 말했다. "아 참, 집까지 뛰어가야겠는걸."

"우, 우리도." 빌이 말했다.

세 아이는 함께 황무지를 벗어났다. 벤은 빌을 도와 다리 밑에서 실버를 끌어올렸다. 에디는 그 뒤에서 피 묻은 옷을 살펴보며 큰일 났다고 징징댔다.

빌은 작별 인사를 하더니 힘차게 소리쳤다. "이려, 실버, 가자!"

"엄청 큰 자전거네." 벤이 말했다.

"하늘땅 별땅, 당연……." 에디가 흡입기를 한 모금 더 빨아들이자, 호흡이 정상으로 돌아왔다. "저 자전거 뒤에 두 번인가 탄 적이 있어. 너무 빨라서 정신이 하나도 없을 정도야. 빌은 좋은 녀석이야." 에디는 마지막 말을 아무렇게나 내뱉었지만 눈빛만은 더 많은 것을 담고 있었다. 존경스러워하는 눈빛이라고 할까. "빌의 동생이 어떻게 됐는지 너도 알지?"

"아니, 어떻게 됐는데?"

"작년 가을에 죽었어. 누가 그 아이를 죽였어. 파리 날개를 잘라 내듯 팔 한쪽을 뜯어낸 채로."

"어, 정말 끔찍하구나!"

"빌은 그전까지 조금밖에 말을 더듬지 않았어. 지금은 아주 심해진 거야. 너도 들어서 알 거야."

"글쎄……, 아주 약간 더듬는 것 같더라."

"그러나 빌의 머리는 더듬거리지 않아. 무슨 말인지 알지?"

"그럼."

"어쨌든 빌과 친구하고 싶으면 동생 얘기는 꺼내지 않는 게 좋아. 아무 말도 하지 말란 말이야. 무척 괴로워하거든."

"맙소사, 나라도 그럴걸."

벤은 작년 가을에 죽었다는 꼬마 아이를 어렴풋이나마 기억할 수 있었다. 혹시 어머니가 타이맥스 시계를 주면서 조지 덴브로를 떠올리지 않았는지, 아니면 그저 최근에 발생한 살인 사건들만 마음에 두고 있었는지 모를 일이었다. "물난리가 난 후 바로 벌어진 일이지?"

"맞아."

그들은 캔자스와 잭슨 가의 모퉁이에 이르렀는데, 거기에서 각자 다른 길로 가야 했다. 아이들이 여기저기 뛰어다니며 술래잡기를 하거나 야구 시합을 하고 있었다. 볼썽사나운 꼬마 아이 하나가 커다란 파란색 반바지를 입고 으스대며 벤과 에디 앞을 걸어갔는데, 디즈니의 데이비 크로켓 만화 모자를 뒤로 눌러써 모자 꽁지가 눈 사이로 치렁치렁 매달린 모습이었다. 그 아이는 굴렁쇠를 굴리면서 외쳤다. "형들, 이것 봐, 굴렁쇠야! 갖고 싶지?"

좀더 큰 두 아이는 즐거운 표정으로 꼬마 아이를 바라보다, 이윽고 에디가 입을 열었다. "이제 가 봐야겠어."

"잠깐만. 네가 정말로 응급실에 가기 싫다면 나한테 꾀가 하나 있어." 벤이 말했다.

"그래?" 에디는 미심쩍은 눈초리이긴 하지만, 잔뜩 기대하는 표정으로 벤을 바라보았다.

"5센트 있어?"

"10센트짜린 있는데, 그건 왜?"

벤은 에디의 옷에 말라붙은 적갈색 핏자국을 바라보았다. "초콜릿 우유를 사서 반 정도 옷에다 엎질러. 집에 가서 엄마한테 초콜릿 우유를 먹다가 엎질렀다고 하는 거야."

에디의 눈이 반짝였다. 아버지가 돌아가시고 지난 4년간 어머니는 시력이 아주 나빠졌다. 외모에 신경 쓰느라(그리고 운전도 못 했으므로), 시력 검사를 받고 안경 쓰는 걸 거절했다. 말라붙은 핏자국과 초콜릿 우유 자국은 비슷하니, 잘만 하면…….

"통하겠는걸."

"혹시 엄마한테 들키더라도 내가 그러라고 했다는 말 하면 안 돼."

"물론이지. 그럼 다음에 보자, 앨리게이터." 에디가 말했다.

"그래."

"아니야." 에디가 끈기 있게 말했다. "내가 그렇게 말하면, '그래 좀 있다 봐, 크로커다일.' 해야지."

"아, 그럼, 좀 이따 보자, 크로커다일."

"바로 그거야." 에디가 씩 웃었다.

"너 그거 알아? 너희들은 정말 멋진 애들이야." 벤이 말했다.

에디는 많이 당혹한 기색이었다. 초조해 보이기까지 했다. "빌이 멋진 아이야." 에디는 그렇게 말한 후, 뒤돌아섰다.

벤은 잭슨 가를 걸어가는 에디의 뒷모습을 바라보다 자신도 집으로 발길을 돌렸다. 그런데 잭슨 가와 메인 가 모퉁이 버스 정류장에 너무도 익숙한 세 명의 아이들이 나타났다. 세 명 모두 벤에게서 등을 돌리고 있었으니 천만다행이었다. 벤은 곧장 건물 옆으로 몸을 숨겼는데, 갑자기 가슴이 쿵쾅거렸다. 5분쯤 지나자, 데리-뉴포트-헤이븐 간 시외버스가 도착했다. 헨리 패거리는 담배꽁초를 집어던지더니 훌쩍 버스에 올라탔다.

벤은 시야에서 버스가 완전히 사라질 때까지 기다렸다가 황급히 집으로 향했다.

그날 밤 빌 덴브로에게는 끔찍한 일이 벌어졌다. 벌써 두 번째였다.

어머니와 아버지는 거실에서 책꽂이 양 끄트머리처럼 멀찍이 떨어져 앉아 묵묵히 텔레비전을 보고 있었다. 과거엔 주방과 연결된 거실에서 왁자지껄한 이야기와 웃음꽃이 피고 종종 텔레비전 소리도 들리지 않을 때가 있었다. 그럴 때면 으레 빌이 으름장을 놓곤 했다. "조지, 좀 조용히 하지 못해!" 조지도 질세라 응수했다. "팝콘을 혼자만 먹으니까 그렇지. 엄마아, 형 보고 팝콘 좀 주라고 해." "빌, 동생하고 나눠 먹어야지. 그리고 조지, 마아 하고 부르지 말라니까 그런다. 꼭 염소 우는 소리 같잖니." 어떨 때는 아버지가 재미있는 농담을 하는 바람에 어머니까지 모두 배꼽을 잡기도 했다. 조지는 그런 농담이 무슨 뜻인지도 모르면서 모두 웃으니까 따라 웃고는 했다.

그때도 빌의 아버지와 어머니는 책꽂이처럼 소파 양 끝에 떨어져 앉았지만, 빌과 조지가 그 사이를 채워 주는 책이 되었다. 빌은 동생이 죽은 이후에도 한 권이나마 간극을 메우는 책이 되려고 노력했지만 결과는 늘 냉랭했다. 양쪽에서 확 몰려드는 냉랭함이란 빌이 혼자 감당하기에 너무도 오싹했다. 그때마다 두 뺨까지 차갑게 얼어붙어 두 눈에 어린 눈물을 숨긴 채 조용히 소파에서 일어나야 했다.

"오늘 하, 학교에서 재미있는 얘, 얘기를 드, 들었는데 해, 해 볼까요?" 몇 달 전, 빌은 한번 시도를 해 보았다.

침묵은 깨지지 않았다. 텔레비전 화면에서 범죄자가, 목사가 된 형을 찾아와 숨겨 달라고 부탁하고 있었다.

빌의 아버지는 보고 있던 《트루》라는 잡지에서 슬쩍 고개를 들었지만 약간 놀라고 어리둥절한 표정이었다. 그러고는 다시 잡지를 들여다보았다. 잡지에는 사냥꾼이 포효하는 거대한 흰곰을 노려보며 눈 더미 위에 쓰러져 있는 사진이 실려 있었다. 그 기사의 제목은 "설원에서 야생 동물에게 당하다."였다. '눈 덮인 설원이라, 바로 어머니와 아버지가 앉아 있는 소파 위를 말하는 거야.' 빌은 문득 그런 생각이 들었다.

어머니는 미동도 하지 않은 채, 텔레비전 화면만 뚫어지게 바라보았다.

"저저저, 전구를 가, 갈아 끼우는데 프, 프, 프랑스 사람이 며, 몇 명이나 필요한가 하, 하는 문제예요." 빌은 용감하게 말을 계속했다. 이마에서 땀 때문에 미세한 안개가 솟는 느낌이었는데, 때때로

학교에서 선생님이 애써 빌을 지목하지 않으려고 외면하다 결국
에는 그의 이름을 호명하는 순간에도 그랬다. 갑자기 목소리가 크
게 흘러나왔지만 그렇다고 마음대로 소리를 낮추는 것도 불가능
했다. 빌은 자기 집 거실에서 머릿속에 단어들이 미친 듯이 부딪히
고 울리며 소용돌이치는 상황에 놓이고 만 것이다.

"며, 며, 몇 명이 이, 있어야 하는지 아, 아, 아세요?"

"한 사람은 전구를 잡고 네 사람은 집을 돌려야 하니까 모두 다
섯." 빌의 아버지는 건조하고 억양 없는 말투로 툭 내뱉고는 다시
잡지를 뒤적였다.

"당신, 지금 뭐라고 하셨어요?" 어머니는 여전히 목사가 된 형이
죄를 짓고 찾아온 동생에게 자수를 권하며 기도를 올리는 텔레비
전 화면을 바라보며 물었다.

빌은 그대로 앉아 땀을 비 오듯 쏟았지만 너무 추웠다. 자신이
책꽂이 사이에 남아 있는 단 한 권의 책이라는 사실 때문은 아니
었다. 조지가 바로 곁에, 이제는 아무도 볼 수 없는 모습으로, 팝콘
을 달라고도 형이 괴롭힌다고 징징대지도 않으며 앉아 있었기 때
문이다. 은백색 불빛 아래 창백하고 깊은 침묵에 빠져 있는 조지는
외팔이였다. 그 오싹한 냉기는 부모님이 아니라 조지에게서 흘러
나오고 있었는지 모른다. 설원의 무시무시한 야생 동물은 바로 조
지였을 것이다. 이윽고 빌은 보이지 않는 동생의 싸늘함에서 도망
쳐 자기 방으로 돌아가 베개에 얼굴을 묻고 한참 동안 흐느껴 울
었다.

조지의 방은 변함없이 그대로였다. 조지를 묻은 지 2주 정도 지

났을 때 자크 덴브로는 조지의 장난감을 상자에 전부 집어넣었는데, 빌은 구세군 같은 자선 단체에 기증할 생각이라고 여겼다. 샤론 덴브로는 남편이 조지의 방에서 상자를 들고 나오는 순간, 깜짝 놀란 하얀 새처럼 두 손을 머리카락 사이에 집어넣더니 마구 쥐어뜯기 시작했다. 빌은 벽에 기대서서 어머니의 모습을 지켜보았지만, 점점 다리에 힘이 빠져 곧 주저앉을 것만 같았다. 어머니는 영화 「프랑켄슈타인의 신부」에 등장하는 엘사 랭체스터처럼 미친 모습이었다.

"당신이 어떻게 그럴 수 있어요!" 샤론은 날카롭게 비명을 질렀다.

자크는 아무 말 없이 장난감 상자를 들고 다시 조지의 방으로 들어갔다. 그러고는 장난감을 전부 꺼내 예전에 있던 자리에 그대로 갖다 놓았다. 빌은 조지의 방문 앞에 서서, 조지의 침대 곁에 앉아 (그때까지도 어머니는 전처럼 일주일에 두 번은 아니지만, 한 번씩은 조지의 침대보를 갈았다.) 털이 숭숭 박힌 팔에 이마를 대고 있는 아버지의 뒷모습을 바라보았다. 빌은 아버지가 울고 있는 모습에 더욱 겁이 났다. 순간 아주 끔찍한 생각, 우연히 찾아든 불행이 한 번으로 끝나지 않고 모든 것이 엉망이 될 때까지 더 나빠질 것이라는 섬뜩한 예감이 들었던 것이다.

"아, 아, 아빠……."

"저리 가라, 빌." 아버지의 목소리는 먹먹하고 떨렸다. 등은 오르락내리락했다. 빌은 몹시도 아버지의 등을 만지고 싶었다. 그의 손이 그 쉴 새 없는 들썩임을 가라앉힐 수 있을지 알아보러. 그러나 그렇게 할 용기가 나지 않았다. "어서 나가라니까."

빌은 조지의 방에서 나와 복도를 서성였고, 아래층 주방에서 어머니의 흐느낌이 들려왔다. 너무도 격렬하고 무기력한 울음소리였다. 왜 아버지와 어머니는 저렇게 따로 떨어져 우시는 걸까? 그러고 나서 빌은 그 생각을 떨쳐 버렸다.

여름 방학 첫날 밤, 빌은 조지의 방에 들어갔다. 심장이 요란하게 뛰기 시작했고, 긴장감 때문에 두 발은 뻣뻣하게 굳어 있었다. 조지의 방에 자주 들르는 편이지만 그곳이 좋아서는 아니었다. 그 방은 여전히 조지가 살아 있는 느낌이 들 정도로 동생의 체취가 그대로 남아 있었다. 빌은 어느 순간 옷장 문이 열리고 말끔하게 걸린 셔츠와 바지 속에 조지의 모습이 나타날지 모른다고 생각했다. 핏방울과 핏줄기가 또렷하게 남아 있는 비옷을 입고, 한쪽 팔이 덜렁덜렁한 모습으로 말이다. 휑하니 열린 조지의 두 눈은 너무도 참혹해서 공포 영화에 나오는 좀비를 닮았을지 몰랐다. 서걱서걱, 옷장에서 나온 조지의 장화 소리, 빌이 앉아 있는 침대까지, 공포에 얼이 빠져 있는 그를 향해 다가서서는, 서걱서걱…….

그 방에서 벽에 걸린 사진이나 책상 위의 모형 장난감을 바라볼 때 정전이라도 된다면, 빌은 심장마비에 걸려 10초 만에 죽을지 모른다고 생각했다. 그래도 빌은 동생의 방을 찾았다. 조지의 유령을 두려워하면서도 조지의 죽음을 극복하고 남아 있는 삶을 지탱해 가야 한다는 무언의 절박한 요구 때문이었다. 조지를 잊으려는 것이 아니라, 그토록 끔찍하게 기억하지 않으려는 것이다. 빌은 아버지와 어머니도 그런 방법을 찾지 못했으니 자신의 힘으로 찾아낼 수밖에 없다고 생각했다.

빌 혼자만을 위한 것이 아니라 조지를 위한 일이기도 했다. 빌은 동생을 사랑했고, 우애도 꽤 돈독한 편이었다. 물론 빌이 인디언 흉내를 낸 조지를 밧줄로 묶어 놓거나, 빌이 밤늦게 레몬 크림을 몰래 먹었다고 조지가 부모님한테 일러바치는 정도의 소란은 있었지만 대부분은 사이좋게 지냈다. 조지가 죽었다는 사실만으로 불행은 충분했다. 그러나 조지를 끔찍한 괴물의 모습으로 두려운 기억 속에 가둬 둔다면……, 빌에겐 훨씬 괴로운 일이었다.

빌은 동생을 잃었고, 그것은 바뀔 수 없는 사실이었다. 동생의 목소리와 웃음소리, 형이 맞장구를 쳐 줄 거라 믿고 의기양양해하던 눈빛, 빌은 그 모든 것이 그리웠다. 그러나 너무도 기이한 것은 좀비가 된 조지가 옷장이나 침대 밑에 숨어 있을지 모르는 그 소름 끼치는 방에서 공포에 질린 채 빌은 동생에 대한 가장 절절한 사랑을 느끼고, 동생 역시 그를 사랑하고 있음을 깨닫는다는 점이었다. 사랑과 공포라는 두 가지 감정을 조화시키기 위해 가장 적절한 공간이 바로 조지의 방임을, 빌은 느끼고 있었다.

그것은 뒤죽박죽된 생각일 뿐 사물을 지칭하듯 분명하게 말로 표현할 수 없었다. 그러나 자신의 따뜻하고 절절한 마음을 이해할 수 있었으며, 그 정도로 충분했다.

빌은 동생의 책을 보기도 하고 장난감을 매만지기도 했다.

그러나 작년 12월 이후 동생의 앨범만은 다시 펼쳐 들지 않았다.

벤 한스컴을 만난 날 밤, 빌은 조지의 옷장을 열고(언제나처럼 동생이 옷가지 속에서 피 묻은 비옷 차림으로 빌을 움켜잡으려는 듯 핏기 없는 앙상한 손가락을 뻗치고 있을까 봐 마음을 다잡고) 제일 위칸에서 앨범을 꺼내 들었다.

"내 사진들." 앨범 표지에 금색으로 새겨진 활자가 눈에 들어왔다. 그 밑에 또 다른 활자로 "조지 엘머 덴브로, 여섯 살."이라고 또박또박 적혀 있고 스카치 테이프가 붙어 있었다. 색 바랜 테이프 가장자리가 조금씩 벗겨져 있었다. 앨범을 침대로 가져가는 빌의 심장은 어느 때보다도 거세게 울리기 시작했다. 왜 또다시 앨범을 꺼내 들었는지 빌 자신도 몰랐다. 작년 12월에 그 일이 벌어진 후로는…….

'처음이야, 그게 다야. 그때 그 일이 착각이었다는 걸 확인하고 싶을 뿐이야. 실제로 벌어진 일이 아니라 머릿속에서 만들어 낸 착각이었을 테니까.'

아무튼, 그건 하나의 생각일 뿐이다.

사실일 수도 있었다. 그러나 빌은 그것이 그저 사진을 넣어 두는 앨범일 뿐이라고 생각했다. 그러나 앨범 속에는 좀처럼 떨쳐 버릴 수 없는 집요함이 담겨 있었다. 그때 빌이 본 것은, 아니면 보았다고 착각한 것은…….

빌은 앨범을 펼쳤다. 어머니와 아버지, 작은어머니와 작은아버지와 함께 찍은 조지의 사진들로 꽉 차 있었다. 조지는 사진 속의 사람들과 장소를 다 알고 있지 못해도 상관하지 않았다. 사진 자체가 조지의 마음을 사로잡았다. 조지는 새로 사진을 찍어 달라고 조르다 별 성과가 없을 때면 지금 빌이 앉아 있는 침대 위에서 앨범을 펼쳐 놓고 조심스레 예전에 찍은 흑백 사진들을 들여다보고는 했다. 믿어지지 않을 만큼 어여쁘고 젊은 어머니가 그 속에 있었고, 열여덟 살이 될까 말까 한 아버지는 널브러진 사슴 곁에 의기양양하게 공기총을 들고 서 있는 세 명의 청년 중 하나로 남아 있었다. 호이트 작은아버지는 바위틈에 서서 꽁치를 들고 있고, 포튜너 작은어머니는 데리 농작물 박람회에서 그녀가 직접 재배한 토마토 바구니 옆에 서서 득의만면한 얼굴이었다. 그 밖에 구닥다리 자동차며 교회와 집, 어딘가로 끝없이 펼쳐진 길도 나타났다. 어떤 연유로 누가 찍었는지, 이제는 잊힌 사진들이 죽은 소년의 앨범 속에 갇혀 있었다.

빌의 사진도 있었는데, 병원 입원실에서 머리에 붕대를 친친 감고 있는 모습이었다. 붕대는 뺨을 따라 부서진 턱을 감싸고 있었다. 센터 가에 있는 A&P 상점 주차장에서 차에 치였을 때였다. 당시 상황은 거의 기억나지 않았는데, 아이스크림 밀크 셰이크를 빨대로 빨아먹었고 사흘 동안 머리가 깨질 듯이 아팠다는 정도만 떠올랐다.

가족 모두가 집 앞 잔디밭에서 찍은 사진도 있었다. 빌은 어머니 곁에 서서 손을 잡고 있고, 갓난아기였던 조지는 아버지의 팔에 안겨 잠들어 있었다. 그리고 또······.

앨범이 다 채워져 있지는 않았고, 문제의 마지막 사진이 들어 있는 부분 뒤쪽은 공란이었다. 마지막 사진은 작년 10월, 조지가 죽기 불과 열흘 전에 학교에서 찍은 것이었다. 조지는 깃이 없는 스웨터를 입고 있었다. 바람에 흩날리는 머리카락에 물기가 묻어 있었다. 환히 웃고 있는 입가에 아직 새 치아가 자라지 못한 두 개의 텅 빈 구멍이 보였는데, 빌은 사진을 향해 "죽은 후에도 이가 다 나지 않았니?" 하고 묻다가 그만 몸서리를 치고 말았다.

빌이 한동안 그 사진에 못 박힌 듯 바라보다 앨범을 접으려고 하는 순간, 지난 12월에 벌어진 일이 또다시 일어나고 말았다.

사진 속에서 조지의 눈동자가 움직였다. 그 눈동자들이 위로 올라가더니 빌의 눈동자와 마주쳤다. 치즈 하며 꾸며 낸 입가가 소름 끼치게 씰룩거렸다. 그리고 윙크하듯 오른쪽 눈이 조금씩 감기며 이렇게 말하려는 것 같았다. '형, 조금 이따가 봐. 내 옷장에서. 오늘 밤에.'

빌은 앨범을 집어던졌다. 두 손으로 입을 꼭 틀어막았다.

앨범은 맞은편 벽면에 부딪혔다가 펼쳐진 채 바닥으로 툭 떨어졌다. 저절로 페이지가 넘어가기 시작했다. 끔찍한 마지막 사진에서 딱 멈춰진 앨범, 그 사진 아래 "1957~1958, 학교 친구들"이라는 활자가 나타났다.

사진에서 피가 흐르기 시작했다.

빌은 입속에서 혀가 부어오르고 온몸에 소름이 돋아 머리카락까지 주뼛 선 상태로 그 자리에 얼어붙었다. 비명을 지르고 싶었지만 낑낑대는 연약한 흐느낌만 흘러나왔다.

앨범에서 흘러나온 핏줄기가 바닥을 적시기 시작했다.

빌은 황급히 자리에서 튀어 올라 방문을 달려 나갔다.

어느 실종자, 1958년 여름에 생긴 일

그들은 모두 발견되지 않았다. 분명히 한 명도 발견되지 않았다. 그리고 이따금 억측이 돌았다.

《데리 뉴스》, 1958년 6월 21일자(1면) 기사.

아이 실종으로 새로운 공포감 조성

지난밤 데리 시 차터 가 73번지에서 에드워드 L. 코코랜이 실종됐다고, 아이의 어머니 모니카 매클린과 의붓아버지 리처드 P. 매클린이 경찰에 신고했다. 코코랜의 나이는 10살이다. 코코랜의 실종 사건으로 데리의 어린이들이 범죄에 무방비로 노출돼 있다는 공포감이 확산되고 있다.

매클린 부인에 따르면 아이는 6월 19일 여름 방학식이 끝난 후 학교에서 돌아오지 않았다고 한다.

아이가 실종된 지 24시간이 경과한 후에야 경찰에 신고한 이유를 묻는 기자들에게 매클린 부부는 자세한 언급을 회피했다. 경찰 서장 리처드 보턴도 이 부분에 대해서 언급을 거부하고 있는 가운데, 믿을 만한 경찰 소식통이 본지에 알려온 바에 따르면, 코코랜과 의붓아버지의 사이가 좋지 않았으며 의붓아버지가 사건 당일 집에 들어오지 않았기 때문인 것으로 보인다. 소식통은 소년이 학교 성적을 비관해 집에 돌아오지 않았을 가능성도 제시하고 있다. 데리 초등학교 교장 헤럴드 메트카프는 공개할 성질의 문제가 아니라는 이유로 코코랜 군의 성적 공개를 거절했다.

"이번 소년의 실종 사건으로 불필요한 공포감이 확산되지 않았으면 한다."고 보턴 서장은 지난밤 기자 회견을 통해 말했다. "이번 사건으로 동요를 느낄 수 있지만 매년 미성년자 실종 사건이 30에서 50건에 달한다는 사실을 지적해야겠다. 실종자 대부분은 살아서 돌아오며, 신고 일주일 안에 돌아오는 확률이 높다. 이번 에드워드 코코랜의 실종도 그렇게 되리라 믿는다."

보턴 서장은 이어 조지 덴브로, 립슨 베티, 셰릴 라모니카, 매튜 클레멘츠 및 베로니카 그로건의 사건이 동일범의 소행이 아니라는 그동안의 주장을 재차 확인했다. "각 사건마다 중요한 차이가 있다."고 말하면서도 보턴 서장은 자세한 설명을 회피했다. 그는 데리 경찰이 메인 주 검찰청과 긴밀한 협조 아래 상당한 단서를 포착 중이라고 덧붙였다. 지난밤 본지와 전화 통화에서 지금까지 발견된 단서들에 대해 묻자, 보턴 서장은 "상당한 진척이 있다."고 답변했다. 그러나 조만간 용의자를 검거할 수 있을지 묻는 질문에 대해서는 여전히 신중한 태도를 취했다.

《데리 뉴스》, 1958년 6월 22일자(1면) 기사.

법원의 갑작스런 시체 발굴 명령

에드워드 코코랜의 실종 사건과 관련, 데리 지방 법원의 에르하르트 K. 몰턴 판사는 어제 오후, 코코랜의 동생 돌시의 시체를 발굴토록 명령함으로써 이번 실종 사건은 예기치 못한 국면으로 접어들었다. 이번 명령은 지방 검사와 검시관의 요청에 따라 이루어졌다.

돌시 코코랜은 차터 가 73번지에서 어머니와 의붓아버지와 함께 살고 있었으며, 1957년 5월 사인은 사고사로 결론이 내려졌다. 돌시 코코랜은 사고 당시 데리 홈 병원으로 옮겨졌으며, 두개골 골절을 포함해 온몸에 심한 타박상을 입었던 것으로 알려졌다. 소년의 의붓아버지, 리처드 P. 매클린이 당시 사고 현장을 목격한 증인이었다. 그는 차고 사다리에서 놀던 아들이 사다리 꼭대기에서 떨어졌다고 증언했다. 병원으로 옮겨진 돌시 코코랜은 사흘간의 혼수 상태에서 끝내 회복하지 못했다.

에드워드 코코랜(10세)은 지난 수요일 오후 실종된 것으로 알려졌다. 차남 살인 혐의와 장남의 실종과 관련, 매클린 부부를 용의자로 지목할 것인지에 대해서 리처드 보턴 서장은 언급을 회피했다.

《데리 뉴스》, 1958년 6월 24일자(1면) 기사.

매클린, 폭행 치사 혐의로 긴급 체포
미해결 실종 사건에 대한 용의자로 지목

데리 경찰서의 리처드 보턴 서장은 어제 기자 회견을 열고, 차터 가 73번지에 사는 리처드 P. 매클린을 의붓아들, 돌시 코코랜의 폭행 치사 혐의로 구속했다고 발표했다. 돌시 코코랜은 지난해 5월 31일 데리 홈 병원에서 사망 당시 '사고사'로 처리된 바 있다.

"검시관의 보고서에 따르면, 소년은 심하게 구타를 당한 것으로 밝혀졌다."고 보턴은 말했다. 매클린은 의붓아들이 차고 사다리에서 놀다 떨어졌다고 주장하고 있지만, 보턴 서장은 지방 검시관의 보고서에서 돌시 코코랜이 둔기로 심하게 폭행당한 증거를 확보했다고 밝혔다. 둔기의 종류를 묻는 질문에 보턴 서장은 이렇게 말했다. "망치로 보인다. 현 시점에 중요한 사실은 그 소년이 뼈를 부러뜨릴 만큼 둔탁한 물건으로 수차례 가격당했다는 검시관의 결론이다. 특히 두개골을 비롯해 시신에서 발견된 상처들은 추락사한 경우와 전혀 다르다. 돌시 코코랜은 죽을 정도로 두들겨 맞은 후에야 홈 병원 응급실에 내던져져 그대로 죽고 만 것이다."

당시 코코랜 군을 담당한 의사들이 아동 학대 사실과 실제적인 사인을 은폐한 것이냐는 질문에 대해 보턴 서장은 "매클린 씨가 법정에 서면 그 의사들에게도 적절한 추궁이 있을 것이다."고 답변했다.

이번에 밝혀진 폭행 치사 혐의와 함께 매클린 부부가 나흘 전 실종 신고한 돌시 코코랜의 친형, 에드워드 사건이 어떻게 전개될 것인지에 대해 보턴 서장은 "우리가 처음에 예상했던 것과는 달리 훨씬 심각한 상황이 아니겠냐."고 반문했다.

《데리 뉴스》, 1958년 6월 25일(2면) 기사.

여교사 증언, 에드워드 코코랜 "자주 멍들어 있었다."

잭슨 가 소재 데리 초등학교 5학년 교사인 헨리에타 뒤몽은 현재 실종 일주일째인 에드워드 코코랜이 자주 멍들어 학교에 왔다고 증언했다. 제2차세계 대전 종전 이후, 줄곧 데리 초등학교의 5학년 2개 반 중 한 학급을 전담해 온 뒤몽 씨는 에드워드가 실종되기 3주일 전에도 "두 눈이 거의 감길 정도로 퉁퉁 부은 모습으로 등교했으며, 무슨 일이냐고 묻자 저녁을 먹지 않는다고 아버지가 때렸다고 말한 일이 있다."고 주장했다.

그처럼 심각한 구타 사건을 보고하지 않은 이유에 대해 뒤몽 씨는 이렇게 말했다. "교편을 잡으면서 그런 경우가 처음 있는 일은 아니다. 교사 초년 시절에는 체벌과 구타를 혼동하는 학부모들에게 조치를 취하려고 노력하기도 했다. 그때마다 그웬돌린 레이번 교감은 내게 그런 일에 관여치 말라고 지시했다. 교직원이 아동 학대 같은 사건에 개입할 경우, 육성회비 징수 때 곤란을 겪는다고 했다. 그래서 교장을 직접 만났지만, 역시 자꾸 문제 삼을 경우 징계 사유가 될 수 있다는 말까지 들었다. 나는 기록에 남는 공식적인 징계냐고 물었다. 교장은 기록에 남길 필요까지는 없을 거라고 말했다. 나는 그것이 무슨 의미인지 알아챌 수 있었다."

데리 초등학교의 분위기가 지금도 변함없느냐는 질문에 뒤몽 씨는 "글쎄, 지금 상황을 보면 알 수 있지 않은가? 굳이 말하자면, 이번 학기를 끝으로 물러날 생각을 하지 않았다면 지금 이런 말을 할 수 없었을 것이다."라고 말했다.

뒤몽 씨는 계속해서 "이번 사건이 벌어진 후, 매일 밤 나는 에드워드 코코랜이 의붓아버지의 학대에 못 이겨 가출한 것이기를 기도하고 있다. 그리고 매클린이 철창에 갇히게 됐다는 신문 기사를 읽고 다시 집으로 돌아오기를 간절히 기도하고 있다."고 덧붙였다.

간단한 전화 통화에서 모니카 매클린은 뒤몽 씨의 증언을 강하게 부인했다. 그녀는 "남편은 돌시를 때린 일이 한번도 없으며, 에드워드 역시 마찬가지."라고 말했다. "나는 진실만을 말하고 있고, 저 세상에 가서라도 하늘의 법정에서 하느님을 똑바로 바라보며 지금과 똑같이 말할 것이다."

《데리 뉴스》, 1958년 6월 28일자(2면) 기사.

"말을 안 듣는다고 아빠가 때렸어요."
꼬마, 폭행으로 죽기 전 유치원 교사에게 말해

익명을 요구하는 한 유치원 교사는 어제 본지 기자를 만나 돌시 코코랜이 차고에서 사고로 죽었다는 날로부터 일주일 전 오른손 엄지와 세 손가락이 심하게 골절된 상태로 유치원에 왔다고 밝혔다.

"그 가엾은 아이는 너무 아파서 안전 제일 포스터에 색칠도 하지 못했다. 손가락들이 소시지처럼 부어올랐을 정도다. 내가 무슨 일이냐고 물어보니, 아이는 엄마가 방금 왁스칠한 바닥을 걸어다녔다고 아빠(의붓아버지인 리처드 P. 매클린)가 손가락을 뒤로 꺾었다고 말했다. 내가 '말을 안 들어서 혼나야 한다고' 아빠가 말했다고 했다. 그 가엾은 아이의 손가락을 보고 있자니 절로 눈물이 났다. 코코랜은 다른 아이들처럼 포스터에 색칠을 하고 싶어했고, 나는 아이에게 아동용 아스피린을 먹인 후 동화 시간에 색칠할 수 있게 해 주었다. 코코랜은 포스터에 색칠하기를 가장 좋아했는데, 지금 생각해 보니 아이가 그날 조금이라도 행복해할 수 있어서 다행이라고 여긴다.

코코랜이 죽었다는 소식을 듣고, 절대 사고사는 아닐 거라고 생각했다. 손이 그 모양이니 사다리를 제대로 잡지 못했을 거라는 생각이 제일 먼저 떠올랐다. 지금은 어른이 아이에게 그런 일을 저질렀다는 사실에 경악을 금치 못하겠다. 이제야 제대로 알았다. 나는 절대로 그런 사람이 되지 않기를 소망한다."

돌시의 형인 에드워드(10세)는 여전히 실종 상태이다. 데리 지방 형무소에 수감 중인 리처드 매클린은 차남의 죽음과 장남의 실종에 대해 여전히 무죄를 주장하고 있다.

《데리 뉴스》, 1958년 6월 30일자(5면) 기사.

매클린, 그로건과 클레멘츠의 살인 혐의로 조사
소식통에 따르면 알리바이에 문제없어

《데리 뉴스》, 1958년 7월 6일자(1면) 기사.

보턴 서장, 매클린은 의붓아들 살해 혐의에만 유죄
에드워드 코코랜의 실종은 여전히 안개 속

《데리 뉴스》, 1958년 7월 24일자(1면) 기사.

의붓아버지 울먹이며 아들 구타 살해를 시인하다

　의붓아들 돌시 코코랜 살인 혐의로 기소된 리처드 매클린의 재판이 극적인 국면을 맞은 가운데, 매클린은 지방 검사 브래들리 윗선의 혹독한 반대 심문 과정에서 네 살짜리 소년을 단단한 망치로 가사 직전까지 폭행했으며, 아이를 데리 홈 병원 응급실로 데려가기 직전 마당 구석에 망치를 파묻었다고 진술했다.

　매클린이 흐느끼는 동안 법정은 경악과 침묵에 휩싸였고, 매클린은 계속해서 "이따금 아이들의 장래를 위해" 폭력을 행사했다고 시인했다.

　"제정신이 아니었습니다. 아이가 망할 놈의 사다리에 또 올라가는 모습을 보는 순간, 의자에 있던 망치를 들어 휘두르기 시작했어요. 죽일 생각은 없었습니다. 신 앞에 맹세컨대 추호도 죽일 생각은 없었습니다."

　이에 대해 윗선 검사는 "아이가 기절하기 전 아무 말도 하지 않았냐."고 물었다.

　매클린은 "'아빠, 다시는 안 그럴게요, 그만 때리세요. 아빠를 사랑해요.' 라고 말했다."고 답했다.

　"그래서 매질을 멈추었나요?"

　"결국엔요." 매클린은 그 말과 함께 발작적으로 통곡했고, 에르하르트 몰튼 판사는 휴정을 선언했다.

《데리 뉴스》, 1958년 9월 18일(16면) 기사.

　에드워드 코코랜은 어디에 있는가?

네 살짜리 의붓아들 돌시를 살해한 혐의로 쇼생크 주립 교도소에서 최소 2년, 최장 10년형을 선고받은 비정의 의붓아버지는 죽은 에드워드 코코랜의 행방에 대해서는 끝까지 모른다는 말로 일관하고 있다. 리처드 P. 매클린을 상대로 이혼 소송을 제기 중이었던 에드워드 코코랜의 친모는 곧 전남편이 될 그가 거짓말을 하는 것 같다고 말했다.

과연 그런가?

"나는 개인적으로 그가 거짓말하고 있다고 생각하지 않는다." 쇼생크 교도소에서 죄수들을 상대로 신앙 활동을 벌이고 있는 애실리 오브라이언 천주교 신부의 말이다. 매클린은 수감 생활을 시작한 직후 천주교 신자가 됐으며, 오브라이언 신부는 그와 많은 시간을 보냈다고 말했다. "그는 자신이 한 일을 진심으로 뉘우치고 있다."며 오브라이언 신부는 매클린에게 왜 천주교 신자가 되려고 하는지 물었을 때 이렇게 답했다고 알려 왔다. "천주교에선 회개라는 방법으로 죄를 뉘우칠 수 있다는데, 나도 죽어 지옥에 가지 않으려면 회개해야 한다."

오브라이언 신부가 말했다. "그는 자기가 그 어린아이에게 무슨 짓을 했는지 깨닫고 있다. 그와 상응하는 짓을 장남에게도 했는지에 대해, 그는 결코 아니라고 말하고 있다. 에드워드의 경우에 한정한다면 그는 죄가 없다."

매클린이 의붓아들 에드워드의 사건에는 죄가 없는지 데리 주민의 의견은 여전히 분분하지만, 이곳에서 벌어진 다른 어린이 살해 사건과는 관련이 없는 것으로 밝혀졌다. 처음 세 건의 살인 사건에는 분명한 알리바이가 있으며, 다른 일곱 건의 사건은 그가 수감 중인 상황에서 벌어졌기 때문이다.

열 건의 살인 사건은 여전히 미궁으로 남아 있다.

지난주 본지가 단독 인터뷰할 때 매클린은 에드워드 코코랜의 행방에 대해 전혀 아는 바가 없다며 주장을 굽히지 않았다. 그는 울음이 복받치는 지 중간중간 말을 잇지 못했다. "두 아이를 때렸습니다. 그 아이들을 사랑했지만 손을 댔어요. 그 이유를 저도 모르겠어요. 아이 엄마가 그런 저를 내버려 둔 것도, 돌시가 죽은 직후 제 편을 들어준 것도 모를 일이지만 신과 다른 모든 성자들에게 맹세컨대, 저는 에드워드의 일은 모릅니다. 말도 안 되는 소리라고 생각하겠지만 그래도 분명 저는 아닙니다. 그 아이는 그저 가출한 건지 몰라요. 정말 그렇기만 하다면 저는 신에게 감사할 겁니다."

혹시 기억 장애가 있는 것은 아니냐는(에드워드를 살해한 후 그 부분만 의도적으로 망각하려고 하는지) 물음에 매클린은 이렇게 대답했다. "기억력에는 아무 문제가 없습니다. 오히려 내가 한 일을 정확히 기억하고 있어요. 나는 남은 생을 주님께 맡겼고, 내가 한 일을 참회하면서 살아갈 겁니다."

《데리 뉴스》, 1960년 1월 27일자(1면) 기사.

시체의 신원, 코코랜과 달라
보턴 서장 기자 회견

리처드 보턴 데리 시 경찰 서장은 오늘 오전 기자 회견을 열고, 1958년 데리에서 실종된 에드워드 코코랜과 같은 연령의 시체를 발견했다는 소식과 관련, 극도로 부패된 시신이 에드워드 코코랜이 아니라고 밝혔다. 시체는 매사추세츠 주 아이네스포드에서 자갈 더미에 묻힌 채 발견되었다. 시체 발견 직후, 메인과 매사추세츠 주립 경찰은 코코랜 군이 동생이 폭행치사로 숨진 차터 가 집에서 도망친 후 치한에게 붙잡혀 살해된 것으로 추정했다.

그러나 아이네스포드에서 발견된 시신의 치아와 현재 19개월째 행방이 묘연한 코코랜 군의 치아가 일치하지 않는 것으로 밝혀졌다.

《포틀랜드 프레스 헤럴드》, 1967년 7월 19일자(3면) 기사.

살인 전과자 팰머스에서 자살

9년 전 네 살짜리 의붓아들을 살해한 혐의로 유죄를 선고받았던 리처드 P. 매클린이 어제 오후 늦게 팰머스 아파트 자택에서 숨진 채 발견됐다. 그는 현재 가석방 상태로, 1964년 쇼생크 주립 교도소에서 석방된 후 팰머스에서 조용히 살아왔으며, 시체 확인 결과 자살로 추정된다.

브랜던 K. 로시 팰머스 경찰서 부서장은 "남겨진 쪽지로 보아 극도의 심리적 동요를 느끼고 있었던 것으로 보인다."고 말했다. 그는 쪽지 내용을 공개하지 않았지만, 경찰 내 소식통은 두 개의 문장으로 이루어진 간단한 내용이라고 전하고 있다. "어젯밤 에드워드를 보았다. 죽어 있었다."

'에드워드'는 매클린의 의붓아들이자, 1958년 그가 폭행 살해한 아이의 친형으로 알려져 있다. 에드워드 코코랜의 실종 사건을 계기로 매클린이 차남 돌시를 폭행 치사한 범죄의 전모가 드러난 바 있다. 에드워드 코코랜은 현재 실종 9년째를 맞고 있다. 1966년 소년의 어머니는 약식 재판을 통해 아들의 죽음을 법적으로 확인 받고 아들 명의의 예금 통장을 물려받았다. 당시 통장의 잔고는 16달러였다.

에드워드 코코랜은 죽었다.

6월 19일의 일이었으며, 의붓아버지는 에드워드의 죽음과 아무 관련이 없었다. 에드워드가 죽음에 이른 순간 벤 한스컴은 집에서 어머니와 함께 텔레비전을 시청했고, 에디 카스브랙의 어머니는 평소대로 에디의 이마를 짚어 보고 '상상 열병'을 의심하고 있었으며, 비벌리 마시의 의붓아버지(성격 면에서 에드워드와 돌시 형제의 의붓아버지를 꼭 빼닮은)는 비벌리의 엉덩이를 철썩 때리면서 "어서 가서 엄마가 시킨 설거지나 해라."고 했고, 마이클 핸론은 헨리 바워스의 농장에서 그리 멀지 않은 위챔 가의 조그마한 자기 집 텃밭에서 잡초를 뽑다가 낡은 다지 승용차를 몰고 지나가던 고등학생들(이들 중 한 명은 후에 집이라면 죽어라 무서워하던 존 웨비 가튼의 아버지가 된다.)의 놀림을 받았고, 리처드 토저는 아버지의 책상 서랍에서 몰래 입수한《보석》의 반나체 여성들을 들여다보며 사타구니 사이에 그것이 빳빳하게 일어서는 기운을 느꼈고, 빌 덴브로는 공포에 질려 죽은 동생의 앨범을 집어던지고 있었다.

그들 중 나중에 기억하는 사람은 없었지만 그들 모두 에드워드 코코랜이 죽는 순간……, 어디선가 들려오는 희미한 비명소리에 하나같이 고개를 들어 두리번거렸다.

《데리 뉴스》는 한 가지 사실만은 정확히 보도했다. 즉 에드워드가 학교 성적이 나빠 집에 돌아갈 엄두를 내지 못했다는 점이다. 게다가 어머니와 의붓아버지는 그 달 들어 유독 싸움을 자주했다. 사태가 심각해질 게 뻔했다. 두 사람이 싸움을 벌일 때면, 어머니는 별의별 트집을 잡아 가며 고래고래 소리를 질렀다. 의붓아버지는 처음엔 투덜대는 게 전부지만, 이윽고 입 닥치라고 소리를 빽 지르는데, 이쯤 되면 주둥이에서 가시를 벌렁거리는 호저(산미치광이라도 하며, 몸과 꼬리가 가시로 덮여 있다 — 옮긴이)처럼 격분하기 시작했다. 그러나 에드워드는 늙은 의붓아버지가 어머니에게 손찌검하는 광경을 한 번도 본 적이 없었다. 에드워드의 눈에는 그럴 용기가 없는 것처럼 보였다. 그러나 아껴 둔 주먹은 어김없이 에드워드와 돌시를 향해 날아들었고, 이제 돌시마저 죽었으니 동생의 몫까지 고스란히 에드워드의 차지가 될 상황이었다.

그 요란한 부부 싸움은 주기적으로 반복되었다. 대부분은 각종 청구서가 날아드는 시기인 월말에 벌어졌다. 최악의 경우 한두 번씩 이웃 주민의 신고를 받고 경찰이 출동하기도 했다. 그런 경우에는 대부분 경찰의 출현과 함께 싸움이 끝났다. 어머니는 경찰에게 삿대질하며 잡아갈 테면 잡아가라고 호기를 부렸지만, 의붓아버지는 끽소리 한번 하지 못하고 잠자코 있기 일쑤였다.

에드워드는 의붓아버지가 경찰을 무서워한다고 생각했다.

부모가 싸우는 동안 에드워드는 가급적 그들 눈에 띄지 않으려고 애썼다. 현명한 처신이었다. 돌시에게 벌어진 일만 떠올려도 쉽게 알 수 있는 일이었다. 구체적인 내막은 들은 일도 없고 알고 싶지도 않았지만 에드워드는 동생이 어떻게 죽었는지 짚이는 구석이 있었다. 안 좋은 시기에 안 좋은 장소를 골라도 하필이면 월말에 차고에서 놀았으니 말이다. 부모님은 돌시가 차고에서 사다리를 타다 떨어졌다고 말했다. 의붓아버지는 "거기에서 놀지 말라고 예순 번은 일렀는데도 말이다."고 변명까지 늘어놓았지만 어머니는 애써 에드워드의 눈길을 외면했다. 그리고 우연히 눈길이 마주치기라도 하면 에드워드는 몹시 꺼림칙한 기분으로 어머니의 눈에서 겁에 질린 비열한 눈빛을 읽었다. 의붓아버지는 주방 식탁에 앉아 맥주를 병째 들이켜며 휑한 시선을 던졌다. 에드워드는 그를 피해 다녔다. 그가 격앙된 상태일 때라면 항상 듣진 않아도 대개는 효과가 있는 방법이었다. 그러나 에드워드가 가장 조심해야 할 순간은 의붓아버지가 조용해지는 순간이었다.

이틀 전에도 에드워드가 텔레비전 채널을 돌리려고 일어나는 순간, 의붓아버지는 알루미늄제 식탁 의자를 하나 집더니 에드워드의 머리를 향해 집어던졌다. 에드워드는 엉덩이에 의자를 맞고 바닥에 쓰러졌다. 엉덩이가 얼얼했지만 머리에 부딪히지 않은 것만도 천만다행이었다.

의붓아버지가 자리에서 벌떡 일어서더니 으깬 감자를 무턱대고 에드워드의 머리에 처바른 날도 있었다. 9월 말 어느 날인가는 학교에 돌아온 에드워드가 미련하게도 의붓아버지가 낮잠을 자는 줄 모르고, 문을 꽝 닫고 들어온 일이 있었다. 매클린은 후줄근한 사각 팬티 차림으로 침대에서 일어났는데, 머리는 까치집이고 이틀 동안 면도를 하지 않아 덥수룩한 모습으로 주말 내내 퍼마신 맥주 냄새를 풍기며 으르렁댔다.

"어쭈, 요것 봐라. 문짝이 떨어져라 지랄하는 걸 보니 손 좀 봐줄 때가 됐는걸."

리처드 매클린이 사용하는 어휘 중에서 '손 좀 봐준다'는 의미는 '똥줄 나게 두들겨 주겠다'의 완곡한 표현이었다. 그가 현관문 쪽으로 에드워드를 집어던진 탓에 에드워드는 그 자리에서 정신을 잃었다. 어머니가 현관 벽에 에드워드와 돌시를 위해 낮게 설치해 둔 옷걸이 못에 부딪혔던 것이다. 요추 부근에 딱딱한 못이 박히는 순간 에드워드는 실신하고 말았다. 10분쯤 뒤 정신을 차려 보니, 병원에 데려갈 테니까 말리지 말라며 울부짖는 어머니의 음성이 들렸다.

"돌시가 어떻게 됐는지 몰라서 그래? 이 화상아, 감옥에 가고 싶어 환장했어?" 의붓아버지가 말했다.

그리고 그 말은 어머니의 병원 이야기를 뚝 멈추게 만들었다. 어머니는 에드워드를 침대까지 데려갔고, 에드워드는 온몸을 벌벌 떨며 식은땀을 흘렸다. 사흘 동안 에드워드는 집 안에 아무도 없을 때만 침대에서 힘겹게 몸을 일으켰다. 신음을 참고 절뚝거리며 걸어가 주방 찬장에서 의붓아버지의 위스키를 꺼냈다. 몇 모금 마시면 고통이 덜해졌다. 닷새째, 고통은 대부분 사라졌지만 2주일 동안 줄곧 피오줌을 싸야 했다.

망치는 더 이상 차고에 없었다.

어디로 갔을까? 어디에 치웠을까? 친구나 이웃에게 빌려 준 것일까? 물론 보통 사용하는 망치는 차고에 있었다. 사라진 것은 무반동 망치였다. 의붓아버지가 특별히 아끼는 망치로 에드워드와 돌시는 만지지도 못하게 했다.

그는 망치를 사 온 날 형제에게 으름장을 놓았다. "누구라도 이 망치에 손대는 날이면, 입을 귓구멍까지 찢어 놓을 줄 알아."

돌시는 망설이며 그 망치가 아주 비싼 것이냐고 물었다. 그는 두말하면 잔소리라며 으스댔다. 안에 볼베어링이 꽉 차 있어서 아무리 세게 내리쳐도 퉁겨지지 않는다면서.

그런데 그 망치가 사라진 것이다.

에드워드는 어머니가 재혼한 뒤 학교에 빠지는 날이 많았으므로 학교 성적이 그리 좋지 않았지만, 머리가 나쁜 아이는 아니었다. 에드워드는 무반동 망치가 어디로 사라졌는지 알 만했다. 의붓아버지가 그 망치로 동생을 두들겨 팬 후, 마당에 묻었거나 운하에 던져 버렸을지 몰랐다. 그런 일은 에드워드가 옷장에 감춰 두고 꺼내 보는 공포 만화에서 심심찮게 벌어지는 일이었다.

에드워드는 콘크리트 수로 사이에서 강물이 기름칠한 비단처럼 일렁이고 있는 운하를 따라 걸었다. 어두운 수면 너머 달빛 한 조각이 부메랑 모양으로 반짝였다. 지난 6주간 비 한 방울 내리지 않은 터라 에드워드의 닳아빠진 운동화 밑으로 수면은 3미터나 낮아져 있었다. 그러나 이따금 더 높은 곳까지 수면이 올라갔다 내려간 흔적이 곳곳에 묻어 있었다. 수면 바로 위 콘크리트 벽면에 암갈색 자국이 눈에 띄었다. 그 갈색 자국은 위로 올라갈수록 노란색으로 바뀌었고, 에드워드가 서 있는 바로 아래쪽에 다다라서는 거의 흰색이었다.

강물은 안쪽에 자갈이 깔린 무지개형 콘크리트 문을 조용히 빠져나와 에드워드가 앉아 있는 곳을 지나 배시 공원과 데리 고등학교 사이의 목재 다리 밑으로 흘러들었다. 다리 양쪽과 바닥 부분에 (심지어 지붕 아래 대들보까지) 이름의 머리글자와 전화번호, 갖가지 낙서들이 채워져 있었다. 낙서 중에는 연서도 있고, 아무개가 '빨고' '불기'를 좋아하는데, 그런 녀석을 발견하면 껍질을 벗겨 놓거나 항문에 뜨거운 타르를 채워 넣겠다는 등의 시답잖은 이야기부터, 가끔씩은 뭐라고 딱히 규정할 수 없는 종류의 주장들도 눈에 띄었다. 에드워드는 그해 봄에 "러시아의 유대인을 구원해라. 값진 상품을 타 가라."를 읽고 뜻을 몰라 고개를 갸웃거린 일도 있었다.

대체 무슨 소리지? 아무 의미도 없을까? 아니면 중요한 의미를 담고 있을까? 에드워드는 그날 밤 키스 다리에 가지 않았다. 고등학교가 있는 곳으로 갈 이유가 없었다. 공원의 야외 공연장에서 낙엽을 덮고 잘 수도 있지만 그 순간만은 그대로 앉아 있고 싶었다. 공원 중에서도 특히 그 자리가 마음에 들어 생각할 일이 있으면 종종 찾아오곤 했다. 공원 가에 늘어선 나무 그늘에서 이따금 사람들이 나타날 때도 있지만, 에드워드는 신경 쓰지 않았고 그들도 마찬가지였다. 해 질 무렵이면 배시 공원에 동성애자들이 몰려든다는 소문이 학교에 파다했고, 에드워드도 그 소문을 믿었지만 공원에서 괴롭힘을 당한 일은 한번도 없었다. 공원은 고요했고, 그중에서도 특히 지금 앉아 있는 자리가 가장 평화로웠다. 에드워드는 한여름을 좋아했는데, 그맘때면 낮아질 대로 낮아진 강물이 돌 위에서 재잘대며 여러 갈래의 물줄기로 갈라져 흘러가다가 다시 합쳐졌다. 얼음이 막 녹기 시작하는 3월 말이나 4월 초도 괜찮아서 운하 옆에 서서 (그때에는 엉덩이가 시려 앉아 있기 힘들었다.) 작아진 파카의 옷깃을 여미고 두 손을 호주머니 속에 집어넣고 온몸이 덜덜 떨리는 것도 아랑곳하지 않고 한두 시간씩 시간을 보내기도 했다. 얼음이 녹기 시작하는 한두 주 동안은 운하에 가공할 만한 힘이 느껴졌다. 에드워드는 자갈 깔린 무지개형 문에서 물결이 포말을 일으키며 빠져나와 막대기와 나뭇가지, 그 밖에 인간이 내다 버린 오물을 함께 싣고 흘러가는 모습을 지켜볼 때 기분이 좋아졌다. 3월에 의붓아버지와 함께 운하를 걷다가 힘껏 밀어 버리는 상상을 한 것도 벌써 몇 차례였다. 그 달콤한 상상 속에서 의붓아버지는 비명을 지르며 물속으로 떨어져 나뭇가지라도 붙잡으려고 발버둥쳤고, 에드워드는 콘크리트 난간에 서서 거친 흰색 물결 위로 오르락내리락 휩쓸려 가는 의붓아버지의 머리통을 지켜보았다. 그리고 그렇게 서서 입에 손을 모으고 냅다 울부짖듯 고함쳤다. "돌시를 죽인 대가다, 이 겁쟁이 새끼야! 지옥에 가서 악마가 마지막 순간에 무슨 말을 들었느냐 묻걸랑, 내가 네 덩치에 맞는 사람이나 괴롭히라 그러더라고 말해라!" 물론 그런 일은 일어나지 않았지만 생각만 해도 가슴 벅찬 상상이었다. 거대한 꿈에 취해 있을 동안, 에드워드는 운하 옆 그 자리에 앉아 있었는데…….

손 하나가 에드워드의 발치로 다가왔다.

에드워드는 운하 너머 학교 쪽을 바라보며, 꿈에 취한 듯 해빙기의 거센 물살에 휩쓸려 영원히 삶에서 사라지는 의붓아버지를 떠올리며 아름답기까지 한 미소를 머금고 있었다. 부드러우면서도 강한 손아귀에 화들짝 놀라 에드워드는 하마터면 균형을 잃고 운하 속으로 굴러 떨어질 뻔했다.

아이들이 늘 떠들던 호모 중 한 사람인가, 에드워드는 순간 그렇게 생각하며 발밑을 내려다보았다. 그리고 입을 쩍 벌렸다. 뜨거운 오줌이 가랑이 사이로 흘러나와 달빛에 드러난 청바지를 검게 물들였다. 호모는 아니었다.

돌시였다.

땅에 묻힌 돌시, 파란색 외투와 회색 바지 차림의 돌시였다. 외투는 진흙투성이에 남방은 누런 누더기였고, 물에 젖은 바지는 대나무처럼 앙상한 다리에 착 달라붙어 있었다. 게다가 돌시의 머리는 끔찍할 정도로 일그러져 있었는데, 뒤통수 쪽은 푹 꺼지고 그에 따라 앞쪽이 튀어나온 듯이 보였다.

돌시는 히죽 웃고 있었다.

"혀어어어어엉." 무덤에 묻힌 후 언제나 다시 돌아오는 공포 만화의 귀신처럼 썬 목소리가 음산하게 흘러나왔다. 돌시는 아예 함박웃음을 지었다. 누런 치아가 희번덕거렸고, 돌시 뒤편의 어둠 속에서 무엇인가 꿈틀대는 것 같았다.

"혀어어어엉……. 형이 보고 싶어 왔어어어어……."

에드워드는 비명을 지르려고 했다. 음침한 충격이 온몸을 훑고 지나갔고, 둥실 떠 있는 듯한 이상한 기분이 들었다. 그러나 꿈이 아니었다. 에드워드는 깨어 있었다. 운동화를 움켜쥔 손이 송어의 뱃살처럼 희디희었다. 동생의 맨발이 콘크리트 위로 떠 있었다. 한쪽 발꿈치가 뜯겨져 나간 모양이었다.

"밑으로 가자, 혀어어어엉……."

에드워드는 비명을 지르지 못했다. 그럴 만큼 폐 속에 공기를 빨아들일 수 없었다. 새된 소리가 기묘한 신음처럼 흘러나올 뿐이었다. 더 이상 소리를 크게 지를 수 없었다. 그러나 괜찮았다. 잠깐이면 제정신을 차릴 것이고, 아무 문제도 없을 테니까. 돌시의 손은 조그마했지만 우악스러웠다. 에드워드는 엉덩방아를 찧으며 운하의 콘크리트 가장자리까지 미끄러져 내려갔다.

여전히 새된 소리만 지르며 에드워드는 콘크리트 모서리를 움켜쥐고 뒤로 힘껏 몸을 젖혔다. 순간 운동화에서 돌시의 손이 미끄러져 떨어졌고, 동시에 성난 쇳소리가 들려왔다. 돌시가 아니야. 뭔지는 몰라도 돌시는 아니야. 에드워드의 머릿속에 그런 생각이 스쳤다. 아드레날린이 온몸에 솟구친 채, 에드워드는 필사적으로 기어가며 일어서기도 전에 달려야 한다는 절박감에 호흡마저 잘게 끊어졌다.

흰 손이 운하의 콘크리트 가장자리에 나타났다. 철썩 하는 소리속에 물방울이 뚝뚝 떨어졌다. 달빛 아래 시체의 창백한 살갗에서 물방울이 튀어 올랐다. 가장자리 위로 돌시의 얼굴이 드러났다. 푹 꺼진 눈두덩에서 희미한 불꽃이 번뜩였다. 젖은 머리카락이 머리에 착 달라붙어 있었다. 전사의 분장처럼 두 뺨에 진흙이 칠해져 있었다.

에드워드는 막혔던 기도가 다시 뚫리는 기분이 들었다. 숨을 몰아쉬는 순간 억눌렸던 비명이 터졌다. 일어서서 달렸다. 돌시가 어디에 있는지 살펴보느라 달리면서 뒤돌아보는 바람에 커다란 느릅나무에 부딪히고 말았다.

누군가(의붓아버지 같은 사람이) 에드워드의 어깨를 힘껏 후려친 느낌이었다. 눈앞에 별빛이 아른거렸고 머릿속에 소용돌이가 일었다. 나무 밑동에 머리를 부딪혔다는 생각이 드는 순간, 왼쪽 관자놀이에서 피가 흘러내렸다. 90초 정도 의식이 가물가물했다. 그리고 가까스로 다시 일어섰다. 왼쪽 팔을 들어 올리자 신음이 절로 흘러나왔다. 팔이 움직이지 않았다. 감각이 없어진 것 같았다. 그래서 이번에는 오른손을 들어 몹시 따끔거리는 머리를 문질렀다.

그제야 왜 느릅나무에 그처럼 뛰어들었는지 기억이 떠올랐고 서둘러 주위를 두리번거렸다.

달빛 아래 운하 가장자리가 뼈처럼 희고, 줄처럼 가지런히 누워 있었다. 운하에서 무엇인가 빠져나온 흔적은 전혀 없었다……, 물론 그 무엇인가가 실제로 있었다면 말이다. 에드워드는 완전히 몸을 한 바퀴 틀어 천천히 걸어가기 시작했다. 배시 공원은 침묵에 젖어 흑백 사진처럼 아무 움직임도 없었다. 어둠에 빠진 가녀린 가지를 서로 끌어당기는 버드나무의 흐느낌만 있을 뿐, 숲 속에서도 그 흐느적거리고 일그러진 광기의 형체는 보이지 않았다.

에드워드는 한꺼번에 사방을 보려고 애쓰며 걷기 시작했다. 심장의 고동에 맞춰 어깨가 욱신욱신 쑤셨다.

미풍이 나무들 사이로 신음했다. '혀어어어엉……, 내가 보고 싶지 않아, 혀어어어엉?' 목덜미에 흐늘거리는 시체의 손길이 느껴졌다. 에드워드는 손을 번쩍 치켜들며 뒤돌아섰다. 발이 꼬여 쓰러지는 순간 시야에 들어온 것은 미풍에 흔들리는 버들잎뿐이었다.

에드워드는 다시 일어섰다. 달리고 싶었지만 왼쪽 어깨에 또 한 차례 강한 통증이 느껴져 멈춰 서야 했다. 어쨌든 이제 공포를 극복하고, 그 우스꽝스러운 돌시의 유령이 환영이거나 자기도 모르게 잠든 후 찾아온 악몽이라고 여겨야 했다. 그러나 결과는 정반대였다. 심장이 터질 것처럼 격하게 뛰기 시작했고 공포 속에서 타버릴 것 같았다. 버드나무 숲에서 빠져나왔을 때는 뛰지도 못하고 그저 터벅터벅 쓰러질 듯 발걸음을 옮기고 있었다.

에드워드는 공원 정문에서 빛나는 가로등 불빛만 바라보며 걸었다. 조금은 발걸음을 재촉할 수 있었다. '저 가로등까지만 가면 돼. 저 가로등까지만 가면 괜찮을 거야. 밤새 켜져 있는 저 불빛 밑에 있으면 더 이상 무서워하지 않아도 돼. 무슨 광경이든⋯⋯.'

뭔가가 그를 뒤쫓고 있었다.

에드워드는 버드나무 숲을 마구 헤치고 나오는 소리를 들었다. 고개를 돌리면 그것을 볼 수 있을 터였다. 소리가 점점 커졌다. 그것의 발소리, 질질 끌며 철벅철벅 걷는 듯한 소리를 들었지만, 그는 돌아보지 않으려 했다, 절대로. 앞의 가로등 불빛만 바라보려고 했다. 그 불빛이면 다 괜찮다. 그는 가로등 불빛을 향해 발걸음을 재촉하기만 했다. 거의 다 왔다, 거의⋯⋯

에드워드가 뒤를 돌아본 것은 냄새 때문이었다. 한여름에 산더미처럼 쌓아 놓은 생선에서 진동하는 지독한 악취였다. 죽은 바다의 냄새였다.

돌시가 아니었다. 악마의 늪에서 빠져나온 괴물이었다. 코가 길게 늘어져 주름진 괴물. 입 모양처럼 뺨에 일자로 찢긴 시커먼 상처에서 녹색 액체가 흘러나왔다. 흰색 눈동자는 젤리처럼 생겼다.

물갈퀴가 달린 손가락 끝엔 면도날처럼 날카로운 갈고리 손톱이 번뜩였다. 거품이 이는 듯한 숨소리는 사고를 당한 잠수부의 호흡 소리 같았다. 에드워드의 시선을 느꼈는지, 괴물의 검푸른 입술이 거대한 송곳니를 보이며 오싹한 미소를 지었다.

괴물은 물을 떨어뜨리며 비틀비틀 다가왔고, 에드워드는 문득 소름 끼치는 사실을 깨달았다. 운하로 데려가 그 밑바닥의 지하 통로로 끌고갈지 모른다는……. 그곳에서 그를 잡아먹기 위해 말 이다.

에드워드는 이를 악물고 두 발에 힘을 실었다. 공원 정문의 나트 륨 불빛이 거의 눈앞에 다가왔다. 불빛 주위로 몰려든 벌레와 모기 떼까지 볼 수 있었다. 그때 트럭 한 대가 나타났다. 그러나 운전사 는 무심히 기어를 바꿔 2번 국도로 접어들었으므로 겁에 질린 에 드워드의 절박한 마음을 알 리 없었다. 또한 그는 종이 컵에 탄 커 피를 마시고 라디오에서 들려오는 버디 홀리의 음악에 귀 기울이 면서, 100미터도 떨어지지 않은 곳에서 20초 뒤면 한 소년이 죽는 다는 생각을 할 수 없었다.

악취. 견딜 수 없는 악취가 점점 다가와 이내 에드워드를 가두 었다.

에드워드는 공원 벤치에 걸려 넘어졌다. 그날 해 떨어지기 직전, 아이들은 여느 때처럼 그 공원 벤치를 밀치며 통행 금지에 맞추느 라 뜀박질해 집으로 향했을 것이다. 벤치는 잔디밭 쪽으로 고작 사 오 센티미터 정도 빠져나온 상태였지만, 그 푸른 음영을 희미한 달 빛 속에서 잔디와 구별하기는 어려웠다. 벤치 끄트머리에 에드워드의 정강이가 걸리는 순간, 눈앞이 노래질 만큼 심한 고통이 달려 들었다. 에드워드는 그대로 잔디밭에 고꾸라지고 말았다.

괴물은 허연 눈자위를 번뜩이고, 비늘마다 해초 빛의 끈끈한 액체를 뚝뚝 떨어뜨리고, 아가미와 뺨을 동시에 열었다 닫았다 하며 점점 에드워드와의 거리를 좁혔다.

"악!" 에드워드의 비명은 몸속으로 더 깊숙이 잠겨 들었다. 그것이 그가 지를 수 있는 유일한 소리였다. "악! 악! 악! 악!"

에드워드는 잔디를 움켜쥐며 기어갔다. 입밖으로 혀가 길게 늘어졌다.

비린내 나는 괴물의 단단한 손아귀가 에드워드의 목을 옥죄기 직전, 에드워드는 여전히 아닐 거라고 생각했다. '이건 꿈이야. 그럴 수밖에 없어. 괴물이 실제로 있을 리 없잖아. 있다고 해도 남미나 플로리다 국립공원 같은 곳에나 있을 거야. 꿈에 지나지 않아. 잠이 깨면 내 방 침대이거나 야외 공연장 낙엽 밑일 테니까. 그러니까……'

그 순간 양서류의 축축한 갈퀴 손이 에드워드의 목을 움켜쥐었고 비명마저 빼앗아 버렸다. 괴물은 에드워드의 몸을 정면으로 뒤집어, 딱딱한 갈퀴 손으로 붓글씨를 휘갈기듯 에드워드의 목에 핏빛 줄무늬를 그어 놓았다. 에드워드는 괴물의 흰색 눈동자를 바라보았다. 해초가 몸을 휘감듯 갈퀴 손이 목을 짓누르는 기분이 들었다. 공포에 얼어붙은 에드워드의 시선은, 닭볏이나 메기의 독지느러미처럼 생긴 물체가 울퉁불퉁하고 주름진 괴물의 머리 꼭대기에 솟아 있는 것을 발견했다. 괴물이 손아귀에 힘을 주는 순간, 에드워드는 숨이 막혔지만 나트륨 램프의 불빛이 괴물의 머리 지느러미를 스치며 뿌연 녹색으로 바뀌는 것까지 또렷이 볼 수 있었다.

"너는…… 진짜가…… 아니야." 그러나 중간중간 토막난 말 뒤로 잿빛 구름이 일었으며, 에드워드도 괴물이 실제로 존재한다는 사실을 인정할 수밖에 없었다. 아니라고 부인해도 에드워드의 숨통을 쥐고 있는 것은 바로 그 괴물이었다.

마지막 순간이었지만 에드워드에게 약간의 의식은 남아 있었다. 괴물이 갈고리 손을 연약한 에드워드의 목 속 깊숙이 찔러 넣는 순간, 고통도 없이 동맥에서 솟구친 핏줄기가 괴물의 파충류 같은 살갗에 튀었다. 괴물이 흡족한 듯 낮게 으르렁대며 에드워드의 머리를 찢었을 때, 그의 두 손도 툭 밑으로 떨어졌다.

에드워드의 뇌리에서 괴물의 모습이 희미해질 즈음, 그것은 재빨리 뭔가 다른 것으로 모습을 바꾸고 있었다.

악몽에 시달리며 잠을 이루지 못한 마이클 핸론이라는 소년이 새벽이 밝자마자 침대에서 일어선 것은 여름 방학이 시작된 바로 다음 날이었다. 사위는 아직 창백한 빛에 물들어 있을 뿐이지만, 8시쯤 낮게 깔린 두꺼운 안개가 걷히면 완연한 여름날이 모습을 드러낼 터였다.

그러나 아직은 일렀다. 세상은 아직 잿빛에 잠긴 채, 카펫 위를 걷는 고양이처럼 조용히 기지개를 켜고 있었다.

마이클은 코르덴 바지와 티셔츠 차림으로 시리얼 한 접시를 후딱 먹어 치웠다. 시리얼을 좋아하지 않았지만 그 속에 든 응모권으로 상품을 받을 수 있기 때문이었다. 그러고는 곧장 자전거에 올라타, 안개가 긴 날이라 차도 대신 인도를 택해 마을로 페달을 밟았다. 안개가 모든 것을 변화시켜, 소화전이나 일단 정지 표지판처럼 흔한 물건들도 신비하게 느껴졌는데 약간은 낯설기도 하고 불길해 보이기도 했다. 그날따라 안개가 이상할 정도로 짙어서일까, 자동차 소리는 들려도 모습은 보이지 않았고, 물기 먹은 전조등 불빛이 바로 눈앞에 나타날 때까지는 그 거리조차 가늠할 수 없었다.

마이클은 방향을 틀어 잭슨 가로 들어선 후, 파머 소로를 지나 메인 가를 가로질렀는데, 이 사이에 훗날 어른이 되어 살 집 앞을 지나쳤다. 마이클은 그때 집 쪽을 바라보지 않았다. 차고와 잔디밭이 딸린 조그마한 이층집이었다. 그 집의 소유자이자 유일한 거주자로서 대부분의 생을 보내겠지만, 당시에는 어린 소년의 눈을 끌만큼 매력적인 주택이 아니었다.

메인 거리에서 오른쪽으로 돌아 배시 공원으로 달릴 때만 해도, 이른 아침의 고요한 거리를 달릴 수 있어 기분좋다는 생각뿐이었다. 마이클은 공원 정문 앞에 자전거를 세워 놓고 운하를 따라 걷기 시작했다. 약간 변덕스러운 마음이 들었을 뿐 딱히 이상한 분위기는 아니었다. 간밤의 악몽이 그 순간과 어떤 관련이 있다는 생각도 당연히 할 수 없었다. 무슨 꿈을 꾸었는지조차 가물가물할 정도였으니까, 새벽 5시에 흥건한 땀 속에서 눈을 뜬 순간 퍼뜩 떠오른 것은 서둘러 아침을 먹고 자전거로 마을이나 한 바퀴 돌아야겠다는 생각이었다.

배시 공원의 안개 속에는 마이클이 싫어하는 냄새가 스며들어 있었다. 짠 기운이 느껴지는 바다 냄새와 어딘지 케케묵은 냄새. 물론 전에도 그런 냄새를 맡아 본 적 있다. 안개 낀 이른 아침이면 바다가 60여 킬로미터 떨어진 데리에서도 바다 냄새가 났다. 그러나 그날 아침은 그 냄새가 더욱 짙고 생생했다. 위협적일 정도로.

마이클의 시선을 사로잡는 것이 있었다. 양날이 달린 싸구려 주머니칼이었다. 칼날 한쪽에 'E. C.'라는 머리글자가 눈에 띄었다. 마이클은 한동안 골똘히 칼을 바라보다 주머니 속에 집어넣었다. 주운 사람이 임자라잖아.

마이클은 주변을 두리번거렸다. 칼을 주운 지점에 공원 벤치가 넘어져 있었다. 그는 벤치를 바로 세우고 다리 부분을 원래의 구멍에 끼워 넣었다. 벤치 너머 잔디밭에 헝클어진 흔적이 언뜻 스쳤는데……, 두 줄의 홈이 패어 어딘가로 이어져 있었다. 짓밟힌 잔디는 다시 일어서는 중이었지만 깊게 팬 흔적만은 아주 또렷했다. 운하 쪽 방향이었다.

핏자국도 있었다.

(새가 생각났다. 그 새가, 그 새)

그러나 마이클은 그 새를 떠올리고 싶지 않아 머리를 세차게 저었다. '개들끼리 싸움이 붙었나 보군. 두 놈 중 하나는 아주 심하게 다친 모양이야.' 마이클은 미심쩍어하면서도 더욱 고개를 끄덕끄덕했다. 다시 그 새가 머릿속을 파고들려고 했다. 키치너 철공소에서 보았던, 스탠리 유리스도 조류 도감에서 찾을 수 없다던 새.

'집어치워. 어서 여기서 나가자.'

그러나 마이클은 공원을 나가지 않고 그 잔디밭의 흔적을 따라

갔다. 머릿속에 얼추 이야기가 그려졌다. 살인 사건 이야기였다. 밤늦게 이곳에 아이가 있었던 거야, 그렇지, 통행 금지 시간을 넘겨서 말이야. 살인자가 아이를 죽였어. 그런데 시체는 어떻게 했을까? 운하로 끌어다가 물속에 처박았겠지, 바로 그거다! '알프레드 히치콕의 영화처럼!'

마이클은 팬 흔적이 구두나 운동화 자국일 거라고 생각했다.

그는 진저리를 치며 주춤주춤 주위를 두리번거렸다. 자신의 이야기가 너무 사실적으로 느껴졌다.

'그리고 사람이 아니라 괴물의 짓일 거야. 공포 만화나 책이나 공포 영화, 또

(악몽이나)

동화 같은 데 나오는 괴물 말이야.'

마이클은 결국 그 이야기가 마음에 들지 않았다. 말도 안 되는 소리였다. 머릿속에서 떨쳐 버리려고 했지만 마음먹은 대로 되지 않았다. 그래서? 내버려 두자. 어차피 아무한테도 말할 생각이 아니니까. 그날 아침 자전거를 타고 마을에 온 것도 비밀에 부칠 생각이었다. 잔디밭에 두 줄로 끌린 흔적도 마찬가지였다. 아버지를 도와 해야 할 일이 많았다. 집으로 돌아가 햇살이 뜨거워지기 전에 건초 말리는 일을 시작해야 했다. 그래, 어서 돌아가야지. 그게 당장 해야 할 일이니까.

'정말 그래? 정말 그대로 돌아가고 싶은 거야?'

자전거를 다시 타고 집으로 돌아가 일을 시작하는 대신, 마이클은 잔디밭의 흔적을 계속 좇아갔다. 여기저기 많은 핏방울이 떨어

져 말라 있었다. 그렇게 심하진 않았다. 그의 생각대로 공원 벤치 주변의 잔디밭보다는 분명 심하지 않았다.

조용히 흘러가는 운하의 물결 소리가 들렸다. 잠시 후, 안개에 가려졌던 콘크리트 가장자리가 모습을 드러냈다.

그곳 잔디밭에 색다른 흔적이 보였다. '이크, 오늘은 어딜 가나 주울 게 생기는군.' 마이클은 짐짓 아무렇지 않게 생각했지만, 그때 마침 어디선가 갈매기의 울음소리가 들려오는 바람에 소스라치게 놀랐고, 그 순간 언젠가 그해 봄날 보았던 새의 그림자가 다시 스쳤다.

'잔디밭에 뭐가 있든 난 쳐다보기도 싫어.' 정말 그래야 했지만 마이클은 이미 허리를 굽혀 무릎 위로 손을 뻗어 그게 무엇인지 들여다보고 있었다.

찢겨진 헝겊 조각에 피가 묻어 있었다.

갈매기가 다시 울부짖었다. 마이클은 피 묻은 헝겊을 뚫어지게 바라보다 그해 봄에 일어난 일을 떠올렸다.

매년 4월과 5월이면 핸론 농장이 겨울잠에서 기지개를 켰다.

마이클에게 봄을 알리는 전령은 엄마의 주방 창가에 피는 크로커스의 새순도 아니고, 아이들이 학교에 색구슬과 개구리를 잡아 올 때도 아니며, 워싱턴 정가의 상원의원 중 누군가(그들 중 대부분은 차기 상원의원에 뽑히지 못하지만) 프로 야구철 개막과 함께 시구를 하는 것도 아니었다. 고물 트럭을 헛간에서 내오자며 도와달라는 아버지의 목소리, 그것이 마이클에겐 봄의 전령이었다. 트럭의 반은 구형 포드 자동차였고, 뒤쪽 반은 픽업 트럭으로 닭장 문을 뜯어내 뒷문을 대신했다. 지난 겨울이 그렇게 춥지 않았다면 두 사람이 웬만큼 밀어도 차도까지 트럭을 빼낼 수 있었다. 트럭의 운전석에는 문이 없었고 앞 유리도 없었다. 마이클의 아버지, 윌리엄 핸론이 데리 쓰레기 매립장에서 주워 온 낡은 소파를 잘라 좌석을 만들어 놓았다.

두 사람이 양쪽에 각각 달라붙어 트럭을 차도까지 끌어낸 후 제대로 굴러가기만 하면, 윌리엄이 운전석으로 뛰어올라 시동을 걸고 클러치를 밟은 상태에서 큼지막한 손으로 기어를 넣을 수 있었다. 그쯤에서 고함이 들리곤 했다. "제발 좀 걸려라!" 윌리엄은 클러치를 연신 밟고, 낡은 포드 엔진이 치이익, 치이익, 그르륵, 그르륵, 기침을 토하다가……, 마침내 시동이 걸리면 처음엔 툴툴거려도 이내 매끄럽게 미끄러지기 시작한다. 빌이 요란스레 트럭을 몰면서 루린 농장 부근에서 방향을 틀어(반대 방향으로 들어섰다가는 머리가 이상한 헨리 바워스의 부친이 쏘는 엽총에 맞기 십상이다.) 다시 돌아오면 중간에서 기다리던 마이클이 올라타고 환호성을 지르며 집으로 돌아왔다. 그쯤에서 마이클의 어머니는 주방 문가에 서서 행주를 흔들며 마음에도 없는 싫은 표정을 지어 보였다.

물론 시동이 걸리지 않을 때도 있는데, 그럴 경우에는 아버지가 헛간에서 크랭크를 가져올 때까지 무작정 기다릴 수밖에 없었다. 그때마다 아버지는 욕에 가까운 말들을 중얼거리고, 마이클은 약간 무섭다는 생각을 하곤 했다.(얼마 지나지 않아 마이클은 병원에 누워 임종을 기다리던 아버지를 병문안 갔다가 우연히 아버지가 크랭크를 무서워

한다는 사실을 알았다. 언젠가 크랭크가 소켓에서 튀어나오는 바람에 양쪽 입가가 심하게 찢어진 적이 있었기 때문이다.)

"마이클, 뒤로 물러서라." 아버지는 트럭의 냉각기 소켓에 크랭크를 연결하면서 항상 마이클에게 주의를 주었다. 가까스로 시동을 건 후, 아버지는 다음 해엔 기필코 시보레를 사고 말겠다고 맹세하지만 그 맹세는 끝끝내 지켜지지 못했다. 그 낡은 포드 복합 트럭은 차축과 닭장 뒷문에 이끼를 머금고 여전히 헛간에 버티고 있었다.

마이클은 조수석에 앉아 뜨거운 석유와 배기 가스 냄새를 맡으며, 뻥 뚫린 차창으로 달려드는 서늘한 미풍에 기분이 좋아지곤 했다. 다시 봄이 왔어. 모두 깨어나겠군. 어디에나 넘실대는 생명력을 떠올리면 탄성이 절로 나왔다. 주위의 모든 사물을 하나하나 또렷이 느낄 수 있었고, 특히 함박웃음을 짓고 소리치는 아버지와 함께 있다는 사실이 즐거웠다. "꽉 잡아라, 마이클! 자, 바람을 타고 달려간다! 잠꾸러기 새들을 전부 깨우자구나!"

시커먼 오물과 진흙 구덩이 사이를 트럭이 누비는 동안, 두 사람은 소파로 만든 좌석에서 엉덩이를 들썩거리며 타고난 바보 아버지와 아들처럼 마냥 시시덕대곤 했다. 트럭은 뒤편 들녘으로 달려가 건초를 말리기도 하고, 남쪽(토마토)과 서쪽 들녘(옥수수와 콩), 동쪽 들녘(완두콩, 호박)까지 동서남북을 종횡무진했다. 어디를 가나 트럭 소리에 깜짝 놀란 새들이 날아올랐다. 한번은 자고새가 날아올랐는데, 늦가을 떡갈나무처럼 갈색을 띤 그 거대한 새가 날개를 퍼덕일 때면 트럭의 엔진 소리마저 주눅 들 정도였다.

고물 트럭에 올라타는 날은 마이클 핸론에게 봄으로 가는 출구였다.

한 해의 농장 일은 돌을 치우는 데서 시작됐다. 핸론 부자는 땅을 일구고 파종할 때 쇄토기(碎土機)의 날이 부러질 수 있기 때문에 돌을 날랐다. 매일마다 고물 트럭 짐칸에 돌멩이를 하나 가득 실어 날랐다. 종종 트럭이 진창에 빠져 옴짝달싹하지 못할 때는 윌리엄의 입에서 험한 말들이 흘러나왔는데……, 솔직히 욕설에 가까워서 그때마다 마이클은 무슨 욕일까 혼자 궁리했다. 마이클이 어느 정도 뜻을 아는 말이 있는가 하면 "창녀(Whore) 자식" 따위의 표현은 아무리 생각해도 이해가 되지 않았다. 그 말은 언젠가 성경에서 읽은 기억이 있고, 마이클이 아는 한 창녀는 바빌론이라는 곳에서 온 여자였다. 그 뜻을 아버지한테 직접 물어볼까도 했지만, 그날따라 진창에 빠진 트럭의 코일 스프링이 애간장을 태우는 바람에 아버지의 얼굴이 몹시 어두워서 다음 기회로 미뤄야 했다. 그러다 결국 나중에 리처드 토저에게 물어보았고, 리처드는 돈을 받고 남자들과 성관계를 갖는 여자가 창녀라고, 자기 아버지가 그랬다고 알려 주었다. "성관계를 갖는 게 뭐지?" 마이클이 되묻자, 리처드도 거기까지는 몰랐는지 묵묵부답이었다.

어느 날인가는 매년 4월마다 그렇게 주워 담는데도 다음 해 4월이 되면 늘 돌멩이가 더 많은 듯한 까닭이 뭔지 아버지에게 물은 적도 있다.

그날은 그해 돌 고르는 작업이 끝나는 날로, 그들은 저녁 노을을 받으며 골짜기 앞에 서 있었다. 정확히 말하면 도로라고 할 수도 없는 지저분한 길의 흔적이 서쪽 들녘에서 시작해 켄더스키그 제방과 가까운 그곳 골짜기까지 연결돼 있었다. 골짜기 한곳에 그해 윌리엄의 농장에서 버린 돌멩이들이 나뒹굴었다.

황량한 골짜기를 내려다보며, 처음에는 혼자 힘으로 시작해 나중에는 아들의 도움을 받아 땅을 일궈 온 시간들을 반추하며(너무도 척박했던 옛날, 돌멩이뿐만 아니라 무수히 잘라 버려야 했던 나무 그루터기들이 골짜기의 돌무덤 밑에서 썩어 가고 있을 터였다.), 윌리엄은 담배 한 개비를 물고 말문을 열었다. "언젠가 할아버님 말씀이, 신은 자신의 창조물 중에서 돌과 파리와 잡초와 가난한 이를 가장 사랑하셨다는구나. 아마 그래서 신이 돌멩이를 그렇게 많이 만드셨는지 모르지."

"하지만 해가 바뀔 때마다 다시 돌아오는 것 같아요."

"맞아, 나도 그런 생각을 해. 그렇게밖에는 설명할 수가 없구나."

어스름한 노을이 수면을 자줏빛으로 물들이는 가운데, 켄더스키그 멀리서 아비(阿比) 새가 울고 있었다. 적막하고 쓸쓸한 울음소리에 마이클의 지친 팔뚝에 소름이 돋았다.

"아빠, 사랑해요." 마이클은 느닷없이 말했지만, 아버지를 향한 사랑이 너무도 벅차 눈가에 눈물까지 맺혔다.

"나도 널 사랑한다, 마이클." 아버지는 억센 두 팔로 마이클을 꼭 껴안았다. 마이클은 아버지의 플란넬 셔츠가 뺨에 와 닿는 것을 느꼈다. "자, 이제 돌아갈까? 마음씨 고운 엄마가 저녁상을 차리기 전에 씻으려면 서둘러야겠다."

"야, 신난다."

"나도 신난다."

두 사람은 한바탕 웃음을 터뜨렸다. 피곤했지만 기분은 좋았고, 팔과 다리가 뻣뻣했지만 못 견딜 정도는 아니었으며, 돌멩이 때문에 거칠어진 손마디에도 큰 상처는 나지 않았다.

'봄이 또 찾아왔어.', 마이클이 그날 밤 졸음에 겨워 생각하는 동안 아버지와 어머니는 거실에서 「신혼부부들」을 시청하고 있었다. '봄이 다시 돌아왔으니, 아, 정말 너무 기쁘고 고마운 일이지 뭐야.' 마이클은 잠들기 직전에 아득히 먼 늪지에서 들려오는 아비의 울음소리를 다시 들었고, 그 소리는 꿈결에 섞여들었다. 봄은 정신없이 바쁘긴 해도 좋은 계절이었다.

돌멩이를 다 치운 후, 윌리엄은 집 뒤편 수풀 속에 고물 트럭을 세워 두고 헛간에서 트랙터를 끌어냈다. 쇄토 작업의 시작으로써, 아버지가 트랙터를 운전할 동안 마이클은 뒤에 앉아 철제 의자를 꼭 붙들고 있거나 트랙터 옆으로 걸어가며 남아 있는 돌멩이를 주워 멀리 집어던졌다. 그 다음엔 씨를 뿌리고, 파종이 끝나면 끝없이 이어지는 괭이질을 시작으로 본격적인 여름 농사일이 기다리고 있었다. 어머니는 각각 래리와 모, 컬리라고 이름 붙인 세 개의 허수아비를 만들고, 마이클은 아버지를 도와 깡통 나팔을 허수아비 머리에 매달았다. 깡통 나팔은 깡통의 양 끝을 잘라 낸 것을 말했다. 왁스와 로진(송진을 증류하여 얻는 천연 수지 —옮긴이)을 잔뜩 묻힌 줄을 깡통에 끼우면 바람이 불 때 아주 으스스한 소리가 나는데, 까마귀가 악쓰며 우는 것 같았다. 곡물을 노리고 모여드는 새들은 래리와 모와 컬리가 허수아비일 뿐이라는 사실을 쉽게 눈치 채지만, 깡통 나팔만은 언제나 무서워했다.

7월이 시작되면 괭이질 외에도 일부에서 수확이 시작되는데, 완두콩과 무를 먼저 하고 상추와 토마토를 거둔 후, 8월과 9월에 옥수수와 콩까지 끝나면 호박이 차례를 기다렸다. 이런 와중에 감자가 여물며, 하루 해가 짧아지고 날씨가 쌀쌀해지면 핸론 부자는 허수아비에서 깡통 나팔을 떼어 냈다.(하지만 잘 간수해 둔다고 해도 겨울 동안 사라지기 일쑤여서 매년 봄이면 깡통 나팔을 다시 만들었다.) 깡통 나팔을 떼어 낸 다음 날, 윌리엄이 노먼 새들러(아들인 무즈와 마찬가지로 그도 벙어리지만 아들보다는 인정이 훨씬 많았다.)에게 전화를 걸면, 노먼은 곧바로 감자 수확기를 몰고 찾아왔다.

이제 3주 동안은 가족 전체가 감자 수확에 매달려야 했다. 가족 외에도, 윌리엄은 서너 명의 고등학생들을 고용해 감자 한 통당 25센트를 줬다. 포드 복합 트럭이 가장 큰 남쪽 들판을 따라 천천히 오르내리며 수확한 사람의 이름이 적힌 감자 통을 줄창 실어 나르고 하루 일이 끝날 무렵, 윌리엄은 낡은 지갑을 열어 사람들에게 일당을 지급했다. 마이클도 어머니도 일당을 받았고, 그 돈은 개인 재산인지라 윌리엄도 돈을 어디에 썼는지 두 사람에게 물어본 일이 없었다. 마이클은 다섯 살 때 이미 농장 수익의 5퍼센트를 받았는데, 윌리엄은 당시 그에게 괭이질도 하고 잡초와 완두콩의 모종을 구분할 정도로 컸으니 수익을 나누어 가질 만하다고 말했다. 해마다 마이클의 몫은 1퍼센트씩 늘어났으며, 매년 추수 감사절 다음 날이면 윌리엄이 농장의 수익을 계산해 마이클의 몫을 따로 떼어 놓았다. 그러나 마이클은 그 돈을 실제로 본 적이 없었다. 그 돈은 대학 등록금 통장에 고스란히 쌓였고, 누구도 그 통장엔 손을 댈 수 없었기 때문이다.

감자 수확이 끝나면 노먼 새들러가 감자 수확기를 몰고 다시 자기 집으로 돌아갔다. 그때쯤이면 날씨가 몰라보게 쌀쌀해져서 헛간 한쪽에 쌓아 둔 호박 더미에 서리가 내리기도 했다. 코끝이 빨개진 마이클은 문간에 서서 지저분한 손을 청바지 호주머니에 찔러 넣은 채, 아버지가 트랙터와 포드 복합 트럭을 차례차례 헛간에 집어넣는 모습을 지켜보았다. 그때마다 이런 생각을 하곤 했다. 이제 곧 겨울잠에 빠지겠지. '봄은 사라졌어. 여름은 가고……. 추수도 끝났군.' 이제 헐벗은 나무와 얼어붙은 대지, 켄더스키그 강둑을 따라 살포시 고개를 든 얼음처럼 가을의 잔해가 남아 있을 뿐이다. 들녘에서는 이제 까마귀들이 모와 래리와 컬리의 어깨 위에 올라앉아 싫증날 때까지 머물곤 했다. 허수아비들은 소리를 잃어 아무 위협도 되지 못하니까.

마이클은 또 한 해가 저문다는 생각에 그리 낙심하지는 않았다. 9년 10개월의 시간은 소멸의 은유를 떠올리기엔 너무 어린 나이였다. 게다가 매캐런 공원의 썰매 타기(아니면 덩치 큰 아이들도 웬만해서는 엄두를 내지 못하는 루린 언덕에서 썰매를 탈 수도 있었다.), 스케이트, 눈싸움, 눈으로 요새 만들기 등등 재미있는 일들이 많았다. 크리스마스 선물로 아버지께 눈 신발을 사 드릴까, 혹시 노르디카 스키를 선물로 받을 수는 있을까 등등, 이것저것 생각거리도 적지 않았다. 겨울도 괜찮기는 한데……, 아버지가 트럭을 헛간에 집어넣는 모습을 지켜보고 있노라면

(봄은 사라지고 여름은 가고 추수는 끝났어)

서글픈 생각이 드는 것이, 겨울에 쫓겨 남쪽으로 날아가는 새 떼를 지켜볼 때나 기울어진 햇살을 보다 울컥 눈물이 솟을 때 기분과 비슷했다. 이제 또 겨울잠을 자야겠지…….

학교와 농장 일, 농장 일과 학교가 전부는 아니었다. 윌리엄 핸론은 사내아이라면 고기 한 마리 잡아 오지 못해도 이따금 낚시를 가야 한다고 말하곤 했다. 마이클은 학교에서 돌아오면 우선 교과서를 텔레비전 위에 올려놓고 간식 거리를 직접 만들어 먹은 후(땅콩 버터를 바른 양파 샌드위치가 특히 장기인데, 어머니는 그 맛을 본 후 끔찍한 표정으로 손사래를 친 일이 있다.), 아버지가 남긴 쪽지를 확인했다. 쪽지에는 아버지가 지금 어디에서 일하고 있는지, 마이클이 무슨 일을 해야 하는지, 예를 들어 잡초를 뽑아야 할 밭고랑이 어디라든가, 나올 때 들통을 가져오라든가, 널어 둔 작물의 자리를 바꿔 주라든가, 헛간을 청소하라는 등의 사항이 적혀 있었다. 그러나 일주일에 하루(어떤 경우는 이틀) 정도 쪽지가 없는 날이 있었다. 그땐 고기를 한 마리도 잡아 오지 못해도 마이클은 낚시를 하러 갔다. 그런 날은 정말 신났는데……, 특별히 가야 할 곳도, 서둘러 해야 할 일도 없어 절로 흥이 났다.

이따금 아버지는 다른 종류의 쪽지를 남겼다. "할 일 없음. 올드케이프에 가서 시내 전차 길이나 보고 오도록." 하는 식이었다. 마이클은 올드케이프에 가서 아직 남아 있는 철로의 흔적을 살펴보다, 거리 한복판으로 전차가 달렸다는 사실에 깜짝 놀라곤 했다. 그날 밤이면 마이클은 아버지와 철로를 보고 온 소감을 말할 터였고, 아버지는 사진첩에서 실제로 운행하던 시내 전차의 사진을 보여 줄 터였다. 전차 지붕에 달린 괴상한 철봉이 전선까지 이어져 있고, 전차 옆에는 담배 광고가 붙은 사진이었다. 아버지는 급수탑이 있는 메모리얼 공원에 가서 새 목욕통을 보고 오라고 이르기도 했고, 한번은 함께 법원을 견학 가서 보턴 서장이 법원 건물 장식 벽 속에서 발견했다는 무시무시한 기계를 본 일도 있었다. 그 기계 장치는 고문 의자라고 했다. 무쇠로 만들어졌으며, 팔걸이와 다리 부분에 족쇄가 달려 있었다. 등받이와 앉는 부분에는 둥그스름한 혹이 튀어나와 있었다. 마이클은 언젠가 책에서 본 사진을 떠올렸는데, 아마 싱싱 교도소에 있다는 전기 의자였을 것이다. 보턴 서장은 마이클에게 한번 의자에 앉아 보라고 한 후 족쇄까지 채웠다.

족쇄에서 전해지는 섬뜩한 기분이 사라진 후 마이클은 의아한 눈빛으로 아버지와 보턴 서장을 바라보며, 20년대와 30년대 사이 데리로 흘러들었다는 "부랑자들"(보턴은 그렇게 불렀다.)이 무엇 때문에 그 기계에 치를 떨었는지 고개를 갸웃했다. 둥그스름한 혹이 불거져 나와 앉아 있기가 좀 불편하고 손목과 발목에 채워진 족쇄 때문에 자세를 편히 하기 어렵긴 하지만······.

"글쎄다, 너는 아직 어리니까." 보턴 서장이 웃으며 말했다. "몸무게가 얼마나 나가지? 35킬로그램, 아니면 40? 옛날 셜리 보안관이 그 의자에 잡아 앉힌 부랑자들은 몸무게가 너보다 두 배는 더 나갔지. 한 시간 정도 지나면 좀 불편한 생각이 들고, 두세 시간 지나면 몹시 불편해지다가, 너댓 시간 후면 죽을 맛이지. 일고여덟 시간이 지나면 온몸을 비틀어 대고, 열일곱 시간쯤 되면 대부분 살려 달라고 비명을 지르지. 그래서 스물네 시간의 정해진 형량을 채우고 나면, 다음에 설령 뉴잉글랜드에 들르는 일이 있어도 데리에는 얼씬도 하지 않겠다고 거품을 물며 맹세한단다. 내가 알기로는 실제로 그 약속을 어긴 사람은 거의 없었어. 그 의자에 스물네 시간 만 앉혀 놓으면 누구든 사람을 만들 수 있지."

그 말을 듣고 나자 마이클은 갑자기 의자에 혹이 더 많이 생겨서 엉덩이와 등과 목까지 뻣뻣해지는 느낌이 들었다. "이제 의자에서 일어나도 될까요?" 마이클이 예의 바르게 말하자 보턴 서장은 다시 한번 웃음을 터뜨렸다. 보턴 서장이 바로 눈앞에서 열쇠를 댕그랑거리며 족쇄를 푸는 순간, 마이클은 혹시 서장이 '자, 이제 풀어주지……. 스물네 시간을 다 채웠으니까.' 하고 말하지는 않을까 조마조마했다.

마이클은 돌아오는 길에 아버지에게 물었다. "아빠, 왜 저런 곳에 데려가신 거죠?"

"어른이 되면 알 거야."

"보턴 서장님을 싫어하시죠?"

"그래." 아버지의 음성이 너무 퉁명스러워서 마이클은 더 이상 묻지 못했다.

그러나 마이클은 아버지가 가 보라고 하거나 함께 찾아가는 데리의 곳곳을 대부분 좋아했으며, 마이클이 열 살 되던 해, 윌리엄은 자신이 데리 역사에 품어 온 관심을 아들에게 고스란히 물려주는 데 성공했다. 메모리얼 공원에서 새 목욕통의 자갈 섞인 모래 표면을 슬며시 손가락으로 더듬어 보거나, 올드케이프에서 쭈

그리고 앉아 시내 전차의 흔적을 살펴볼 때 마이클은 아득한 시간의 겹을 느꼈다……. 실재하는 무언가와 같은, 보이지 않는 무게를 가진 무언가와 같은 시간. 마치 햇빛이 무게를 지니고 있는 것처럼 (그린거스 선생님이 그 말을 했을 때 몇몇 아이들은 웃었지만, 마이클은 그 개념에 놀라 어리벙벙해서 웃을 수가 없었다. '빛에 무게가 있다고? 어이쿠, 무시무시해라!' 생각했을 뿐이다.)……, 결국엔 그를 묻어 버릴 무언가와 같은 시간.

1958년 봄, 마이클의 아버지가 봉투 뒷면에 써 놓은 최초의 쪽지는 주방 식탁의 소금 그릇 밑에 놓여 있었다. 그날은 완연한 봄날처럼 포근하고 청량해서 어머니가 창문을 전부 열어 놓았다. "할 일 없음." 쪽지는 그렇게 시작됐다. "생각 있으면 자전거를 타고 패스처 로에나 갔다 오너라. 거리 왼쪽 들판에 보면 부서진 석조 건물과 기계 장치들이 뒹굴고 있을 거다. 주변을 둘러보고 기념이 될 만한 것을 하나 가져오렴. 지하 구멍 쪽에는 가까이 가지 말 것! 어두워지기 전에 돌아오도록. 그 이유는 알 거야."

물론 마이클은 그 이유를 알았다.

마이클이 어디로 갈 건지 말하자 어머니는 낯부터 찌푸렸다.

"랜디 로빈슨과 함께 가면 좋지 않을까?"

"그러죠, 뭐. 가는 길에 들러서 함께 갈게요."

그러나 랜디는 아버지와 함께 토마토 묘목을 사기 위해 뱅고어에 가고 없었다. 그래서 마이클은 혼자 자전거를 타고 패스처 로로 향했다. 6킬로미터 남짓 되는, 자전거로 가기에 알맞은 거리였다. 패스처 로 왼쪽 울타리 옆에 자전거를 세워 놓고, 마이클은 3시쯤

됐거니 생각하고 들판 쪽으로 걸어갔다. 한 시간쯤 탐험을 하고 집에 돌아가면 될 것 같았다. 대체로 저녁 식사가 준비되는 6시까지만 집에 들어가면 어머니는 아무 내색도 안 하지만, 잊지 못할 사건을 한 번 겪은 터라 그해만큼은 6시가 안전한 귀가 시간이 아니었다. 그 사건은 언젠가 저녁 식사에 늦었을 때 벌어졌는데, 어머니는 이성을 잃다시피 했다. 어머니는 들고 있던 행주로 마이클의 뺨을 냅다 후려쳤고, 입을 쩍 벌린 채 주방 문간에 서 있던 마이클의 발밑에는 그날 잡아 온 무지개송어가 버들바구니에서 튀어나와 버둥대고 있었다.

"다시는 엄마 걱정 시키지 마!" 어머니는 비명을 질렀다. "다시는! 다시는! 다시는!"

어머니는 "다시는!"이라고 할 때마다 행주로 마이클의 뺨을 후려쳤다. 마이클은 아버지가 말려 주기를 바랐지만, 아버지는 별다른 말씀이 없었다. 그랬다가는 어머니의 분노를 함께 뒤집어써야 할 게 뻔했다. 마이클은 그때 충분히 깨달았다. 행주를 가지고 때리는 사람 얘기를 다 받아들일 것. 어두워지기 전에 집에 올 것. 예, 엄마. 오, 그럼요.

마이클은 들판을 가로질러 한가운데의 거대한 폐허 쪽으로 걸어갔다. 키치너 철공소의 잔해였다. 자전거를 타고 늘 그 앞을 지나면서도 둘러볼 생각을 한 적은 없었고, 다른 아이들이 그곳을 탐험했다는 말도 들은 일이 없었다. 지금 와서 조악한 기념비처럼 늘어서 있는 벽돌 더미를 바라보고 있자니 그 이유를 알 것 같았다. 들판엔 봄날의 햇살이 가득했지만(이따금 구름이 태양 앞을 지날 때면 거대한 덧문처럼 그림자가 슬그머니 들판을 지나기도 했다.) 어딘가 <u>으스스</u>한 분위기를 자아내는 곳이었다. 깊은 침묵을 깨우는 것은 바람 소리뿐이었다. 마이클은 사라진 전설 속의 도시를 탐험하고 있다는 느낌이 들었다.

머리 위 오른편으로 무성한 잡초를 뚫고 나와 있는 거대한 기둥의 둥그런 가장자리가 보였다. 마이클은 그쪽으로 달려갔다. 철공소의 중앙 굴뚝이었다. 구멍 속을 들여다보는데, 새삼 섬뜩한 냉기가 느껴졌다. 마음만 먹으면 걸어서 들어갈 만큼 구멍이 넓었다. 그러나 내키지 않았다. 연기에 시커멓게 그을린 안쪽에 기분 나쁜 오물 덩어리가 있거나, 괴상한 벌레나 야생 짐승들이 오래전부터 서식처로 삼고 있을지 몰랐다. 돌풍이 불었다. 돌풍이 굴뚝 입구를 스칠 때마다 봄이면 허수아비에 달아 놓던 깡통 나팔처럼 <u>으스스</u>한 소리가 들렸다. 마이클은 황급히 물러서다가 전날 밤 아버지와 함께 보았던 「가족 극장」을 떠올렸다. 로단이라는 새가 나오는 영화였는데, 어제 볼 때는 아버지와 웃고 소리치며 무척 재미있었다. "마이클, 저 새를 잡아!" 로단이 화면에 나타날 때마다 마이클은 손으로 총을 만들어 쏘는 시늉을 했고, 급기야 어머니가 달려와 머리가 지끈거리니 제발 조용히 좀 해 달라고 잔소리를 할 정도였다.

그러나 지금은 썩 재미있었다는 생각이 들지 않았다. 영화에서는 세상에서 가장 깊은 굴을 판 일본 광부가 로단을 날려 보냈다. 그런데 굴뚝 안을 들여다보고 있으면 그 새가 굴뚝 맞은편에 박쥐 같은 날개를 접은 채 웅크리고 앉아, 어둠 속을 바라보는 동그스름하고 조그마한 소년의 얼굴을 노려보고 있을 거라는 생각이 절로 들었다. 가장자리가 금빛인 동그란 눈으로…….

마이클은 진저리를 치며 뒤로 물러섰다.

그는 절반 가까이 땅속에 묻혀 있던 굴뚝을 따라 걸어갔다. 땅이 약간 오르막길로 높아졌지만 마이클은 별 생각 없이 굴뚝 위로 올라섰다. 굴뚝의 겉모양은 그리 흉흉해 보이지 않았고 오히려 햇살을 머금어 따뜻함이 느껴졌다. 팔을 양쪽으로 펼쳐 균형을 잡아 가며(사실은 굴뚝의 폭이 꽤 넓어서 굴러 떨어질 염려는 없었지만 서커스의 곡예사처럼 외줄 타는 시늉을 해 보고 싶어서였다.) 걸음을 옮기는데 머릿결을 흩날리는 바람의 감촉이 상쾌했다.

굴뚝 끝에서 뛰어내려 벽돌 조각과 일그러진 주형, 나무 더미, 녹슨 기계 부품 등을 살펴보았다. "기념이 될 만한 것을 가져올 것." 아버지의 메모가 떠올랐다. 마이클은 근사한 기념품을 가져가고 싶었다.

마이클은 깨진 유리 조각을 조심스럽게 피하며 입을 쩍 벌리고 있는 지하 구멍을 향해 다가갔다. 그 주변에 여러 가지 물건들이 많았다.

지하 구멍 가까이 가지 말라는 아버지의 메모가 떠올라 꺼림칙하기는 했다. 50여 년 전 그곳에서 숱한 사람들이 죽었다는 사실도 무시할 수 없었다. 만약 데리에서 귀신 들린 곳이 있다면 바로 그곳일 거라는 생각이 들었다. 하지만 그런 이유 때문에 오히려 아버지에게 자랑할 만한 기념품을 찾아낼 때까지는 돌아갈 수 없다는 마음이 간절해졌다.

마이클이 천천히 지하 구멍 쪽으로 걸어가는 도중 마음 한편에서 어떤 목소리가 속삭이며 너무 가까이 다가가지 말라고, 봄비에 지반이 약해져 살짝만 잘못 내디뎌도 구멍 속으로 휩쓸려 들어갈 지 모른다고, 게다가 지하 바닥에 벌레의 독침처럼 날카로운 철근 이 솟아 있어 몸을 찔려 버둥대며 죽어 갈지 모른다고 경고를 보 냈다.

마이클은 부서진 창틀을 주워 들었다가 이내 옆으로 던졌다. 엄 청난 열기로 손잡이 부분이 휜 것 같은 큼지막한 국자도 눈에 띄 었는데, 거인의 식탁에서 사용해도 좋을 만큼 어마어마했다. 들어 올리기도 힘들 정도로 커다란 피스톤은 그냥 놔두고 살펴보는 수 밖에 없었다. 피스톤을 밟고 넘어갔다. 밟고 넘어가서……

'해골이라도 나오면 어쩌지?' 문득 그런 생각이 떠올랐다. '천구 백 몇 년도인가에 초콜릿이 든 부활절 달걀을 찾다가 이곳에서 죽 었다는 아이들의 해골 말이야.'

마이클은 햇살 가득한 들판을 바라보다 해골 생각에 진저리를 치고 말았다. 바람에 실려 나지막한 소라고둥 소리가 귓가를 간질 이고, 또 한 차례 거대한 박쥐의 날개처럼, 아니면 다른 새의 날개 처럼 육중한 그림자가 들판을 지났다……. 주위는 너무도 고즈넉 했고, 부서진 석조 건물이며 녹슨 철근 구조물이 여기저기 솟아 있 는 광경이 새삼 낯설기만 했다. 오래전 치열한 전투가 벌어진 전쟁 터 같았다.

'바보처럼 굴지 마.' 마이클은 불편한 심정으로 자신의 말에 답 했다. '해골은 50년 전에 이미 다 발견됐어. 그 일이 벌어진 후에 말이야. 그때 발견하지 못한 게 있다고 해도 아이들이나 어른들이 이곳을 들쑤시다 찾아냈을 테고……, 지금까지 남아 있을 리 없잖아. 이곳에 기념품을 찾으러 온 사람이 너 혼자뿐이라고 생각하는 건 아니겠지?'

'아니……, 아니, 그건 아니지만…….'

'아니지만 뭐?' 이성적인 목소리가 다그쳐 물었지만 마이클은 어딘지 그 목소리가 너무 과장되고 서두르는 느낌이 들었다. '만에 하나 아직까지 남아 있는 해골이 있다 해도 오래전에 썩어 흔적도 없을걸. 그러니……, 뭐가 걱정이야?'

마이클은 우거진 잡초 속에서 망가진 서랍 하나를 발견했다. 그러나 이내 옆으로 치워 버리고, 여러 가지 물건이 쌓인 지하 구멍 쪽으로 한 발 더 다가섰다. 구멍 주위에서 근사한 물건을 찾을 수 있을 것 같았다.

'하지만 귀신이 있으면 어쩌지? 그건 문제가 다르잖아. 지하 구멍으로 손들이 불쑥 솟구치고, 50년 동안이나 봄날의 진흙과 가을 비와 겨울 눈밭에 젖기고 너덜너덜해진 옷을 입은 아이들이 구멍 밖으로 나오면 어떡하지? 머리 없는 아이들(학교에서 아이들이 수군거렸어, 어느 아주머니가 뒤뜰 나뭇가지에서 아이의 잘린 머리를 발견했다고.), 다리 없는 아이들, 대구처럼 속살이 훤히 뒤집힌 아이들이 구멍 속으로 내려와 함께 놀자고 하면……. 어두운 그곳으로 내려오라고……, 철근 구조물과 큼지막한 톱니바퀴들이 삐죽 나와 있는 그 밑으로 어서 오라고 하면…….'

'안 돼, 그만, 그만해!'

마이클은 오싹한 전율이 등줄기를 타고 오르는 순간, 이제 아무 물건이나 집어 여기서 나가야겠다고 생각했다. 그래서 들어 올린 게 지름 15센티미터 정도의 톱니바퀴였다. 마이클은 호주머니에서 펜을 꺼내 재빨리 톱니바퀴에 낀 흙과 먼지를 파냈다. 그러고는 그 기념품을 주머니에 집어넣었다. 이제 갈 시간이었다. 가야 할 시간이지만…….

마이클의 발길은 마음과 달리 엉뚱한 방향으로, 지하 구멍 쪽으로 움직였으며 정작 그의 마음도 그 안을 꼭 봐야 한다는 음산한 공포감에 사로잡혔다. 꼭 봐야 했다.

마이클은 땅속에서 비스듬히 솟아 있는 흐물흐물한 버팀목에 의지해 구멍 안쪽을 들여다보려고 애썼다. 하지만 제대로 볼 수 없었다. 구멍 가장자리에서 4미터 남짓 떨어진 위치에서 그 밑을 살펴보기란 어려웠다.

'밑바닥을 보든 말든 상관없잖아. 지금 돌아가야 해. 기념품도 구했으니까. 잡동사니들만 들어차 있을 텐데, 구멍은 뭣하러 기를 쓰고 보낸 말이지. 아빠도 그러셨잖아, 구멍 주위엔 얼씬도 하지 말라고.'

그러나 불행하게도 마이클을 사로잡은 격렬한 호기심은 쉽게 사라지지 않았다. 마이클이 한 발짝 한 발짝 구멍으로 다가가자, 의지하고 있는 버팀목이 거의 끝나는 곳에서 부서질 것처럼 푸석푸석한 땅바닥이 나타났다. 무덤이 푹 꺼진 자리에서 지하 동굴이 나타난 느낌이라고 할까.

심장 소리가 행군하는 병사들의 군홧발처럼 요란해졌지만, 어쨌든 마이클은 가장자리까지 도달해 밑을 내려다보았다.

새 둥지, 새 한 마리가 마이클을 올려다보고 있었다.

마이클은 처음에 잘못 본 거라고 생각했다. 온몸의 신경이 한순간에 구석구석 얼어붙어 사고 기능마저 마비돼 버렸다. 괴조(怪鳥)를 본 것도 충격이려니와 울새를 닮은 적황색 가슴과 참새처럼 폭신푹신한 잿빛 깃털도 놀랍기는 마찬가지였다. 무엇보다 전혀 예상치 못한 대상을 접한 충격이 컸다. 칙칙한 물웅덩이와 진흙 속에 반쯤 처박힌 기계 부품들이 전부일 거라고 생각했는데, 뜻밖에도 지하 바닥 전체를 뒤덮고 있는 커다란 둥지가 나타난 것이다. 짚단일 수도 없이 날라다 깔아 놓은 것 같았지만, 그 색깔은 이상할 정도로 은빛을 띠고 오래되어 보였다. 새는 눈알을 번뜩이며 둥지 한가운데 앉아 있었는데, 환한 고리가 둘러진 두 눈은 갓 끓인 타르처럼 새카맸다. 마비 상태에서 깨어나기 전 미친 듯한 한순간, 마이클은 새의 눈빛에 비친 자신의 모습을 똑똑히 볼 수 있었다.

이윽고 땅이 흔들리면서 발치의 흙이 무너지기 시작했다. 식물 뿌리 같은 것들이 송두리째 뜯기는 소리가 들려오는가 싶더니 어느새 마이클은 구멍 쪽으로 미끄러지고 있었다.

마이클은 외마디 비명을 지르며 균형을 잡기 위해 두 팔을 버둥거렸다. 그러나 이내 기우뚱거리다 구멍 가장자리 땅바닥으로 떨어지고 말았다. 등허리에 둔탁한 금속 조각이 부딪히는 순간, 고문 의자가 떠올랐고, 곧바로 소용돌이치는 듯한 새의 날갯짓 소리가 귓가에 달려들었다.

엉금엉금 기어가다 어깨 너머로 흘깃 보니, 새가 구멍 위로 솟구치고 있었다. 비늘 달린 발톱은 거무스름한 적황빛이었다. 길이가

3미터도 넘는 날개를 퍼덕이자 헬리콥터 날개에 휘날리는 바람처럼 수풀이 뿌옇게 일어났다. 윙윙대는 회전음과 함께 날카로운 새의 울부짖음이 들려왔다. 요동치는 날개에서 깃털이 빠져 구멍 속으로 소용돌이치며 떨어졌다.

마이클은 두 발로 다시 일어서서 달리기 시작했다.

무조건 들판을 가로질러 달릴 뿐, 뒤돌아볼 엄두가 나지 않았다. 로단과 모습은 달랐지만 분위기만은 어딘지 닮아서, 키치너 철공소의 지하 구멍이 끔찍한 새장이라도 되는 양 불쑥 날아오른 것이다. 마이클은 한쪽 다리를 절룩거리다 다시 곧추 서서 뜀박질을 계속했다.

소용돌이치는 듯한 날카로운 울음이 다시 대기를 갈랐다. 그림자가 뒤덮는 느낌에 올려다보니 새가 바로 머리 위를 날고 있었다. 15미터밖에 떨어져 있지 않았다. 지저분한 누런 부리가 열렸다 닫히며 분홍색 입속이 훤히 드러났다. 새는 창공을 선회하며 마이클을 향해 다가왔다. 날갯짓에 일렁이는 바람이 두 뺨을 훑고 지나치는 순간 메마르고 불쾌한 악취가 몰칵 풍겼다. 다락방의 매캐한 먼지와 골동품, 소파 썩은 냄새가 한꺼번에 떠올랐다.

왼발이 휘청거리는 순간, 무너진 굴뚝이 보였다. 마이클은 육상 선수처럼 양팔을 짧고 빠르게 흔들며 죽을힘을 다해 굴뚝으로 내달렸다. 울부짖음과 함께 퍼덕이는 날갯짓 소리가 들려왔다. 바람을 타고 질주하는 돛단배에서 나는 소리 같았다. 뒤통수에 뭔가 부딪히는 느낌. 뜨거운 불꽃이 목덜미를 타고 흘러내렸다. 셔츠에 스며드는 핏줄기가 느껴졌다.

새는 독수리가 들쥐를 낚아채듯 주위를 빙빙 돌며 마이클을 노렸다. 지하 둥지로 마이클을 데려가려고. 그곳에서 마이클을 먹어 치우려고 말이다.

새가 무시무시한 검은색 눈알을 마이클에게 고정한 채 급강하하기 시작하자, 마이클은 급히 오른쪽으로 몸을 피했다. 간발의 차였다. 날갯짓이 일으킨 매캐한 냄새에 숨이 막혔다.

마이클은 오물 자국들 옆을 스치며 굴뚝을 따라 달렸다. 굴뚝의 끝이 보였다. 그 끝까지 내달려 굴뚝 안으로 들어가면 안전할지 몰랐다. 새의 몸집으로 보아 안으로 들어올 수 없을 것 같았다. 새가 다시 마이클을 향해 발톱을 겨냥한 채 날아들면서 폭풍처럼 공기가 뒤흔들렸다. 또 한 번의 울부짖음, 이번에는 승리감까지 깃들어 있었다.

마이클은 머리를 잔뜩 수그리고 두 손으로 감싼 채 곧장 앞으로 뛰어갔다. 발톱이 다가오는 순간 팔뚝에 섬뜩한 힘이 전해졌다. 딱딱한 발톱이 움켜쥔 힘은 놀랄 만큼 강했다. 이빨로 덥석 깨무는 느낌이었다. 날갯짓 소리가 천둥처럼 귓가를 후려치고 깃털이 뿌옇게 휘날리다 유령의 입맞춤처럼 뺨을 쓸어내렸다. 새가 위로 솟구치자 마이클은 처음에는 똑바로 올라서다, 까치발을 한 것처럼 뒤꿈치가 떨어지고……, 심장이 싸늘하게 얼어붙는 느낌과 함께 운동화가 땅에서 떨어지며 몸이 떠올랐다.

"놔!" 마이클은 비명을 지르며 팔을 뒤틀었다. 발톱에서 힘이 빠지며 소매가 쭉 찢어졌다. 마이클은 땅바닥으로 곤두박질쳤다. 새는 미친 듯이 울부짖었다. 먼지처럼 피어오른 꼬리 깃털의 퍽퍽한 냄새가 숨통을 틀어막는 가운데 마이클은 다시 냅다 뛰었다. 소나기처럼 퍼붓는 깃털 속을 달려가는 느낌이었다.

연거푸 콜록대며 흐르는 눈물을 닦을 겨를도 없이 마이클은 무조건 굴뚝 속으로 뛰어들었다. 그 속에 무엇이 웅크리고 있을지 생각할 겨를도 없었다. 어둠 속을 파고드는 동안 마이클의 숨막히는 흐느낌은 단조로운 메아리로 되돌아왔다. 7미터 정도 들어왔을까, 그는 굴뚝 구멍의 환한 햇살을 향해 뒤돌아섰다. 발작적인 경련을 일으키듯 가슴이 격렬하게 요동쳤다. 그때 불쑥 떠오른 생각은 만약 새의 크기나 굴뚝의 크기를 잘못 계산했다면 아버지의 엽총을 머리에 대고 방아쇠를 당기는 꼴이라는 것이었다. 더 이상 도망갈 곳은 없었다. 굴뚝이 아니라 막다른 골목이었다. 굴뚝 맞은편 끝은 땅속에 묻혀 있었다.

새의 울음소리가 들려온다고 느끼는 순간 굴뚝 구멍에서 돌연 빛이 사라졌다. 비늘 달린 누런 다리 두 개가 나타났는데 굵기가 어른의 장딴지만 했다. 새는 머리를 처박고 굴뚝 안을 바라보았다. 결혼반지 같은 금색 홍채와 갓 쏟아 부은 타르 같은 눈동자를 보면서 마이클은 진저리쳤다. 부리가 열렸다 닫혔다, 열렸다 닫혔다 할 때마다 이빨을 딱딱 부딪는 듯한 오싹한 소리가 들려왔다. 얼마나 날카로울까, 저 부리는 정말 날카롭겠지. 새들이 얼마나 날카로운 부리를 지니고 있는지 왜 진작 생각하지 못했을까…… 마이클은 소름이 돋았다.

끼끼끽, 새는 또 울음을 토했다. 굴뚝 안에서 쩌렁쩌렁 울리는 소리에 마이클은 두 손으로 귀를 막았다.

이윽고 새가 굴뚝 구멍으로 몸을 들이밀기 시작했다.

"안 돼! 그만 둬!"

새가 몸뚱어리를 굴뚝 구멍 안으로 밀어붙일수록 점점 어두워졌다.(맙소사, 새의 몸통이 대부분 깃털이라는 사실을 왜 잊어먹었을까? 몸을 오그라뜨릴 수 있다는 걸 왜 몰랐단 말이다!) 빛은 더욱더 어두워지고……, 음침하게……, 사라져 버렸다. 칠흑 같은 어둠, 다락방의 숨막히는 냄새, 깃털의 부스럭거림.

마이클은 쪼그리고 앉아 두 팔을 뻗어 굴뚝 바닥을 더듬었다. 뾰족한 가장자리에 이끼 같은 것이 묻어 있는 부서진 타일 조각이 손에 잡혔다.

타일 조각을 굴뚝 구멍 쪽으로 냅다 집어던졌다. 퍽! 날카로운 새의 울부짖음.

"저리 꺼져!"

침묵……, 그리고 이내 파삭파삭 스치는 소리와 함께 새가 다시 굴뚝으로 들어오기 위해 안간힘을 쓰기 시작했다. 마이클은 바닥을 더듬어 손에 잡히는 대로 타일 조각을 집어던졌다. 퍽, 툭, 툭. 그리고 타일 조각이 굴뚝에 튕겨 나는 땡그랑 소리.

'제발, 제발, 하느님, 도와주세요…….' 마이클은 걷잡을 수 없이 기도했다.

마이클은 굴뚝 속으로 더 깊숙이 들어가야 한다고 생각했다. 안쪽으로 들어갈수록 폭이 좁아질 터였다. 퍼덕거리며 뒤를 쫓는 새의 움직임에 귀를 기울이고 물러서면 됐다. 운이 따라 준다면 새가 더 이상 들어올 수 없는 곳까지 도망칠 수 있을 터였다.

하지만 새가 미친 듯이 따라붙다가 굴뚝에 몸이 끼어 꼼짝못하게 된다면?

만약 그런 일이 벌어진다면 새와 마이클은 굴뚝 안에서 함께 죽을 수밖에 없었다. 그 안에서 함께 썩어 갈 것이다. 어둠 속에서.

"제발, 하느님!" 마이클은 자신이 고함치고 있다는 사실도 몰랐다. 타일 조각 하나를 다시 힘껏 내던졌는데, 그는 훗날 누군가 뒤에서 그의 팔을 엄청난 힘으로 밀어 준 것 같았다고 말했다. 이번에는 둔탁한 소리가 아니었다. 어린아이가 그릇에 담긴 젤리 표면을 손바닥으로 철썩 후려치는 듯한 소리가 들렸다. 새는 분노가 아니라 고통에 차 울었다. 음산한 날갯짓이 공기를 뒤흔들고 악취와 함께 폭풍처럼 쇄도하는 바람에 먼지와 이끼가 흩날려, 마이클은 기침을 쏟아 내며 손으로 입을 틀어막았다.

새가 굴뚝 입구에서 물러서는지 다시 빛이 들었다. 처음에는 연한 잿빛이었다가 밝아지면서 주위가 바뀌었다. 마이클은 울음을 터뜨리며 다시 황급히 바닥에서 부서진 타일 조각을 줍기 시작했다. 딱히 무슨 생각이 있어서가 아니라, 그저 타일을 양손 가득 움켜쥐고 입구 쪽으로 달려갔다. 어스름한 빛에 드러난 타일 조각은 석판 비석처럼 회청색 이끼가 점점이 묻어 있었다. 다시는 굴뚝 입구에 새가 접근할 수 없도록 해야 한다는 생각뿐이었다.

괴조는 집에서 기르는 새가 횃대 위에서 가끔씩 고개를 곧추세우듯 대가리를 쳐든 채 몸뚱이는 숙이고 있었는데, 마이클의 마지막 돌팔매질이 어디를 가격했는지 알 만했다. 새의 오른쪽 눈은 거의 사라진 상태였다. 거기엔 반짝이는 신선한 타르 방울 대신 피로 가득찬 분화구가 있었다. 희끄무레한 잿빛 액체가 눈두덩에서 흘러나와 부리 한쪽을 타고 뚝뚝 떨어졌다. 떨어진 액체 속에서 작은 기생충들이 꿈틀댔다.

새는 마이클을 발견하자 무턱대고 앞으로 돌진했다. 마이클은 타일 조각을 던지기 시작했다. 새의 머리와 부리로 파편들이 날아들었다. 새는 약간 뒤로 주춤하더니 다시 맹렬하게 앞쪽으로 돌진했는데, 부리를 벌릴 때마다 분홍빛 입속에서 의외의 것이 보여 마이클은 놀라서 입이 쩍 벌어지고 말았다. 새의 혀는 은색이었고 화산처럼 혓바닥이 울퉁불퉁했다. 그리고 혓바닥 위에는 한곳에 오래 뿌리를 내리지 않는 회전초처럼 부슬부슬한 것이 가득했다.

마이클이 마지막 남은 타일을 벌어진 입을 겨냥해 던지자, 분노와 절망과 고통이 뒤섞인 울부짖음이 날카롭게 허공을 찢었다. 그 순간 마이클은 파충류처럼 생긴 발톱을 보았고⋯⋯, 곧이어 새는 날개를 퍼덕이며 창공으로 날아올라 시야에서 사라져 버렸다.

잠시 후 마이클은 새의 날갯짓이 일으킨 오물과 먼지와 이끼가 뒤덮어 잿빛 갈색으로 변한 얼굴을 들어, 발톱으로 굴뚝 찢는 소리가 나는 쪽을 바라보았다. 마이클의 얼굴엔 눈물이 흘러내린 자리만 하얗게 드러나 있었다.

새는 뒤쪽으로 물러나더니 창공으로 솟구쳐 올랐다. 탁, 탁, 탁, 탁.

마이클은 재빨리 타일 조각을 주워 굴뚝 입구에서 가까운 곳에 쌓아 두었다. 새가 다시 다가온다면 무차별적으로 돌팔매질을 할 생각이었다. 5월의 하루는 아직 밝은 색으로 채워져 있고 어두워지려면 멀었지만 그놈의 새가 무작정 기다려 줄까?

마이클은 침을 꿀꺽 삼켰다. 메마른 목구멍 양쪽 편이 한순간 맞스쳤다.

머리 위로, 탁, 탁, 탁.

이제 탄약은 충분했다. 침침한 빛 속에서, 비스듬한 햇빛이 굴뚝 속에 나선형 그림자를 드리운 곳 너머 여기에서, 타일 조각은 집에서 깨진 그릇을 한곳에 쓸어 모아 놓은 것처럼 보였다. 마이클은 지저분해진 손바닥을 청바지에 쓱쓱 문지르고 마음을 단단히 먹었다.

5분 아니면 20분, 가늠할 수 없는 시간이 흘렀다. 새벽 3시에 집 안을 배회하는 불면증 환자처럼 새는 뒤로 걸어갔다 날아오르기를 반복하고 있었다.

날개가 퍼덕였다. 새는 굴뚝 앞에 내려앉았다. 마이클은 새가 미처 머리를 숙이기도 전에 타일 조각을 속사포처럼 던졌다. 그중 하나가 황색 다리에 맞는가 싶더니, 새의 눈알처럼 시커먼 핏방울이 줄줄 흘러내렸다. 마이클은 승리감에 환호성을 질렀지만 격분한 새의 울부짖음에 묻혀 버리고 말았다.

"저리 꺼져! 꺼질 때까지 계속 던질 테다!"

새는 다시 굴뚝 위로 올라서더니 그 위를 걸어다녔다.

마이클은 기다렸다.

마침내 또 한 차례 날개를 퍼덕이며 새가 날아올랐다. 마이클은 암탉의 다리처럼 생긴 그놈의 누런 발이 나타나기를 기다렸다. 그러나 새는 나타나지 않았다. 마이클은 놈이 술수를 쓴다고 생각하고 더 기다려 보았지만, 결국 왜 그렇게 기다리고만 있어야 하는지

의문이 들 정도로 많은 시간이 흘렀다. 밖으로 나가기가 겁나서, 그 안전한 굴뚝을 떠날 수 없어서 기다리고 있는 것이다.

'무서울 것 없어! 그 따위 생각은 집어치워! 나는 토끼 새끼가 아냐!'

마이클은 안심이 될 만큼 많은 타일 조각을 집고, 남은 것은 옷 속에 집어넣었다. 재빨리 주위를 살피며 굴뚝에서 나왔지만 뒤통수에도 눈이 달렸으면 좋겠다는 마음이 간절했다. 시야에 들어오는 것은 주변으로 쭉 펼쳐진 들판과 간간이 나뒹구는 키치너 철공소의 잔해뿐이었다. 어디선가 새가 독수리처럼, 이젠 외눈박이가 된 독수리처럼 날카로운 부리로 소년의 몸을 갈기갈기 찢어 놓으려고 마지막 순간을 기다리다 순식간에 덮칠 것만 같았다.

그러나 새의 모습은 보이지 않았다.

정말 사라진 것이다.

온 신경이 팽팽하게 곤두섰다.

마이클은 비명과 함께 손에 쥔 타일 조각들을 모두 바닥에 떨어뜨리며 들판과 도로의 경계를 이루는 낡은 울타리를 향해 냅다 달려 나갔다. 허리띠를 느슨하게 풀자 옷 속에 든 타일들도 빠져나왔다. 자전거 핸들을 붙잡고 십여 미터를 달려가다 훌쩍 안장에 올라탔다. 그리고 뒤돌아보거나 속도를 늦추지 않고 곧장 페달을 밟아 자동차가 붐비는 패스처 로와 아우터 메인 가 교차로까지 달렸다.

집에 돌아왔을 때, 마이클의 아버지는 트랙터의 점화 플러그를 교체하고 있었다. 그는 온몸에 먼지를 뒤집어쓴 마이클을 바라보았다. 마이클은 아주 잠깐 머뭇거리다가, 돌아오는 길에 구덩이를 피하다가 그만 넘어졌다고 말했다.

"어디 다친 데는 없니?" 윌리엄은 아들을 찬찬히 살펴보며 물었다.

"없어요."

"삔 데는?"

"어, 없어요."

"정말이냐?"

마이클은 고개를 끄덕였다.

"기념품은 가져왔니?"

마이클은 주머니를 뒤져 톱니바퀴를 꺼냈다. 윌리엄은 아들이 건넨 톱니바퀴를 살펴보다, 아들의 엄지 손톱 밑에 박힌 타일 부스러기를 더 유심히 바라보았다. 기념품보다는 그쪽이 훨씬 흥미로운 눈치였다.

"그 굴뚝에서 가져온 거니?"

마이클은 고개를 끄덕였다.

"안에 들어갔어?"

마이클은 또 한 번 고개를 끄덕였다.

"그 안에 뭐가 있더냐?" 윌리엄은 말끝에 농담처럼(그러나 전혀 농담으로 들리지 않았다.) 덧붙였다. "보물이라도 묻혀 있든?"

마이클은 희미한 미소를 지으며 고개를 가로저었다.

"흠, 엄마한테는 그곳을 들쑤시고 다녔다고 말하지 마라. 그랬다가는 먼저 내가 혼쭐나고, 그 다음이 네 차례일 테니까." 윌리엄은 아들을 뚫어지게 바라보았다. "마이클, 정말 괜찮니?"

"예?"

"눈이 쑥 들어갔는걸."

"좀 피곤해서요. 거기까지 갔다 오는 거리가 12킬로미터인가 16킬로미터인가 하잖아요. 아빠, 트랙터 고치시는 것 같은데 도와드릴까요?"

"아니다, 이번 주 쓸 만큼은 고쳐 놓았으니까. 이만 집에 들어가 씻어라."

마이클이 집 쪽으로 걸어가는데, 아버지가 부르는 소리가 들렸다. 마이클은 뒤돌아섰다.

"다시는 그 근처에 가지 마라. 요즘 시끄러운 사건들이 해결되고 범인이 잡힐 때까지는……. 거기서 정말 아무도 보지 못했니? 뒤따라오거나 소리치는 사람 말이다."

"아무도 못 봤어요."

윌리엄은 고개를 끄덕이며 담배를 피워 물었다.

"너를 보낸 게 잘못인 것 같다. 너무 우중충한 곳이라……, 종종 위험할 때도 있거든."

순간 두 사람의 눈길이 마주쳤다.

"알았어요, 아빠. 그곳엔 다시 가지 않을게요. 어쩐지 좀 으스스하거든요."

윌리엄은 다시 고개를 끄덕였다. "말은 아낄수록 좋지. 이제 집에 가서 씻어야지. 엄마한테 소시지나 서너 개 더 달라고 하렴."

마이클은 그렇게 했다.

'이제 신경 쓸 필요 없어.' 마이클 핸론은 운하의 콘크리트 가장자리까지 끌려간 자국을 바라보며 생각했다. '이젠 아무것도 아냐. 그냥 꿈일 뿐이니까. 그리고……'

운하 가장자리에는 말라붙은 핏자국이 남아 있었다.

마이클은 핏자국을 바라보다, 운하 아래쪽을 내려다보았다. 시커먼 물이 유유히 흘렀다. 더러운 황색 거품이 운하 양쪽을 따라 움직이다 이따금 물결에 휩쓸려 하류 쪽에서 빙글빙글 돌았다. 순식간에 거품이 한데 모이더니 아이의 얼굴 윤곽을 만들었고, 그 순간 공포와 고통에 부릅뜬 눈동자까지 물위로 드러나는 것 같았다.

마이클은 가시를 삼킨 듯 숨이 턱 막혔다.

아무 의미 없는 예전의 모습으로 거품이 다시 흩어졌고, 오른쪽에서 요란한 물방울 소리가 들렸다. 마이클은 움찔하며 재빨리 그쪽을 바라보았는데, 운하가 도심의 지하 터널을 지나다 지상으로 올라오는 지점에 희끗한 그림자가 스쳐 갔다.

그림자는 이내 사라졌다.

돌연 온몸에 냉기가 달려들었고, 마이클은 서둘러 호주머니에서 좀 전에 주웠던 칼을 꺼냈다. 칼을 운하 속으로 집어던졌다. 작은 물보라가 일면서 둥글게 잔물결이 일었지만 이내 강물의 흐름에 묻혀……, 수면에는 잔잔한 고요만 남았다.

갑자기 밀려드는 숨막히는 공포감, 가까운 곳에 무엇인가 끔찍한 것이 그를 지켜보며 기회를 노리고 있다는 생각이 일순 뇌리를 스쳤다.

마이클이 자전거 쪽으로 뒤돌아서서 천천히 걷기 시작하자(달리는 건 그 공포감을 인정하고 자신을 부끄럽게 하는 일일 테니까) 어느 순간 물방울 뛰는 소리가 다시 들려왔다. 그때부터 마이클은 있는 힘껏 달려 한쪽 발로 자전거 받침대를 쳐 올리고는 곧장 페달을 밟았다. 갑자기 바다 냄새가……, 몹시 짙어졌다. 어디에나 바다 냄새가 풍겼다. 젖은 나뭇가지에서 물방울 떨어지는 소리마저 쩌렁쩌렁 울리는 것 같았다.

뭔가 다가오고 있었다. 잔디밭 위를 질질 끌며 비틀대는 발자국 소리.

마이클은 뒤도 한번 돌아보지 않고 전속력으로 큰거리를 향해 달려갔다. 죽을힘을 다해 집으로 향하면서도 내내……, 그를 짓누르는 힘……, 그를 잡아 끄는 어떤 힘을 느꼈다.

마이클은 해야 할 집안일만 생각하려고 애썼다. 그리고 다행히 조금 지나면서 기이한 생각들은 꼬리를 감추었다.

그러나 다음 날 신문의 1면 기사를 대하는 순간("아이 실종으로 새로운 공포감 조성"), 마이클은 운하에 집어던진 칼에 새겨져 있던 'E.C.'라는 머리글자를 떠올렸다. 잔디밭에 남아 있던 핏자국도.

그리고 끌린 자국이 운하 가장자리까지 이어져 있었다는 사실도 떠올랐다.

황무지의 댐

　새벽 4시 45분, 고속도로에서 바라본 보스턴은 침울한 묵상에
잠겨 천재지변이나 저주라고 불러도 좋을 만한 과거의 비극을 떠
올린다. 바다에서 실려 온 소금 냄새는 텁텁하고 징그럽다. 여느
때 같으면 또렷이 드러났을 움직임도 모두 새벽 안개의 모호한 장
막에 가려 있다.

　스토로 드라이브를 따라 북쪽으로 차를 몰며, 케이프코드 리무
진 회사의 부치 캐링턴에게 빌린 84년형 검은색 캐딜락의 운전대
뒤에 앉아, 에디는 그 도시의 세월을 느낀다. 보스턴을 빼곤 미국
어디에서도 느낄 수 없는 세월의 무게다. 보스턴은 런던과 비교할
때 어린아이에 지나지 않았고, 로마에 견주면 젖먹이일 뿐이지만
적어도 미국의 기준에서는 노인이나 다름없었다. 이 도시가 300년
전 지금의 낮은 구릉 지대에 들어섰을 때만 해도 차세와 인지세는

존재하지 않았고, 폴 리비어와 패트릭 헨리(폴 리비어는 보스턴 차 사건의 주도자이자 영국군의 기습을 독립군에 알린 인물, 패트릭 헨리는 미국 독립 혁명의 지도자―옮긴이)는 태어나지도 않았다.

도시의 세월과 침묵, 희미한 바다 냄새, 그 모든 것이 에디를 초조하게 만든다. 그는 초조해지면 흡입기부터 찾는다. 그리고 흡입기를 입 안에 처박고 방아쇠를 당겨 액체 분말을 목구멍 속으로 밀어 넣는 것이다.

거리에는 인적이 드물고 고가도로에 한두 명의 행인이 지나갈 뿐 파멸의 도시와 태고의 악마, 발음하기도 어려운 괴물들이 득실대는 러브크래프트의 소설 속으로 빠져 드는 착각을 준다. 그러나 켄모어 스퀘어 시티 센터라고 적힌 버스 정류장에는 식당 여종업과 간호사, 일용직 근로자들이 화장기 없는 부스스한 얼굴로 서 있다.

'괜찮아, 지금 토빈 브리지라고 적힌 표지판을 지나고 있으니까.' 에디는 버스가 낫다고 생각한다. 지하철은 생각할 필요도 없다. 지하철이라, 그는 그걸 타기 위해 지하에 내려갈 생각이 없다. 지하는 좋지 않다. 터널도 마찬가지다.

그런 생각 자체가 좋지 않다. 계속 그런 생각에 빠져 있다가는 언제 흡입기를 사용해야 할지 몰랐다. 에디는 차량이 북적거리는 토빈 브리지가 반가울 정도다. 에디의 차는 기념물 옆을 지나친다. 그는 건축물 한쪽에 적혀 있는 경고문에서 약간의 동요를 느낀다.

속도를 줄이시오! 시간은 충분합니다!

"95번 국도, 메인, 뉴햄프셔, 북부 뉴잉글랜드 전 지역"이라고 적힌 녹색 반사 표지판이 나타난다. 에디는 표지판을 읽으면서 뼛속 깊숙이 파고드는 전율을 느낀다. 순간순간 운전대를 움켜쥔 손아귀에 바짝 힘이 들어간다. 바이러스나 어머니의 전매특허인 '상상 열병' 같은 질병의 징후라고 믿고 싶지만, 그게 아니라는 것은 자신이 더 잘 알고 있다. 낮과 밤을 경계 짓는 직선 가장자리에 묵묵히 앉아 있는 도시 때문이며, 표지판이 알려 준 방향 때문이다. 물론 그는 병마의 그림자를 느꼈지만 그것은 바이러스나 상상 열병이 아니다. 병의 원인은 자신의 기억이다.

'솔직히 두려워.' 에디는 생각한다. '언제나 밑바닥 어딘가를 배회하는 그림자, 그것은 다름 아닌 공포였어. 그저 두려울 뿐이야. 그게 전부야. 하지만 결국에는 공포를 이용할 수 있을 거야. 전에도 그런 적이 있잖아. 그러나 어떻게 했더라?'

에디는 기억할 수 없다. 다른 친구들은 기억하고 있을지도 모른다. 그들 모두를 위해 누군가가 기억하고 있기를 에디는 소망한다.

트럭 한 대가 왼쪽으로 진입한다. 에디는 여전히 전조등을 켜 두었는데, 이번에는 트럭이 안전하게 추월하도록 깜박이를 켜 준다. 무의식적으로 한 행동이다. 운전을 생계 수단으로 삼고 있는 사람의 반사적인 행동이라고 할까. 얼굴을 알 수 없는 트럭 운전사가 에디의 양보에 고맙다는 의미로 주행등을 두 번 빠르게 깜박인다. 모든 일이 그처럼 간단하고 명확하다면 얼마나 좋겠는가. 에디는 생각한다.

에디는 I95 표지판을 따라간다. 북쪽 방면 교통량은 한산한 편이지만, 보스턴으로 진입하는 남부 도로는 이른 시간임에도 벌써 차량이 붐비기 시작한다. 에디는 거의 모든 표지판을 육감으로 읽으며 한 치의 오차 없이 도로를 찾아가고 있다. 육감이 틀려 출구를 지나친 경우는 오랫동안 단 한번도 없었다. 트럭 운전사에게 '자, 어서 추월하시오.'라고 신호를 보내거나 데리의 황무지에서 언젠가 복잡한 길목을 누비고 다녔듯이 에디는 반사적으로 도로를 찾아낸다. 미국에서 가장 복잡한 도시 중 하나인 보스턴 도심을 거쳐 운전한 일은 난생 처음이지만 전혀 문제 없었다.

불현듯 그해 여름 빌이 했던 말이 떠오른다. "에, 에디, 네, 네 머릿속에는 커, 커, 컴퍼스가 드, 들어 있는 거냐?"

그 말을 듣고 얼마나 기분이 좋았던가! 84년형 캐딜락이 재빨리 유료 도로로 진입하는 순간 에디는 빌의 말에서 다시 기쁨을 느낀다. 속도를 높여 시속 90킬로미터로 미끄러지는 가운데 조용한 음악이 라디오에서 흘러나온다. 그는 빌을 위해서라면 죽을 수도 있다고 생각한다. 빌이 그럴 수 있냐고 묻는다면 그는 이렇게 답할 것이다. "당연하지, 빌……. 언제 죽을까?"

에디는 웃음을 터뜨리다가, 처음 콧바람처럼 흘러나온 소리에 오히려 놀라 정말 웃는다. 요즘 들어 제대로 웃어 본 일이 거의 없고, 이 음침한 순롓길에서 뱃가죽이 땅길 만큼(리처드 토저는 '야, 에즈, 오늘은 뱃가죽 땅길 만한 일 없냐?' 같은 식으로 말하곤 했다.) 재미있는 일이 있을 리 없다. 그러나 만약 신이 스스로 창조한 인간에게 행복과 고통을 동시에 주는 비열하고 변덕스러운 존재라면, 아마 한두 번은 뱃가죽 땅길 만큼 웃게도 해 주겠지.

"에즈, 요즘엔 뱃가죽 땡길 만한 일 없냐?" 에디는 혼잣말로 크게 되뇌다 다시 웃는다. 이런, 리처드가 에즈라고 부를 때마다 얼마나 싫어했던가……. 하지만 한편으로는 기분이 좋기도 했으니 이상한 노릇이었다. 벤 한스컴이 에디가 '노적가리'라고 부를 때 좋아했던 것과 비슷한 기분이라고 할까. 그 이름들은 어딘가……, 그들끼리만 통하는 비밀의 이름이었다. 비밀의 정체성. 부모들의 두려움과 희망과 지속적인 요구에서 벗어나는 방법 말이다. 리처드는 당시 성대모사를 염두에 두지는 않았겠지만 그런 이름들을 통해 소외당한 아이들이 다른 모습으로 거듭날 수 있다고 생각했는지 모른다.

에디는 계기반에 가지런히 놓인 동전들을 바라본다. 동전을 준비해 두는 것은 또 하나의 습관화된 직업 정신이다. 통행료 징수소가 눈앞에 나타났을 때에야 동전을 찾느라 부산 떨거나 자동화된 무인 통행료 징수소에서 우왕좌왕하면 안 된다.

동전 중에 수전 B. 앤터니가 그려진 은화가 두세 개 있다. 요즘에는 지폐를 많이 사용하므로, 뉴욕에서 활동하는 자가용 운전사와 택시 운전사의 호주머니 속에서나 발견되는 동전들이다. 에디는 조지 워싱턴과 트리보로 브리지의 무인 통행료 징수기에 사용하는 동전은 늘 몸에 지니고 다닌다.

갑자기 머릿속에서 또 하나의 불빛이 번뜩인다. 불빛에 드러난 것은 은화다. 요즘의 가짜 구리 동전이 아니라 순은으로 만든 은화, 흘러내릴 듯 얇은 옷을 걸치고 있는 자유의 여신상이 새겨진 은화 말이다. 벤 한스컴의 은화였다. 하지만 빌 아니면 벤 또는 비벌리가 그 은화를 이용해 친구들의 목숨을 구하지 않았던가? 그 부분은 정확히 기억나지 않는데……, 어쩌면 기억하고 싶지 않아서인지 모른다.

'아주 어두운 곳이었어.' 에디는 순간 기억의 발목에 잡힌다. '아주 어두웠어. 그곳엔 어둠이 있었지.'

보스턴을 지난 지 오래, 안개가 걷힌다. 앞에는 메인, 뉴햄프셔, 북부 뉴잉글랜드 전 지역이 놓여 있다. 데리가 있으며, 27년 전에 죽었지만 여전히 살아 있는 데리의 무엇이 기다리고 있다. 론 채니라는 배우의 모습을 닮은 숱한 얼굴들이 떠돈다. 마지막 순간 가면을 완전히 벗겨 버리고 그것의 정체를 똑똑히 확인하지 않았던가?

아, 너무 많은 것을 기억하면서도……, 여전히 부족하다.

빌 덴브로를 아끼고 사랑했다는 사실을 에디는 기억한다. 빌은 한번도 그의 천식을 놀리지 않았다는 사실을 기억한다. 에디에게 큰형이 있었다면 빌처럼 사랑했으리라, 아니 아버지처럼 사랑했으리라. 빌은 해야 할 일을 알았다. 가야 할 곳을 알았다. 봐야 할 것을 알았다. 빌은 한번도 어긋난 적이 없었다. 빌과 함께라면 번개처럼 달리며 웃을 수 있지만……, 그러면서도 숨이 막히지는 않는다. 숨을 헐떡이지 않아도 된다면 에디에게는 정말이지 멋진 일이다. 빌과 함께 달린다면 매일 뱃가죽 땡길 만큼 웃을 수 있다.

"당연하지, 꼬마 씨, 그야말로 으음 매일, 매엘." 에디는 리처드 토저의 목소리를 흉내 내다 또 한 번 웃는다.

황무지에 댐을 만들자고 한 사람은 빌이었고 그 댐을 만들며 모두 하나가 되었다. 벤 한스컴이 댐 만드는 방법을 알려 주었고, 그들이 함께 만든 댐이 너무 훌륭해서 순찰 중이던 경관, 넬 씨를 곤경에 빠뜨리기도 했지만 빌이 아니었다면 불가능한 일이었다. 그리고 리처드를 제외하고는 모두들 그해부터 데리에서 벌어진 이상한 변화(무시무시한 변화)를 느끼고 있었지만 용기 있게 처음으로 입에 올린 이도 빌이었다.

댐.

그 망할 댐.

에디는 빅터 크리스의 목소리를 기억한다. "바이바이, 꼬맹이들, 정말 꼬맹이 댐이네. 없는 게 낫겠어."

그 다음 날 벤 한스컴은 그들을 향해 씩 웃으며 말했다.

"우린

우린 마음만 먹으면

우린 마음만 먹으면 댐을 무너뜨려

황무지 전체를 물에 잠기게 할 수도 있어."

빌과 에디는 미심쩍은 눈초리로 벤을 바라보다 그가 가져온 판자(매키본 씨의 뒷마당에서 슬쩍한 것이지만 매키본 씨는 또 다른 사람에게서 슬쩍해 왔을 테니까 문제 없었다.), 커다란 쇠망치, 삽을 번갈아 보았다.

"글쎄, 잘 모르겠는걸." 에디는 빌을 홀깃거리며 말했다. "어제도 해 봤지만 별 소용이 없었거든. 막대를 세워도 금방 물살에 쓸려 갔으니까."

"이번에는 될 거야." 벤도 마지막 동의를 구하듯 빌을 바라보았다.

"그래, 하, 하, 한번 해, 해 보자. 오늘 아, 침에 리, 리, 리처드 토저한테 저, 전화했어. 오, 오후 느, 늦게나 오, 올 수 있대. 아마 스, 태, 탠리도 하, 함께 올 거야."

"스탠리, 성이 뭔데?"

"유리스." 에디가 대답했다. 에디는 그날따라 이상해 보이는 빌을 계속 바라보았다. 빌은 말이 없는 데다 댐 이야기에도 전처럼 흥겨워하지 않았다. 빌은 창백해 보였다. 거리감이 느껴졌다.

"스탠리 유리스? 모르는 아이인데. 그 아이도 데리 초등학교에 다니니?"

"나이는 우리랑 같은데 이제 4학년을 마쳤어. 어렸을 때 몸이 많이 아파서 1년 늦게 학교에 들어왔거든. 어제 재수 없게 얻어 터졌다고 생각할지 모르지만 스탠리처럼 맞지 않은 게 다행이라고 여기라고. 스탠리는 누구한테든 항상 괴롭힘을 당하고 있으니까."

"그 아이는 유, 유대인이야. 그, 그 아이가 유대인이라고 시, 싫어하는 애, 애들이 마, 많아."

"그래?" 벤이 감명을 받은 듯 말했다. "유대인이라고, 응?" 그러고는 말을 끊었다가 조심스럽게 말했다. "터키 인과 비슷하게 생긴 거 아냐, 아니면 이집트 인?"

"내, 내 생각에는 터, 터, 터키 인 쪽이 가까운 거 가, 같아."

빌은 벤이 가져온 판자 중 하나를 집어 살펴보았다. 길이는 1미터 50센티미터, 폭은 80센티미터 정도였다.

"아, 아빠가 그러셨는데 유, 유대인들은 대, 대부분 코, 코가 크고, 도, 돈이 많대. 하지만 스, 스, 스탠……."

"하지만 스탠리는 코도 크지 않고 돈도 없어." 에디가 빌의 말을 대신했다.

"맞아." 빌은 그 말을 하면서 이날 처음으로 웃어 보였다.

벤도 웃었다.

에디도 웃었다.

빌은 판자를 옆으로 치우고 자리에서 일어나 청바지를 툭툭 털었다. 그가 개울가로 향하자 두 명의 아이도 뒤따랐다. 빌은 두 손을 바지 뒷주머니에 찔러 넣은 채 한숨을 쉬었다. 에디는 빌이 뭔가 심각한 이야기를 할 참이라고 생각했다. 빌은 에디를 보았다가 벤을 보고, 다시 에디를 보았는데 이제는 웃고 있지 않았다. 에디는 갑자기 두려워졌다.

그러나 빌이 한 말은 이 말뿐이었다. "에, 에디, 흐, 흡입기 가져 왔어?"

에디는 주머니를 두드리며 말했다. "꽉 채워 왔지."

"아 참, 초콜릿 우유는 어떻게 됐니?" 벤이 물었다.

에디는 웃음을 터뜨렸다. "효과 만점!" 벤과 에디는 웃음을 터뜨렸고 빌은 두 아이를 바라보다 어리둥절해하며 따라 웃었다. 에디가 자초지종을 설명하자 빌은 고개를 끄덕이며 다시 웃었다.

"에, 에, 에디의 엄마는 에, 에디가 다, 다쳐도 치, 치, 치료비를 못 바, 받을까 봐 거, 걱정하, 하시거든."

그 말을 듣고 에디는 씩씩대며 빌을 개울에 밀어 넣는 시늉을 해 보였다.

"야, 상판대기, 조심하라고." 빌은 음산한 표정으로 헨리 바워스의 흉내를 내기 시작했다. "목을 비틀어서 똥구멍이 보이게 해 줄 테다."

벤은 배꼽을 쥐고 쇳소리까지 지르며 웃어 댔다. 빌은 여전히 뒷주머니에 두 손을 집어넣은 채 벤을 바라보며 미소를 띠었지만 까닭 모를 거리감이 느껴지는 표정이었다. 빌은 에디를 바라보다 벤을 향해 고개를 수그렸다.

"에, 에디는 머, 멍텅구리야."

"누가 아니래." 에디는 짐짓 유쾌하게 맞장구까지 쳤지만 어딘지 꾸민 즐거움 같았다. 빌이 다른 생각을 하고 있는 것이 분명했다. 때가 되면 빌이 스스로 말하겠지만 문제는 에디 자신이 그 말을 듣고 싶을지였다. "빌은 머리가 깡통이거든."

"깡통." 벤은 여전히 낄낄거리며 에디의 말을 따라했다.

"이, 이제 대, 댐을 어떻게 마, 만드는지 말해 봐, 벤. 어, 언제까지 네 커, 커다란 까, 깡통을 굴리고 이, 있을 거야?"

벤은 씩 웃으며 자리에서 일어섰다. 개울물을 바라보더니 속도를 가늠하듯 옆으로 따라 걸었다. 켄더스키그의 물살은 황무지에서 그리 세찬 편은 아니지만 에디와 빌은 그 약한 물살에 이미 실패를 경험한 후였다. 에디와 빌은 흐르는 물속에 버팀목을 어떻게 세워야 할지 몰랐던 것이다. 벤은 어떤 일을 처음으로 시도하는 사람처럼 미소를 떠올렸는데 재미있으면서도 어렵지 않다는 표정이었다. 에디는 벤을 지켜보며 벤이 정말 방법을 알고 있다고 느꼈다.

"좋아, 우선 두 사람 모두 신발부터 벗어야겠어."

에디는 순간 어머니가 교통 경찰처럼 머릿속에 나타나 엄하게 꾸짖는 목소리를 들었다. '어떻게 그런 짓을 하려고 하니, 에디! 그러면 안 돼! 발에 물을 적셨다가는 백발백중 감기에 걸리고 그 다음엔 폐렴이야. 절대 안 돼!'

빌과 벤은 둑에 앉아 운동화와 양말을 벗었다. 벤은 요란스럽게 청바지를 무릎까지 걷어 올렸다. 빌은 에디를 바라보았다. 깨끗하고 따스함과 연민이 담겨 있는 눈빛이었다. 에디는 순간 빌에게 마음을 들킨 것 같아 부끄러워졌다.

"무, 물에 드, 들어갈래?"

"그럼." 에디는 힘차게 말하고는 둑에 앉아 양말을 벗기 시작했지만 여전히 머릿속에서는 어머니의 목소리가 쩌렁쩌렁 울렸다. 그러나 목소리는 이내 아득해지면서 메아리처럼 들려왔고, 에디는 어머니가 갑자기 낚싯바늘에 걸려 기나긴 복도를 따라 멀리 끌려가고 있다는 느낌이 들었다. 기분이 한결 나아졌다.

세상의 만물이 제자리를 찾아 햇살을 머금고 있던 그날은 결코 잊을 수 없을 만큼 완벽한 여름날이었다. 성가신 모기와 흑파리를 쫓아 줄 만큼만 청량한 산들바람이 불어왔다. 맑은 하늘에서 파란 물이 뚝뚝 떨어질 것 같았다. 기온은 20도를 약간 웃돌았다. 새들은 재잘대며 덤불과 수풀 사이를 분주히 오갔다. 에디는 흡입기를 한 번 사용해야 했지만, 그 다음부터는 가슴과 목이 요술처럼 확 뚫리는 기분이었다. 그 후 오전 내내 호주머니에 흡입기가 들어 있다는 사실조차 잊어버렸을 정도였다.

전날까지만 해도 소심하고 자신 없어 보였던 벤 한스컴은 일단 댐 만드는 일이 시작되자 자신만만한 사령관으로 바뀌었다. 이따금 둑 위로 올라서서 진흙투성이의 손을 뒷짐지고 일의 진행 상황을 살펴보며 혼잣말을 중얼거렸다. 손으로 머리를 긁적일 때도 있어서 11시쯤에는 머리카락이 우스꽝스러울 정도로 빳빳하게 일어서 있었다.

에디는 처음에 확신이 서지 않았지만 시간이 지나면서 즐거움을 맛보았고, 마침내 완전히 새로운 기분, 기이하면서도 두렵고 환희가 밀려드는 기분을 느꼈다. 그것은 평소의 그에게 너무도 생경한 느낌이어서 그날 밤 침대에 누워 천장을 바라보며 하루를 되돌아볼 때까지도 무어라 이름 붙일 수가 없었다. 그것은 힘이었다. 그 감정의 정체는 힘이었다. 그것이 효력을 발휘하기 시작했고, 신이여, 에디, 빌, 심지어 벤 자신조차도 그럴 수 있으리라 꿈꿨던 것보다 훨씬 더 효력을 발휘하고 있었다.

처음에는 다른 생각에 빠져 건성이었던 빌도 조금씩 댐 만드는 일에 집중했다. 한두 차례 살집이 두툼한 벤의 어깨를 툭툭 치며 믿을 수 없다고 말하기도 했다. 벤은 그때마다 얼굴이 발갛게 달아올랐다.

벤은 에디와 빌에게 판자를 물속에 붙잡고 있게 한 후, 쇠망치로 두들겨 개울 바닥 깊숙이 박아 넣었다. "됐어. 하지만 계속 판자를 붙잡고 있지 않으면 곧바로 물살에 휩쓸릴 거야." 그래서 에디는 판자를 붙잡고, 물속에서 불가사리처럼 꼼지락대는 자신의 손을 바라보았다.

벤과 빌은 먼젓번 판자에서 60센티미터 아래쪽에 두 번째 판자를 세웠다. 벤이 망치로 박아 넣은 후 빌이 판자를 잡고 있는 동안, 둑에서 퍼 온 모래흙으로 판자 사이를 메우기 시작했다. 처음에는 윗부분이 물에 휩쓸려 뿌연 모래 먼지를 일으켜, 에디는 일이 또 그른 것 같다고 생각했지만 벤이 개울 바닥에서 퍼낸 돌과 진흙을 위에 덮자 모래 먼지가 차츰 줄어들었다. 20분도 채 되지 않아, 벤은 개울 한복판을 가로막은 두 개의 판자 사이에 돌과 흙을 단단히 쌓아 올렸다. 에디는 허깨비를 보고 있다는 생각이 들어 연신 두 눈을 비볐다.

"이런 진흙과 돌멩이 말고 진짜 시멘트로 만들었다면 데리 사람들은 모두 저기……, 저기 올드케이프 쪽으로 다음 주 중에 이사 가야 할 거야." 벤은 마침내 삽을 던져 놓고 둑에 앉아 숨을 몰아쉬며 말했다. 빌과 에디는 한바탕 웃음을 터뜨렸고 벤도 따라 웃었다. 벤이 씩 미소를 짓는 순간 훗날 변모하게 될 미남자의 윤곽이 스쳤다. 어느새 위쪽 판자 뒤에 물이 고이기 시작했다.

에디는 댐 양쪽 가장자리로 물이 계속 빠져나간다며 걱정스러운 눈치였다.

"그냥 놔둬. 아무 문제 없으니까."

"문제가 없다고?"

"응."

"어떻게 문제가 안 된다는 거지?"

"정확히 설명하지는 못하겠어. 아무튼, 조금은 흘러가게 놔두어야 해."

"그걸 어떻게 알아?"

벤은 어깨를 으쓱해 보였다. 그냥 알아, 그렇게 말하는 몸짓이었고 에디는 더 이상 꼬치꼬치 물어보지 않았다.

잠시 쉬었다가, 벤은 세 번째 판자(그가 마을에서 낑낑대며 황무지로 가져온 네댓 장의 판자 중 가장 두꺼운 판자)를 집어들고, 빌이 붙잡고 있던 아래쪽 판자 뒤에 세우고 단단히 박아 넣은 후, 비스듬히 기울여 전날 설명했던 그림과 똑같은 버팀목을 만들었다.

"됐어." 벤은 뒤로 물러서서 두 사람을 향해 웃어 보였다. "이제 판자를 놔도 돼. 판자 사이에 진흙을 넣었으니까 수압을 거의 지탱할 수 있어. 그 나머지는 버팀목이 지탱해 줄 거야."

"물에 휩쓸려 가지 않을까?" 에디가 물었다.

"아니. 오히려 판자를 바닥 깊숙이 밀어넣어 줄걸."

"만약 지, 지금 한 마, 말이 틀리면 주, 죽을 줄 아, 알아."

"두말하면 잔소리지." 벤은 기분 좋게 대꾸했다.

빌과 에디는 판자에서 손을 놓고 물러섰다. 댐을 이루고 있는 두 개의 판자가 살짝, 아주 살짝 기울었을 뿐……, 끄떡하지 않았다.

"죽이는데!" 에디가 너무 기뻐 탄성을 내질렀다.

"머, 머, 멋진걸." 빌이 싱긋 웃으며 말했다.

"그래, 이제 밥이나 먹자."

벤이 댐 건축 기념사를 정리하듯 말했다.

그들은 둑에 앉아 점심을 먹으면서도 묵묵히 댐 앞쪽에 물이 고이고, 물줄기가 판자 양쪽 가장자리로 새어 나가는 것을 바라보았다. 이미 개울의 지세가 달라져 있었다. 에디는 흐름이 바뀐 물줄기가 여기저기 조가비 모양의 구멍을 만들어 놓는 모습을 지켜보았다. 그 와중에도 새로 생긴 물길이 둑 가장자리를 갉아 대는 바람에 흙이 떨어져 내렸다.

댐 위쪽에 둥그스름한 웅덩이가 만들어졌고, 갈 곳 잃은 물줄기가 둑으로 넘쳐흐르는 곳도 있었다. 흘러넘친 물은 햇빛에 반짝이며 숲과 덤불 사이로 흘러 들었다. 에디는 그때서야 벤이 진작부터 그런 상황을 예상하고 있었다는 생각이 들었다. 댐은 이미 완성된 것이나 다름없었다. 판자의 양쪽 가장자리와 둑 사이로 물이 새어 나가 방수로 역할을 하고 있었다. 벤은 방수로라는 말을 몰랐기 때문에 처음부터 에디에게 설명해 주지 못했던 것이다. 판자 너머로 점점 켄더스키그 강물이 부풀어 오르는 느낌마저 들었다. 낮은 개울물의 돌멩이와 자갈 위로 재잘대며 흐르던 시냇물 소리도 사라지고 없었다. 댐 위쪽은 모두 물에 잠긴 상태였다. 점점 옆으로 파고드는 물줄기 때문에 둑 가장자리에서 뗏장과 오물이 첨벙첨벙 물속으로 떨어졌다.

댐 아래쪽은 거의 바닥을 드러낸 상태로 한복판에서 가느다란 실처럼 물이 찔끔거리는 정도였다. 무수한 세월 동안 물속에 잠겨 있었을 돌멩이들이 모습을 드러내고 햇빛에 말라 갔다. 에디는 물기가 점점 사라지는 돌멩이들을 약간 놀라면서도 기이하게 바라보고 있었다. 그들이 해낸 것이다. 그들이. 개구리 씨는 팔짝팔짝 뛰어다니면서 갑자기 물이 다 어디로 갔나 어리둥절한 표정이었다. 에디는 큰 소리로 웃었다.

벤은 도시락 포장지를 차곡차곡 접어서 가방에 집어넣었다. 에디와 빌은 능숙한 손놀림으로 벤이 꺼낸 음식을 바라보다 얼빠진 표정이 되었다. 땅콩 버터 샌드위치 두 개와 소시지 샌드위치 하나, 삶은 달걀 하나(작은 은박지에 소금까지 준비해서), 꼬치에 낀 무화과 볶음 두 개, 커다란 초콜릿 과자 세 개, 마지막으로 동그랑땡 하나.

"어제 묵사발된 네 모습을 보고 엄마가 뭐라시던?" 에디가 벤에게 물었다.

"음음?" 벤은 점점 넓어지는 웅덩이에서 눈길을 돌리며 손등에 대고 가볍게 트림했다. "아, 그거! 엄마는 어제 식료품 가게에 들르는 날이어서 내가 먼저 집에 들어갔어. 목욕을 하고 머리까지 깨끗이 감았지. 청바지와 운동복은 갖다 버렸어. 아마 엄마가 눈치 못 채실 거야. 운동복이 여러 벌 있거든. 하지만 엄마가 옷장 서랍을 열어 보시기 전에 청바지를 새로 사야 할 것 같아."

괜한 곳에 돈을 써야 한다는 생각에 순간 벤의 얼굴이 어두워졌다.

"사, 상처는 뭐, 뭐, 뭐라고 두, 둘러댔는데?"

"방학이라고 너무 좋아라 달려 나오다 계단에서 넘어졌다고 했어."

에디와 빌이 낄낄대기 시작하자 벤은 놀랍기도 하고 자존심이 상한 표정으로 두 사람을 바라보았다. 특히 빌은 어머니의 그 악명 높은 케이크를 입밖으로 분수처럼 뿜어내고는 연신 콜록거렸다. 에디는 낄낄거리면서 한 손으로 빌의 등을 두드려 주었다.

"왜들 그래, 계단에서 정말 떨어질 뻔했단 말이야. 달리다가 그런 게 아니라 빅터 크리스가 밀어서 그런 거지만."

"그, 그런 우, 운동복을 입으면 더, 더워서 사, 사, 삶은 달걀처럼 되, 되지 않을까?" 빌은 마지막 남은 케이크 조각을 입에 넣으며 말했다.

벤은 곧바로 대꾸하지 않았다. 한동안은 아무 말도 하지 않을 것처럼 보였다. 그러다 마침내 말했다. "뚱보에겐 어울리거든. 운동복 말이야."

"뱃살 때문에?" 에디가 물었다.

빌은 코웃음 쳤다. "저, 저, 젖⋯⋯."

"맞아, 젖통 때문이야. 그게 어째서?"

"맞아, 그게 뭐 어때?" 빌은 상냥하게 말했다.

아주 잠깐 어색한 침묵이 흐르고 나서 에디가 말했다. "봐, 댐 양쪽으로 흐르는 물 색깔이 이상해."

벤이 벌떡 자리에서 일어섰다. "이런! 판자 사이에 채워 넣은 흙이 물살에 휩쓸리고 있어! 젠장, 시멘트가 있어야 하는 건데!"

휩쓸린 부분을 곧바로 다시 메웠지만, 에디가 보기에도 누군가 계속해서 흙이나 자갈 따위를 채워 넣지 않으면 곧 사태가 심각해질 것 같았다. 채워진 흙과 돌이 휩쓸려 사라지면 위쪽 판자가 아래쪽으로 넘어진 뒤 댐 전체가 와르르 무너질 터였다.

"판자 양쪽 가장자리도 메워야겠어. 시간을 좀 벌 수 있을 거야." 벤이 말했다.

"모래와 진흙은 저렇게 휩쓸리는데?" 에디가 물었다.

"뗏장을 사용하자."

빌은 고개를 끄덕이고 웃으며 엄지와 검지로 동그라미를 만들어 보였다.

"가, 가자. 내가 떼, 뗏장을 파 올 테니까, 어, 어디에 노, 놓아야 하는지 아, 알려 줘. 벤 사령관."

그런데 갑자기 그들 뒤에서 명랑한 목소리가 들려왔다. "히야, 이것 보게, 누가 황무지에다 수영장을 만들어 놨네그려. 마른하늘에 웬 날벼락!"

에디는 소리 나는 쪽으로 고개를 돌리다가, 벤이 낯선 목소리에 일순 긴장하며 입술을 파르르 떠는 모습을 보았다. 전날 벤이 나타났던 상류 쪽에서 모습을 드러낸 이는 리처드 토저와 스탠리 유리스였다.

리처드는 잽싸게 개울로 내려와 호기심 어린 눈으로 벤을 흘끗 보더니 이내 에디의 뺨을 냅다 꼬집었다.

"그러지 말라니까! 정말 짜증난다고 했잖아, 리처드."

"에즈, 그렇게 좋아?" 리처드는 오히려 익살맞게 에디를 바라보았다. "자, 오늘은 어때? 뱃가죽 좀 땡길 만한 일이 있나?"

아이들은 4시쯤에 녹초가 되어 버렸다. 다섯 명 모두 둑 위쪽에 앉아(빌과 벤과 에디가 점심을 먹었던 곳은 이미 물에 잠겨 있었다.) 그들이 직접 만든 작품을 감상하고 있었다. 벤조차 약간은 믿어지지 않은 눈치였다. 벤은 짙은 피로와 함께 성취감과 불안감이 한데 뒤섞인 기분이었다. 자신도 모르게 월트 디즈니의 「판타지아」를 떠올리며, 미키마우스가 빗자루를 조정할 줄은 알았지만 멈추는 방법은 몰랐다는 사실을 생각했다.

"야, 정말 눈깔 튀어나오게 죽이는데." 리처드 토저는 나지막이 탄성을 자아내며 콧잔등 위로 안경을 치켰다.

에디는 리처드를 흘깃했지만 정작 리처드는 장기 퍼레이드를 펼쳐 보일 생각이 없는 듯했다. 오히려 생각에 잠겨 진지하기조차 했다.

땅이 처음으로 오르막이 되었다가 약간 경사져 내려가는 지점에 이미 작은 늪지가 만들어져 있었다. 고사리와 가시나무도 물에 잠 겼다. 늪지에서 흘러넘친 아메바 같은 생물체가 서쪽으로 떠밀려 가고 있었다. 그날 아침나절만 해도 댐 위쪽의 켄더스키그는 얕고 온순해 보였지만, 이제 언제든지 쇄도할 것처럼 부풀어 오른 상태 였다.

2시쯤, 댐 위쪽에 형성된 웅덩이가 둑까지 상당 부분 침입하는 바람에 방수로도 그만큼 넓어졌다. 벤을 제외하고 모두 쓸 만한 재 료를 찾기 위해 매립장으로 급파됐다. 벤은 홀로 남아 벌어진 틈새 를 능숙하게 메웠다. 아이들은 판자와 폐 타이어, 1949년형 허드슨 호넷의 녹슨 문짝에서 찌그러진 차체의 커다란 일부까지 주워 왔 다. 벤의 지휘 아래 아이들은 댐 양쪽에 각각 보조벽을 세웠고, 그 결과 옆으로 새던 물줄기를 막을 수 있었다. 보조벽을 조류의 반대 방향으로 약간 기울여 놓은 것이 댐의 성능을 한층 높여 주었다.

"밑구멍을 꽉 틀어막은 셈이네. 넌 정말 천재로구나." 리처드가 말했다.

"별것 아닌데, 뭐." 벤은 웃음으로 답했다.

"윈스턴이 좀 남았는데, 누구 피울 사람?" 리처드는 바지 주머니에서 구겨진 담뱃갑을 꺼내 아이들에게 내밀었다. 에디는 담배 생각만 해도 천식이 도지는 것 같아 손사래를 쳤다. 스탠리도 거절했다. 빌이 한 개비를 집어 들자, 머뭇대던 벤도 담뱃갑에 손을 뻗었다. 리처드는 성냥에 불을 붙여 벤과 빌의 담배에 차례차례 갖다 댔다. 그가 막 자신의 담배에 불을 붙이려는 순간 빌이 훅 바람을 불어 성냥불을 꺼 버렸다.

"어이쿠, 정말 고맙다, 이 우라질 덴브로야."

빌은 미안한 표정으로 머쓱하게 웃었다. "서, 성냥 하나로 세, 세, 셋이 불을 붙이면 부, 부, 불행해진대."

"네가 태어난 게 네 가족에게 불행이지." 리처드는 다른 성냥을 꺼내 담뱃불을 붙였다. 그러고는 팔베개를 하고 뒤로 벌렁 누워 버렸다. 입가에서 담배 연기가 솟아올랐다. "담배 맛은 윈스턴이 최고야. 안 그래, 에즈?" 리처드는 슬쩍 고개를 돌려 에디를 바라보며 윙크를 해 보였다.

에디가 보기에 벤은 놀람과 경계심으로 리처드를 대하고 있었다. 그럴 만도 했다. 리처드 토저를 안 지 4년이 됐지만, 에디도 여전히 그를 이해하기 어려웠으니까. 리처드는 학교 성적은 대부분 수나 우를 받았지만 행동 발달 사항은 미와 양이 수두룩했다. 그의 아버지도 그 점을 심하게 꾸중했고 어머니는 아예 통곡할 정도였는데, 리처드는 그때마다 다음엔 잘하겠다고 맹세하곤 했다. 그러면 약속대로 행실이 나아지긴 하는데 한두 달을 못 넘겼다. 리처드의 심각한 문제는 단 1분도 가만있지 못하고, 한순간도 입을 다물지 못하는 데 있었다. 그곳 황무지에서는 크게 문제될 것이 없지만, 여기는 네버랜드가 아니었고 야생 소년으로 남아 있을 수 있는 시간은 하루에 고작 몇 시간뿐이었다.(에디는 호주머니에 흡입기를 넣고 다니는 야생 소년을 떠올리다 피식 웃었다.) 늘 그곳을 떠나야 한다는 것, 그것이 바로 황무지의 문제였다. 황무지 너머 더 넓은 세상에서 리처드의 쉴 새 없는 수다는 항상 문제를 불러일으켰다. 성질이 못된 어른에게 걸리면 혼쭐이 나기 십상이었고, 특히 헨리 바워스 같은 덩치들에겐 최악이었다.

그날 리처드가 모습을 드러낸 경우만 봐도 능히 짐작하고 남았다. 벤 한스컴은 그저 "안녕." 하고 말했을 뿐인데 리처드는 덥석 벤 앞에 무릎을 꿇었다. 그러고는 요란스레 이슬람식 인사를 했는데, 절을 할 때마다 이마에 손을 댔다 쭉 뻗어 진흙 둑을 철퍼덕철퍼덕 내리치는 것이었다. 게다가 성대모사까지 곁들였으니 가관이 아닐 수 없었다.

리처드는 다양한 목소리를 흉내 낼 수 있었다. 어느 비 오는 오후 에디의 차고 다락방에서 리틀 루루 만화를 함께 보다가, 리처드는 복화술의 일인자가 되는 것이 꿈이라고 말한 적이 있다. 복화술의 대가 에드거 베르겐을 능가해서 매주 에드 설리번 쇼에 출현하겠다는 포부도 밝혔다. 에디는 리처드의 야망에 감탄을 보냈지만 순탄치만은 않을 거라고 생각했다. 무엇보다 리처드의 성대모사에는 리처드 자신의 목소리가 많이 묻어 있었다. 그렇다고 항상 재미없다는 말은 아니다. 때론 그럴듯했다. 독특한 음색이나 방귀 소리처럼 요란한 소리를 들을 때마다 리처드는 항상 "삑 가게 만드는 소리"라고 수선을 피웠고, 그 자신이 다른 사람을 '삑 가게 만들려고' 애썼지만 대개는 성공을 거두지 못했다. 또 하나 복화술을 할 때 입술이 움직이는 것도 문제였다. '프'와 '브' 발음을 할 때는 약간만 움직이지만 그 밖에는 무슨 소리를 내도 입술이 부들거렸다. 뿐만 아니라 소리를 버럭 내지른다고는 하지만 그리 멀리까지 들리는 성량이 아니었다. 그러나 그의 친구들은 대부분 아주 너그러워서(아니면 가끔은 아주 매력적이지만 종종 지치게 할 정도인 리처드의 매력에 어안이 벙벙해서), 사소한 결점들을 대 놓고 문제 삼지 않았다.

광적인 이슬람식 인사에 깜짝 놀라 얼이 빠져 있던 벤에게 리처드는 자칭 '검둥이 짐의 목소리'를 선보였다.

"에구머니, 노적가리 칼혼(미국 프로레슬링 선수—옮긴이)이라고!" 리처드는 비명을 지르는 시늉을 해 보였다. "제 위로는 부디 넘어지지 마시라고요, 노적가리 아저씨잉! 뼈도 못 추린다굽쇼! 에구머니, 에구머니! 출렁대는 살덩이가 130킬로그래엠, 젖통 사이 2미터, 미쳐, 표범이 허벌나게 싸 발린 똥 냄새까지, 제발 건초 아저씨잉! 벌써 바짓가랑이에 오줌을 쌌다고요, 덩어리 선생니임! 벌써 흠뻑 젖었다고요! 제발 이 불쌍한 검둥이의 위로는 넘어지지 마세요!"

"거, 걱정 마. 워, 원래 저래. 머, 머리가 도, 돌았거든." 빌이 말했다.

리처드는 자리에서 벌떡 일어섰다. "덴브로, 왜 그러실까, 나한테 신경 끄셔. 안 그럼 여기 노적가리를 너한테 밀어 버릴 테니까."

"그, 그나마 네 아, 아버지 흉내가 제일 나, 나은 편이야."

"옳소. 하지만 아직 보여 줄 게 많이 남아 있단 말씀이야. 야, 반

갑다, 노적가리. 나는 리처드 토저, 성대모사가 특기지." 리처드는 한쪽 손을 불쑥 내밀었다. 여전히 얼빠진 표정으로 벤도 손을 내밀었다. 그러나 리처드는 재빨리 손을 뒤로 빼는 것이었다. 벤은 영문을 몰라 눈을 껌벅껌벅했다. 리처드는 영 마음에 안 든다는 표정으로 고개를 절레절레 흔들었다.

"아, 나는 벤 한스컴이야. 굳이 알고 싶다면."

"학교에서 본 적 있어. 저건 네 생각이겠지? 이 골통들은 폭죽을 쥐어 줘도 불을 붙이지 못하거든." 리처드는 웅덩이 쪽을 가리키며 말했다.

"혼자 잘도 지껄인다." 에디가 말했다.

"오, 그러셔, 그럼 네 생각이란 말이니, 에즈? 이런 세상에, 몰라 봐서 정말 미안하다." 리처드는 다시 에디 앞에 넓죽 엎드리더니 또 그 이슬람식 인사를 시작했다.

"일어나, 그만둬. 진흙이 튀잖아!" 에디가 버럭 소리를 질렀다.

리처드는 벌떡 일어서서 곧바로 에디의 뺨을 꼬집었다. "어이구, 요 귀염둥이! 귀여워 죽겠어!"

"그만 좀 하라니까!"

"똑바로 불어, 에즈. 누가 저 댐을 만들었지?"

"베, 베, 벤이 바, 방법을 알려 줬어." 빌이 말했다.

"아주 좋아." 리처드는 뒤를 돌아보고는 스탠리 유리스를 발견했다. 그는 호주머니에 손을 넣은 채 리처드가 한바탕 쇼를 하는 동안 말없이 지켜보고 있었다. "이 아이는 스탠리 유리스야. 유대인이지. 예수를 죽였어. 아무튼 빅터 크리스가 언젠가 그렇게 말하더라고. 그때부터 난 이 녀석 뒤를 졸졸 따라다니지. 어른스러운 녀석이라 우리한테 맥주 한 잔씩 사 줄 배포도 있다니까. 안 그래, 스탠리?"

"그건 우리 아버지 얘기가 틀림없는데." 스탠리가 조용하고 밝은 목소리로 말하자 그 말에 벤을 포함해 모두 폭소를 터뜨렸다. 에디는 숨을 몰아쉬며 눈물을 흘릴 지경이었다.

"멋진 한 방이군!" 리처드는 환호성을 지르더니, 추가 득점을 선언하는 미식축구 주심처럼 양팔을 머리 위로 번쩍 치켜들고 주변을 성큼성큼 걸어 다녔다. "스탠리, 멋진 한판 승! 역사적인 순간! 우! 우! 우!"

"안녕." 스탠리는 리처드를 아예 무시해 버리고 벤에게 인사를 건넸다.

"안녕." 벤이 답했다. "우리 2학년 때 서로 같은 반이었지. 그러니까 넌……."

"말없는 아이였지." 스탠리가 말을 끝맺으며 미소를 지었다.

"맞아."

"스탠리는 입 안에 똥이 가득 차도 말하지 않을 녀석이지. 그런데 그 똥이 자주 입에 들어 있답니다, 여러분. 와, 와, 와!"

"이, 이제 그, 그, 그만해, 리처드." 빌이 말했다.

"알았어. 하지만 그전에 정말 내 입으로 말하기는 싫지만 한 가지 알려 줄 게 있거든. 댐이 곧 무너질 거야. 제군들, 계곡에 홍수가 날 거란 말씀이야. 자, 어서 여자와 아이들부터 대피시켜라!"

바지도 안 걷고 운동화도 그대로 신은 채 리처드는 물속으로 뛰어들어 보조벽 주변의 뗏장을 철썩철썩 두들기기 시작했고, 그때마다 뗏장에서 물기가 흘러나왔다. 적십자에서 나눠 주는 테이프로 안경다리를 감았지만, 리처드가 들썩일 때마다 헐거워진 테이프가 광대뼈에서 나풀댔다. 빌과 에디는 서로 마주 보곤 어깨를 으쓱거렸다. 리처드다운 행동이었다. 지나치게 짓궂기는 해도 함께 있으면 좋은 친구였다.

그 뒤 한두 시간 가까이 그들은 댐에 몰두했다. 리처드는 기꺼이 벤(지휘해야 할 아이가 두 사람이 늘어나는 바람에 어딘지 주눅 들어 있었지만)의 지시를 받아 게 눈 감추듯 일을 처리했다. 임무가 끝날 때마다 리처드는 벤에게 보고하며 더 할 일이 없냐고 물었고, 물에 흠뻑 젖은 운동화로 차려 자세까지 취하며 영국식 거수경례를 했다. 이따금 특유의 성대모사로 장광설을 토하기도 했는데, 독일군 사령관과 영국인 집사 투들, 남부 상원 의원(당시에는 암탉 우는 소리 같았지만 훗날 전성기에 버포드 키스드리벨이라는 특유의 캐릭터로 탈바꿈할 목소리), 영화 뉴스의 아나운서 등이 줄줄이 튀어나왔다.

일은 순조로울 정도가 아니라 일사천리로 진행됐다. 그래서 5시 직전에는 둑에 앉아 쉬며 밑구멍을 막아 버렸다는 리처드의 말이 새삼 사실임을 깨달았다. 차 문짝과 차체, 폐 타이어까지 댐의 이중 저지선 역할을 훌륭히 해냈고, 다시 돌과 흙으로 쌓아 올린 둔덕이 이 저지선을 튼튼하게 지탱했다. 빌과 벤, 리처드는 담배를 피웠고 스탠리는 등을 대고 누워 있었다. 언뜻 보면 하늘을 바라보고 있는 것 같았지만, 에디는 스탠리의 시선이 향한 곳을 정확히 읽어 냈다. 스탠리는 개울 반대편 숲가를 바라보며 그날 밤 조류

일기에 적어 넣을 새 몇 마리를 물색하는 중이었다. 에디는 책상다리를 하고 앉아 상쾌하고 달콤한 피로를 느꼈다. 그 순간 에디에게는 다른 아이들이 평생 얻지 못할 소중한 친구들로 여겨졌다. 그들은 하나같이 죽이 잘 맞았다. 딱 들어맞는 톱날이었다. 에디는 그 이상의 표현을 찾지 못했지만 대단한 말로 설명할 필요조차 없었다.

에디는 벤을 바라보았는데, 그때 벤은 반쯤 피운 담배를 서툴게 들고서 맛이 안 좋은지 연신 침을 뱉고 있었다. 벤은 이내 담배를 끄고 슬그머니 땅속에 묻었다.

벤은 자리에서 일어서다 에디의 시선을 느끼고 멋쩍어하며 시선을 외면했다.

빌의 얼굴에는 어두운 그림자가 드리워져 있었다. 개울 너머 멀리 숲과 덤불을 바라보는 그의 잿빛 눈동자에서 깊은 시름이 느껴졌다. 에디는 빌이 뭔가에 단단히 홀린 표정이라고 생각했다.

에디의 생각을 읽기라도 했는지 빌이 에디를 바라보았다. 에디는 웃어 보였지만 빌은 무표정했다. 빌은 담배를 끄고 다른 아이들을 둘러보았다. 리처드마저 골똘한 침묵에 잠긴 모습이 그야말로 월식보다 진기한 광경이었다.

에디는 말하는 것 자체가 고통일 수밖에 없는 빌이 아주 조용할 때가 아니면 중요한 말을 하지 않는다는 사실을 잘 알고 있었다. 에디는 갑자기 아무 말이나 하고 싶었고, 아니면 리처드가 성대모사라도 하나 선보였으면 하는 마음이 간절했다. 빌이 곧 입을 열어 뭔가 끔찍하고, 모든 것을 한순간에 바꿔 버릴 만한 말을 꺼낼 것 같아서였다. 에디는 무의식적으로 뒷주머니에서 흡입기를 꺼냈다. 에디는 그런 자신의 행동을 전혀 깨닫지 못했다.

"얘, 얘들아, 하, 할 말이 있는데."

모두 일제히 빌을 바라보았다. '농담이라도 해, 리처드!' 에디는 마음이 조급해졌다. '농담이든, 아니면 뭔가 정신을 빼앗을 만한 짓을 하란 말이야. 뭐든 빌의 입을 막을 수만 있다면 상관 안 할 테니까. 빌이 무슨 말을 하든 듣고 싶지 않아. 변하는 게 싫어. 두려움이 싫단 말이야.'

에디의 머릿속에서 음침하고 걸걸한 목소리가 들려왔다. '10센트만 주면 해 줄게.'

에디가 진저리를 치며 그 목소리를 떨쳐 내려고 하는 순간 돌연 떠오르는 것이 있었다. 니볼트 가에 있는 집, 앞마당이 잡초로 뒤덮여 있고 버려진 한쪽 정원에서 큼지막한 해바라기가 고개를 주억이고 있는 집.

"말해 봐, 대장. 무슨 말인데?" 리처드가 궁금한 듯 눈을 반짝였다.

빌의 입술이 약간 벌어졌다가(에디는 가슴이 오그라들었고) 닫혔는데(에디는 안도의 한숨을 몰아쉬었는데), 이윽고 다시 열리고 말았다(새롭게 달려드는 불안감).

"내 말 듣고 우, 웃었다간 다시는 너, 너희들 안 보, 볼 줄 알아. 미, 미쳤다고 하, 하겠지만 꾸, 꾸며 낸 얘기가 아니야. 시, 실제로 벌어진 일이야."

"웃지 않을게. 그렇지?" 벤은 다른 아이들을 둘러보며 확인까지 받았다.

스탠리가 고개를 끄덕였다. 리처드도 끄덕였다.

에디는 '아니, 웃을 거야, 빌. 배꼽을 쥐고 미친 듯이 웃을 거야. 그러니까 제발 입 좀 닥쳐!' 그렇게 말하고 싶었다. 물론 아무 말도 할 수 없었다. 어쨌든 대장 빌의 말이었다. 에디는 부질없이 고개를 흔들었다. 에디 역시 웃지 않을 터였다. 그처럼 웃을 수 없는 일도 없음을 에디는 이미 알고 있었다.

아이들은 벤이 설계한 댐을 내려다보며, 점점 넓어지는 웅덩이에서 시선을 들어 빌에게 주목했고, 조지의 앨범을 들췄을 때 빌이 어떤 일을 겪었는지 묵묵히 귀 기울였다. 학교에서 찍은 조지의 사진이 빌을 바라보며 윙크를 하고, 빌이 앨범을 집어던지자 피가 흘러나왔다고 했다. 그 길고도 고통스러운 이야기를 끝냈을 때 빌의 얼굴은 벌겋게 상기된 채 온통 땀으로 얼룩져 있었다. 에디는 그때처럼 빌이 심하게 더듬는 경우를 한번도 보지 못했다.

그러나 마침내 이야기는 끝났다. 빌은 도전적이면서도 두려운 표정으로 아이들을 바라보았다. 에디는 벤과 리처드와 스탠리의 얼굴에도 빌과 똑같은 표정이 남아 있음을 보았다. 엄숙하고 공포에 짓눌린 표정이었다. 빌의 말을 불신하는 일말의 흔적도 찾아볼 수 없었다. 에디는 자리에서 일어나 소리치고 싶었다. '무슨 얼빠진 소리야! 너 자신도 안 믿지? 아니, 너는 믿는다고 치자, 그렇다고 우리가 네 말을 믿을 것 같아? 사진이 윙크를 한다! 사진첩이 피를 흘린다! 넌 제정신이 아니야, 대장!'

그러나 에디는 자신의 얼굴에도 역시 엄숙한 공포의 그림자가 묻어 있음을 깨달아야 했다. 직접 볼 수는 없어도 느낄 수 있었다.

'꼬마야, 이리 온.' 거친 목소리가 속삭였다. '공짜로 빨아 주마. 어서 돌아온!'

'싫어.' 에디는 신음을 토해 냈다. '제발, 저리 가란 말이에요. 아무것도 하고 싶지 않아요.'

'꼬마야, 이리 온.'

이제 에디는 무엇인가, 적어도 리처드는 아닐지 몰라도 스탠리와 벤의 얼굴에는 틀림없이 떠오른 무엇을 발견했다. 그것이 무엇인지 알 수 있었다. 에디 자신의 얼굴에도 역시 떠오른 표정일 테니.

깨달음이었다.

'공짜로 빨아 줄게.'

니볼트 가 29번지, 그 저택은 데리 기찻길 바로 옆에 있었다. 낡고 오래된 저택이었고, 판자로 막힌 창문이며 출구, 땅속으로 푹 꺼져 가라앉은 현관, 잡초가 무성한 마당. 잡초 사이로 녹슨 세발자전거가 뒤집어진 채 한쪽 바퀴를 비스듬히 내밀고 있었다.

그러나 펫장이 훤히 파헤쳐진 현관 왼쪽을 살펴보면, 허물어진 벽돌 토대에 나 있는 지하실의 지저분한 창문을 발견할 수 있었다. 에디 카스브랙은 그 창문을 통해 6주 전 난생 처음으로 문둥이를 보았다.

마땅히 할 일 없는 토요일, 에디는 기찻길을 따라 걷고는 했다. 별다른 이유는 없었고 그저 그곳이 좋았다.

때론 자전거를 타고 위챔 가를 달려 그 거리와 만나는 북서쪽 2번 국도로 들어서기도 했다. 니볼트 가 미션 스쿨은 2번 국도 모퉁이에 자리 잡고 있으며, 그 지점에서 니볼트 가는 1.5킬로미터 정도 더 뻗어 있었다. 교사(校舍)는 허름하지만 말끔한 목재 건물인데 지붕에 커다란 십자가가 달려 있고, 학교 정문 위에 "고통받는 어린이여, 내게 오라."라는 금박 글씨가 걸려 있었다. 토요일이면 이따금 학교 안에서 노래가 들려왔다. 찬송가였지만 피아노를 누가 연주하는지 몰라도 선율이 일반적인 교회 분위기와 달리 제리 리 루이스의 음악과 비슷했다. 「아름다운 시온」 같은 찬송가나 "양의 피에 씻겨" 또는 "예수 안의 친구" 같은 가사가 들려왔지만 에디에게는 전혀 종교적인 느낌이 들지 않았다. 에디가 보기엔 노래하는 사람들이 너무 흥에 겨운 바람에 경건한 분위기를 찾지 못하는 것 같았다. 그러나 제리 리의 「홀 로타 셰이킹 고잉 온」을 들을 때처럼 학교의 찬송가가 싫지는 않았다. 그래서 거리에 잠시 멈추어 서서 나무에 자전거를 기대 놓고 잔디를 관찰하는 척하며 찬송가를 들을 때도 많았다.

에디는 토요일 중 미션 스쿨이 문을 닫고 정적에 빠진 날에는 곧장 기찻길을 따라 니볼트 가가 끝나는 곳, 갈라진 아스팔트 틈새로 잡초가 무성한 주차장까지 곧장 달려갔다. 그곳에서 자전거를 목재 울타리에 세워 놓고 지나가는 기차를 구경했다. 토요일에는 기차가 많이 지나갔다. 언젠가 어머니가 들려준 말에 따르면 옛날에 니볼트 역이 있어서 그레이트 서던-웨스트 메인 선 열차를 탈 수 있었지만 한국전쟁이 시작될 즈음 열차 운행이 중단됐다고 했다. "북부행 열차를 타면 브라운스빌 역에 갈 수 있었지. 그리고 브라운스빌에서 열차를 갈아타면 캐나다와 태평양 연안 어느 곳이든 갈 수 있었단다. 남부행 기차는 포틀랜드와 보스턴까지 이어지고, 사우스 역에서 열차를 갈아타면 미국 어디든 갈 수 있었지. 그러나 열차는 시내 전차처럼 사라져 버렸어. 하긴 포드 자동차에 올라타면 되는데 누가 굳이 기차역까지 가겠니. 아마 너는 그 열차를 타지 못하겠구나."

그러나 기다란 화물 열차는 그때까지도 데리를 지나갔다. 제지 용재와 종이, 토마토를 가득 실은 열차는 남쪽으로 향하고, 제조 용품을 실은 열차는 북쪽으로 향해 사람들이 빅 노던이라고 부르는 뱅고어와 밀리노킷, 머차이어스, 프레스크 아일, 홀턴 등지로 달려갔다. 에디는 특히 번쩍이는 포드와 셰비가 실린 북부행 자동차 운반 열차를 바라볼 때 기분이 좋아졌다. '언젠가 저런 자동차를 탈 거야.' 열차를 바라보며 에디는 자신과 약속하곤 했다. '저런 자동차보다 더 좋은 걸로. 캐딜락도 탈 수 있을 거야!'

거기엔 모두 여섯 개의 철로가 거미줄처럼 얽혀 있는데, 북쪽에서 뱅고어 - 그레이트노던선, 서쪽에서 그레이트서던 - 웨스턴 메인선, 남쪽에서 보스턴 - 메인선, 동쪽에서 남부 연안선이 각각 만났다.

2년 전 어느 날, 에디가 남부 연안 열차선 가까이에서 천천히 지나가는 기차를 바라보고 있을 때 술 취한 승무원이 나무 상자 하나를 집어던졌다. 에디는 깜짝 놀라 몸을 웅크리고 뒤로 물러섰고, 나무 상자는 3미터 정도 떨어진 석탄재 더미에 떨어졌다. 상자 안에서 뭔가 살아 있는 물체가 꼼지락거렸다.

"꼬마야, 그게 마지막이다!" 술 취한 승무원이 소리쳤다. 그가 데님 저고리에서 납작한 갈색 술병을 꺼내 들이켜고는 석탄재 더미를 향해 집어던지자 병 깨지는 소리가 났다. 승무원이 나무 상자를 가리켰다. "엄마 갖다 드려라! 행복을 향해 달리는 남부 연안 열차에서 보내는 선물이야!"

승무원은 그때 막 속력을 높이기 시작한 열차에서 마지막 말을 하느라 몸을 쭉 빼서, 에디는 순간 그 사람이 뛰어내리려는 줄 알았다.

기차가 시야에서 사라지자 에디는 약간 거리를 두고 상자를 살펴보았다. 다가가기가 겁났다. 안에 든 미끌미끌한 물체에서 오싹한 기분이 전해졌다. 승무원이 에디에게 주는 선물이라고 했으면 곧바로 상자를 열어 보았을지 모른다. 그러나 집에 가져가 엄마한테 주라고 했다. 에디도 벤과 마찬가지로 엄마라는 말을 들으면 움찔할 수밖에 없었다.

에디는 텅 빈 조립식 창고에서 밧줄을 찾아와 나무 상자를 묶고 자전거 짐바구니에 실었다. 에디의 어머니는 에디보다 더 조심스럽게 상자를 살펴보다 비명을 질렀는데, 두려움이 아니라 기쁨 때문이었다. 상자 안에는 1킬로그램은 됨 직한 커다란 로브스터 네 마리가 집게발이 묶인 채 버둥대고 있었다. 에디의 어머니는 그날 저녁 식탁에 로브스터 요리를 내놓았지만 에디는 시무룩한 표정으로 손도 대지 않았다.

"오늘 밤 록펠러가 사람들이 바 하버 저택에서 무슨 요리를 먹고 있을 것 같니?" 에디의 어머니는 화가 단단히 났다. "뉴욕에 있는 트웬티원과 사르디 같은 으리으리한 레스토랑에서 부자들이 무슨 요리를 먹을 것 같아? 땅콩 버터와 젤리 샌드위치를 먹을 것 같니? 그 사람들이 먹는 음식이 바로 여기 있는 로브스터 요리란 말이야! 자, 어서 먹어 봐."

그러나 에디는 어머니처럼 생각할 수 없었다. 어머니의 말이 사실이라고 해도 꺼림칙한 마음이 사라지진 않았다. 에디는 상자 안에서 느껴지던 미끈거림과 탁탁 하는 집게발 소리가 먼저 떠올랐다. 어머니가 쉴 새 없이 그 요리가 얼마나 맛있는지 말하며 언제 그런 요리를 먹어 보겠냐고 닦달하는 바람에 에디는 숨을 몰아쉬다 흡입기를 사용해야 했다. 그제야 어머니도 에디를 내버려 두었다.

에디는 자기 방으로 물러가서 책을 읽었다. 어머니는 친구인 엘리너 던튼에게 전화를 걸었다. 엘리너가 전화를 받고 찾아오자, 두 사람은 《포토플레이》와 《스크린 시크릿》이라는 잡지를 읽으며 가십란에 재미있는 기사라도 났는지 낄낄대면서 식은 로브스터 샐러드를 게걸스레 해치웠다. 다음 날 에디가 학교에 가려고 일어났을 때, 어머니는 여전히 잠에 빠져 코를 곯며 부드러운 금관 악기에서 흘러나오는 긴 여운의 선율처럼 방귀를 연신 뀌었다.(야, 멋지게 한 방 먹이시는군. 리처드가 그 방귀 소리를 들었다면 호들갑을 떨었을 일이다.) 로브스터 샐러드 접시는 몇 군데 마요네즈가 묻은 것 외에는 말끔히 빈 상태였다.

에디가 남부 연안 열차를 본 것은 그때가 마지막이었고, 나중에 데리 역 역장인 브래독 씨에게 그 열차가 어떻게 됐는지 물어보았다. "회사가 망했어. 늘 있는 일이지. 신문도 안 읽나 보구나? 이 엽병할 나라에서 그런 일은 늘 벌어진다. 자, 이제 다른 데 가서 놀거라. 여기는 애들이 놀 곳이 못 돼."

그날 이후 에디는 남부 연안선이 지나가던 4번 철로를 따라 걸으며, 메인 주 특유의 정감 있고 단조로운 역무원의 목소리로 매력적인 이름들을 머릿속에 줄줄이 떠올리곤 했다. 캠든, 록랜드, 바 하버(안내 방송은 바아아 하아아바아아, 그렇게 들려올 터이다.), 위스카셋, 포틀랜드, 오건큇, 벨웍스. 에디는 4번 철로를 따라 동쪽으로 지칠 때까지 걷다가 철로 침목 사이에 우거진 잡초를 볼 때면 문득 서글픈 생각에 빠져 들었다. 어느 날인가는 머리 위로 맴돌며 우는 갈매기(쓰레기 매립장을 떠돌며 살이 뒤룩뒤룩 오른 갈매기들은 바다를 본 적도 없겠지만 당시에 그런 생각까지 떠오르지는 않았다.)들을 바라보며 역시 그 구슬픈 울음소리에 마음이 착잡해진 적도 있었다.

예전에는 철로로 들어가는 정문이 있었지만 태풍에 날아가 버린 후로는 방치돼 있었다. 브래독 씨의 눈에 띄면 곧바로 쫓겨나긴 해도(어린아이는 누구든 쫓겨났다.) 에디는 마음 내킬 때마다 그곳을 찾았다. 때로는 트럭 운전사들이 브래독 씨를 대신해 아이들을 내쫓는데(그리 멀리까지 쫓기지는 않았다.) 아이들이 주변을 얼쩡대다가 물건이라도 훔치는 줄 알았기 때문이고, 실제로 뭔가 훔치는 아이들도 있었다.

그러나 대개는 조용한 편이었다. 경비실은 늘 비어 있었고, 유리창도 돌에 맞아 깨어져 있었다. 아마 1950년 이후 제대로 고용된 경비원은 한 명도 없었을 것이다. 낮에는 브래독 씨가 아이들을 내쫓았고, 밤에는 야간 경비원이 서너 차례 고물 스튜드베이커를 타고 지나다가 차 안에서 손전등을 비추는 정도였다.

때로는 부랑자와 노숙자들이 모여들 때도 있었다. 에디가 유일하게 무서워하는 대상이 있다면 바로 그들, 초췌한 얼굴에 살갗이 죄다 터지고 손등은 물집투성이에 입가에 종기까지 돋은 사람들이었다. 그들은 지나가는 열차를 잡아타거나 뛰어내려 데리 어딘가에 잠시 머물다가 또 어딘가로 떠나 버렸다. 그중에는 손가락이 없는 사람들도 있었다. 그들은 대부분 취해 있었고 아무에게나 담배를 구걸했다.

그중 한 사람이 니볼트 가 29번지 저택 현관에서 기어 나와 에디에게 20센트만 주면 빨아 주겠다고 말했던 것이다. 에디는 뒤로 물러섰는데, 피부가 얼음장 같고 입가가 솜 덩어리처럼 메마른 사람이었다. 부랑아들 중 콧구멍이 없는 사람도 있었다. 그러면 불그스름하고 지저분한 콧속이 그대로 드러나 보였다.

"돈 없어요." 에디는 자전거를 세워 둔 곳으로 뒷걸음질 치며 말했다.

"그럼 10센트에 해 줄게." 부랑아는 점점 에디를 향해 다가왔다. 낡아 빠진 녹색 플란넬 바지 차림이었다. 무릎 부근에 게운 찌꺼기가 말라붙어 있었다. 그는 바지 지퍼를 내리더니 그 속으로 손을 집어넣었다. 웃으려고 하는 것 같았지만 붉은색 코가 끔찍하게 일그러졌다.

"10센트도 없어요." 에디는 겁에 질려 말하다가 문득 그가 문둥이라는 생각이 떠올랐다. '저 사람 몸에 닿았다가는 나도 문둥병에 걸리고 말 거야!' 에디는 곧바로 달리기 시작했다. 등 뒤로 질질 끌리는 발자국 소리가 들려왔다. 텅 빈 이층 목조 주택의 무성한 잡초 사이로 낡은 구둣발이 서걱댔다.

"꼬마야, 돌아온! 공짜로 해 줄게. 이리 돌아온!"

에디는 숨을 헐떡이며 자전거에 올라탔는데, 목구멍이 바늘구멍처럼 오그라든 느낌이었다. 가슴이 몹시 답답했다. 부랑아의 손이 자전거 뒤 칸에 닿는 순간 에디는 죽어라 페달을 밟았다. 자전거가 심하게 흔들렸다. 에디가 슬쩍 뒤돌아보자, 부랑아는 뒷바퀴에 닿을락 말락 뒤쫓아오며(악, 잡히겠어!) 시커먼 이빨을 드러낸 채 절망과 분노가 뒤섞인 기묘한 표정을 짓고 있었다.

가슴에 돌덩어리가 들어 있는 것처럼 답답했지만, 에디는 쩍쩍 갈라진 부랑아의 손이 금방이라도 어깨를 낚아챌까 봐 점점 더 속력을 높였고, 자칫 도랑에 처박히면 무슨 일이 벌어질지 모른다는 생각에 하늘이 노래졌다. 에디는 감히 뒤돌아보지도 못한 채 미션 스쿨을 지나 2번 국도를 쏜살같이 지나갔다. 부랑아는 사라졌다.

에디는 일주일 가까이 그 끔찍한 일을 가슴에 묻어 두었다가 차고 다락방에 모여 만화책을 보던 어느 날 리처드 토저와 빌 덴브로에게 겨우 털어놓았다.

"바보, 문둥병이 아니야. 매독이지." 리처드가 짐짓 아는 척했다.

에디는 리처드가 농담을 하는지 분간이 안 돼 빌을 바라보았다. 사실 '매덕'이라는 병은 처음 듣는 말이었다. 리처드가 꾸며 낸 말이라고 생각했다.

"빌, '매덕'이라는 병이 정말 있어?"

빌은 진지하게 고개를 끄덕였다. "매덕이 아니라, 매, 매독."

"무슨 병인데?"

"떡 치기하다 걸리는 병이지. '떡 치기'가 뭔지나 아니, 에즈?"

"그것도 모를까 봐." 에디는 기세 좋게 말했지만, 얼굴이 확 달아오르지는 않을까 조마조마했다. 어른이 돼서 성기가 딱딱해지면 하는 일이 그것이라는 것쯤은 알고 있었다. 빈센트 '코딱지' 탤리엔도가 어느 날 학교에서 자세히 설명해 준 일이 있었다. '코딱지'에 따르면 단단해질 때까지(여자의 배가 아니라 성기가 딱딱해져야 한다.) 여자의 배에 성기를 대고 문지른다는 것이다. 그리고 "느낌이 팍 올 때까지" 좀더 문질러야 한다고 했다. 그게 무슨 뜻이냐고 에디가 묻자 코딱지는 아는 듯 마는 듯한 표정으로 고개를 흔들 뿐이었다. 코딱지는 말로 설명하기 힘들지만 느낌이 팍 오는 순간 저절로 알게 된다고 했다. 정 궁금하면 목욕할 때 비누로 성기를 문질러 보라는 조언까지 곁들였다.(에디는 그 말대로 해 보았는데, 오줌이 마렵다는 느낌이 전부였다.) 어쨌든 코딱지는 계속해서 "느낌이 팍" 온 다음에 성기에서 액체가 빠져나온다고 설명했다. 아이들은 대부분 그냥 액체라고 알고 있는데, 부거는 자기 큰형이 알려 준 과학적인 단어로 말하면 정액이라고 했다. 그래서 "느낌이 팍 오는 순간", 정액이 나오기 전에 잽싸게 성기를 붙잡고 여자의 배꼽에 갖다 대어야 일을 그르치지 않는다고 했다. 정액이 여자의 배꼽 속으로 흘러 들어가면 뱃속에 아이가 만들어진다는 것이다.

"여자들이 그걸 좋아해?" 에디는 언젠가 코딱지 탈리엔도에게 물어본 적이 있다. 에디 생각에는 오싹한 기분이 들 것 같았기 때문이다.

"좋아할 거야." 코딱지는 어딘지 자신 없는 표정이었다.

"에즈, 잘 들어." 리처드가 말했다. "질문은 나중에 받을 생각이니까. 여자들 중에 그 병에 걸리는 사람이 있어. 남자도 걸리지만 대개는 여자야. 고로 남자는 여자한테 그 병을 옮는 건데……."

"호, 호모인 나, 남자도 걸려." 빌이 덧붙였다.

"맞아. 중요한 점은 매독이 다른 사람한테서 옮는다는 거야."

"그럼 어떻게 되는데?" 에디가 물었다.

"온몸이 썩어." 리처드는 간단명료하게 대답했다.

에디는 깜짝 놀라 리처드를 바라보았다.

"끔찍한 일이지만 사실인 걸 어떡하니? 우선 코가 떨어져 나가지. 매독에 걸린 남자들은 거의 코가 없어. 그 다음에는 자지가 떨어져."

"그, 그, 그만해. 너, 너, 넘어올 것 같아." 빌이 말했다.

"이봐, 제군들. 이건 엄연히 과학이야." 리처드가 말했다.

"그럼 문둥병과 매독이 다른 건 뭐지?" 에디가 물었다.

"문둥병은 '떡 치기'하다 걸리는 병이 아니야."

리처드는 대답하고 나서 웃음을 터뜨렸다. 빌과 에디는 영문을 몰라 어리둥절할 뿐이었다.

그 다음 날부터 니볼트 가 29번지 저택은 에디의 상상력에 불을 지폈다. 잡초 무성한 마당과 땅속으로 푹 꺼진 현관, 창문마다 못질된 판자를 보고 있노라면 음산한 매력이 느껴졌다. 6주 전 에디는 자갈 도로에 자전거를 세워 두고(보도는 네 집 더 가서 끊어졌다.),

잔디밭을 가로질러 현관까지 다가갔다.

가슴이 방망이질하고 입속이 바싹 타 들어갔는데, 빌의 앨범 이야기를 듣는 순간 에디는 자기가 그 집에 갈 때나 빌이 조지의 방에 들어갈 때의 기분이 똑같을 거라고 생각했다. 자기의 의지와 상관없는 일이었다. 누군가 뒤에서 등을 떠미는 기분이라고 할까.

에디의 발이 움직이는 것이 아니라 음침한 침묵에 잠긴 그 집이 에디 쪽으로 다가오는 느낌이었다.

철로 변에서 어렴풋이 디젤 엔진 소리와 함께 열차 연결 고리가 맞물리는 금속성이 들려왔다. 열차의 차량을 교체하는 모양이었다.

에디는 흡입기를 움켜잡았지만, 부랑아에게 쫓겨 도망갔던 날보다 천식이 심해진다는 느낌은 없었다. 그저 가만히 서 있는데, 저택이 숨겨진 철로를 따라 미끄러지듯 다가오고 있다는 생각뿐이었다.

에디는 현관 아래쪽을 바라보았다. 아무도 없었다. 썩 놀랄 만한 일도 아니었다. 그때는 봄이었고 부랑자들은 대부분 9월 말에서 11월 초까지 데리에 모습을 드러냈다. 그 6주 동안, 꾀죄죄한 몰골이어도 교외 농장에서 일용직 잡부로 일자리를 얻는 부랑자들도 더러 있었다. 감자와 사과 수확에 일손이 딸렸고, 12월 겨울이 오기 전에 방설책을 만들고 지붕과 헛간을 손보는 일 등, 할 일은 많았다.

부랑자의 모습은 보이지 않았지만 그들이 머물다 간 흔적은 남아 있었다. 빈 맥주 깡통과 맥주병, 여러 가지 술병이 나뒹굴었다.

벽돌담 밑에 구겨진 담요는 개의 시체 같았다. 여기저기 찢긴 신문지와 낡은 구두 한 짝이 보였고, 쓰레기 매립장 냄새가 풍겼다. 신문지 밑으로 낙엽이 두껍게 쌓여 있었다.

마음에 내키지 않았지만 무엇에 홀린 듯, 에디는 현관 문 속으로 기어 들어갔다. 심장이 머릿속에서 악을 썼고 눈앞에 흰색 반점이 어른거렸다.

안쪽으로 들어가니 악취가 더 심해져, 술과 땀과 낙엽 썩는 냄새가 진동했다. 손과 무릎에 짓눌린 눅눅한 낙엽에서는 바스락 소리마저 들리지 않았다. 낡은 신문지 조각에서 한숨처럼 옅은 소리만 들려왔다.

'나는 부랑자다.' 에디의 머릿속으로 횡설수설 별의별 말들이 떠올랐다. '나는 부랑자, 열차를 갈아타고 다니지. 그게 내가 하는 일이니까. 돈도 집도 없지만 술 한 병과 동전 한 닢과 푹신푹신한 신문지 침대가 있지. 이번 주에 감자를 따고, 다음 주에 토마토를 따면 은행 지하 금고에 돈이 쌓이듯 서리가 쌓이고, 그때가 되면 나는 다시 그레이트서던-웨스트 메인선 화물 열차에 몸을 실어. 사탕무 냄새에 취해 한쪽 구석에 지푸라기를 덮고 앉아 있는 대로 마시고 씹고 하다 보면 어느새 포틀랜드나 빈타운에 도착하지. 역무원 놈들한테 들키지만 않으면, 그곳에서 다른 화물 열차로 갈아타고 쭉 남쪽으로 가서 레몬이나 감귤이나 오렌지를 딴다네. 경찰 놈들이 일제 단속입네 화물 열차를 뒤지면, 도로에서 여행자처럼 차를 얻어 탈 수도 있지. 하, 그런 일은 아직 없었지, 안 그래? 나는 그저 늙고 고독한 부랑자, 돈도 집도 없다만 하나는 가지고 있어.

내 몸을 갉아먹는 이놈의 병 말이야. 살이 갈라지고 이빨이 썩어 문드러지는 병, 알아보겠나? 썩어 흐물거리는 사과처럼 몸 속속들이 갉아먹히고, 끝없이 썩고 있지.'

에디는 엄지와 집게손가락으로 담요를 집어 옆쪽으로 치우다 거슬거슬한 촉감에 인상을 찌푸렸다. 야트막한 지하실 창문 중 하나는 판자가 부서졌고, 다른 하나는 먼지와 오물로 뒤덮여 있었다. 에디는 이제 최면에 걸린 사람처럼 앞쪽으로 향했다. 창문 가까이, 지하실에 다가갈수록 퀴퀴한 곰팡내와 나무 썩는 냄새가 짙어졌는데, 그때 만약 천식이라도 일어나면 부랑아에게 붙잡히고 말 터였다. 그 생각 때문에 통증은 없어도 무서우리만큼 묵직한 느낌이 가슴을 옭아매는 것 같았다. 또 그 지겨운 씩씩거림이 흘러나오기 시작했다.

에디가 돌아가려는 순간 그 얼굴이 나타났다. 너무도 갑작스러운 일이어서(한편으로는 그럴 것이라는 예감이 들었다.) 에디는 천식이 일어나지 않은 상황인데도 비명을 지를 수 없었다. 에디의 동공이 부풀어 오르고 입이 쩍 벌어졌다. 코가 떨어져 나간 부랑자의 얼굴은 아니었지만 어딘지 비슷한 구석이 있었다. 끔찍하리만큼 비슷하다는 생각. 그러나……, 사람 같지가 않았다. 그렇게 썩어 문드러졌는데도 살아 있으니 말이다.

이마의 살갗이 벌어져 있었다. 그 새로 누런 점액질에 덮인 하얀 뼈마디가 흐릿한 손전등으로 비춰 보듯 훵하니 들여다보였다. 붉은 속살 위로 코뼈가 그대로 드러났다. 한쪽 눈은 파란색으로 빛났다. 다른 쪽 눈두덩에는 푹신푹신한 암갈색 물질이 채워져 있었다.

문둥병 환자의 다갈색 입술처럼 아랫입술이 축 늘어졌고 윗입술은 아예 없었다. 이빨은 조롱하듯 툭 튀어나와 있었다.

그 문둥이가 부서진 창가로 한쪽 팔을 쭉 뻗었다. 다른 손으로는 옆에 있는 더러운 창문을 깨 버렸다. 에디를 움켜잡으려고 다가오는 손은 온통 갈라지고 상처투성이였다. 어디서 나타났는지 딱정벌레들이 부산히 기어다녔다.

흐느끼듯 숨을 몰아쉬며 에디는 뒤쪽으로 몸을 옹송그렸다. 숨조차 쉴 수 없었다. 심장은 방전된 배터리 같았다. 문둥이는 기이한 은색 양복의 누더기를 입고 있는 것 같았다. 갈색 머리 사이로 온갖 벌레들이 꿈틀거렸다.

"에디, 빨아 줄까?" 문둥이는 걸걸한 목소리로 말하면서 남아 있는 입술로 히죽 웃었다. 그것이 노래하듯 지껄였다. "보비는 10센트에 해 주지. 시간이 초과하면 15센트, 값은 언제나 똑같아." 그것이 윙크했다. "그게 누구냐고, 바로 나야, 에디. 보브 그레이. 자, 이제 서로 인사나 나누자고······." 한쪽 손이 에디의 오른쪽 어깨를 툭 쳤다. 에디는 가느다란 비명을 흘렸다.

"괜찮다니까." 문둥이가 말했고 에디는 악몽처럼 치를 떨며 창에서 빠져나오는 유령의 모습을 바라보았다. 찢어진 이마 사이로 드러난 흰색 뼈가 나무 창틀에 부딪혔다. 두 손이 낙엽 속을 더듬거렸다. 너덜너덜한 은색 양복의 어깨 부분이······, 창문 사이로 빠져나오고 있었다. 이글거리는 푸른 눈동자는 꼼짝없이 에디의 얼굴에 못 박힌 상태였다.

"자, 내가 갈게, 에디. 걱정 마. 우리랑 저 밑에 가 보면 너도 좋아할 거야. 네 친구들도 이미 내려가 있거든."

두 손이 에디를 향해 허우적댔고, 마음 한편에서 비명소리가 들려오며 발작적인 공포가 스치는 도중, 에디는 그 손에 몸이 닿았다가는 그처럼 썩어 들어갈지 모른다고 생각했다. 그러자 온몸이 얼어붙는 기분이었다. 에디는 재빨리 뒤로 방향을 틀어 현관을 향해 기어가기 시작했다. 현관문의 갈라진 판자 사이로 쪼개져 들어온 햇빛이 언뜻언뜻 에디의 얼굴을 훑고 지나갔다. 거미줄이 머리카락에 달라붙었다. 뒤돌아보니 문둥이는 이미 창문을 빠져나와 에디를 뒤쫓고 있었다.

"도망가 봤자 소용없어, 에디."

에디는 이윽고 현관문까지 다다랐다. 격자 무늬 창살로 햇살이 들어와 에디의 뺨과 이마에 빛 조각을 드리웠다. 주저 없이 창살에 머리를 들이밀자 썩은 나무들이 우지끈 부서졌다. 문 뒤로 들장미 덤불이 나타났고, 에디는 뺨과 목덜미와 손이 가시에 찔리는 것도 모른 채 무작정 덤불을 헤쳐 나갔다.

에디는 후들거리는 다리로 일어나 호주머니에서 흡입기를 꺼냈다. 과연 실제로 벌어진 일일까? 줄곧 그 부랑자를 떠올리면서도 마음 한구석에……, 글쎄, 그저

(쇼를 보여 줘)

무슨 영화를, 공포 영화를 본 것 같았다. 토요일 오후면 순정 만화나 알라딘을 비롯해 프랑켄슈타인과 늑대 인간이 나오는 텔레비전 영화 극장을 봤을 뿐이라는 생각이 들었다. 그래, 그게 전부였다. 저 혼자 겁에 질린 것이다! 이 얼마나 멍청한 짓이람!

에디는 뜻밖에도 생생한 자신의 상상력에 놀라 불안한 웃음을 짓다가, 곧바로 썩어 문드러진 손아귀가 현관 밑에서 솟구쳐 들장미 덤불을 미친 듯이 잡아채고 짓이겨 구슬 같은 핏방울이 뚝뚝 떨어지는 것을 보았다.

에디는 비명을 질렀다.

문둥이가 현관 밖까지 빠져나왔다. 은색 양복 앞에 큼지막한 적황색 단추가 달려 있었다. 에디를 바라보며 히죽거리는 웃음. 에디는 다시 비명을 질렀지만, 철로 변의 시끄러운 디젤 엔진 소리에 묻혀 아무도 어린아이의 비명을 듣지 못했다. 문둥이의 입밖으로 혀가 축 늘어졌다. 쭉 뻗은 길이가 1미터는 족히 돼 보였다. 혀는 화살표 모양으로 오물 속으로 질질 끌렸다. 혀가 지나온 자리에 누런 거품이 일었다. 거품 위로 벌레들이 떼 지어 몰려들었다.

봄의 전령처럼 녹색 빛을 띠던 들장미 덤불은 어느새 시커먼 색으로 변해 있었다.

"빨아 줄게." 문둥이가 비틀비틀 다가오며 속삭였다.

에디는 자전거를 향해 달렸다.

언젠가 다른 문둥이에게 쫓겼을 때와 똑같은 상황이었지만 이번에는 끔찍한 악몽처럼 아무리 애를 써도 발길이 더디기만 했다……. 계속 무슨 소리가 들리고 무엇인가 느껴지고 어떤 형체가 끝없이 다가오는 꿈속에 있는 느낌이었다. 그런 꿈속에서 늘 풍기는 그것의 냄새, 에디는 그 순간에 똑같은 냄새를 맡고 있었던 것은 아닐까?

잠시 동안 에디는 완전히 악몽일 뿐이라고 생각하며 안도감을 되찾기 시작했다. 땀에 흥건히 젖어 이리저리 뒤척이다 비명을 지르며 깨어나면 자신의 침대 속……, 그러나 생생함은 그대로 남아 있는 꿈처럼 말이다. 안심해, 에디. 그러나 에디는 이내 그런 생각을 떨쳐 버렸다. 매력적인 생각이지만 죽음의 그림자가 묻어 있었고, 안도감은 치명적인 것이었다.

에디는 곧바로 자전거에 올라타지 않고 핸들을 잡은 채 얼마 동안 그대로 달려갔다. 깊숙이 가라앉는 느낌, 물속이 아니라 자신의 가슴속에서 익사하는 느낌이 들었다.

"빨아 줄게. 이리 온, 에디. 친구들도 데려오너라." 문둥이의 속삭임이 다시 들려왔다.

썩은 손가락이 목덜미에 와 닿는 느낌이 들었지만 현관문을 빠져나올 때 머리카락에 붙었던 거미줄이었을지 모른다. 에디는 자전거 위로 냉큼 올라타 목구멍이 막히든, 다시 천식이 달려들든 아랑곳없이 뒤도 돌아보지 않고 페달을 밟았다. 집 가까이 다다른 후에야 뒤를 돌아보았지만 뒤쫓아 오는 이는 아무도 없었고 멀리 공원에서 꼬마 아이들이 공놀이를 하고 있었다.

그날 밤 에디는 침대 속에서 쇠꼬챙이처럼 빳빳하게 굳은 채, 한쪽 손으로 흡입기를 움켜쥐고 그늘진 창가를 바라보았다. 문둥이의 속삭임이 들려왔다. '도망가 봤자 소용없어, 에디.'

"와." 리처드가 정중하게 감탄을 보냈다. 빌 덴브로가 말을 끝낸 후 처음으로 입을 연 아이가 리처드였다.

"리, 리, 리처드, 다, 다, 담배 또 있어?"

리처드는 아버지의 책상 서랍에서 슬쩍했을 담뱃갑에서 마지막 남은 한 개비를 빌에게 건네고, 성냥불까지 붙여 주었다.

"빌, 꿈을 꾼 건 아니겠지?" 스탠리가 불쑥 물었다.

빌은 고개를 가로저었다. "아, 아, 아니, 꾸, 꿈은 아니야."

"정말이라고⋯⋯." 에디가 혼잣말처럼 중얼거렸다.

빌은 에디를 날카로운 표정으로 쏘아보았다. "뭐, 뭐라고?"

"정말일 거라고 했어." 에디는 거의 발끈하여 빌을 쳐다보았다. "실제로 벌어진 일이라고 말이야, 실제로."

에디는 채 말을 끝내기도 전에, 이미 니볼트 가 29번지 지하실에서 기어 나온 문둥이 얘기를 하게 되리라 예감하고 있었다. 이야기하는 도중 숨을 헐떡이다 흡입기를 꺼냈고, 급기야 마지막에는 눈물을 흘리며 가녀린 몸뚱이를 부들부들 떨었다.

모두 안타까운 표정으로 에디를 바라보았고 스탠리가 에디의 등을 토닥였다. 빌은 어색하게 에디를 껴안았고, 다른 아이들은 민망한 얼굴로 시선을 피했다.

"이제 괘, 괜찮아, 에디. 괘, 괜찮아."

"나도 봤어." 벤 한스컴이 돌연 말했다. 그의 목소리는 억양 없고 거칠고 겁에 질려 있었다.

에디는 여전히 눈물이 가득하고 발갛게 충혈된 눈으로 벤을 바라보았다. "뭐라고?"

"나도 그 광대를 봤어. 네가 말한 모습과 좀 틀리기는 하지만 말이야. 썩어 문드러졌다기보다는 그러니까⋯⋯, 파삭파삭 마른 느낌이었어." 벤은 말을 멈추고 머리를 푹 숙이고는 두툼한 허벅지에 놓인 자신의 창백한 두 손을 내려다보았다. "미라 같았어."

"영화에 나오는 미라 말이야?" 에디가 물었다.

"아니, 그런 미라는 아니었어. 영화에서는 꾸민 느낌이 나는데, 그 미라는 아주 섬뜩했어. 하지만 어떻게 설명해야 할지 모르겠어. 영화에서는 붕대를 친친 감고 있지만, 아주 깨끗해 보이잖아? 그런데 그 사람은……, 진짜 미라처럼 보였어. 피라미드 밑에 있는 미라 말이야. 그 옷만 빼면."

"무, 무, 무, 무슨 오, 옷인데?"

"앞에 커다란 적황색 단추가 달려 있는 옷."

에디의 입이 쩍 벌어지고 말았다. "벤, 너 혹시 농담하는 거 아냐. 나는 아직……, 아직 그게 꿈만 같은데."

"농담 아냐." 벤은 자초지종을 설명하기 시작했다. 아주 느릿느릿한 음성으로 더글러스 선생님의 책 정리를 자원했다가 마지막에는 악몽으로 끝나고 만 그날의 일을 털어놓았다. 말투는 느렸지만 시선은 아무도 바라보고 있지 않았다. 마치 부끄러운 행동을 고백하는 사람 같았다. 그래서인지 이야기를 끝낼 때까지 고개를 들지 않았다.

"꿈을 꾼 게 분명해." 마침내 리처드가 말했다. 벤을 바라보다 말투가 갑자기 급해졌다. "기분 나쁘게 듣지 마, 벤. 하지만 풍선이 바람 부는 쪽으로 날아갈 수는 없잖……."

"사진도 윙크를 할 수 없잖아." 벤이 리처드의 말을 가로챘다.

리처드는 벤과 빌을 번갈아 바라보다 난처한 표정이 되었다. 꿈이라고 벤을 몰아세우는 것과 빌을 역시 비슷한 이유로 비난하는

것은 다른 문제였다. 빌은 그들이 우러러 보는 대장이었다. 대 놓
고 빌이 대장이라고 말한 적은 없지만 그럴 필요가 없었다. 빌은
지겨운 날에 무슨 일을 하면 재미있을지 알았고, 모두가 잊어버
린 게임을 기억해 냈다. 모두 빌의 어른스러움을 편안하게 받아들
였는데, 필요할 경우 빌은 분명히 책임 질 것이라는 신뢰감 때문
이었다. 그래서 리처드는 빌이 아무리 미친 이야기를 지껄인다고
해도 무조건 믿을 수 있었다. 그러나 그 문제에 관해서 벤의 말이
나……, 에디의 말은 믿고 싶지 않았으리라.

"리처드, 너한테는 그런 일이 한번도 없었어, 엉?" 에디가 다그
치듯 리처드에게 물었다.

리처드는 무슨 얘기인가를 꺼내려다 고개를 흔들며 멈추었다가
다시 입을 열었다. "내가 최근에 당한 가장 끔찍한 일은 마크 프렌
더리스트가 매캐런 고원에서 오줌을 갈기는 광경이었어. 정말 끔
찍했거든."

"스탠리, 너는 어때?" 이번에는 벤이 스탠리에게 물었다.

"아니, 없어." 스탠리는 재빨리 대꾸하고 다른 곳으로 시선을 돌
려 버렸다. 스탠리의 조막만 한 얼굴과 입술이 한꺼번에 창백하게
질려 있었다.

"스, 스탠리, 왜 그, 그래?" 빌이 스탠리의 얼굴을 살펴보다 물었다.

"아무 일 없다고 했잖아!" 스탠리는 벌떡 일어서더니 호주머니
에 손을 집어넣은 채 저쪽으로 걸어가 버렸다. 그는 한동안 댐 위
쪽과 보조벽 뒤에 고인 물웅덩이를 말없이 바라보았다.

"이리 오너라, 스탠리!" 리처드는 카랑카랑한 음성으로 소리쳤

다. 욕쟁이 할멈의 목소리인데, 성대모사의 레퍼토리 중 하나였다. 욕쟁이 할멈의 목소리를 흉내 낼 때, 리처드는 주먹으로 뒷짐을 지고 따발총 쏘듯 수다를 떨었다. 그러나 여전히 리처드 토저의 음성이 완전히 사라진 것은 아니었다. "솔직히 불어라, 이 망할 놈의 스탠리. 이 할미한테 그 염병할 광대 얘기나 좀 해 봐. 자, 착하지. 할미가 과자 주마. 할미한테 어서 말하라니까……."

"입 닥쳐!" 스탠리가 버럭 리처드를 향해 고함지르는 바람에 리처드는 움찔 뒤로 물러났다. "제발 입 좀 닥치고 있어!"

"그럽죠, 형님." 리처드는 힘없이 자리에 털썩 주저앉았다. 그러고는 미심쩍은 눈으로 스탠리 유리스를 흘깃거렸다. 스탠리의 얼굴에 벌겋게 상기된 흔적이 남아 있었는데, 단단히 겁에 질린 표정이었다.

"됐어. 스탠리, 신경 쓰지 마." 에디가 조용히 말했다.

"광대가 아니었어." 스탠리는 아이들을 하나씩 똑바로 쳐다보며 말했다. 자기 자신과 힘겹게 싸우고 있는 느낌이 들었다.

"마, 말해도 돼. 스, 스탠리, 우, 우리도 다 마, 말했잖아." 빌의 음성도 착 가라앉아 있었다.

"광대가 아니었어. 광대가 아니라……."

그 순간 위스키에 찌든 넬 씨의 음성이 벼락처럼 날아들었고, 아이들은 깜짝 놀라 펄쩍 자리에서 튀어 올랐다.

"이런이런, 하느님이 기절초풍하실 노릇이네! 웬 난장판이냐! 이런 젠장!"

조지의 방과 니볼트 가의 저택

리처드 토저는 그때 막 마돈나의 「라이크 어 버진」이 흘러나오던 라디오를 꺼 버린다. 더블유존이라는 방송이었는데, 진행자가 "뱅고어의 에이엠 스테레오 록 음악 메신저!"라고 악을 쓰던 참이었다. 그는 뱅고어 국제 공항의 아비스 렌트카에서 빌려 준 무스탕을 길가에 세우고 시동을 끈 후, 차 밖으로 나온다. 귓가에 자신의 숨결이 거칠게 오르내린다. 방금 전에 본 표지판 때문에 등줄기에 소름이 돋아 있다.

그는 차 앞쪽으로 걸어가 보닛에 한 손을 올려놓는다. 타닥타닥, 엔진이 식는 소리가 들린다. 날카로운 어치의 울음소리가 들렸다 사라진다. 귀뚜라미 소리도 들린다. 사운드 트랙치고는 나무랄 데 없다.

그 표지판을 보고 돌연 자신이 데리에 돌아왔다는 생각을 한 것이다. 25년 만에 리처드 '주접 대왕' 토저가 고향에 돌아온 셈이다. 결국에…….

눈 속이 타 들어가는 듯한 고통 때문에 뇌리를 맴돌던 생각이 모두 사라진다. 그는 얼굴을 감싸며 이상한 소리를 낸다. 그런 통증은 대학교 시절 한쪽 콘택트렌즈 속에 속눈썹이 들어갔을 때 이후 처음이다. 하지만 이번에는 두 눈 모두가 타 들어갈 듯 아프고 쓰리다.

그런데 눈에 손을 갖다 대기도 전에 통증이 사라져 버린다.

그는 천천히 두 손을 내리면서 7번 국도를 바라본다. 자신도 이해 못 할 이런저런 이유로 에트나 – 헤이븐 요금 징수소와 유료 도로를 피해 왔는데, 그와 가족이 뿌연 먼지 속에서 그 기괴한 소도시를 떠나 중서부로 이사할 때만 해도 유료 도로는 아직 공사 중이었다. 물론 유료 도로가 빠를 테지만 그 탓에 오히려 낭패를 볼 것 같다는 생각이 들었다.

그래서 9번 국도를 따라 잠에 취한 듯 고요한 헤이븐 빌리지를 지나친 후 7번 국도 쪽으로 방향을 돌렸다. 조금씩 날이 밝고 있었다.

그리고 그 표지판이 나타났다. 600개가 넘는 메인 주의 마을 경계마다 서 있는 여느 표지판과 다를 것이 없었지만, 그는 심장이 뒤틀리는 기분이었다.

페노브스콧 군

데리

메인 주

그 뒤로 엘크스 골프 클럽, 로터리 클럽에 이어 "데리 라이언스 클럽에서 대대적으로 기금 모금 중"이라는 표지판까지 삼위일체의 구색까지 갖추고 있었다. 표지판 너머 7번 국도를 달려 소나무와 전나무 사이로 곧게 난 길을 달렸다. 여명의 고요한 빛에 잠겨 스쳐 가는 나무들은 밀폐된 방에서 타 들어가는 회청색 담배 연기처럼 몽환적이었다.

'데리, 하느님, 제발. 데리. 설마……'

그는 그렇게 7번 국도에 서 있다. 그동안 세월의 풍파와 태풍이 날려 버리지 않았다면, 어머니가 달걀과 야채 등, 그곳에서 나는 대부분의 농작물을 사들이던 루린 농장이 곧 나타날 것이다. 루린 농장을 지나 3킬로미터쯤 가면 7번 국도는 위챔 도로로 바뀌고, 당연히 이제 위챔 가가 모습을 드러낼지니 오, 할렐루야, 아멘. 루린 농장에서 위챔 가로 가는 길목에서 바워스의 집과 핸론의 집을 지나칠 것이다. 핸론의 집을 지나 2킬로미터를 채 못 가면, 처음으로 반짝이는 켄더스키그 하천과 그 위험한 녹색 수면을 접할 것이다. 그리고 여러 가지 이유로 황무지라고 알려진 수풀 무성한 저지대.

그 모든 것을 아무렇지 않게 마주할 수 있을까. 리처드는 생각에 잠긴다. 솔직히 까놓고 얘기해 보자, 이 말씀이야. 그래, 나는 그럴 수 있을지 자신이 없어.

전날 밤은 꿈결처럼 흘러갔다. 계속 앞으로 달려 여행을 계속 하는 한 그 꿈도 이어질 것이다. 그 표지판이 그를 멈추게 했는지 모르지만 이제 그곳에 멈추어 서서 기이한 진실을 마주하고 있다. 그 꿈이 현실이라는. 데리는 현실이라는 진실 말이다.

기억을 멈출 수 없어서 그 기억에 끌려 광기로 향하다. 이제 그는 입술을 깨물고 두 손바닥을 꽉 맞잡은 채 혹시 하늘로 휩쓸려 날아갈까 봐 두려워하는 사람처럼 서 있다. 몸이 하늘로 떠오를 것만 같다. 앞일을 예감하듯 몸속의 광기가 꿈틀대지만, 그는 앞으로 며칠의 시간을 어떻게 보내야 할지 난감할 뿐이다. 그는…….

　자신의 생각과 다시 동떨어지는 느낌이다.

　사슴 한 마리가 도로로 걸어 들어왔다. 아스팔트 위에 용수철처럼 부드럽게 튀어 오르는 사슴의 발굽 소리가 들린다.

　리처드는 숨이 턱 막히다가 정상으로 돌아오는 기분을 느낀다. 그는 어리둥절한 표정으로 로데오 거리에서 처음으로 목격하는 광경임을 겨우 떠올린다. 아니, 어쩌면 그런 광경을 보기 위해 고향으로 돌아왔는지 모를 일이다.

　암사슴이다.('암사슴 맞아.', 리처드의 또 다른 목소리가 즐겁게 속삭인다.) 암사슴은 오른편 숲에서 나와 7번 국도 한복판에 멈추어 서서, 두 발을 중앙선 양쪽에 하나씩 걸쳐 놓고 있다. 새카만 눈동자를 바라보면서 리처드 토저의 얼굴에 절로 부드러운 미소가 떠오른다. 전혀 두려워하는 기색 없이 호기심에 가득한 눈동자이다.

　그는 놀라움 속에서 사슴을 바라보며 그 출현이 흉조일지 길조일지, 아니면 아존카 부인의 빌어먹을 예언 같은 것일지 가늠해 본다. 그런데 뜻밖에도 떠오른 기억은 넬 씨에 관한 것이다. 그날 느닷없이 나타나 빌과 벤과 에디를 추궁하며 얼마나 그들을 놀라게 했던가! 다섯 명 모두 천당과 지옥을 오가는 기분이었다.

　이제 사슴을 바라보며, 리처드는 깊숙이 심호흡을 하다 문득 자신이 성대모사를 하고 있다는……, 그것도 25년 만에 처음으로 아일랜드 경찰의 목소리로, 그 잊을 수 없는 날 이후 성대모사의 레퍼토리가 되었던 목소리로 말하고 있음을 깨닫는다. 커다란 볼링공이 아침의 침묵을 깨우며 구르듯, 그 목소리는 리처드의 생각보다 훨씬 우렁차게 흘러나온다.

"이런, 하느님이 기절초풍하실 노릇이네! 너처럼 예쁜 녀석이 이 험한 곳에 웬일이냐, 사슴아? 이런! 오스타거 신부님한테 이르기 전에 냉큼 집에 돌아가지 못할까!"

쩌렁쩌렁한 메아리가 미처 잠들기도 전에, 깜짝 놀란 어치가 리처드의 방자함을 날카롭게 질타하기도 전에 암사슴은 흰 깃발처럼 그를 향해 꼬리를 내리다가 이내 안개 자욱한 왼편 전나무 숲으로 사라져 버린다. 사슴이 떠나고 난 자리엔 김이 모락모락 올라오는 똥 한 덩어리. 서른일곱 살의 리처드에게 그처럼 여전히 멋지게 한 방 먹이는 일이 있기는 하다.

리처드는 웃음을 터뜨린다. 처음엔 키득대다가 집에서 5000킬로미터 이상 떨어진 메인 주 새벽 하늘 아래서 아일랜드 경찰의 억양으로 사슴에게 소리치고 있는 자신이 정말 어이 없다는 생각이 든다. 이제 웃음은 낄낄거림으로 바뀌고, 다시 호탕한 폭소로 이어지다가 울부짖는 형국인데, 급기야 운전석에 앉았을 때는 눈물까지 줄줄 흐르는 바람에 혹시 바지에 오줌을 싸지 않았나 걱정스러울 정도이다. 겨우 진정이 되다가도 그 똥 덩이만 바라보면 곧바로 폭소가 터지는 것이다.

코를 풀고 씩씩거리며 리처드는 가까스로 무스탕에 다시 시동을 거는 데 성공한다. 그때 오린코 화학 비료 트럭이 쏜살같이 지나 간다. 트럭을 바라보며 리처드는 데리를 향해 출발한다. 이제 한결 기분이 나아지고 진정된 느낌……, 아니면 그저 움직이며 차를 몰 뿐, 꿈은 여전히 꿈이라고 말하고 있기 때문인지도 모른다.

그는 다시 넬 씨를, 그와 그날 오후를 떠올린다. 넬은 누가 그 따 위 수작을 부렸는지 물었다. 다섯 아이의 불안한 시선이 떠돌다 가 마침내 벤이 앞으로 나섰는데, 창백하게 질린 얼굴과 눈을 내리 깐 모습하며, 횡설수설하지 않으려고 기를 쓰느라 온통 경련이 일 던 얼굴이 또렷하다. 리처드가 지금 생각해 보니, 불쌍한 그 소년 은 위챔 가의 배수구를 역류시킨 죄로 쇼섕크 교도소에서 5년 내 지 10년형을 살지도 모른다고 생각했지만, 끝까지 모두 털어놓았 다. 그래서 나머지 아이들도 앞으로 나가 벤을 감싸 주어야 한다는 생각이 들었는지 모른다. 그렇게 하든가, 아니면 형편없는 놈들이 되든가 둘 중 하나였다. 잘된 일인지 아닌지는 모르겠지만, 그래서 다섯 아이들은 하나가 된 셈이었다. 그들은 27년 동안 하나가 되어 있었다. 때로는 사건이 도미노처럼 연쇄적으로 일어난다. 하나가 쓰러지면서 두 번째 도미노에 부딪히고, 두 번째 도미노는 다시 다 음 도미노에 부딪히고, 그렇게 리처드는 그곳에 와 있다.

리처드는 되돌리기에 너무 늦어 버린 시기가 언제였는지 궁금 해진다. 그와 스탠리가 찾아가 댐 만드는 일을 도왔을 때인가? 빌 이 죽은 동생의 사진이 그를 바라보며 윙크했다고 말한 순간인가? 어쩌면 그럴지도 모르지만……, 리처드 토저에게 도미노가 실제로 넘어진 순간은 벤 한스컴이 앞으로 걸어나가 말했을 때였다. "제가 아이들한테 알려 주었어요. 댐 만드는 방법 말예요. 제 잘못입니다."

넬 씨는 삐걱거리는 검은색 허리띠에 두 손을 얹은 채 우두커니 서서 벤을 바라볼 뿐이었다. 그는 벤에게서 댐 위쪽의 물 웅덩이로 시선을 옮겼다가 다시 벤을 바라보았는데, 눈앞에 벌어진 광경이 도저히 믿기지 않는 표정이었다. 그 무뚝뚝한 아일랜드 사람은 희끗희끗해지기 시작한 머리카락을 파란 모자 밑으로 단정하게 빗어 넘긴 모습이었다. 파란색 눈동자에 코는 붉은빛이 감돌았다. 얼굴에는 모세 혈관이 터져 점점이 작은 둥지를 틀고 있었다. 보통 키보다 클까 말까, 그러나 당시 다섯 명의 소년 앞에 버티고 선 그는 2미터가 넘는 거구처럼 보였다.

넬 씨가 무슨 말인가를 하려는 순간, 빌 덴브로가 앞으로 나와 벤 옆에 나란히 섰다.

"대, 댐을 마, 만들자고 한 건 바, 바로 저, 접니다." 빌은 가까스로 말을 마치고 숨을 몰아쉬었지만 넬 씨의 표정은 싸늘했고 어깨 너머로 떨어진 햇살에 경찰 배지가 번뜩였다. 빌은 다시 하고 싶은 말을 고통스럽게 찍어 냈다. 벤의 잘못이 아니며, 우연히 그들과 댐을 함께 만들면서 좋은 방법을 알려 주었다는 게 요지였다.

"저도요." 에디가 불쑥 말하며 앞으로 걸어 나와 역시 벤과 나란히 섰다.

"'저도요.'라니, 그게 무슨 뜻이냐? 네 이름이냐, 아니면 주소냐, 카우보이?" 넬 씨가 말했다.

에디는 얼굴이 화끈거려 머리카락 끝까지 벌겋게 달아오르는 느낌이었다. "벤이 오기 전부터 빌과 댐을 만들었어요. 그런 뜻입니다."

그리고 리처드가 에디 옆에 섰다. 그 순간 성대모사 한두 가락을 뽑아 넬 씨를 웃겨 주자는 생각을 하고 있었다. 그러나 다시 생각해 보니(리처드가 다시 생각하는 일은 극도로 드문 일이며 놀라운 사건에 속한다.) 그 상황에서 성대모사를 했다가는 문제가 더 심각해질 것 같았다. 넬 씨가 뱃가죽 땅기게 즐거워할 만한 상황이 아님은 분명해 보였다. 게다가 평소에도 웬만한 일엔 웃지 않는 성격 같았다. 그래서 리처드는 나지막한 목소리로, "저도 함께 댐을 만들었어요."라고 말한 후 서둘러 입을 다물었다.

"저도요." 스탠리가 빌 옆에 나란히 섰다.

이제 넬 씨 앞에 다섯 소년이 나란히 한 줄로 서 있었다. 벤은 멍하니 좌우를 살펴보다 아이들이 자신을 감싸 주고 있는 사실에 얼빠진 표정이 되고 말았다. 리처드는 혹시 이 감상 덩어리가 감사의 눈물을 쏟지는 않을까 걱정되었다.

"맙소사." 넬 씨가 마침내 입을 열었는데 불편한 심기가 그대로 전해졌지만, 한편으로는 금방이라도 웃을 듯 보였다. "요런 당돌한 놈들은 난생 처음일세. 너희들이 이곳에 있었다는 사실을 집에서들 알아봐라, 오늘 밤 다들 요절 나고 말 테니까. 조용히 넘어갈 집이 없을 것 같아."

리처드는 이미 한계에 달해 있었다. 입이 저절로 벌어지더니 노점 상인처럼 거침없이 말이 흘러나왔다. "아일랜드 사정은 어떻습디까, 넬 씨? 아, 표정을 보아하니 비통한 심정이구려. 어라! 오, 고

결한 분이여, 아일랜드의 앞날이자…….”

“3초 후에 네 엉덩이 앞날이 어떻게 될지 알려 주마, 꼬맹아.” 넬씨의 음성은 메마르기 짝이 없었다.

빌이 리처드를 향해 으르렁댔다. “리, 리처드 너 자, 자신을 위해서라도 이, 입 좀 다, 닥쳐!”

“좋은 충고야, 빌 덴브로 선생. 자네 아버님은 이런 똥물 속에서 자네가 뒹구는 걸 알고 계신가?”

빌은 넬 씨의 말에 시선을 떨구고 고개를 가로저었다. 얼굴이 발갛게 달아올랐다.

넬 씨는 벤을 바라보았다. “이름이 뭐라고 했더라?”

“벤 한스컴입니다.”

넬 씨는 고개를 끄덕이더니 다시 댐을 바라보았다. “저 댐이 네머리에서 나왔단 말이지?”

“만드는 방법은 그렇습니다.” 점점 작아지던 벤의 목소리는 이제 들릴락 말락 할 정도가 되었다.

“흠, 덩치 양반, 자네는 아주 훌륭한 기술자구먼. 하지만 혹시 여기 황무지나 데리의 배수구 시스템이 어떻게 돌아가고 있는지는 아시나?”

벤은 고개를 가로저었다.

넬 씨는 그렇게 퉁명스럽지 않은 말투로 벤에게 말했다.

“배수 시스템에는 두 부분이 있다. 하나는 사람의 딱딱한 배설물, 그러니까 너희들의 고상하고 여린 귀에 상처가 되지 않는다면 똥이라고 말할 수 있는데, 그 똥을 실어 나르지. 나머지 하나는 오수, 그러니까 화장실이나 개수대, 세탁기와 목욕물처럼 쓰고 버린 물을 실어 나르지. 데리 시 배수구로 흘러드는 것도 그런 물이다.

흠, 딱딱한 배설물을 처리하는 데는 별 문제가 없는 편이지. 고맙게도 똥 덩어리들은 전부 저쪽 켄더스키그 하류로 흘러드니까. 그런데 너희들이 한 짓 때문에 커다란 덩어리들이 800미터쯤 아래 메마른 바닥에서 꼼짝도 못하고 일광욕을 즐기고 있단 말씀이야. 하지만 그 똥 덩어리가 너희 집 천장에 들러붙지는 않을 테니 안심하라고.

하지만 오수 처리가 문제야……. 그러니까 오수를 끌어 줄 만한 장치가 없거든. 오수는 전부 그대로 아래쪽으로 흘러갈 뿐인데, 기술자 양반들은 그걸 자연적인 배수라고 부르겠지. 자, 덩치 양반, 자네는 자연 배수가 어디서 끝나는지 알고 있을 테니 말해 보겠나?"

"저기 위쪽입니다."

벤은 그때쯤 거의 물에 잠겨 있던 댐 위쪽을 가리켜 보였다. 그러나 고개를 들지는 못했다. 굵은 눈물 방울이 이내 벤의 얼굴을 타고 흘렀다. 넬 씨는 짐짓 모른 척하며 말을 이었다.

"바로 맞혔어, 덩치 큰 친구. 그 자연 배수가 이 개울들로 흘러 들고, 개울은 다시 이 황무지를 채우지. 사실, 개울의 대부분은 쓰다 버린 오수나 마찬가지고, 눈에 보이지 않게 덤불 밑 깊숙이 묻어 둔 배수구에서 흘러든 물이야. 그 더러운 물들이 여기저기로 흘러드는데, 인간이 얼마나 똑똑한지 하느님도 혀를 내두를 테지만 어쨌든 너희들이 하루 종일 데리 사람들이 싼 오줌과 구정물 속에서 활개를 치고 있다는 생각이나 해 봤는지 모르겠구나?"

에디는 갑자기 흡입기를 꺼내 입속에 처박았다.

"너희들 때문에 지금 위챔과 잭슨, 캔자스 가, 그 밖에 몇 개 지역에서 흐르는 여덟 개의 중앙 하수구 중 여섯 개가 난장판이 됐어." 넬 씨는 말을 멈추고 냉랭한 시선으로 빌 덴브로를 응시했다. "그 하수구 중 하나가 너희 집에서 나온 오수를 받고 있지, 덴브로 선생. 자, 그렇다면 개수대의 물도 빠지지 않고, 세탁기 물은 그대로 넘쳐서 재잘재잘 지하실로 흘러가고 있을 텐데……."

벤은 급기야 엉엉 울음을 터뜨리고 말았다. 다른 아이들의 시선이 일제히 벤을 향했다가 다시 멀어졌다. 넬 씨는 큼지막한 손을 벤의 어깨에 올려놓았다. 무뚝뚝하면서도 부드러운 손길이었다.

"자, 자, 덩치 양반, 울 것까지는 없어. 아직 그 정도로 심하진 않으니까. 너희들에게 사태의 심각성을 알려 주려고 좀 부풀려서 말한 거니까. 나는 지금 개울에 나무가 쓰러져 있는지 순찰을 나온 거다. 그런 일이 종종 일어나니까. 나와 너희 다섯 명 말고 다른 사람들이 여기서 무슨 일이 벌어졌는지 알 필요까지 없겠지. 요즘 데리는 작은 개울물 하나 막는 것보다 훨씬 심각한 문제 때문에 골머리를 앓고 있으니까. 나는 지금부터, 개울가에 쓰러진 나무를 발견했는데 몇몇 아이들이 나무 치우는 일을 도와주었다고 보고서를 작성할 생각이다. 이름까지 기록할 필요는 없겠지. 황무지에 저 우라질 댐을 만들었다고 너희들을 탓할 사람은 아무도 없다는 뜻이야."

그는 다섯 명의 소년을 찬찬히 훑어보았다. 벤은 손수건으로 눈가를 찍으며 서럽게 울었다. 빌은 골똘한 표정으로 댐을 바라보았다. 에디는 한 손에 흡입기를 쥐고 있었다. 스탠리는 리처드 곁에 바투 다가서서 여차하면 고맙다는 인사 외에 조금이라도 이상한 말을 하려는 조짐이 보이면 팔을 잡아끌 태세였다.

"이렇게 더러운 곳이 뭐 그리 재미있냐? 아마 예순 종류도 넘는 병균들이 똬리를 틀고 있을 텐데 말이다." 똬리를 틀고 있다는 넬씨의 말에서 어딘지 여자 아이들이 아침마다 머리를 땋는다는 식의 느낌이 들었다. "오줌과 오수가 녹아들어, 진흙이며 온갖 벌레와 가시가 득실대는 곳인데……. 아무튼 이렇게 더러운 곳에서 너희들이 할 만한 일은 없어. 하루 종일 공놀이를 해도 좋은 깨끗한 공원이 네 개나 있는데 고작 여기에 죽치고 앉아 있느냐 말이다. 아이고 맙소사!"

"저, 저희는 이, 이곳이 조, 좋아요." 빌의 음성이 갑자기 발끈하듯 흘러나왔다. "여, 여기 있으면 아, 아무도 우리를 거, 거, 건덜자나요."

"뭐라고 하는 거지?" 넬 씨가 에디를 향해 물었다.

"여기에 있으면 아무도 우리를 건드리지 않는다는 뜻이에요." 에디의 목소리는 가늘게 떨리면서도 정확하게 뜻을 전달했다. "빌의 말이 맞아요. 우리 같은 아이들이 공원에 가서 야구하고 싶다고 하면 2루 베이스 대신 엎드릴래, 3루 베이스 대신 엎드릴래 하며 바보 취급이나 받을 거예요."

리처드의 따발총 사격이 시작됐다. "에디가 멋지게 한 방 먹였잖아! 나도 찬성이오!"

넬 씨는 머리를 돌려 그를 바라보았다.

리처드는 어깨를 으쓱해 보였다. "죄송해요. 하지만 저 애 말이 맞아요. 빌도 맞고요. 저희는 이곳이 좋아요."

리처드는 내심 넬 씨가 불같이 화를 낼 거라고 생각했지만 (다섯 아이 모두에게 뜻밖으로) 빙그레 웃는 것이었다.

"나도 동감이다. 나도 어렸을 때 이곳에 자주 왔으니까. 그래서 너희들한테 오지 말라는 얘기는 안 하겠다. 다만 내가 하는 말을 명심해라."

그는 손가락으로 아이들 쪽을 가리켰고, 아이들은 한결같이 진지한 표정이었다.

"이곳에 오더라도 항상 함께 다녀라. 함께 말이다. 무슨 말인지 알겠니?"

다섯 소년은 고개를 끄덕였다.

"항상 함께 있어야 한다는 말이야. 술래잡기처럼 한 사람씩 떨어지는 놀이는 하지 마라. 너희들도 지금 데리에서 무슨 일이 벌어지고 있는지 알 거다. 여기 오지 말라고 해도 무슨 수를 써서라도 오고 말 테지. 그건 예나 지금이나 변함없지. 그러나 너희들 자신을 위해서 여기에 오든 어디를 가든 항상 함께 뭉쳐 다니렴." 넬 씨는 빌을 바라보았다. "내 말에 이의 있나, 빌 덴브로 선생?"

"아, 아, 아닙니다. 하, 항상 하, 함……."

"됐다, 알아들었으니까. 손을 잡고 맹세하자."

빌이 손을 내밀자 넬 씨가 그 손을 마주 잡았다.

리처드가 갑자기 스탠리의 만류를 뿌리치고 불쑥 앞으로 튀어나왔다.

"어라! 넬 씨, 정말 고귀한 분이시구려! 참으로 훌륭한 분이오! 정말 훌륭해!" 리처드는 손을 내밀어 아일랜드 인의 다부진 손을 맞잡고는 연신 싱글거리며 힘차게 흔들었다. 어리둥절해진 넬 씨는 그 아이가 프랭클린 루스벨트 대통령의 끔찍한 분신은 아닐까 의구심이 들 정도였다.

"고맙다, 꼬맹이. 소질을 계발하면 쓸 만하겠구나. 지금은 아일랜드 판 그루초 마르크스(20세기 초 미국의 희극 배우—옮긴이) 분위기가 많이 나거든."

다른 아이들이 안도감에 일제히 웃음을 터뜨렸다. 스탠리도 웃기는 했지만 리처드를 나무라듯 흘겨보았다. 리처드, 철 좀 들어라!

넬 씨는 마지막으로 벤의 손을 잡았다. "덩치 양반, 판단을 잘못했다고 너무 부끄러워하지 말게. 그건 그렇고……, 댐 만드는 방법은 책에서 봤니?"

벤은 머리를 흔들었다.

"그럼, 혼자 생각해 낸 거니?"

"예."

"거, 대단하구나! 장차 큰 인물이 될 거야. 내가 장담하지. 하지만 황무지는 큰일을 할 만한 곳이 못된다." 그는 생각에 잠겨 주위를 둘러보았다. "여기선 결코 큰일이 이루어지지 않아. 더러운 곳일 뿐." 넬 씨는 한숨을 쉬었다. "자, 애들아, 댐을 무너뜨려라. 당장 무너뜨려. 나는 그동안 나무 그늘에 앉아 좀 쉬어야겠다." 그는 짓궂은 표정으로 리처드를 바라보며, 행여 또 한 차례 헛소리가 튀어나오지 않을까 기다리는 눈치였다.

"알았습니다." 그러나 리처드는 겸손하게 대답하고 더 이상 말이 없었다. 넬 씨는 흡족한 듯 고개를 끄덕였고, 아이들은 다시 벤의 지휘 아래 댐을 만들 때처럼 빠르게 허물기 시작했다. 한편 넬 씨는 경찰복 상의에서 갈색 병을 꺼내 한 모금 꿀꺽 삼켰다. 그리고 기침을 하고 거친 한숨을 토하더니 물기 어린 인자한 눈길로 아이들을 바라보았다.

"그 병에 뭐가 들어 있나요?" 리처드가 물속에 서서 넬에게 물었다.

"리처드, 입 좀 다물지 못하겠어?" 에디가 옆에서 잡아먹을 듯 윽박질렀다.

"이거?" 넬 씨는 약간 당황하며 리처드와 손에 든 갈색 병을 번갈아 보았다. 병에는 아무 상표도 없었다. "이건 신이 주신 감기 약이지. 그나저나 어디 일솜씨도 그 입만큼이나 재빠른지 한번 봐야겠다."

나중에 빌과 리처드는 위챔 가를 함께 걸어갔다. 빌은 실버를 끌고 갔는데, 그날 하루 동안 댐을 만들고 허무느라 페달을 밟을 힘도 남아 있지 않았다. 두 소년의 몰골은 말이 아니었고 무척이나 지쳐 보였다.

아이들이 각자 집으로 흩어지기 전, 스탠리는 자기 집에 가서 모노폴리나 파치시 같은 게임을 하자고 했지만 아무도 나서는 아이가 없었다. 점점 어두워지고 있었다. 벤은 피곤하고 의기소침한 음성으로 집에 가서 도서관 책이 혹시 돌아와 있는지 봐야겠다고 말했다. 데리 도서관에서 책을 빌릴 때 책 뒷장에 꽂는 열람 카드에 이름과 주소까지 기입하기 때문에 혹시 책을 주운 사람이 집으로 보냈을지 모른다고 생각한 것이다. 에디는 닐 세다카가 록 쇼에 출연하므로 어서 가서 그가 흑인인지 확인해야 한다며 흥분했다. 스탠리는 닐 세다카의 목소리만 들어도 백인이 틀림없으니 미련 좀 그만 떨라며 에디에게 핀잔을 주었다. 에디도 지지 않고 목소리만 들어서는 알 수 없다고 맞섰다. 작년 말까지 척 베리가 백인인 줄 알았지만, 밴드스탠드에 섰을 때 보니 흑인이더라는 것이다.

"엄마는 지금도 척 베리가 백인인 줄 아는데, 오히려 다행이야. 흑인이라는 사실을 알면 다시는 척 베리의 음악을 듣지 못하게 할 테니까."

에디의 말에 스탠리는 닐 세다카가 백인이라는 데 만화책 네 권을 걸겠다고 응수했고, 결국 두 아이는 함께 결판을 내기 위해 에디의 집으로 향했다.

빌과 리처드는 잠시 후 빌의 집으로 향하는 길목까지 다다랐지만 두 아이 모두 말이 없었다. 리처드는 줄곧 빌을 바라보며 윙크했다는 조지의 사진을 떠올리고 있었다. 물에 젖은 솜처럼 몸과 마음이 축 처졌는데도 퍼뜩 머리를 스치는 것이 있었다. 빌의 말이 미친 소리일지는 몰라도……, 한편 호기심이 동했다.

"빌, 잠깐 좀 쉬어 가자. 5분 만. 죽을 지경이야."

"그럴 시, 시간 없어." 하지만 말과 달리 빌도 신학 대학교 잔디밭 가장자리에 실버를 조심스레 눕혀 놓고 붉은색의 산만한 빅토리아 풍 건물로 이어지는 널찍한 돌계단 위에 털썩 주저앉았다.

"저, 정말 대, 대단했던 하루야." 빌은 시무룩한 표정이었다. 눈가 아래쪽에 붉은 반점이 도드라져 있었다. 얼굴은 창백했고 피곤해 보였다. "우리 지, 집에 가면 머, 먼저 너희 지, 집에 저, 전화부터 하자. 너희 부모님이 거, 걱정하실 테니까."

"알았어. 빌, 할 말이 있는데……."

리처드는 잠시 뜸을 들이면서 벤의 미라와 에디의 문둥이, 스탠리가 말할 뻔한 무엇인가를 떠올렸다. 데리 시민 회관 앞에 있는 폴 버니언의 동상에 관한 일도 마음 한구석을 들쑤시기 시작했다. 그러나 리처드는 꿈을 꾼 거라고 머리를 흔들었다.

아무튼 리처드는 밀려드는 잡다한 생각을 정리하고 빌을 바라보았다. "너희 집에 가자, 어때? 조지의 방을 한번 보는 거야. 그 사진을 보고 싶어."

빌은 깜짝 놀라 리처드를 바라보았다. 뭔가 말을 하고 싶었지만 그럴 수 없었다. 정신적인 중압감이 너무 컸던 탓이다. 그 대신 머리를 세차게 흔들었다.

"에디도 그랬잖아. 벤도 비슷한 얘기를 했고. 그 아이들이 한 말 믿어?" 리처드가 말했다.

"모, 모르겠어. 그 아, 아이들이 뭐, 뭔가 보기는 하, 한 것 같아."

"그래, 나도 그렇게 생각해. 지금까지 마을에서 죽은 아이들도 분명 뭔가 할 얘기가 있었을 거라고. 벤이나 에디와 죽은 아이들 사이에 다른 점이 있다면 벤과 에디는 붙잡히지 않았다는 거야."

빌은 눈꼬리를 치켜세웠어도 그다지 놀란 표정은 아니었다. 리처드는 빌도 이미 그런 생각을 하고 있었을 거라고 생각했다. 말을 제대로 하진 못해도 바보는 결코 아니었기 때문이다.

"그래서 이제부터 좀 파헤쳐 보잔 말이야. 누군가 광대 옷을 입고 아이들을 죽였을지 모르잖아. 왜 그런 짓을 했는지는 모르겠지만, 미친 사람들이 하는 짓을 누가 알겠니?"

"마, 마, 맞……."

"그래, 맞아. 배트맨 만화에 나오는 조커 같은 놈일지 몰라."

빌이 자신의 이야기에 귀를 기울이자 리처드는 신났다. 실제로 무엇을 입증하고 뚜렷한 결론을 얻을지, 정말 조지의 방과 그 사진을 볼 수 있을지 자신은 없었다. 그러나 그런 것은 문제가 아니었다. 그저 빌의 눈동자가 반짝 빛났다는 사실이면 충분했다. "하, 하지만 그 사, 사진이 사, 살인 사건과 무, 무슨 관련이 이, 있다는 거지?"

"네 생각은 어떤데, 빌?"

빌은 리처드를 보지 않은 채 나지막한 소리로 그 사진이 살인 사건과 아무 상관이 없는 것 같다고 말했다. "그, 그건 조, 조지의 유, 유령인 거 같아."

"사진 속의 유령?"

빌은 고개를 끄덕였다.

리처드는 빌의 말을 곰곰이 생각했다. 유령이라는 생각은 리처드의 어린 마음에 전혀 문제될 것이 없었다. 유령이 있을 거라는 생각도 들었다. 리처드의 부모는 감리교도였고, 리처드도 주일마다 교회에 나가면서 목요일이면 감리교 청년 모임에도 참석했다. 이미 성경에 대해서라면 꽤 아는 편이고, 성경 자체도 그 안에 등장하는 기이한 일들을 인정하고 있다는 사실도 알고 있었다. 성경에 따르면 하느님 자신도 최소한 삼 분의 일은 유령이었으며, 이는 시작에 지나지 않았다. 예수가 어떤 사내의 몸속에서 한 무리의 악마를 내쫓는 걸 보면 성경이 악마의 존재를 인정하고 있다고 봐야 할 것이다. 그것도 역시 뱃가죽 땡기는 일이었다. 예수가 그 사내에게 이름을 묻자, 악마들이 대신 대답하며 예수에게 외인 군단에 동참하라고 말했다. 그런 예는 많았다. 성경에서는 마녀도 인정하는 셈인데, 그렇지 않다면 "살아 있는 마녀에게 넘어가지 마라."라는 말이 등장할 리 없었다. 성경에는 공포 만화보다 훨씬 무시무시한 내용도 적지 않았다. 사람들이 기름 가마에 튀겨지고 배반자 유다처럼 교수형당하며, 특히 탑에서 떨어진 아하스 왕의 시신을 개들이 몰려들어 빨았다는 이야기도 나왔다. 모세와 예수가 탄생할 즈음 유아 살해가 극심했다는 말도 있었다. 무덤에서 나온 자들이 하늘로 날아오르는가 하면, 병사들이 요술을 부리듯 벽을 타고 내려오고, 미래를 내다보고 괴물들과 싸우는 예언자들도 나왔다. 모두 성경에 나오는 이야기이므로 틀림없는 사실일 터였다. 크레이크 목사님도 그렇게 말했고, 리처드의 부모님도 그렇게 믿었으며, 리처드 역시 마찬가지였다. 리처드는 유령이라는 빌의 말이 충분히 일리 있다고 생각했다. 문제는 논리가 부족하다는 점이었다.

"하지만 너도 무서웠다고 했잖아. 조지의 유령이 왜 너한테 겁을 주겠니, 빌?"

빌은 한 손으로 입가를 훔쳤다. 손이 약간 떨렸다.

"아, 아마 나한테 화, 화가 났을 거야. 자기를 주, 죽였다고. 내

자, 잘못이야. 그 아이한테 조, 종이……." 빌은 뜻대로 말을 꺼내
지 못하고 그저 허공을 향해 손을 흔들었다. 리처드는 빌이 무슨
말을 하는지 이해했지만……, 그 말에 동의할 생각은 없었다.

"나는 그렇게 생각하지 않아. 네가 조지의 등 뒤에서 칼로 찔렀
거나 총을 쐈다면 네 말이 맞을 거야. 총알이 들어 있는 아버지의
총을 갖고 놀라고 조지한테 주었어도 네 말이 맞을 거야. 그러나
그건 총이 아니라 배였어. 너는 동생을 실망시키고 싶지 않았을 뿐
이야." 리처드는 손가락 하나를 들어 올려 변호사처럼 흔들었다.
"넌 그저 동생을 기쁘게 해 주고 싶었던 거야, 안 그래?"

빌은 돌이켜 보았다. 몹시도 열심히 생각했다. 리처드가 방금 한
말은 근 몇 달 내에 처음으로 조지의 죽음에 대해 빌이 좀더 낫게
생각하도록 해 주었지만, 그의 일부분은 여전히 소리 없는 확신으
로 고집했다. '웃기지 마, 그건 네 잘못이야.' 자신의 일부분이 고집
했다. 전부는 아니지만 어쨌든 일부분은.

'네게 잘못이 없다면 왜 어머니와 아버지 사이에 그처럼 차디찬
공간이 존재할까? 잘못이 없다면 왜 아무도 저녁 식탁에서 한마디
말도 하지 않는 걸까? 나이프와 포크만 덜거덕거리는 분위기를 참
지 못해 너는 다, 다 머, 머, 먹었어요 하고 도망치듯 식탁에서 빠
져나오잖아.'

사진 속의 조지는 말하고 움직이지만 다른 이에게 들리거나 보
이지 않는 존재이며, 막연히 느껴질 뿐 실재로 받아들일 수 없는
유령일지 몰랐다.

빌은 조지의 죽음이 자신의 탓이라고 여기고 싶지 않았지만 그

후 부모님의 변화를 달리 설명할 방법이 없었고, 있다 한들 더 괴로울 뿐이었다. 빌이 부모님의 애정과 사랑을 받았던 것은 순전히 조지와 함께 있었기 때문이고, 조지의 죽음과 함께 그에겐 아무것도 남지 않았다……, 너무도 순식간에 아무 이유도 없이 벌어진 일이었다. 방문에 귀를 갖다 대면 바깥에서 부는 광기의 바람이 들려오곤 했다.

그래서 빌은 조지가 죽던 날, 자신이 무엇을 하고 느꼈으며 말했는지 생각했고, 마음 한편에서 리처드의 말을 진실로 믿고픈 절박감이 솟구쳤다. 조지에게 한없이 너그러운 맏형은 아니었다. 다투기도 많이 다투었다. 그날도 한 차례인가 다투지 않았던가?

아니, 싸우지는 않았다. 무엇보다 감기 몸살이 다 낫지 않아서 동생과 제대로 싸울 기력도 없었다. 그저 잠을 자다가 꿈을 꾸었는데, 뭔가

(거북이)

우스꽝스럽고 조그만 동물이 나온 것 같은데 정확히 기억할 수 없었다. 잦아든 빗방울 소리와 주방에서 혼자 투덜대던 조지의 목소리에 잠이 깼다. 조지에게 무슨 일이냐고 물었다. 조지는 공작책에 나온 대로 종이배를 만들어 봤지만 뜻대로 되지 않는다고 말했다. 빌은 책을 가져와 보라고 했다. 돌계단에서 리처드 곁에 앉아 종이배가 만들어지자 조지의 눈빛이 환해졌고, 그 모습을 보면서 내심 동생에게 멋지고 믿음직한 형이자 어떤 일이든 결국 해내는 사나이로 비춰졌으리라 뿌듯해하던 순간을 기억할 수 있었다. 형 노릇을 했다는 생각에 기분이 좋았더랬다.

종이배가 조지를 죽였지만 리처드의 말이 옳았다. 조지에게 총알이 장전된 총을 주면서 갖고 놀라고 한 것은 아니니까. 빌은 어떤 일이 벌어질지 알 수 없었다. 당연히 알 수 없었다.

빌은 진저리를 치며 깊게 심호흡했고, 뭔지는 몰라도 돌덩어리 같은 것이 가슴속에서 굴러떨어지는 기분이었다. 답답함이 가시자 한결 기분이 좋아졌다.

그 기분을 리처드에게 말하려다가 빌은 느닷없이 눈물을 흘리고 말았다.

리처드는 걱정스러운 표정으로 빌의 어깨를 감싸 주었다.(혹시 그들을 호모라고 오해할 만한 사람들이 주변에 없는지 재빨리 살펴본 후에.)

"괜찮아, 괜찮아, 빌? 진정해. 자, 자, 수도꼭지 좀 잠가."

"도, 동생을 주, 죽일 새, 새, 생각은 어, 어, 없었어! 그, 그런 생각은 꾸, 꿈에도 하, 하지 않았단 마, 말이야." 빌의 흐느낌은 좀처럼 멈출 줄 몰랐다.

"야, 빌, 나도 알아. 죽일 생각이었으면 계단에서 밀거나 그랬을 거야." 리처드는 어색하게 빌의 어깨를 두드리며 한 번 꼭 껴안았다. "그러니까 이제 그만 울어라. 꼭 갓난아기 같잖아."

빌은 조금씩 진정이 되는 모양이었다. 상처는 여전했지만 조금은 깨끗하게 소독하고, 빌 자신이 상처를 잘라 그 속의 썩은 고름을 내보이고 짜낸 느낌이었다. 안도감도 좋은 약이 되었다.

"도, 동생을 주, 죽일 새, 생각은 어, 어, 없었어! 그리고 내가 우, 울었다고 누구한테든 마, 말하면 가, 가만 아, 안 둘 테야."

"말하지 않을 테니 걱정 마. 조지는 네 동생이었어. 내 동생이 죽었다면 나는 미친 듯이 울었을 거야."

"너, 너, 너는 도, 동생이 어, 없잖아."

"그러니까, 만약에 말이야."

"너, 너도 우, 울었을 거라고?"

"당연하지." 리처드는 불안한 눈빛으로 빌을 바라보며 이제 울음이 다 그쳤는지 살폈다. 여전히 벌건 눈을 손수건으로 훔치고 있었지만 대충 다 울었다는 생각이 들었다. "내가 궁금한 건 왜 조지가 너를 괴롭히려고 하겠냐는 말이지. 그러니까 그 사진은 다른 뜻이……, 뭐라고 할까, 다른 사람과 관련이 있는 것 같아. 예를 들면, 그 광대 말이야."

"아, 아마 조, 조지는 내 맘을 모, 모를 거야. 아마 그 애는……."

리처드는 빌이 무슨 말을 하려는지 알았으므로 손을 흔들어 보였다. "죽은 다음에는 다른 사람들이 자신을 어떻게 생각했는지 알게 된대." 리처드는 촌뜨기의 잘못된 생각을 고쳐 주는 위대한 스승처럼 짐짓 의연한 태도로 말했다. "성경 구절에도 있어. '설령 지금 거울에서 많은 것을 보지 못한다 해도, 죽은 후엔 거울을 보듯 거울 속을 꿰뚫어 보노니.'라고 말이야. 「데살로니가전서」인가 「베드로후서」인가, 잊어먹었지만 아무튼……."

"무, 무, 무슨 뜻인지 아, 알겠어."

"그럼 어때?"

"어?"

"조지 방에 한번 가 보자니까. 누가 아이들을 죽였는지 알 수 있을지 모르잖아."

"무, 무, 무서워."

"나도." 리처드는 그 말이 단지 용기 이상의 것, 빌을 움직이게 할 말이라고만 생각했지만, 다음 순간 뭔가 묵직한 것이 마음속 한가운데서 뒤집혔고 그는 그것이 사실임을 깨달았다. 그는 생생한 겁에 질렸다.

두 소년은 덴브로의 집으로 유령처럼 슬쩍 미끄러져 들어갔다.

빌의 아버지는 아직 직장에 있었다. 샤론 덴브로는 주방 식탁에서 신문을 읽는 중이었다. 저녁을 준비하는지 대구 요리 냄새가 현관까지 흘러왔다. 리처드는 곧바로 집에 전화를 걸어 자기가 죽은 게 아니라 단지 빌의 집에 있다고 엄마에게 알렸다.

"누구세요?" 리처드가 수화기를 내려놓는데 덴브로 부인의 목소리가 들렸다. 빌과 덴브로는 그 자리에 얼어붙은 채 꺼림칙한 시선을 주고받았다. 그러고 나서 빌이 말했다. "저, 저예요, 엄마. 그리고 리, 리, 리, 리……."

"리처드 토저예요." 리처드가 큰 소리로 외쳤다.

"잘 있었니, 리처드." 덴브로 부인이 인사했지만, 그녀의 목소리는 그곳에 존재하지 않는 것처럼 멀었다. "저녁 먹고 갈래?"

"고맙습니다, 어머니. 하지만 어떡하죠, 30분쯤 뒤에 저희 집에서 데리러 오기로 했거든요."

"그럼 엄마한테도 안부 전해 주런?"

"예, 그렇게 할게요."

"가, 가자. 이, 인사는 그, 그 정도면 됐어." 빌이 리처드에게 속삭이듯 말했다.

빌과 리처드는 2층으로 올라가 빌의 방으로 향했다. 남자 아이의 방치고는 깨끗한 편이었지만 아이 엄마가 보기엔 가벼운 두통이 일어날지 모를 일이었다. 책꽂이에는 책과 만화책이 아무렇게나 꽂혀 있었다. 책상에는 책꽂이보다 더 많은 만화책과 조립식 모형이며 장난감, 45년도에나 유행했을 법한 레코드들이 쌓여 있었다. 언더우드 사에서 나온 낡은 사무용 타자기도 책상에서 자리 한 곳을 차지한 상태였다. 2년 전 크리스마스 선물로 받은 것인데, 빌은 이따금 그 타자기로 글을 쓰고는 했다. 조지가 죽은 후에는 타자기 앞에 앉는 일이 더 잦아졌다. 마음이 편안해지는 느낌 때문이었다.

침대 맞은편 바닥에 전축이 놓여 있고, 그 뚜껑 위에 옷가지가 차곡차곡 쌓여 있었다. 빌은 옷장 서랍에 옷가지를 집어넣고 책상 위에서 레코드를 집어들었다. 레코드를 살펴보더니 여섯 장을 골랐다. 전축에 레코드 하나를 걸자 플릿우드의 「그대여 부드럽게 오세요」가 흘러나왔다.

리처드는 아니꼽다는 듯 코를 틀어막는 시늉을 했다.

빌은 여전히 가슴이 벌렁댔지만 입가엔 웃음을 띠었다. "부, 부모님이 로큰로, 롤을 시, 싫어하셔. 새, 생일 선물로 주신 레, 레코드야. 패, 팻 분 거하고 토, 토미 샌즈 것도 사, 사 주셨어. 집에 아, 아무도 안 계실 때 리틀 리, 리처드와 스, 스크리밍 제이 호킨스를 드, 듣거든. 아, 아마 이 으, 음악을 트, 틀어 놓으면 엄마는 우리가 이 바, 방에 있는 줄 아, 아실 거야. 자, 자 가자."

조지의 방은 복도 맞은편이었다. 문은 닫혀 있었다. 리처드는 조지의 방문을 바라보다 침을 삼켰다.

"문을 열어놓니?" 리처드는 속삭이듯 빌에게 물었다. 갑자기 방문이 잠겨 있으면 하는 바람이 들었던 것이다. 그 방에 들어가 보자고 말한 자신이 도저히 이해되지 않았다.

빌은 창백하게 질린 얼굴을 끄덕이더니 손잡이를 돌렸다. 그러고는 먼저 방 안으로 들어가서 리처드를 돌아보았다. 잠시 후 리처드도 따라 들어왔다. 빌이 방문을 닫자 플릿우드의 노랫소리가 한층 작아졌다. 리처드는 찰칵 하며 방문이 닫히는 순간 화들짝 놀란 표정이었다.

리처드는 두려운 마음과 한편으로는 어쩔 수 없는 호기심으로 방 안을 둘러보았다. 제일 먼저 케케묵은 냄새가 느껴졌다. '오랫동안 창문을 열어 놓은 일이 없나 봐. 이크, 조금만 오래 있다가는 숨이 막히겠어. 정말 숨 막혀 죽을 거야.' 리처드는 어깨를 움찔하더니 또 한 번 마른침을 꿀꺽 삼켰다.

리처드는 조지의 침대를 바라보며 몬트 호프 묘지에 잠들어 있을 조지를 떠올렸다. 그곳에서 썩고 있을 조지 말이다. 묻힐 당시 팔이 하나밖에 없어서 가슴 위에 고이 팔을 접고 있지 못할 조지.

리처드의 목구멍에서 묘한 소리가 흘러나왔다. 빌이 돌아보며 왜 그러냐고 묻는 얼굴이었다.

"네 말이 맞아. 좀 <u>으스스</u>하구나. 이런 곳에 혼자 들어오다니 대단하다." 리처드의 음성은 메마르게 갈라졌다.

"조, 조지는 내 도, 동생인걸. 그, 그냥 들어와 보고 시, 싶을 때가 있어."

어린아이들에게 어울릴 법한 포스터들이 벽에 붙어 있었다. 캡틴 캥거루에 나오는 만화 캐릭터 톰 테리픽 포스터도 눈에 띄었다. 톰이 머리 위로 훌쩍 뛰어올라 타고난 악당 크래비 애플턴의 손을 움켜잡는 그림이었다. 도널드 덕의 조카인 휴이, 루이, 듀이가 너구리 모자를 쓰고 황야로 걸어가는 포스터도 있었다. 세 번째 포스터는 조지가 직접 색칠한 것으로, 도 아저씨의 도움으로 아이들이 횡단보도를 건너 학교로 가는 그림이었다. 그 밑에는 "횡단보도를 조심조심 건너자는 도 아저씨의 말씀!"이라는 표어가 적혀 있었다.

'아이들은 원래 선에 맞춰 깔끔하게 색칠하지 못하는 법이지.' 리처드는 그렇게 생각하다 갑자기 진저리를 쳤다. 조지는 더 이상 예쁘게 색칠하는 방법을 모른다. 리처드는 창가에 있는 책상을 바라보았다. 덴브로 부인은 책상 위에 그동안 조지가 받은 성적표를 반쯤 펼쳐 놓은 상태로 쌓아 놓았다. 더 이상 아무것도 존재할 수 없고, 조지는 선에 맞춰 색칠할 수 있기 전에 죽었으며, 유치원과 초등학교 1학년 성적표를 끝으로 조지의 삶이 정지됐다는, 너무도 우스꽝스러운 죽음의 진실을 리처드는 처음으로 깨달았다. 커다란 철봉이 머릿속에 푹 파묻히는 기분이었다. '나도 죽을지 몰라!' 갑자기 찾아든 공포감에 마음 한구석에서 악을 쓰기 시작했다. '누구든 죽을 수 있어! 누구든 죽는다고!'

"야, 야, 빌." 리처드는 떨리는 음성으로 겨우 말문을 열었지만 더 이상 아무 말도 할 수 없었다.

"응? 저거야." 빌은 거의 속삭이듯 말하며 조지의 침대에 걸터앉았다.

리처드는 빌이 가리킨 쪽을 바라보았는데, 바닥에 앨범이 떨어져 있었다. 리처드는 앨범 표지에 씌어 있는 글자를 읽었다. "나의 사진. 조지 엘머 덴브로, 여섯 살."

여섯 살! 리처드의 마음속에서 다시 비명이 솟구쳤다. '영원한 여섯 살! 누구라도 그렇게 될 수 있어! 젠장! 젠장, 누구든지!'

"펴, 펼쳐져 있었어. 저, 전에 말이야."

"그런데 지금은 닫혀 있단 말이지." 리처드는 마음이 무거웠다. 빌의 옆에 앉아 앨범을 바라보았다. "원래 책들은 저절로 닫히곤 하잖아."

"페, 페이지라면 모를까, 표, 표지는 아, 아니야. 저, 저절로 덮였어." 빌은 진지한 눈빛으로 리처드를 바라보았고, 피곤에 지친 창백한 얼굴과 몹시 어두운 눈빛이 묘한 대조를 이루었다. "그, 그런데 누, 누군가 다, 다시 열어 주, 주기를 바라고 있어. 그, 그런 새, 생각이 들어."

리처드는 자리에서 일어나 천천히 앨범 가까이 다가갔다. 앨범은 커튼 밑자락에서 닿을락 말락 한 위치에 놓여 있었다. 창문 너머 덴브로 뒷마당의 사과나무 한 그루가 눈에 들어왔다. 옹이진 나뭇가지에 매달려 있는 그네가 앞뒤로 천천히 흔들렸다.

리처드는 조지의 앨범을 내려다보았다.

두툼한 앨범 중간쯤에 적갈색 흔적이 남아 있었다. 케첩 자국일지 몰랐다. '그래, 조지는 어린아이니까 핫도그나 햄버거를 먹으면서 앨범을 뒤적였을지 몰라. 한입 베어 무는 순간 케첩이 앨범에 떨어져 말라붙은 거야. 원래 애들은 그런 법이니까. 케첩일 거야.'

그러나 리처드는 그것이 케첩이 아니라는 사실을 알고 있었다.

리처드는 처음에 살짝 손을 갖다 대었다가 앨범을 집어들었다. 차가웠다. 강렬한 여름 햇살이 커튼에 걸려 희미하게 사위는 곳, 저물어 가는 그날 하루의 음영 속에 놓여 있던 앨범은 몹시 냉랭했다.

'후, 그냥 놔두는 게 좋겠어. 이런 낡은 앨범을 뒤적이며 알지도 못하는 사람들 얼굴이나 들여다볼 이유가 없잖아. 빌에게 마음이 바뀌었다고 말하고, 빌의 방으로 돌아가 잠시 만화책이나 읽다가 집에 가서 저녁을 먹고 일찍 잠이나 자는 거야. 그러잖아도 오늘은 몹시 피곤한 날이잖아. 그리고 아침에 눈을 뜨면 그게 케첩이라는 확신이 들 거야. 그래, 그렇게 하자. 아차차!'

마음을 아는지 모르는지, 리처드의 손은 기다란 플라스틱 팔 끝에 달린 장치처럼 이미 앨범을 넘기고 있었다. 조지의 앨범에 등장하는 숱한 얼굴과 장소, 조지의 작은아버지와 작은어머니, 갓난아기들, 낡은 포드 자동차와 스튜드베이커, 전신주, 우체통, 말뚝 울타리, 진흙 구덩이에 난 바퀴 자국, 에스티 카운터 박람회장의 페리 자동차, 급수탑, 키치너 철공소의 잔해…….

리처드의 손길이 점점 빨라졌고, 갑자기 텅 빈 쪽이 나타났다. 마음과 반대로만 움직이던 손가락이 이번에는 다시 앞장을 뒤적였다. 1930년대로 보이는 데리 도심과 메인 가와 커넬 가의 풍경이 담긴 사진 말고 아무것도 없었다.

"조지가 학교에서 찍었다는 사진은 없는데 대체 무슨 꿍꿍이속이야?" 리처드는 마음 한구석에 안도감을 느끼며 약간 과장된 말투로 말했다.

"뭐, 뭐, 뭐라고?"

"앨범 마지막에 있는 건 옛날 옛적 데리 사진이잖아. 그 나머지는 텅 비어 있단 말이야."

빌은 침대에서 일어나 리처드에게 다가왔다. 거의 30년이 지난 듯한 데리 시의 사진인데 구형 자동차와 트럭, 커다란 흰색 포도 같은 전구가 달려 있는 낡은 가로등, 운하를 따라 걷다가 우연히 사진에 찍힌 행인들의 모습이 나타났다. 빌은 앨범을 뒤적였지만 리처드의 말대로 나머지는 비어 있었다.

아니, 무엇인가 있었다. 빈 칸 모서리에 사진이 붙어 있던 흔적이 보였다.

"여기 이, 있었어. 이, 이걸 봐." 빌은 빈 칸의 모서리 부분을 가리키며 말했다.

"엉! 그럼 사진이 어떻게 된 거지?"

"모, 모, 모르겠어."

빌은 리처드에게서 앨범을 받아 들고 무릎 위에 올려놓았다. 조지의 사진들을 살펴보며 앨범을 뒤적이기 시작했다. 1분 정도 지나자 이내 포기하고 앨범을 내려놓았다. 그런데 앨범이 저절로 천천히 잔물결을 일으키며 넘어가기 시작했다. 빌과 리처드는 휘둥그레진 눈으로 서로를 바라보다 앨범 쪽으로 눈길을 돌렸다.

앨범은 마지막 장에 멈추어 섰다. 암갈색 색채에 둘러싸인 데리

시가지의 사진, 빌과 리처드가 태어나기도 전의 풍경이었다.

"봐!" 리처드는 갑자기 빌에게서 앨범을 뺏어 들었다. 두려운 기색은 없었고, 너무 놀란 나머지 넋 나간 표정이었다. "이런, 젠장!"

"뭐, 뭐야! 뭐, 뭔데?"

"우리야! 우리라니까! 정말 골 때리네, 보란 말이야!"

빌은 앨범의 한쪽 끝을 붙잡았다. 그렇게 앨범의 한 쪽씩 나눠 든 채, 두 소년은 앨범에 고개를 수그렸다. 빌의 숨결이 거칠어졌고 리처드도 마찬가지였다.

흑백 사진의 반짝이는 인화지에서 두 소년이 메인 가를 따라 메인 가와 센터 가의 교차로 쪽으로 걸어가고 있었다. 800미터 남짓한 지하 수로로 운하가 들어가는 지점이었다. 두 소년의 모습은 운하 가장자리의 콘크리트 벽면과 대조를 이루며 또렷하게 보였다. 한 명은 헐렁한 반바지 차림이고 또 한 명은 세일러복과 비슷한 옷을 입고 있었다. 머리에는 트위드(굵은 양모를 사용하고 표면이 거친 모직물—옮긴이) 모자를 쓰고 있었다. 거리 맞은편 먼 곳을 응시하는지, 두 소년의 옆얼굴이 4분의 3 정도 드러나 보였다. 반바지 차림의 소년은 리처드 토저였고 세일러복에 트위드 모자를 쓰고 있는 아이는 버벅이 빌이었다.

빌과 리처드는 자신들의 나이보다 세 배는 더 오래된 사진을 홀린 듯 바라보았다. 리처드는 입속이 텁텁하고 유리 표면처럼 느껴졌다. 사진 속 소년들의 몇 발자국 앞에 한 사내가 돌풍 때문인지 중절모의 챙을 붙잡고 영원히 정지해 있었다. T형 포드 자동차, 조지 피어스 사의 피어스 애로, 발판이 있는 제너럴 모터스 사의 시보레도 눈에 띄었다.

"미, 미, 믿을 수 어, 없어……."

빌이 채 말을 끝내기도 전에 사진이 움직이기 시작했다.

교차로 한복판에(적어도 인화지의 화학 물질이 변형되기 전까지는) 정지해 있어야 할 T형 자동차가 배기 가스를 내뿜으며 교차로를 지나고 있었다. 업마일 언덕 방향이었다. 차창 밖으로 조그만 흰색 손이 뻗어 나와 좌회전 신호를 보냈다. 곧이어 자동차는 코트 가로 달리더니 사진의 경계를 넘어 사라져 버렸다.

피어스 애로와 시보레, 패커드가 각각 차선을 따라 교차로를 빠져나갔다. 중절모를 쓴 사내의 외투 자락이 28년의 세월이 흐른 지금 가볍게 펄럭이고 있었다. 그는 모자를 더 꽉 움켜잡고 앞으로 걷기 시작했다.

두 소년이 모퉁이를 돌자 얼굴이 완전히 드러났고, 이윽고 리처드는 그 소년들이 센터 가를 터벅터벅 걸어가던 지저분한 개를 바라보고 있었다는 사실을 깨달았다. 세일러복 차림의 빌이 손가락 두 개를 입가에 대고 휘파람을 불었다. 온몸이 굳어 버린 리처드의 귓가로 휘파람 소리와 불규칙한 자동차의 엔진 소리가 들려왔다. 두꺼운 유리창 밖에서 들리듯 희미한 소리였지만 분명 환청은 아니었다.

개는 두 소년을 흘깃거리더니 계속 종종걸음쳤다. 두 소년은 마주 보면서 다람쥐처럼 웃어 댔다. 이윽고 다시 걸어가는 순간 반바지 차림의 리처드가 빌의 팔을 붙잡으며 운하 쪽을 가리켰다. 그들은 운하를 향해 돌아섰다.

'안 돼, 그쪽으로 가지 마.' 리처드는 까닭 모를 초조감에 숨이 막혔다.

두 소년은 낮은 콘크리트 벽을 향해 돌아섰고, 느닷없이 인형이 튀어나오는 장난감처럼 광대 하나가 운하 가장자리에서 뛰어올랐다. 조지 덴브로의 얼굴을 하고 있는 광대, 매끈하게 머리를 뒤로 쓸어 넘기고 입가에 짙은 분장으로 함박웃음을 그려 넣은 채 눈두덩은 까맣게 비어 있었다. 한 손은 풍선 세 개가 달린 줄을 붙들고 있었다. 그리고 다른 한 손은 세일러복 차림의 소년을 향해 쭉 뻗다가 이내 목덜미를 움켜잡았다.

"아, 아, 안 돼!" 빌은 비명을 지르며 사진 속으로 들어갈 듯 달려들었다.

"그만둬, 빌!" 리처드는 고함치며 빌을 붙잡았다.

간발의 차였다. 빌의 손가락 끝이 이미 사진의 표면을 통과해 다른 세계 속으로 빨려드는 순간이었다. 손가락 끝이 낡은 사진 속으로 들어가는 순간, 따스한 핏기가 사라지고 바싹 마른 크림색으로 변하는 광경이 또렷했다. 동시에 손가락이 작아지고 잘린 듯 보였다. 물이 든 유리병에 손을 담글 때 물에 잠긴 부분이 붕 떠올라 어긋나 보이는 굴절 현상과 비슷했다.

사진 속에 들어간 부분까지 손가락에 대각선으로 날카롭게 베인 상처가 나타났다. 회전하는 선풍기 속에 넣었다 뺀 손가락 같았다.

리처드는 빌의 팔을 붙잡아 힘껏 잡아당겼다. 두 아이 모두 뒤로 벌렁 나자빠졌다. 조지의 앨범이 바닥에 떨어지면서 둔탁한 소리를 내며 닫혔다. 빌은 손가락을 입속에 넣고 빨았다. 얼마나 아팠는지 눈물까지 찔끔거렸다. 핏줄기가 손바닥을 타고 손목으로 흘러내렸다.

"어디 좀 봐."

"아, 아파." 빌은 고통스러운 표정으로 손바닥을 펴 리처드에게 내밀었다. 검지와 중지, 약지에 각각 사다리 모양의 상처가 나 있었다. 사진 표면(표면이 있다면 말이지만)에 살짝 스쳤던 새끼손가락엔 상처가 없었지만, 나중에 빌은 손톱 다듬을 때 쓰는 작은 가위 모양으로 새끼손가락 손톱이 깨끗하게 깎여 나갔노라 리처드에게 말했다.

"맙소사, 빌." 리처드가 말했다. 반창고. 떠오르는 말이라고는 그것밖에 없었다. 천만다행이었다. 빌의 팔을 잡아당기지 않았다면 베인 정도가 아니라 잘려 나갔을지 몰랐다. "약이라도 발라야겠어. 너희 엄마한테……."

"어, 어, 엄마가 알면 아, 안 돼." 빌은 바닥에 뚝뚝 피를 흘리며 다시 앨범을 부여잡았다.

"다시 열지 마! 젠장, 손가락이 다 잘리고 싶어서 그래!" 리처드는 깜짝 놀라 빌의 어깨를 움켜잡았다.

빌은 리처드의 손길을 뿌리쳤다. 앨범을 뒤적이는 빌의 얼굴에 단호한 표정이 떠올랐고, 리처드는 그 표정이 무엇보다 두려웠다. 빌의 눈빛은 거의 미친 사람 같았다. 앨범에도 핏자국이 묻기 시작했지만, 아직은 케첩처럼 보이지 않았다. 그러나 조금 후 말라붙으면 그렇게 보일 터였다. 케첩처럼 말이다.

데리 사진이 다시 나타났다.

T형 자동차는 교차로 한복판에 멈춰 있었다. 다른 자동차들도 예전의 위치에 멈춘 상태였다. 그 사내가 중절모를 붙잡고 교차로를 향해 걸어가기 시작했다. 또 한 차례 외투 자락이 펄럭였다.

두 소년은 사진에서 사라지고 없었다.

"이걸 봐." 리처드는 속삭이며 사진 한 부분을 가리켰다. 손가락 끝이 사진에 닿을까 봐 무척 조심하는 듯했다. 운하 가장자리 낮은 콘크리트 벽 위로 무엇인가 둥그런 물체가 떠 있었다.

풍선 같은.

그들은 딱 때맞춰 조지의 방에서 나왔다. 빌의 어머니가 벽에 그림자를 드리운 채 계단 발치에서 말했다. "얘들아, 레슬링이라도 하는 거니? 쿵쾅거리는 소리가 들리잖아." 날카로운 목소리였다.

"벼, 벼, 별것 아니에요, 어, 엄마." 빌은 리처드에게 조용히 하라는 눈짓을 보냈다.

"어쨌든 그만 좀 해라. 천장이 주저앉겠어."

"아, 아, 알았어요."

발자국 소리가 다시 멀어졌다. 빌은 손에 손수건을 감싸고 있었다. 손수건은 이미 피에 흥건히 젖어 금방이라도 핏방울이 떨어질 것 같았다. 그들은 욕실로 가서 피가 멈출 때까지 수돗물을 틀어 놓고 손가락을 갖다 댔다. 피가 말끔하게 씻겨 나가긴 했지만 예상보다 상처가 깊었다. 희멀건 상처 속에서 빨간 속살이 비치자 리처드는 속이 메슥거렸다. 리처드는 반창고를 재빨리 빌의 손가락에 감았다.

"너무 아, 아파."

"왜, 이번에는 아예 푹 담그지 그랬냐?"

빌은 심각한 얼굴로 손가락에 감긴 반창고를 내려다보았다. "과, 광대였어. 과, 광대가 조, 조지 휴, 흉내를 냈던 거야."

"맞아. 벤이 봤다는 미라도 광대였을 거야. 에디가 봤다는 문둥이도 말이야."

"무, 문둥이."

"그래, 문둥이."

"하지만 저, 정말 과, 광대였을까?"

"괴물이겠지. 괴물 같은 거 말이야. 데리에 그런 괴물이 있는 거야. 그놈이 아이들을 죽이는 걸 테고."

황무지에서 넬 씨와 댐 사건이 벌어지고 조지의 사진이 움직인 지 얼마 후 토요일, 리처드와 벤과 비벌리 마시는 하나도 아닌 둘이나 되는 괴물과 직접 마주쳤고, 그만 한 대가를 치르고 말았다. 어쨌든 리처드에겐 그랬다. 그 괴물들은 오싹했지만 아주 위험하지는 않았다. 괴물들이 슬금슬금 희생자에게 접근한 곳은 알라딘 극장의 화면이었고, 리처드와 벤, 비벌리는 2층에 앉아 있었다.

괴물 중 하나는 마이클 런던이 연기한 늑대 인간이었는데, 그는 늑대 인간일 때에도 오리 꼬리 머리 모양을 그대로 유지한 덕분에 멋져 보였다. 또 다른 괴물은 만신창이 시체가 된 폭주족으로 그레이 콘웨이가 열연했다. 지하실에 악어 무리를 키우는 것부터 머리에서 발끝까지 고약한 빅터 프랑켄슈타인의 후손이 그 폭주족을 다시 살려 냈다. 뉴스 영화도 괴이하기는 매한가지여서, 최근의 파리 패션 소식과 케네디 우주 센터에서 발사된 뱅가드 로켓, 워너브라더스에서 뽀빠이 만화와 칠리 윌리 만화(여러 가지 면에서 리처드는 칠리 윌리에 사족을 못썼다.)를 내놨다는 소식, 다음에 개봉될 영화 예고편이 이어졌다. 영화 예고편 중에서 리처드는 필수 관람 목록에 「나는 우주에서 온 괴물과 결혼했다」와 「우주 생명체 블로브」를 적어 놓았다.

벤은 영화를 보는 동안 내내 말이 없었다. 리처드는 극장에 헨리와 트림쟁이와 빅터가 와 있어서 벤의 신경이 곤두서 있는 거라고 생각했다. 그러나 벤은 그 불량배 무리에 대해서는 까맣게 잊고 있었다.(그들은 무대 바로 앞쪽에 앉아 팝콘 봉지를 서로에게 던지며 잠시도 가만있지 못했다.) 벤이 줄곧 침묵한 이유는 비벌리 때문이었다. 비벌리와 가까이 앉아 있다는 사실만으로도 벤은 신열을 느낄 정도였다. 온몸에 소름이 돋았고, 비벌리가 약간만 자리에서 들썩여도 벌겋게 달아올라 열병에 걸린 기분이었다. 팝콘을 집다가 손길이 약간만 스쳐도 벤은 환희와 전율을 느꼈다. 어둠 속에서 비벌리와 함께 있던 세 시간은 벤의 일생에서 가장 길고도 짧은 시간이었다.

벤이 풋사랑의 열병에 빠져 있음을 알 길 없는 리처드는 나름대로 기분이 좋았다. 리처드가 보기에 『말하는 망아지, 프랜시스』 외에 괜찮은 것이 있다면, 유혈이 낭자한 부분에서 온통 소리치고 비명지르는 아이들로 가득 찬 극장의 공포 영화 두 편이었다. 물론 그 당시에는 극장에서 동시 상영되는 미국 저예산 영화 두 편과 마을에서 벌어질 일련의 사건들이 무슨 관련이라도 있을 줄은 꿈에도 몰랐다……. 어쨌든 그 당시엔 몰랐다.

리처드는 금요일 아침에 데리 뉴스에서 공포 영화 두 편이 동시 상영된다는 광고를 보는 순간 간밤 내내 시달렸던 지독한 악몽을 잊을 수 있었다. 결국 침대에서 일어나 벽장 속에 불을 켜 두고 나서야 겨우 잠들었다는 사실도 잊었다. 아침에 일어나 보니 세상은 예전처럼 평온할 뿐이어서 아무 일도 벌어지지 않은 것 같았다. 그래서 조지의 방에서 빌과 겪은 일이 환영이었다고 간단하게 마음먹었다. 물론 빌의 손가락에 난 상처는 환영이 아닐 테지만 종이에 베인 것이지 하는 생각이 들었다. 두껍고 가장자리가 날카로운 종이 말이다. 충분히 있을 수 있는 일이었다. 게다가 앞으로 10년 동안 리처드가 그 일을 생각하며 보내야 한다는 법도 없잖은가? 물론 없었다.

그래서 어른들이라면 가까운 정신 병원에 달려갔을 일이지만, 리처드는 아침에 일어나 큼지막한 팬케이크를 먹어 치우고, 신문의 '여가' 지면에서 두 편의 공포 영화 광고를 접한 후 곧바로 돈이 얼마나 남았는지 확인했다. 용돈은 얼마 남지 않아서(글쎄……, '빈털터리'라는 표현이 더 정확하겠지만) 용돈을 벌 만한 아무 일이나 시켜 달라고 아버지를 조르기 시작했다.

리처드의 아버지는 이미 치과의사 가운까지 차려입고 식탁에 앉아 있었는데, 신문의 스포츠 면을 보면서 커피를 또 한 잔 따르는 중이었다. 웬트워스 토저는 갸름한 얼굴에 인상이 좋은 사람이었다. 당시 철테 안경을 쓰고 뒤통수부터 머리가 빠지기 시작하던 그가 1973년에 세상을 떠난 것은 후두암 때문이었다. 그는 리처드가 가리키는 광고를 바라보았다.

"공포 영화잖아."

"맞아요." 리처드는 상그레 웃어 보였다.

"마음대로 하렴."

"와!"

"그 쓰레기 같은 영화들을 못 보게 했다가는 속이 타 죽을 표정이구나."

"맞아요, 죽고 말 거예요! 욱, 벌써 증상이 오나 봐요! 어어어어억." 리처드는 자리에서 일어나 목을 움켜잡고 혀를 쭉 내밀었다. 리처드가 주문을 거는 자기만의 독특한 행동이었다.

"오, 이런, 리처드. 그만 좀 해라." 리처드의 어머니는 달걀을 부치다 말고 리처드를 바라보았다.

"이런, 리처드." 웬트워스는 리처드가 다시 식탁에 앉는 모습을 지켜보며 말했다. "허허, 월요일 날 용돈 주는 걸 깜박했네. 그래서 더 돈이 궁하신 것 같은데, 리처드."

"흠……."

"한 푼도 없니?"

"흠……."

"사내자식이 그렇게 잔머리를 굴려서야 쓰나." 웬트워스는 턱에 팔을 괴고 외아들이 무척이나 사랑스럽다는 표정으로 바라보았다. "용돈이 다 어디로 갔을까?"

리처드는 기다렸다는 듯이 영국 집사 투들스의 목소리를 흉내 내기 시작했다. "주군, 제가 벌써 다 써 버리지 않았겠습니까? 딩

땅댕, 바로 맞히셨습니다. 완전히 빈털터리가 됐답니다. 전쟁이나 다름없죠. 바야흐로 우리가 해야 할 일은 다시 그 잔인한 훈족을 무찌르는 겁니다. 아닙니까? 역경을 타개하시옵소서. 그 고슴도치 무리들을 무찌르옵소서. 그……."

"네 헛소리부터 물리쳐야겠다." 웬트워스는 온화한 표정으로 말하면서 딸기 통조림을 집었다.

"제발 여러분, 아침 식사 때만이라도 고상해지면 안 될까요?" 매기 토저는 리처드에게 계란을 건네주며 남편을 흘겨보았다. "리처드, 네 머릿속에는 어쩌자고 그렇게 쓸데없는 것만 들어 있는지 모르겠구나."

"엄마, 어떻게 그런 말씀을."

리처드는 겉으론 의기소침한 표정이었지만 내심 쾌재를 불렀다. 이미 부모님의 속마음을 책(평범하면서도 아주 달콤한 책) 보듯 훤히 들여다볼 수 있었으므로, 곧 아버지가 자기의 청을 들어줄 거라 확신했다. 적당한 집안일을 시키고 토요일 오후 극장에 가도록 허락하는 건 시간문제였다.

웬트워스는 싱글벙글하며 리처드를 바라보았다. "좋아, 너도 아빠가 시키는 일을 할 만한 권리는 있으니까."

"그게 권리인가요?" 리처드도 싱긋 웃으며 말했지만 어딘지 예감이 좋지 않았다.

"권리고말고. 리처드, 우리 집 마당에 잔디가 있는 건 알고 있지? 모를 리 없지, 안 그래?"

"주군, 어찌 제가 모르겠나이까?" 리처드가 다시 투들스가 되어,

아니 된 척하며 말했다. "약간 지저분하죠. 아아, 그렇지요?"

"맞도다, 맞아. 그래서 말인데 리처드, 그 지저분한 상황을 타개해야겠다."

"제가요?"

"그럼, 누가 또 있니? 깎아라."

"알았어요, 확실히 깎아 드릴게요." 리처드가 말했다. 그러나 끔찍한 의심이 마음속에서 갑자기 피어올랐다. 아버지가 앞마당 잔디만 말하는 것 같지 않았다.

웬트워스 토저의 미소는 상어의 입처럼 점점 더 커졌다.

"전부 깎아라. 아, 내 아들로 태어난 게 잘못이라면 잘못이지. 앞, 뒤, 양 옆 모두 깎아라. 일이 다 끝나면 1달러짜리 빳빳한 지폐를 두 장 주마."

"그럴 수 없어요, 아빠."

리처드는 반박하고 싶었지만, 내심 아빠 말대로 될까 봐 조바심이 났다.

"2달러."

"잔디를 다 깎는데, 고작 2달러를 주신다고요?" 리처드는 이만저만 낙담한 표정이 아니었다. "아빠, 이 세상에서 가장 넓은 잔디밭이란 말이에요! 말도 안 돼요!"

웬트워스는 한숨을 쉬고는 다시 신문을 들었다. 리처드의 눈앞에 1면 기사가 나타났다. "소년 실종으로 새로운 공포감 확산." 갑자기 조지 덴브로의 기이한 앨범이 떠올랐지만 허깨비에 지나지 않고……, 설령 허깨비가 아니라도 그건 어제의 일이고, 지금은 오늘이라는 생각이 들었다.

"그다지 영화를 보고 싶지 않은가 보군." 신문 뒤에서 웬트워스의 음성이 흘러나왔다. 그는 잠시 후 신문지 위로 슬쩍 리처드의 표정을 살펴보았다. 부채꼴로 카드를 펼쳐 든 상대방을 탐색하는 은밀한 시선이었다.

"클라크네 쌍둥이가 잔디를 깎으면 한 명당 2달러씩 주시겠네요!"

"그건 맞는 말이다. 하지만 그 아이들은 내일 영화를 보러 가진 않을 거야. 설령 갈 마음이 있다고 해도 돈이 충분할 게다. 그 아이들은 일이 닥친 다음에야 돈이 없다고 호들갑을 떨지는 않을 테니까. 하지만 너는 극장에 가고 싶지만 그럴 만한 돈이 없잖니. 벌써 팬케이크 다섯 개와 달걀 두 알을 먹어 댔으니 내 말에 속이 거북할 만도 하지만 아빠가 할 수 있는 제안은 그게 전부거든. 어떡할래?" 웬트워스는 다시 슬며시 신문 위로 눈을 올렸다.

"아빠가 저를 협박하고 있어요." 리처드는 기름기 없는 토스트를 먹고 있던 어머니에게 애원의 눈길을 보냈다. 그녀는 요즘 살을 빼려고 노력 중이었다. "이건 협박이에요, 엄마 어떻게 좀 해 봐요."

"그래, 내가 듣기에도 협박이구나. 칠칠치 못하기는, 턱에 묻은 달걀이나 닦으렴."

리처드는 턱을 문질렀다. "아빠가 오늘 퇴근하실 때까지 잔디를 다 깎아 놓으면 3달러 주세요." 그는 신문지를 향해 물었다.

웬트워스의 눈동자가 다시 신문지 위로 슬며시 올라왔다. "2달러 50센트."

"어휴, 아빠는 코미디언 잭 베니 같아요."

"내 우상인걸. 어서 결정해라. 야구 기록표 좀 봐야 하니까."

"좋아요." 리처드는 한숨을 폭 내쉬었다. 한 가족이면서도 작정하고 달려든다면 자기 같은 어린아이는 꼼짝없이 착취당할 수밖에. 가족이 더 무서운 법이다. 생각하면 할수록 정말 뱃가죽 땡기는 일이었다.

리처드는 잔디를 깎는 동안 성대모사를 열심히 연습했다.

리처드가 앞, 뒤, 양 옆 잔디까지 전부 깎았을 때는 금요일 오후 3시였고, 토요일 아침엔 청바지 주머니에 2달러 50센트를 넣고 그날을 시작할 수 있었다. 한몫 단단히 챙겼다는 느낌이 들 정도로 마음이 설레어 빌에게 전화를 걸었지만, 빌은 언어 치료 검사를 받으러 뱅고어에 가야 한다고 했다.

리처드는 거 참 안됐다며 최고 장기인 버벅이 빌 목소리를 흉내 냈다. "어, 엄청 버, 버벅대서 그 사, 사람들 바, 반쯤 주, 죽여 놓고 오, 오라고."

"내, 내 어, 어, 엉덩이나 빠, 빨아라, 이, 인마." 빌은 그렇게 전화를 끊었다.

리처드는 곧바로 에디 카스브랙에게도 전화했지만 그는 빌보다 더 맥빠진 음성으로 하루 종일 버스를 타고 다니게 됐다며 투덜댔다. 어머니와 함께 헤이븐과 뱅고어와 햄프덴에 있는 이모 세 명을 방문해야 한다는 것이었다. 에디의 이모는 셋 모두 카스브랙 부인처럼 뚱뚱했으며 혼자 살았다.

"내 볼따구니를 꼬집고 난리를 치며 내가 얼마나 컸는지 확인하려 든다니까." 에디가 말했다.

"거 봐, 인마, 이모들도 네가 귀여워서 그러시잖아. 나처럼 말이야. 아무튼 너는 내가 처음으로 발견한 귀염둥이니까."

"넌 정말 구제불능이야, 리처드."

"이모를 한 사람씩 찾아간다고 했지? 그럼 다음 주에 황무지에 나올 수 있는 거냐?"

"너희들이 간다면 나도 가야지. 총 싸움할까?"

"뭐, 그것도 좋지. 그건 그렇고……, 나와 빌에게 일이 생겼어. 너희들한테 말해 주려고."

"뭔데?"

"정확히 말하자면 빌한테 생긴 일이지. 하여튼 나중에 봐. 이모 잘 만나고."

"그래, 아주 재밌게 놀다 오마."

리처드의 세 번째 전화 상대는 사나이 스탠리였고, 스탠리는 창문을 깨뜨린 벌로 금족령이 내려졌다고 했다. 접시로 비행접시 놀이를 하다가 그만 창문을 깨뜨린 모양이었다. 우장창. 그래서 주말 내내 집안일을 거들게 생겼고, 다음 주까지도 꼼짝 못할지 모른다고 했다. 리처드는 위로의 말과 함께 다음 주에 황무지에 올 수 있는지 물었다. 스탠리는 아버지가 금족령을 풀어 주면 갈 수 있을 거라고 말했다.

"쯧쯧, 스탠리, 그깟 창문 하나를 깬 건데 뭘 그래."

"그렇긴 한데 아주 큰 유리창이거든."

리처드는 거실을 나가려다 벤 한스컴을 떠올렸다. 전화번호부를 뒤적여 보니 앨린 한스컴이라는 이름이 나왔다. 한스컴이라는 이름이 네 개나 됐지만, 여자 이름은 그것 하나뿐이어서 벤의 전화번호가 맞다는 생각이 들었다.

"나도 가고 싶지만 용돈을 다 써 버렸어."

벤은 돈이 없어 실망스럽기도 하고 창피하기도 했다. 솔직히 사탕과 소다수, 과자와 육포를 사는 데 돈을 썼던 것이다.

리처드는 주머니 속의 돈을 만지작거리다가(영화관에 혼자 가는 건 질색이었다.) 말했다. "나한테 돈이 좀 있어. 빌려 줄게."

"그래? 정말이야? 그래도 돼?"

"그럼, 안 될 게 뭐 있어?" 리처드가 약간 당황해하며 말했다.

"좋아! 정말 근사한걸! 공포 영화를 두 편씩이나! 하나는 늑대 인간이 나온다고 했지?"

"맞아."

"인마, 내가 늑대 인간을 얼마나 좋아한다고!"

"이런이런, 노적가리, 그러다 오줌 싸겠다."

벤이 기분 좋게 웃었다.

"알라딘 극장 앞에서 봐, 괜찮지?"

"괜찮다마다."

리처드는 전화를 끊고 전화기를 물끄러미 바라보았다. 벤 한스컴이 외로운 아이라는 생각이 문득 들었다. 그래서 더욱 벤에게 전화하길 잘했다는 생각이 들었다. 리처드는 영화가 시작되기 전에 읽을 만한 만화책을 찾아 2층으로 쏜살같이 올라갔다.

화창한 날씨에 산들바람이 불어 시원했다. 센터 가를 따라 알라던 극장으로 걸어가면서 리처드는 어깨춤에 「로킹 로빈」 노래까지 불렀다. 기분이 좋았다. 영화관에 갈 때면 늘 기분이 좋았고, 그 멋진 마법의 세계와 환상적인 꿈들을 생각만 해도 가슴이 벅찼다. 그런 멋진 토요일에 빌은 언어 치료를 받으러 가고, 에디는 이모를 만나야 하고, 불쌍한 사나이 스탠리는 왼쪽으로 날아가야 할 비행접시가 오른쪽으로 꺾이는 바람에 창문을 깨고 하루 종일 깨진 유리를 쓸고 닦다 차고까지 청소해야 한다니 정말이지 한심한 노릇이었다.

리처드는 뒷주머니에서 요요를 꺼내 묘기를 부려 보았다. 멋진 묘기를 배우기 위해 열심이었지만, 아직까지는 별 볼 일 없는 수준이었다. 그 망나니 장난감이 도대체 말을 들어먹지 않았다. 밑으로 내려갔다 곧바로 올라오지 않으면, 아예 줄 끝에 매달려 죽치고 잠이라도 자는지 꼼짝도 하지 않았다.

센터 가 언덕길 중간쯤, 색 바랜 주름 치마와 흰색 민소매 블라우스 차림을 한 소녀가 슈크 약국 앞 벤치에 앉아 있었다. 소녀는 피스타치오 아이스크림 같은 걸 먹고 있었다. 붉은색과 적갈색이 뒤섞인 머리카락이 맨 위쪽에서 구릿빛을 띠며 어깨까지 탐스럽게 늘어져 있었다. 리처드가 그런 독특한 색깔의 머리카락을 알고 있다면 딱 한 사람뿐이었다. 비벌리 마시.

리처드는 비벌리를 아주 좋아했다. 그러나 뭐라고 할까, 이성적인 감정이라고 보기는 어려웠다. 늘 비벌리의 외모에 감탄했지만 (그리고 자기만 그런 게 아니라는 것도 알았다. 샐리 뮬러와 그레타 보위 같은 여자 애들은 잡아먹을 듯이 비벌리를 싫어했지만, 어떻게 그들이 그렇게 쉽게 모든 걸 소유할 수 있는지 이해하기엔 어린 나이였고, 로어 메인 가의 허름한 아파트에 사는 여자 애와 외모 문제로 여전히 경쟁심을 버리지 못했다.), 무엇보다 리처드가 비벌리를 좋아하는 이유는 그녀가 강단지고 유머 감각이 뛰어났기 때문이다. 게다가, 그 애는 늘 담배가 있었다. 한마디로 말해서 비벌리는 괜찮은 친구인 셈이다. 그러나 한두 번인가, 비벌리의 몇 안 되는 색 바랜 치마 아래 속옷이 무슨 색깔일까 궁금한 적이 있었고, 그런 것은 다른 친구들에게 궁금해하는 종류의 것은 아니지 않은가?

아무튼 리처드는 비벌리가 웬만한 사내 녀석보다 낫다는 생각을 하고 있었다.

비벌리가 앉아서 아이스크림을 먹고 있는 벤치로 다가서며 리처드는 있지도 않은 바바리코트의 띠를 채우고, 역시 있지도 않은 모자의 챙을 비스듬히 내려 험프리 보거트 흉내를 냈다. 목소리만 비슷하다면 험프리 보거트로 보기에 손색이 없겠지만 리처드 자신은 뭘 해도 성공적이라고 생각할 테니 문제는 아니었다. 물론 다른 사람들이 듣기에는 리처드 토저가 코감기에 걸렸나 싶을 목소리였다.

"안녕, 내 사랑." 리처드는 비벌리가 앉아서 차도를 바라보고는 벤치로 미끄러지듯 다가갔다. "설마 여기서 버스를 기다리는 건 아니겠지? 나치가 이미 탈출로를 봉쇄해 버렸소. 마지막 비행기 시간은 오늘 밤 자정이오. 그걸 타시오. 그 사람에겐 당신이 필요하다오, 내 사랑. 나도 그렇소……. 하지만 나는 혼자서도 잘 해 나갈 테니까."

"안녕, 리처드." 비벌리가 얼굴을 돌리며 인사를 건네는 순간, 리처드는 비벌리의 오른쪽 뺨에서 까마귀의 날개처럼 검붉은 멍 자국을 보았다. 리처드는 또 한 번 비벌리의 눈부신 외모에 깜짝 놀라……, 정말 아름답다는 생각밖에 할 수 없었다. 그때 처음으로 영화 화면 밖으로 걸어 나온 아름다운 소녀가 있음을, 아니면 리처드 자신이 알고 있는 소녀가 진정 그토록 아름답다는 사실을 알게 된 느낌이었다. 갑자기 비벌리의 아름다움을 깨달은 건 멍 자국 때문이었는데, 그것이 얼굴과 기묘한 대조를 이루며 처음에는 유일한 결점처럼 보이다가 점점 얼굴의 다른 윤곽을 도드라져 보이게 했던 것이다. 회청색의 눈동자, 앵두 같은 입술, 깨끗하다 못해 눈부신 우윳빛 피부. 그리고 콧잔등에 살짝 찍힌 아이스크림 조각.

"멍든 걸 보는 거야?" 그녀는 머리를 홱 돌려 버렸다.

"아, 내 사랑. 얼굴에 멍이 들었군. 그러나 당신을 카사블랑카에서 구해 낸 후에 곧바로 가장 훌륭한 병원으로 데려가겠소. 당신의 하얀 피부를 되찾게 해 주겠소. 내 어머니의 이름을 걸고 맹세하리다."

"어이쿠, 정말 못 말리는 놈이라니까. 험프리 보거트 목소리와 하나도 안 비슷하다, 인마." 하지만 비벌리는 말하는 동안 줄곧 웃었다.

리처드는 비벌리 곁에 앉았다. "영화 보러 갈래?"

"돈 없어. 요요나 한번 보여 줘라."

리처드는 요요를 건네주었다. "내렸다가 다시 천천히 올라와야 하는데 말을 듣지 않아. 그놈 때문에 정말 열 받아 죽겠어."

비벌리는 요요의 줄에 손가락을 찔러 넣었고, 리처드는 안경을 치키며 비벌리가 어떻게 하나 숨을 죽였다. 비벌리가 하늘을 향해 손바닥을 뒤집자, 요요는 컵 모양의 손안으로 쏙 굴러들었다. 곧이어 비벌리는 검지로 요요를 굴렸다. 요요는 줄 끝까지 내려갔다가 그대로 멈추어 섰다. 이리 오라는 식으로 손가락을 까딱거리자, 꼼짝도 안 할 것 같던 요요가 갑자기 줄을 타고 그녀의 손바닥으로 되돌아왔다.

"야, 기가 막힌데."

"이 정도는 코홀리개도 하는 건데 뭐. 이걸 봐." 비벌리는 잽싸게 요요를 다시 밑으로 굴렸다. 요요를 줄 끝에 그대로 정지시켜 놓았다가 능숙한 손놀림으로 줄을 당겨 감는 워크 더 도그(요요 기술 중 하나―옮긴이)를 선보였다.

"아, 그만그만. 잘난 체하는 건 정말 재수 없어."

"그래, 그럼 이건 어때?"

비벌리는 빙그레 웃으며 요요를 앞뒤로 움직이기 시작했다. 붉은색으로 휘도는 모습이 허풍쟁이 리처드의 벌게진 얼굴을 보는 느낌이었다. 비벌리가 두 바퀴짜리 어라운드 더 월드(요요 기술 중 하나―옮긴이)를 막 끝내는 순간, 지나가던 나이 든 아주머니에게 맞을 뻔하는 바람에 곱지 않은 시선을 받았다. 그러나 요요는 멋지게 비벌리의 손으로 감겨 돌아왔다. 비벌리는 리처드에게 요요를 건네주면서 다시 벤치에 앉았다. 비벌리의 요요 기술을 지켜보던 리처드의 입은 여전히 헤 벌어져 있었다.

"입 좀 다물어, 파리 들어가겠다."

리처드는 흠칫하며 입을 다물었다.

"솔직히 마지막에 운이 좋았어. 두 바퀴짜리 어라운드 더 월드를 제대로 한 적은 오늘이 처음이거든."

그때 아이들이 나타났다. 피터 고든과 마르시아 패든이 나란히 걸어오고 있었다. 늘 붙어 다니는 것 같지만, 리처드는 두 아이가 웨스트 브로드웨이에 사는 이웃인 데다 자기들끼리라도 감싸고 관심을 가져 주지 않으면 따돌림을 당할까 봐 몰려다니는 거라 생각했다. 피터 고든은 이제 열두 살밖에 안 됐는데 얼굴이 온통 여드름투성이였다. 바워스와 크리스, 허긴스 패거리에 붙어 다닐 때도 있지만, 혼자서는 아무 짓도 못하는 겁쟁이였다.

이윽고 고든이 리처드와 비벌리가 함께 앉아 이야기하고 있는 모습을 발견했다.

"야, 쟤네들 얼굴 발개지는 것 좀 봐! 얼레리꼴레리 얼레리꼴레리! 벌써 사랑을 하다니, 곧 결혼하고……."

"리처드는 벌써 유모차 살 걱정하는 것 같아!" 마르시아가 고든의 말을 받아 떠들다가 까마귀 울음 같은 웃음을 터뜨렸다.

"어디 더 지껄여 봐." 비벌리가 가운뎃손가락을 곧추세웠다. 마르시아는 어떻게 저런 상스러운 행동을 하나 하는 표정으로 얼굴을 돌려 버렸다. 고든은 마르시아의 손을 꼭 붙잡더니 슬쩍 뒤를 돌아보았다. "다음에 또 보자, 네눈박이."

"네 엄마 거들이나 또 봐라." 리처드는 아무렇지 않은 표정으로 쏘아붙였다. 비벌리는 갑자기 웃음을 터뜨렸다. 너무 웃는 바람에 잠시 리처드의 어깨에 얼굴을 기댔고, 리처드는 그 잠시 동안 느껴진 그녀의 감촉과 가벼운 무게가 전혀 불쾌하지 않았다.

"뭐 저런 것들이 다 있담."

"그러게, 아마 마르시아가 싸는 오줌은 장미 향수 냄새가 날 거야." 리처드에 말에 비벌리는 다시 깔깔거렸다.

"샤넬 넘버 파이브." 비벌리는 손으로 입을 막고 있어 억눌린 소리가 났다.

"맞아." 리처드는 샤넬 넘버 파이브가 뭔지도 모르면서 맞장구쳤다. "비벌리?"

"왜?"

"요요 회전 기술 좀 가르쳐 줄래?"

"그러지 뭐. 그런데 한번도 누굴 가르쳐 본 일이 없는데."

"그럼, 너는 누구한테 배웠니? 누가 가르쳐 줬어?"

비벌리는 갑자기 넌덜머리난다는 표정을 지어 보였다. "아무도 가르쳐 주지 않았어. 그냥 혼자서 안 거야. 배턴 돌리듯 말이야. 그 정도는 혼자서도 쉽게……."

"너희 집안에 기발한 데는 없던데." 리처드가 눈알을 굴리며 말했다.

"글쎄, 난 그래. 하지만 따로 배우거나 한 적은 정말 없어."

"정말 배턴 돌리기 할 수 있어?"

"그럼."

"그럼, 중학교에 올라가면 치어리더를 하겠네?"

비벌리가 웃었다. 리처드가 전에 한번도 본 적 없는 웃음이었다. 지적이면서도 냉소적이고 슬픔이 가득 고인 웃음. 리처드는 순간 조지의 앨범에서 움직이는 데리 사진을 봤을 때처럼 비벌리의 웃음에서 정체 모를 힘을 느끼고 움찔 물러앉았다.

"그거야 마르시아 패든 같은 애들에게나 어울리는 일이지. 그 아이하고 샐리 뮬러와 그레이트 보위 같은 애들 말이야. 장미 향수 오줌을 싸는 애들. 부모님이 운동 용품과 제복을 사 주겠지. 그 애들은 곧바로 치어리더가 될 수 있을걸. 하지만 나는 아니야."

"쯧쯧, 비벌리, 그런 식으로 생각하지 마……."

"사실이 그런걸, 뭐. 아무래도 좋아. 솔직히 많은 사람들 앞에서 공중제비를 하며 속옷이나 보여 주는 것도 웃기잖아? 리처드, 잘 봐."

그리고 10분 동안 비벌리는 요요의 회전 기술을 리처드에게 선보였다. 결국 리처드도 요요가 줄 중간 부분에서 멈추어 서기는 했지만 어느 정도 따라할 수 있었다.

"손가락만 잽싸게 움직이면 되는 거야." 비벌리가 말했다.

리처드는 길 건너편 메릴 신탁 회사의 벽시계를 바라보다 요요를 호주머니에 집어넣으며 자리에서 일어섰다.

"어이쿠, 가 봐야겠는걸. 노적가리를 만나야 하거든. 아마 지금쯤 무슨 일이 생겼나 얼빠진 표정을 하고 있을 거야."

"노적가리가 누군데?"

"아, 벤 한스컴 말이야. 내가 그 녀석한테 만나자고 전화했거든. 너도 노적가리 칼혼처럼 생긴 애 알지?"

비벌리는 눈살을 찌푸렸다. "그런 식으로 말하지 마. 나는 벤을 좋아해."

"주인님, 제발 때리지는 마세요!" 리처드는 눈알을 굴리고 손바닥을 치며 꼬마 원주민 목소리를 흉내 냈다. "때리지만 마세요. 더 착한 흑인이 될게요, 제발……."

"리처드." 리처드를 부르는 비벌리의 음성이 고요했다.

리처드는 멈칫했다. "나도 벤을 좋아해. 이틀 전인가, 황무지에서 댐을 함께 만들었어. 그리고……."

"황무지에 갔어? 너하고 벤하고?"

"그래. 사나이들끼리 말이야. 끝내 주는 곳이거든." 리처드는 다시 시계를 바라보았다. "극장까지 죽어라 달려야겠어. 벤이 기다리고 있을 거야."

"그래, 어서 가 봐."

리처드는 잠시 생각에 잠겼다가 말했다. "특별히 할 일 없으면 같이 가자."

"말했잖아. 돈이 없다고."

"네 표까지 끊어 줄게. 호주머니에 2달러도 넘게 있단 말씀이야."

비벌리는 먹다 남은 아이스크림을 가까운 휴지통에 집어던졌다. 그녀의 회청색 눈동자가 리처드를 빤히 바라보았다. 몹시 즐거운 표정이었다. 비벌리는 갑자기 머리카락을 매만지며 물었다. "야, 지금 데이트 신청하는 거 맞지?"

한순간 리처드는 눈에 띄지 않게 어리둥절했다. 실제로 얼굴이 화끈 달아오르는 느낌이었다. 벤에게 했듯 아주 자연스럽게 말한 것뿐인데……. 가만, 빌려 준다는 말을 안 했나? 생각해 보니 비벌리에게는 돈을 빌려 준다는 말을 하지 않았다.

리처드는 갑자기 이상한 기분이 들었다. 유쾌한 비벌리의 눈빛을 피해 리처드는 시선을 떨군 채, 좀 전에 비벌리가 아이스크림을 버리느라 몸을 틀었을 때 치맛자락이 살짝 올라가 종아리가 드러났다는 생각을 퍼뜩 떠올렸다. 눈길을 급히 들어 올렸지만 소용없었다. 이번에는 봉긋 솟은 비벌리의 가슴이 눈앞에 나타났으니 말이다.

리처드는 평소 당황할 때마다 그랬듯이 엉뚱한 행동으로 사태를 모면할 생각이었다. "그렇습니다! 데이트!" 리처드는 힘껏 외치며 비벌리 앞에 털썩 무릎을 꿇고는 모아 쥔 두 손을 올렸다. "제발 나와 함께 가 주시오! 제발! 그대가 거절한다면 난 이 자리에서 자결하겠소! 허락하시겠소?"

"오, 리처드. 대체 네 머릿속에는 뭐가 들어 있는 거니?" 비벌리는 다시 키득거렸지만……, 그녀의 뺨에도 살짝 홍조가 스치지 않았을까? 그랬다면 어느 때보다 더 예뻐 보였을지 모른다. "경찰이 달려오기 전에 어서 일어나."

리처드는 일어났다가 비벌리 옆에 털썩 주저앉았다. 마음이 진정된 느낌이었다. 정신이 없을 때는 약간 바보 짓을 하는 게 특효라고 그는 믿었다. "그럼 갈 거지?"

"그럼. 정말 고맙다. 생각해 봐! 태어나서 처음 하는 데이트. 가만가만, 오늘 밤 일기에 적어야겠는걸." 비벌리는 두 손을 꼭 붙잡고는 눈꺼풀을 쉴 새 없이 깜박이다 웃음을 터뜨렸다.

"그런 식으로 장난치지 마." 리처드가 말했다.

비벌리는 휴 하고 한숨을 내쉬었다. "너는 정말 낭만이라고는 없구나."

"제대로 맞혔어."

그러나 리처드는 기분이 좋았다. 세상이 갑자기 깨끗하고 포근하게 느껴졌다. 리처드는 줄곧 자신이 곁눈질로 비벌리를 흘끔거리고 있음을 알았다. 비벌리는 코넬 앤드 호플리 양품점 진열장에 비친 드레스와 잠옷과 디스카운트 반 상점 진열장 너머 수건과 화장품을 바라보고 있었다. 리처드는 그런 그녀의 머리카락과 턱, 블라우스의 둥그런 구멍에서 빠져나온 팔의 곡선을 훔쳐보았다. 속옷 끝자락도 보였다. 그 모든 것이 리처드를 즐겁게 했다. 이유를 말할 수는 없었지만 그 순간만큼은 조지 덴브로의 방에서 벌어진 일들이 그렇게 멀어 보일 수 없었다. 이제 가서 벤을 만나야 할 시간이지만 리처드는 상점 진열장을 바라보는 비벌리 곁에 조금만 더 있고 싶었다. 그녀를 지켜보고 함께 있는 게 좋았기 때문에.

아이들은 알라딘 극장 매표소에서 표를 사서 줄줄이 안으로 들어갔다. 리처드는 유리문을 통해 사탕 판매점 앞에 아이들이 몰려 있는 광경을 살펴보았다. 팝콘 기계도 이미 아이들에게 다 점령당했고, 기름진 기계 뚜껑이 쉴 새 없이 오르내렸다. 벤의 모습은 보이지 않았다. 리처드는 비벌리에게 벤을 찾으면 알려 달라고 말했다. 비벌리는 고개를 흔들어 보였다.

"벌써 들어가 있을지 몰라."

"아니야, 돈이 없다고 했어. 저 프랑켄슈타인의 딸이 표 없이는 절대 못 들어가게 할걸."

리처드는 유성영화가 시작되기 훨씬 전부터 알라딘 극장의 매표원으로 일해 온 콜 부인에게 엄지를 들어 보였다. 붉은색으로 염색한 그녀의 머리카락은 가늘고 숱도 적어 머릿속이 훤히 들여다보일 정도였다. 축 늘어진 입술에는 자주색 연지를 칠했고 얼굴에는 온통 검버섯이 피어 있었다. 검은색으로 칠한 눈썹도 매우 어색했다. 그녀는 진정한 민주주의자였다. 아이들이라면 차별 없이 무조건 싫어했으니까.

"쯧, 벤을 놔두고 들어갈 수 없지만 곧 영화가 시작될 텐데 어쩌지. 대체 이 녀석은 어디 있는 거야?"

"벤의 표를 미리 사 두고 매표소에 맡겨 놓으면 되잖아. 그래서 벤이 오면⋯⋯."

바로 그때 벤이 센터 가와 매클린 가의 모퉁이에서 모습을 드러냈다. 숨을 헐떡였고, 운동복 속의 뱃살이 출렁거렸다. 리처드를 발견하고는 손을 흔들다가 비벌리를 보자마자 흔들리던 손이 허공에서 떡하니 정지해 버렸다. 순간 눈이 휘둥그레졌다. 손을 내리고는 천천히 알라딘의 매표소 앞으로 걸어왔다.

"안녕, 리처드." 벤은 리처드에게 인사를 건넨 후 비벌리를 힐끔 바라보았다. 조금이라도 오랫동안 눈빛을 맞추다가는 온몸에 화상이라도 입을 듯한 표정이었다. "안녕, 비벌리."

"안녕, 벤." 비벌리도 인사를 건넸지만 둘 사이에는 묘한 침묵이 흘렀다. 어색한 분위기는 아니었다. 리처드는 그것이 아주 강렬한 분위기라고 생각했다. 그리고 곧바로 어렴풋한 질투심이 일었는데, 무엇인가 두 사람 사이에 통하는 것이 있어서 리처드 자신은 소외된 느낌이 들었기 때문이다.

"안녕하신가, 노적가리. 난 또 꽁무니를 뺄 줄 알았지 뭐야. 네 몸무게보다 열 배는 더 무시무시한 영화거든. 그래, 머리카락이 하얗게 샌다니까. 영화를 보고 나올 때면 온몸이 부들부들 떨려서 안내인을 불러 부축해 달라고 해야 할걸."

벤은 매표소 앞에 줄을 서려고 걸어가는 리처드의 팔을 툭 쳤다. 벤은 비벌리를 흘끔거렸는데, 그녀가 줄곧 웃는 얼굴로 자신을 바라보고 있어서 말이 쉽게 떨어지지 않는 모양이었다. "오긴 왔잖아. 사실 모퉁이를 도는데 걔들이 보이잖아."

"무슨 아이들?" 리처드는 무슨 소리인지 알면서도 모르는 척 물었다.

"헨리 바워스. 빅터 크리스. 트림쟁이 허긴스. 그리고 몇 명 더."

리처드는 휘파람을 불었다. "놈들은 벌써 극장 안으로 들어갔을 거야. 사탕 판매점 앞에도 안 보이잖아."

"그럴지도 모르지."

"내가 놈들이라면 굳이 돈 내고 공포 영화를 보러 오진 않을 거야. 집에 죽치고 앉아서 거울을 들여다보면 그게 바로 공포 자체니까. 돈도 아낄 수 있고 말이야."

리처드의 말에 비벌리는 유쾌하게 웃었지만 벤은 약간 미소를 짓다 말았다. 지난주 헨리에게 당한 것은 그저 시작일 뿐, 그는 분명 벤을 죽이려 들 터였다. 벤은 그럴 거라 확신했다.

"이렇게 하지. 2층에서 보면 되니까. 놈들은 무대 앞 두 번째나 세 번째 줄에 앉아서 앞 좌석에 다리를 올려놓고 있을 테니까."

"확실해?" 벤은 리처드가 사태의 심각성을 제대로 깨닫지 못하는 것은 아닐까 의심스러웠다……, 물론 가장 심각하고 최악의 소식은 헨리 바워스가 나타났다는 사실이었다.

그러나 리처드는 석 달 전만 해도 헨리와 그 멍청한 패거리한테 걸려 죽다 살아난 일이 있었으므로(그 일이 있은 후, 프리즈 백화점의 완구 매장에서 간신히 도망친 일도 있었다.), 벤이 생각하는 것보다 사태의 심각성을 잘 알고 있었다.

"확실하지 않다면 나도 들어가지 않을 거야. 이봐, 노적가리, 저 영화들을 정말 보고 싶지만, 목숨을 걸 정도는 아니라고."

"그리고 애들이 괴롭히면 폭시 아저씨한테 내쫓아 달라고 하면 돼." 비벌리가 말하는 폭시 아저씨는 폭스워스 씨를 가리키는 것으로 호리호리하고 표정이 시무룩한 알라딘 극장의 관리인이었다. 그는 지금 캔디와 팝콘을 팔면서 "얘들아, 줄을 서. 줄을 서라니까, 줄."을 연신 외치고 있었다. 초라한 턱시도와 누런 셔츠 차림으로 아이들을 향해 소리치는 모습이 곤경에 빠진 장의사처럼 보였다.

벤은 비벌리와 폭시 아저씨와 리처드를 번갈아 바라보았다.

"놈들한테 평생 쫓겨 다닐 거야? 그건 아니지?" 리처드의 음성은 침착했다.

"아니야." 벤은 한숨을 쉬었다. 그런 게 문제가 아니라 비벌리가 그곳에 있다는 사실이 큰일이었다. 비벌리가 없었다면 벤은 리처드를 설득해 영화를 다음에 보자고 할 생각이었다. 그래도 리처드가 보겠다고 고집하면, 자기는 그냥 가 버릴 작정이었다. 그러나 곁에 비벌리가 있었다. 비벌리 앞에서 겁쟁이처럼 보이고 싶지 않았다. 그리고 그녀와 함께 어둠 속에 빠진 극장 2층에 앉아 있을 걸 생각하니 (최악의 경우 리처드가 그 중간에 끼어들지 모르지만) 뿌리치기 힘든 유혹이기도 했다.

"영화가 시작될 때까지 기다렸다가 들어가자. 노적가리, 너도 오래 살고 싶을 테니까, 안 그래?" 리처드는 히죽 웃으며 벤의 옆구리를 찔렀다.

벤은 눈살을 찌푸리더니 한바탕 웃음을 터뜨렸다. 리처드와 비벌리도 따라 웃었다.

리처드는 다시 매표소 앞으로 걸어갔다. 송장 입술을 하고 있던 콜 부인이 심술궂게 리처드를 쏘아보았다.

"부인, 문안 인사드리옵니다." 리처드는 난쟁이 똥자루 남작의 목소리를 회심작으로 내놓았다. "그대의 나라, 미국 영화가 괜찮다는 말을 듣고 감히 표 세 장을 청하노니……."

"꼴값 떨지 말고 똑바로 말해, 꼬맹아!"

송장 입술 콜 부인이 매표소 구멍에 대고 빽 소리를 지르면서 페인트 칠한 듯한 눈썹을 오르락내리락하며 파르르 떨기까지 하는 터라, 리처드는 구겨진 지폐를 구멍으로 집어넣었다.

"세 장 주세요."

구멍 밖으로 표 세 장이 불쑥 튀어나왔다. 콜 부인의 송장 입술이 빠르게 움직이기 시작했다. "얌전히들 굴어. 아무 데나 팝콘 버리지 말고, 소리 지르지 말고, 복도든 어디든 절대 뛰어다니면 안 돼."

"알았어요." 리처드는 벤과 비벌리 쪽으로 돌아와 구시렁댔다. "저렇게 아이들을 진심으로 좋아하는 묵은 방귀 같은 아줌마를 보니 가슴이 따뜻해지는군."

그들은 영화가 시작될 때까지 밖에서 기다렸다. 송장 입술 콜 부인이 유리로 만든 새장 속에서 이상한 눈길로 그들을 바라보았다. 리처드는 비벌리에게 황무지에서 댐을 만든 이야기를, 레퍼토리에 새로 추가한 넬 씨의 아일랜드 경찰관 목소리로 쭉 읊기 시작했다. 비벌리는 한참 동안이나 웃음을 참지 못했다. 벤도 줄곧 알라딘 극장의 유리 문과 비벌리의 얼굴을 살피긴 했지만 조금은 웃을 수 있었다.

2층은 괜찮았다. 첫 번째 영화 「나는 십 대 프랑켄슈타인」이 상영되는 동안 리처드는 헨리 바워스와 얼치기 패거리들이 어디에 있는지 알아냈다. 리처드의 예상대로 그들은 1층 두 번째 줄에 앉아 있었다. 모두 대여섯 명 정도 되는데 5학년과 6학년, 중학교 1학년생 같았고, 하나같이 오토바이용 부츠를 앞 좌석에 떡 올려놓고 있었다. 폭시가 나타나 그들에게 발을 내려놓으라고 말했다. 그들은 순순히 그 말에 따랐고, 폭시는 이내 다른 곳으로 사라졌다. 그러자 곧바로 오토바이 부츠가 일제히 앞 좌석으로 올라갔다. 5분인가 10분 후 폭시가 나타나자 전과 똑같은 과정이 그대로 재현됐다. 폭시가 그들을 극장 밖으로 내쫓을 만한 배짱이 없다는 걸 그들도 잘 아는 눈치였다.

영화는 굉장했다. 「나는 십 대 프랑켄슈타인」은 조잡하기는 해도 재미가 쏠쏠했다. 「늑대 인간」은 한결 더 무서웠는데……, 아마 어딘지 슬픈 느낌이 들어서일지 몰랐다. 늑대 인간이 된 건 주인공의 잘못이 아니었다. 못된 최면술사가 단지 주인공이 분노와 악으로 가득차 있다는 이유 때문에 늑대 인간으로 만든 것이었다. 리처드는 이 세상에서 주인공처럼 악감정을 참고 숨기는 사람들이 얼마나 될까 궁금했다. 헨리 바워스 같은 아이들은 악의로 꽉 차 있지만 굳이 숨기려 들지 않았다.

비벌리는 두 소년 사이에 앉아 팝콘을 먹으며 비명을 질렀다가 눈을 가리기도 하고, 때론 웃음을 터뜨렸다. 방과 후 체육관에서 운동 연습을 하는 소녀에게 늑대 인간이 접근할 때 그녀는 벤의 팔에 얼굴을 묻었고, 리처드는 200명이 넘는 아이들이 한꺼번에 내지르는 비명 속에서도 벤이 꿀꺽 하고 마른침 삼키는 소리를 들을 수 있었다.

늑대 인간은 결국 죽임을 당했다. 마지막 장면에서 경찰관이 동료에게 인간은 신성한 신의 영역을 침범하면 안 된다는 교훈을 전했다. 커튼이 내려졌고 조명이 들어왔다. 박수가 터졌다. 리처드는 아주 흡족했고 약간의 두통마저 느꼈다. 안과에 가서 안경을 바꿔야 할 것 같았다. 고등학교에 올라갈 즈음에는 정말로 콜라병처럼 두꺼운 안경알을 쓰고 있을 거라는 생각이 들자 우울했다.

벤이 리처드의 소매를 붙잡았다. "리처드, 놈들이 우리를 봤어." 메마르고 절망적인 목소리였다.

"그래?"

"바워스하고 크리스가. 빠져나가다가 여길 올려다봤어. 놈들이 우릴 봤다고!"

"알았어, 진정하라고, 노적가리. 진정하라니까. 비상구로 빠져나가면 돼. 걱정할 것 없다니까."

리처드가 앞장서서 계단을 내려갔고 그 다음에 비벌리, 맨 뒤에서 벤 한스컴이 계단 두 개를 내려갈 때마다 뒤를 살폈다.

"그 아이들이 정말 널 노리고 있는 거니, 벤?" 비벌리가 물었다.

"응, 그럴 거야. 방학하는 날 헨리와 싸웠거든."

"널 때렸어?"

"성에 찰 정도로 때리지 못했어. 그래서 약이 바짝 올라 있는 것 같아."

"그 골통 새끼도 꽤 다쳤다나 봐. 그런 말이 들리더라고. 그놈도 기분이 좋을 리 없겠지." 리처드가 중얼거렸다. 그가 비상문을 열자 알라딘 극장과 앤 음식점 사이로 난 골목길이 나타났다. 쓰레기통에 머리를 처박고 있던 고양이가 날카롭게 울더니 그들 앞을 지나 나무 울타리로 막힌 맞은편 끝으로 달려갔다. 고양이는 나무 울타리를 뛰어넘어 시야에서 사라졌다. 쓰레기통 뚜껑이 우당탕 떨어지는 소리에 비벌리는 화들짝 놀라 리처드의 팔을 붙잡았다가 신경질적으로 웃었다. "아직까지도 영화 때문에 겁먹었나 봐."

"네가 그럴 리……." 리처드가 입을 뗐다.

"어이 오랜만이야, 상판대기." 그들 뒤에서 헨리 바워스의 음성이 날아들었다.

깜짝 놀라 세 아이는 일제히 뒤를 돌아보았다. 헨리, 빅터, 트림쟁이가 골목 입구에 서 있었다. 그 뒤로 두 명의 아이가 더 있는 것 같았다.

"젠장, 이럴 줄 알았어." 벤은 신음했다.

리처드는 재빨리 알라딘 극장 비상구로 돌아섰지만 이미 안쪽에서 문이 잠겨 다시 열 방법이 없었다.

"작별 인사라도 하고 가셔야지, 상관대기." 헨리는 갑자기 벤에게 돌진했다.

그 후 리처드에겐 영화 속의 이야기처럼 놀라운 일이 벌어졌다. 현실에서라면 그 심약한 아이들은 묵사발이 되도록 두들겨 맞고, 부서진 이빨 조각을 들고 집으로 가야 했을 것이다.

그런데 그때 벌어진 상황은 딴판이었다.

비벌리가 마치 악수라도 청하는 것처럼 헨리를 가로막듯 불쑥 앞으로 나섰다. 헨리의 부츠에 달린 징 소리가 점점 가까워졌다. 빅터와 트림쟁이가 헨리의 뒤를 따라왔다. 다른 두 아이는 골목 입구를 지키고 섰다.

"저 아이를 가만 놔둬. 네 덩치에 어울리는 애들이나 상대하란 말이야."

"트럭만 한 저 새끼 몸집이 안 보이냐, 쌍년아." 헨리가 신사다운 말을 할 리 없다는 건 뻔한 노릇이었다. "이제 앞에서 좀 꺼져 주실까……."

바로 그 순간 리처드의 발이 허공을 갈랐다. 리처드는 그럴 생각이 전혀 없었다. 종종 쓸데없는 입방아 때문에 신상에 위험을 자초하듯 이때의 발길질도 리처드 자신의 의지와 상관없는 일이었다. 헨리는 리처드의 발에 걸려 앞으로 고꾸라졌다. 골목 바닥은 음식점에서 버린 쓰레기들이 꽉 차 몹시 미끄러웠다. 헨리는 원반던지기 게임의 원반처럼 주르륵 미끄러졌다.

헨리는 벌떡 일어섰지만 셔츠에 커피와 진흙과 상추 부스러기들이 얼룩져 있었다.

"이것들이 죽으려고 환장했어!" 헨리의 입에서 날카로운 쇳소리가 흘러나왔다.

그때까지도 벤은 겁에 질려 있었다. 그런 벤의 몸속에서 무엇인가 꿈틀했다. 벤은 괴성을 지르며 쓰레기통을 움켜잡았다. 쓰레기가 바닥으로 떨어져 흩어졌고, 벤은 레슬링 선수 칼혼이 쓰레기통을 들어 올린 모습 자체였다. 벤의 핏기 없는 얼굴이 심하게 일그러져 있었다. 쓰레기통이 허공을 날았다. 헨리는 등허리에 쓰레기통을 맞고 그대로 널브러져 버렸다.

"어서 뛰어!" 리처드가 고함쳤다.

세 사람은 골목 입구를 향해 냅다 달려갔다. 빅터 크리스가 앞을 가로막았다. 벤이 다시 괴성을 지르며 머리를 수그리고 빅터의 복부를 들이받았다.

"윽!" 빅터는 신음을 내뱉으며 그 자리에 털썩 주저앉았다.

트림쟁이는 비벌리의 머리카락을 움켜쥐더니 알라딘 극장의 돌벽을 향해 내동댕이쳤다. 비벌리는 벽에 부딪혔다 튀어나오는 힘을 이용해 그대로 골목을 따라 질주했는데, 팔을 다친 모양이었다. 리처드가 비벌리의 뒤를 따르며 쓰레기통 뚜껑을 낚아챘다. 트림쟁이 허긴스가 솥뚜껑만 한 주먹을 리처드에게 휘둘렀다. 리처드는 쓰레기통 뚜껑을 방패처럼 앞으로 내밀었다. 트림쟁이의 주먹이 뚜껑에 부딪혔다. 퍽! 요란하면서도 달콤한 소리였다. 리처드는 팔에서 어깨까지 전해지는 묵직한 충격을 느꼈다. 트림쟁이는 비명을 지르며 손을 쥐고 껑충껑충 뛰기 시작했다.

"자식들, 모두 우리 아버지 병원에 실려 오게 생겼군." 리처드는 의기양양하게 토니 커티스와 비슷한 목소리를 내뱉고는 벤과 비벌리를 뒤따랐다.

골목 입구를 지키고 섰던 아이 하나가 비벌리를 붙잡았다. 벤이 그 아이를 향해 돌진했다. 다른 아이가 벤의 등 뒤에서 비겁하게 주먹을 날렸다. 그와 동시에 리처드의 발이 용수철처럼 땅을 박찼다. 리처드의 발길질은 아이의 엉덩이에 보기 좋게 날아들었다. 아이는 아파 죽겠다며 비명을 질렀다. 리처드는 비벌리와 벤의 팔을 잡아끌었다.

"뛰어!"

벤의 일격을 받고 비벌리를 놓친 아이가 이번에는 리처드를 향해 주먹을 휘둘렀다. 순간 리처드는 귀청이 떨어져 나가는 것처럼 아팠고, 이내 얼얼하고 뜨거운 기운이 느껴졌다. 학교 신체 검사에서 청력 검사를 할 때 귓가에 갖다 대는 쇠말굽 진동처럼 주변이 웅웅거렸다.

그들은 센터 가를 날아갈 듯이 달려갔다. 사람들이 힐끔힐끔 쳐다보았다. 벤의 큼지막한 뱃살이 격렬하게 오르내렸다. 땋아 내린 비벌리의 머리끝은 연신 고갯방아를 찧었다. 리처드는 안경이 떨어질까 봐 엄지로 안경을 받치고 달렸다. 머릿속이 빙글빙글 돌고 한쪽 귀가 퉁퉁 부어오른 느낌이었지만 속이 다 후련했다. 리처드는 기분 좋게 웃기 시작했다. 비벌리도 따라 웃었다. 얼마 후 벤의 웃음소리도 섞였다.

그들이 멈추어 선 곳은 코트 가의 경찰서 앞 벤치였다. 그 순간만은 데리에서 가장 안전할지 모를 그 벤치에 세 아이는 털썩 주저앉았다. 비벌리는 벤과 리처드의 목을 끌어안았다. 아주 격렬한 포옹이었다.

"정말 멋져! 놈들 표정 봤어? 봤어?" 비벌리의 눈빛이 환하게 빛났다.

"봤지. 다신 보고 싶지 않아." 벤은 여전히 가쁜 숨을 몰아쉬고 있었다.

그러나 벤이 말을 끝내자마자, 또 한 차례 걷잡을 수 없는 웃음보가 터졌다. 리처드는 헨리 패거리가 코트 가까지 쫓아와 경찰서 앞이든 어디든 무조건 그들을 덮칠 것 같아 불안한 심정이었다. 그러나 웃음을 참을 수는 없었다. 비벌리의 말이 맞았다. 정말 멋진 일전이었다.

"드디어 왕따 클럽이 멋지게 한 방 먹였습니다! 와, 와, 와!" 리처드는 입가에 두 손을 모으고 기운차게 벤 베르니의 목소리를 흉내 냈다. "이런, 이런, 이런. 정말 대단한 아이들입니다!"

그때 열린 2층 창문으로 경찰관이 얼굴을 내밀며 소리쳤다. "얘들아, 다른 데 가서 놀아! 어서!"

리처드는 새로 개발한 아일랜드 경찰관의 목소리로 멋진 말을 하고 싶었지만 벤이 발을 툭 차는 바람에 멈칫했다.

"입 닥쳐, 리처드." 벤은 말해 놓고, 바로 자기가 그런 말을 했다는 데 혼란스러워했다.

"맞아, 리처드." 비벌리는 다정하게 그를 쳐다보며 말했다. "삐익삐익."

"알았어. 자, 제군들, 이제 뭐하고 싶지? 헨리 바워스를 찾아서 모노폴리 게임이나 한 판 하자고 할까?"

"후회할걸."

"뭐라고, 비벌리? 그게 무슨 소리야?"

"신경 꺼. 무지막지한 놈들이 있게 마련이니까."

머뭇거리며 얼굴까지 벌게져 벤이 물었다. "놈들이 네 머리카락이라도 뽑은 거야, 비벌리?"

비벌리는 벤을 향해 살포시 웃어 보이다가 문득 그때까지 짐작만 해 오던 일, 그러니까 아름다운 하이쿠를 적어 우편 엽서를 보낸 이가 바로 벤 한스컴이라는 사실을 깨달았다.

"많이 다치지 않았으니까 걱정 마, 벤."

"황무지에나 가 보자." 리처드가 제안했다.

그리하여 그들이 간 곳……, 또는 도망친 곳이 황무지였다. 리처드는 나중에야 어떤 일이 벌어진 후 황무지로 찾아드는 일이 그해 여름의 정해진 수순이었음을 회상하게 되었다. 황무지는 그들만의 공간이 되었다. 벤이 헨리 패거리에 쫓겼던 날 전까지는 한번도 황무지를 찾지 않았듯, 비벌리도 그곳이 처음이었다. 비벌리를 사이에 두고 세 아이는 어깨를 나란히한 채 황무지로 향했다. 치맛자락을 가볍게 살랑이는 비벌리를 바라보는 벤의 마음 깊은 곳에서 복통보다 더 강렬한 아픔과 떨림이 전해졌다. 비벌리의 발찌가 오후 햇살을 받아 반짝였다.

그들이 켄더스키그 하천의 지류를 지나(그 지류는 60여 미터를 흘러가다 여러 갈래로 갈라져, 데리 쪽으로 200미터쯤 흘러 들다가 다시 하나로 합쳐졌다.), 댐을 세웠던 개울의 징검다리를 건너 다른 길로 접어들자 여느 곳에 비해 널찍한 동쪽 시냇가가 모습을 나타냈다. 수면에 반짝이는 오후 햇살이 평화로웠다. 벤은 왼쪽에서 맨홀 뚜껑이 덮인 두 개의 콘크리트 원 기둥을 발견했다. 그 밑의 커다란 콘크리트 관을 따라 재잘대며 흘러가는 물 소리가 들려왔다. 콘크리트 관에서 빠져나온 흙탕물이 켄더스키그 하천으로 흘러 들었다. '도시 곳곳의 화장실 물이 죄다 이쪽으로 빠져나오는 거야.' 벤은 넬 씨의 설명을 떠올렸다. 순간 화가 치밀었지만 소용없다는 처량한 생각이 들었다. 옛날에는 고기가 살았을지 모르지만 이제 그곳에서 송어를 잡을 수는 없었다. 화장실에서 버린 휴지나 건져 올릴 생각이라면 모를까.

"정말 근사한 곳이구나." 비벌리가 탄성을 질렀다.

"응, 그렇게 나쁘진 않지. 흑파리도 없고, 시원한 산들바람이 모기 떼까지 쫓아 주거든. 혹시 담배 있니?" 리처드는 비벌리에게 잔뜩 기대하는 눈치로 말했다.

"아니. 어제 다 피워 버렸는걸."

"이럴 땐 담배가 있어야 하는데."

그때 기적 소리가 들리면서 기다란 화물 열차가 멀리 황무지 맞은편 제방을 지나 차량 기지로 향했다. '쯧쯧, 일반 열차가 다녔다면 볼 만했을 텐데.' 리처드는 생각했다. 보이는 것이라고는 올드케이프의 빈민촌과 켄더스키그 양쪽에 자리 잡은 대나무 습지, 황무지가 끝나는 지점에 검게 그을린 채 데리의 쓰레기 매립장으로 사용되고 있는 자갈 채취장이 전부였다.

리처드는 자기도 모르게 니볼트 가의 버려진 집에서 에디가 보았다는 문둥이를 떠올리고 있었다. 그러나 이내 그 생각을 떨쳐 내며 벤을 바라보았다.

"노적가리, 제일 인상에 남는 게 뭐였지?"

"엉?" 벤은 죄지은 사람처럼 움찔하며 리처드를 바라보았다. 비벌리가 켄더스키그 너머를 바라보며 상념에 잠겨 있는 동안, 벤은 줄곧 그녀의 옆모습과 뺨에 난 상처를 훔쳐보고 있었던 것이다.

"멍텅구리 선생, 영화 말이야. 어느 장면이 가장 좋았냐고?"

"프랑켄슈타인 박사가 지하실에 있는 악어들에게 시체를 던져 주는 장면이 좋더라. 가장 마음에 들어."

"그 장면은 너무 징그럽더라. 그런 건 질색이야. 악어와 피라니아, 상어, 뭐 그런 것들 말이야." 비벌리가 말하면서 몸을 떨었다.

"뭐라고? 피라니아가 뭐야?" 리처드가 잔뜩 호기심 어린 눈빛으로 물었다.

"아주 작은 물고기야. 그리고 이놈들은 아주 작은 이빨이 있는데 놀랍도록 날카롭지. 놈들이 있는 물속에 빠졌다간 뼈까지 다 발라 먹힌대."

"와!"

"언젠가 영화에서 본 적 있어. 원주민들이 강을 건너려는데 다리가 무너진 거야. 그래서 소를 밧줄에 묶어 물속에 집어넣고, 피라니아가 소를 잡아먹는 동안 강을 건너는 장면이었어. 강을 다 건넌 후 바라보니까 소는 뼈만 남았더라고. 그 장면 때문에 일주일 동안 악몽을 꿨을 정도니까."

"와, 그런 물고기 몇 마리만 있었으면 좋겠다. 헨리 바워스의 욕실에 넣어 두게." 리처드가 즐거워하며 말했다.

벤이 키득거렸다. "그 녀석이 목욕이나 할지 모르겠어."

"그거야 모르는 일이지만, 아무튼 그런 놈들은 항상 조심해야 해." 비벌리가 뺨에 난 상처를 어루만지며 말했다. "어제 접시를 깨뜨렸다고 아버지가 귀싸대기를 갈기더라고. 일주일에 한 번씩은 있는 일이야."

잠시 침묵이 흘렀지만 어색하지는 않았다. 리처드는 늑대 인간이 최면술사를 끝장내는 장면이 가장 인상 깊었다는 말로 침묵을 깨뜨렸다. 그때부터 그들은 텔레비전에서 나온 알프레드 히치콕 감독의 영화 특집 시리즈를 비롯해 지금까지 본 공포 영화 얘기를 주거니 받거니 하며 한 시간 가까이 이야기꽃을 피웠다. 비벌리는 강둑에 핀 데이지 꽃을 보고 그중 하나를 꺾어 왔다. 그러고는 리처드와 벤의 가슴에 차례차례 갖다 대며 잘 어울리는지 살펴보았다. 그녀는 둘 다 잘 어울린다고 말했다. 리처드와 벤은 데이지를 갖다 댈 때 비벌리의 가벼운 손길과 머릿결의 상큼한 향기를 느낄 수 있었다. 그녀의 얼굴이 벤 바로 앞까지 다가선 순간은 몇 초뿐이었지만, 벤은 그날 밤 꿈속에서 그 찰나의 영원 속에 깃들인 소녀의 눈망울을 보았다.

그런데 그들의 대화가 조금씩 잦아들 때 오솔길을 따라 인기척이 들려왔다. 세 사람이 재빨리 소리 나는 쪽을 바라보는 가운데, 리처드는 갑자기 자신들의 뒤에 강이 놓여 있다는 사실을 깨달았다. 도망갈 곳이 없었다.

인기척이 가까워졌다. 세 사람은 자리에서 일어났고, 리처드와 벤은 무의식적으로 비벌리를 보호하듯 앞에 버티고 섰다.

오솔길이 끝나는 마지막 덤불이 흔들리고 돌연 빌 덴브로가 모습을 드러냈다. 그 옆에는 리처드에게 낯익은 남자 아이가 있었다. 이름이 브래들리 아무개였고, 혀가 아주 짧은 아이였다. 언어 치료 인가 뭔가 때문에 빌과 함께 뱅고어에 갔다 온 모양이라고 리처드는 생각했다.

"빌 주군, 주군을 여기서 만나게 되다니 반가움에 눈물이 앞을 가립니다." 리처드는 투들스의 목소리로 말했다.

빌이 얼굴에 웃음을 떠올리며, 리처드와 벤과 비벌리를 번갈아 바라보다 다시 브래들리 아무개한테 시선을 옮기는 모습에서 리처드는 뭔가 다른 느낌을 받았다. 비벌리도 이미 그들과 하나가 됐다는 사실 말이다. 브래들리 아무개를 바라보는 빌의 눈길은 그렇게 말하는 것 같았다. 그러나 브래들리 아무개에게는 아니었다. 그날 잠깐 황무지에 들렀다가 혹시 나중에 또 찾아올지도 모르지만 (물론 누구도 그 아이에게 안 된다고, 미안하다고, 왕따 클럽은 이미 인원이 꽉 찼고, 말을 더듬는 아이도 이미 가입돼 있다고 대놓고 말하지 않겠지만), 어쨌든 그 아이는 그들 중 하나가 될 수 없었다. 브래들리 아무개는 그들의 일부가 아니었다.

그 생각은 갑작스럽고 엉뚱한 두려움으로 이어졌다. 너무 멀리까지 헤엄쳐 왔다가 문득 키를 훌쩍 넘는 수심에 깜짝 놀라듯이 말이다. 육감이라고 할까. '우리는 무엇인가에 이끌려 이곳까지 온 거야. 그렇게 선택된 거야. 우연이 아니란 말이지. 그렇다면 이제

모든 사람이 다 모인 셈인가?'

시멘트 바닥에 유리창이 떨어져 산산조각 나듯 육감은 더욱 혼란스러운 잡념들을 불러일으켰다. 하지만 아무래도 좋았다. 빌이 나타났으니 사태를 말끔하게 처리해 줄 것이다. 빌은 무슨 일이든 통제할 수 있는 아이였다. 가장 키가 컸고 가장 잘생겼다. 리처드는 빌을 바라보다 비벌리를 힐끔거렸고, 다시 그 비벌리에게 못 박힌 벤의 불안한 시선에서 빌에 대한 믿음을 확인했다. 빌은 육체적인 힘을 비롯해 어느 면에서나 가장 강한 아이였다. 그 이상의 힘이라고 표현해야 적절했지만 리처드는 카리스마나 흡인력이라는 단어를 몰랐으므로 그저 다른 아이에게는 찾아볼 수 없는 강렬한 힘이 빌의 깊숙한 내면에서 솟구쳐 여러 가지 방식으로 표출된다고밖에 설명할 길이 없었다. 그래서 리처드는 혹시 빌을 바라보는 비벌리의 시선이 특별한지, '한눈에 반한' 눈빛은 아닌지 살펴보았던 것이다. 설령 그렇다고 해도 벤이 질투를 느낄 것 같지는 않았다. 비벌리가 리처드에게 홀딱 반했다고 해도 벤이 시기하지 않으리라는 확신과 비슷한 맥락이었다. 벤은 아마 자연스럽게 받아들일 것이다. 그리고 다른 무엇이 있었다. 빌은 선한 아이였다. 그런 일을 생각하다니 바보 같은 짓이지만 (사실 리처드는 생각했다기보다는 느끼고 있었다.) 어쩔 수 없었다. 선함과 강렬한 힘이 빌에게서 뿜어 나오는 느낌이었다. 진부하고 촌스럽지만 웃고 환호하다 마지막에는 박수를 보내게 되는 옛날 영화에 등장하는 백마 탄 기사 같았다. 강인하고 선한 존재. 그로부터 5년 후, 그해와 1년 전 여름 데리에서 무슨 일이 벌어졌는지 리처드의 기억이 급격하게 희미해질 무렵, 십 대 중반의 리처드 토저는 존 케네디의 모습에서 버벅이 빌의 잔영을 발견했다.

'누구였더라?' 그의 마음은 그렇게 웅할 터였다.

그는 약간 당황한 채 고개를 들고 가로저을 것이다. '내가 알고 지냈던 누군데.' 그는 코 위로 안경을 치켜 불쑥 떠오르는 상념을 떨쳐 버리고 다시 숙제로 주의를 돌릴 터였다. '아주 오래 전에 알고 지냈던 아이겠지.'

빌은 뒷짐 진 채 환히 웃으며 소리쳤다. "우, 우리가 왔어…….이제 뭐, 뭘 하고 노, 놀지?"

"담배 있어?" 리처드가 눈을 반짝이며 물었다.

닷새 후, 6월이 끝나갈 즈음 빌은 리처드에게 니볼트 가에 가서 에디가 문둥이를 보았다는 현관 밑을 조사해 보고 싶다고 말했다.

그들이 막 리처드의 집에 이르렀을 때였다. 빌은 실버를 끌고 가는 중이었다. 물론 집에 오는 내내 빌은 리처드를 실버 뒤에 태우고 최고 속력을 자랑하며 데리 시를 종횡무진했지만, 리처드의 집 근처에 이르러서는 매우 조심스럽게 행동했다. 만약 둘이 자전거를 타고 있는 모습이 리처드의 어머니에게 발각되는 날이면 심한 잔소리를 들어야 하기 때문이었다.

실버의 짐바구니에는 장난감 총 여섯 자루가 꽉 차게 실려 있었는데, 그중 두 자루는 빌, 세 자루는 리처드의 것이었다. 그날 오후 내내 황무지에서 총 싸움을 하다 오는 길이었다. 물 빠진 청바지 차림의 비벌리 마시는 다 부서진 낡은 데이지 공기총을 들고 오후

3시경에 모습을 드러냈다. 테이프로 붙여 놓은 방아쇠를 당기면 총소리라기보다는 누군가 후피 쿠션 위에 앉을 때 나는 희한한 소리가 들렸다. 비벌리의 특기는 일본 첩자였다. 능숙하게 나무를 타고 올라가 그 밑을 지나는 친구들에게 멋지게 일격을 가하곤 했다. 뺨에 난 멍 자국은 노르스름한 색을 띠며 희미해져 있었다.

"그게 무슨 말이야?" 리처드는 약간 얼빠진 표정으로 물었지만……, 전혀 마음이 동하지 않는 것은 아니었다.

"그 현, 현관 밑을 사, 살펴보고 시, 싶다고."

빌의 목소리에서 굳은 결심이 느껴졌지만 눈길은 리처드를 외면한 채였다. 양쪽 뺨에 붉은 홍조가 나타났다. 그들은 이윽고 리처드네 현관까지 다다랐다. 매기 토저는 현관 앞에 앉아 책을 읽고 있었다. 그녀는 아이들을 발견하고는 손을 흔들어 보였다.

"얘들아, 시원한 차 한 잔 마실래?"

"곧 갈게요, 엄마." 리처드는 다시 빌을 바라보며 말했다. "가 봤자 아무것도 없을 거야. 에디 녀석은 구부정한 부랑아를 보고 요란을 떤 거라고. 너도 에디를 잘 알잖아."

"그, 그래, 에, 에디를 알긴 아, 알지. 하, 하지만 애, 앨범 사, 사진을 생, 생각해 봐."

리처드는 초조한 듯 한쪽 발로 땅바닥을 툭툭 찼다. 빌이 오른쪽 손을 들어 올렸다. 반창고는 떼어 냈지만 손가락 세 개에 흉터가 또렷하게 남아 있었다.

"그래, 하지만……."

"내, 내 말 자, 잘 들어." 빌은 리처드를 똑바로 응시하며 느릿느릿 힘겹게 말을 이었다. 벤과 에디의 이야기가 비슷하고……, 그리고 움직이는 사진과도 어떤 관련이 있을지 모른다는 말이었다. 지난해 12월부터 벌어지고 있는 아동 연쇄 살인 사건이 광대의 짓일지 모른다는 암시도 빼놓지 않았다. "주, 죽은 아, 아이들이 더, 더 있을 거야. 사, 사라진 애, 애들은? 코, 코, 코코랜도 노, 놈의 짓이 아, 아닐까?" 빌이 말을 맺었다.

"헛소리 마. 의붓아버지가 무서워서 도망친 거야."

"그, 그럴지도 모르지만, 아, 아닐 수도 있잖아. 그 아이를 좀 아는데, 아버지가 때, 때린다는 건 사, 사실이야. 바, 밤이면 아버지를 피, 피해 밖으로 도, 도망치고는 해, 했으니까."

"그래서 그 아이가 집 밖에 있을 때 광대가 죽였단 말이지." 리처드는 생각에 잠겨 말했다. "그렇지?"

빌은 고개를 끄덕였다.

"그래서 어쩌고 싶은데? 광대의 사인이라도 원해?"

"만약 과, 광대가 아, 아이들을 죽였고, 조, 조지까지 주, 죽인 게 사, 사실이라면……." 빌의 눈이 리처드의 눈을 사로잡았다. 그 눈빛은 석판 같았다. 단호하고 완고하고 가차 없었다. "그놈을 주, 죽여 버리겠어."

"맙소사, 놈을 어떻게 죽인다는 거야?" 리처드는 겁에 질린 표정이었다.

"아, 아버지의 궈, 권총으로." 빌의 입밖으로 침이 약간 흘러나왔지만 리처드는 눈치 채지 못했다. "아, 아버지는 내가 모, 모를 거라고 여, 여기시지만 나, 나는 알아. 아, 안방 벼, 벽장 맨 위 선반에

초, 총이 있거든."

"그놈이 사람이라면, 그리고 그놈이 아이들 해골을 깔고 앉아 있는 현장을 발견한다면야 대단한 일이겠지."

"얘들아, 차 마셔라! 어서 와서 먹으렴!" 리처드 어머니의 음성은 매우 유쾌했다.

"곧 갈게요, 엄마!" 리처드는 어머니를 향해 환한 웃음을 꾸며 보였다. 그러나 빌의 얼굴을 바라보는 순간 웃음기가 싹 가셨다. "광대 옷을 입고 있다고 해서 무조건 사람을 쏠 수는 없어, 빌. 너는 내게 가장 친한 친구지만 난 그럴 수 없고, 너도 못하게 말릴 생각이야."

"마, 만약 애들 해, 해골이 그 지, 집에 정말 있으면 어, 어쩔래?"

리처드는 침을 꿀꺽 삼키더니 아무 말도 하지 않았다. 잠시 후 그는 빌에게 물었다. "만약 사람이 아니면 어쩔 거지, 빌? 괴물 같은 것이면? 그 비슷한 놈이면 어쩔 거냐고? 벤 한스컴도 말했잖아. 놈이 미라였고, 풍선이 바람을 거슬러 날았다고, 그림자가 없더라고. 조지의 앨범에 나온 사진은……, 우리가 상상한 것이거나 요술 같은 거라고 생각하면 그뿐이야. 하지만 분명히 말해 두겠는데 그건 상상이 아니야. 네 손가락을 보면 알잖아."

빌은 고개를 가로저었다.

"그럼 말해 보라니까. 사람이 아니면 어쩔 거냐고, 빌?"

"그, 그건 그때 가서 무, 무슨 방법이 이, 있겠지."

"오, 그러셔. 내 눈엔 어떻게 될지 훤해. 네가 놈에게 네댓 발의 총알을 쏴도 놈은 늑대 인간처럼 끄떡없이 우리에게 덤벼들 거야.

벤과 비벌리와 함께 본 영화에서처럼 말이야. 네가 백발백중 고무줄 총을 정확히 명중시킨다고 해도 소용없으면 내가 최루탄이라도 던져야겠지. 그래도 놈이 끄떡하지 않는다면 오늘은 이만하자며 이렇게 말해야겠군. '이봐, 오늘은 그만. 오늘은 여기까지잖아, 괴물 양반. 나도 도서관에서 책을 읽었으니까 알 건 다 안다고. 다시 올 테니까 그때 또 한 판 붙자고. 그럼 이만 실례.' 빌, 네가 말하는 방법이라는 게 그런 거야?"

리처드는 머리를 세차게 저어 보이며 빌을 바라보았다. 마음 한편으로는 빌이 니볼트 가 저택 현관을 살펴보자고 계속 고집해 주기를 바라면서도, 또 한편에서는 그 말을 없던 걸로 해 주었으면 하는 절박한 심정이었다. 모든 상황이 토요일 오후 알라딘 극장에서 본 영화처럼 흘러간다는 생각이 들기도 했고, 비슷한 구석이라곤 전혀 없다는 생각도 들었다. 무엇보다 결국에는 아무 일 없이 일어설 수 있는 영화처럼 안전한 상황이 아니었다. 설령 영화가 끝난 뒤에 여전히 공포가 남아 있다고 해도, 그것이 엉덩이 살가죽을 벗겨 내지는 않으니까 말이다. 조지의 앨범은 영화와 달랐다. 앨범 생각은 잊었다고 자신했지만 빌의 손가락에 난 상처는 너무도 쉽게 그 기억을 되살려 냈다. 빌을 말리지 못한다면…….

뜻밖에도 빌은 웃고 있었다. 정말 웃고 있었다. "사, 사진을 보, 보자고 한 건 바, 바로 너야. 이, 이번에는 내, 내가 그 집을 보, 보고 싶은 거야. 오는 게 있으면 가는 것도 있어야지.('tit for tat'은 '눈에는 눈 이에는 이'와 비슷한 말로 '동등한 보복'이라는 의미가 있다 — 옮긴이)"

"너는 젖통(tit에는 여성의 젖꼭지, 젖통이라는 뜻도 있다—옮긴이)이 없잖아." 리처드의 말에 두 사람은 웃음을 터뜨렸다.

"내, 내일 아, 아침." 빌은 그것으로 약속이 됐다는 말투였다.

"괴물이면?" 리처드는 여전히 빌을 똑바로 응시하며 물었다. "총알을 맞고도 끄떡하지 않으면, 빌? 계속 덤벼들면 어쩔 거지?"

"다, 다른 방법이 이, 있을 거야. 부, 분명히 있을 거야."

빌은 바보처럼 히죽 웃어 보였다. 그 순간 리처드는 빌의 말을 따르기로 마음먹었다. 그 표정을 보고도 거절하는 건 불가능했다.

그들은 어깨를 나란히하고 리처드의 집 현관까지 걸어왔다. 리처드의 어머니는 큼지막한 유리잔에 박하향이 나는 냉차를 담아주고, 바닐라 과자 접시도 내왔다.

"가, 갈 거지?"

"글쎄, 내키지 않아. 하지만 갈게."

빌은 그까짓 두려움쯤 참을 만하다는 듯 리처드의 어깨를 힘차게 두들겼지만 리처드는 오늘 밤 꽤 오랫동안 잠들지 못할 거란 예감이 들었고, 예감은 빗나가지 않았다.

"뭔가 심각해 보이는걸." 리처드의 어머니가 책과 냉차를 양손에 하나씩 들고 아이들을 바라보았다. 잔뜩 기대하는 표정이었다.

"아, 이놈의 덴브로가 말이에요, 레드 삭스가 플레이오프에서 떨어질 거라는 별의별 미친 생각을 하고 있잖아요."

"저, 저만 그런 게 아, 아니에요. 저희 아, 아빠도 3차전에서 끄, 끝날 거래요. 저, 정말 마, 맛있는데요, 어, 어머니."

"고맙구나, 빌."

"내가 장담하는데 레드 삭스가 플레이오프에서 떨어지면 그야 말로 기적이지. 그날로 네 말더듬 증상이 말끔히 사라질 거라고 장담한다, 이 더듬아."

"리처드!" 리처드의 어머니는 충격을 받은 표정으로 버럭 고함을 질렀다. 찻잔을 떨어뜨릴 뻔할 정도로 깜짝 놀란 모양이었다. 그러나 리처드와 빌은 배꼽을 움켜쥐고 미친 듯이 웃고 있었다. 그녀는 리처드와 빌을 넋 나간 표정으로 번갈아 바라보면서, 까닭 모를 공포감이 예리한 칼날처럼 가슴 깊숙이 파고들어 차디찬 소리 굽쇠처럼 파르르 떠는 느낌을 받았다.

'저 아이들을 이해할 수 없어. 어디를 가서 뭘 하는지, 뭘 원하는지……, 저 아이들이 뭐가 될지. 이따금, 이따금 저 애들의 눈빛은 사나워. 그리고 이따금 난 저 애들 때문에 무섭다고, 저 애들이 무섭다고…….'

솔직히 그녀가 그런 생각을 한 것은 처음이 아니었다. 그리고 그들 가정에 딸아이가 있었다면, 일요일마다 치마를 입혀 주고 그에 어울리는 나비 리본과 검정색 에나멜 가죽 구두를 사 줄 만한 금발의 예쁜 딸아이가 있었다면 하는 생각도 처음이 아니었다. 방과 후면 복화술 책이나 신형 장난감 자동차 대신에 과자를 구워 달라고 조르는 딸아이 말이다.

그런 어여쁜 딸이라면 그녀도 능히 이해해 줄 수 있을 것 같았다.

"가져왔어?" 리처드가 조바심을 내며 물었다.

다음 날 아침 10시 정각, 그들은 자전거를 끌고 황무지 옆 캔자스 가를 따라 걷고 있었다. 하늘은 잔뜩 찌푸린 잿빛이었다. 오후에 비가 내린다는 일기 예보가 있었다. 리처드는 자정이 훨씬 넘을 때까지 잠을 이루지 못했고, 덴브로의 얼굴을 보니 그 역시 꽤나 불안한 밤을 지새운 모양이었다. 애늙은이 빌의 한쪽 눈자위에는 폭탄이라도 터진 자리처럼 검은 자국이 남아 있었다.

"가, 가져왔어." 빌은 외투를 두드려 보였다.

"한번 보자." 리처드가 마음을 뺏겨 말했다.

"지금은 안 돼. 다, 다른 사람이 보, 볼지 몰라. 그 대신 다, 다른 걸 보, 보여 줄게." 빌은 뒷주머니를 뒤적이더니 백발백중 고무줄 총을 꺼냈다.

"젠장, 일 났군." 리처드는 피식 웃고 말았다.

빌은 부러 자존심이 상한 표정을 지었다. "이, 이건 네 새, 생각이잖아, 토, 토, 토저."

빌은 작년 생일 때 주문 제작한 고무줄 총을 선물로 받았다. 빌은 22구경 총을 갖고 싶었지만 어머니가 어린아이에게 무슨 무기를 사 주냐며 펄펄 뛰는 바람에 자크 덴브로가 고민고민하다 결정한 타협안이 바로 이 고무줄 총이었다. 설명서에 따르면 잘만 사용하면 훌륭한 사냥 도구가 된다고 적혀 있었다. "제대로만 사용하면 백발백중 고무줄 총은 활이나 고성능 화기보다 뛰어난 효과를 발휘합니다." 설명서는 여러 가지 장점을 줄줄이 열거한 다음 고무줄 총이 위험할 수 있으니 조심하라는 경고를 덧붙이고 있었다. 고무줄 총과 함께 제공되는 스무 개의 쇠구슬을 사람에게 쏠 경우 실제 탄환과 맞먹을 정도로 치명적이니 주의하라는 것이었다.

빌은 아직 고무줄 총 사용이 익숙지 않았는데(솔직히 제대로 사용하기 틀렸다는 생각이 든 지 오래지만) 설명서에서 강조한 성능만 놓고 본다면 깡통 정도는 쉽게 구멍을 뚫을 수 있다는 판단이 섰다.

"빌, 이걸로 잘 해낼 수 있겠어?"

"야, 야, 약간은."

솔직한 대답이었다. 설명서의 그림을 열심히 들여다보고(설명서는 1단계, 2단계 하는 식으로 그림을 그려 사용자의 수준을 설명해 놓았다.), 데리 공원에서 충분히 연습까지 했지만 신문지를 과녁으로 삼아도 열 번 중 세 번 정도만 명중시킬 수 있었다. 그중 한 번은 거의 과녁 중앙에 맞히기는 했다.

리처드는 고무줄을 당겼다 놓아 본 후, 아무 말 없이 고무줄 총을 빌에게 건네주었다. 말은 안 했지만 내심 그 고무줄 총이 괴물을 죽여야 하는 순간에 과연 자크 덴브로의 권총만큼 효과를 낼지 의문이었다.

"그래? 고무줄 총을 가져왔구나, 나쁘지 않은데. 그런데 그 정도는 약과야. 내가 뭘 가져왔는지 보라고."

리처드가 점퍼 호주머니에서 꺼낸 통에는 대머리 사내가 양 볼을 잔뜩 부풀린 채 '에취'하며 재채기하는 그림과 함께 "워키 박사의 눈물콧물 최루탄!"이라는 글자가 적혀 있었다.

빌과 리처드는 한동안 멍한 표정으로 서로를 바라보다가 상대방의 등허리를 두들기며 웃기 시작했다.

"아, 아무튼 주, 준비를 하긴 하, 한 셈이야." 빌은 웃느라 찔끔거리는 눈물을 훔쳐내며 말했다.

"내 엉덩이만도 못한 버벅이 놈 같으니!"

"다, 다른 바, 방법도 생각해 놔, 놨어. 잘 들어 봐. 네 자, 자전거는 황무지에 놔, 놔두고 가는 거야. 내, 내가 실버를 수, 숨겨 놓는고, 곳에 말이야. 그리고 빠, 빨리 도망쳐야 하, 할 때가 오, 오면 실버를 하, 함께 타고 다, 달리는 거야."

리처드는 딱히 반대할 이유가 없어서 고개를 끄덕였다. 리처드의 자전거인 롤리(페달을 빨리 밟을 때는 종종 핸들에 감아 놓은 무릎 보호대가 덜컥덜컥대는데)는 실버 옆에 세워 놓으면 난쟁이가 타는 자전거처럼 보였다. 리처드도 빌이 훨씬 힘세고, 실버가 훨씬 빠르다는 사실쯤은 잘 알고 있었다.

빌은 리처드를 도와 롤리를 다리 밑에 숨겼다. 이따금 차들이 지나치는 다리 밑에 앉아, 빌은 외투 지퍼를 내리고 아버지의 권총을 꺼냈다.

"조, 조심해." 빌은 휘파람을 불며 권총을 받던 리처드에게 단단히 주의를 주었다.

"그 귀, 권총에는 아, 안전 장치가 어, 없어."

"총알이 들어 있어?"

리처드는 권총에 완전히 마음을 빼앗긴 표정이었다. 자크 덴브로가 직장 생활을 하는 동안 소지하고 다녔다는 월터 권총에서 육중한 무게가 느껴졌다.

"아, 아직. 여, 여기 초, 총알 몇 개를 가져왔어. 아, 아버지가 말씀하셨는데, 초, 총을 쥔 사람이 조심하지 아, 않으면 저, 저절로 자, 장전된대. 그, 그래서 주, 주인을 쏠 수도 있다는 거야."

빌의 얼굴에 떠오른 묘한 미소는 아버지의 말을 말도 안 되는 소리라고 무시하는 표정인 것 같기도 하고 철석같이 믿는 표정 같기도 했다.

리처드도 빌의 말뜻을 충분히 알아들었다. 빌이 가져온 권총에는 리처드가 아버지의 22구경이나 30구경 권총, 엽총에서도 느낄 수 없었던 어떤 맹렬함이 느껴졌기 때문이다. 물론 차고 벽장 구석에 반질반질 기름칠해 비스듬히 세워 놓은 엽총에서는 무엇인가 다른 것이 느껴지기는 했다. 뭐라고 할까, '원하는 대로 날 사용해 봐, 원하는 대로 될 테니까.' 마치 그렇게 말을 하고 있는 기분이었다. 그러나 그 월터 권총은……, 사람을 쏘는 목적으로 만들어진 것 같았다. 왜 그 권총이 만들어졌는지, 리처드는 오싹한 전율 속에서 해답을 찾아낸 느낌이었다. 권총으로 달리 무엇을 할 수 있을까? 담뱃불이라도 붙인단 말인가?

리처드는 방아쇠에서 손을 멀찌감치 떨어뜨린 후 자신을 향해 총구를 겨냥해 보았다. 검은 눈동자 같은 월터의 총구를 들여다보면 아마 빌의 묘한 미소가 무엇을 의미하는지 분명히 깨달을 것이다. 문득 아버지가 해 준 말이 떠올랐다. 총알이 없는 총이란 존재하지 않는다. 그 점을 명심하면 평생 무기를 옆에 두어도 문제가 없지. 리처드는 권총을 다시 빌에게 건네주었고 마음이 한결 가벼워졌다.

빌은 권총을 외투 속에 숨겼다. 리처드는 순간 니볼트 가의 저택이 별로 무섭지 않다는 생각이 들었다. 그러나 실제로 핏방울이 낭자한 상황이 오면 어쩌나 하는 불안감은 여전히 사그라지지 않왔다.

리처드는 빌과 불안감을 나눠 가지고 싶었지만 빌의 얼굴은 그
저 이렇게 말하고 있을 뿐이었다. '준비됐어?'

여느 때와 마찬가지로 빌이 땅에서 발을 완전히 떼어 놓자 리처
드는 이제 곧 눈앞이 아찔하고 머리가 멍멍한 질주가 시작되겠다
싶어 마음을 다잡았다. 커다란 자전거가 좌우로 심하게 요동쳤다.
바퀴 창살에 매달린 카드가 일순 정지하는가 싶더니 이내 기관단
총처럼 빠르게 회전하기 시작했다. 만취한 사람의 걸음걸이처럼
휘청대던 자전거의 요동도 한결 격해졌다. 리처드는 눈을 질끈 감
고 운명처럼 빌의 외침을 기다렸다.

"이려, 실버, 가자아아아아!"

자전거의 속력은 점점 더 높아졌고, 속이 울렁이는 좌우 흔들림
도 어느 순간 사라졌다. 그쯤에서 죽어라 빌의 허리를 붙잡고 있던
리처드의 손도 짐바구니 쪽으로 옮겨 갔다. 빌은 고갯길을 따라 캔
자스 가를 건넌 후, 쏜살처럼 골목길을 달려 하늘에서 급강하하듯
위챔 가로 날아갔다. 어느새 자전거는 스트라팜 가에서 총알처럼
튀어나와 파죽지세로 위챔 가에 접어들었다. 빌은 실버 위에 붕 떠
있는 상태로 또 한 번 포효했다.

"이려, 실버!"

"밟아, 빌! 날아 보자고!" 리처드는 오줌을 쌀 만큼 무서워 비명
을 지르면서도 짜릿한 전율에 웃음을 터뜨렸다.

빌은 기다렸다는 듯이 상체를 핸들 위로 구부리더니 엄청난 속

도로 페달을 밟았다. 열두 살이 채 안 된 아이라고 하기엔 놀라울 정도로 널찍한 등허리, 페달을 밟을 때마다 무게를 싣기 위해 좌우로 힘차게 기우는 어깨, 리처드는 빌의 뒷모습을 바라보며 이젠 그 무엇도 두렵지 않았고……, 불사조라도 된 느낌이었다. 그들 전부는 아닐지라도 빌만은 분명히 무적의 불사조처럼 보였다. 그러나 빌은 자신이 얼마나 강하고, 얼마나 확신에 차 있으며 완벽한 인물인지 알지 못했다.

일정한 간격으로 위쳄 가를 따라 나타났다 사라지는 거리마다 인적도, 집도 점점 뜸해졌다.

"이려엇, 실버!" 빌이 다시 목청껏 외쳤고, 이번에는 리처드도 검둥이 짐의 목소리를 내질렀다.

"이럇, 실버어! 달려라아! 야호! 실버어! 가자아아아!"

녹색 들녘이 옆으로 스쳐 지나가며 잿빛 하늘 아래 심연처럼 펼쳐져 있었다. 멀리 앞쪽에 낡은 벽돌로 지어진 기차 역이 나타났다. 기차 역 오른쪽으로 죽 늘어선 것은 조립식 창고 건물이었다. 실버는 철로 사이를 뛰어넘었다.

이제 오른쪽으로 꺾어지면 니볼트 가였다. 데리 차량 기지, 표지판에 씌어진 파란 글자. 표지판은 녹슬고 한쪽으로 기울어 있었다. 표지판 아래 노란 바탕에 검은 글자는 더 큼지막했다. 차량 기지의 운명을 말하는 듯한 "막다른 길"이라는 글자 말이다.

빌은 니볼트 가로 방향을 틀고 보도로 미끄러져 들어간 후 자전거를 세웠다. "여기부터 거, 걸어가자."

리처드는 안도감과 아쉬움이 뒤섞인 표정이었다. "좋아."

그들은 군데군데 패고 잡초가 무성한 보도를 따라 걸었다. 앞쪽 차량 기지에서 디젤 엔진 소리가 천천히 높아졌다가는 낮아졌다. 한두 차례 금속 고리가 맞부딪치는 소리가 들려왔다.

"무섭지?" 리처드가 물었다.

빌은 실버를 끌고 가면서 힐끔 리처드를 바라보고는 고개를 끄덕였다. "으응, 너는?"

"당연히 무섭지."

빌은 전날 밤 아버지에게 니볼트 가에 대해 물어본 얘기를 꺼냈다. 2차 세계 대전이 끝날 때까지만 해도 니볼트 가 주변에 기술자와 역무원, 승무원과 기지 노동자, 화물 운반인 등등 철도 관련 종사자들이 많이 살았다는 것이다. 차량 기지와 함께 마을도 몰락의 길을 걸은 셈인데, 빌과 리처드가 니볼트 가 중심부로 들어갈수록 듬성듬성 나타나는 집들도 초라하고 지저분해 보였다. 막다른 길 양쪽에 자리 잡은 서너 채의 저택은 아예 사람이 사는 흔적 없이 굳게 닫힌 채 마당에 풀만 무성했다. 어느 집 현관 앞에 "집 팝니다"라는 팻말이 쓸쓸하게 덜거덕대고 있었다. 리처드가 보기엔 천 년도 더 된 팻말 같았다. 그쯤에서 보도는 끝이 나고, 반은 잡초로 뒤덮인 오솔길이 나타났다.

빌은 발길을 멈추고 손가락으로 가리켰다. "저, 저기다." 착 가라앉은 음성이었다.

니볼트 가 29번지 저택은 원래 말끔한 붉은색 목조 단층집이었다. 리처드는 아마 그 집에 독신인 기술자가 살았으며, 그는 청바지 외에 양복바지 한 벌 없고, 억세고 질긴 장갑과 대여섯 개 정도의 계량기 같은 것들만 잔뜩 쌓아 놓았을 거라고 생각했다. 그리고 한 달에 하루 이틀 정도만 집에 들어와 사나흘간의 휴일 동안 라디오를 들으며 정원을 가꾸었을지 모른다. 튀김 요리를 즐겨 먹었을 테고 (텃밭에 기르는 야채는 친구들에게 나눠 주고, 자신은 입에 대지 않았을 것이다.) 바람 부는 밤이면 타향에 두고 온 연인을 떠올렸을 것이다.

붉은색 페인트는 희멀건한 분홍빛으로 바랜 지 오래였고, 그나마 군데군데 칠이 벗겨진 모습이 곪아 터진 흉터 같았다. 창문마다 판자로 막혀 장님이나 다름없었다. 지붕을 인 판자는 대부분 사라지고 없었다. 집 양편으로 잡초가 무성했고, 잔디밭을 뒤덮은 민들레는 여전히 여름의 첫 번째 전령임을 과시하는 듯했다. 왼편의 높다란 판자 울타리는 예전엔 깨끗한 흰색이었겠지만 지금은 그날따라 잔뜩 웅크린 하늘을 꼭 닮은 잿빛으로 음습한 관목 사이에 비틀비틀 늘어서 있었다. 그 울타리 중간쯤 흉측한 해바라기들이 무리 지어 있는데, 1미터 50센티미터가 훨씬 넘는 것들도 적지 않았다. 리처드는 기이하게 부풀어 오른 해바라기의 모습에 기분이 수꿀했다. 산들바람이 자기들끼리 속삭이는 것 같았다. '아이들이 왔어, 얼마나 기다리던 일이야? 더 많이들 오면 좋으련만. 우리 아이들이니까.' 리처드는 진저리를 쳤다.

빌이 느릅나무에 실버를 조심스럽게 세워 놓는 동안, 리처드는 집을 살펴보았다. 현관 가까운 수풀 더미에서 빠져나와 있는 바퀴 하나를 발견하자, 리처드는 빌에게 손짓해 보였다. 빌도 에디가 말한 세발자전거가 떠올랐는지 묵묵히 고개를 끄덕였다.

그들은 니볼트 가를 위아래 찬찬히 훑어보았다. 칙칙폭폭, 디젤 엔진 소리가 다시 들려왔다가 사라졌다. 그 소리는 주문처럼 허공을 맴돌았다. 거리는 고즈넉했다. 리처드는 이따금 2번 국도를 달려가는 자동차 소리를 들었지만, 눈에 보이지는 않았다.

칙칙폭폭, 칙칙폭폭.

커다란 해바라기들이 서로를 향해 고개를 주억거렸다. '신선한 아이들이야. 착한 아이들이지. 우리 아이들.'

"주, 주, 준비됐어?" 불쑥 빌이 묻는 말에 리처드는 움찔했다.

"아, 생각해 보니 오늘 도서관에 반납해야 하는 책이 몇 권 있네. 오늘 꼭 갖다 줘야 하는데……."

"허, 헛소리 마, 리, 리처드. 주, 준비됐어, 안 됐어?"

"된 것 같아." 리처드는 전혀 준비되지 않았다는 것을 알면서도 말했다. 이런 일에는 결코 마음의 준비를 할 수 없었다.

그들은 잡초 무성한 잔디밭을 지나 현관으로 다가갔다.

"저, 저길 봐."

왼쪽 가장자리, 현관의 격자 창살에서 풀 한 줌이 빠져나와 있었다. 현관에서 뽑혀 나온 녹슨 못들도 눈에 띄었다. 들장미 덤불이 있었는데, 양쪽으로 나른하게 자란 들장미 가운데 현관 바로 앞에서 뿌리째 뽑혀 시든 덤불이 그들의 눈길을 잡아끌었다.

빌과 리처드는 오싹한 눈길로 마주 보았다. 에디의 말이 전부 사실이었다. 일주일이 지났지만 말한 그대로 흔적이 남아 있었다.

"설마 저 속으로 들어가 보고 싶은 건 아니겠지?" 리처드는 애원하다시피 했다.

"시, 싫어. 하지만 드, 들어갈 거야."

리처드는 가슴이 덜컥 내려앉는 기분이었지만 빌이 진심으로 하는 말임을 부인할 수 없었다. 빌의 눈동자에서 어둠침침한 빛이 번뜩였다. 애타는 심정 때문일까, 빌의 얼굴은 훨씬 나이 들어 보였다. 놈이 저 속에 있다면 빌은 정말 그놈을 죽일 생각이야. 놈을 죽이고 머리를 잘라서 아버지한테 가져간 후 이렇게 말하고 싶은 거야. '보세요, 이놈이 조지를 죽였어요. 이제 서로 대화하며 지낼 수 있겠죠? 하루를 어떻게 보냈는지, 아침 커피 값을 누가 치르고 누가 공짜로 얻어먹었는지 하는 얘기 말이에요.'

"빌…….." 리처드는 빌을 불렀지만, 그는 이미 거기 없었다. 빌은 현관 오른쪽 끝을 향해 걸어갔는데, 아마 그곳이 에디가 기어 들어간 입구 같았다. 리처드는 곧바로 빌의 뒤를 쫓아갔지만 몇 차례나 잡초에 다리가 걸려 넘어질 뻔했다.

빌은 쭈그리고 앉아 현관 아래쪽을 살펴보고 있었다. 한쪽 문틀이 부서져 없어진 상태였다. 아마 어느 부랑자가 1월의 눈과 11월의 겨울비 또는 여름의 소나기를 피해 쉴 곳을 찾느라 문틀을 부수고 드나들 만한 틈을 만들어 놓았으리라.

리처드도 빌의 곁에 쭈그리고 앉았지만 심장이 두근거려 좀처럼 진정되지 않았다. 썩은 낙엽과 누런 신문지, 짙은 어둠 외에는 별다른 것이 보이지 않았다. 안이 지나치게 어두웠다.

"빌."

"왜, 왜 그래?" 빌은 아버지의 월터 권총을 다시 뽑았다. 빌은 탄창을 뽑은 후, 주머니에서 네 개의 총알을 꺼냈다. 그러고는 한 발씩 장전하기 시작했다. 리처드는 숨죽이고 그 모습을 지켜보다 무심코 현관 밑을 바라보았다. 뭔가 다른 것이 눈에 띄었다. 깨진 유리였다. 유리 조각이 희미하게 빛나고 있었다. 갑자기 배가 몹시 아팠다. 다시 한번 에디의 말이 사실이라는 생각이 들었다. 현관 밑 썩은 낙엽 더미 위에 유리 조각이 떨어져 있다면 누군가 안쪽에서 현관 유리를 깨뜨렸다는 얘기였다. 지하실에서 말이다.

"왜, 왜 그래?"

빌은 다시 물으며 리처드를 바라보았다. 빌의 얼굴은 단호하고 창백했다. 그 얼굴을 바라보고 있노라니, 리처드는 정신적으로 굴복할 수밖에 없었다.

"아무것도 아냐."

"주, 준비됐어?"

"응."

그들은 현관 아래 엎드렸다.

리처드는 낙엽 썩는 냄새를 딱히 싫어하지 않았지만 이때는 좋아할 수 없었다. 손과 무릎에 닿는 낙엽의 느낌이 너무 푹신푹신해 50센티미터는 쌓여 있지 않을까 하는 생각이 들 정도였다. 느닷없이 낙엽 속에서 손이 솟구쳐 덥석 몸 한쪽을 움켜쥘 것 같았다.

빌은 깨진 유리창을 자세히 살펴보았다. 여기저기 유리 조각이 흩어져 있었다. 현관의 나무 창살은 두 동강이 나 바로 아래쪽 계단에 떨어져 있었다. 창틀은 부러진 뼈처럼 바깥쪽으로 돌출된 상태였다.

"고약하게 두들겨 댔나 보군." 리처드는 길게 한숨 쉬었다. 빌은 이제 지하실 안쪽을 바라보며 건성으로 고개를 끄덕였다.

리처드도 빌에게 바짝 다가서 지하실 내부를 바라보았다. 종이 상자와 널빤지 같은 것들이 어슴푸레하게 모습을 드러냈다. 바닥은 맨땅이었는데, 낙엽처럼 습하고 눅눅한 느낌이 들었다. 왼쪽에 아궁이의 흔적과 함께 천장에서 빠져나온 둥그런 파이프가 보였다. 그 너머 지하실 한구석에 나무 칸막이를 한 공간 하나가 눈에 띄었다. 리처드는 처음에 마구간이라고 생각했지만 지하실에서 말을 기를 리 없었다. 오래전에 지은 집이라면 기름 보일러 대신 아궁이에 석탄을 썼을 거라는 생각이 들었다. 사람이 살지 않으니 아궁이를 현대식 보일러로 바꿀 일도 없었을 것이다. 결국 그 공간은 석탄을 저장해 둔 곳이리라. 위층으로 올라가는 계단이 오른쪽에 나 있었다.

빌은 갑자기 자리에 앉더니 몸을 수그리고는……, 리처드가 미처 말릴 새도 없이 곧바로 창문을 넘기 시작했다.

"빌! 지금 무슨 짓이야? 어서 나와!"

빌은 아무 대꾸도 하지 않았다. 깨진 유리 조각에 자칫 크게 다칠지 몰랐다. 잠시 후 지하실 바닥에 운동화가 부딪히는 소리가 들렸다.

"정말 미치겠네." 리처드는 안절부절못하며 친구를 집어삼킨 사각의 어둠 속을 들여다보았다. "빌, 너 제정신이야?"

"거, 거기 있어도 돼, 리처드. 마, 망이나 보, 보라고."

리처드는 깨진 유리를 피해 기를 쓰며 창문을 넘었다. 유리 조각이 손이든 배든 베지 않기만을 바랐다.

뭔가가 그의 다리를 움켜쥐었다. 리처드는 비명을 질렀다.

"나, 나야." 빌이 헛 소리를 냈다. 그리고 잠시 후에 리처드는 지하실 속에서 셔츠와 재킷을 끌어내리며 빌 옆에 서 있었다. "나, 나 말고 또 누, 누가 있다고 그래?"

"부기맨."(샌드맨 등과 마찬가지로 괴물 캐릭터의 하나 — 옮긴이) 리처드는 자신이 말해 놓고도 우스웠던지 키득거렸다.

"너, 너는 그쪽으로 가, 가 봐. 나, 나는 이, 이쪽……."

"지랄하지 마." 리처드는 말끝에 심장 소리가 묻어 나오는 느낌이었고, 숨이 끊어질 만큼 불안했다. "너랑 같이 갈 거야."

그들은 아궁이 쪽으로 움직였고, 빌은 권총을 들고 약간 앞장 선 자세로 단번에 지하실 내부를 죄다 꿰뚫어 보려고 눈에 잔뜩 힘을 주었다. 빌은 잠시 석탄 저장고의 나무 벽 옆에 서 있다가 갑자기 두 손으로 총을 받치고 뒤로 돌아섰다. 리처드는 순간 눈을 질끈 감았는데, 온몸이 곧바로 터져 버릴 것 같았다. 그러나 다행히 리처드의 몸은 터지지 않았다. 그는 눈을 슬며시 다시 떴다.

"아, 아무것도 아니야, 그, 그냥 서, 석탄." 빌은 약간 신경질적으로 킬킬댔다.

리처드는 빌 옆으로 한 발짝 걸어나와 살펴보았다. 석탄이 아직도 지하실 천장에 닿을 정도로 쌓여 있고, 그중 몇 개가 그들의 발 밑에서 뒹굴었다. 까마귀의 날개처럼 검디검었다.

"이제 그만……." 리처드가 채 말을 끝내기도 전에, 대뜸 지하실 계단 문이 열리면서 뭔가가 뒤편 벽에 요란한 소리를 내며 부딪혔다. 가느다란 햇살이 계단가에 스며들었다.

두 아이는 동시에 비명을 질렀다.

리처드는 으르렁대는 소리를 들었다. 우리 안에 갇힌 야생 동물이 내는 듯한 성난 울부짖음. 그리고 부랑자들이 떼를 지어 계단으로 내려서고 있었다. 색 바랜 청 재킷을 입고 두 팔을 휘두르면서…….

그러나 그들은 손이 없었다. 갈고리였다. 거대하게 일그러진 갈고리 손.

"서, 서, 석탄 위로 오, 올라가!"

빌이 냅다 고함을 질렀지만 리처드는 그 자리에 얼어붙어 꼼짝도 하지 못했다. 그저 싸구려 술병이 나뒹구는 축축한 지하실에서 그들을 죽이기 위해 다가오는 살인자 무리를 지켜보고 있을 뿐.

"서, 석, 석탄 위에 차, 창문이 있어!"

갈고리 손은 갈색 털로 뒤덮여 철사처럼 구부러져 있었다. 그 끝에 들쭉날쭉한 손톱. 이제 리처드의 눈에 다른 옷이 보였다. 검은 바탕에 적황색으로 가두리 장식을 한 면 재킷, 바로 데리 고등학교를 상징하는 색깔이었다.

"가, 가라니까!"

빌은 다시 고함을 지르며 리처드를 힘껏 떠밀었다. 리처드는 석탄 더미를 기어올랐다. 손끝이 미끄러지고 눈앞은 아득했다. 잡히는 석탄마다 밑으로 굴러떨어졌다. 으르렁대는 소리가 점점 가까워졌다.

리처드의 정신은 돌연한 공포로 마비 상태에 빠졌다.

그는 자신이 석탄 더미를 기어오르며, 발 디딜 곳을 찾다가 옆으로 미끄러지고 다시 위로 버둥대며 쉬지 않고 비명을 지르고 있다는 사실을 알지 못했다. 꼭대기 창문은 석탄 가루로 검게 뒤덮여 있어 한 줌의 빛도 들어오지 않았다. 그리고 굳게 닫혀 있었다. 리처드는 걸쇠를 붙잡고 무의식적으로 힘껏 돌렸다. 끄떡도 하지 않았다. 으르렁거림은 한층 더 가까워져 있었다.

총성, 지하실이 폭발하는 듯한 총성이 들려왔다. 매캐한 화약 냄새가 리처드의 코끝으로 달려들었다. 정신이 번쩍 들었고, 걸쇠의 방향을 반대로 돌리고 있었다는 사실을 깨달았다. 끼익 하는 불쾌한 금속성과 함께 걸쇠가 풀렸다. 후추처럼 석탄재가 손등으로 내려앉았다.

또 한 발의 총성과 함께 빌 덴브로의 고함소리가 들렸다.

"네놈이 내 동생을 죽였어, 이 개자식아!"

계단을 내려온 괴물이 웃으며 말을 하려는 것 같았다. 교복 차림의 미친개가 느닷없이 으르렁거리는 듯한 소리는 리처드에게 '네놈들도 죽여 주마.'라는 의미로 들렸다.

"리처드!" 빌의 비명과 함께 리처드의 발밑으로 다시 한 움큼의 석탄이 떨어졌다. 빌이 석탄더미를 올라오고 있었다. 성난 울부짖음과 으르렁거림이 계속됐다. 나무 부러지는 소리. 짖고 울부짖는, 싸늘한 악몽에서 터져나오는 소리.

리처드가 있는 힘껏 창문을 내리치자 유리가 깨지면서 손바닥이 찢어졌다. 그런 건 문제가 아니었다. 창문이 완전히 깨지지 않았다. 경첩에서 녹슨 가루가 흩날렸다. 이번에는 더 많은 석탄재가 리처드의 얼굴로 떨어졌다. 그는 뱀장어처럼 바깥으로 고개를 내

밀어 신선한 공기를 찾았고, 기다란 수풀이 얼굴에 채찍처럼 달려들었다. 비가 오는 것 같았다. 언뜻 커다란 해바라기가 시야를 스쳤다.

월터는 세 번째 총알을 내뿜었고, 노기에 휩싸인 짐승의 울부짖음이 쩌렁쩌렁 울렸다. 빌도 악을 썼다. "자, 잡혔어, 리처드! 도와줘! 자, 잡혔어!"

사각의 창문과 오래전 11월마다 월동 준비로 쌓아올렸을 석탄 더미, 리처드는 그 위를 바라보는 친구의 얼굴에서 얼어붙은 공포의 그림자를 보았다.

빌은 날개를 편 독수리처럼 석탄 더미에 달라붙었다. 창문을 향해 손을 휘저어 보았지만 부질없이 허공만 갈랐다. 셔츠와 외투는 가슴까지 말려 올라간 상태였다. 빌은 다시 밑으로 주르르 미끄러졌는데……, 아니, 무엇인가 그를 끌어당기고 있었지만 리처드는 그 모습을 볼 수 없었다. 빌의 뒤에서 커다란 그림자가 움직이고 있다는 것, 그 그림자에서 터져나오는 으르렁거림과 지껄임이 사람의 음성과 비슷하다는 것 외에는.

리처드가 꼭 그 모습을 확인할 필요는 없었다. 알라딘 극장의 스크린을 떠올리는 것만으로 충분했다. 완전히 정신 나간 생각일지 모르지만, 리처드는 그 순간만큼은 자신이 미쳤다고 여기지 않았다.

늑대 인간이 빌 덴브로를 붙잡고 있었다. 마이클 랜던처럼 얼굴에 화장을 하고 가짜 털로 분장하지만 않았을 뿐 분명 늑대 인간이었다.

리처드의 생각에 맞장구를 치듯 빌의 비명이 솟구쳤다.

리처드는 손을 뻗어 빌의 손을 붙잡았다. 빌은 한 손에 여전히 월터를 움켜쥔 상태였고, 리처드는 그날 두 번째로 검은 눈동자 같은 월터의 총구를……, 이번에는 총알이 장전된 그 눈동자를 바라보았다.

빌을 사이에 두고 리처드는 빌의 두 손을, 늑대 인간은 빌의 발목을 서로 힘껏 잡아당기고 있었다.

"어, 어서 도, 도망쳐, 리처드! 도, 도망…….."

갑자기 늑대 인간의 얼굴이 어둠 밖으로 드러났다. 좁은 이마와 툭 튀어나온 턱에 듬성듬성 털이 나 있었다. 움푹 들어간 뺨도 털로 뒤덮여 있었다. 그 짙은 갈색 눈동자에서 리처드는 끔찍한 지능과 의식을 엿보았다. 쩍 벌어진 입에서 으르렁거림이 흘러나왔다. 두툼한 아랫입술 양쪽으로 허연 거품이 나와 턱을 타고 흘러내렸다. 머리칼은 양쪽으로 뒤로 넘겨 십 대 아이들 사이에서 유행하던 오리 꼬리 스타일을 오싹하게 흉내 낸 모습이었다. 놈은 머리를 젖히더니 으르렁대며 리처드를 노려보았다.

빌은 석탄 더미를 기어올랐다. 리처드는 빌의 두 팔을 잡고 힘껏 잡아당겼다. 순간 빌이 위로 올라오는 느낌이 들었다. 그러나 이내 빌의 몸뚱이는 어둠 속으로 휩쓸려 내려갔다. 밑으로 잡아끄는 힘이 더 강했다. 계속 밑으로 잡아당긴다면 빌은 곧 놈의 손아귀에 들어가고 말 것 같았다.

그 순간 아무 이유도, 의도한 것도 아닌데 리처드의 입에서 아일랜드 경찰관의 목소리가 흘러나왔다. 넬 씨의 목소리였다. 그러나 이번에는 리처드 토저의 음색이 전혀 들어 있지 않았고, 넬 씨의 목소리와도 일치하지 않았다. 여느 경찰의 목소리가 아니라 자정이 넘어 문 닫힌 상점 앞에서 생가죽 채찍이 달린 경찰봉을 휘두르는 아일랜드 경찰관의 전형적인 목소리였다.

"그를 놔줘라, 애송이. 머리통을 박살내기 전에! 두 번 다시 말하지 않겠다! 당장 놔주지 않으면 똥구멍에 사발을 처넣어 버리겠어!"

괴물은 고막이 찢어져라 분노를 토했지만……, 리처드에겐 분노 말고도 다른 느낌이 전해졌다. 두려움 같았다. 아니면 고통이었을까.

리처드가 또 한 차례 사력을 다해 빌을 끌어당기자, 마침내 빌은 창문 밖 수풀 앞까지 빠져나왔다. 빌은 잔뜩 겁에 질린 눈으로 리처드를 바라보았다. 외투 앞자락이 석탄재로 범벅이 돼 있었다.

"빠, 빠, 빨리!" 빌은 숨을 헐떡이며 신음처럼 말을 뱉어 냈다. 그는 리처드의 셔츠 자락을 움켜잡았다. "빠, 빠, 빨……."

리처드는 석탄이 흘러내리는 소리를 들었다. 곧 늑대 인간의 얼굴이 유리창을 가득 채웠다. 놈은 리처드를 향해 으르렁댔다. 손에 잡히는 대로 풀을 잡아챘다.

빌의 손엔 여전히 월터가 들려 있었다. 그는 권총을 두 손을 받쳐들고 실눈을 뜬 채 방아쇠를 당겼다. 또다시 고막을 찢을 듯한 총성. 괴물의 머리통에서 살점이 튀어 올랐고, 관자놀이를 타고 피가 흘러 얼굴의 털을 적시고 교복의 옷깃까지 스며들었다.

날카롭게 울부짖고, 놈은 다시 창문으로 나오려고 버둥거렸다.

리처드는 꿈을 꾸듯 천천히 뒷주머니 쪽으로 손을 가져갔다. 재채기하는 남자가 그려진 비닐 팩이 손에 잡혔다. 팩을 찢는 순간, 괴물은 포효하며 어느새 창문 밖으로 나와 뒤뚱뒤뚱 걷기 시작했다. 리처드는 팩에서 가루를 움켜쥐었다.

"저리 꺼지지 못해, 애송이 놈!" 아일랜드 경찰관 목소리였다.

괴물의 얼굴에서 허연 가루가 흩날렸다. 놈은 갑자기 울부짖으며 멈춰 섰다. 우스꽝스러울 정도로 놀란 표정으로 숨을 몰아쉬며 리처드를 노려보았다. 충혈된 흐릿한 눈동자에서 리처드를 영원히 기억해 두겠다는 의지가 엿보였다.

이윽고 재채기 소리가 들리기 시작했다.

재채기는 좀처럼 끝나지 않았다. 괴물의 주둥이에서 점액질이 줄줄 흘러내렸다. 콧구멍에서 연신 검은 콧물이 튀어나왔다. 리처드의 살갗에 축축한 액체가 느껴지는 순간 염산처럼 타 들어갔다. 리처드는 질겁하며 닦아 냈다.

괴물의 얼굴엔 분노뿐 아니라 고통까지 뒤섞여 있었다. 빌이 쏜 총알에 상처를 입었지만, 리처드의 일격에 더 치명상을 입은 것 같았다. 처음엔 아일랜드 경찰관 목소리, 그 다음엔 최루 분말.

가렵게 만드는 가루까지 가져왔다면, 저놈을 끝장낼 수도 있었을 텐데. 리처드가 아쉬워하는 동안, 빌이 리처드의 옷깃을 재빨리 잡아끌었다.

빌의 판단은 옳았다. 재채기하던 괴물이 돌연 리처드를 향해 달려들었기 때문이다. 도저히 믿기 어려우리만큼 민첩한 동작이었다.

리처드는 텅 빈 웨키 박사의 최루탄 봉지를 든 채 마약에 취한 사람처럼 괴물을 바라보며, 어찌도 저리 털이 갈색일까, 피는 왜 또 그리 붉을까, 현실은 왜 그리도 흐릿하기만 할까, 몽환에 젖어 괴물의 갈고리가 목덜미를 파고들어 기다란 발톱으로 휘젓는 것도 몰랐을 테지만, 다행히 빌이 그를 깨워 일으켜 세운 것이다.

리처드는 비틀비틀 빌을 따라 달리기 시작했다. 저택 현관을 빠져나가면서, 리처드는 생각했다. '저놈이 더 이상 쫓아오지 않을 거야. 이제 거리가 나오는데, 감히 거기까지 따라올 수는 없겠지.'

그러나 놈은 따라오고 있었다. 리처드는 등 뒤에서 계속 주절대고 으르렁대는 괴물의 소리를 들었다.

실버는 나무에 기대어 얌전히 그들을 기다렸다. 빌은 자전거에 올라타며 아버지의 권총을 짐바구니에 집어넣었다. 전날까지만 해도 짐바구니에는 장난감 총이 가득 들어 있었다. 리처드는 자전거 뒤칸에 올라타며 슬쩍 뒤돌아보았는데, 늑대 인간은 잔디밭을 지나 10미터도 안 되는 거리까지 다가온 상태였다. 놈이 입고 있는 교복에 피와 타액이 뒤엉켜 있었다. 관자놀이 부분에서 하얀 뼈마디가 드러났다. 코 양쪽에는 아직도 최루 가루가 달라붙어 있었다. 리처드는 두 가지 사실을 발견하고 완전한 공포에 빠졌다. 교복에 지퍼 대신 커다란 적황색 단추가 달려 있다는 사실이 그랬고, 또 한 가지는 더욱 소름 끼쳐 그대로 정신을 놓아 버리고 괴물의 손에 몸을 맡기고 싶다는 충동까지 일게 했다. 리처드는 교복에 금실로 새긴 이름, 원한다면 머첸 상점에서 푼돈을 주고 새겨 넣을 수 있는 이름을 본 것이다.

교복의 왼쪽 가슴 부분이 피로 얼룩져 있었지만, 그 이름만은 똑똑히 볼 수 있었다. "리처드 토저"라고 적힌 이름.

괴물이 그들을 향해 돌진했다.

"어서 가, 빌!"

실버가 움직이기 시작했지만 너무 느리게만 느껴졌다. 게다가 속력을 내려면 많은 시간이 걸리는데…….

실버가 니볼트 가 중심에 들어서자 늑대 인간은 잡초 무성한 오솔길까지 뛰어나왔다. 색 바랜 청바지에 점점이 번진 핏방울, 리처드는 최면에 빠져 끔찍한 마력에 홀린 듯 줄곧 괴물을 주시하면서 실밥이 뜯어진 청바지 사이로 갈색 털이 훤히 드러난 모습을 지켜보았다.

실버는 심하게 흔들렸다. 빌이 핸들을 위로 받치듯 붙잡고 곧추 일어서서 구름 긴 하늘을 향해 얼굴을 젖히자, 목에 퍼런 힘줄이 돋았다. 그러나 여전히 바퀴 창살에 달린 카드에서는 단발총 소리만 들려왔다.

갈고리 한쪽이 리처드를 더듬었다. 리처드는 비명을 지르며 몸부림쳤다. 늑대 인간은 으르렁대며 히죽 웃고 있었다. 너무도 가까운 거리여서 리처드는 그놈의 노르스름한 각막하며 숨결에서 묻어나는 썩은 고기 냄새를 맡을 수 있었다. 비뚤어진 송곳니까지 또렷했다.

리처드는 다시 비명을 지르며 발톱을 피해 온몸을 비틀었다. 단숨에 머리가 잘릴지 모른다는 생각이 들었으나 다행히 놈의 발톱은 몇 센티미터 빗나갔다. 발톱이 스치며 일으킨 바람결에 땀에 젖은 머리카락이 풀썩 휘날렸다.

"이려엇, 가자아아아아!" 빌은 목이 터져라 고함을 질렀다.

이윽고 낮은 언덕 꼭대기에 다다랐다. 경사가 가파르진 않았지만, 실버가 속력을 내기엔 충분했다. 바퀴 창살에서 카드가 힘차게 회전하는 소리가 들려왔다. 빌은 미친 듯이 페달을 밟았다. 실버는 요동을 멈추고 곧바로 니볼트 가를 달려 2번 국도를 향해 질주했다.

'하느님, 감사합니다. 정말 감사합니다.' 리처드의 머릿속은 환희와 감사로 소용돌이쳤다. '정말 감사합…….'

으르렁거림(뭐야, 바로 내 등 뒤에서 나는 소리잖아)이 들린다고 생각한 순간 셔츠와 재킷이 휙 뒤로 잡아당겨지면서 숨통이 조여졌다. 리처드는 끄르륵 소리를 내며 자전거에서 떨어지지 않으려고 빌의 허리를 힘껏 움켜잡았다. 빌은 뒤로 휘청거렸지만 실버의 핸들을 놓치지 않았다. 한순간 리처드는 자전거가 허공으로 솟구치면서 둘 다 뒤로 고꾸라질 것 같다는 예감이 들었다. 곧이어 기이한 방귀 소리나 요란하게 코를 푸는 것 같은 소리가 나면서 발톱에 잡힌 셔츠가 찢어졌다. 리처드는 다시 숨쉴 수 있었다.

리처드가 뒤를 슬쩍 보니 곧바로 질퍽하고 살의에 가득한 눈동자와 마주쳤다.

"빌……." 리처드는 큰 소리로 외치고 싶었지만 목소리는 안으로만 파고들었다.

하지만 빌은 다급한 리처드의 목소리를 들은 모양이었다. 더욱 힘차게, 평생 처음이다 싶을 정도로 거세게 페달을 밟기 시작했으니까. 내장이 모두 몸속에서 둥둥 떠다니는 느낌이었다. 눈알이 튀어나올 것 같았다. 쩍 벌어진 입속에서 공기가 소용돌이쳤다. 그리고 기이하면서도 당연하게만 느껴지는 환희의 전율, 거칠고 자유로운 해방감이 온몸을 훑고 지나갔다. 그것은 욕망이었다. 빌은 우뚝 서서 페달을 힘차게 굴리고 밟았다.

실버는 점점 속력을 높였다. 안정감과 함께 날고 있다는 기분이 들었다. 빌은 질주의 쾌감을 그대로 받아들였다.

"이려엇, 실버! 이려엇, 실버! 가자아아!"

리처드는 뒤에서 자갈을 밟는 숨가쁜 소리를 들었다. 뒤를 돌아보았다. 그러자 눈 위로 솟구친 괴물의 발톱이 보인 뒤 이내 머리 전체가 날아가 버리는 듯한 충격을 느꼈다. 정신이 몽롱해지고 무력해졌다. 소리가 점점 희미해졌다. 세상은 무채색으로 뒷걸음치고 있었다. 리처드는 다시 필사적으로 빌의 등에 매달렸다. 오른쪽 눈가로 뜨끈한 핏줄기가 흘러내렸다.

괴물의 발톱이 다시 허공으로 솟구치는가 싶더니 자전거 차체를 후려쳤다. 자전거는 고꾸라질 정도로 심하게 흔들렸지만 가까스로 균형을 잡았다. 빌은 또 한 번 "이려엇, 실버. 가자!"를 외쳤지만 리처드에겐 잦아드는 메아리의 끝처럼 너무도 아득했다.

리처드는 두 눈을 질끈 감은 채 빌을 움켜쥐고 마지막 순간을 기다렸다.

빌도 줄곧 숨가쁜 발자국 소리로 광대가 여전히 뒤쫓고 있음을 알았지만, 감히 뒤돌아볼 엄두는 나지 않았다. 붙잡혀서 땅바닥에 내동댕이쳐진다면 그때는 아마 광대의 얼굴을 볼 수 있으리라. 그래서 빌은 달릴 수밖에 없었다.

'자, 아가, 힘 좀 내라. 모든 힘을 발휘해 봐! 있는 힘껏! 가, 실버!
달려!'

다시 한번 빌은 자신이 번개처럼 달리고 있다는 사실을 깨달았
고, 전과 다른 점이 있다면 뒤를 쫓는 악마가 있고, 그 악마는 기름
칠한 얼굴을 번뜩이고 흡혈귀의 미소를 머금은 데다 은화처럼 번
쩍이는 눈을 하고 있다는 것이었다. 광기에 사로잡혀 적황색 큼지
막한 단추가 달려 있는 은색 옷에 데리 고등학교 교복을 입고 있
는 광대 말이다.

'자, 실버, 힘을 좀 내 봐.'

니볼트 가의 풍경이 획획 스쳐 갔다. 실버는 제 속도를 내고 있
었다. 발자국 소리가 좀 멀어진 것 같은데? 그러나 빌은 뒤돌아볼
자신이 없었다. 허리가 끊어져라 붙잡고 있는 리처드에게 좀 힘을
빼라고 말하고 싶었지만, 애써 가다듬은 호흡을 말 한마디 때문에
낭비하고 싶지 않았다.

아름다운 꿈속의 풍경처럼 니볼트 가와 2번 국도의 교차로를 알
리는 표지판이 나타났다. 위챔 가를 통행하는 자동차 행렬도 눈에
띄었다. 공포에 쫓겨 탈진하기 직전이었던 빌에게 분명 기적이나
다름없는 광경이었다.

빌은 그쯤에서 살짝 브레이크를 잡으며 뒤를 돌아보았다.

뒤를 돌아보느라 페달을 밟는 발길이 어긋났다. 실버는 균형을
잃고 미끄러지기 시작했고, 빌의 오른쪽 어깨에 리처드의 머리가
부딪혔다.

거리는 완전히 텅 비어 있었다. 그러나 40미터쯤 떨어진 곳, 차량 기지를 향해 장례 행렬처럼 늘어서 있는 주택가의 첫 번째 폐가가 자리 잡은 곳에서 적황빛이 번뜩였다. 배수구 쪽으로 몸을 웅크리고 있는 것 같았다.

"어어어……." 하마터면 리처드가 자전거에서 떨어질 뻔했다. 리처드가 눈을 치켜떴지만 위쪽 눈꺼풀 바로 아래 홍채만 겨우 드러나 있을 뿐 피 범벅이었다. 테이프가 붙여진 안경다리가 비스듬히 리처드의 얼굴에 걸려 있었다. 이마에서 천천히 피가 흘러내렸다.

빌이 리처드의 팔을 붙잡으면서 두 사람 모두 오른쪽으로 기우는 바람에 실버도 휘청거렸다. 자전거에서 떨어지면서 팔다리를 바닥에 심하게 부딪혔다. 빌은 팔꿈치에 달려드는 통증 때문에 냅다 비명을 질렀다. 그 비명에 리처드의 눈이 꿈틀댔다.

"이 보물들을 어떻게 구했는지 알려 드리죠, 나리. 하나 비밀을 누설하는 일이 얼마나 위험한 일인지는 아셔야 합니다요." 리처드는 코를 고는 듯한 음성으로 말했다. 판초 바닐라의 목소리였지만, 물속에 잠기는 듯한 묘한 여운 때문에 빌은 깜짝 놀라고 말았다. 리처드의 이마에 난 상처 주위로 갈색 털이 말라붙어 있었다. 털은 아버지의 음모처럼 비비 꼬여 있었다. 빌은 더욱 가슴이 철렁 내려 앉았고, 리처드의 머리를 힘껏 후려갈겼다.

"아야!" 리처드가 버럭 비명을 질렀다. 깜박거리던 두 눈이 큼지막해졌다. "왜 때려? 안경이 깨질 뻔했잖아. 그렇지 않아도 안경이 망가져 속상한데."

"네, 네가 주, 죽는 줄 아, 알았어."

리처드는 천천히 자리에서 일어서며 머리를 어루만졌다. 신음이 흘러나왔다. "어떻게 된 거지……." 리처드는 그제야 갑자기 기억이 떠오른 모양이었다. 갑작스런 충격과 공포에 빠진 사람처럼 동공이 커진 채 털썩 주저앉더니 숨을 몰아쉬었다.

"괘, 괜찮아. 가, 가 버렸어. 리, 리처드. 가 버렸다고."

리처드는 인적 없는 텅 빈 거리를 둘러보다 울음을 터뜨렸다. 빌은 잠시 머뭇거리다 리처드를 꼭 껴안았다. 리처드도 빌의 목덜미를 껴안았다. 리처드는 왜 빌이 백발백중 고무줄 총을 사용하지 않았는지 재치 있게 물어보고 싶었지만 아무 말도 할 수 없었다. 나오는 것은 흐느낌뿐이었다.

"우, 울지 마, 리, 리처드. 우, 울지……." 빌은 리처드를 다독이다 그만 울음을 터뜨렸다. 두 소년은 널브러진 자전거 옆에서 서로를 꼭 껴안았고, 얼굴에 뒤집어쓴 석탄재가 눈물에 씻겨 내려갔다.

〈2권에서 계속〉

옮긴이 | 정진영

홍익대 영문학과를 졸업했다. 현대 호러의 모태가 되는 고딕(Gothic) 소설과 장르 문학에 특히 관심이 많다. 국내에 잘 알려지지 않은 걸작들을 소개하려고 노력하고 있다. 주요 역서로는 『세계 호러 걸작선』 시리즈, 스티븐 킹의 『그것』, 『아울크리크 다리에서 생긴 일』 외에 필명(정탄)으로 『피의 책』, 『셰익스피어는 없다』, 『해변에서』 등이 있다.

그것 1권

1판 1쇄 펴냄 2017년 8월 18일
1판 9쇄 펴냄 2022년 9월 29일

지은이 | 스티븐 킹
옮긴이 | 정진영
발행인 | 박근섭
편집인 | 김준혁
펴낸곳 | 황금가지

출판등록 | 2009. 10. 8 (제2009-000273호)
주소 | 06027 서울 강남구 도산대로 1길 62 강남출판문화센터 5층
전화 | 영업부 515-2000 **편집부** 3446-8774 **팩시밀리** 515-2007
홈페이지 | www.goldenbough.co.kr

도서 파본 등의 이유로 반송이 필요할 경우에는 구매처에서 교환하시고
출판사 교환이 필요할 경우에는 아래 주소로 반송 사유를 적어 도서와 함께 보내주세요.
06027 서울 강남구 도산대로 1길 62 강남출판문화센터 6층 민음인 마케팅부

한국어판 © ㈜민음인, 2017. Printed in Seoul, Korea

ISBN 979-11-5888-311-9 04840(1권)
ISBN 979-11-5888-314-0 04840(set)

㈜민음인은 민음사 출판 그룹의 자회사입니다.
황금가지는 ㈜민음인의 픽션 전문 출간 브랜드입니다.